『哲學』 별책 3권 1997년

문명의 전환과 한국문화

필　자

김도종　김팔곤　엄정식　박희영
조인래　고재식　허우성　정인재
송항룡　휴　암　최일범　박재순
강영계　김재현　한정선

논평자

최정식　이종관　김영한　최유진
김교빈　윤찬원　박태원　성태용
남경희　김혜련　윤평중　김상환

철학과현실사

책을 펴내며

　한국철학회에서 매년 봄에 개최하는 정기 학술발표회의 연구성과를 『철학』지의 '별책'으로 묶어 내는 것도 이제 벌써 세번째에 이르고 있다. 그리고 다른 한편으론 95년 가을부터 『철학』지 자체도 계간으로 연 4회 발간하고 있다. 학술발표회의 성과물을 특집으로 엮어 1년에 두 번 나오는 『철학』지에 싣던 시절을 생각해 보면, 그것이 불과 몇년 전인데도, 이젠 격세지감(隔世之感)이 든다. 한국철학회의 활동이 그만큼 활발해졌다는 말도 되겠지만, 그보다도 한국에서의 철학적 탐구가 그만큼 풍성해졌다고 보는 것이 더 합당하리라고 본다. 참으로 다행한 일이라 아니 할 수 없다. 세계사의 중심무대에 다시 진입하려는 한국과 한국인이 물질적인 급속성장의 거품을 걷어 내고 그 허술한 틈새를 메워 좀더 알찬 문화의 실질을 구축해 나가려면, 치열하고도 진지한 철학적 성찰이 그 기초를 다져야 할 것이기 때문이다. 철학없는 문화란 알맹이없는 빈 껍질 아니겠는가. 물론 이 정도의 발전에 만족할 수는 없는 일이다. 우리 나름의 고유한 '한국철학'이 숙성(熟成)해 나오기에는 아직도 우리 나름의 사유의 온축(蘊蓄)이 미흡하기 짝이 없다. 그러나 조금씩이나마 우리에게 그 가능성이 열리고 있음을 부인하는 것은 과도한 자기비판이요 불필요한 자기비하(卑下)다.

우리의 문화와 우리의 철학에 대해 이렇게 전향적(前向的)으로 생각해 볼 때, 이번에 펴내는 이 『철학』지 별책 제3권은 더욱 큰 의미를 갖는다. 벌써 "문명의 전환과 한국문화"라는 책제목이 강하게 암시하고 있듯이, 여기서 우리는 한국문화의 특수성이 인류문화의 보편성에 기여할 수 있는 세계사적 계기에 대해 철학적 성찰을 시도하고 있기 때문이다.

이 책의 내용적 토대가 된 96년도 한국철학회 춘계 학술발표회(1996.5.4.)는 마침 한국철학회가 주관하여 서울에서 개최한 제5차 아시아 아프리카 철학자 대회(Afro-Asian Philosophy Conference; 1996.5.2.-3.)와 연계되어 개최되었었는데, 후자의 대주제는 "철학과 문화이동"(Philosophy and Culture Shift)이었고 전자의 대주제는 "전환기에 선 인류문화와 한국문화의 향방"이었다. 아시아 아프리카 철학자 대회의 대주제를 정함에 있어서도 이 대회를 주관한 우리 한국철학회의 의견이 강하게 반영되었던 것은 물론인데, 그 대회에서 우리가 의도했던 것은 '인류문화의 중심이 동아시아로 이동하게 될 가능성'을 조심스럽게 철학적으로 검토해 보자는 것이었다. 그리고 이 가능성을 염두에 두되, 아주 더 구체적으로 우리 한국문화와 연관지어 이를 검토해 보자는 것이 뒤이은 춘계 학술발표회의 목표였다.

이러한 배경을 갖고 개최되었던 96년도 춘계 학술발표회의 성과가 바로 이 책의 내용을 이루고 있다. 그래서 우선 제1부에서는, 문화의 흥망성쇠에 대한 역사존재론적 고찰을 선두로, 문화의 특수성과 보편성의 문제, 이질적 문화의 종합이 이루어지는 계기 등에 관한 총론적 논구를 시도한다. 물론 여기서 우리는 오늘의 한국문화가 동서문화의 종합체로서 새로 태어나 보편적인 세계문화의 발전에 기여할 수 있을지를 개괄적으로나마 신중하게 전망해 볼 것이다. 이 문제를 더 구체적으로 전개시켜 다루는 일은 이 책의 주요부분이라 할 수 있는 제4부 및 제5부의 과제가 된다.

그러나 이 과제를 다루기에 앞서 두 가지 예비작업이 선행된
다. 하나는 서구문화에 대한 재검토요, 나른 하나는 동아시아 문
화에 대한 재평가이다. 그래서 제2부에서는, 오늘날 인류의 '보
편문화'가 되다시피 했으나 다른 한편 위기를 드러내고 있는 서
구문화를 이중적 관점에서 다시 검토해 본다 : 즉 서구문화의 실
질을 그 연원에서 재확인하는 한편, 그 힘의 한계나 결핍 또는
변질이 서구문화가 보여 주는 오늘의 여러 우려되는 현상과 어떤
연관관계를 갖는지 비판적으로 살펴본다. 그리고 제3부에서는,
유불도(儒佛道)라는 전통적인 동아시아의 사상내용이 서구문화를
수용하면서도 그 결함을 극복해 낼 수 있는 어떤 '부흥'의 저력을
지니고 있는지, 있다면 그것은 어떻게 '현대화'되어 보편적 인류
문화의 주도적 요소가 될 수 있는지 재평가해 본다.
　　이러한 예비작업을 토대로 하여 제4부와 제5부에서는 우리의
핵심적 주제를 분화시켜 구체적으로 다루어 나간다. 즉, 동서문
화가 교차하고 공존하는 한국에서 문화적인 종합이 이루어질 수
있는 가능성을 전망해 보고, 이를 위해 한국의 문화가 어떤 새로
운 변신 혹은 발전을 도모해야 할지를 소주제로 나누어 다룬다.
특히 제4부에서는 한국문화의 사상적 기초를 전통과 현대에서 찾
아보되 앞으로의 현실적인 요구에 그것이 어떻게 부응해야 할지
를 조망하고, 제5부에서는 오늘의 한국문화에 주어지는 새로운
과제에 대해 우리가 어떤 전향적 자세를 취해야 할 것인지를 가
늠해 본다.
　　연구발표를 조직하고 또 그 성과를 이렇게 한 권의 책으로 엮
어 내면서, 공동연구가 지니는 약점을 다시 한 번 느꼈던 것도
사실이다. 참여한 분들이 모두 그 관점과 관심에서 동질적이지
않다는 점이 그것이다. 발표논문을 쓴 사람만 해도 모두 열다섯
분이고 논평에 참여한 사람까지 합하면 스물일곱 분이나 되니 처
음부터 그런 것을 기대하는 것 자체가 무리일 것이다. 논구의 출
발점에서 시각(視角)의 치이가 있고 또 논구의 지향(志向)에서도

차이가 있어, 전체적으로 통일된 논변이 펼쳐졌다고 말할 수는 없는 것이 사실이다. 그러나 이 점이 반드시 나쁜 점이라고만 생각지는 않는다. 우리의 과제는 기성 완제품의 보존에 있지 않고 새로운 문화의 출현에 기여할 요건이나 요인을 모색하는 데 있는데, 새로운 창의적인 사상이 나오는 것은 대개 다양한 견해의 교차 속에서 그 가능성이 훨씬 더 크기 때문이다.

서구문화가 다소 병증을 보인다 해서 그것이 머지않아 쇠퇴의 길을 가리라고 보는 것은 지나친 속단이요, 더욱이 동아(東亞) 문화의 전통이 쇠퇴한 서구문화를 제치고 보편적 세계문화로 부흥하게 되리라고 예단(豫斷)함은 우리로서는 아전인수(我田引水)식의 자기과신이라는 비판도 만만치 않았다. 물론 우리는 이러한 비판에 끝까지 귀를 기울여야 한다. 그러나 문명의 성쇠와 역사의 부침이 새로운 것이 아니요, 우리가 사는 이 시대도 역사의 흐름에서 예외가 될 수 없음을 시인한다면, 문화사의 새로운 장(章)을 앞당겨 예견해 보려는 철학적 모색을 외면할 수는 없을 것이다. 진지한 학적 태도를 견지하는 데에 소홀함이 없기만 하다면, 이러한 모색은 오히려 권장되어야 할 일이라고 본다. 새로운 것을 찾되 옛것을 없수이 여기지 않고, 옛것을 간직하되 새로운 것을 찾는 데 게으르지 않음으로써 살아 움직이는 문화로 역사를 건설해 나가는 '온고지신'(溫故知新)의 태도가 요구된다고 본다. 이런 의미에서 이 작은 책자가 한국문화의 창조적 발전에 관심을 갖는 식자들에게 적으나마 의미있는 기여를 하게 되기를 기대해 본다.

발표회가 끝나고 발표논문을 다시 손질하는 과정에서 시간이 오래 걸린 분이 몇 분 있어서 일찌감치 완결된 논문을 보내오신 분께는 출간이 늦어진 것에 대해 송구스럽기 짝이 없게 되었다. 그러나 아무튼 질책은 이 일을 맡아 진행시켜 온 연구위원장에게 떨어져야 하리라고 본다. 간행된 논문을 오랫동안 기다리고 계시는 필자들께 다시 한 번 사과의 말씀을 드린다.

끝으로, 이번에도 역시 영업상의 애로를 아랑곳하지 않고 연거푸 세번째 이 별책의 출간을 맡아 주신 철학과현실사의 전춘호 사장님께 심심한 감사의 말씀을 전한다. 회장단을 대신하여 이렇게 몇 줄 적어 책을 펴내는 머리글로 삼고자 한다.

1997년 3월
한국철학회 연구위원장 손 동 현

차   례

문화의 성쇠에 대한 역사존재론적 분석

김 도 종
(원광대)

1. 역사와 시간, 역사와 공간

1-1. 역사는 시간 속에서 만들어지는 하나의 존재이다. 그러나 역사가 곧 시간인 것은 아니다. 그것은 역사라는 존재는 공간 속에서 만들어지기도 하기 때문이다. 또 시간과 공간을 토대로 하는 것이 "역사"라는 존재라고 한다고 해서 역사가 곧 물질의 존재인 것도 아니다. 물질의 근본범주의 하나가 시간과 공간인데 그 근본범주를 공유한다고 해서 역사가 하나의 물질이라고 할 수는 없다는 말이다. 역사는 사람이 실천하는 가치실현의 총체라는 의미도 가지고 있는 만큼 이념적 존재라는 성격도 가지게 된다는 점을 알 수 있다. 이러한 간단한 단서를 통해서 보더라도 역사는 물질적 존재의 성격과 이념적 존재의 성격을 동시에 가지는 것이다.

1-2. 역사가 시간을 전제한다고 하더라도 그 시간은 독특한 의미를 가진다. 역사라는 존재도 우선 자연의 시간을 떠날 수 없다. 사람들이 가치를 실현한다고 해도 자연을 떠난 삶은 생각할 수 없다. 그 자연도 시간의 제약 속에 있기 때문이다. 자연이 받는 시간의 제약은 변화라는 모습으로 주어진다고 할 수 있다. 그런데 자연의 변화는 인과원리의 제약을 받는다. 인과원리는 자연의 근본법칙이기도 하다. 자연을 떠나서 역사를 생각할 수 없다면 역사도 인과원리의 제약을 받고 있다는 점은 의심할 수 없는 일이 될 것이다. 그러나 역사의 시간이 자연의 시간과 동일한 것은 아니다. 그것은 역사의 시간은 가치의 실현이라고 하는 점에서 다른 성격을 가지게 된다는 점을 유의해야 한다는 것이다. 그런 점에서 역사의 존재에

서 생각해야 하는 시간을 자연의 시간에 대비해서 볼 때 사회적 시간 (Social Time)이라고 할 수 있다. 물론 사회적 시간이 자연의 시간과 완전히 다른 그 무엇일 수는 없다. 사회적 시간도 자연의 시간을 벗어나 있을 수는 없는 만큼 인과의 제약을 받는다. 그러나 가치의 실현은 사람의 자유의지에 의존한다고 하는 점에서 어느 정도의 자유의 여지를 갖는다고 할 수 있다. 이처럼 역사의 시간은 인과원리의 제약과 자유의 여지를 동시에 가지고 있는 독특한 의미를 갖는 것이다.

1-3. 역사는 또 공간 속에서 만들어진다. 시간이 무형의 것이라고 한다면 공간은 유형의 것이다. 역사가 만들어지는 공간에 대해서 말하면 우선 자연의 공간을 말할 수 있다. 자연의 공간이라는 것은 곧 지리적 기초를 말한다. 이때 지리적 기초는 기후와 자원의 조건을 포함한다. 그런데 사람이 만드는 역사가 전적으로 자연의 지리적 기초에만 의존한다고 하면 여타의 자연적 존재의 생존과 다를 바가 없을 것이다. 사람은 자연의 지리적 제약 속에 있지만 자유의지에 따라 그것을 개조하여 적응하는 특별한 능력을 가지고 있다. 그렇게 하므로써 자연의 공간에 대해 하나의 사회적 공간(Social Space)을 만드는 것이다. 물론 사회적 공간이 자연의 공간을 완전히 벗어나 있는 것은 아니다. 다시 말하면 사회적 시간과 마찬가지로 사회적 공간도 자유의 여지를 가지고 있지만 인과원리의 제약을 완전히 벗어날 수는 없다는 말이다. 아놀드 토인비가 말한 것은 이 점을 잘 이해할 수 있게 해준다. 그는 자연의 악조건이라는 도전에 응전하면서 문명을 창조한다고 하였는데 그것은 사회적 공간의 창조라는 의미를 갖는다고 할 수 있다. 그러나 그 도전도 자연의 공간이란 조건을 벗어날 수는 없다. 지리적 기초는 유형의 것인 만큼 이와 관련된 증거는 자주 제시되고 있다. 예를 들어 옛 에게해 문명과 로마제국의 멸망, 중국 남북조의 난세, 프랑스 대혁명 등의 역사적인 큰 사건은 태양계의 행성운행 상태의 이상이 가져온 결과라는 주장에 유의할 수가 있다. 즉 이러한 큰 파괴를 가져온 자연재해는 지구가 태양계의 한쪽에 위치하고 나머지 행성들이 태양계의 다른 쪽에 배열되어 태양계 9대 행성의 중심이 70도 각도를 유지하면서 서로 상응작용을 할 때 일어났다는 것이다.[1] 이 주장에 따르면

---

1) 중국 국가지진국 지질연구소 徐道一 연구원, 중국 남경대 王爾康 교수, 일본 이와테 대학 失內桂三 교수가 '96.8.14. 북경에서 열린 제30회 국제

기원전 2세기와 1세기에 아프리카 북부지역을 덮친 지속적인 가뭄으로 인하여 여기서 번성했넌 옛 에게해 문명이 쇠퇴하게 되었고, 5세기 무렵에는 유럽과 아시아의 여러 지역에서 기후가 갑자기 차가워지면서 이 지역의 유목민족들이 대거 남하하면서 로마제국을 멸망하게 했을 뿐 아니라 이 시기에 중국에서도 동진 16국과 남북조의 전란기가 오게 되었다는 것이다. 또 17세기에는 유럽지역에서 여러 해에 걸친 흉작이 프랑스 대혁명의 한 원인이 되었다는 것이다.

이러한 예는 고대에서뿐만 아니라 현재에도 일어나고 있다. 현재 중국에서는 연간 2천1백km²의 토지가 사막화되어 가기 때문에 4억 주민의 생활이 위기에 처해 있다고 한다. 실제로 중국땅의 3분의 1이 이미 사막화되었다는 것이다. 중국만이 아니라 이미 전세계 10억 이상의 사람들이 사막화의 직접적인 위협에 처해 있다고 한다.[2]

옛날과 현대에 걸쳐 일어나는 이와 같은 사례는 지리적 기초의 변화가 삶과 역사에 영향을 주고 있는 것을 보여 준다. 다시 말하면 사회적 공간이라 할지라도 자연적 공간을 벗어날 수는 없다는 것을 알려 주는 사례라고 할 수 있는 것이다.

2. 역사와 문화

2-1. 역사는 시간과 공간에 토대하여 가치를 실현하는 과정이라는 특수한 존재의 형태라는 점을 알아보자. 그런데 문화도 그렇게 규정할 수 있다는 점에서 역사와 문화의 관계를 규정할 필요가 있다. 역사와 문화 가운데 어느것이 상위개념인가? 이 문제는 본론의 주제를 풀어 나가기 위해서 먼저 해결해야 할 일이다.

이 문제를 논의할 때 문화가 존재론적인 실체가 아니라는 주장은 하나의 단서를 제공한다. 이러한 주장을 펴는 사람들은 문화를 사람의 행위로부터 끌어낸 추상이라고 주장한다. 그들의 말에 의하면 문화 그 자체는

지질학회에서 공동으로 발표한 논문. ('96.8.16. 동아일보)
2) 북경의 아시아 태평양 사막화 포럼에서의 중국 임업부 부장 徐有芳과 부부장 祝光耀의 보고. ('96.8.14. 동아일보)

무형의 것이고 그것에 참여하는 개인들에게 직접적으로 알려지는 것도 아니라고 한다. 형태가 없고 지각되지도 않는다면 그것은 하나의 실체로 볼 수가 없다는 말이다.

그들은 사람의 행위가 심리학의 대상이 된다는 점에서 문화를 심리학의 대상영역으로 치워 버리려고까지 한다. [3] 이렇게 주장하는 사람들은 문화를 관념으로만 정의할 뿐 물질적인 대상은 문화가 아니며 문화일 수도 없다고 말한다. [4] 물질적인 대상을 문화가 아니라고 한다면 문화를 관념이요 추상으로만 생각하는 태도는 자연스러울 수가 있다.

여기서 우리는 니콜라이 하르트만의 견해를 떠올릴 수 있다. 그는 실제성을 물(物)의 존재방식이나 그와 관련한 성질을 뜻하는 것만으로 받아들인다면 물리적, 물체적, 물질적이 아닌 그 모든 것을 비실제적인 것으로 말할 수밖에 없다고 한다. 그런데 그러한 방식으로 실제성을 한정하게 된다고 하면 유기체에 있어서 육체는 형태를 이루고 있으므로 실제적인 것이고 생명성은 비실제적인 것이라고 해야 하는 어려움에 빠진다는 것이다. 사람에게 있어서도 살과 뼈는 실제적인 것이고 그의 건강상태, 그의 행동, 그의 노동, 다른 사람들에 대한 그의 행동은 비실제적인 것이 된다고 한다. 그의 운명, 생활상태, 사랑과 미움이 비실제적인 것으로 될 뿐만 아니라 역사적 사건, 발전, 위기, 시대의 변천도 비실제적인 것이 되고 오직 대포나 육탄만이 실제적인 것이 될 것이라고 한다. [5] 하르트만의 견해에 따르면 설사 문화를 관념이나 추상성으로만 정의한다고 하여도 그것의 존재론적 실체를 부정할 수 없게 된다.

그러나 문화를 행위로부터 이끌어 내는 추상이라고 한다 하여도 물질적인 대상을 제외한 행위라는 것이 가능한가를 물을 수 있다. 행위는 관념의 유희가 아니기 때문이다. 사람의 행위는 또한 의식적 행위이며 의식적 행위는 가치의 실천이라는 내용을 가진다. 가치의 실천은 무형의 것이 아니라 사람의 행위를 매개로 하여 정신과 물질을 통합하는 존재론적 실체로 나타나는 것이다.

그래서 문화는 정신적인 요소와 물질적인 요소를 통합하는 삶의 총체적

---

3) 레스리 화이트(이문웅 옮김), 『문화의 개념』, 일지사, pp. 134-145.
4) 같은 책, p. 156.
5) N. Hartmann, *Problem des Geistigen Seins,* Walter de Gryter & co, p. 80.

인 방식이 되는 것이다.

그런데 삶의 방식은 조건에 따라서 변화하게 된다. 조건은 자연의 조건과 사회적 조건을 포괄한다. 일정한 조건이 주어질 때는 일정한 삶의 방식이 지속되는 것이다. 그러기 때문에 여러 지방의 문화가 달라지는 것이며 다양한 계층의 다양한 문화가 존재하게 되는 것이다. 그리하여 문화의 실체는 일정한 조건에 대응하여 생멸하는 것이라고 할 수 있다.

그러나 역사는 생멸하는 문화적 실체의 총체로서 문화의 상위개념이다. 다시 말하면 변화하거나 생멸하는 여러 가지의 문화를 총괄하는 것이 역사라고 하는 말이다. 이런 점에서 볼 때 오스발트 슈펭글러나 아놀드 토인비가 역사를 문화의 단위로 나누어 이해하려고 하는 것은 정당한 철학적 근거를 가진다고 할 수 있다.

2-2. 그렇다면 문화는 생멸변화하는 것이고 역사는 그것을 총괄하는 불변하는 실체라는 말인가? 그 대답은 앞서 말한 바의 시간, 공간의 범주, 자유의지 등의 조건을 생각할 때 역사가 불변하는 실체라는 것은 생각하기 어려운 대답이다. 역사라는 실체도 변화한다. 시간이 변화하고 공간도 변화한다. 그리고 사람의 의지도 여러 방향으로 바뀌는 것이 사실이다. 여기에 기초하고 있는 역사도 당연히 변화한다는 말이다. 다만 문화는 여러 가지 크기의 단위를 가지며 변화의 주기도 다양하지만 역사의 변화는 통합적이며 큰 주기, 느린 속도로 진행된다고 할 수 있다. 마치 큰 파도에 여러 단계의 작은 파도가 함께 일어나는 것과 같다고 할 것이다. 다시 말하면 큰 주기로 변화하는 역사 속에서 여러 단위의 문화가 생멸변화한다는 것이다.

2-3. 여기서 우리는 또 하나의 문제에 부딪친다. 그것은 역사의 변화와 문화의 변화는 같은 방향인가 다른 방향일 수도 있는가 하는 것이다. 바꾸어 말하면 역사가 쇠퇴의 과정에 있을 때에 성장하는 문화가 있을 수 있는가 하는 것이다. 또는 이렇게도 질문할 수가 있을 것이다. 문화의 성장이 역사의 쇠퇴를 막을 수 있는가? 또는 성장하는 역사의 시기에는 모든 문화의 단위들도 덩달아 성장하는가 하는 것이다.

그러나 이런 종류의 질문을 의미없는 것으로 보는 견해도 있을 수 있다. 직선사관을 가진 사람들은 역사를 일회적인 것으로 보기 때문에 생멸변화의 과정이 특별한 의미를 가질 수 없을 것이다. 종말론에서 보는 것처럼 일회적인 완성이나 일회적인 몰락이 있을 뿐이다. 또 토인비처럼 문화의 단위를 가지고 역사를 보는 경우에 있어서도 이런 질문이 의미가 없을 수도 있다. 즉 특정한 문화의 생성과 몰락, 그리고 하나의 문화단위를 다른 문화의 단위가 계승하는 등의 과정을 역사라는 개념으로 이해한다면 역사는 일종의 개념으로만 존재하는 셈이 되기 때문이다. 즉 역사를 개념적 실체로만 본다면 역사의 성쇠는 논의할 수 없게 된다는 말이다.

그런데 역사의 토대를 이루고 있는 시간은 고정되어 있는 것이 아니다. 그렇다고 시간이 내용없이 흘러가기만 하는 것도 아니다. 시간의 흐름은 일정한 형식이 있고 그 일정한 형식에는 합당한 내용과 속성이 있다. 즉 시간의 상승하는 시기와 하강하는 시기가 있다. 강해지는 시기와 약해지는 시기, 밝아지는 시기와 어두워지는 시기가 있다. 다른 말로 하면 음(陰)의 시기와 양(陽)의 시기가 있다는 말이다. 상승하는 시기와 하강하는 시기의 교대는 존재론적 실체의 기본범주를 이룬다. 모든 존재하는 것들의 변화, 생명체들의 생명주기(Life cycle)는 이러한 시간의 흐름형식에 근거하고 있다고 할 수 있다. 바위가 부서져 흙이 되고 흙이 굳어져 바위가 되는 과정이 있을 뿐 아니라 모든 생명체는 생로병사의 과정을 거치는 것이다.

이것은 존재와 세계의 역동성의 근거가 되는 것이다. 이러한 역동성이 존재의 본질을 이루며 존재적 실체를 유지하는 수단이기도 하는 것이다. 그렇다면 역사라고 하는 존재적 실체에도 상승하는 시기와 하강하는 시기가 있다는 것을 알 수 있다. 역사에 대한 이러한 태도는 순환사관을 주장하는 사람들의 공통된 태도이다.

그런데 순환사관을 주장하는 사람들은 순환의 내용에 있어서 여러 가지의 견해를 가질 수 있고, 대개의 경우에 결정론에 흐른다. 결정론, 또는 운명론에 빠진다는 점에 있어서는 직선사관을 주장하는 사람들의 경우에 있어서도 마찬가지라고 할 것이다. 중국 송나라 시기의 소강절[6]의 견해는 순환사관을 주장하며 결정론을 따라야 하는 원리를 제공한다. 소강절에 따르면 우주가 한 번 순환하는 주기는 12만9천6백 년이다. 이 12만9천6백 년을 1원(元)이라고 하는데 1원(元)은 12회(會)로 나누어지고 1회(會)는 30운(運)으로, 1운(運)은 12세(世)로, 그리고 1세(世)는 30년으

---

6) 邵康節의 이름은 雍, 字는 堯夫, 중국 宋나라 사람, A.D. 1011-1077.

로 나누어진다. 이러한 구분에 따르면 역사의 변화가 일어나는 주기는 우선 30년이다. 1세마다의 변화를 말하는 것이다. 그 다음은 1운(運)에 해당하는 360년의 변화주기가 있고, 1회(會)에 해당하는 1만800년의 변화의 주기가 있다. 이 주기는 역(易)의 64괘로 나누어져 발생, 성장, 쇠퇴, 소멸의 과정을 거친다. 그런데 소강절은 이 변화의 주기를 역행할 수는 없다고 한다. 왜냐하면 쇠퇴의 길로 들어서는 역사를 돌이키려면 천명을 아는 성인이 최소한 1세를 통치해야 하는데, 그러한 성인이 나타나기가 힘들 뿐 아니라 사람의 수명 자체가 100년이 채 되지 않는다는 것이다. 그에 따르면 역사가 절정에 이른 것은 제6회의 말과 제7회의 초에 해당하는 중국의 요순시기라고 한다.[7) 그의 역사주기에 따라 보면 지금의 시기는 몰락의 과정에 접어든 제7회의 192운, 2300세, 68998년이 된다. 단기 4332년, 서기 1999년이 되면 2301세로의 작은 변화의 주기를 맞이하게 된다.[8)

이와 같은 원리에 따라 유추하여 보면 상승하는 시기에도 작은 상승과 몰락의 시기가 있고, 하강하는 시기에도 작은 규모의 상승과 하강의 시기가 있다는 것을 알 수 있다. 자연의 전개과정에서 이러한 예를 들어 보자. 상승하는 시기인 봄철과 여름철에도 낮과 밤의 교차가 있고, 하강하는 시기인 가을과 겨울에도 낮과 밤의 교차는 있다. 낮은 상승의 시기이고 밤은 하강의 시기가 아닌가? 다른 용어를 빌려 말하면 우주적이거나 지구적인 규모의 음과 양의 대규모적인 교차는 특정한 지역이나 시기의 음과 양의 교체를 통해서 완성된다고 보는 것이다. 더 구체적인 부분으로 나간다면 낮의 시기에도 자연의 동화작용이나 신진대사가 계속되고 밤의 시기에도 자연의 신진대사나 동화작용이 지속된다는 사실에 주목할 수 있다. 신진대사나 동화작용도 결국은 끊임없는 상승과 하강의 지속적인 작용이라고 하는 것을 생각하면 이와 같은 상승과 하강의 복합적인 교체는 모든 존재의 본질인 역동성을 보여 주고 있다고 할 수 있는 것이다.

그러면 역사의 변화방향과 문화의 변화방향이 항상 같은 방향인가 하는 문제로 되돌아가서 생각해 보자. 물론 역사의 변화과정을 문화의 변화과정이 근본적으로 역행할 수 있는 것은 아니지만 부분적으로는 서로 다른

---

7) 김도종, 『역사철학의 기철학적 단서』, 채문연구소 출판부, pp. 148-153.
8) 같은 책, pp. 159-160, 소강절의 역사주기 연대환산표 참조.

방향을 취할 수 있다는 말이 성립된다. 그러나 그 부분적인 역행이 역사의 전체과정에 대한 역행으로 연장될 수 있는가 하는 점은 아직 더 고려해야 할 문제로 남는다. 왜냐하면 우리는 결정론, 또는 필연론을 취할 것인가, 그렇지 않으면 사람의 활동에 있어 자유의 여지가 어느 정도의 역할을 하는 것인가를 아직 논의하지 않고 있기 때문이다.

3. 문화구성체의 구성요소

3-1. 문화는 단순히 사람들의 행위를 말하는 것이 아니다. 또는 의, 식, 주의 생활과는 직접적인 연관이 없는 유희나 오락, 예술 등을 말하는 것도 아니다. 또는 그보다 범위를 넓혀서 학문이나 종교 등을 함께 말하는 것만도 아니다. 문화를 좁은 의미의 뜻으로 볼 수 없는 것은 존재론적으로 사람을 이해할 때 명백해진다. 즉 사람은 정신적인 존재임과 동시에 물질적인 존재이고 물질적인 존재임과 동시에 정신적인 존재라는 것이다. 사람의 생활은 그 어떤 종류의 것이 되었든지간에 정신적인 부분과 물질적인 부분으로 구성된다. 니콜라이 하르트만(1882-1950)이나 전원배(1903-1984)는 이러한 새로운 의미의 다원론을 주장했다. 그런데 여기에 그 이상의 광범위하고 심도있는 존재의 구조를 밝혀야 한다는 주장이 많이 있고, 그러한 주장에 타당성이 있는 것도 사실이다. 정신과 물질이라는 근거 외에 크리스트교가 말하는 사람의 영적(靈的) 근거라든가 불교에서 말하는 업(業)과 식(識)에 관한 문제는 현세적인 출생과 죽음을 뛰어넘는 존재의 영속성 문제와 함께 철학의 영역에서 적극적으로 취급해야 할 것을 요구하고 있다. 뿐만 아니라 기(氣)와 존재의 관계문제도 존재의 근거와 구조를 탐구하는 데 반드시 해명해야 할 과제로 등장하였다. 또 현대의 자연과학도 죽음 뒤의 경험과 같은 사람의 존재와 관련한 새로운 가설을 계속 제출하고 있는 터에 이러한 여러 가지 문제를 사이비 과학이니 사이비 철학이니 하는 용어로 냉소적으로 제쳐놓을 수 없는 것이 오늘날의 철학적 상황이라고 할 수 있다.

요컨대 사람의 삶은 어떠한 경우에도 단순하게 구성되지 않는다는 것이다. 정신과 물질, 과거와 현재가 통합적으로 현세적 삶을 구성하고 결정한다. 이러한 총체적인 삶의 방식을 우리는 문화라는 말로 포괄하고 있는 것이다. 문화는 이처럼 다양한 뿌리를 가지고 현세적 삶에서 그 원류들을 종합하여 하나의 문화단위를 구성한다고 할 수 있다. 그리하여 우리는 삶의 방식을 만들어 내는 뿌리와 그것이 현세적 삶의 영역에 전달되는 과정, 그리고 그것들이 서로 자기조정을 하면서 하나의 단위를 만들어 내는 양상을 알아낼 필요에 직면하게 된다. 이것을 알아내는 작업이 다름아닌 문화구성체론이다. 현대인들은 낱개의 삶의 도구, 낱개의 미학적 표현물, 단선적인 자연적응 방식, 직업이나 계층의 단선적이고 특수한 행태도 모두 문화라는 말로 규정하는 경향이 있다. 이에 비해서 문화구성체는 자연적인 여러 요소와 정신적인 여러 요소, 사람과 자연, 사람과 사람, 사람과 정신적인 여러 관계를 총합하여 동시대와 지역을 포괄하는 문화종합이 이루어진 것을 말한다. 그리하여 동시대와 동지역, 정신적인 요소와 물질적인 요소를 종합한 문화구성체는 역사에서 해체되지 않는 단위가 되는 것이다.

3-2. 문화는 사람에 의해서 만들어지고 사람은 일정한 지리적 기반 위에서 산다. 그것은 문화도 역시 지리적 기반 위에 선다는 것을 말한다. 다시 말하면 지리적 기초에 따라 문화의 유형이 달라진다는 것을 말한다. 평원의 대륙, 반도, 섬, 내륙지방, 해안지방, 사막지대, 하천유역, 산림지대 중 어디에서 사느냐에 따라 생활양식이 달라진다는 것은 쉽게 알 수 있다. 또 지리에 따라 기후적 조건도 달라지게 된다. 그리하여 어느 지역에 사느냐에 따라 의, 식, 주의 형태가 달라지고 제도와 풍습, 사고방식이 달라지는 것이다. 사람은 이러한 자연의 지리적 기초 위에서 인위적인 지리적 환경을 만들어 나간다. 인위적인 지리적 기초는 앞서 말한 바 있는 사회적 공간이라고 할 수 있다. 그것은 자연의 지리적 기초를 사람의 요구에 맞게 개량하고 변형시킨 것이라고 할 수 있다. 사람의 필요에 의해서 조성한 목축지, 농경지는 일차적인 사회적 공간이다. 이런 점에서 본다면 자연의 환경이 사회적 환경을 결정한다는 마르크스주의자들의 견해[9]는 타당성이 있다. 그러나 그것은 단선적인 관계이다. 자연적 공간과 사회적 공간은 복합적으로 실체화되어 우리 앞에 나타나는 것이다. 사람

---

9) G. V. Plekhanov(Ralpf Fox 옮김), *Essays in the History of Materialism*, Howard Fertig, 1967, p. 215.

은 자연적 공간의 영향만 받는 것이 아니라 사회적 공간의 영향도 받는 것이다. 즉 사람이 건설한 도회지도 사회적 공간이다. 사람들은 토목과 건축기술, 농업기술 등을 이용하여 사회적 공간을 넓혀 왔다고 할 수 있다. 그런데 그러한 사회적 공간도 사람의 삶의 양식에 영향을 주는 것은 사실이라는 말이다. 즉 농촌지역에 사는 사람과 도시지역에 사는 사람의 생활양식은 다른 것이다.

사람들은 생태계에 속한다. 그런데 그 생태계 역시 일정한 자연적 공간, 자연의 지리적 기초 위에서 전개된다. 다만 다른 생태계와 달리 사람은 자연적 공간을 변형시켜 사회적 공간을 계속 만들어 간다는 사실이다. 사람이 변형하여 만든 사회적 공간도 모든 생태계에 영향을 준다. 그런데 오늘날 사람들은 사회적 공간을 지나치게 넓혀 온 결과로 자연의 지리적 기초를 파괴하는 경우가 있다. 자연의 지리적 기초를 파괴하는 것은 오히려 사람들의 생존기반을 무너뜨리는 결과를 가져오고 있다. 이것은 환경파괴의 한 유형이 되고 있다. 해안의 매립공사는 해양생태계를 파괴하고 지나친 도시화는 녹지지역을 파괴하여 오히려 삶의 공간을 잃어 가게 하는 결과를 가져온다. 여기서 우리가 볼 수 있는 것은 사회적 공간도 자연의 지리적 기초와 균형을 이루는 한에서 만들어져야 한다는 것이다. 즉 사회적 공간은 자연적 공간의 한계 안에 있어야 한다는 말이다. 아무튼 자연적 공간과 사회적 공간은 문화구성체의 첫번째 요소라고 할 수 있다.

3-3. 문화구성체의 두번째 요소는 지리적 기초 위에 있는 생태계의 환경이다. 생태계의 환경은 우선 서식하는 동식물을 말하는 것이다. 지리적 환경에 따라 서식하는 동식물도 달라진다. 생물의 종류는 서식의 조건과 지리적 조건에 따라 달라지는데 큰 대륙과 큰 바다의 식물생태와 동물생태가 다르다. 호주에서는 캥거루를 볼 수 있지만 다른 곳에서는 볼 수 없다거나 미주대륙에서는 벌새와 선인장이 있지만 유럽에는 없다. 대륙에 따라 서로 다른 농작물, 가축, 인종들이 살고 있다. 이처럼 군집을 구성하는 생물학적 단위들은 지리적 구조에 따라 달라진다는 것이다.[10] 사람들의 생활공간에 어떠한 동식물이 서식하느냐에 따라 사람들의 삶의 양식은 달라진다. 우선 하천이나 바닷가의 사람들은 물고기를, 또 산간지역의 사람들은 동물의 고기를, 그리고 평야지대의 사람들은 식물의 열매나 씨

---

10) 유진 오덤(이도원, 박은진, 송동하 옮김), 『생태학』, 민음사, p. 73.

앗 등의 곡물을 주요한 식량으로 한다. 사람들도 생태계의 고리에 소속하게 되는 것이다. 그리고 그러한 먹이를 읻는 방법도 다르다. 특정한 생태계를 환경으로 하는 사람들의 먹이획득 방법은 서로 다른 풍속과 기술을 만들어 낸다. 학문이 달라지고 세계관도 달라진다. 그렇다고 사회생물학이 말하는 것처럼 생태학적 환경적응이 사람들의 모든 것을 결정한다고만 할 수는 없다. 그러나 생태계의 환경은 문화가 만들어지는 주요한 원천임에는 틀림없다.

그러나 비료와 인공사료를 쓰는 화학적 농업과 오염물질을 배출하는 공업생산, 그리고 물리적이거나 화학적으로 문제를 안고 있는 현대인들의 소비생활의 산물인 쓰레기 등으로 말미암아 생태계의 순환고리가 파괴되는 현상이 나타났다. 이것은 사람들의 생존기반을 무너뜨리는 주요한 요소가 되고 있다. 이것 역시 생태계가 문화의 요소임과 동시에 생태계의 파괴는 곧 문화의 파괴로 이어질 수 있다는 것을 보여 주고 있다고 할 것이다.

3-4. 지리적 환경과 생태계의 환경에 들어 있는 각종의 자원은 문화의 형태를 만들어 내는 그 다음의 요소가 된다. 사람들이 어떠한 자원을 이용하느냐에 따라 생활방식이 달라지는 것은 쉽게 알 수 있다. 석기시대, 청동기시대, 철기시대의 구분은 바로 자원의 이용과 관계되는 것이다. 이때의 자원은 우선 의, 식, 주의 생활을 해결하기 위해 이용하는 자원을 말하는 것이다. 그러나 직접적인 의, 식, 주의 생활이 아니라고 하더라도 자원은 영향을 준다. 예를 들어 옛 그리스와 로마는 대리석이 풍부하여 조각예술과 건축이 발달하였는가 하면 옛 백제는 금이 풍부하여 금세공이 발달하였다는 사실도 기억할 수가 있다. 석탄을 주요한 연료로 사용하는 문화, 나무를 주요한 연료로 사용하는 문화, 그리고 기름이나 원자력을 주요한 연료로 사용하는 문화도 달라진다.

그런데 자원의 과도한 이용은 또한 삶의 기반을 파괴하는 결과를 가져오고 있다. 물고기를 마구잡이로 잡아들인 결과 어업의 기반이 무너진다든가 원유를 무한정으로 채취하여 지구의 에너지 위기가 예상되는 일 등 그것이 예상되는 많은 사례가 있다. 요컨대 자원의 종류와 선택은 문화구성체의 요소가 된다는 사실을 알 수 있는 것이다.

3-5. 지금까지 나열한 것은 문화구성체의 물질적 요소라고 할 수 있

다. 그런데 문화는 이러한 물질적 요소로만 구성되는 것은 아니다. 문화 구성체의 요소에는 의식과 정신의 요소도 있는 것이다. 유물론자의 견해에 의하면 의식이나 정신은 물질적 작용의 부수적 현상에 불과한 것이 될 것이다. 그러나 의식이나 정신의 독특한 작용은 그 이상이라고 할 것이다. 니콜라이 하르트만에 의하면 의식은 각 개체 내에서 새롭게 의식으로 각성된다. 또 정신도 각 개체에 있어서 새롭게 발생하는 것이지 유전되는 것이 아니라고 한다. 예를 들어 어린아이가 말을 배우는 것은 유기체의 성장과 함께 저절로 되는 것이 아니라 말을 알아듣고 결합하고 이해하기를 따로 배워야 한다는 것이다. 벙어리들의 틈에 끼어 있는 어린아이는 결코 말을 배우지 못한다고 한다. 즉 정신이란 것은 자신의 전력투구와 노동으로 그것을 해낸다는 것, 모든 것은 노력해서 획득하는 것이라고 한다. [11] 의식이나 정신이 이처럼 보다 자율적이고 적극적인 작용을 하는 것이라고 한다면 이것들은 같은 의미로 문화구성체의 적극적인 요소가 된다.

3-6. 정신적인 부분에서의 문화구성체 요소 가운데 일차적인 것은 욕구라고 할 수 있다. 물론 욕구를 생물학적 범주에 놓고 보는 견해를 일반적인 것이라고 할 수 있다. 그런데 생물학적 범주의 욕구라면 사람이 아닌 다른 동물들도 다 함께 가지고 있다. 그러나 사람의 욕구와 동물의 욕구는 성질상의 차이가 있다. 예를 들어 사람은 자연의 공간을 변형시켜 사회적 공간을 만들어 나가는데 그것은 욕구가 있기 때문이다. 그런데 동물도 욕구가 있지만 사회적 공간을 만들지 않는다고 하는 점을 주목할 필요가 있다. 그것은 사람의 욕구가 단순히 생물학적 본능에 속하는 것이 아니라 가치실현이라는 과정과 결합되어 있기 때문이다. 그러한 결과로 사람의 욕구는 특별한 의미를 갖게 된다고 할 수 있다. 헤겔과 마르크스는 사람의 노동에 특별한 의미를 주고 있는데 거듭 생각하여 보면 그들이 말하는 노동은 욕구를 실현하는 사람의 과정이라고 해야 할 것이다.

욕구를 실현한다는 것은 항상 다른 것들과의 관계를 통해서만 가능한 것이다. 바꾸어 말하면 자기와 자기 아닌 것과의 관계맺음으로 사람은 욕구를 실현할 수 있다는 말이다. 그러므로 욕구실현이란 상호주관적인 것이라고 할 수 있다. 마르크스가 사람의 본질을 유적 존재로 보는 근본적

11) N. Hartmann, 앞의 책, p. 102.

인 출발점은 사람이 욕구를 실현하는 특별한 과정이라고 할 수 있다.

그런데 사람의 욕구는 두 가지의 방향을 갖는다. 하나는 역동성에로의 욕구라고 한다면 다른 하나는 안정, 또는 정지에의 욕구이다. 쉽게 말하면 사람은 활동하고 싶기도 하고 쉬고 싶기도 한다. 창조하고 생산하고 싶기도 하지만 소모하고 파괴하고 싶기도 한다는 말이다. 창조하고자 하는 욕구는 외부를 지향하지만 정지하고자 하는 욕구는 내부를 지향한다. 다시 말하면 역동성에로의 욕구는 자기자신을 다른 것들에게 확대하려고 한다. 그것은 보편에의 욕구이다. 보편에의 욕구는 육체적 노동을 통해서 다른 자연물들을 변형시키고, 정신적인 노동을 통해서 법칙, 가치, 합목적성, 합리성, 합정성, 그리고 진리(또는 신) 등을 추구한다. 정지에의 욕구는 개체를 지향한다. 그것은 이기심으로 나타난다. 이기심은 바로 소비에의 욕구로 나타난다. 욕구가 이처럼 두 가지의 방향을 갖는 것은 자연 그 자체가 가지고 있는 상승(양)과 하강(음)의 교체, 또는 주기에 기인하고 있다고 할 수 있다. 보편지향의 욕구가 우세할 때는 창조의 문화가 나타나고 개체지향의 욕구가 우세할 때는 소비의 문화가 나타난다. 또 특정한 사람들의 군집이나 집단이 가지는 욕구의 방향에 따라 문화의 성격도 달라진다. 이런 문제도 있다. 같은 지역과 같은 시기에 살고 있는 사람들도 계층이나 집단에 따라 다른 문화를 가질 수 있다는 것이다. 즉 같은 조선시대에 살았다 하더라도 양반이 만든 문화와 평민이 만든 문화가 다르다는 것이다. 그것은 지배계급과 피지배 계급의 욕구의 방향이 다르기 때문이다. 또 같은 집단이 시기를 달리하면서 다른 형태의 문화를 갖는 경우도 있다. 특정한 집단이 권력이나 부를 추구하려고 하는 상승욕구를 가질 때의 문화와 이미 획득한 권력과 부를 방어하려고 하는 하강욕구를 가질 때의 문화가 다른 것이다. 요컨대 욕구는 육체적이거나 정신적인 노동을 통해서 자기를 실현하려고 하며 그것은 문화구성체의 요소가 된다.

3-7. 문화구성체의 또 다른 요소는 민족이다. 이때의 민족은 생물학적 군집을 말할 수도 있지만 그렇다고 하면 동물의 군집과 다를 바가 없게 된다. 민족은 우선 생물학적인 동질성을 가진 사람들이지만 유사한 세계관을 가지고 서로 유사한 가치를 추구하는 정신적인 동질성을 갖는 것이다. 헤겔은 국가를 형성한 민족만이 세계사에서 문제로 된다고 말하였는

데[12] 뒤집어서 생각하면 국가의 형성은 정신적인 행위임을 알 수 있다. 마찬가지로 민족이 생물학적 단위로만 존재할 때는 문화구성체의 자연적 환경은 될 수 있을지 몰라도 적극적인 요소가 될 수는 없다는 말이다. 생물학적으로 혈연적 동질성을 가진 민족이 서로 다른 목표를 가진 정치집단을 형성하고, 서로 다른 세계관을 가지며 서로 다른 인생의 목표를 가진다면 동일한 문화구성체가 되지 않는다.

그런데 민족이 문화구성체의 요소가 되었을 때는 단순히 여러 가지 요소의 하나가 아니라 하나의 문화구성체의 단위를 형성한다. 왜냐하면 민족은 여러 가지 요소를 통합하는 힘의 단위를 형성하기 때문이다. 민족은 자연적 공간의 동질성과 혈연적 동질성을 가지며 민족내부의 다양한 계층의 의식을 섞어서 하나의 민족의식, 민족정신이라는 분해할 수 없는 단위를 형성하기 때문이다. 아직까지의 역사나 문화구성체에서 민족은 가장 강력한 단위로 기능하고 있다.

문화구성체의 단위인 민족은 동일한 말과 글을 사용한다. 동일한 우주관을 가지며 동일한 미학적 취향을 갖는다. 동일한 도덕의식을 가지고 동일한 삶의 목표를 갖는다. 이들은 지리적 환경에 기초하여 정치적 공동체를 형성하고 구성원들은 거기에 근거하여 삶의 뿌리를 지킨다. 그리고 이것들은 세대에서 세대로 이어져 유전되어 일정한 기세(氣勢)를 이루었으므로 쉽사리 해체되지 않는 강력한 단위가 되는 것이다.

이렇게 이루어진 "기세"는 구성원 개인이나 구성집단의 의지를 넘어서서 일정한 상승주기와 하강주기를 갖는다. 그러나 이 경우에 구성원 개인들이나 구성집단의 자각적 실천은 상승주기와 하강주기의 방향을 역행시킬 수 있는 가능성을 갖는다. 왜냐하면 그 "기세"의 원천 가운데 하나는 바로 그들의 의지이기도 하기 때문이다.

3-8. 생산양식은 또 문화구성체의 단위가 된다. 여기서 말하는 생산양식이라는 말은 재화를 만들어 내는 방식과 소비의 양태를 동시에 포함하는 개념으로 쓴다. 한마디로 말하여 농업적 생산양식 사회의 문화와 기계공업적 생산양식 사회의 문화, 그리고 탈공업적 정보통신 기술을 이용하는 현대사회의 문화는 각각 그 성격을 달리한다. 생산양식에 따라 사회구성이 달라지고 사람들의 의식도 달라진다. 즉 생산양식의 변동은 문화의

---

12) 헤겔(김종호 옮김), 『역사철학 강의 1』, 삼성출판사, p. 75.

변동을 가져온다. 이것은 마르크스주의자들이 이 점을 설파한 이론은 정당하다는 점을 보여 준다. 그러니 그들의 오류는 생산양식이 문화를 규정하는 총체적이고 유일한 요소라고 하는 점에 있다. 우리가 고찰하는 바와 같이 생산양식은 문화구성체의 한 요소로서 기능하고 있다는 점이 마르크스주의자들의 견해와 다른 것이다. 뿐만 아니라 마르크스주의자들은 기계공업적 사회 이후의 사회를 몰랐지만 이미 현대는 탈기계 공업적 사회로 접어들었다. 학자들은 현대를 탈공업 사회, 탈산업 사회, 정보화 사회, 제3의 물결이니 제4의 물결이니 하는 여러 가지 용어로 규정하고 있다. 현대의 생산양식의 특성은 정보통신 기술을 이용하여 물질적 재화를 활용하고, 개인의 욕구가 어느 시기보다도 능동적으로 역할하고 있을 뿐만 아니라 지역적 자율성을 강조하며 여러 분야의 인문학적 기초를 현실적으로 응용하고 있다는 점이다. 이러한 종합적이고 포괄적인 생산체제의 특성을 고려하여 현대 이후의 생산양식을 "문화적 생산양식 사회"라고 규정할 수 있을 것이다. [13] 이로 보면 현대의 세계는 사회구성의 계층이동이 시작되고[14] 구성원들의 가치의식이 달라지는 등 근대의 문화구성체가 쇠퇴하고 현대의 새로운 문화구성체가 형성되고 있는 시점에 있다고 할 수 있다.

재화의 생산뿐만 아니라 소비생활의 양태도 문화구성체의 요소가 된다. 의, 식, 주의 기본적인 요구만을 충족하는 사회, 미학적 취향의 본성도 고려하는 소비생활의 사회, 또 풍요를 즐기려는 사회, 절제하는 사회의 소비생활 등이 문화의 구성에 영향을 준다. 그런데 기계공업적 생산양식의 사회가 상품의 소비생활을 일방적으로 강요하였다면 문화적 생산양식의 사회는 사람들의 소비생활의 양태를 충분히 고려하면서 상품을 생산하는 경향을 가졌다는 점에서 소비생활이 문화의 구성에 영향을 주는 중요성이 더욱 높아졌다고 할 수 있다.

3-9. 문화구성체의 또 다른 요소는 직업과 사회계층이다. 농민의 문화, 상인의 문화, 기업가의 문화, 공장노동자의 문화가 다르고 교사의 문

---

13) 김도종, 「생산양식의 변동과 사회정의」, 『역사와 사회』 제2권 제14집 (1995. 1.) 수록, (사) 채문연구소.
14) 컴퓨터 소프트웨어를 개발하는 지식전문가가 새로운 부유층이 된다거나 다국적 기업을 경쟁력을 갖추기 위해 소규모 자회사들로 분할하거나 하는 등의 현상은 근대적 의미의 부르주아가 해체되고 지식전문가 계층이 사회의 새로운 주도세력으로 떠오르고 있다는 징후로 볼 수 있다.

화, 정치인의 문화, 지식인의 문화가 서로 다르다. 여러 직업 가운데 어떤 직업인이 그 사회를 주도하고 있느냐에 따라 주도적인 문화의 형태가 만들어진다고 할 수 있다. 또 어린이, 청년, 장년, 노인 등 연령에 따른 사회계층의 문화도 서로 다른데 어느 연령계층이 사회관심의 중심에 있느냐에 따라 문화의 형태가 달라진다.

또 씨족이나 특정한 지역주민의 문화가 있고, 학생과 회사원 등의 문화를 구별할 수도 있다. 그런데 현대사회는 어느 특정한 계층에 속하는 사람이 주도하는 것이 아니라 계층과 집단을 벗어난 넓은 의미의 사회인이라는 계층에 대해 그 성격을 규정할 필요가 있다. 혈연적 계층, 지역적 계층, 직업적 계층, 비영리 단체들의 계층을 떠난 사람들의 일반적인 사회관계가 있다는 것이다. 이들의 사회관계는 직접적인 이해관계는 없으나 넓은 의미의 이해관계에 있다. 그런 의미에서 이들은 서로 무관한 관계에 있는 것처럼 보인다. 일반적 사회관계는 그가 속하는 여러 가지의 계층을 벗어나 있다 하더라도 사실은 의도적인 또 다른 사회관계에 속하게 되는 것이다. [15] 예를 들어 한 비행기에 타고 있는 사람들은 서로 무관한 사람들인 것 같지만 일정하게 필요한 관계에 들어 있는 것과 같은 것이다. 이러한 사회인은 자연인과 대비하여 볼 수 있는데 혈연적 계층, 직업적 계층, 비영리 단체의 계층에 비해서 느슨한 동질성을 가지고 있으나, 다른 계층의 통제력이 약해지고 개인주의적 성향이 높아지는 것에 따라 이때의 "사회인"은 일정한 "기세"를 형성하는 단위가 되고 있는 것이 현실이다. 그리하여 과거에는 불특정 다수로 지칭되는 일이 많았지만 "사회인"의 행태는 문화구성체 요소의 적극적인 부분이 되고 있다.

3-10. 종교와 학문은 문화구성체에 있어서 민족의 단위와 더불어 가장 강한 요소의 하나가 된다. 헤겔에 따르면 종교가 국가와 헌법의 근거를 이룬다고 하였는데[16] 그 이유는 종교가 신적 정신, 즉 절대정신을 매개하고 있기 때문이라고 보는 것이다. 종교는 보편적인 원리를 현실생활에 매개하는 것으로서 보편을 향한 사람의 욕구를 실현하는 최고의 단위라고 할 수 있는 것이다. 보편의 원리를 어떠한 것으로 보는가, 그 원리를 매

---

15) 김도종, 「문화구성체 요소인 사회인의 도덕성 함양」, 『학생지도 연구』 16집(1995. 12), 원광대학교 학생생활연구소, pp. 43-64 참조.
16) 헤겔, 같은 책, p. 88.

개하는 형식은 어떠한가에 따라 법과 제도가 달지는 것이 역사적 사실이다. 종교는 보편원리를 매개하는 신념의 체계인 바 보편의 원리를 현실화시키기 위한 방법으로 도덕적 자기통제와 자각을 위한 수련의 방법(기도, 참선)을 제시하고 있는데 오랫동안 이것들은 일상생활의 행동양식을 규제해 왔다.

종교가 보편원리를 매개하는 신념의 체계, 믿음의 체계라고 한다면 학문은 지식의 체계, 앎의 체계라고 할 것이다. 학문이 지식의 체계로 매개하는 보편의 원리도 사회적 제도와 법률의 근거로 작용하였다. 유럽의 근대시기에는 종교의 신념체계가 정치적 권위를 상실한 반면 과학의 세계관이나 유물론의 철학이 그것을 대체하는 사회적 원리가 되었다.

문화구성체는 이와 같이 여러 가지의 구성요소가 종합되어 한 단위의 구성체가 되는 것이다. 다양한 요소가 종합되면서 혼선이 없는 것은 그것이 한 뭉치의 "기세"로 형성되면서 구체적인 모습의 양태가 만들어지기 때문이다. "기세"로 형성되어 현실적인 모습을 가진 한 문화의 단위는 여러 가지의 요소로 된 보다 작은 단위의 문화가 뒤섞여서 종합된 것이지만 나름대로의 일반화된 성격을 가지는 것이다. 마치 여러 성분을 가진 하천이 합쳐진 것이 바닷물이지만 그 바닷물은 그 나름대로의 일반적인 성분을 갖는 것과 같다.

4. 문화구성체의 종합원리

4-1. 문화구성체 요소들이 그 문화구성체로 만들어지는 종합의 원리는 무엇인가를 해명하는 것이 다음의 문제이다. 앞서 말한 바와 같이 그것들이 어떻게 종합되어 한 뭉치의 "기세"를 형성하는 것인가? "기세"는 정신적 요소와 물질적 요소가 결합된 결과 만들어지는 것이라고 할 수 있다. 사회는 그 구성원과 풍습과 법률과 제도만이 있는 것이 아니라 그 사회 나름대로의 기세가 있고, 역사는 단순한 사건들의 축적이 아니라 그것의 기세가 있는 것이다.[17]

---

17) 김도종, 『역사철학의 기철학적 단서』, p. 104 참조. 周濂溪가 말하는 天下의 勢라고 하는 개념으로부터 추론한 것이다.

그런데 그 기세의 중심에는 실천하는 사람이 있다. 사람의 실천은 자연 존재로서의 본능적 행위만이 아닌 자유의지와 자각적 행동을 하는 것이다. 자각적 행동이란 의식적 행동으로서 마르크스를 비롯한 많은 사람들이 사람의 특징으로 꼽고 있는 사실이다. 다시 말하면 사람, 또는 사람의 실천을 중심으로 작은 단위의 문화요소는 큰 단위의 문화구성체로 된다고 할 수 있는 것이다.

4-2. 그런데 앞서의 고찰에 의하면 사람 그 자체도 문화구성체의 요소가 아니었던가? 그러나 그것은 문제가 될 수 없다. 문화구성체의 요소 가운데 특정한 어느것이 중심적인 계기가 될 수 있기 때문이다. 문화구성체가 만들어지는 중심계기가 되는 사람은 단순히 자연의 질서에만 따르는 자연적 존재로서의 사람이 아니라 자각적 존재로서의 사람이다.

사람은 다른 구성체의 요소들과 관계를 맺는다. 사람은 자연적 요소나 사회적 요소, 정신적 요소나 물질적 요소, 그리고 다른 사물이나 다른 사람과 관계를 맺는다. 이 관계는 본질적이다. 이 관계는 추상적이거나 개념적인 것이 아니라 구체적이고 실질적인 "인연관계"인 것이다. 그리하여 이러한 인연관계라는 통로를 통하여 문화의 요소가 전달되고 그러한 관계를 통하여 문화의 요소는 섞이고 종합되는 것이다. 이 인연관계는 우선 인과원리를 초월할 수 없다. 인과원리는 자연의 근본법칙인데 물질의 세계가 아닌 것에서 인과원리를 말하지 않는 것은 존재론적으로 자기모순이라고 할 수 있다. 니콜라이 하르트만이 밝힌 바와 같이 사람이 정신적인 존재임과 동시에 물질적인 존재이고 물질적인 존재임과 동시에 정신적인 존재로서 두 요소가 통일되어 있는 존재라고 한다면 그 가운데 오직 물질적인 부분만이 인과원리의 지배원리를 받을 수는 없다는 말이다. 왜냐하면 정신적인 부분이 개별적이고 일회적인 존재가 아니고 보편적이고 영속적인 존재이기 때문인 것이다. 다시 말하면 사람이 실천적으로 참여하는 인연관계에서도 좋은 조건이 원인으로 주어지면 좋은 결과를 가져온다는 것이다.

인연관계는 또 마주보기의 관계이다. 자기자신만 고립된 채로 인연관계가 만들어지지 않는 것처럼 결코 한 가지 요소만으로 관계가 만들어지는 것도 아니라는 말이다. 두 가지 이상의 존재나 요소가 서로 마주보고 작용하며 자기내부에서도 두 가지 이상의 방향이 서로 마주보고 있는 것이다. 즉 상승하는 곡선이 있으면 하강하는 곡선이 있고 좋음이 있으면 나쁨도 있다는 말이다. 이처럼 인연관계의 또 다른 속성은 마주보기의 관계이다. 자연, 사람, 사물, 사건과의 관계에서 마주보는 관계일 뿐만 아니라 자기내부의 심리적이고 정신적인 작용의 방향에 있어서도 마주보는 관계가 있다. 쾌와 불쾌, 안정감과 불안정감 등의 심리적 변화 같은 것이 그것이다.

4-3. 마주보기 관계의 특징은 음(陰)의 영역과 양(陽)의 영역이 일정한 주기로 마주보면서 교차하는 것이다. 즉 음양상승(陰陽相勝)의 관계인 것이다. 음양상승은 일정한 주기로 자연의 변화, 삶의 방향이 바뀌는 원리이다. 이러한 원리는 그때그때의 시기마다 문화구성체의 문화종합의 방향을 결정하고 그 문화구성체의 성격을 규정하게 된다고 할 수 있다. 예를 들어 문화적 프롤레타리아[18]와 문화적 지배자 계층은 서로 마주보고 있으면서 점차로 문화적 프롤레타리아가 생동하는 창조력으로 방어적인 지배계층을 잠식한다. 그렇다고 지배계층의 문화가 자취도 없이 소멸되는 것이 아니라 프롤레타리아가 창조하는 문화에 종합되는 것이다.

4-4. 음양상승의 원리가 사회적으로 표현되는 것은 강약의 상호진화 원리이다. 여러 가지 종류의 사회적 계층은 크게 두 개의 계층으로 구별할 수 있다. 하나는 "강한 계층"이고 다른 하나는 "약한 계층"이다. 강한 계층과 약한 계층의 계층구별은 마르크스의 계급분석처럼 엄밀하거나 기계적인 것은 아니지만 사람들이 처하고 있는 사회적 상태를 포괄적으로 일반화한 것이다. 즉 사회계층간에 문화종합이 이루어지는 것은 강한 계층과 약한 계층의 사이에서 강력한 것으로 이루어지는 것이다. 그것은 힘과 힘 사이, 또는 "기세"와 "기세" 사이에 교류와 작용이 이루어지는 매개원리가 된다고 할 수 있다. 이때의 종합원리는 두 가지의 양상으로 실현된다. 하나는 강한 계층이 지배적 태도를 가지고 자신들의 기득권을 방어하며 약한 계층을 따돌리고 이미 성취한 문화적 성과를 소모하기만 하는 경우이다. 이때에 약한 계층은 새로운 창조력과 생동력으로 낡은 문화

---

18) 마르크스는 프롤레타리아를 임금노동자란 뜻으로 썼고 토인비는 다민족 사회에서 따돌려진 종족으로 보았다. 마르크스의 프롤레타리아는 가난하지만 토인비의 그것은 반드시 그렇지 않다. 여기서 문화적 프롤레타리아는 모든 종류의 계층 가운데 따돌려진 계층을 총칭하는 것이다.

를 밀어올리며 새로운 기세로 동시대의 문화를 종합한다. 다른 하나는 "강한 계층"이 창조력을 잃지 않고 약한 계층들에 대해 균형을 가지려는 경우이다. 이때에는 강한 계층의 창조력과 약한 계층의 창조력이 상승작용을 하여 세계적 규모의 문화구성체 단위를 만들 수 있게 된다. 앞의 경우는 러시아의 볼셰비키 혁명을 예로 들 수 있고, 뒤의 경우는 아직까지의 역사적 사례에서 쉽게 볼 수 없는 경우이지만 공존을 모색하는 다민족 사회나 여러 종류의 문화가 직접적으로 교차하는 지역에서 가능할 수가 있을 것이다.

5. 문화의 성쇠

5-1. 지금까지 고찰한 것은 문화는 여러 단계의 단위가 있다는 것이다. 지역을 기초로 하는 문화, 계층을 기초로 한 문화, 생산양식을 기초로 하는 문화 등의 단계와 단위가 있다. 문화의 단위는 의, 식, 주의 도구, 풍습, 제도, 법률, 생산과 소비의 양식, 학문과 종교 등의 유형적인 표현의 산물을 가지면서 무형의 기세를 형성한다. 그런데 사람들이 자기 다움의 근거를 확인하는(identify) 문화의 단위로 쉽게 해체되지 않는 것은 민족이라는 문화의 단위이다.

문화가 사람의 적극적인 가치실현이라는 점을 상기한다면 그것은 사람의 창조력에 따라 성쇠의 과정을 겪는다. 창조력을 발휘할 때 문화는 새로운 틀을 갖추고 번성하며 그것을 상실하고 소모의 시기에 접어들었을 때는 문화가 쇠망한다. 그런데 사람이 창조력을 발휘하는 것은 분명하게 본성적인 일면이 있다. 창조력이라는 것이 자각적 실천이라는 특징을 가지고 있지만 사람의 본성에는 자각이라는 특징도 있는 것이다. 그러나 사람이 그 자각이라는 본성을 더 이상 의식하지 않았을 때는 다른 동물처럼 본능적 행태에 묻히고 말게 되는 것이다. 한편 사람이 자각의 상태를 지속하게 되면 창조력도 지속하게 되는 것이다. 그런 의미에서 보면 한 문화구성체의 생명은 그것을 구성해 내는 사람들이 어느 정도의 창조력을 지속시키느냐에 달려 있다고 할 수 있다. 창조력을 지속시키는 현실적인 형태는 지속적인 자기개혁이라고 할 수 있다. 창조력의 구체적인 내용은 무엇인가? 어떠한 경우에 우리는 창조력을 가졌다고 하는가? 그것은 먼저 지저 탐구를 확대하는 것이나. 자연에 관한 새로운 지식을 탐구하며 사람과 삶에 관한 여러 가지 측면의 지식과 지혜를 개발하는 것이다. 다음으로 창조력은 도덕적인 균형과 절제를 추구하는 것이다. 도덕적인 균형과 절제는 자기자신에 대한 것이기도 하고 다른 사람이나 다른 계층, 그리고 자연에 대한 것이기도 한다. 도덕적인 절제를 그만둔 문화구성체는 이미 몰락하기 시작하는 것이라고 할 수 있다. 또 창조력은 미학적 취향을 다듬어 가는 데 있다. 미학적 취향을 다듬어 간다는 것은 감성적 균형을 추구하는 것을 말한다. 그 문화구성체가 미학적 절제와 개발의 성향을 갖지 못했을 때도 그 문화구성체는 쇠락의 길로 가게 되는 것이라고 할 수 있다. 이와 관련한 역사적 사례를 많이 볼 수 있다. 현대에서 그 예를 찾아보면 옛 소비에트 사회주의 문화[19]와 자본주의 문화이다. 소비에트 사회주의는 이미 완결된 문화이고 자본주의 문화는 아직 창조력이 잠재되어 있는 문화라고 할 수 있다. 옛 소비에트 사회주의 문화는 그 문화를 형성하는 사람들의 개혁의 의지와 조건이 한계에 부딪쳐서 발생과 성장, 소멸의 과정을 완결하였다고 볼 수 있다. 그러나 자본주의 문화는 자기개혁을 지속해 온 결과 아직도 그 문화의 성장가능성을 보여 주고 있는 것이다.

5-2. 이로 보면 문화의 성쇠는 전적으로 사람들의 의지에 달려 있는 것으로 보인다. 그런데 문화는 하나의 기세를 형성한다고 한 바, 그 기세는 사람들의 의지를 초월한 상승주기와 하강주기를 갖는다. 물리적 힘이 일정한 힘의 상태를 유지하는 것은 작용과 반작용, 인력과 척력과 같은 서로 다른 방향의 힘이 균형을 이루는 것이다. 이처럼 문화구성체 단위의 기세도 그 자체가 가지고 있는 상승주기와 하강주기가 있어서 하나의 팽팽한 기세의 단위를 이루고 있다. 그러나 금방 말한 바와 같이 사람들이 이 과정을 자각하고 의식적이고 실천적으로 참여함으로써 어느 정도 상승주기를 연장시키고 하강주기를 단축시킬 수 있다고 보는 것이다. 그러나

---

19) 1917년 레닌이 주도한 볼셰비키 혁명으로부터 1992년 소비에트 사회주의 연방공화국의 해체까지의 시기를 하나의 완결된 사회주의 문화구성체의 단위로 볼 수 있다. 소비에트 사회는 독자적인 세계관과 역사의식을 가지고 문화종합을 시도했던 문화구성체의 단위로 단순한 정권이나 정당, 국가의 몰락과 그 차원을 달리한다고 할 수 있다.

사람들이 창조적 의지를 상실했을 때는 그 문화구성체의 기세는 그 자체로 상승과 하강의 주기를 가지다가 결국 소멸하게 된다고 할 수 있다.

5-3. 그러나 또 다른 한편으로 문화구성체의 생장쇠멸의 과정은 지구적 규모의 인류역사가 가지는 생장쇠멸의 과정 속에 포섭된다. 역사를 사람이 창조하는 것이라고 할 때 그것은 지구상에 있는 여러 문화구성체의 통일적인 포태를 의미한다. 그런 의미에서 문화는 역사를 이해하는 단면들이 될 수 있는 것이다. 문화구성체의 단위들이 서로 연관된 인류적 규모의 문화구성체의 성격을 만들어 가게 되고 그것은 각각의 구체적인 특징을 넘어서서 동시대와 동지역의 역사라는 존재론적 실체를 만드는 것이다. 이렇게 만들어지는 역사라는 존재론적 실체는 또 그것의 기세를 가지게 된다. 이 기세는 우주적 원기(元氣)의 순환과 그 흐름을 함께한다. 다시 말하면 우주적 원기가 가지는 음양상승과 인과연쇄의 틀 속에 인류역사의 기세도 포함된다는 말이다. 우주적 원기의 순환을 현실적 모습으로 볼 수 있는 것은 우선 자연의 순환이다. 예를 들어 인류의 인구는 최근 몇천 년 동안 꾸준히 증가하고 있지만 어떤 생물종은 지구상에서 자취를 감추기도 한다. 그러나 인구의 증가도 언제까지 지속될 것인지는 모른다. 일부의 나라들에서는 그동안의 인구정책의 영향도 있겠지만 인구가 감소되고 있는 나라도 있다. 또 어떤 지역이 물속에 잠겨 가는가 하면 육지가 새로 만들어지기도 한다. 사람의 거주지가 사막으로 변하기도 하고 화산이나 지진으로 삶의 근거지를 파괴하기도 한다. 최근에 나쁘게 변화하는 자연환경이 오염을 유발시키는 사람들의 생산과 소비행태에도 그 원인을 가지지만 우리는 그보다 더 큰 규모의 자연의 변화과정에 대해 부인할 수 없다.

사람이 정신적인 존재임과 동시에 물질적인 존재이고 물질적인 존재임과 동시에 정신적인 존재이기 때문에 문화나 역사도 그 물질적 기초가 그 일부가 되는 것이다. 그렇다고 하면 우주적 원기의 순환과정이 역사의 순환을 일정하게 제어하고 있는 것을 부인할 수는 없는 것이다. 그러므로 문화의 생장쇠멸도 이 순환고리에 들어갈 수밖에 없는 것이다. 그러나 이 원기의 순환이 커다란 주기의 상승과 하강의 주기를 가지지만 상승주기에도 작은 규모의 상승과 하강주기가 있고 하강주기에도 작은 규모의 상승과 하강주기가 있는 것이다. 그러나 이러한 순환의 주기는 구체적인 작은 사실에까지 엄밀한 결정론적인 과정을 규정하고 있는 것이다. 그것은 하나의 경향이고 방향인 것이다. 거기에도 넓은 자유의 여지가 있다고 할 수 있다.

5-4. 지금까지의 논의를 요약한다. 문화는 정신적이고 물질적인 여러 가지의 요소가 구성요소가 되어 사람중심으로 만들어지는 삶의 방식으로 하나의 문화구성체를 이룬다. 지구상에는 지역과 시대를 달리하는 다종다양한 문화구성체가 있는데 이들의 전체과정과 양태를 포괄하고 있는 것이 역사이다. 문화는 도구와 제도, 의지와 관념 등의 지적 추론이 가능한 산물을 가지는데 이들을 섞는 하나의 기세를 형성하기도 한다. 이 기세는 역동적인 것으로 역사라는 존재론적 실체가 가지는 기세의 흐름을 따른다. 그리고 역사적 존재의 기세는 우주적 원기의 순환과정을 따른다. 이것은 음양상승과 인과의 연쇄로 짜여진다. 그러나 이것들은 구체적인 사실을 엄밀하게 규정하는 것이 아니고 그 방향을 정하고 있는 것이기 때문에 그 안에서 사람들은 자유의 여지를 갖는다. 사람이 가지는 자유의 여지는 창조력이라고 할 수 있는 바 지속적으로 발휘하는 창조력은 생장쇠멸의 과정에 영향을 주고 있는 것이다.

바꾸어 말하면 우주의 생장성쇠는 자연의 생장성쇠와 역사의 생장성쇠로 자신을 보여 주고 역사의 생장성쇠는 문화구성체 단위들의 생장성쇠로 자신을 보여 준다. 생장성쇠의 각 단계마다 생장성쇠가 있는 연쇄적인 고리가 있다. 이 가운데서 사람의 자유의지, 창조력이 작용한다. 그것은 역사적 존재나 우주의 순환과정에 근본적으로 역행하지는 못하지만 적극적인 방향으로 작용할 때는 상승주기를 길게 하고 소극적인 방향으로 작용할 때는 하강의 주기를 길게 하거나 소멸을 앞당길 수 있다는 것이다. 이러한 사실은 문화구성체의 지속적인 혁신을 위한 철학적 근거가 된다.

문화의 특수성과 보편적 인류문화
─ 문화운동을 조명하는 관점에서 ─

김 팔 곤
(원광대)

1. 머리말

"문화철학이란 일반적인 문화현상을 그 대상으로 하는 철학"이라 말할 수 있을 것이다. 일반적인 문화현상이 예술철학, 종교철학, 법철학, 정치철학 등이 대상으로 하는 특수영역의 문화현상과는 구별된다는 것을 알 수 있다. [1] 그러나 일반적인 문화현상에 대한 철학적 관심의 범위를 설정한다는 것이 용이한 일이 아니므로, 이 발표에서는 "문화철학을 문화운동에 관한 철학"[2]이라 규정하고 논의를 진행하고자 한다.

문화운동은 정치경제적 갈등을 해결하기 위한 운동, 즉 좁은 의미의 역사적 현실(정치경제적 현실)을 역사적 발전의 방향으로 이끌어 가기 위한 운동이다. 다시 말하면 좁은 의미의 문화영역에 속하는 종교, 예술, 과학, 도덕 등에서의 가치창조를 정치경제적 역사발전에 관련시켜서 추진하는 운동이다. 문화운동은 문화활동이 역사적 문제의식, 즉 사상을 가진 활동이기를 요구한다. 문화운동은 문화적 창조와 역사적 참여가 사상이라는 매개물을 통하여 관련되게 하는 운동이다. 역사는 사상의 필요토대이며, 사상은 문화의 필요토대이다. 역으로 문화는 사상의 목적요건이며, 사상은 역사의 목적요건이다. [3]

---

1) 소흥렬, 「문화철학을 위하여」, 소흥렬 편, 『문화와 사상』(이화여대 출판부, 1991), p. 3 참조.
2) 같은 글, p. 3.
3) 같은 글, pp. 7-9 참조.

역사적 현실을 도외시하고 문화적 이상에 치우치면 환상에 사로잡히게 되고, 문화적 이상을 망각하고 역사적 현실에만 급급하면 인간다운 가치를 상실하게 된다. 문화운동에 관한 문화철학적 관심은 그러한 조화와 균형을 문제시하는 것이라고 할 수 있다. 역사적 현실에서 일어나는 정치경제적 갈등문제를 물리적 힘으로 해결하려 하지 않고 문화운동적인 방법으로 해결하고자 하는 곳에 문화철학의 과제가 있다고 볼 수 있다. 역사적 현실을 문화운동의 이상에서 바라볼 때 현실을 개혁하는 실천의 문제가 제기된다. 따라서 문화운동의 이상은 역사적 실천운동에 문화적 의미를 부여하고 그 의미가 역사를 통하여 살아 남는 문화적 유산이 되게 하는 데 있다. [4]

다양한 각도에서 문화운동을 조명할 수 있을 것이나 여기에서는 크게 두 가지로 분류하여 조명해 보고자 한다. 그 하나는 구심적 문화운동이요, 다른 하나는 원심적 문화운동이다. 전자는 지역적 특수성을 지향하는 문화운동이요, 후자는 세계적 보편성을 지향하는 문화운동이다. 이 두 가지 문화운동에는 각각 긍정적 측면과 부정적 측면이 있거니와 긍정적 측면을 더욱 촉진하고 부정적 측면을 지양하는 길을 추구하는 것이 문화철학의 한 과제가 될 것이다.

인간이 사회를 형성하는 곳에는 언제나 강자와 약자의 구별이 생겨나고 약자는 강자의 지배와 구속을 받게 되었다. 강자들은 약자들을 지배하고 구속하는 체제를 더욱 강화하는·데 주력하여 왔고, 약자들은 강자들의 지배와 구속으로부터 벗어나기 위한 투쟁을 전개하여 왔다. 강자들이 그들의 지배력을 강화하기 위한 문화활동에 담긴 지향성을 문화주의라고 말한다면, 이에 대하여 약자들이 강자들의 지배로부터 벗어나기 위한 문화활동에서 지향하는 운동을 문화운동이라 말할 수 있을 것이다.

구심적 문화운동에서나 원심적 문화운동에서나 강자들의 지배력을 강화하기 위한 지향과, 약자들의 해방을 위한 지향이 구별된다. 오랜 역사를 통해 가꾸어 온 민족의 고유한 문화를 계승발전시키는 운동은 하나의 구심적 문화운동이라 볼 수 있다. 그러나 이러한 운동이 다른 민족문화의 존립가치를 배격하는 배타적 방향으로 나아간다면 진정한 구심적 문화운동이 될 수 없다. 또한 원심적 문화운동의 한 사례인 반핵운동에 있어서

4) 같은 글, pp. 7-18 참조.

자연 생태계를 보호하기 위한 여러 가지 활동이 이루어지고 있으며, 이는 아무도 거부할 수 없는 인류의 역사적 과제이다. 그런데도 강자들이 핵무기를 독점악용하기 위하여 반핵운동의 미명 아래 약자들이 진행하는 핵개발을 봉쇄하려 한다면 이는 진정한 반핵운동이 될 수 없다.

이 발표에서는 오늘의 역사적 상황을 조명하면서, 그러한 상황에서 추진되고 있는 구심적 문화운동과 원심적 문화운동을 고찰하고, 이러한 운동들이 나아가야 할 향방에 대하여 몇 가지 의견을 제시하고자 한다.

2. 문화운동의 관점에서 바라보는 역사적 상황

정보통신 수단 및 교통운수 수단의 급격한 발달로 지구화(globaliza-tion) 혁명이 추진되었고 그에 따라 냉전시대의 세계구조가 붕괴되고 냉전구조 속에서 억압되었던 민족주의의 기운이 자립과 신질서에 대한 욕구를 분출시키고 있다. 지구화 혁명의 진전을 상징하는 주요한 역사적 현상으로서 첫째 지구규모의 상호 의존관계의 확대심화—예컨대 생태계 파괴문제, 자원고갈 문제, 핵관리 문제 등, 둘째 국제사회에서 활동하는 역할자의 종류와 수의 확대—예컨대 식민지 지배로부터 독립하는 국가의 격증, 정부간 또는 비정부간의 국제기구의 격증 등, 셋째 지구사회의 탄생—예컨대 인터네트를 통한 정보교환에 참가하는 지구시민의 증대 등을 들 수 있다. [5]

지구화는 세계를 하나의 지구 시스템으로 통합하였다. 그러나 현재의 상황은 세계 시스템 속에서 각 지역 시스템이 상대적인 자립성을 유지하면서 존립하고 있다는 점에 특징이 있다. 오늘날 세계는 과학화, 민주화, 시장경제화를 향해서 수렴되어 가는 추세를 나타내고 있다. 그러나 이러한 변화의 과정은 그것이 행해지는 나라의 전통적인 문화, 사회, 역사, 가치관 등의 영향을 받기 때문에 당연히 차이가 나타나며, 문제가 그렇게 간단하지 않다. 지구화 현상은 세계 각 지역에 따라 정도의 차이는 있으나 특히 최근의 도시 중산층의 소비생활, 생활양식, 오락양식 등에서 볼

---

5) 賀來弓月, 『地球化時代の國際政治經濟』(日本東京, 中央公論社, 1995), pp. 3-20 참조.

수 있는 바와 같이 문화적, 사회적 동질화 현상을 일으키고 있다. 국가와 사회와 국민이 외국문화의 영향을 받는다는 것은 세계사에 있어서 새삼스러운 일이 아니다. 그러나 오늘의 세계상황의 특수성은 많은 나라들에 있어서 외국문화의 영향이 대규모적이며, 즉각적이며, 항상적이라는 데 있다.

세계의 문화적, 사회적 동질화의 과정이 추진되는 요인은 여러 가지이다. 하나는 다수의 개발도상국들이 선진국에 경제적으로 의존하고 있다는 것이다. 동질화의 물결은 세계의 파워센터로부터 출발하여 세계규모의 정보매체에 의하여 확산된다. 정보통신화와 생산의 지구화가 사람들의 문화적, 사회적 정체성에 충격을 가한다. 세계통신망의 중심부의 가치관이 세계전체에 침투한다. 통신과 동시에 진행되는 것이 문화적 전승이기 때문이다. 미국은 지구적인 동질화 과정의 중심 시스템이며, 유럽과 일본(소위 G7에 드는 나라) 등이 미국의 부차적 시스템이라 볼 수 있다. 부차적 시스템은 다시 그의 부차적 시스템에 동질화의 물결을 보낸다. 세계의 동질화는 다분히 미국화의 성격을 지닌 면이 없지 아니했다. 유럽연합(EU)까지도 미국의 지대한 영향 아래 있다. 문화민족주의를 고집하는 불란서까지도 미국화와 영어화의 물결을 저지하기 위하여 필사적인 문화방위 작전에 착수한 실정이다.

현재의 지구화가 낳고 있는 동질화는 세계의 다양한 이문화가 서로 접촉융합하면서 거기에서 새로운 공통의 가치관을 탄생시키는 과정이기보다는 세계의 파워센터로부터 일방통행적으로 진행되어 왔다. 그러나 미국이 일방적으로 파워센터의 역할을 담당하던 구조도 서서히 변해 가고 있으며, 패망을 딛고 일어선 일본과 독일의 역할이 빠른 속도로 증대하고 있다.[6]

그러나 더 깊이 고찰해 보면 리차드 하크(프린스톤 대학) 교수가 말한 것과 같이 지구화에는 위로부터의 지구화와 아래로부터의 지구화가 구별될 수 있다. 전자는 새로운 세계질서를 지향하는 유형으로 세계의 주요국가, 국제기업, 정치 엘리트의 역할을 중심축으로 하는 지구화이다. 후자는 세계를 하나의 가족과 같은 공동체로 생각하는 유형으로 그 추진체는 국경을 초월하여 활동하는 국제 시민단체 등을 중심으로 하는 사회적 제

---

6) 같은 책, pp. 20-24 참조.

세력이다. 이들은 국경없는 민주주의의 확산을 추구하고 지구화된 시민사회의 실현을 지향하는 세력이며, 문화와 지역과 사회의 다양성을 존중하는 세력이다. [7]

우리가 주목해야 할 또 하나의 세계현상은 원심력과 구심력의 작용현상이다. 많은 나라들에서 현저하게 나타나고 있는 경향은 경제의 지구화에 의하여 발생하는 원심력에 대해서 작동하는 문화와 사회와 가치관의 지역화를 추구하는 구심력이다. 이 원심력과 구심력은 때로는 갈등하기도 하고 때로는 상호보완하기도 한다. 예컨대 환경파괴와 같은 문제는 선후진국을 막론하고 공동으로 대응하지 않으면 안 될 인류존망의 문제이다. 그렇기 때문에 원칙적인 입장에서는 국가를 초월하는 원심적 입장에 서야 할 것이나, 현실적 실현의 단계에서는 선진국과 후진국의 입장이 같을 수 없고 여기에 갈등의 소지가 있다. [8]

환경과 개발에 관한 세계위원회가 1987년에 발표한 보고서에서 '지속가능한 개발'(sustainable development)이라는 개념을 제시하였다. 이 보고서는 '지속가능한 개발'을 "미래 지구세대의 수요를 충족시킬 능력을 해치지 않으면서, 현재세대의 수요를 충족시키는 개발"이라고 정의하였다. '지속가능한 개발'은 1992년의 UN환경개발회의(세계정상회의)의 '환경과 개발에 관한 리오선언'의 기저에 흐르는 기본개념이라 볼 수 있다. 그러나 이러한 기본개념이 각 국가들에 의해서 어느 정도로 실천될 수 있을 것인가?

많은 개발도상국의 대부분의 주민생활은 극심한 빈곤의 수준에 머물러 있다. 개발도상국에 있어서는 먼저 빈곤의 문제를 극복하지 않은 채 지구환경을 보호하기 위한 요청에 응할 수가 없다. 또 한 가지 그들이 강변하는 것은 환경에 대한 '선진국 책임론'이다. 개발도상국은 지구환경 문제를 현재의 경제적 불평등과 미래의 개발수요의 문제에 연계하여 해결하려고 한다. 이에 대하여 선진국은 개발수요의 측면을 최소한으로 줄이려고 한다. 양자의 기본적 자세 사이에 커다란 간격이 있다. [9] 이에서 알 수 있는 바와 같이 국가주권과 국익의 주장이 지구환경의 보전이라고 하는 지

---

7) 같은 책, pp. 25-26 참조.
8) 같은 책, pp. 27-28 참조.
9) 같은 책, pp. 191-192 참조.

구익(인류익)을 보호하는 유효한 시스템의 탄생을 어렵게 만들고 있다.

시구화라고 하는 큰 물결 속에서 소련사회가 해체됨으로써 세계의 질서에는 큰 변동이 일어나고 있으며 이러한 변동에 있어서 국가중심의 공간과 비국가적인 행동주체의 활동공간의 이중구조가 형성되고 있다. 새로운 '세계질서'는 특정국가, 특정사회의 경계선을 넘어서 세계의 많은 시민들이 공유하는 관념과 인식과 가치관의 레벨에서 존립한다. 예컨대 자유주의적 세계질서, 사회주의적 세계질서, 이슬람적 세계질서와 같이 일정한 사람들 사이에 널리 공유되는 세계관이 있다. 새로운 '세계질서'는 많은 국가간에 국경을 넘어서 출현하는 제도와 정책과 관행의 패턴의 유사화와 수렴화의 형태로 존립한다. 세계에 있어서의 지장경제화와 정치의 민주화 경향 등이 이에 해당된다. 새로운 '세계질서'는 어느 정도의 목적성을 지니는 '통치된 질서'이다. 그 전형은 국제기구, 국제조약을 비롯하여 제도화된 국제 레이짐(regime)이다. 혹자는 새로운 세계질서에 있어서의 자유민주주의 이데올로기의 세계적 보편화를 예언하는가 하면, 혹자는 현존하는 이질문명간의 새로운 대립과 분쟁을 예언하기도 한다.

지금까지의 세계질서에 있어서는 헤게모니를 쥔 최강국가가 그의 가치관을 국제사회의 공통의 가치관으로 강요하는 데 어느 정도 성공을 거두었고 미국이 그러한 역할을 담당해 왔다. 그러나 앞으로의 새로운 세계질서에 있어서는 헤게모니 국가라 할지라도 그와 같은 역할을 담당할 수 없다는 것이다. 브레진스키 교수(카터정권의 국가안전보장담당 보좌관)는 『관리불능 ― 21세기 전야의 세계적 혼란』(1993년)이라는 저술에서 미국에 대하여 중대한 문제제기를 한 바 있다. 그에 의하면 지구적 관점에서 타당성을 지닌 가치관에 의해서 인도되지 못하는 글로벌 파워의 우세는 오래 지속될 수 없다. 현재의 미국사회에서는 개인의 물질적 욕망을 충족시키는 것이 최고의 목적으로 화하고 있다. 그와 같은 쾌락주의의 경향을 억제하는 것과 같은 새로운 도덕적 기준을 확립하지 못하면 세계에 있어서의 미국의 우위는 오래 지속될 수 없을 것이다. 위와 같은 브레진스키 교수의 지적은 동서의 많은 학자들에 의해서 여러 가지로 표현되어 온 내용이다. 미국의 자유민주주의 사회가 보여 주는 황폐한 모습으로 홈리스(homeless), 마약, 범죄폭력, 도시빈곤층 등이 지적된다.[10]

---

10) 같은 책, p. 222 참조.

하나의 헤게모니 국가(또는 문명)로부터 보편적인 것을 얻지 못하고 또한 국제사회의 많은 나라들이 그와 같은 생존방식을 이미 거부하게 될 때 어떻게 해야 할 것인가? 새롭게 형성되고 있는 세계질서 속에서 평화롭게 공존해야 할 모든 나라들이 다양한 문명들의 서로 다른 전통으로부터 최소한의 공통적인 규범이나 가치관을 찾아내려고 노력하는 길밖에 없다. 그와 같은 공동노력은 먼저 여러 문명들의 서로 다른 전통을 이해하고 승인하는 데서 비롯된다. 거기에서 더 나아가 최소한의 공통의 가치관을 찾아내야 한다. 여기에서 문제되는 것은 지금까지 자신들의 가치관만이 보편적인 것이라고 생각하는 데 길들여져 온 서양중심적 사고이다. 새로이 형성되는 세계질서하에서는 복수의 가치체계의 수용과 상호의 가치체계에 대한 관용이야말로 모든 국가와 사회와 시민이 평화 속에서 공생하기 위한 필수적 조건이다. [11]

미소가 대립했던 냉전시대에는 대립의 근저에 이데올로기가 있었다. 냉전시대에 있어서는 원칙과 가치관보다도 먼저 지정학적, 전략적 배려가 우선하는 경우가 많았다. 탈냉전 시대에 있어서는 국제관계에 있어서 파워의 레벨의 문제와 함께 가치관의 레벨의 문제가 중요하다. 새로운 세계질서에 있어서는 '다양한 가치관이 공존하는 구조'를 이루게 될 것이며 그러한 구조에 대응해서 우리 한국도 자신의 국가와 사회와 시민의 가치관과 원칙을 밖을 향해서 명확하게 표현하지 않으면 안 된다고 하는 당위적 요청을 받게 된다.

3. 구심적 문화운동이 지향하는 문화의 특수성

구심적 문화운동을 고찰함에 있어서 아시아, 아프리카, 라틴 아메리카로 이어지는 소위 제3세계, 또는 개발도상국들의 문화운동을 논의하지 않을 수 없다. 왜냐하면 진정한 문화운동이란 약자들의 해방운동이기 때문이다. 각 지역의 현실적 상황에 따라 그 문화운동의 성격이 서로 다르게 나타난다고 하겠으나 해방운동으로서의 공통적인 면을 찾아볼 수 있을 것이다. 그러므로 이 발표에서는 가장 철저한 지배와 억압 속에서 살아온

---

11) 같은 책, p. 223 참조.

아프리카 지역을 비롯한 제3세계 문화운동의 한두 가지 사례를 통해 구심적 문화운동의 현황과 향방을 고찰해 보기로 한다.

아프리카 문화운동의 지도자들은 대체로 민족주의 이데올로기를 지니고 있으며 마르크스주의적 영향을 어느 정도 받아 왔다. 그러나 그들의 민족주의는 그들에게 필요한 것을 수용하고 필요하지 않는 것을 배제하는 주체성있는 민족주의이다. 그들은 경제적 동기의 핵심적 중요성을 인정하면서도 마르크스주의의 경제적 결정론을 받아들이지 않는다. 정치력이 경제력을 복종시키고 통제할 수 있으며 국가는 소멸하도록 운명지어져 있지 않다는 것이다. 더욱이 생활의 정신적 측면의 중요성을 인정하는 입장에서 마르크스주의의 유물론은 특히 배척되고 있다. 마르크스주의의 계급분석도 부적합한 것으로 여겨진다. 전체국가는 일차적인 충성단위이지 계급단위는 아니다. 아프리카 민족주의자들은 신생국들에 계급분할이 존재한다는 것마저 부인한다. [12]

폴 지그먼드(Paul E. Sigmund)는 「제3세계의 이데올로기」라는 논문에서 제3세계의 민족주의 이데올로기에 대한 그의 견해를 표명하고 있다. 아시아, 아프리카, 중동 및 라틴 아메리카의 광대한 지역에 걸친 소위 제3세계의 민족주의 이데올로기는 각 지역의 상황에 따라 서로 다른 양상을 띠고 있으나, 그럼에도 불구하고 몇 가지 공통점을 지니고 있다는 것이다.

그에 의하면, 제3세계의 민족주의 지도자들은 (1) 국가의 독립과 자유를 추구하며, (2) 과학기술의 도입에 의한 근대화를 추구하며, (3) 국가적 교육제도에 의한 민족의 주체성 정립을 역설하며, (4) 농업개발보다는 공업화를 통한 경제개발에 더욱 역점을 두며, (5) 단일지배 정당하의 강력한 정부를 추구하며, (6) 지역협력과 연합을 추구하며(아시아 지역 예외), (7) 전통문화의 재생을 추구하며, (8) 국제정치에 있어서의 비동맹을 추구하며(라틴 아메리카 지역 예외), (9) 신생국에 적합한 민족주의 이념을 새롭게 추구한다. [13]

---

12) 폴 지그먼드(Paul E. Sigmund), 「제3세계의 이데올로기」, 소흥렬 편, 앞의 책, p. 163 참조.
13) 폴 지그먼드(Paul E. Sigmund), 「제3세계의 이데올로기」, 김동일 편, 『이데올로기』(청람문화사, 1982), pp. 149-184 참조.

세꾸 뚜레(Sekou Toure)는 「역사발전으로서의 문화」라는 논문에서 제3세계의 문화혁명에 대한 그의 견해를 표명하고 있다. 그에 의하면, '문화혁명'의 과제는 (1) 문화적 유산으로부터 영구적이며 건전한 가치들은 선택하고, 쓸모없고 반동적인 것들, 시대에 뒤떨어진 습속이나 나쁜 전통들, 미신, 그리고 '흑인성'(negritude) 같은 소외와 금기를 불러일으키는 태도들은 모두 거부하는 것, (2) 엘리트의 특권으로부터 문화를 변혁하여 민중의 것으로 만드는 것, (3) 노동계급의 문화적 과학적 수준을 끌어올려 생산력이 계속 발전해 나가도록 만드는 것, (4) 일단 사람이 소시민의 편협함에서 벗어나게 되면 항상 완전하게 될 수 있는 법이므로, 아직 구제될 가능성이 있는 구지식인들을 재교육하고 철저히 훈련하는 것, (5) 새로운 유형의 지식인을 창조하는 것 등이다.[14]

근세한국에 있어서 약자의 해방을 위한 문화운동은 대체로 민중운동으로 나타났다고 볼 수 있으나, 민중운동에 있어서 '민중'의 개념이 무엇인가를 규정하기가 쉽지 않다. 송건호는 '민중'이란 아시아 아프리카와 같은 후진사회의 특유한 개념이라 볼 수 있으며, "아시아 아프리카 등지의 식민지 또는 반식민지에서 억압과 식민통치를 배격하고 새 역사의 발전을 위해 투쟁하는 강력한 정치적 저항세력"이라 말하고 있다. 그러나 이러한 후진국들이 독립된 후에도 당당한 시민으로 성장하지 못하고 억압의 구조에서 벗어나지 못한 다수의 피지배층이 존속하고 있으며 이들을 민중이라 부를 수 있다는 것이다. 또한 민중의 개념은 민중이 자각의식을 가질 수 있다는 점에서 백성의 개념과 구별된다는 것이다. 그런데 민중운동에 있어서의 민중은 한편으로는 비합리적으로 사고하고 위험스런 비민주적인 운동을 일으킬 수 있는 세력으로서의 대중(大衆) 쪽으로도 나아갈 수 있고, 또 한편으로는 건설적으로 비판하고 합리적으로 사고하는 공중(公衆) 쪽으로도 갈 수 있다는 것이다.[15]

민족주의 이념으로 추진되는 민족(또는 민중)해방 운동의 유형을 세분하기로 하면 각 지역의 특수성에 따라 여러 가지 형태로 나타날 것이나

---

14) 세꾸 뚜레(Sekou Toure), 김영희 역, 「역사발전으로서의 문화」, 소흥렬 편, 앞의 책, p. 181 참조.

15) 송건호, 한병직, 한완상 좌담, 「민중의 개념과 그 실체」, 한승헌 편, 『역사발전과 민주문화의 좌표』(삼양출판사, 1987), pp. 18-34 참조.

논의의 편의상 이를 크게 두 가지로 분류한다면 비폭력적인 운동과 폭력적인 운동으로 구분할 수 있을 것이다. 이러한 운동은 비폭력적일수록 좌성사상으로부터 멀어지고 폭력적일수록 좌경화(또는 반동화)되고 있음을 알 수 있다.

소연방의 해체 및 동구 사회주의 체제의 붕괴 이후 민족 또는 민중해방 운동의 양상도 점차 달라지고 있으며, 좌경 이데올로기의 영향으로부터 점차 멀어지는 반면 자유민주주의 이데올로기의 영향이 더욱 증대되리라는 것을 쉽게 짐작할 수 있다. 그와 같은 움직임이 이미 남아공화국의 만델라 또는 팔레스타인의 아라파트 등에서 나타나고 있다. 이와 같이 달라지는 해방운동의 향방에 있어서 다음과 같은 몇 가지 중요한 문제가 새롭게 제기된다.

첫째 사회주의 체제의 붕괴와 함께 자본주의 체제의 모순에 대하여 새로운 조명이 요청되는 것과 마찬가지로, 민족 또는 민중해방 운동에 있어서도 좌경 이데올로기의 영향이 감소될수록 문화적 제국주의에 대한 새로운 조명이 요청된다는 것이다.

아르헨티나의 신학자 호세 미구에즈 보니노(Jose Miguez Bonino)는 라틴 아메리카에서 스페인 정부가 기독교를 악용한 문화제국주의적 실태를 다음과 같이 지적하고 있다.

(1) '그리스도교적 왕국'이라는 종교적인 유토피아는 식민지 사업을 거룩한 것으로 만들었다. 이 점에 대해서는 광범위하게 입증되었으므로 여기서 재론할 여지가 없다. (2) 종교는 지배의 가장 중요한 도구이기도 하다. 정복초기의 특징들 가운데서 이러한 사실이 결정적으로 드러난다. [16]

원주민의 지도자를 제거하고, 그들의 제도를 파괴하며, 경제적 하부구조를 전복시킴으로써 원주민의 문화를 깡그리 말살해 버리는 정책이었다. 그 자리에 침략한 그리스도교 문화의 윤리-신화적 핵이 강요되었다. [17]

그러나 스페인 정부의 제국주의적 문화정책에 악용된 기독교의 모습과

---

16) 호세 미구에즈 보니노(Jose Miguez Bonino), 한국신학연구소 번역실 역, 『해방의 정치윤리』(한국신학연구소, 1985), p. 90 참조.
17) 같은 책, p. 91.

는 달리, 도리어 제국주의적 문화정책을 비판하고 그에 저항한 기독교 본연의 예언자적 역할에 대하여 그는 다음과 같이 표명한다.

그러나 이와 같은 결론은 일방적이다. 왜냐하면 바로 이렇게 설립된 그리스도교 안에서 예언자적인 비판이 행해졌기 때문이다. …… 나는 여기서 교회와 스페인 당국, 그리스도교와 스페인 나라들의 종교를 구별하려는 종교교단들의 노력과, 교회의 삶을 원주민들의 이익을 위한 방향으로 끌어 나가려는 여러 주교들의 노력, 원주민들의 문제들을 탄원하는 예언자적이고 목회자적인 소리들만은 언급해 둘 필요가 있다. [18]

17세기 이후 소위 세계열강들이 행한 식민지 지배찬탈의 과정에서는 어느 곳에서나 토착민들의 전통문화를 말살하기 위한 제국주의적 문화정책이 시행되었고, 직접적인 식민지배 체제가 종료된 현대적 상황에서도 간접적인 영향력을 통해서 정치경제 문화적 조종이 자행되고 있으며 이러한 조종에서 벗어나기 위한 대응이론으로서의 해방신학 또는 종속이론 등이 속출하였다.

이러한 이론들은 민족 또는 민중의 정치경제 문화적 주체성을 정립하기 위한 동기에서 출발하였으며, 주체성 정립에 기여한 바 적지 아니하였으나 그럼에도 불구하고 점차로 마르크스주의적 폭력혁명론을 도입함으로써 폭력에 따르는 폐단을 낳게 되었다. 이에 냉전체제가 붕괴되어 가고 있는 새로운 상황에서 강자들의 지배와 조종으로부터 약자들(민족 또는 민중)을 해방시키기 위한 주체적 문화운동의 새로운 방향이 제시되어야 한다.

둘째, 민족 또는 민중해방 운동에 있어서 근대화, 과학화, 산업화를 지속적으로 추진할 수밖에 없는 상황에서 이러한 방향과 자칫 상반되기 쉬운 민족 또는 민중의 전통문화를 어떻게 계승발전시켜 나갈 것인가의 문제이다.

간디와 타골이 인도해방 운동에 있어서 친근한 동지였음에도 불구하고 서구문화를 수용하는 문제에 대하여는 매우 상반되는 입장을 취했다는 것을 우리는 잘 알고 있다. 타골이 근대화, 과학화, 산업화를 주장한 데 대하여 간디는 서구식 산업화를 반대하면서 인도의 전통적인 문화를 지키는

---

18) 같은 책, p. 92.

데 역점을 두었다. 후기 산업화 시대 또는 정보화 시대로 접어들고 있는 현대적 상황에서 근대화, 과학화, 산업화는 지속될 수밖에 없다는 것을 일단 시인해야 할 것이다. 그럼에도 불구하고 우리가 간과할 수 없는 것은 간디와 같은 위대한 지도자가 서구식 산업화를 왜 반대했을까 하는 문제이다.

아메리카 인디언 문화운동의 대표적 지도자의 한 사람인 러셀 민즈도 일종의 '문화적 민족주의' 이념을 주창하고 있으며, 서구문화에 대한 강한 비판의식과 함께 마르크스주의에 대한 거부감을 나타내고 있다. 그는 다음과 같이 말한다.

아메리카 인디언들이 '국가적 희생물'로 공표된 그 과정에 자본주의 그 자체가 실제로 책임이 있다고는 믿지 않는다. 아니다. 책임이 있는 것은 유럽 전통이다. 유럽문화 자체가 죄를 지은 것이다. 마르크스주의는 이러한 전통의 가장 최근적인 연장선상에 놓여 있는 것이지, 그 해결책은 아니다. 마르크스주의와 손을 잡는 것은 우리를 희생시킬 수 있는 대가물로 공표한 그와 똑같은 권력과 손을 잡는 것이다. [19]

위에서 '국가적 희생물'이라 하는 것은 미국 행정당국이 인디언 보호지역으로 지정하여 온 파인리지를 다시 '국립 희생지구'로 변경한 내용을 지적한 말이다. 이 지역에 상당한 양의 우라늄이 매장되어 있다는 것을 알게 된 정부에서 우라늄을 캐내고 그 자리에 핵폐기물을 하치하고 지하수를 고갈시키기로 결정한 것이다. 따라서 이 지역은 이중으로 사람이 살 수 없는 곳이 된다. 이러한 조치에 대하여 아메리카 인디언들의 생존을 위한 문화운동을 주장하는 것이 러셀 민즈의 요지이다. [20] 아메리카 인디언들의 많은 지도자들은 원주민들의 삶의 방식이 서구화되는 것을 강력히 반대하면서 그들의 고유한 삶의 방식 속에 깃든 문화적 유산을 지키는 데 힘을 기울이고 있다.

한국의 민중신학자 현영학은 한국의 무교에 대하여 다음과 같이 언급하

---

19) 러셀 민즈, 공동체 편집부 역, 「대지의 미래에 대하여」, 소흥렬 편, 앞의 책, p. 207.
20) 같은 책, p. 204 참조.

고 있다.

그리스도교는 말할 것도 없고 불교와 유교가 들어오기 이전부터 한민족 특히 한국민중의 종교로서 그들의 삶을 지탱할 수 있게 해준 무교, 한국사람들의 심성 밑바닥에 깔려 있어서 어떠한 강요와 박해에도 불구하고 끈질기게 살아 남은 무교…… 엘리트들이 미신이라고 박해하면서도 급하면 찾아가는 무교를 이제 새롭게 또 새로운 시각에서 알아보아야 하지 않을까 하는 것이다. [21]

아메리카 인디언들이 가지고 있는 종교적 심성이나, 우리의 서민들 속에 간직되어 온 무속적 심성에 깃들어 있는 문화적 성향을 단지 근대화를 저해하는 미신적 성향으로 간주하고 이를 하루속히 청산해야 한다는 주장이 가능하다. 그러나 과연 이러한 성향들은 미신적 성향일 뿐인가? 토인비는 고등종교와 하등종교를 구분하면서 하등종교가 고등종교처럼 신앙의 대상을 직접적으로 제시하지 못하고 있다 하더라도 특정한 상징물을 통해 간접적으로 신앙의 대상을 추구하고 있음을 인정한다.

신은 고등이든지 하등이든지를 불구하고 어떠한 종교에서나 어느 정도까지 자신을 계시하였다. 그리고 만일 그것이 옳다면 모든 고등종교의 신봉자들이 하등종교에 대하여 취하여야 할 바른 태도는 하등종교를 뿌리째 가지째 멸절시키려고 할 것이 아니라, 거기서 고등종교의 정신적인 목적에 보탬이 된다고 여겨지는 요소들을 흡수하려고 하는 일이라는 것이다. [22]

여기에서 우리에게 제기되는 것은 아메리카 인디언과 같은 원주민들의 종교가 현대에 살고 있는 우리들의 삶에 기여할 수 있는 어떤 의미를 지니고 있으며, 지니고 있다면 그 의미는 과연 무엇인가? 하는 문제이다.

---

21) 현영학, 「민중신학과 한의 종교」, 소홍렬 편, 같은 책, p. 344.
22) 아놀드 토인비, 마경일 역, 『세계 속의 기독교』(현대사상사, 1971), p. 59.

4. 원심적 문화운동이 지향하는 보편적 인류문화

한국문화가 어떻게 존립해야 할 것인가를 고찰하려면 한국이 어떻게 존립해야 할 것인가를 먼저 생각해야 할 것이다. 한국의 존립은 한국 자체만으로 고찰될 수 있는 것이 아니요 세계전체를 생각할 수밖에 없을 것이다. 한국문화를 고찰하는 데에도 세계문화와의 연관 속에서 고찰되어야 한다는 것이다. 세계문화를 이전의 역사가들보다 더 넓고 긴 안목으로 바라본 역사가로서 토인비를 우리는 기억한다. 종래 대부분의 유럽역사가들은 유럽의 역사만을 세계의 역사로 생각하였다. 그리스, 로마에서 시작하여 근대유럽에 전해진 역사만을 역사로 생각한 데 대하여 토인비는 세계의 역사는 복수로 성립되어 왔고 유럽의 역사는 그중의 하나에 불과하다고 생각하였다. [23]

토인비에 의하면 인류의 오랜 역사를 통해서 여러 문명이 형성되고 또 소멸해 왔으나 16세기를 전후하여 고등종교를 구심점으로 존립하고 있는 문명은 기독교를 중심으로 하는 유럽문명, 이슬람교를 중심으로 하는 아랍문명, 힌두교를 중심으로 하는 인도문명, 불교 및 유교를 중심으로 하는 극동문명 등이다. [24] 16세기부터 19세기에 이르기까지의 세계의 역사는 유럽이 발명한 과학기술 문명에 의해서 세계를 하나로 만든 시대이다. 그러한 의미에 있어서 유럽의 문명이 세계를 정복한 시대이다. 그러나 20세기 후반에 들어오면서 유럽중심의 역사는 하나의 벽에 부딪치게 되었다. 지금까지 유럽문명에 정복되어 있던 다른 문명들이 각각 유럽문명에 대하여 반격을 개시하는 시기에 접어들었다. 이러한 역사가 20세기 이후의 세계사의 큰 동향이라 할 수 있다.

토인비에 의하면 유럽문명에는 큰 약점이 있다. 세계를 정복한 것은 다만 물질문명에 지나지 않는다. 전세계를 정복한 것처럼 보이지만 그것은 단지 과학기술의 측면에서일 뿐이다. 거기에는 정신적 원리가 결여되어

---

23) 아놀드 토인비, 노명식 역, 『역사의 연구 I』(삼성출판사, 1977), pp. 54-55 참조.
24) 아놀드 토인비, 노명식 역, 『역사의 연구 II』(삼성출판사, 1977), p. 104 참조.

있다. 기독교라고 하는 정신적 원리가 없지 아니하였으나 그 원리 자체가 과학기술의 힘에 의하여 크게 약화되었을 뿐 아니라 과학과 기독교의 대결에서 과학의 승리로 귀결되는 듯하였다. 과학기술에 의하여 통일된 세계에는 정신적인 큰 공백이 생겼으며 이 공백을 따라 다른 문명들이 새로운 의미를 지니게 되었다.

현대문명에 대하여 신랄하게 비판하는 실존철학자들에 있어서의 비판의 주된 대상도 서구문명이었다. 특히 야스퍼스는『위대한 철학자』라는 책에서 공자나 석가도 소크라테스나 예수에 못지않는 위대한 사상가임을 인정하면서 세계의 문명은 다원적이라 말하고 있다. 하이데거도 일본의 선승들과의 대화에서 불교사상의 탁월성을 인정하고 타문명을 지배하려고 하는 서구문명에 대하여 비판하고 있다.[25]

비서구권에서 재빨리 서구의 과학문명을 수용하여 서구화에 성공한 나라가 일본이요, 8·15 해방 이후 우리 나라도 서구의 과학문명을 수용하는 데 노력해 왔으며 상당한 정도 서구화의 성과를 거둔 셈이다. 우리 나라뿐 아니라 소위 개발도상 국가들의 개발의 목표도 한결같이 서구화에 있다. 그리고 이러한 서구화의 과정에서 문제되는 것이 바로 인간상실의 문제, 즉 인간을 인간답게 만드는 정신적 가치의 상실이다. 각 나라의 정신적 가치는 대체로 전통적 문화와 연관되어 있다. 그렇기 때문에 서구문명을 수용하는 과정에서 동아시아의 나라들에서는 문화적 주체성(동도서기, 화혼양재 등)을 역설하게 되었다.

우리 민족은 오랜 옛날부터 외래문화를 수용하면서 우리의 전통문화를 이룩해 왔다. 중국으로부터 유교문화를 수용하여 한국의 유교문화를 발전시켰고 인도 및 중국으로부터 불교문화를 수용하여 한국의 불교문화를 이룩하였다. 우리의 고유한 정신풍토에 바탕한 유교문화 또는 불교문화를 형성함으로써 우리의 새로운 전통문화가 형성되어 왔다. 이러한 우리의 전통문화와 서구의 과학문명을 어떻게 접합시킬 것인가의 문제가 근래에 한국문화의 주체성 정립문제가 제기되면서 우리가 풀어야 할 일대과제로 등장하였다.[26]

이러한 문제에 대하여 지난해 우리 한국철학회 춘계 학술발표회에서 차

---

25) 梅原 猛, 『日本文化論』(日本東京, 講談社, 1993), pp. 1-33 참조.
26) 같은 책, pp. 34-50 참조.

인석 교수와 김충열 교수가 각각 다른 견지에서 논급한 바 있다. 차교수는 우리 문화에 실천적 합리성이 결여되어 있음을 지적하고 그 주된 원인이 전통문화에 담겨 있는 무속신앙적 요소에 있다고 주장한다. [27] 한편 김교수는 21세기는 동양의 시대라는 말의 의미에 대하여 "현시점에서 냉철하게 생각해 볼 때 21세기도 별수없이 서구인들에 의해 상당부분 주도되는 가운데 20세기와는 달리 동양적 문화유형에 의하여 주도될 수 있다는 기대를 함축하고 있음에 지나지 않는다"고 주장한다. [28]

우리의 전통문화에도 긍정적 요소와 부정적 요소의 양측면이 있을 것이며, 그 부정적 측면으로서 전근대적 요소를 지적할 수 있을 것이다. 그러나 우리가 주목해야 할 것은 그 긍정적 측면이며 "21세기가 동양적 문화유형에 의하여 주도될 수 있다"고 하는 말이 시사하는 점이다. 기술한 바와 같이 서구에 있어서도 종교와 과학의 대립이 없지 아니하였으며 지금도 종교와 과학간의 논쟁은 계속되고 있는 셈이다. 문명비평가들은 한결같이 서구의 과학문명이 물질문명으로 기울어지면서 정신문명이 상대적으로 위축되는 데 대하여 경고하고 있다. 이에 대하여 토인비는 과거의 대부분의 문명들이 종교사상 또는 철학사상을 구심점으로 발전하여 왔으나 전통적인 종교나 철학이 더 이상 그 구심점의 역할을 할 수 없게 된 것이 바로 현대문명이 위기에 처하게 된 주된 요인이라고 지적한다.

토인비에 의하면 새 시대 인류문명의 구심점이 될 만한 새로운 사상이 출현하거나 과거의 종교나 철학이 새 시대 인류문명의 구심점이 될 수 있도록 탈바꿈되거나 해야 한다. 예컨대 기독교가 역사적으로 섬겨 온 하느님에는 두 가지 성격이 부여되어 있거니와 그 하나는 사랑의 하느님이요 다른 하나는 시기하고 질투하는 하느님이다. [29] 기독교가 새 시대 인류문명의 구심점이 되기 위해서는 시기하고 질투하는 하느님을 철저하게 배제하고 사랑의 하느님만을 받들어야 한다는 것이다. 기독교 세계에서 이러한 전환이 이루어지지 않는다면 새 시대 인류문명의 구심점 역할을 할 수 있는 사상이 '보편성, 원융성, 개방성'을 가진 동양문화의 원류 속에서 출

---

27) 차인석, 「탈전통의 문화」, 한국철학회 편, 『문화철학』(철학과 현실사, 1995), pp. 15-16 참조.
28) 김충열, 「21세기와 동양철학」, 한국철학회 편, 같은 책, pp. 31-35 참조.
29) 아놀드 토인비, 마경일 역, 앞의 책, pp. 31-32 참조.

헌할 가능성이 있다고 예시한 바 있다.[30]

16세기 '지구상의 재발견' 이후로 지구는 점점 '하나의 세계'로 변하게 되었다. 그런데 이 현상은 유감스럽게도 세계를 '기독교 제국'으로 식민화시키면서 일어났다. 그러나 19세기 이래 이 기독교 제국은 점점 덜 '기독화'되어 가고 있고 세속적인 이데올로기들로서 '세속적인 서구'로 변해 가고 있다. 그러나 서구의 종교와 이데올로기는 상호충돌하면서도, 비서구 문화나 종교에 대하여는 그들이 과거에 그랬듯이 무시하려고 하거나 지배 혹은 흡수하려고 했다. 그러나 이제 이러한 일이 점점 더 어려워진다는 것이 분명해지고 있다.

간디, 킹, 토인비, 러셀, 야스퍼스, 사르트르, 포퍼, 아인슈타인 등 열린 사회, 열린 세계를 지향하는 선각자들은 한결같이 문화간의 만남과 대화를 역설하고 있다.

세계는 이제 수천 년의 독백(Monologue)의 시대로부터 대화(Dialogue)의 시대로 서서히 들어서고 있다. 한 세기 전만 해도 각 종교 혹은 이데올로기들은 자기만이 '삶의 의미와 어떻게 살 것인가'에 대한 완전한 해답을 갖고 있다고 생각했다. 그러나 일련의 사고의 혁명을 거치면서, 자신들의 사고의 한계를 많은 사람들이 깨닫기 시작했다.

이제 기독교이건, 이슬람이건, 불교이건, 심지어 공산주의 이데올로기까지도 그들의 세계이해가 필연적으로 제한되어 있다는 것을 깨달은 이상, 인간들은 더 이상 남의 종교나 문화를 지배하려고 하지 않을 뿐더러, 대화를 통하여 그들의 제한된 이해를 넓혀 나가려고 한다. 이렇게 인류는 독백의 어두운 시대로부터 대화의 열린 시대로 서서히 눈을 떠가고 있다.

종교간의 혹은 이념간의 대화의 필요성으로 이어지는 이러한 인식의 혁명이 인류의 상호의존성—인류의 한 구석이 전세계를 사회적, 경제적, 환경적인 대파국으로 몰고 갈 수 있다는 것—과 연결될 때, 우리가 현재 쓰고 있는 대화의 에너지를 '세계를 어떻게 이해할 것인가'에만 쏟을 것이 아니라, 그 이해와 연결시켜 '우리가 어떻게 행동할 것인가'에 초점을 맞출 필요가 점점 증대하고 있다. 간단히 말해, 인류는 이제 불교윤리나 기독교 윤리, 혹은 마르크스주의 윤리 등 개별적 윤리를 발전시키는 대화가 중요한 것이 아니고, '지구적 에토스'(global ethos)를 발전시키는 대화

30) 아놀드 토인비, 노명식 역, 앞의 책, pp. 113-115 참조.

가 절실히 요청되는 것이다. 여기에서 '에토스'라 함은 세부적인 윤리적 항목들을 넘어선 윤리적 정신, 즉 윤리의 근본적인 태도에 대한 동의를 함의하고 있다. [31]

지구적 에토스를 형성하기 위한 원심적 문화운동이 다양한 형태로 줄기차게 추진되고 있다. 환경운동, 반핵운동, 반전운동, 인권운동, 종교일치 운동 등이 그 대표적 사례가 될 것이다. 그러나 이러한 문화운동들을 바라보는 관점에 있어서 강자와 약자 사이의 커다란 간격이 좁혀지지 않고 있으며, 이것이 지구적 에토스를 형성하는 데 큰 장애가 되고 있다. 역사적 현실 속에서 거의 언제나 강자들은 자신들의 기득권을 지속시키기 위하여 힘을 사용해 왔고 현재도 사용하고 있다. 문화운동이란 부당하게 사용되는 힘을 견제하고 그 힘이 올바르게 사용되도록 이끌기 위한 운동이다.

원심적 문화운동은 인류적 보편성을 지향하는 운동이요 따라서 인류적 보편성의 바탕이 마련되어야 한다. 인류적 보편성의 바탕을 오늘의 역사적 상황에서 어떻게 정립할 것인가? 이 물음에 대한 해답이 여러 사람들에 의하여 다양하게 모색되어 왔으나, 그 논의들의 공통되는 요점을 두 가지로 간추린다면 대략 다음과 같다.

(1) 인류의 보편적 문화운동은 일차적으로 과학적 삶의 태도에 바탕해야 한다는 것이다. 과학적 지식과 기술은 인류의 보편적 유산이며 이는 인류 모두가 공유해야 할 보편적 가치이다. 여기에서 문제되는 것은 첫째 과학적 지식과 기술의 도입활용에도 불구하고 전근대적 삶의 태도에서 벗어나지 못하고 있다는 것이며, 둘째 과학적 지식과 기술이 산출한 고도 산업사회에는 인류를 불행하게 만들 수 있는 여러 가지 위험요소들이 내재되어 있다는 것이다.

(2) 인류의 보편적 문화운동은 특정문화에 바탕을 두어서는 아니 되며, 세계의 여러 종족 또는 민족의 다양한 문화를 인정하고 그러한 문화들에 공통되는 궁극적 요인을 찾고 그것을 인류문화의 보편적 바탕으로 삼아야 한다는 것이다. 여기에서 제기되는 것은, 첫째 세계의 다양한 문화들에 공통되는 궁극적 요인이 과연 존립하느냐의 문제이며, 둘째 그러한 요인

---

31) Leonard Swidler 가 "UNIVERSAL DECLARATION OF GLOBAL ETHOS"라는 제목으로 1994년 원광대 초청강연에서 발표한 원고 참조.

이 존립한다면 그러한 요인을 어떻게 찾아내느냐의 문제이다.

바라다라야 V. 라만(Varadaraja V. Raman)은 과학의 세 가지 국면으로 첫째 과학의 실제응용, 둘째 과학지식과 정보, 셋째 과학적 태도를 지시하면서, [32] 과학적 지식이나 기술을 보유하면서도 과학적 태도를 정립하지 못하는 전근대적 성향에 대하여 지적하고 있다.

과학적 태도는 무엇보다도 회의감, 인간사고의 절대확실성의 거부, 과학적 권위에 대한 조심성있는 태도, 절대진리에 대한 주의깊은 회피, 열심히 수집된 사실과 계수에 대한 존중, 쉽고 단순한 설명의 수용에 대한 주저, 그리고 합리성과 논리적 분석에 대한 예의바른 존중 등을 수반한다. [33]

기술의 기능이 기초하는 많은 과학적 정보를 사회의 성원이 모르면서도 그 사회에 기술이 스며들 수 있는 바와 마찬가지로, 기술이 진보된 사회의 사람들은 과학적 정보가 처음에 어떻게 얻어졌는가 하는 그 정신과 방법을 이해하지 않고도 많은 과학정보를 획득할 수 있다. 그 결과 과학연구의 여러 긍정적 요소들 즉 논리적 분석, 명료한 사고, 성실한 객관성의 시도, 편견의 의식적인 제거, 비합리성의 거부, 초자연적인 것의 수용불허 등은 과학이 발전된 사회에서까지도 그 대중들의 일반적 특징이 되지는 않는다. [34]

소위 제3세계인 개발도상국들도 과학적 지식과 기술을 도입하여 산업화 및 정보화를 계속 추구할 것이며, 그에 따라 온 인류는 산업사회에서 제기되었던 환경문제, 자원문제, 전쟁문제를 비롯해서 인간에 의한 인간의 지배조종 문제에 이르기까지 그 문제성이 더욱 심각해지리라는 것을 쉽게 짐작할 수 있다. 이러한 문제에 대하여는 로마클럽 보고서를 비롯하여 수많은 연구보고서를 통해 거듭 제기되어 온 문제이기 때문에 여기에서 재론할 필요가 없을 것이다. 다만 여기에서 한 가지 논의하고자 하는 것은 원심적 문화운동의 입장에서 이러한 문제에 응답하는 길이 무엇인가 하는 점이다.

과학적 지식과 기술은 가치중립적이며 이를 어느 방향으로 사용하느냐

---

32) 바라다라야 라만(Varadaraja V. Raman), 조형 역, 「과학의 세 가지 국면」, 소흥렬 편, 앞의 책, p. 266 참조.
33) 같은 책, p. 274.
34) 같은 곳.

의 문제는 가치와 연결되는 문제이다. 따라서 과학적 지식과 기술의 사용 방향 문제는 문화운동에 있어서이 기치푼세를 논의하면서 해명되어야 할 과제이다.

세계의 여러 종족 또는 민족이 간직해 온 다양한 문화들에는 각각의 가치관이 내재되어 있고 각 가치관들이 지니고 있는 이질성 때문에 상호갈등과 충돌이 끊임없이 지속되어 왔다. 그러나 다양한 문화들 사이에 만남과 대화가 요청되고 있는 이때에 각각의 이질성을 넘어서서 각 문화들이 만날 수 있는 공동의 장은 과연 무엇인가?

오늘의 역사적 상황에서 막강한 정치경제적 영향력을 행사해 온 미국이 인류의 문화운동에 있어서는 더 이상 결정적인 역할을 할 수 없게 되어가고 있다. 자본주의적 시장경제 체제에 있어서 문화산업이 존립하는 기본 취지는 자유주의에 바탕을 두지만 산업사회에서는 대중문화가 경제적인 독점에 의해 지배를 받게 되고 그 결과로 문화생산이 기업형태를 띠게 되며 오락산업으로 전락한다. 자유경쟁 체제에서 영화, 라디오, 재즈, 잡지 등은 기계적인 반복생산을 경쟁적으로 연속시도하며 대중문화의 주종을 이루게 된다. 문화산업은 오래 전에도 있었으나 산업사회에 들어와서 그릇된 형식으로 통합되고 반복성을 띤다. 오락산업은 대중을 대상으로 한 대량생산 시설의 형성을 촉진시킨다. 결국 문화산업이란 예술작품이 갖는 심미성, 소박성을 외설적인 것이나 천박스러운 것으로, 사랑을 말초적 쾌락으로 격하시키고 상업적 거래양식을 띠게 된다. 문화산업이 대중 기만이 되는 이유는 오락을 제공하여 위안을 줄 수 있다는 점에 문제가 있는 것이 아니라, 문화산업에 유관한 사업적 배려를 허용함으로써 상업주의적 타성에 빠지게 하여 참된 희열을 파괴시켜 놓는 데 있다. 문화산업은 감각적 쾌락을 고양시키고 인간을 타락시킨다. [35] 아도르노(Th. W. Adorno)가 비판한 바 있는 대중문화와 문화산업에 대한 이와 같은 문제의식은 소비사회로 규정되는 현대사회에도 여전히 어느 정도는 그 비판적 타당성을 갖는다.

---

35) 박기정, 『대중문화와 문화산업』(평민사, 1992), p. 394 참조.

5. 맺는 말 ─ 문화운동의 향방에 대한 몇 가지 제언

지금까지의 논의과정에서 제기되었던 여러 문제들을 네 가지로 요약하고 이러한 문제들에 대한 논자의 소박한(문제제기의 차원에서) 몇 가지 의견을 제시하는 것으로 이 글을 마무리하고자 한다.

첫째 현재의 역사적 상황에서 약자(민족 또는 민중)들을 강자들의 지배와 조종으로부터 벗어나게 하기 위한 주체적 문화운동의 향방은 무엇인가?

결론부터 말한다면 마하트마 간디나 루터 킹이 본보여 준 비폭력의 방법으로 문화운동이 추진되어야 한다는 것이다. 폭력혁명으로 이룩된 볼셰비키 혁명이 약자들을 위한 해방혁명이라고 강변되었지만 종국적으로 약자들을 위한 혁명이 되지 못한 채 하나의 시행착오로 귀결되었음이 확인된 셈이다. 폭력에 의한 혁명의 결과에는 폭력적 요소가 잠재되어 있고, 그 폭력적 요소는 새로 등장한 강자들에 의하여 지배와 조종의 무기로 변하게 된다. 이러한 시행착오를 겪기 이전에는 비폭력 운동에 대한 반론이 만만치 않았으나 이제 폭력에 의한 해방투쟁은 점차로 그 설득력을 잃어가고 있다.

그러나 비폭력적 문화운동을 추진함에 있어서 반드시 유의해야 할 점은 비폭력이라는 이름 아래 간접적으로 강자들을 돕는 결과를 초래한 일들이 지난날 수없이 되풀이되어 왔다는 점이다. 간디도 킹도 진리와 정의를 왜곡시키는 비폭력을 용납하지 아니했다. 비폭력은 결코 비굴한 타협이 아니며 진리와 정의를 실현하기 위한 진리 그 자체의 수단이다. 우리는 간디와 킹을 위시한 여러 지도자들이 본보여 준 비폭력 운동을 더욱 깊이 연구하여 주체적 문화운동의 새로운 길을 개척해야 할 것이다.

둘째 아메리카 인디언들과 같은 원주민들의 전통적 문화가 현재에 살고 있는 인간들의 삶에 어떤 의미를 지니고 있는가?

아시아, 아프리카, 중동, 라틴 아메리카 등지의 여러 민족 또는 종족들이 근대화되기 이전에 간직해 온 전통문화에는 전근대적 요소들이 함유되어 있고 그렇기 때문에 많은 지도자들이 근대화를 서둘게 되었다. 그러나 그러한 문화들에도 긍정적인 요소가 함장되어 있음이 분명하기 때문에 전통문화를 소중히 여긴다. 그와 같은 긍정적 요소를 여러 가지 측면에서 조명할 수 있을 것이나, 가장 중심적인 의미 한 가지만을 지적해 두고자 한다.

아메리카 인디언의 경우 그들은 자연과 인간의 조화일치를 추구하고 있으며, 그들이 자연을 통해서 추구하는 '종교적 영성'(생명적 자연관)에는 미신적 기복을 넘어서는 종교적(생명적) 의미가 간직되어 있다. 세계 대도시의 환락가에서 벌어지고 있는 병리적 타락상을 치유할 수 있는 신선한 기운이 그들의 삶 속에서 우러나온다. 이 영성(생명성)이야말로 모든 종교의 핵심요소이며, 어떤 의미에 있어서 자꾸 세속화의 길로 치닫고 있는 현대의 각 종교실태에 비하면 훨씬 강한 영성적(생명적) 힘을 그들에게서 찾아볼 수 있다. 이 영성적(생명적) 힘이 고도 산업사회의 여러 가지 비인간적(유물론적 기계론적) 폐단들을 치유하는 힘이 될 수도 있지 않을까 생각해 본다.

셋째 전근대적 삶의 태도를 극복하는 데 과학적 삶의 태도가 요청된다면 고도 산업사회의 현대적 병폐를 극복하기 위한 문화적 처방은 무엇인가?

아메리카 인디언의 보호지역이나 아프리카의 원주민들이 사는 오지에까지도 언젠가는 과학의 혜택이 미쳐서 그들의 전근대적 삶이 현대적 삶으로 변환되는 날이 도래하리라는 것을 짐작할 수 있다. 그러나 현대화 산업화가 되면 될수록 새로운 병리현상이 나타나고 있으며 이러한 병리현상을 조명하는 길 또한 많을 것이나, 가장 근원적이라고 짐작되는 한 가지 문제에 대해서만 언급하고자 한다.

고도 산업사회의 병폐를 극복하기 위한 첫번째 처방은 자연과 인간과의 관계를 정상적으로 회복하는 일이다. 서구문화가 주도해 온 현세기의 인류문화가 자연과 인간과의 관계를 악화시켜 왔다고 한다면, 자연과 인간과의 조화일치를 추구해 온 동양의 전통문화가 그 관계를 정상화하는 데 기여할 수 있으리라 기대할 수 있다. 인간이 자연을 정복하는 데 과학이 필요했으나, 인간과 자연과의 관계를 회복하는 데에는 과학 이상의 것이 필요하다. 과학적 삶의 태도를 바라보는 입장을 크게 두 가지로 나누어 볼 수 있을 것이다. 하나는 과학적 삶의 태도를 더욱 철저화하면 인류의 문제들이 더욱 잘 해결될 수 있다고 생각하는 입장이요, 다른 하나는 인간의 문제를 해결하기 위해서는 과학적 삶의 태도 이외에 과학을 넘어서는 삶의 태도가 요청된다는 입장이다.

인간은 가치의 문제를 떠나서 존립할 수 없고 가치의 궁극문제는 과학적 사고만으로는 해답하기 어렵다. 과학적 사고(지적 사고)를 넘어서서 가치의 궁극문제에 관여하는 인간의 주체적 성능을 '전인적 인격성'(지정의의 종합적 인격성)이라 부른다면, 전인적 인격성의 바탕에 영성(spirituality 또는 불성)이 존립한다고 보는 것이 종교일반의 관점이라 볼 수 있다. 이 영성이 제대로 발현될 때 인격이 바로 세워지고 과학적 지식과 기술도 바로 사용되어질 수 있다고 본다. 이 영성은 누구에게나 잠재되어 있는 인간의 본래심성이다. 토마스 홉스를 따라 인간은 오직 자신의 욕구충족을 위한 이해타산적 배려(prudence)에 의해서 행동하는 타산적 존재로 인간을 보는 견해도 있을 수 있겠으나, 논자는 인간에게 강한 타산적 배려의 측면이 있다는 것을 시인하면서도 인간의 본래심성에는 그것을 초월할 수 있는 영성이 깃들어 있다고 본다.

선불교에서는 불성(또는 영성)을 회복하기 위한 수련을 선(禪)이라 부른다. 선이란 마음을 닦음이요, 제대로 닦아진 선의 진경을 선심(禪心)이라 부른다. 인간의 본래심성은 닦을 필요가 없이 맑고 밝고 바른 것이나, 혼탁한 환경과의 교섭을 통해서 오염됨으로써 흐려지고 어두워지고 비뚤어지기 때문에 이를 닦을 필요가 있게 되는 것이다. 맑고 밝고 바른 본래의 마음에 돌아가기 위하여 오염된 마음을 닦는 수련을 선이라 이른다. 종교적 인격수련의 가장 큰 의미는 상실된 선심 또는 영성의 회복에 있다고 본다. 그러나 더욱 중요한 것은 이러한 선심이 개인의 인격 안에 갇힌 채 사회적 문제를 해결하는 데 기여하지 못한다면 그것은 참된 선심일 수 없다. 문화운동의 차원에서 일차적으로 요청되는 것은 바로 약자와 강자가 함께 인간답게 살 수 있는 길을 찾는 일이요, 이 일을 위해서 기여할 수 있는 선심이 아니라면 그것은 진정한 선심일 수 없다.

맑고 밝고 바른 본래의 마음을 중국선종의 제6조 혜능(慧能)은 '심지무란 자성정'(心地無亂 自性定) '심지무치 자성혜'(心地無痴 自性慧) '심지무비 자성계'(心地無非 自性戒)로 표현하였다. 심지는 원래 요란함이 없으니 이것이 자성의 정이며, 심지는 원래 어리석음이 없으니 이것이 자성의 혜이며, 심지는 원래 그름이 없으니 이것이 자성의 계이니, 본래의 마

음에는 요란함도, 어리석음도, 그름도 없다는 것이다. [36]

철학에서는 때때로 오염되지 않은 본래의 마음을 '순수의식'으로 표현한다. 막스 쉘러(M. Scheler)는 이를 '선험적 지향의식'이라 하였고 선험적 지향의식은 최고의 가치인 '성'(聖)을 궁극적으로 지향한다고 하였다. 선험적 지향의식은 지적 사유와는 달리 정서적 직관을 통해 가치를 지향하나, 지적 사유에 논리적 질서가 있는 것과 같이 여기에도 엄연한 정서적 질서가 있다고 보고 그 질서를 파스칼의 말을 차용하여 '혼의 질서'라 부른다. [37]

순수의식의 선험적 직관에 나타나는 최고가치인 '성'(聖)을 지향하는 전인적 인격성의 주체를 종교적 표현으로 '영성'이라 이르는 것이 아닐까? 순수의식은 공허하게 비어 있는 의식이 아니라 스스로 최고가치를 지향하는 의식이며, 그러한 지향성의 기본되는 정서가 '사랑'(불교적 용어로는 자비)이라고 쉘러는 말한다. [38] 베르그송은 창조적 인격에서는 인간생명의 본질인 '사랑의 약진력'이 발현된다고 보았다. 이 사랑의 약진력이 인간생명의 본질인가 아닌가의 문제는 오랜 역사를 통해서 논의되어 온 인류사상사의 기본문제이기도 하다. 다만 한 가지 분명한 것은 인간은 때때로 인간해방, 약자해방을 위해서 깊이 고뇌할 줄 아는 품성을 지니고 있다는 것이며, 이 품성에 바탕해서 인간해방 운동으로서의 문화운동을 추진해 왔으며, 또 추진해 가야 할 것이다.

넷째 다양한 문화들 사이에 만남과 대화가 요청되고 있는 이때 각각의 이질성을 넘어서서 각 문화들이 만날 수 있는 공동의 문화적 광장은 무엇인가?

각 문화에는 그 나름대로의 특징과 개성이 있게 마련이나 그러한 가운데서도 인간 그 자체의 공통성 때문에 모든 문화를 관류하는 공통분모를

---

36) 심재열, 『六祖壇經講義』(보련각, 1976), pp. 492-494 참조.

37) Max Scheler, *Der Formalismus in der Ethik und die materiale Wertethik* (Francke Verlag, Bern und München, 1980), p. 82 참조 ; 김팔곤, 「막스 쉘러의 가치론 연구 I」, 『범한철학』 제10집(범한철학회, 1995), pp. 259-260 참조.

38) W. H. Werkmeister, *Historical Spectrum of Value Theories, Volume* I (Johnsen Publishing Company, Lincoln, Nebraska, 1970), pp. 298-299 참조 ; 벨크마이스다, 김팔곤 역, 「막스 쉘러의 정서적 직관주의」, 『동서윤리의 제문제』(원광대 사회사상연구소, 1993), pp. 380-381 참조.

예상할 수 있다. 전통문화는 대체로 종교를 구심점으로 형성되어 왔다고 볼 수 있으며, 따라서 종교간의 만남과 대화를 진행할 수 있는 공동의 장에 대하여 생각해 본다.

야스퍼스는 특정종교들에서 이루어지는 신앙을 '종교적 신앙'이라 부르면서, 초월자에 대한 자신의 신앙을 '철학적 신앙'[39]이라 부른다. 야스퍼스의 주장대로 철학적 조명을 통해 초월자(Transzendenz)에 대한 철학적 신앙에 이를 수 있다면, 야스퍼스가 말하는 '초월자'는 특정종교의 신앙의 대상을 의미하지 않으며, 모든 종교들이 공유하는 신앙적 의미를 지닌다고 보아야 할 것이다. 폴 틸리히는 이러한 의미를 강조하면서 인간의 '궁극적 관심'(ultimate concern)[40]의 대상을 '궁극적 실재'(Ultimate Reality)라 부른다. 토인비는 이를 '궁극적 존재'(Ultimate Being)라 부르고 모든 종교들이 종국적으로는 이를 지향한다고 주장한다.[41] 모든 종교들이 종국적으로 궁극적 존재를 지향한다면 궁극적 존재가 상징하는 의미는 모든 종교들이 각각의 특수성을 초월해서 서로 만나고 대화할 수 있는 공동의 바탕이 될 수 있을 것이다.

야스퍼스는 철학적 신앙에는 필수적으로 '교제'(Kommunikation)가 요청되는 것임을 다음과 같이 밝히고 있다.

철학적 신앙은 교제를 추구하는 부단한 마음가짐과 뗄 수 없는 것이다. 왜냐하면 본래적 진리는 오직 포괄자의 현존 안에서의 신앙의 만남에서만 가능한 것이기 때문이다. 그러므로 신앙하는 자만 교제를 현실의 것으로 할 수 있다는 명제가 통용된다. 여기에 대하여 비진리는 다만 서로 배척하기만 하는 신앙내용의 고정화에서 생긴다. 그러므로 (고정된) 신앙을 위해서 싸우는

---

39) 칼 야스퍼스, 신옥희 역, 『철학적 신앙』(이화여대 출판부, 1979), p. 18 참조.

40) Paul Tilich, *The New Being*(Charles Scribner's Sons, New York, 1955), pp. 152-160 참조.
   틸리히에 의하면 편의상 궁극적 관심의 대상을 '궁극적 실재'라 표현하지만, 이 말도 잠시 빌려 쓰는 말에 불과하다. 인간의 말로는 궁극적 관심의 대상을 표현할 길이 없다. 그러나 인간의 궁극적 관심이 궁극적으로, 무조건적으로, 무한히 무엇인가를 지향하고 있다는 것은 분명하다는 것이다.

41) 아놀드 토인비, 홍사중 역, 『대화』(삼성문화재단, 1971), pp. 28-29 참조.

이와는 말할 수 없다는 명제가 통용된다. 철학적 신앙이란 (교제의) 단절을 강요하는 모든 것 그리고 그 단절을 원하는 모든 의지 속에서 악마의 역사를 본다. [42]

문화운동은 문화활동을 통해 인간해방을 지향하는 하나의 인간해방 운동이요, 인간해방 운동에는 이타적 사랑이 전제되어 있다. 이타적 사랑을 촉진하는 것이 철학적 신앙에 바탕한 교제이며, 모든 생명에 대한 진정한 사랑은 궁극적 존재에 대한 사랑에 바탕해서 확립된다는 것이다. 많은 경우에 스스로 무신앙자라고 자처하는 사람들도 이타적 사랑을 발현한다. 그러나 틸리히에 의하면 인간은 누구나 종교적 심성을 지니고 있으며, 이 종교적 심성에는 어떤 의미의 신앙이 깃들어 있다. 이 경우의 "신앙은 궁극적 관심에 붙들려 있는 상태이며, 신(궁극적 존재)은 그러한 관심의 내용을 지시하는 명칭이다."[43] 이타적 사랑을 발현하는 인격의 내면에서는 이미 궁극적 관심이 작동하고 있으며, 이 궁극적 관심은 인간해방을 지향하게 되고, 따라서 모든 문화운동의 원동력이라 볼 수 있다.

지금까지의 논의에서 중요한 개념으로 제시된 '궁극적 관심', '궁극적 존재'와 같은 언사들이 경험적으로 검증될 수 없는 의미를 지시하기 때문에 실천이성에 우위를 둔 칸트 및 중첩적 합의의 개념을 도입한 롤즈의 입론을 따라 한두 가지 부언하고자 한다.

우리의 일상적 삶에 있어 이타적 힘과 이기적 힘이 교차하는 가운데 전자가 우세하면 은혜를 산출하고, 후자가 우세하면 해독을 산출한다. 문화운동은 이타적 힘을 강화함으로써 인간해방의 은혜를 산출하려는 운동이다. 현실적 삶 속에서 개인적으로나 집단적으로 이기적 힘이 이타적 힘에 앞서기 때문에 문화운동이 요청된다. 이타적 힘은 연대활동을 통해서 강화되기 때문이다. 연대활동을 통해서 강화되는 이타적 힘이 사회적 양심 세력이며, 문화운동을 비폭력적인 운동으로 승화시키려면 그만큼 더 큰 사회적 양심세력이 요청되고, 역으로 사회적 양심세력을 가꾸기 위해서는 더욱 창조적인 문화운동이 전개되어야 하는 것임을 우리는 실천적 체험을 통해서 확인할 수 있다.

---

42) 같은 책, p. 173.
43) Paul Tilich, *Theology of Culture* (Oxford University Press, 1977), p. 40.

'초월자'(궁극적 존재)에 대한 '철학적 신앙'(궁극적 관심)에 이르는 과정을 철학하는 과정으로 보는 야스퍼스(또는 틸리히)의 입론에 대하여는 철학자들 사이에서도 비판적 견해가 많을 것이다. 모든 가치문제를 포함하는 입론에는 지적 합의를 이끌어 내기 어려운 정의적 의미가 함축되어 있다는 주장이 메타윤리학(meta ethics)에서는 우세하다. 그러나 존 롤즈(J. Rawls)는 서로 다른 문화나 가치관을 가지고 있는 사람들이 상대방의 문화나 가치관을 존중하면서도 그들 사이에 '중첩적 합의'(overlapping consensus)가 이루어질 수 있고, 그 합의에 바탕하여 사회정의의 기본원리를 도출할 수 있다고 본다. 그에 의하면 민주주의 사회에서는 대립적이고 포괄적인 종교적, 철학적 그리고 도덕적 학설들의 다원성이 항상 발견되고 있으며, 이러한 사회의 자유로운 제도가 세대간에 걸쳐서 지속되려면 그 학설들에 의해서 채택될 수 있는 합의가 도출되어야 한다. 이러한 합의를 그는 중첩적 합의라 부른다. [44]

　야스퍼스, 토인비, 틸리히 등은 서로 다른 문화나 가치관들이 공유할 수 있는 형이상학적 근원을 모색하려 하는 데 대하여, 롤즈는 대립적이고 포괄적인 종교적, 철학적 그리고 도덕적 학설들에 대한 평가를 유보하고 중첩적 합의에 의한 '정치적 정의관'[45]의 정립을 모색한다. 이 양자의 입장에는 현격한 차이가 있음에도 불구하고 전혀 양립할 수 없는 것이 아니라는 것이 논자의 생각이다. 우리는 먼저 롤즈의 입론을 따라 현실적으로 중첩적 합의에 의한 정치적 정의관의 정립을 모색하고, 다른 문화 또는 가치관들을 존중하면서 그들 사이의 궁극적 근원을 모색할 수 있지 않을까? 이러한 논의가 가능하다면 문화운동을 추진함에 있어서도 먼저 현실

---

44) J. Rawls, "The Domain of the Political and Overlapping Consensus", *New York University Law Review*, vol. 64, no. 2(May, 1989), p. 234 참조 ; J. Rawls, "The Idea of an Overlapping Consensus", *Oxford Journal of Legal Studies*, vol. 7, no. 1(1987), p. 1 참조.

45) 중첩적 합의에 의한 '정치적 정의관'이란 예컨대 상이한 종교적 신앙을 가진 사람들일지라도 입헌 민주정치에 대하여 합의하는 정치적 입장을 공유할 수 있다는 의미를 함유한다. 롤즈에 의하면 중첩적 합의의 개념은 근대 민주주의 사회의 역사적이고, 사회적인 배경적 조건으로 간주되는 '합당한 다원주의의 현실'(the fact of reasonable pluralism)에서 연유한다.
　J. Rawls, "The Domain of the Political and Overlapping Consensus", 같은 책, pp. 234-235 참조.

적으로 중첩적 합의가 가능한 문제들(예컨대 자연보호 문제, 반핵문제, 자원절약 문제 등)을 단초로 하여 문화운동을 촉진하고 그러한 운동이 확장되어 가는 과정에서 점진적으로 더욱 심원한 초월적 의미에로 접근하는 문화운동이 가능하지 않을까 생각해 본다.

문화종합의 교차로에 선 한국문화
— 민족문화의 창달을 위하여 —

엄 정 식
(서강대)

I. 머리말

문화를 자연과의 관계에서 인간공동체가 보여 준 노력과 그 결과의 총체라고 한다면 인간이 자연과 어떠한 종류의 관계를 갖느냐에 따라 문화의 성격이 달라질 것이다. 일반적으로 말해서 서양문화는 자연의 법칙을 발견하여 그것을 이용함으로써 물질문명을 강화하였고 동양문화는 자연의 섭리를 터득하고 거기에 순응함으로써 갈등을 해소하려는 정신문화에 역점을 두었다. 공교롭게도 오늘날 우리 민족은 동양문화를 비판적으로 종합해 온 전통 속에 있으면서 서양문화에 가장 무비판적으로 노출된 시대적 상황에 처해 있다. 이러한 문화적 특성은 우리 민족문화에 중대한 전환기를 맞이하게 하는데, 일찍이 유래가 없는 광범위하고도 파격적인 종합을 강요하고 있기 때문이다. 그것을 우리는 다음과 같이 정리해 볼 수 있을 것이다.

첫째, 우리 민족은 한반도를 중심으로 장구한 민족사를 엮어 오면서 비판적이고도 창의적으로 고유한 민족문화를 창출해 왔다. 그 과정에 있어서 무속을 바탕으로 불교와 유교를 능동적으로 수용하여 민족문화의 중핵을 이루었다. 그리고 여기에는 우리 민족 특유의 "민족적 자아"가 작용하여 민족문화의 개별성과 단일성과 동일성의 유지를 가능하게 해주었다.

둘째, 그러나 근대사회에 접어들면서 우리 민족은 미증유의 민족적 수난과 질곡을 당하면서 민족문화의 전승과 유지와 창출을 어렵게 만들었다. 기독교와 자유민주주의와 과학기술 등을 서구로부터 전래받았으나 그러한 외래문화를 비판적으로 수용하거나 선별적으로 융해시키지 못하여 분화적으로 식민지화되는 현상을 빚어 내었으며, 이것이 민족문화의 정체성과 적합성과 통합성에 있어서 문화적 위기를 맞이하게 된 근본적인 원인이 되었다. 더구나 민족의 분단상황이 반세기가 지나도록 고착화됨으로써 새로운 민족문화의 창출을 어렵게 하는 것은 물론 민족적 자아의 분열을 초래하는 위험마저 안고 있는 것이다.

셋째, 그러므로 새로운 민족문화를 창출하고 민족적 자아를 재확인하는 방법은 반만년의 역사를 통해서 창출해 온 민족문화의 전통을 다시 정립하고 외래문화와의 변증법적 종합을 시도하는 일이다. 이러한 작업을 수행하는 데 있어서 우리 민족은 다른 민족에 비하여 극히 유리한 입장에 서 있다고 판단되는데 민족적 자긍심이 강하고 높은 문화적 수준을 유지하고 있으며 동서고금의 문화가 조우하는 지점에 존재해 있기 때문이다. 그러한 의미로 우리는 우리 민족문화뿐 아니라 세계문화의 창출에 중요한 역할을 담당해야 하는 긍지와 사명을 지녀야 한다고 볼 수 있다. 여기서 형이상학적이고도 선험적인 개념으로서 민족적 자아가 전제로 받아들여져야 함은 물론이다. 그것은 우리 민족의 문화를 통합하고 그 정체성을 유지하게 하는 생명의 원리이며 세계문화 속에서 그 특유성과 독자성을 견지하게 하는 통일의 원리이기도 하기 때문이다. [1]

그렇다면 우리 민족에 의해서 이루어져야 하는 문화종합은 어떠한 형태로 나타날 것인가. 우리의 전통적인 인간관과 자연관, 세계관과 역사관은 어떠한 모습으로 변모되어야 하는가. 우리 민족은 어떠한 유형의 인간으로 존재하는 것이 가장 바람직한 것인가. 도대체 우리의 민족문화는 어떠한 특성을 지니게 될 것이며, 우리에게 그러한 문화를 창출할 능력이 있다고 단언할 수 있는가. 이제 이러한 점들을 좀더 구체적으로 살펴보기로 하자.

---

1) 엄정식, 「민족적 자아와 민족문화」, 『문화철학』, 한국철학회 편(철학과 현실사, 1995), pp. 149-170 참조.

Ⅱ. 민족문화의 선택과 그 특성

1. 민족적 자아와 문화변동

거듭하거니와 우리 민족은 오늘날 문화적 차원에서 볼 때 매우 복잡하고도 미묘한 상황에 처해 있다. 동서와 고금의 문화가 만나는 지점에 위치해 있기 때문에 이 거대한 문화적 종합의 중심적 역할을 수행해야 하는 시대적 사명을 지니고 있을 뿐만 아니라 이질적인 문명이 충돌하는 소용돌이 속에서 표류해서는 안 될 민족적 당위를 동시에 의식하지 않으면 안 된다. 따라서 이러한 시점에서 창출되는 민족문화는 단순히 지역적 혹은 민족적 특수성을 견지하는 데 그칠 것이 아니라 인류가 새로운 문화를 창출하는 데 공헌할 수 있는 보편성을 함께 지니지 않으면 안 되는 것이다. 이것은 우리 민족이 처해 있는 세계사적 위상이 아닐 수 없다. 그렇다면 우리의 민족문화는 어떠한 방식으로 형성되어야 하며 그 특성은 무엇이어야 하는가. 그것은 한마디로 민족문화를 어떻게 해야 제대로 전수하고 유지하며 또 창달하는지의 문제가 될 것이다. 이제 이러한 점들을 좀더 구체적으로 살펴보기로 하자.

우선 무엇보다 중요한 것은 민족문화의 정체성과 고유성을 다시 확인하고 그것을 현대문화의 관점에서 새롭게 조명하는 작업이다. 만약 이러한 작업이 이루어지지 않는다면 우리의 고유한 문화는 더 이상 하나의 '민족문화'라고 고집할 이유가 없으며, 그 고유성이 상실되면 인류전체를 위한 세계문화에 공헌할 수 있는 특유한 내용을 지니지도 못하게 될 것이다. 그런데 이러한 맥락에서 우리가 시급히 해결해야 할 문제는 남북한이 분단된 상태에서 더 이상 민족문화를 양분하여 이질화하는 현상을 방치해서는 안 된다는 것이다. 오늘날 남북한은 각기 다른 이유로 민족의 고유성과 정권의 정통성을 주장하고 있지만 이러한 현실의 고착화가 오히려 민족문화의 정수에 부정적인 요소로 작용할 수도 있기 때문에 대국적인 면에서 미래지향적으로 접근하지 않으면 안 되는 것이다.

그 다음으로 중요한 것은 서구의 외래문화를 수용함에 있어서 고유한 민족문화와의 관계를 어떻게 설정하는지의 문제이다. 오늘날 서구의 기독교적 인간관과 가치관 및 자연과학적 자연관과 세계관이 보편화되어 가고 있고, 따라서 민족문화의 전통적인 사고방식과 생활태도도 현격하게 변모된 것이 사실이다. 그러나 이러한 문화변동의 현상에 있어서 민족문화의 역할이 무엇인지 제대로 규명하지 않으면 안 된다. 이미 지적한 바와 같이 이러한 와중에서 민족문화의 고유성과 전통성의 고수를 고집하는 것은 가능하지도 않고 또 반드시 바람직한 것도 아니다. 그렇다고 해서 고유한 정체성을 포기하고 수동적으로 세계문화에 흡수되는 것도 대안이 될 수 없다. 그러므로 정체성을 유지하면서 세계문화와의 유기적 관계를 통해 새로운 민족문화를 창출하지 않으면 안 된다. 그러나 이것은 민족의 장래와 인류의 미래를 위해 무엇이 바람직한 것인지에 대한 뚜렷한 청사진이 마련되지 않는 한 불가능한 작업이 된다.

마지막으로 고찰해야 할 것은 새로운 민족문화가 어떠한 모습으로 태어나야 할 것인지에 대한 구체적 방안을 제시하는 일이다. 그것은 본질적으로 우리 민족이 어떠한 유형의 삶을 살아갈 것이며 또 어떠한 형태로 존재할 것인지에 대한 청사진이 된다. 이것을 우리는 '문화이념'이라고 할 수 있는데 이 이념은 지금까지 고찰해 온 바와 같이 '민족의 자아'의 표현이 되지 않으면 안 된다. 한 사람의 인격적 자아가 그 사람의 사고방식과 생활태도를 부정하듯이 우리 민족문화의 이념은 민족적 자아의 표현이어야 한다는 것이다. 이제 이러한 점들을 우리의 현실에 비추어 좀더 자세히 살펴보기로 하자. 먼저 민족문화의 전수에 관해서 검토하기로 한다.

잘 알려져 있는 바와 같이 오늘날 한국의 문화현상은 공간적 복합성과 시간적 중복성이 동시에 나타나서 역사상 그 유래를 찾아보기 어려울 정도로 극도의 혼란기를 맞이하고 있다. 서양 외래문화와 전통적인 한국문화의 혼재에서 오는 문화적 충격과 가치관의 혼란이 그것을 말해 주는 것이다. 임희섭 교수가 지적하는 바와 같이 사회변동은 이에 따라 "그 속도에 있어서나 범위, 정도에 있어서 다 같이 역사상 유래를 찾아보기 어려운 일"이며 이와 같은 "문화적 혼란을 극복하기 위해서는 일정한 문화변동의 정향 즉 문화의 이념을 정립해야 하는 것이다."[2] 그러한 이념을 우

---

2) 임희섭, 「현대 한국사회의 문화현상」, 『한국의 사회변동과 문화변동』(서울 : 현암사, 1984), p. 17. 그는 이와 같은 "문화의식에 의해서 대중과 청소년들이 미래의 문화변동에 대비할 수 있도록 하는 문화운동이 요청된다"

리는 새로운 "민족문화의 창출"로 설정할 수 있는데, 여기서 가장 시급한 문제는 전통적인 문화를 발굴하여 새롭게 해석함으로써 그것을 재발견하는 작업이다. 그렇다면 왜 그것은 그렇게 중요한 과제인가.

물론 우리의 민족문화는 그것이 민족의 유산으로서 우리들에게 전수된 것이기 때문에 중요하다. 개인적인 차원에서 부모로부터 물려받은 재산이나 성격, 용모 같은 것이 소중한 것이듯이 민족적 차원에서도 물려받은 문화적 유산은 그 자체로서 소중한 것이 아닐 수 없다. 그러나 진정한 이유는 단순히 여기서 그치는 것이 아니다. 그것은 수많은 세월에 걸쳐서 우리 선조들이 이 땅에서 살아오는 동안 그들의 체험을 통해 온갖 지혜가 농축된 것이기 때문에 소중하다. 우리는 이 지혜를 너무 과대평가할 필요도 없지만 절대로 과소평가해서도 안 된다. 다른 민족에게는 대수로운 것이 아닐 수 있지만 우리에게는 특별한 의미를 지니는 것이며 따라서 그것을 물려받았다는 것은 일종의 특권이라고 할 수밖에 없다. 문화가 어느 특정한 자연적 조건 아래서 인간이 창출해 낸 것이라면 우리의 민족문화는 이 땅에서 우리의 선조들이 창출해 낸 삶의 방식이기 때문이다. 그러므로 우리는 모든 것을 민족문화로부터 출발하지 않으면 안 되는 것이다. 만약 우리가 이 땅에서 오늘을 사는 데 있어서 전통적인 문화를 무시하고 외래문화에 의존한다면 문화적으로 황폐한 땅에서 모든 것을 새롭게 시작하는 방랑자에 불과할 것이며 그 문화에 익숙한 이주민들의 노예로 전락하게 되고 만다. 문화적 식민주의를 경계해야 하는 이유가 바로 여기에 있는 것이다.

그러나 이미 언급한 바와 같이 이것이 전통적인 민족문화에 맹목적인 고수를 의미하는 것은 아니다. 우리의 조상들이 그 당시의 역사적 상황이나 시대적 현실의 문제를 해결하고 또 거기에 효과적으로 적응하기 위해 문화를 창출했듯이 우리들에게는 우리의 상황과 현실이 있는 것이다. 그리고 이 양자에는 고유한 유사점 못지않게 새로운 상황과 현실이 야기시킨 차이점도 많이 있기 때문에 문화적 유산이 원형대로 모두 유용하고 타당한 것은 아니다. 김태길 교수는 특히 사상의 타당성을 강조하여 "어떤 국가에 고유한 사상이 필요하고 소중한 가장 근본적인 이유는 그것이 '고유하다'는 사실에 있는 것이 아니라 그 사상이 가진 타당성에 있다"고 주

고 주장한다.

장하며 이러한 점을 다음과 같이 설명한다.

어떤 사상의 '타당성'은 그 사상의 실천적 함의(含意)에 관한 한, 그 사상이 그것을 가진 사람들의 인생문제를 얼마나 원만하게 그리고 포괄성있게 해결해 주느냐에 의하여 결정된다. 한국인에게 한국인의 사상이 필요한 근본이유는 한국인의 문제를 원만히 해결해 주는 사상이 될 수 있기 위해서는 한국의 특수사정에 적응하는 바 특색있는 사상이라야 한다는 사실에 있다. 3)

그는 이어 "한국인에게 한국적인 사상이 소중한 근본이유는 그것이 한국인의 문제를 해결하는 가장 적합한 처방이라는 사실에서 발견되어야 한다"고 주장한다. 4) 이와 같이 우리에게 전통적인 민족문화가 소중한 이유는 그것이 단순히 우리의 것이라는 데 있는 것이 아니라 우리가 당면한 문제를 해결하는 데 있어서 효용성과 타당성을 지녔다는 점에 있는 것이다.

그러나 이미 지적한 바와 같이 우리 민족은 분단된 상태로 반세기를 지나오는 동안 현실에 대한 인식을 달리하고 그 해결방안을 각기 다른 데서 구해 왔기 때문에 결국 민족문화에 대한 해석에도 현격한 차이를 보이고 있는 형편이다. 아마 이러한 상태가 좀더 지속되면 마침내 민족적 자아 그 자체의 분열을 초래할 정도로 이질화 현상이 심각한 단계로 접어들고 있는 것이다. 그렇다면 어떻게 이러한 현상을 극복할 것인가.

우선 가장 중요한 것은 상대방을 무조건 비판적으로만 바라볼 것이 아니라 긍정적으로 해석하려고 애써야 하며 동시에 자기자신들의 입장도 상대방의 관점에서 바라보려고 노력하지 않으면 안 된다. 우리는 오랜 세월 동안 서로 상대방을 부정적으로 평가하고 비난하도록 유도되고 교육받아 왔으며 또 여기에 상당히 익숙해져 있기 때문이다. 물론 이러한 태도를 갖추는 것이 결코 쉬운 일이 아니지만 막연히 정치적 현실이나 이데올로기의 차이에만 책임을 돌려서는 안 된다. 문화적 동질성을 회복하고 새로운 민족문화를 창출한다는 것은 바로 이러한 현실을 극복하고 뛰어넘는다

---

3) 김태길, 「분단상황과 철학자의 임무」, 『변화하는 시대와 철학의 과제』(서울 : 천지, 1991), p. 49.
4) Ibid., p. 50.

는 뜻이기 때문이다. 그러므로 우선 우리는 남한과 북한에서 오늘날 전개되고 있는 현상들을 모두 현실로 받아들이고 그것들을 비판적으로 수용할수 있는 태도를 갖추는 것이 중요하다. 이러한 점에 대해 김태길 교수는다음과 같이 지적해 준다.

우리는 남과 북의 현실을 각각 계승해야 할 유산으로 보기보다는 극복을통하여 변증법적으로 종합할 부정적 매개로 보는 시각을 취해야 할 것이다.남과 북의 현실에는 각각 보존해야 할 장점이 있을 것이며, 이 장점들을 귀중한 유산으로서 마땅히 살려야 할 것이다. 그러나 그 장점들을 살리기 위해서 반드시 현실을 전체로서 옹호할 필요는 없으며, 그것들은 현실을 부정적매개로 삼는 변증법적 종합을 통하여 반드시 살릴 수 있을 것이다. 5)

물론 이러한 종합을 이룩하기 위해서는 "백지에서 출발하는 마음가짐으로 민족의 앞날을 내다보아야 할 것인데" 지금까지 우리는 "밖으로부터온 상반된 이데올로기가 만들어 낸 다른 사회의 서로 다른 모순과 비리속에서 살아왔기" 때문이다. 김교수는 "이 오염으로부터 벗어나지 않는한 우리는 순조로운 통일이 요구하는 올바른 민족의 미래상을 제시하지못할 것"이라고 주장한다. 6)

그 다음으로 중요한 것은 민족문화의 유산에 관한 해석 중에서 공통적인 부분을 강조하고 부각시킴으로써 공감대를 형성하는 일이다. 그중에서도 특히 우리는 민족적 자아를 확인하기 위한 '주체성'의 회복을 거듭 강조하지 않으면 안 된다. 북한에서는 이미 오래 전부터 '주체사상'이란 이름으로 "자기나라 혁명과 건설에 대한 주인다운 의식을 가진다"는 점을중요시해 왔다. 7) 물론 내면적으로는 순수하게 주체적인 것도 아니고 또

---

5) Ibid., p. 21.
6) Ibid., pp. 21-22. 그는 또한 우리가 기존의 현실 속에서 이익을 발견하는
   정치인들의 손아귀에서 벗어나야 한다고 주장하며 이렇게 말한다. "남과
   북에서 기존의 체제로 인하여 혜택을 입고 있는 사람들이 그들의 기득권을
   완강하게 고집하는 동안 우리가 바라는 순조로운 통일이 실현되기는 어려
   울 것이다. 현재 남과 북에서 특권을 누리고 있는 사람들이 자의에 의해서
   든 타의에 의해서든 가진 것의 일부를 포기하지 않고서는 통일의 후유증을
   극소화하지 못할 것이다." p. 22 참조.
7) 김정일은 1982년 3월 31일 김일성 탄생 70돌 기념 전국주체사상토론회에

민족적 자존심을 견지하지 못하는 측면도 많이 있다. 폐쇄적이고 고립적인 측면이 너무 강하여 일제도는 국제적 대세에 표류하는 경향이 있으며, 민족의 운명을 김일성 부자의 독단에 지나치게 의존함으로써 우리 민족의 자긍심보다는 오히려 김씨 일가의 자존심에 더 신경을 쓰는 양상을 나타내고 있기 때문이다. 그러나 이러한 현상이 엄연한 정치적 현실인 이상 그것을 전면적으로 거부해서는 안 될 것이다. 비록 민족적 자존심을 표현하는 방식에 있어서 비효율적이고 또 상당한 착오를 범하고 있더라도 최소한의 공통분모를 찾아서 대화를 지속함으로써 새로운 민족문화를 창출하는 계기를 찾아야 한다. 가령 공통의 언어에 대한 탐구와 계발, 공감하는 사상가에 대한 연구, 고적의 공동탐사 등을 시도함으로써 그 실마리를 찾을 수도 있을 것이다.

그러나 이러한 작업은 단순히 민족문화의 전수와 창달에만 의미를 부여하는 것이 아니다. 어떤 민족의 것이든 모든 문화는 인류문화의 한 부분이기 때문에 긍정적으로는 모든 인류에게 속한다고 볼 수 있다. 그러므로 한글에 관한 연구, 퇴계나 율곡 혹은 원효나 지눌에 관한 해석, 분황사의 벽화나 석굴암, 단군묘 등에 관한 판단은 북한이나 남한 혹은 우리 민족의 이익을 위해 자의적으로 이루어질 것이 아니라 객관적으로 수행되어 보편적인 설득력을 지니도록 해야 한다. 그것은 오늘날 남북한에서 견지하고 있는 정치적 이데올로기에도 해당될 수 있을 것이다. 이러한 점에 관하여 김태길 교수는 "우리 민족의 문제를 인류와 세계의 문제의 일환으로서 다루는 넓은 시야를 항상 주지해야 한다"고 강조하며 다음과 같이 말한다.

─────────────

「주체사상에 대하여」라는 논문을 보내었다. 그는 여기서 이른바 '사회역사의 원리'를 규정하여 이렇게 주장한다. "역사의 주체는 인민대중이며 사회역사적 운동은 인민대중의 자주적, 창조적 운동이며 혁명투쟁에서 인민대중의 자주적인 사상의식이 결정적인 역할을 한다는 사회역사 원리는 주체사상의 근간을 이룹니다. 이것은 주체의 운동인 사회역사적 운동의 본질과 성격, 추동력에 대한 새로운 해명으로 됩니다."(pp. 76-77) 여기서 그는 인민대중의 자주성을 특히 강조하는데 이것은 후에 사회주의적 민족주의로 발전한다. 『철학사전』, 북한 사회과학원 철학연구소 편(서울 : 힘, 1988), p. 667. 특히 이 점에 관하여 "북한의 민족문제연구회" 회상인 박승덕 교수의 논문 「주체적 견지에서 본 민족통일의 철학」을 참조할 것. 『남북학술교류방안 논문집』, 1994, 통일원 편, pp. 373-423.

우리가 우리 민족을 아끼는 마음이 민족적 이기주의로 흘러서는 안 될 것이며, 우리 민족을 포함한 인류전체를 생각하는 광범위한 관심과 원대한 안목을 견지해야 할 것이다. 민주주의는 언젠가는 딛고 넘어서야 할 한계를 가진 사상이나 우리는 개별의 문제를 넘어서서 다시 보편의 문제로 돌아감으로써 철학자 본연의 자세를 지켜야 할 것이다. [8)

물론 이러한 자세는 단순히 철학자에게만 국한된 것이 아니다. 보편적 가치를 추구하고 객관적 진리를 소중히 여기는 모든 지식인의 의무이며 자유와 평등을 희구하는 민주시민의 당위이기도 한 것이다. 그러므로 우리는 여기서 우리 민족의 고유한 전통문화가 현대문명을 이끌어 온 서구문화와 유기적으로 조화를 이룰 수 있는지 그 방안을 모색하지 않으면 안 된다. 그중에서도 특히 민족문화의 중심부로 침투해 온 기독교 사상과 과학정신, 자유민주주의 등을 어떻게 능동적이고도 비판적인 자세로 수용할 수 있는지를 진지하게 검토하지 않으면 안 된다. 이러한 점들을 간단히 검토해 보기로 하자.

2. 민족문화의 창달과 문화적 현실

일반적으로 문화현상을 진단하고 분석하는 데에는 세 가지 기준이 도입되는데 문화의 적합성(relevancy), 정체성(identity) 및 통합성(integration)이 그것이다. 여기서 '적합성'이란 문화유형이 사회구조에 대해 적합한 것인지의 여부를 묻는 기준이다. 전통적인 것이든 외래적인 것이든 현재의 사회구조적 환경에 적합한 것이 아닐 때에는 어떤 문화의 전승과 수용은 거부되고 점차 소멸되기에 이른다. 한편 '정체성'이란 어떤 문화가 형성되는 환경과 역사가 특수한 것이기 때문에 형성되는 문화적 전통을 말한다. 그러나 정체성 속에 특수성과 보편성이 함께 공존한다는 점을 간과해서는 안 된다. 끝으로 '통합성'이란 어떤 문화의 요소들이 서로 유기적인 관계를 이루고 일관성을 유지하는 정도를 말한다. 사회구성원

---

8) 김태길, 「분단상황과 철학자의 임무」, 『변화하는 시대와 철학의 미래』, op. cit., p. 23.

사이에 이 통합성을 결여할 때 문화적 혼란이 야기되는 것은 당연한 결과라고 할 것이다. 이제 이러한 시순을 통해 오늘날 우리에게 어떠한 현상이 벌어지고 있는지 좀더 자세히 살펴보기로 하자.

임희섭 교수에 의하면 오늘날 한국의 문화는 적합성, 정체성 및 통합성에 있어서 모두 위기를 맞고 있다. 적합성의 측면에서 볼 때 우리는 "고도로 분화되고 조직화되고 기계화되고 대형화되어 가는 사회조직 속에서 아직도 그와 같은 사회구조의 관리를 위해 요청되는 합리주의와 과학적 정신의 내면화가 철저히 이루어지지 못하고 있기 때문에" 대형사고가 빈번히 일어날 뿐 아니라 대규모의 기업이나 사회조직 및 관료조직도 권위주의적이고 연고주의적으로 관리되는 현상을 나타낸다. 9) 이것은 전통적인 유교사회의 사고방식과 자유민주주의적 가치관이 서로 유기적으로 조화를 이루지 못한 데서 비롯된 현상이라고 할 수 있다. 더구나 민주주의가 정치제도의 차원을 넘어서 일종의 사고방식이며 동시에 생활태도라는 것을 염두에 둔다면 우리가 당면한 적합성의 위기는 매우 심각한 것이라고 할 수 있다. 임교수는 그 방안을 이렇게 제시한다.

개인의 차이를 서로 존중하는 가운데 자유로운 참여와 대화, 그리고 설득을 통해 합의에 이르는 인간관계 유형을 퍼스널리티로서 내면화해야 하는 것이다. 이처럼 민주적 생활양식이 문화유형으로서 제도화될 때, 정치적, 경제적, 문화적 민주주의는 사회제도로 정착되고 성숙되는 것이다. 10)

물론 자유민주주의는 오늘날 보편적으로 현대인들이 추구하는 사고방식이며 생활태도인 것이 사실이다. 그러나 그것은 비록 우리가 찾아낸 제도 중에서 가장 바람직한 것이라고 하더라도 여전히 문제점이 많은 제도이며 따라서 보완될 여지를 많이 남겨 두고 있다. 더구나 전통적으로 다른 문화권에서 살아온 우리들에게 당장 그것을 전면적으로 도입해야 하는 이유가 무엇인지 다시 한 번 진지하게 생각해 볼 필요가 있다. 어떤 보약이 모든 사람에게 항상 좋은 것이 아닌 것처럼 하나의 이념으로서 민주주의

---

9) 임희섭, 「현대 한국사회의 문화현상」, 『한국의 사회변동과 문화변동』, op. cit., p. 21.
10) Ibid., p. 22.

가 바람직한 것이라도 그것을 우리의 전통적 문화양식에 적합하도록 시간을 두고 수정하고 보완하면서 수용해도 너무 늦지는 않을 것이다.

사실 우리 문화의 정체성 위기는 바로 이러한 이질적인 사고방식과 생활태도를 너무 수동적이고도 급진적으로 받아들였기 때문에 생겨났다고 볼 수 있다. 임희섭 교수가 지적하듯이 "가장 중요한 문제는 문화적 전통의 단절과 외래문화의 무분별한 수용"에서 비롯된다고 판단되기 때문이다. [11] 이미 지적한 바와 같이 근대화가 일본인들에 의해서가 아니라 우리들 자신에 의해서 주체적으로 추진되었고 따라서 미국을 비롯한 서구의 여러 형태의 문화를 선별적으로 심사숙고해서 수용할 수 있었다면 오늘날과 같은 정체성의 위기를 맞이하지는 않았을 것이다. 임교수는 이러한 위기의 한 측면을 다음과 같이 지적해 준다.

한국인들이 일제의 지배와 해방 후의 혼란을 거치는 동안에 전통문화를 오히려 생소하게 느끼고 미국문화에 더 친근감을 느끼는 기현상(奇現象)까지 일어난 것도 우연한 일은 아니었다. 오늘날 젊은 세대들이 한국의 음악이나 한국의 미술을 좋아하기보다는 서양음악과 서양미술에 더 친숙하게 된 것은 일제시대와 해방 후의 교육에 그 원인이 있다. 이러한 현상은 음악과 미술에 한정된 것이 아니고 문화전반에 걸쳐서 일어났다. [12]

이러한 맥락에서도 우리는 서구문화의 맹목적인 추종이나 즉흥적인 거부가 아니라 새로운 민족문화의 창출을 위한 하나의 문화종합이 절실하게 요청됨을 실감할 수 있게 된다. 이제 우리 문화의 정체성을 확보한다는 것은 전통문화로의 복귀나 외래문화의 무비판적 수용이 아니라 그것을 창조적으로 융합시키는 것을 의미하기 때문이다.

끝으로 문화의 통합성 차원에서 우리의 현실을 진단해 보기로 하자. 물론 이러한 측면을 검토하려면 계층과 도농(都農), 세대간의 차이를 광범

---

11) Ibid. 임교수는 이러한 현상을 "외래문화의 채용"(cultural borrowing)이라고 표현하고 그것이 상당한 기간 동안 계속되었다고 지적하며, "수용하는 외래문화가 우리 현실에 적합하지 못한 경우도 있었으며, 우리의 현실이 채용된 제도를 따라가지 못한 경우"도 있었는데, "일종의 시행착오와 적응의 과정이 필요했던 것은 불가피한 일이었다"고 말한다. p. 23 참조.
12) Ibid.

위하게 논의해야 하겠으나 이제 빈부의 격차가 점차 줄어들고 있고 도시
외 농촌 사이의 소통이 많이 원활해졌으므로 가장 심각한 문제로 남아 있
는 것이 세대간의 격차라고 판단된다. 정체성의 위기에서도 지적된 바와
같이 우리 나라의 경우 현대사회의 복잡성 때문에 세대간의 차이는 단순
히 보수와 진보의 괴리라는 양상만으로는 이해하기 어려운 점이 많이 있
다. 임희섭 교수가 지적하는 바와 같이 한국의 기성세대는 "상당한 정도
로 '전통적인' 문화의식"에 의해 그들의 행위양식을 지배받고 있으며, "근
면, 성실, 극기 등의 개인적 가치덕목"을 특히 강조하며 대체로 지도자적
위치를 차지해야 한다는 "엘리트주의적 가치관의 소유자들"이라고 할 수
있다. 이에 비해서 새로운 세대는 "합리주의, 보편주의, 민주주의, 평등
주의 등의 근대적 가치를 내면화"하고 있으며, "구김살없는 자아의 실현"
을 더 의미있는 삶의 가치로 받아들이고, "대중적 인간"(mass man)의
성격을 강하게 드러내는 경향이 있다. [13] 그런데 이러한 현상이 통합성의
위기로 나타나는 것은 바로 세대간의 격차가 융합되기 어려울 정도로 심
각하다는 사실에 있는 것이다.

지금까지 살펴본 바와 같이 우리 나라는 문화적 적합성, 정체성 및 통
합성에 있어서 위기를 맞고 있으며 그 정도가 매우 심각하다고 볼 수 있
다. 그러나 정도의 차이가 있지만 그러한 현상은 우리만의 문제가 아니라
현대의 보편적인 풍조이기도 하다. 현대세계의 정신적 특징을 한마디로
'다원주의'라고 규정하는 길희성(吉熙星) 교수는, "하나의 이념체계에 의
해 주도되어 온 전통사회와는 달리 현대사회에는 다양한 사상체계와 가치
관들이 공존하면서 갈등을 일으키기도 하며 선택을 강요하기도 한다"고
지적한다. 그는 이러한 현상을 다음과 같이 설명한다.

끊임없는 문화접촉과 홍수처럼 쏟아지는 타문화와 종교, 사상들에 대한 지
식과 정보는 더 이상 폐쇄된 사회와 획일화한 사고를 허락하지 않는다. 다양
한 사상과 가치체계를 접하고 사는 현대인들은 의식적이든 무의식적이든 인
생관과 세계관에 대한 사상적 선택을 해야 하며, 한편으로는 상대주의와 회
의주의의 위협을 받는가 하면 다른 한편으로는 사상과 가치체계의 다원화에
서 오는 혼란과 불안감을 없애기 위해 광신주의와 종교적 열광주의에 도취하

---

13) Ibid., pp. 23-25.

기도 한다. [14)

이미 언급한 바와 같이 우리 민족의 경우 이러한 현상이 팽배해 있을 뿐만 아니라 일제의 식민지 지배에 이은 분단구조의 지속으로 인하여 더욱 심각한 상태에 있다는 점을 간과해서는 안 된다. 따라서 우리가 이러한 문제를 해결하기 위해 새로운 민족문화를 창출한다는 것은 현대가 당면한 보편적인 위기를 해결하는 데 있어서 결정적인 실마리를 제공한다는 것을 의미하게 된다. 그러나 그것은 어떻게 가능한가.

박이문(朴異汶) 교수에 의하면 가장 중요한 것은 우리가 어떠한 민족으로 존속할 것인지를 결정하는 문제이다. 그것은 동시에 우리들 각자가 어떠한 유형의 인간으로 존재하고 싶은지를 결단하는 문제이기도 하다. 이러한 점에 관해 그는 다음과 같이 주장한다.

한 민족의 문화는 그 민족이 무엇을 위해 어떻게 살겠다는 태도와 삶의 양식을 표현해 준다. 그것은 그 민족이 어떤 인간으로 살고 싶으냐에 대한 물음에 응하는 대답이다.

이어 그는 이렇게 말한다.

21세기 한국문화는 어떤 것이어야 하는지의 문제는 어떠한 전술을 쓰면 21세기에 다른 민족 또는 문화권과의 싸움에서 승리를 거둘 수 있는가의 문제가 아니라, 급변하는 삶의 환경에 처하게 될 21세기에 우리 한국인은 어떤 인간으로 무슨 가치를 위하여 살아야 하는가에 대한 문제이다. [15)

그는 "우리의 참다운 문제는 남들만이 아니라 우리 스스로가 존경할 수 있는 인간으로서 그리고 떳떳한 민족으로서 성장하는 데 있다"고 덧붙인다. [16) 새로운 민족문화 창출에 임하여 이것은 매우 중요한 지적이 아닐

14) 吉熙星, 「현대사회의 종교윤리」, 『島山學術論叢』 3집, 1993, 도산아카데미연구원 편, p. 101.
15) 박이문, 「21세기 한국문화의 선택」, 『우리 시대의 얼굴』 (서울 : 철학과 현실사, 1994), p. 185.
16) Ibid., p. 186.

수 없다. 우리는 한국의 국적을 가진 한국민의 한 성원임과 동시에 민족적 지이를 공유하는 한민족의 일원이며, 21세기를 살아가야 하는 무수한 현대인 중에 일부이기도 하고 인류문화를 계승하고 창출해야 하는 인류의 한 구성원이기도 한 것이다. 민족문화가 이러한 맥락 속에서 고려될 때 결국 우리는 장차 우리 민족의 위상과 그 민족의 일원인 나 자신의 삶을 근원적으로 반성하지 않을 수 없게 되는 것이다. 이제 이러한 점을 염두에 두고 지금까지 고찰해 온 것을 정리해 보기로 하자.

우선 우리 민족은 지구상에서 유일하게 냉전의 희생물이 되어 분단된 상태로 반세기 동안이나 지속하고 있다. 이러한 상황에서 전통문화의 맥이 끊어지고 있을 뿐만 아니라 새로운 민족문화의 창출이 난관에 부딪쳐 있음은 물론 오히려 그 동일성마저 위협받는 형편에 처해 있는 것이다. 그것을 우리는 정체성, 적합성, 통합성의 측면에서 살펴보았거니와 한마디로 요약한다면 그러한 위기는 민족적 자아의 상실에서 비롯된 것이라고 진단할 수 있다. 다시 말하면 민족에 대한 역사의식이 결여되어 있고 문화적 자긍심을 잃어 갈 뿐만 아니라 민족의 장래에 대한 뚜렷한 전망을 제시하지 못한 데서 생겨난 문제라고 판단된다는 것이다. 우리가 새로운 민족문화를 창출함에 있어서 우리들 각자가 어떤 존재라고 스스로 규정할 것인지를 결단하지 않으면 안 되는 이유도 바로 여기에 있다. 문화는 인간들이 자연과의 관계를 통해서 자신의 삶을 규정하는 방식 외에 아무것도 아니기 때문이다. 그러므로 우리가 문화적 위기를 맞이하고 있다는 것은 본질적으로 전통적인 인간관의 붕괴를 의미하며, 동시에 그것은 새로운 자연관과 세계관, 혹은 좀더 바람직한 역사관과 사회관의 정립이 요청된다는 것을 함축한다. 민족이나 사회의 한 성원으로서의 인간은 이러한 관점을 통해서 규정될 수밖에 없기 때문이다.

그렇다면 우리 민족에 의해서 이루어져야 하는 문화종합은 어떠한 형태로 나타날 것인가. 우리의 전통적인 인간관과 자연관, 세계관과 역사관은 어떠한 모습으로 변모되어야 하는가. 우리 민족은 어떠한 유형의 인간으로 존재하는 것이 가장 바람직한 것인가. 도대체 우리의 민족문화는 어떠한 특성을 지니게 될 것이며, 우리에게 그러한 문화를 창출할 능력이 있다고 단언할 수 있는가. 이제 이러한 점들을 좀더 구체적으로 살펴보기로 하자.

Ⅲ. 민족문화의 창출과 그 조건

1. 현대적 상황과 문화적 계기

이미 여러 번 언급한 바와 같이 우리 민족은 반만년에 걸쳐 이 땅에서 살아오는 동안 고유한 문화적 전통을 이어 옴과 동시에 당대의 외래문화를 주체적이고도 능동적으로 수용함으로써 끊임없이 새로운 민족문화를 창출해 왔다. 그런데 이조말엽부터 오늘날에 이르기까지 우리 민족은 당쟁과 합병과 분단을 거치면서 온갖 수난과 질곡을 경험한 고유한 문화적 유산을 제대로 전수하지 못했으며 또 새로운 민족문화를 창출할 수 있는 계기를 마련할 수도 없었다. 그러나 이제 우리는 더 이상 현대문화의 조류에 표류하거나 문화적 식민주의의 제물로 남아 있어서는 안 된다. 사실 우리는 오늘날 이미 새로운 민족문화를 창출해 낼 계기를 마련하고 있으며 동시에 21세기의 인류문화에 공헌할 근거를 제공하기 시작했다고 볼 수 있다. 적어도 우리는 그러한 문제의식을 가지고 있었을 뿐만 아니라 실제로 역경을 딛고 일어나 정치나 경제, 사회적인 면에서 국제적인 위상을 누리고 있기 때문이다.

물론 우리는 아직 여러 가지로 문제점을 많이 가지고 있지만 고도의 문화적 수준을 유지하며 사회발전에 박차를 가하여 다른 여러 나라로부터 선망의 대상이 되고 있다는 것도 사실이다. 가령 임희섭 교수는 한국의 사회발전에 적극적으로 기여한 한국인의 의식특성으로 "세련된 문화적 감수성"(cultural sensitivity)을 들고, "한국의 전통문화와 문화적 유산은 단순한 도구적, 기술적 차원에서가 아니라 상징적, 이념적 또는 이론적 차원에서도 고도로 세련된 수준의 것"이었다고 주장한다.[17] 그는 이어 이렇게 설명한다.

한국인들은 우주의 생성조화의 원리와 사회집단의 도덕적 기초, 그리고 인

---

17) 임희섭, 「한국인의 의식과 사회발전」, 『한국의 사회변동과 문화변동』, op. cit., p. 49.

간관계에 대해 높은 철학적 이해를 가지고 있었고, 그것은 주술적 세계관을 넘어선 고도의 철학력, 종교적 세세관과 인생관을 지니고 살아갈 수 있도록 한국인들을 충분히 교화하고 문화적으로 세련되게 해주었던 것이다.[18]

그는 또한 우리가 지금까지 수행해 왔던 문화적 업적으로 미루어 보아 "기독교 문화나 서구 산업사회 문명의 영역에서도 언젠가는 높은 수준의 문화창조의 역량을 발휘하여 세계문화에 공헌할 잠재력을 충분히 가지고 있다"고 주장하며 이렇게 말한다.

　이미 오늘날의 한국인들이 불교문화, 유교문화 심지어 기독교 문화나 과학 기술 문화의 영역에서까지 어느 정도 세계의 여러 나라들에 문화수출 국민의 지위를 넓혀 가고 있는 것도 결코 우연한 현상은 아닐 것이다.[19]

만약 이것이 사실이라면 우리에게는 민족문화를 새롭게 창출하고 인류 문화의 창달에 이바지할 충분한 조건이 갖추어져 있다고 할 수 있을 것이다. 그렇다면 특히 우리가 적극적이고도 능동적인 사명을 지녔다고 할 수 있는 문화적 조건에는 어떤 것이 있는가. 무엇보다도 우리에게는 강한 민족의식이 있다. 바로 이 민족의식 때문에 지금까지 민족적 자아를 견지해 올 수 있었고 또 앞으로 그것을 견지하며 민족문화를 창출할 수 있게 될 것이다.

실제로 오늘날 민족의 중흥과 번영의 원동력이 되어 준 것도 바로 이 민족의식 혹은 민족적 자아를 확인하려는 의지였다고 말할 수 있다. 임희섭 교수는 "한국의 사회발전에 기여한 사회심리적 특성으로서 강력한 민족주의적 의식을 들지 않을 수 없다"고 주장하며 그것을 다음과 같이 설명한다.

---

18) Ibid. 그는 한국인의 높은 문화수준에 대하여 이렇게 요약해 준다. "한국 인들은 이미 고유한 전통문화의 체계를 형성하고 있었으므로 불교문화와 유교문화 등 외래문화를 성공적으로 수용하여 한국문화의 체계 속에 흡수 할 수 있었던 능력을 지니고 있었을 뿐 아니라 불교문화나 유교문화에 있 어서도 세계적인 수준의 문화적 창조능력을 발휘하여 크게 기여해 온 민족 이었던 것이다."
19) Ibid., pp. 49-50.

한국인의 의식 속에는 ① 반만년의 유구한 역사를 지녀 온 역사적 실체로서의 민족의식, ② 수많은 국난을 극복하고 단일민족으로서의 순수성을 지켜왔다는 단일민족 의식, ③ 훌륭한 전통문화를 계승해 온 문화민족으로서의 긍지, ④ 일제하의 항일 독립운동을 통한 자주독립 의식, ⑤ 근대화를 통해 부강한 국가를 형성하겠다는 민족자강 의식 등이 자리잡고 있었고, 이러한 다양한 민족의식은 해방을 계기로 근대적 국민국가로서의 발전을 지향하는 강력한 민족주의적 열정으로 수립되어졌다. [20]

이미 지적한 바와 같이 일제의 식민지 통치를 거쳐 반세기에 이르는 분단의 시대를 지내 오는 동안 우리는 민족적 자아의 분열을 체험하고 심한 열등감 때문에 괴로워해 왔던 것이 사실이다. 그러나 지금 우리는 강한 민족의식과 함께 민족적 자아의 동일성을 새삼스럽게 확인하고 있으며 우리들 자신이 이룩한 업적 그 자체를 근거로 해서 민족적 자긍심을 되찾고 있는 상황에 있다. 이러한 현상은 민족문화를 창출하는 데 가장 중요한 조건으로 작용하게 될 것이다.

그 다음으로 고려할 점은 그동안 우리 민족에게 수난과 질곡을 가져다 주고 문화적 식민주의의 주체가 되었으며 급작스런 문화변동의 충격 속에서 방황하게 했던 서구문명이 스스로 그 한계를 드러내고 있다는 사실이다. 물론 서구적인 가치관이나 인간관, 세계관이 모두 해악을 가져오고 이제 쓸모없는 것으로 판명이 났다고 주장하는 것은 아니다. 그러나 한 가지 분명한 것은 인류문화의 미래를 서양문화가 시도해 온 종합의 양식에 맡겨서는 안 된다는 사실이다. 김여수 교수가 지적한 바와 같이 여기에는 명백한 한계와 결함이 드러나 있기 때문이다. 그는 그 특징을 이렇게 설명한다.

서양문화의 종합은 무한한 진보와 성장을 그 이상으로 삼고 있기 때문에 물질적 풍요의 확대, 자원소모의 격증 등 생활환경의 지속적이고 기하급수적인 변화의 동력이 거기에 내재한다. 따라서 일정기간이 지나면 생활환경이 변화하는 속도는 문화종합의 능력을 앞지르게 된다. 그 결과로 문화종합을

---

20) Ibid., p. 48.

구성하는 관념 및 가치관들과 현실 사이에는 현격한 괴리현상이 나타난다. [21]

그리하여 오늘날 현실로 나타난 서양문화에 의한 종합의 결함을 김교수는 다음과 같이 지적한다.

산업문명의 형성단계에서 사회발전의 목표를 제공했던 문화종합은 점차 그 적실성과 타당성이 약화된다. 사회발전의 수단과 방향에 대한 혼란이 만연하게 되고, 문화종합은 발생하는 문제들을 해결하기 위한 처방능력을 상실하게 된다. 뿐만 아니라 노후화된 문화종합에 대한 집착은 새로운 현실에 대한 올바른 인식을 저해함으로써 문화종합의 재조정 또는 새로운 대안의 모색을 어렵게 만들기도 한다. [22]

그러나 이러한 결함이 곧 동양문화에 의해 종합이 이루어져야 하는 것을 의미하지는 않는다. 물론 최근에 서양에서 동양적인 문화를 숭상하고 여기서 새로운 계기를 찾으려는 시도들이 조금씩 나타나고 있는 것도 사실이다. 손봉호 교수도 지적하는 바와 같이 "미국의 대중문화에서 나타나고 있는 '뉴에이지 운동'에는 범신론적 신비주의 요소가 짙게 침투되어 있고 기독교가 약해지는 반면 선불교, 힌두교, 이슬람 등 동양종교에 대한 관심이 커져 가고 있다. "[23] 과거에 우리가 서양문화를 긍정적인 것으로 평가하고 수용하고자 했던 것처럼 이제 서양인들도 우리가 버린 것에서 새로운 가치를 발견하려고 애쓰고 있는 것이다. 그러나 이러한 문화의 교류와 혼합이 곧 동양문화에 의해서 새로운 종합이 이루어진다는 것을 의미하지는 않는다. 문화종합은 새로운 문화의 창출을 의미하며 그것은 과거에 형성된 어떤 문화현상에로의 복귀가 아니라 미래에 등장할 문화의 창조적 작업이기 때문이다.

더구나 오늘날 동양의 여러 나라들은 서구의 사고방식이나 생활태도를 모방하거나 추종하는 데 급급하고 있으며 자기들의 고유한 전통과 문화를 서둘러 포기하는 현상이 여전히 벌어지고 있는 실정이다. 그러므로 지금

---

21) 김여수, 「서양 문화종합의 미래」, 『문화철학』, op. cit., pp. 80-81.
22) Ibid., p. 81.
23) 손봉호, 「한국문화와 서양문화」, ibid., p. 131.

까지 세계문화를 주도해 온 서양문화가 어느 정도 결함들을 지니고 있다고 하더라도 오히려 그 결함들을 스스로 자각하고 극복하며 다른 문화권으로부터 해결책을 적극적으로 수용할 때 앞으로 계속 주도권을 행사할 수도 있다는 예측이 얼마든지 가능한 것이다. 우리에게 비법이 있더라도 그것을 활용하지 못한다면 아무 소용이 없기 때문이다.

김충렬(金忠烈) 교수는 현대 물질문명의 위기를 극복할 수 있는 사상이 동양에 있지만 그것을 실천에 옮길 능력이 없으므로 결국 다가오는 21세기에도 경험이 풍부한 서구가 지배적인 역할을 감당할 것이라고 진단한다. 그는 다음과 같이 설명한다.

그들은 어느 지역보다도 문명위기에 대한 인식이 강하고, 그 문제극복의 방안을 모색하고 실천하는 데 적극적이며, 실제로 어느 문화권보다도 풍부한 해결능력을 가지고 있다. 그리고 그들은 동양에는 철학이나 문화적 전통 속에만 남아 있을 뿐 사람들의 현대생활 속에서는 망각된 지 오래인 삶의 지혜, 그 가운데서도 특히 문화위기에 대처하는 자기조절 능력을 스스로 키워 가고 있다. [24]

그는 이어, "동양은 철저히 서구의 물질문명을 추구해 가서 오히려 비동양화가 된데 반해, 서구인들은 이미 자기문명 속의 약점을 발견하고 그것을 극복하기 위해 동양적 지혜를 터득하여 실천하고 있다"고 주장한다. 그는 또한 동양의 현실경영자를 비롯하여 사회일반이 서구문화의 전위나 서구지성들의 말에 여전히 현혹되어 있다고 주장하며 따라서 "자기가 속한 동양사상이 어떻게 21세기를 주도할 수 있는지" 묻는다. [25]

아마 이러한 분석은 다소 과장된 데가 있고 너무 비관적 관측이라고 볼수도 있을 것이다. 서구문화가 오늘날의 모습을 갖추기 위해서는 적어도 2천 년 이상의 장구한 세월이 흘렀고 동양문화와는 본질적인 면에서 차이가 있기 때문에 아무리 신축성있게 위기에 대처할 능력이 있다고 하더라

---

24) 金忠烈, 「21세기와 東洋哲學」, 『孔子思想과 21세기』 (서울 : 동아일보사, 1994), p. 21.
25) Ibid. 그는 현실적으로 더욱 심각한 문제는 "동양사상을 동양사회 일반에 불어넣는 작업도 별수없이 서구의 지성이나 제도를 통해서 우회적으로 고취할 수밖에 없다"는 점이라고 지적한다.

도 이러한 점들을 모두 수용하기에는 어렵기 때문이다. 만약 이것이 사실이라면 우리가 민족문화를 창출하는 것은 너욱 포괄적인 의미를 지니며 단순히 민족의 생존과 번영을 위해서가 아니라 인류가 당면한 문화적 위기에 돌파구를 마련한다는 점에서도 중대한 의의가 있는 것이다. 이제 이러한 점을 좀더 자세히 살펴보기로 하자.

2. 민족문화의 특수성과 보편성

우리 민족은 동서가 교차하고 고금이 축적된 지점에 위치해 있으므로 보편적 문화종합을 시도할 수 있는 가장 적합한 조건을 갖추고 있다고 말할 수 있다. 따라서 우리가 민족문화를 창출한다는 것은 세계문화에서 상대적으로 중요한 의미를 지닌다고 말할 수 있는데, 동양의 다양한 문화가 발전적으로 수용되어 있을 뿐만 아니라 동서문화가 첨예하게 대립되는 교두보의 역할을 하고 있기 때문이다. 사실 이러한 특성은 반도의 지정학적 이유 때문에 형성된 것이기도 하지만 수난과 질곡의 장구한 역사를 지닌 우리 민족의 특권임과 동시에 시대적 필연의 소산이기도 한 것이다. 그 결과로 현대사를 주도해 온 강국들에 의해 우리 민족이 대규모로 거주해 온 현상에 대해서 김진현은 이렇게 말한다.

> 우리 한민족은 역사적 비극의 퇴적으로 해서, 그 아픈 퇴적의 역사를 통하여 우리 한민족만의 유리점을 갖게 되었다. 그것은 한국만이 이 지구상에서 미국·소련·중국·일본 등 4대강국에 둘러싸여 있는 유일한 나라였기에 우리만이 이들 미국·소련·중국·일본의 4대강국에 교포를 두고 있는 나라요 민족이 되었다. [26]

물론 이러한 강대국들 쪽에서 볼 때 그곳에 거주하는 한민족은 소수민족에 불과하더라도 우리만 그러한 조건을 가지고 있으며, 바로 이러한 점을 역이용하여 민족의 중흥에 이바지하지 않으면 안 된다고 지적하며 그는, "이제 이 눈물의 퇴적층으로 남은 미국·소련·중국·일본의 우리 교

---

26) 金鎭鉉, 「새로운 세기의 한국의 과학과 사회」, 『변화하는 시대와 철학의 과제』, op. cit., p. 241.

포들의 활동과 연결에 따라서는 우리만이 4대강국에 평면적 입체적으로 가질 수 있는 조직망(network)을 형성할 수 있다"고 주장한다. [27] 이러한 조직망이 단순히 정치나 외교 혹은 국제무역상의 이해관계를 도모하는 데 국한될 것이 아니라 민족문화의 창달과 전파에 이용될 수 있다면 분명히 우리는 역사적 수난을 역이용하여 새로운 인류문명을 창출하는 데 획기적인 공헌을 할 수도 있을 것이다.

여기서 우리는 한국 민족주의가 주도하는 새로운 문화형태가 어떤 것인지 구상해 볼 수도 있을 것이다. 가령 노태구(盧泰久) 교수는 현대의 세기말적 격동을 '과도기적 성격'의 반영이라고 보고 이 점에서 21세기야말로 인류역사의 성숙기가 될 것으로 판단한다. 그는 이러한 관점에서 한국 민족주의의 새로운 정립이 시급함을 지적하고 다음과 같이 말한다.

세계사적 차원에서 동북아의 시대상황과 관련하여 한반도의 당면한 역할은 동북아의 질서의 재편과 함께 지금까지의 안보, 경제, 정치공동체에서 문화 공동체로 나아가는 것인데 이는 동양형적 서양성(東洋型的 西洋性)의 민족주의 이념의 정립으로 가능하다. 다시 말하면 제국주의적, 물리적, 부정적 민족주의에서 문화의 의미가 함축하는 생활양식 전반에 끼치는 민주주의적 사고, 태도, 관행 그리고 긍정적 사고를 담는 민족주의적 이념을 우선 정립해야 하는 것이다. [28]

그는 이어 "희랍 민족주의(Greek nationalism)와 유대 민족주의 (Hebrew nationalism)가 각각 헬레니즘과 헤브라이즘으로 그리스와 이태리 반도에서 천년왕국의 문명사관을 열었던 것처럼 이제 21세기에는 인본주의(人本主義)와 신본주의(神本主義)를 변증법적으로 지양한 한국 민족주의(Korean nationalism)를 경천애인(敬天愛人), 사인여천(事人如天)의 코리아니즘(Koreanism)으로 승화시켜야 할 것"이라고 주장한다. [29] 물론 이러한 주장에는 많은 역사적 증거와 좀더 치밀한 논증이 필

---

27) Ibid.
28) 盧泰久, 『민족주의의 역사와 미래』, p. 29.
29) Ibid. 盧교수는 남북문제도 민족주의적 입장에서 대민족의 이익을 고려하는 방향으로 나가야 한다고 주장하며 이렇게 말한다. "이를 위해 우선 남북한은 시간이 걸리더라도 당사자가 변증법적인 자기변화를 시도하면서 공

요할 것이다. 그러나 지금까지 검토해 온 점들을 인정한다면 그러한 유형의 민족문화를 창출할 수 없다는 이유를 발견하지 못할 것이다. 문제는 우리가 역사적 소명의식을 가지고 그러한 도전에 기꺼이 응전할 용의와 의지가 있는지의 여부에 달려 있다. 만약 이러한 사명감과 실천의지를 갖추지 못한다면 우리 민족은 다시 한 번 문명의 주변에서 표류하는 역사적 비극을 감수하고 말 것이며 그 역할을 동양의 다른 민족이나 서구의 여러 나라에 양보하게 될 것이다.

지금까지 우리는 새로운 민족문화를 창출하기 위한 조건들을 제시하고 그 사명감과 당위성을 논의해 왔는데 그것을 다음과 같이 정리해 볼 수 있을 것이다. 첫째 우리 민족은 오랜 역사를 통해서 높은 수준의 민족문화를 창달하고 전수해 왔다. 그러므로 이러한 전통을 이어받아서 새로운 민족문화를 창출하는 것은 우리의 당위이며 소명이기도 하다. 둘째 우리 민족은 그 유래가 드문 단일민족으로서 강한 민족의식이 있고 여기에 근거해서 현대사의 수난과 질곡을 넘어서 눈부신 발전을 이룩하고 있다. 이것은 그동안 침체되어 있던 민족문화를 다시 발굴하고 정립할 역량이 있음을 입증한다고 볼 수 있다. 셋째 그동안 우리 민족을 비롯해서 현대의 거의 모든 인류를 지배했던 서양문화는 이제 그 한계와 결함을 드러냈기 때문에 새로운 문화종합의 필요성이 절박해졌다. 그러므로 문화적 공백을 모면하고 민족의 진로를 모색하기 위하여 민족문화의 새로운 정립이 시대적 요청이 되어 있다. 마지막으로 우리 민족은 역사적으로나 지정학적으로 동서와 고금의 문화가 만나는 지점에 위치해 있기 때문에 민족의 장래뿐만 아니라 인류의 미래를 위한 문화적 종합의 중심적 역할을 해야 하는 입장에 있다. 따라서 우리가 창출할 민족문화는 민족적 특수성과 함께 인류전체를 위한 보편성을 지닌다. 이와 같이 우리는 단순히 우리 민족의 번영과 생존을 위해 새로운 문화를 창출해야 할 뿐만 아니라 현대를 살아가는 인류의 한 성원으로서 시대적 사명을 지니게 되는 것이다. 그러나 우리가 창출해야 하는 민족문화는 구체적으로 어떤 것이어야 하는가.

지금까지 살펴 온 바와 같이 민족문화의 창출은 미래의 창조적 작업이

통분모를 확대해 나가야 한다. 그리하여 한국 민족주의의 통일이념은 최소한 사회민주주의의 이상을 내용으로 하는 것이 되어야 우리 민족에게 도움이 될 것으로 생각된다. ″ p. 32 참조.

고 동시에 현대문명이 직면한 위기의 극복이라는 성격을 띠기 때문에 그것을 구체적으로 분석하고 체계화하기는 가능하지도 않고 또 지금 반드시 필요한 것도 아닐 것이다. 그러나 우리가 검토해 온 사항들을 근거로 구성해 볼 때 그것이 어떠한 형태와 특성을 지니게 될 것인지는 어느 정도 가늠해 볼 수 있다. 무엇보다 중요한 것은 동서와 고금을 관통하는 문화적 종합이어야 하기 때문에 동양적인 것도 아니고 서양적인 것도 아니며 동시에 과거에 존재했던 문화에의 복귀도 아니고 현대에 전개되고 있는 어느 특정한 문화형태일 수도 없다는 점이다. 이제 이러한 점들을 새로운 민족문화에서 수용할 수 있는 자연관, 인간관 및 역사관의 관점에서 간단히 살펴보기로 하자.

원래 문화는 인간이 자연과의 유기적 관계를 통해서 창출해 낸 인위적 산물이기 때문에 자연을 무엇으로 보느냐에 따라 문화의 본질이 달라지게 마련이다. 일반적으로 동양문화와 서양문화를 구분하는 기준도 바로 이 자연관의 차이를 근거로 해서 이루어지는 셈이다. 그리고 우리가 서양문화에 의해 변질되고 있다는 것은 결국 전통적인 자연관을 포기했다는 것을 의미하는 것이다. 손봉호 교수는 "전통적인 자연관을 잃어버린 문화를 과연 동양문화라고 부를 수 있는지" 의심할 정도라고 지적하며 오늘날 우리 문화의 변질현상에 관하여, "가능한 한 자연으로 돌아가고 자연에 순응하려는 의식적인 노력의 과정과 결과로서의 문화이해가 자연을 정복하고 이용하려는 노력의 과정과 결과로서의 문화이해로 바뀌어졌다"고 주장한다. [30] 따라서 오늘날 진정한 의미로 동양문화는 존재하지 않는다는 것이다.

동양과 서양의 자연관에 어느 정도 본질적인 차이가 있더라도 그것을 과연 선명하게 구분할 수 있는지, 그리고 우리 민족의 자연관이 그토록 급진적으로 변모하였는지 입증하기는 쉬운 일이 아니다. 그러나 그러한 것을 인정하더라도 순응과 합일의 대상으로서의 자연관을 견지하는 것은 가능하지 않고 정복과 이용의 도구로서의 자연관을 고집하는 것은 바람직하지 않다는 것이 오늘날 상식으로 되어 있다. 따라서 가능하고 바람직한 자연관은 이 두 개의 상반되는 자연관을 수정하고 보완한 형태를 갖추지 않으면 안 된다. 그리고 그것이 어떠한 형태이든 우리가 창출하려는 새로

---

30) 손봉호, 「한국문화와 서양문화」, 『문화철학』, op. cit., p. 125.

운 민족문화는 그러한 '비판적' 자연관을 전제로 하지 않으면 안 되는 것이다.

그 다음으로 민족문화를 규정하는 것은 우리들 자신의 역사의식이다. 손봉호 교수가 지적하는 바와 같이 역사관은 자연관과 밀접한 관계를 가지고 있는데, "유기적으로 과거지향적이며, 기계적 자연관은 선적(線的) 역사관과 연결되어 있으며 미래지향적이기 때문이다."[31] 우리는 전통적으로 전자에 속해 있어서 순환적 역사관을 지니고 있기 때문에 다른 동양 문화권에 있는 나라들처럼 순응적이고 운명론적인 면모를 보여 왔다. 그러나 오늘날 그 사정은 달라졌다. 그러한 현상을 손교수는 이렇게 설명해 준다.

　불과 한 세기가 지난 지금, 우리는 세계에서도 가장 역동적이고 진취적인 사회를 형성하고 있다. 역사관에 근본적인 변화가 일어났다고 할 수 있고, 그것은 자연과의 변화와 더불어 앞으로의 문화발전에 매우 중요한 영향을 끼칠 것이다.[32]

물론 이러한 현상은 우리 나라뿐만 아니라 전세계적인 추세로 나타나고 있으며, 그것도 서양문화의 주도로 진행되고 있는데, 문제는 그것이 올바른 역사관인지 여부를 가려야 한다는 데 있는 것이다.

잘 알려져 있는 바와 같이 현대문명의 위기는 서양문화의 중심을 이루는 기계적 자연관과 진보적 역사관에 의해서 주도되었다고 볼 수 있다. 그런데 그러한 자연관과 역사관은 과학의 발달에 힘입어 우리에게 문명의 이기를 제공해 주었고 여러 가지 측면에서 진보를 가능하게 해주었지만 이에 못지않게 환경을 파괴하고 삶의 질을 저하시키는 데도 상당한 공헌을 한 것이 사실이다. 그러므로 오늘날 우리는 서구의 이러한 접근방식에 대해서 심각한 반성을 촉구하게 된 것이다. 그러나 그 대안으로 동양의 순응적이고 순환적인 자연관과 역사관을 선뜻 제시하기도 어려운 입장이다. 이미 지적한 바와 같이 새로운 문화의 창출은 과거로의 단순한 복귀가 아니라 변증법적 종합을 시도하는 미래의 창조적 작업인 것이다. 그러

---

31) Ibid.
32) Ibid., p. 126.

므로 우리가 시도하는 민족문화의 형태는 순환적인 것도 아니고 직선적인 것도 아닌, 그러나 이러한 것이 모두 수용되는 새로운 유형의 역사관이어야 한다.

그 다음으로 중요한 것은 우리들 자신을 자연이나 역사적 관점에서 무엇으로 이해하는지, 즉 인간관을 규정하는 문제이다. 여기에는 자연관의 관계에서 볼 때 그 일부로 보는 순응적 인간관과 이와 대조적으로 자연과 구분하고 대결하는 대응적 인간관이 있을 수 있다. 또한 역사나 사회의 관점에서 인간을 직선적 역사의 주체로 보고, 사회를 필요에 따라 구성하는 역동적인 존재로 이해하는 능동적 인간관과 인간을 순환적 역사의 객체로 보고 유기적인 사회의 한 구성요소로 파악하는 수동적 인간관이 있다. 물론 인간에 대한 입장들은 이러한 구분보다 훨씬 더 복잡하고 다양하지만 우리가 보통 동서양의 문화적 차원에서 이해할 때 동양에서는 순응적이고 수동적인 인간관이 지배적이고 서양에서는 대응적이고 능동적인 인간관이 주도적이었다고 말할 수 있다. 오늘날 그러한 인간관은 우리 나라의 경우 전통적인 유교적 인간관과 자유민주주의의 개체적 인간관의 대립구조로 나타나 있다는 것은 널리 알려진 사실이다. 길희성 교수는 이러한 양상을 다음과 같이 설명한다.

한국적 특수전통인 유교적 사고와 행동양식, 인생관과 가치관이 자유민주주의의 가치관과 갈등을 일으키면서 한국인의 가치관에 이중구조를 형성하고 있다. 자유민주주의 가치관과 전통적 유교의 가치관 사이에는 조화되기 어려운 대립이 있음을 부인하기 어렵다. [33]

그는 이어, "가족과 혈연의 윤리를 강조하고 유교윤리와 타자와의 성숙한 관계를 요구하는 시민사회의 윤리, 수직적 관계를 중시하며 사회질서와 조화를 앞세우는 윤리와 개인의 자유와 권리를 내세우는 윤리 사이에 갈등이 있는 것은 너무나도 당연한 일"이라고 지적한다. [34] 앞서 언급한 바와 같이 이러한 갈등이 바로 우리가 오늘날 당면한 문화적 위기의 중요한 국면이며 이 갈등을 해소하는 것이 민족문화를 새롭게 창출해야 하는

---

33) 길희성, 「현대사회의 종교윤리」, 『도산 학술논총』, op. cit., p. 108.
34) Ibid., p. 109.

당위라고 할 수 있다. 그리고 그것은 단순히 우리 민족만의 문제가 아니며 자유민주주의의 도선을 받는 모든 유교문화권의 국가가 공통적으로 해결해야 할 과제일 뿐만 아니라 자유민주주의의 한계에 직면해 있는 서구문화의 위기를 극복할 수 있는 관건이기도 한 것이다. 따라서 바로 이러한 점에서도 우리가 창출해야 할 민족문화가 세계문화의 중요한 부분을 차지할 뿐만 아니라 그것을 주도해야 할 이유를 갖게 된다고 할 수 있다. 그렇다면 인간관에 기초한 전통적 유교의 봉건주의와 현대를 풍미하는 자유민주주의의 대립을 어떻게 해소할 것인가.

오늘날 우리 민족뿐만 아니라 현대인 모두가 당면한 위기를 궁극적으로 해결하기 위해서는 개인주의와 사회주의를 변증법적으로 통합하는 새로운 인간관을 기초로 하는 이념을 제시하지 않으면 안 된다. 국가나 민족, 혹은 사회전체의 중요성을 강조하는 사회주의적 인간관은 이미 객관적 사실도 아니고 실효성도 없다는 것이 입증된 바 있으며 개인의 존엄성과 권익을 절대시하는 자유주의적 인간관도 상당히 많은 문제점을 안고 있음이 점차 입증되고 있는 실정이다. 이러한 상황에서 자유민주주의나 공산사회주의에 의해 극복되었다고 믿었던 유교적 가치관과 유학사상이 새삼스럽게 주목을 받게 된 것은 여기서 새로운 종합의 가능성을 발견했기 때문일 것이다. 봉건사회의 해체와 더불어 부정적으로 평가되어 온 유교의 덕목은 최근에 동아시아에서 근대화가 성공적으로 수행되자 그 성과의 원동력으로서 새로운 평가를, 특히 유교윤리는 서구의 자본주의 정신이 상대적으로 결여하고 있는 중요한 삶의 양식을 보존함으로써 또 다른 역사발전의 정신적 지주가 될 수 있다는 희망을 갖게 한 것이다. 그러나 투 웨이 밍(杜維明) 교수가 잘 지적한 바와 같이 지금까지 전개되어 온 유교적 사고방식 그 자체로서는 새로운 가능성을 제시하기가 어렵다. 그는 가령 신유학(neo-confucianism)의 특징을 열거하고 그것을 유용하게 적용함으로써 어느 정도 활로를 모색할 수 있다고 역설한다. 그것을 이렇게 요약할 수 있다.

1. 개인의 권리에 소홀한 대신 국가 및 사회조직체에 대한 관계를 중요시하며 의무, 책임감, 헌신 등의 가치를 강조한다.
2. 조직체의 구성원으로서 개인에 대하여 경쟁보다 조화의 인간관계를 강조한다.

3. 개개인의 수양과 규율을 강조한다.

4. 교육에 높은 가치를 부여하기 때문에 교육을 통한 인적 자본의 축적이 용이하다.

5. 정부의 권위를 존중하기 때문에 국가를 신뢰하고 관리의 인격과 도덕성과 창의력을 기대한다.

6. 자국의 역사와 문화전통을 강조한다.

7. 경험에 의한 지혜의 습득과 전수를 강조한다. [35]

그러나 이른바 유학적 인본주의의 "제3기"(the third epoch)에서는 많은 대화와 수정이 필요하다. 유태교, 기독교, 이슬람교, 불교 등 기성종교들뿐만 아니라 마르크스 학파와 프로이트 학파들과 대화를 통하여 서로 이해를 구하고 칸트나 헤겔의 범주 속에서 유교적 개념이 해석됨으로써 철학적 통찰을 유도할 수 있다는 것이다. [36]

우리 나라의 학계에서도 요즈음 유교의 긍정적 측면을 강조하는 연구가 활발히 전개되고 있는데 동양철학계는 물론 역사학계나 경제학계에서도 이 분야에 관한 적극적인 개진이 이루어지고 있다. 가령 고병익(高柄翊) 교수는 유교의 이념과 체제가 가지고 있는 특성, 가령 개인의 권리 및 존엄성의 이해가 부족하고 가정이 가부장 중심적이며 의리와 명분을 지나치게 중시하는 것 등이 결함으로 지적될 수 있으나 이러한 점들을 너무 무시해서는 안 되며 또 계속 단점으로 이해할 수 있을 것인지 의문을 제시한다. [37] 조순 교수도 산업사회에서 유학사상이 경제발전에 도움을 주는

---

35) Tu Wei-ming, *Way, Learning, and Politics : Essays in the Confucian intellectual,* pp. 1-12 참조.

36) Ibid., pp. 158-159. 杜維明 교수는 아시아에 있어서 第3期 儒學論이라는 가설을 통해서 최근 경제적으로 급성장한 일본 및 四小龍(남한, 대만, 홍콩, 싱가폴)이 유교를 이념적 기반으로 삼고 있다고 주장한 바 있다. 그에 따르면 유교는 漢‧唐과 宋‧明의 두 시기를 거쳐서 오늘날 3기에 이르렀는데 이것이 바로 新儒學으로서 그 중심사상의 하나로 퇴계학을 꼽는다. 그의 다음 논문들을 참조할 것. The Problematic of the development of the "third epoch" of Confucian Learning Taipai : Lien-ching, 1989), "Yi Toegyes Perception of Human Nature : A Preliminary inquiry into the four-Seven Debate in korean Confucianism," in *The Rise of Neo-con-fucianism in Korea,* eds, W. T. de Bary and J. Haboush (N. Y : Columbia University Press, (1985), pp. 261-281.

37) 高柄翊, 「유교와 국가정치」, 『孔子思想과 21세기』, op. cit., p. 74. 그는

요소가 있다고 주장하며 이렇게 말한다.

(1) 가족중심의 윤리를 강조하기 때문에 저축률이 높고, (2) 교화(敎化)를 통한 인간의 개선을 강조하기 때문에 교육열이 높고 문맹률이 낮으며, (3) 개인주의가 아니라 단체에 대한 소속의식이 높고 장유유서의 질서의식이 높기 때문에 회사나 그 밖의 단체에서 위계질서가 확립되어 단결을 잘할 수 있고, (4) 전통적으로 정부의 책임과 지도력을 중요시하기 때문에 정부가 산업정책을 비롯하여 경제발전의 초기에 민간부분을 계몽하고 영도하는 역할을 잘 수행한다. [38]

한편 조순 교수는 고도의 산업사회의 달성을 위해 불가피한 작용을 할 수 있는 요인도 유교의 전통에 불리한 작용을 할 수 있는 요인도 유교의 전통에 분명히 있다는 점을 지적한다. 우선 "가족관계를 중요시하는 것은 좋으나, 이것에 너무 치중한 나머지 자기의 조상이나 자기의 자손들만 알고 공동의 이익(common good)을 추구하는 정신이 비교적 희박한 점"을 들 수 있다. 이와 함께 허례허식을 일삼는 일도 지적되어야 하며, 전통적으로 남존여비 사상이 농후하여, "이것이 사회의 건전한 균형있는 발전을 저해하는 요인으로 작용한다"는 것이다. 끝으로 유교적 사회제도나 관료제도로는 어느 정도 발전을 도모할 수 있으나 개인의 활동에 제한을 가하기 때문에 창의성의 발휘에 한계가 있다. 조교수가 지적하는 바와 같이 "단체위주의 행동, 사회적 합의를 존중하는 관행 등으로 과연 충분히 창의성을 발휘할 수 있는지 의문시된다"는 것이다. [39] 결국 그는 "유교가 경제발전에 도움이 되느니 안 되느니를 논한다는 것은 부질없는 생각"이라고 주장하며 이렇게 말한다.

우리가 잘 하면 유교가 우리의 발전에 도움이 될 것이고 못 하면 유교는 오

특히 자연에 순종하는 것이 장점으로 평가되어야 한다고 주장하며, "자연을 정복하고 파괴하는 데 대한 반감과 두려움, 물자낭비나 환경파괴도 죄과라는 신념이고 동성애는 자연도착이고, 인간의 신체도 자연이므로 장기의 이식판매는 생각할 수 없다"고 설명한다.
38) 趙淳, 「유교와 경제발전」, Ibid., p. 81.
39) Ibid., p. 83.

히려 사회발전에 질곡으로 될 것이다. 잘 하기 위해서는 경전에 나오는 인본주의적인 사상을 이해하고 그것을 실천하여야 한다. [40]

그는 아담 스미스의 사상을 비롯하여 서양의 경제사상도 가장 좋은 사상은 역시 인본주의적인 내용을 담고 있다고 지적한다. 이것은 민족문화를 문화종합의 맥락에서 창출하는 입장에서 매우 중요한 지적이 아닐 수 없다. 결국 우리는 전통적인 유교사상과 자유민주주의를 변증법적으로 종합할 수 있는 방안을 모색해야 하는데 그것은 민족과 인류의 생존 및 번영을 도모해야 하므로 근본적으로는 인본주의에 근거해 있어야 하기 때문이다. 우리가 자유민주주의의 여러 가지 결함에도 불구하고 그것을 고수하는 이유도 바로 여기에 있는 것이다.

넓은 의미의 자유민주주의는 인간의 개체성을 강조하는 사회철학적 입장을 전제로 하는 것으로서 정치적, 경제적 및 문화적 측면에서 볼 때 다음과 같은 특징을 지닌다고 볼 수 있다. 우선 정치적으로는 민주제도를 시민적 자치 또는 대표제의 형식으로 도입한다. 즉 시민들 각자에게 스스로 선택하고 책임지게 하는 자치체제를 확립시키고 그것을 제도적으로 가능하게 하는 의회주의를 전제로 하는 것이다. 문화적으로는 개인의 다양성을 자유롭게 표현할 수 있고 그것을 변증법적으로 통합할 수 있는 사회의 제도화를 의미하기 때문에 문화적 다원주의 혹은 상대주의를 함축한다. 이와 같이 자유민주주의 체제만이 모든 가치를 상대적으로 존중한다. 따라서 민족문화와 세계문화의 초화로운 공존을 가능하게 한다. 그러므로 한민족의 고유한 전통적 사상과 자유민주주의를 비롯한 현대의 여러 사조가 자유롭고 자연스럽게 융화되고 새로운 민족문화의 창조를 위한 계기를 마련하려면 자유민주주의가 유지되어야 한다. 물론 이 이념도 절대적이고 신성불가침적 존재는 아니다. 더구나 그것은 자유민주주의 그 자체를 비

---

40) Ibid., p. 84. 그는 무엇보다 중요한 것은 유교가 우리의 전통을 이룬다는 사실이라고 강조하며 이렇게 말한다. "우리의 전통이 완전히 죽는다면 외래의 문물을 흡수할 수도 없고, 또 설사 흡수한다고 하더라도 우리 문화를 외국의 문화보다 좋게 만들어 낼 수 없을 것이다. 전통없는 국민이 무엇을 만들겠는가. 우리 전통문화의 좋은 점을 이 시대의 필요에 맞추어서 재생시키는 일, 이 일을 하는 데에 정치와 경제의 발전에 대한 유자의 기여가 있을 것이다." pp. 86-87.

판할 자유를 보장한다. 이러한 점에 관하여 길교수는 이렇게 말한다.

그렇기 때문에 그것은 다원사회의 이념과 가치관으로 마땅히 보호되어야 하는 것이다. 그러나 자유민주주의가 국민들의 자유로운 합의에 의해 채택되어 유지되는 한 그것은 원칙적으로 또 다른 합의를 통해 언제든지 파기될 수 있다. 41)

그는 이어 이렇게 주장한다.

자유민주주의는 적어도 사상과 양심의 자유를 보장하고 있다. 따라서 어느 종교도, 어느 이념체계도 사상적으로는 집회와 출판 혹은 결사의 자유를 통해 정당한 절차를 거쳐 자유민주주의 체제 자체를 비판하고 도전할 권리를 가지고 있다. 그리고 바로 이러한 비판과 도전을 통해서 자유민주주의는 오히려 더 강화된다는 사실 또한 기억되어야 할 것이다. 42)

이와 같이 자유민주주의를 기본적으로 수용할 수밖에 없는 이유는 인간이 사회적인 존재임과 동시에 개체적인 존재라는 사실 그리고 능력이나 기능에 있어서 어느 정도 우열을 가질 수 있으나 그 어느 누구도 완전한 존재가 될 수 없다는 사실을 부정할 수 없기 때문이다. 그러므로 우리의 전통적인 문화는 바로 이 넓은 의미의 자유민주주의라는 시각에서 재조명되어야 하며 민족적 특수성을 극대화하는 전제 밑에서 그것을 최대한으로 수용하는 방식으로 새로운 민족문화가 창출되어야 할 것이다.

지금까지 우리는 인간이 창출해 낸 삶의 양식이며 사고방식이라는 것을 전제로 하여 우리 민족문화가 어떠한 양상으로 전개되어야 할 것인지를 살펴보았다. 그것은 새로운 자연관과 역사관, 인간관을 요구하는 작업이므로 우리 민족이 지닌 전통적인 입장과 서구문화의 특징, 그리고 동서와 고금이 만나는 현장에서 우리가 부딪치고 있는 문화적 위기가 수용되고 극복되는 차원에서 이루어져야 한다는 결론에 도달한 셈이다. 그리하여 순응적이고 대응적인 자연관, 순환적이고 직선적인 역사관 및 유기적이고

---

41) 吉熙星, 「현대사회의 종교윤리」, 『도산 학술논총』, op. cit., p. 111.
42) Ibid.

개체적인 인간관이 변증법적으로 융화될 때 우리는 민족문화뿐만 아니라 세계문화의 큰 틀을 확보할 수 있는 것이다.

Ⅳ. 맺는 말

지금까지 우리는 문화종합의 교차로에 선 한국 민족문화의 위상과 그 행방을 간단히 살펴보았다. 특히 한민족이 그동안 축적해 온 역량을 바탕으로 해서 오늘날 우리는 민족문화뿐만 아니라 세계문화의 창출에 중요한 역할을 담당해야 한다는 점을 강조해 왔다. 만약 우리의 분석과 진단이 옳다면 그것은 우리 민족의 긍지인 동시에 사명이기도 하기 때문이다.

그러나 우리는 이 논문에서 충분히 다루지 못한 다음 몇 가지 사항을 염두에 두어야 할 것이다. 첫째는 철학적 혹은 형이상학적 개념으로서의 '민족'과 '민족적 자아'를 좀더 심도있게 분석하는 것이고, 둘째는 민족문화와 세계문화의 관계를 구체적이고도 체계적으로 정립하는 일이며, 셋째는 새롭게 출현할 문화형태를 특히 후기 산업사회 혹은 정보화 시대의 특성에 입각하여 좀더 자세히 조명하는 일이다. 이러한 문제들은 이 논문의 범위를 넘어서는 성격을 지닌 뿐만 아니라 지금의 단계로서는 구체적으로 체계화하기 어려운 측면이 있다. 그러나 이 문제와 관련해서 우리는 몇 가지 중요한 사항들을 고려해 볼 수 있을 것이다.

우선 민족문제와 관련해서 지금까지 학자들은 경험과학적 접근방식에만 치중해 왔다. 그러나 이 문제를 좀더 심도있게 다루려면 입체적이고도 복합적인 접근이 필요하다. 역사철학적 조명은 물론 현상학적인 통찰과 심리철학적 분석이 뒷받침해 주어야 한다는 것이다. 가령 이명현(李明賢) 교수는 이러한 접근방식을 통하여 통일의 문제를 조명하는데 당위명제로서의 우리의 통일도, "민족주의라는 우리들의 소망 혹은 우리들의 이익이라는 특수성의 차원과 인류문명의 새로운 비전이라는 보편성의 차원이 합치되는 영역에서 성취되어야 한다"고 주장한다. 이어 그는 그것이 함축하는 것을 다음과 같이 설명한다.[43]

---

43) 李明賢, 「통일, 새로운 문명 그리고 철학」, 『변화하는 시대와 철학의 과제』, op. cit., p. 29.

우리가 지향하는 통일은 분단이 비극직 역사를 만들어 놓은 어제의 문법에 호소해서는 이루어질 수 없다는 것이 그것이다. 지금 인류문명은 어제의 문법이 더 이상 그대로 통용될 수 없는 새 지평으로 진입하려 하고 있다. 새로운 문법에 의해 운영되는 새로운 문명이 이제 태동하고 있음을 우리는 감지하고 있다.[44]

그렇다면 그것은 어떠한 문법인가? 이교수에 의하면 그것은 개인주의와 전체주의 중에 하나를 택하는 문법이 아니라 이 양자가 서로 양립됨과 동시에 보완관계를 유지할 수 있는 이른바 '맞물림'의 문법 혹은 신문법(neo-grammar)이다. 이러한 문법에서는 '맞물림의 관계'라는 것이 핵심을 이룬다고 그는 설명하지만 아직 명확하게 개념화되어 있는 것 같지는 않다. 앞서 지적한 바와 같이 전체와 개체의 변증법적 종합은 철학적 과제로 남아 있는 것이다.[45]

이러한 문제는 민족문화와 세계문화의 관계를 규명하는 데 있어서도 여전히 중요한 과제로 등장한다. 우리는 흔히 세계문화가 너무 보편주의에 치중하여 획일화되어서는 안 된다고 주장하고 "가장 한국적인 것이 가장 세계적인 것"이라고 주장하기도 하지만 그것이 구체적으로 무슨 뜻인지 이해하기는 좀처럼 쉬운 일이 아니다. 가령 강만길 교수는 "세계의 각 민족사회가 각기 그 문화적 특징을 가져야" 하고, 그 다양한 문화적 특징들이 "종류와 빛깔이 서로 다른 형형색색의 꽃들이 모여 이루어진 다양하면서도 조화로운 하나의 꽃밭"처럼 어우러질 때 비로소 참다운 민족문화와 세계문화가 꽃필 수 있다고 설명한다. 그러나 이것은 하나의 비유에 지나지 않을 뿐 구체적이고 체계적인 설명이 되지 못한다.[46]

---

44) Ibid.
45) Ibid., p. 33. 李교수에 의하면 a와 b가 맞물림의 관계에 있다는 것은 다음과 같은 조건들을 충족시킨다는 것을 의미한다.
　(1) a와 b는 다르다.
　(2) a의 존재는 b의 존재를 전제한다. 그리고 그 역도 성립한다.
　(3) a와 b는 상호보완 관계에 있다.
　그러나 이 조건은 전체와 부분의 관계가 부분과 부분의 관계와 어떻게 다른지 설명하지 못한다.
46) 姜萬吉, 「국제화 시대와 민족문화」, 『철학과 현실』, op. cit., p. 60. 그는

결국 우리는 정보화 시대의 예측하기 어려운 변수들을 감안하여 다른 문화권과 유기적인 관계를 유지하고 역동적인 자세로 문화적 종합에 임하는 것이 최선의 방책임을 깨닫게 된다. 김여수 교수는 이러한 접근방식이 앞으로 전개될 문화적 종합의 특징이 될 것이라고 지적하고 그것을 다음과 같이 설명해 준다.

다른 문화들은 세계에 관한 정보를 우리와는 다른 방식으로 정리하고 체계화함으로써 그들이 만들어 내는 문화적 종합이 우리 것에 대한 대답이 될 수 있다. 이렇게 보았을 때 문화의 복수성과 다양성은 인간의 유한성의 귀결이다. 한 문화적 종합의 가치는 그것이 그것을 받아들이는 문화로 하여금 주어진 환경의 제약 안에서 생존과 번영의 문제를 얼마나 유효적절하게 다룰 수 있느냐의 능력의 함수가 된다. [47]

그는 이어 문화적 종합이 "이러한 실용주의적 척도를 넘어서서 절대적 견지에서 평가되어서는 안 된다"고 주장한다. 그것은 항상 "선행한 자 또는 경쟁자에 상대적으로 보다 또는 덜 실용적인 것으로 즉 상대적으로 평가될 수밖에 없기" 때문이라는 것이다. [48]

그런데 여기서 마지막으로 고려해야 할 것은 이와 같이 문화의 자유방임주의를 채택할 경우 다양하고 특유한 꽃들로 이루어진 꽃밭은 지탱하기가 어렵고 결국은 자생력이 강하고 번식력이 왕성한 몇 가지 혹은 한 가지 꽃으로 뒤덮이게 될 우려가 있다는 점이다.

서양문화가 오늘날 세계문화의 역할을 하게 된 이유도 바로 그러한 현상에서 찾아야 할지 모른다. 손봉호 교수가 지적하는 바와 같이 "문화란

그 관계를 다음과 같이 정리해 준다. "어느 한 민족문화가 세계화·국제화하기 위해서는 첫째 제 문화의 개성이나 특징을 더 선명히 하고 잘 보전하는 일, 둘째 다른 민족문화의 소중함이나 존재가치를 제 민족문화의 그것만큼 인정하는 일, 셋째 다른 민족문화들을 절대시하지 않고 그것들과 조화를 이룸으로써 하나의 세계문화를 형성하려 노력하는 일 등이 중요하다."

47) 김여수, 「문화적 민족주의와 보편성」, 『철학』, op. cit., p. 129.
48) Ibid., 그는 "세계에 대한 우리의 지식이 증대되고 타민족 문화와의 점증하는 교류를 통하여 우리의 지평이 확대됨에 따라 문화적 종합의 최적성에 대한 우리의 생각과 기준도 같은 수정과 확장의 진화적 과정을 겪게 될 것"이라고 주장한다. pp. 129-130.

의식에 의하여 결정되고, 의식은 물처럼 흐르며 섞이기 때문에, 통로가 여럿 있다면 인위적으로 그 흐름을 막을 수 없기"때문이다.[49] 민족문화뿐만 아니라 세계문화의 창출을 위해, 더구나 그 질적 수준과 다양성을 위해 민족적 자아의 정립이 중요한 이유가 바로 여기에 있는 것이다. 낮은 데 고여 있는 물이 더 좋은 물이라고 할 수 없는 것처럼 수요가 더 많은 문화가 더 바람직한 문화라고 할 이유는 없기 때문이다.

---

49) 손봉호, 「한국문화와 서양문화」, 『문화철학』, op. cit., p. 129. 그는 이어, "물은 낮은 데로 흐르고 문화의 흐름은 수요가 있는 데로 향할 수밖에 없기" 때문에 "우리 문화의 수위를 높이지 않고는 서양문화든 일본문화든 억지로 막을 수는 없다"고 지적한다.

그리스 정신이 인류지성사에 끼친 영향과
그 한계

박 희 영

(외국어대)

I. 들어가는 말

전환기에 선 인류문화와 한국문화의 나아가야 할 방향을 가름하는 데 있어, 소위 서구문명의 양대 뿌리 중의 하나라고 일컬어지는 헬레니즘 정신이 무엇인가를 이해하는 일은 제일 먼저 거쳐야 할 기초적인 작업이 될 것이다. 그것은 그리스 문화가 한편으로는 진리(Aletheia)개념, 관조 (Theoria)정신, 증명(Demonstratio) 및 기술(Techne)사상 등을 통하여 학문의 정신과 탐구의 방법론을 정착시켰고, 다른 한편으로는 국가의 일을 공적(公的)인 일(Res Publica)로 처리함을 통해 정치와 민주주의 제도를 최초로 창출해 냈기 때문이다. 사실 오늘날 우리는 식량 및 에너지 그리고 인구문제, 과학적 발견과 기술에 대한 지나친 상업주의적 사용, 자연파괴와 환경의 오염, 후기 자본주의 제도가 끊임없이 인위적으로 만들어 내는 허상적 욕망들 속에서 인류문화가 심각한 위험에 직면해 있음을 느끼고 있다. 이러한 위기의식 속에서 많은 학자들은 현대사회가 안고 있는 문제들을 동·서양의 사유가 갖는 서로의 장점들을 활용함을 통하여 해결하고자 노력하고 있다. 그러나 만약에 우리가 모든 것을 대립적 관계 속에서 파악하여 서구문화와 동양문화의 특징을 물질문명과 정신문화라고 이분화하여 규정한다면, 그러한 노력은 곧장 실패로 끝날 것이다.

문화는 '인종의 수보다 더 많기 때문에',[1] 우리가 각 문화의 특수성에만 주목을 한다면, 우리는 인류문화 전체에 공통적인 어떤 성질을 찾아내

---

1) C. Lévi-Strauss, *Race et histoire*, p. 11.

기가 어렵게 될 것이다. 그러나 우리가 각기 다른 문화의 근저에 깔려 있는 세계관 및 자연관과 같은 심층적 사유구조 자체를 살펴보면, 우리는 여러 문화에 공통적인 어떤 보편성을 발견할 수 있다. 따라서 현대문명이 처해 있는 난제들을 해결할 방안을 모색하기 위해서, 우리는 각각의 문화들을 서로 구별시켜 주는 차이성을 인정하면서도 그 차이성을 꿰뚫고 있는 동일성을 찾아내어 인간사유에 공통적인 원형적 보편성을 밝혀 내고, 그 보편적 사유에 입각하여 문제해결의 실마리를 찾도록 노력해야 할 것이다.

이러한 입장에서 본 글은 인간사유의 보편성이 가장 잘 드러나 있다고 여겨지는 그리스 정신의 사유적 원형을 밝히고, 그 원형이 인류지성사 전개에 끼친 기여와 한계점에 대해 고찰해 봄을 그 목적으로 한다. 그러한 작업은, 1) 그리스 정신형성에 밑거름이 되고 있는 여러 신화들에 대한 분석, 2) 그리스 철학에 나타난 학문 및 정치사상에 대한 고찰, 3) 인간의 사유 자체가 안고 있는 한계를 밝히고 그 한계를 넘어설 수 있는 사유방식에 대해 근원적으로 고찰해 봄을 통해 이루어질 것이다.

II. 몸 말

1. 신화 속에 나타난 그리스 정신의 특성

그리스 정신의 특성을 살핌에 있어, 신화를 먼저 고찰해야 함의 이유는 어디에 있는가? 그것은 한 문화권의 정신적 특징이란 것이 그 문화에 속한 인간들이 지니고 있는 여러 능력―논리적 판단력, 미적·도덕적 감정, 본능적 욕망과 의지 등―들이 총체적으로 작용하여 나타난 신화 또는 넓은 의미의 철학적 사유 속에 스며들어 있기 때문이다. 따라서 신화와 철학적 사유가 맞닿는 인간사유의 심층적 구조를 밝히기 위해서, 우리는 철학에 대해서도 '명제에 대한 진위판단이나, 보편타당한 추론의 방법에 대한 탐구'라는 좁은 의미로 받아들이기보다, '사회 및 자연현상 일반에 대한 전체적 설명으로서의 세계관 내지 자연관을 다루는 사유방식 자체에 대한 탐구'라는 넓은 의미로 받아들일 필요가 있다.

사실 인간은 외적 세계 및 현상에 대한 경험과 내적 세계의 느낌을 말로 표현함에 있어, 한편으로는 그깃을 사신의 수관적 생각은 전혀 가미하지 않고 있는 그대로 사실적으로 표현하려는 태도와, 다른 한편으로는 그것을 자신의 주관적 생각과 해석의 테두리 안에서 자기가 바라고 원하는 것만을 강조하여 표현하려는 태도를 동시에 지니고 있다. 그런데 신화는 인간이 일상생활에서 느낀 경험과 생각을 외부세계에 투사하여 자연 및 세계에 대한 설명을 주관적 관점에서 유비추리적으로 재구성하는 가운데 발생한 것이므로, 한 집단의 주관적 세계관 및 자연관을 무의식적으로 반영하게 된다.

　자연현상과 인간의 세계를 전체적 관점에서 설명하려는 이러한 사유방식은 인류문화 초기의 구석기 시대부터 연면히 이어져 내려와, 그리스 철학형성에 결정적 영향을 끼쳤고, 그 영향은 오늘날에까지도 꾸준히 내려오고 있다. 그러나 다른 한편으로 인류의 지성은 근세 특히 데카르트 이후 인간의 정신이 갖고 있는 능력 중에서 순수이성이 지니고 있는 대상에 대한 인식능력만을 점차적으로 중시하여, 금세기에 이르러서는 전체적 관조보다는 부분적 현상들의 인과관계에 대한 정확한 분석과 추론·검증에만 편중되는 경향을 보이게 되었다. 그 결과 실증과학적 또는 자연과학적 사유에 대한 신뢰는 절대에 달하게 된 반면에, 형이상학적 사유나 신화적 사유 등은 초이성적 또는 비합리적이라는 이유에서, 과학적 탐구의 방법을 중시하는 학문적 사유로부터 소외되는 경향이 짙어졌다. 그러나 20세기 초부터 나타나기 시작한 현대과학의 위기는 기술문명 및 과학적 사고, 더 나아가 합리적 사유의 기원 자체에 관하여 보다 더 포괄적이고 근본적인 입장에서 고찰해야 할 필요성을 야기시켰다. 그러한 필요성은 자연스럽게 형이상학과 신화에 나타난 사고방식 자체를 다시 검토하게 만들었는바, 특히 20세기 후반에 들어 인류학·사회학·언어학·심리학 등의 연구를 원용할 수 있게 되면서부터는 많은 학자들이 그리스 신화뿐만 아니라, 신화적 사유일반의 구조 자체를 다루게 되었다. 그러면 신화적 사유 및 형이상학적 사고의 중요성을 재인하게 된 현대적 관점에서 볼 때, 그리스 신화의 어떠한 특성이 형이상학적 사유 내지 인간지성의 전개사에 깊은 영향을 끼쳤다고 볼 수 있는가 ?

　그리스 신화의 특성은 켐벨이나 베어링과 같은 학자들이 주장하듯이,

구·신석기 시대의 신화적 사유의 특성과 청동기·철기시대의 신화적 사유의 특성을 모두 지니고 있다는 점에 있다.[2] 그러나 철학적인 관점에서 그리스 신화가 갖는 더 중요한 점은 그리스인들이 이러한 두 종류의 신화를 단순히 이야기하고 그 신화에 따라 행해지는 의식(儀式)을 무반성적으로 관습상 행하는 단계로부터, 그 신화와 의식을 통해 우주의 진리와 인생의 의미에 대해 깊이 통찰하고 그 통찰을 자신의 존재론적 변신(Metamorphosis)의 밑거름으로 삼는 단계에로 넘어갔다는 사실에 있다. 그러한 점은 데메테르와 페르세포네 신화에 대한 분석, 엘레우시스의식과 성인식에 대한 고찰을 통해 선명히 드러나게 된다. 그러면 구·신석기 시대의 신화적 사유의 특성은 무엇인가?

초기 농경사회에서 발달한 구·신석기 시대의 신화는 자연의 운행질서를 관장하는 힘의 주체자를 여신(달의 여신, 대지의 어머니 여신 등)으로 표상하며, 보이는 세계 안에 있는 모든 존재자의 유한한 삶(bios)이 보이지 않는 세계에 속하는 자연 즉 여신의 영원한 생명력(zoe)에 의해 끊임없이 지속된다고 생각한다.[3] 마치 3일간 사라져 버린 달이 사실은 완전히 없어진 것이 아니라, 다시 초생달로 태어나기 위하여 잠시 다른 곳에 가 있다가 부활하듯이, 농작물들도 겨울에 땅 속으로 들어가서 생명력을 얻어 온 다음에 봄에 다시 태어나는 것이라고 해석하는 이러한 신화적 사고는 한 걸음 더 나아가 그러한 자연의 법칙이 인간·동물 등 자연 안의 모든 존재자들에게도 똑같이 적용된다고 유비적으로 추리한다. 따라서 이러한 사유는 그 시각이 전체적 질서의 흐름에 그 초점이 맞춰져 있기 때문에, 인간과 자연을 유기체적 조화 속에서 생각하게 되고, 더 나아가 시간에 관해서도 그것이 항상 제자리로 되돌아온다는 순환적(circular) 시간관을 지니게 된다.

반면에 이민족에 대한 침략과 정복을 통해 먹을것을 찾는 부족중심의 전사문화권에서 발달한 청동기·철기시대의 신화는 타자에 대한 지배 및 부족의 절대적 통솔을 강조하게 되므로, 강력한 힘의 상징인 태양의 남신을 숭배하게 된다. 나·가족·부족의 자기동일성 유지를 가장 중요한 목

---

2) J. Campbell, *Creative Mythology, Primitive Mythology.* A. Baring & J. Cashford, *The Myth of the Goddess* 참조.
3) A. Baring & J. Cashford, 같은 책, p. 148.

표로 삼을 수밖에 없는 상황에서 발생한 이러한 신화는 인간과 인간 아닌 것에 대한 구분을 토대로, 인간 이외의 것을 모두 이용과 지배의 대상으로만 보기 때문에, 자연도 더 이상 숭배와 조화의 대상이 아니라, 정복과 지배의 대상으로 간주하게 된다. 따라서 그러한 사고는 삶과 죽음도 더 이상 연속된 것이 아니고 단절된 것이며, 빛과 어두움, 선과 악, 동료와 적, 주체와 객체, 인간과 자연 등도 서로 양립할 수 없는 대립된 것으로 간주한다. 같은 맥락에서 구·신석기 시대의 순환적 시간관도 이제는 시간이란 한 번 흘러가면 영원히 되돌아오지 않는 것으로 간주하는 선형적 (linear) 시간관으로 바뀌게 된다.

사실 청동기 및 철기시대의 사회적 특징은 인구가 도시로 집중된 점, 경작술의 개선으로 인하여 야기된 잉여 농산물의 축적이 새로운 기술과 수공업의 발달을 촉진시켜, 직업의 전문화를 가져온 점에 있다. 그런데 이러한 직업의 전문화는 전쟁이 많았던 그 당시의 사회에서 집단의 동일성 유지에 중요한 역할을 수행하는 순서로 사람들의 가치를 평가하게 되어, 인류사회에 최초로 사람들을 인위적인 신분과 계급—통치계급·전사계급·생산계급 등[4]—으로 나누는 제도를 만들게 되었다. 이러한 계급제도는 농경사회에서보다도 전쟁이 빈번히 일어나는 사회에서 더 쉽게 정착되었고, 특히 그러한 사회에서는 전사계급이 다른 어떤 계급보다도 더 중시되어 지배세력을 형성하게 되었다. 그런데 이러한 지배계급 중심의 가부장적 사회는 그 부족공동체의 질서유지를 위해 인위적인 노모스 (Nomos)를 만들고, 그 노모스를 어기는 자들을 엄하게 처벌하는 이차질서의 사회가 될 수밖에 없었다. 이차질서의 사회에서는 공동체의 자기 동일성 유지라는 시금석에 따라 모든 노모스, 즉 모든 사회제도 및 법률 그리고 전통 및 도덕 등을 정하게 된다. 따라서 사회구성원에 대한 모든 자연적·인위적 교육은 그러한 노모스 준수에 그 초점이 맞춰지게 된다. 그러나 인위적으로 정해진 것을 준수함은 자신의 본능이나 욕망·감정을 억제하고, 고도로 절제된 자아가 노모스에 따라 계산적으로 판단하고 행

---

4) 뒤메질은 국가의 삼분적 기능(la fonction tripartite) 속에 그 기원을 가진 이러한 계급제도를 인도·유럽어 문화권에 고유한 현상으로 간주하였다. (G. Dumézil, *Mythe et Epopée* 참조) 그러나 이러한 세 계급제도는 지정학적인 여건으로 우연히 전쟁이 별로 없었던 나라를 제외하고는 청동기 이후 거의 모든 나라에 보편적으로 존재하였던 현상이라 할 수 있다.

동함을 통해서만 이루어진다. 그러한 계산적 판단과 행동의 반복은 사람들로 하여금 계산적 이성(ratio)을 발달시키게 만들었다. 그런데 계산적 이성은 자연전체와 인간의 관계가 무엇인지보다는, 자기와 자기를 둘러싼 세계와의 관계가 무엇인지를 알려는 노력을 더 기울이는 특성을 지니고 있다.

어쨌든 이렇게 대비되는 두 사유방식 즉 나와 대상을 구분하지 않음 속에서, 나를 자연의 일부로 간주하고 다른 존재자들도 같은 차원의 것으로 생각하기 때문에 언제나 모든 존재자들을 전체적 일자인 자연과의 조화 속에서 생각하려는 세계관을 발달시킨 구·신석기 시대의 사유방식과, 나와 대상을 구별함의 기초 위에서 언제나 나를 중심으로 놓고 다른 존재자들을 그 중심에 종속시키는 세계관을 발달시킨 청동기·철기시대의 사유방식은 그리스 사유방식의 기저에 함께 침전되어 지속적으로 영향을 미치게 된다. 그러나 이러한 두 종류의 사유방식을 그 원형적 구조로 지님은 그리스 문화에만 독특한 것이 아니라, 에집트·바빌론·인도·중국문화 등에도 두루 나타나는 보편적 현상이다. 그럼에도 불구하고 그 종합적 사고를 철학적 사유의 차원으로 승화시킴 속에 그리스 문화의 특색이 나타난다. 그러한 특색은 그들이 이룩한 관조정신(Theoria)과 인간적 지식 즉 철학과 정치를 창출해 낸 점에서 가장 극명하게 드러난다.

그리스적 사유형성에 깊은 영향을 끼친 여러 종류의 신화 중에서 특히 우리는 데메테르-페르세포네 신화와(구·신석기) 테세우스 신화(청동기·철기)를 대표적으로 들 수 있다. 지하의 신 하데스에 의해 납치된 딸 페르세포네를 어머니 데메테르가 지하의 세계에서 찾아오나, 페르세포네가 1년의 3분의 1을 지하에서 그 나머지 3분의 2를 지상에서 보내도록 최종판결을 받는다는 이 이야기는, 봄에 싹이 터 가을에 열매를 맺고 겨울에 사라졌다가 그 다음해에 다시 태어나는 농작물의 종적 동일성 유지의 법칙을 전현상에 유비적으로 확대하여 일반화시킨 것이라 할 수 있다. 즉 이 신화는 개체로서의 삶(bios)은 특정한 시공 속에서 제한적으로 유지되지만, 종(種)으로서의 삶(zoe)은 시공을 초월하여 영속된다는 자연의 법칙을 의인화하여 표현한 것이다.

그런데 그리스인들은 이러한 신화를 단순히 이야기하는 차원에 머무르지 않고, 해마다 일정한 장소와 시간에 행해지는 엘레우시스 의식에서 참가자들로 하여금 자연법칙의 성스러움이 재현되는 것을 원초적으로 경험시켜 줌을 통해, 우주의 진리에 대해 사유하고 직관하는 능력을 함양시켜 주었다. 사실 그 당시에 치러졌던 대부분의 의식들은 농경사회의 자연관을 그대로 반영하는 것으로서, bios와 zoe를 결합시켜 주는 성혼식(聖婚式 : Hierogamos)을 통해 한 해의 풍작을 기원하는 것으로 끝나게 마련이었다. 그러나 엘레우시스 의식은 다른 문화권에서의 성혼식과는 달리, 그 의식에 참여하는 자들이(Mystai) 1) 사제가 신화의 내용을 극으로 연출해 주는 단계(Dromena), 2) 신화의 내용에 대한 의미를 설명해 주는 단계(Legomena), 3) 신성한 것을 보여 주는 단계(Deiknymena)를 거쳐, 최후에는 자연의 운행질서라는 친리를 옆에서 바라보는 (Epopteia) 일종의 깨달음의 상태에 이르도록 인도해 주는 역할을 하였다.[5] 즉 이 의식이 지니는 철학적 중요성은 태초의 창조적 순간을 재현 (Repetitio)시키는 그 시간(in illo tempore) 속에서, 항상 반복되는 우주적 진리를 깨달을 수 있음의 여부가 개인의 자의식에 달려 있는 것임을 보여 줌에 있다.[6]

이렇게 엘레우시스 의식을 통해 삶의 의미에 대해 명상하고 우주의 진리를 직관하는 능력을 기르는 것이 인간과 자연을 총체적 조화 속에서 바라보려는 구·신석기 시대 신화의 사유를 철학적으로 심화시킨 것이라면, 테세우스 신화와 성인식은 청동기·철기시대 신화의 사유를 심화시킨 것이라 할 수 있다. 사실 한 부족국가의 안녕과 질서유지를 가장 중요하게 여겼던 청동기·철기시대의 신화는 주로 적을 무찌르는 영웅의 무용담을 그린 영웅신화, 번개와 벼락과 같은 강력한 힘으로 적을 다스리는 남신을 존경하는 신화들로 이루어져 있다. 이 시대의 신화는 아들 마르둑이 자기를 낳아 준 어머니 여신 티아마트를 죽이는 바빌론의 신화를 시초로 하여, 어머니에게서 태어나지도 않고 자기 스스로 존재하는 유태교의 전지전능한 야훼신의 이야기에 이르러 그 극치를 이룬다. 즉 헤브루 창조신화는 자연의 힘에 대한 의인적 표현인 어머니 여신의 기능을 아버지 남신에게로 옮기고, 오직 인간만을 특히 그중에서도 남자만을 그러한 신의 후예로 여겼기 때문에, 인간 이외의 자연적인 물질들과 인간 자체에 있어서도

---

5) A. Baring & J. Cashford, 앞의 책, pp. 377-385.
6) M. Eliade, *Le mythe de l'éternel retour,* pp. 65-111.

영혼이 아닌 부분(신체)을 불완전한 것 즉 악으로 간주하고 그것들을 항상 정복해야 할 대상으로만 보았다. 따라서 자연력에 대한 표상으로서 자족성을 상징하는 '자기 꼬리를 물고 있는 왕뱀(Drakon) 또는 우로보로스(Ouroboros)'는 더 이상 삶과 죽음을 연결해 주는 여신에 대한 표상으로서 숭배되는 것이 아니라, 한낱 이브를 유혹하는 본능과 악으로 가득 찬 타락한 뱀(serpens)으로 평가절하될 수밖에 없었다.

그러나 같은 청동기·철기시대의 신화라도 그리스 신화에서는 단순히 나를 중심으로 놓고 나머지 것들을 모두 지배한다거나, 내가 판단한 선과 악의 구분에 기초하여 선한 내가 외부에 존재하는 악을 무찔러야 한다는 외화(外化)된 이분법적 세계관을 넘어, 그 이분된 양극을 통일시켜 주는 합일자의 입장에서 생각하는 사유가 나타난다. 즉 미노스 궁전의 지하 깊숙이에 들어 있는 타우루스(半人半牛)를 죽이고 아리아드네의 실을 따라 미로에서 되살아 나오는 테세우스 이야기를 그리스인들은 단순히 괴물을 죽이고 승리를 한 영웅의 무용담으로만 해석하지는 않는다. 사실 우리가 타우루스를 자기자신 안에 깊숙이 도사리고 있는 본능 또는 무의식을 표상하는 것으로 여긴다면, 이 신화는 외부에 있는 괴물을 육체적으로 죽인 사건을 이야기하는 것이 아니라, 자기 내면세계에 있는 비이성적 부분에 대한 이성의 통제를 이야기하는 것이 된다. 마치 플라톤의 '파이돈'에 나오는 마부가 검은 말을 죽이는 것이 아니라, 검은 말과 흰 말을 함께 달래어 마차를 이끌고 가듯이,[7] 테세우스 이야기는 한 인간이 자신 안에 들어 있는 두 요소를 그중의 하나가 악이라 하여 없애려고 하는 것이 아니라, 양자를 있는 그대로 인정하고 그 특성들을 살려 전체적으로 조화를 이루는 자의 자기승리를 이야기하는 것이다.

그런데 이러한 개인적 차원에서의 정신적 승리는 성인식을 통하여 그 개인이 속한 집단의 사회적 차원에서의 정신적 승리로 승화될 수 있다. 예를 들어 아테네 도시국가의 국경수비대(Peripolos) 제도나 스파르타 도시국가의 소년노예암살단(Crypteia) 제도 기간 중에 동료들과 함께 겪는 고된 훈련을 이겨내는 과정을 겪음으로써, 그리스의 소년들은 정신적으로 새로이 태어남의 경험을 통하여, 사회의 한 구성원인 성년으로 다시 태어나게 된다.[8] 바로 이러한 자기자신을 이겨내고 새로 태어남의 개인

7) Platon, *Phaidon* 참조.

적 및 사회적 경험은, '하나의 시민으로서 산다는 것'이 국가의 일에 적극적으로 참여하는 것이며, 그러힌 참여의 사회적 삶을 영위함을 통해서만 자신이 진정한 인간으로 형성될 수 있다는 의식을 갖게 만들어 준다. 이러한 의식이 바로 그리스인들이 아테네 도시국가에서 공적인 일(Res publica)로서의 정치를 창출하게 된 정신적인 토대가 됨은 자명한 사실이다.

그리스인들이 느낀 자기자신의 내부에 있는 적에 대한 승리는 다른 한편으로 인식론적 측면에서 인간의 자신이 지니고 있는 이성적 능력에 대한 자신감을 불어넣어, 인간적 지식 즉 학문을 창출해 내는 원동력이 되기도 하였다. 이제 지식은 신이 인간에게 새나 신적 영감을 통해 불러 주는 말씀을 인간이 무조건 받아 씀을 통해서 이루어지는 수동적인 것이 아니라, 인간이 자신의 노작을 통하여 우주나 자연의 진리를 적극적으로 찾아내어 언어로 표현하되, 그것을 일정한 체계 속에서 논리적으로 재구성하여 이론화시키고, 최종적으로 그 이론이 사실과 부합하는지에 대해 검증함을 통해서만 얻어지는 것이 되었다.

2. 인간적 지식의 확립

신화와 그 신화를 재현하는 의식에 참여함을 통해 대상을 꿰뚫어보는 관조적 능력과 자의식을 기초로 자신에 대한 극기력을 함양시킨 그리스인들은 자연적 대상이나 사회적 대상에 대해서 깊이 생각하고, 그 생각들을 서로 교환하며, 진리로서 합의된 것을 실생활에 실천하려고 노력한 덕분에 학문의 정신과 정치사상을 인류문화에 있어 최초로 창출시키게 된다. 인간적 지식의 확립은 단적으로 말해 신념이나 행동의 차원에서 인간의 사유를 무의식적으로 지배하던 신화적 사고의 기본틀은 그대로 유지하면서도, 자연현상 내지 사회현상을 설명함에 있어서는 그때까지 모든 현상을 지배한다고 여겨져 왔던 초자연적 힘이라는 신화적 요소를 빼어 버리고, 오직 자연적인 힘 자체만을 가지고서 설명하려는 논리적 사고방식을 채택함을 통해 이루어진다.

일반적으로 우리는 그리스적 사유의 기본적 틀을 지배한 법칙으로서,

8) 박희영, 「스파르타의 아레테 교육에 관한 고찰」 참조.

부분과 전체를 연결시켜 생각하려는 관계맺음의 법칙, 극성(極性)과 유비추리(類比推理)의 원리(Principle of Polarity & Analogy), 그리고 동일률을 들 수 있다. 사실 어떤 현상을 대립된 두 항으로 나누어 이분법적으로 설명하려는 극성의 원리나, 하나의 대상에 대하여 확실히 알고 있는 것을 기초로 형태나 기능이 비슷한 다른 대상에 대하여 어떤 결론을 추리하거나 또는 '보이는 세계의 것'을 기초로 '보이지 않는 세계의 것'을 추리해 내는 유비추리의 법칙은 모든 인류에게 보편적인 사유법칙이다. [9] 또한 우주의 각각의 존재자가 생겨나고 운동하다가 사라져 가는 현상을 우주전체의 운동과 연결시켜 생각하는 관계맺음의 법칙, 그리고 부분들의 합을 전체와 동일하게 인식하거나, 서로 다른 것들을 어떤 공통적인 하나에로 묶어 주면서 이타성들을 동일한 것 아래 종속시킴을 가능케 해주는 동일성의 원리도 모든 사고에 공통적인 것이라 할 수 있다. [10] 그러나 그리스인들은 일상적 생각이나 행동의 차원에서 이러한 원리들을 무의식적으로 사용함에 그치지 않고, 그것들을 인식과 사유의 차원에서 논리적으로 정리하고 이론화시킴을 통해 학문적 정신과 방법론을 정초하게 된다.

일상생활에서 누구나 쉽게 양극으로 대립시켰던 '보이는 세계'(les choses visibles)와 '보이지 않는 세계'(les choses invisibles)에 대한 구분은, 그리스인들에 의해 인식론적 차원에서 '분명한 것'(saphes)과 '분명하지 않은 것'(asaphes)에 대한 구분으로 발전하고, 이러한 구분은 다시 감각적 차원에서뿐만 아니라 비감각적 차원에서도 이루어지게 되어, 결국 인식기능이 작용하는 모든 차원에서의 두 세계에 대한 분류에로 나아가게 된다. 그리하여 일반인들은 '감각적 차원에서 분명한 것' 즉 '눈에 보이는 것'만을 '분명하고 참된 것'으로, 현인 및 철학가들은 '이성적 차원에서 분명한 것' 즉 '눈에 보이지는 않지만 눈에 보이는 것들을 존재하게끔 해주는 그 어떤 것'을 더 '분명하고 참된 것'으로 간주하게 되었다. [11] 이제 인식론적 차원에서 분명한 것은 철학자들에 의해 논리적·형이상학적 차원에서 참된 것 즉 진리로 규정받게 되었는 바, 그러한 규정의 단적

---

9) G.E.R. Lloyd, *Polarity & Analogy* 참조.
10) E. Meyerson, *Identité et Réalité* 참조.
11) J.P. Vernant, *Mythe et Pensée chez les Grecs*, pp. 396-398 ; L. Gernet, *Anthropologie de la Grèce antique*, pp. 227-238.

인 예는 파르메니데스의 '존재만이 진정으로 진리'라는 주장 속에 잘 나타나 있다.

어쨌든 인식론적 차원에서 '상식적으로 참된 것'(doxa)과 '진정으로 참된 것'(aletheia)에 대한 구분에로까지 나아가게 된, '보이는 세계'와 '보이지 않는 세계'에 대한 양극적 구분은 학문적 사유의 발전에 결정적인 역할을 수행하게 된다. 그 발전은 철학자들이 두 세계에 대한 단순한 구분에 만족하지 않고, 진리가 억견보다 왜 더 참된 것인지를 증명하려고 노력함을 통해 이루어지게 되었다. 사실 보이지 않는 세계가 보이는 세계보다 더 참된 것인지 아닌지는, 모든 현상들이 어떤 초월적인 힘(Mana, Numen 등)에 의해 나타나는 것이라고 믿는 사람들에게는 증명을 필요로 하는 문제가 아니었다. 그러나 초자연적인 힘을 끌어들이지 않고 자연현상들을 그 자체로만 설명해 보려고 시도한 초기의 그리스 철학자들에게는 한 세계가 다른 세계보다 왜 참된 것인지를 증명하는 일은 매우 중요한 과제로서 대두된다. 그러한 증명의 노력은 물론 '인간이 만물의 척도'라는 프로타고라스의 입장에서는 지식의 상대주의에로, 그리고 더 나아가 고르기아스나 퓌론에 이르러서는 회의론에로 귀결될 수밖에 없었다. 그러나 소크라테스, 플라톤, 아리스토텔레스 등의 철학자들에 의해 발달된 보편 개념·정의술·유개념·삼단논법 등과, 유클리드 기하학의 증명사상 등은 지식의 상대주의와 회의론을 곧장 극복하게 된다. 결국 각기 상이한 특성을 지닌 여러 존재자들이나 개념들을, 그것들에 공통적인 어떤 하나의 보편적인 특성 즉 유개념에 포섭시켜 같은 것으로 묶어 주고, 그 동일성에 포섭되지 않는 이타성들은 종차로서 살려 주면서, 유와 종차를 결합해 그 존재자들에 대해 본질적으로 규정해 주는 정의술과, 이미 알려진 판단에서 출발하여 아직 알려지지 않은 것에 대한 판단을 도출해 내는 삼단논법, 주어진 명제의 진·위를 자명한 공리에로 환원시킴을 통해 판가름하는 증명사상 등은 보이지 않는 세계에 대한 지식을 초자연적인 것이 아닌 인간의 것으로 만들 수 있게 하여, 최초로 본질적 의미에서의 학문을 탄생시키게 된다. [12]

인간적 지식, 즉 학문의 확립은 희랍인들의 사유구조 자체를 평면적인

---

12) 박희영, 「고대 원자론의 형이상학적 사고」, 『고전 형이상학의 전개』, pp. 24-28.

것에서 입체적인 것으로 바꾸어 놓았다. 평면적으로 생각한다는 것은 전체를 부분들의 집합으로만 생각함을 말한다. 즉 그것은 대상들을 분류함에 있어, 같은 차원 내지 질서(ordo)에 속하는 것들을 외연적 특성에 따라서만 나누고, 그 나누어진 항목들을 합하면 전체가 나오게 된다(co+ordinare>coordinate)고 생각하는 것을 의미한다. 예를 들어 '음과 양, 선과 악' 등과 같은 구분이 보여 주듯이, 그러한 사고는 양극의 대립을 통해 표현되는 두 항을 궁극적 사실로 지시하게 된다. 따라서 그러한 사고에 따르면 두 개의 극들은 서로가 서로에게 대등한 것으로만 취급되고, 그 대립된 두 극을 양자 사이에 존재하는 유사성을 근거로 한 단계 높은 차원에서 묶어 줄 수 있는 제3의 어떤 것에 대한 관념이 생겨날 수가 없다.

반면에 전체를 '부분들의 집합'으로서뿐만 아니라, 동시에 '부분들로 나누어질 수 없는 어떤 일자성'을 지닌 것으로도 보는 입체적 사고는, 낮은 차원에 있는 대상들을 보다 높은 차원의 것에 종속시킴(sub+ordinare>subordinate)을 통해, 각각의 부분들이 종적(種的)인 차원에서는 서로 대립되나, 그것들이 함께 속해 있는 유(類)의 차원에서는 모두 동일한 것으로서(모두가 같은 속성을 지니고 있으므로) 간주함을 의미한다. [13] 이러한 사고는 양극의 차이성보다는 그것들 사이에 존재하는 공통점을 더 부각시켜 단일성에로 통일시켜 주는 작업을 통해, 두 개의 항들에 대하여 정의를 내리는 데 더 주력을 기울이게 된다. 사실 하나의 존재자 내지 관념을 다른 것들과 구별하여 규정함은 플라톤이 그랬듯이, 동일성과 타자성을 동시에 사용할 때, 가장 분명하게 이루어질 수 있는 것이다. 어쨌든 동일성과 타자성을 동시에 활용하는 입체적 사고는 보편자(to katholou) 개념에 근거한 소크라테스적 정의술에 기초하여, 극성과 유비추리의 원리 그리고 동일성의 개념을 단순히 일상적 생각이나 행동의 차원에서가 아니라 학적 인식의 차원에서 정리함을 통해, 인간적 지식으로서의 학문을 확립할 수 있었다.

우리는 그리스인이 발달시킨 이러한 학문정신 안에 깔려 있는 인식주체와 객체를 구분하고, Physis와 Nomos를 구별하며, 대상을 유별(類別)하려는 태도는 청동기·철기시대의 신화에 나타난 사유적 구조로부터 연

---

13) Seung, K.S. *Structualism & Hermeneutics,* pp. 31-33.

원함을 볼 수 있고, 다른 한편으로 플라톤과 아리스토텔레스의 우주론 및 형이상학 이론에서 나타나듯이, 존재자의 성립근거를 전세석인 체계와의 연긴 속에서 설명하려는 태도는 bios를 zoe와의 전체적 연관 속에서 바라보려는 구·신석기 시대의 사유적 특성에서 비롯된 것임을 알 수 있다.

3. 공적인 일(Res Publica)로서의 정치

인간적 지성의 의식적 작용(operatio)을 가하여 그리스인이 인류문화에 새로운 것으로서 만들어 낸 것은 학문뿐만 아니라, 정치 및 민주주의 제도인 것은 주지의 사실이다. 그러나 그리스의 정치 및 민주주의 제도의 출현을 고찰함에 있어, 우리는 언제나 그것이 특수한 조건하에서 일어난 역사적 사건이라는 것을 잊어서는 안 된다. 사실 그리스 도시국가는 이미 일차질서의 사회시절에 형성되었던 여러 전통을 집단 무의식의 원형으로 유지하면서 이차질서의 사회로 넘어왔기 때문에, 새로운 문화적 형태창출의 성숙된 조건을 갖추고 있었다. 즉 그들은 이미 오래 전부터 1) 모든 수확물을 신이 내린 선물로 생각하고 그것을 집단의 구성원들이 다 함께 나누어 먹는 관습을 통해 갖게 된 '모든 것을 평등하게 나누어 가지는 정신',[14] 2) 각 구성원들이 자신이 속한 집단에 '신비적 참여'(partipation mystique)[15] 또는 '우주론적 결합'(ouroboric incest)[16]을 통하여 완전히 하나가 되어 있고, 그러한 하나됨 속에서 구성원들 서로가 서로를 자신과 동일하게 느끼는 '동아리 의식', 3) 개인의 권리를 희생해서라도 공동체의 질서유지를 위해 개인이 자신의 맡은 바 직분을 충실히 행해야 한다는 '구성원으로서의 의무의식'을 갖고 있었다.

물론 그러한 의식들은 동질적 구성원들로 이루어진 대부분의 일차질서 사회에서는 여러 종교행사 및 통과제의를 통해 비교적 자연스럽게 배양될 수 있는 것이나, 그 집단의 크기가 커지고 이질적 구성원으로 이루어진 이차질서 사회에서는 극도의 인위적인 노력을 통해서만 형성될 수 있는 것이다. 그리스인들이 이차질서의 사회에서도 계속하여 일차질서 사회의

---

14) L. Gernet et A. Boulanger, *Le génie grec dans la religion*, pp. 36-39.
15) L. Lévy-Bruhl, *Les fonctions mentales dans les sociétés inférieures*, p. 268.
16) E. Neumann, *The Origins & History of Consciousness*, p. 267.

요소들을 간직할 수 있었던 것은 전적으로 '광장(Agora)문화' 속에서 영위된 시민생활 덕분이었다. [17] 도시국가 안에서의 생활은 시민들을 각 개인마다 다른 자신의 억견(doxa)이 아니라, 모든 사람에 의해 공통적으로 받아들여져, 그 상대성을 초월하여 존재하는 노모스를 따르도록 인도해 줌으로써, 그들에게 새로운 차원에서 사고하는 계기를 제공해 주었다. 그리하여 그리스인들은 신념 및 행동의 차원에서 모든 것을 토템에 따라 분류하고 구별지었던 일차적 질서의 사회에서와는 달리, 대상 자체라는 근본적으로 새로운 기준에서 모든 것을 분류하게 되었다. 대상들을 대상 자체의 입장에서 유별함은 행동과 신념의 차원뿐만 아니라, 인식의 차원에서도 이루어졌기 때문에, 그리스 사회에서는 인간의 정치적·윤리적 행동도 학적 탐구의 대상으로 다루어졌다. 즉 그리스인들은 개인과 국가, 자연적인 것과 인위적인 것, 사적인 것과 공적인 것을 구별하면서 권력과 정치의 문제에 대해서도 새로운 관념을 가지게 되었다. 그리하여 그들은 국가의 일들이 한 사람 또는 소수집단에 의해 은폐된 방식으로 처리되는 일이 발생할 수 없도록 제도적 장치를 만들고자 하였다. 그것은 그들이 질서유지와 정의실현이라는 국가의 가장 중요한 기능들이, 공적인 일을 사적으로 처리할 때 마비되어 버림을 군주제 및 과두제 그리고 참주제 통치하에서의 체험을 통하여 이미 잘 알고 있었기 때문이다. 결국 국가의 일을 한 사람 또는 소수 통치집단의 전횡에서 떼어놓음은 오직 시민들 모두의 노력에 의해서만 가능하다는 생각을 낳았고, 이러한 생각은 시민으로서 지켜야 할 의무관념을 바꿔 놓는 동시에, 권력독점을 막을 수 있는 제도제정에 시민들이 적극 참여하도록 만들었다.

그 새로이 바뀐 생각에 따르면 시민이 된다는 것은 단순히 납세·국방의 의무와 투표의 권리를 갖는 것만이 아니라, 공적 생활이나 군사활동 등의 모든 일에 직접 참여하여 생각을 밝히고 실천함을 의미한다. 따라서 모든 시민은 통치자(물론 투표에 의해 뽑힌 소수만이 그러한 역할을 수행하였지만)·납세자·병사·재판관·의회구성원의 역할을 동시에 수행해야 했다. 그런데 이러한 권리와 의무를 수행함에 있어 그리스인들을 인류사회에 있어 정치적 선구자로 만들어 준 것은, 그들이 통치방향에 대한

---

17) 박희영, 「Polis의 형성과 Aletheia 개념」, 『삶의 의미를 찾아서』, pp. 175-179.

정치적 의사결정·행정을 맡은 집정관들이 올바르게 임무를 수행하는지 여부에 대한 감독, 법을 이긴 자들에 대한 형량의 결정, 자신들이 지켜야 할 노모스 제정 등과 같은 모든 일들을 활발한 토론과 합의를 통해서 결정하고 실시했다는 점에 있다. 즉 모든 공적 활동을 대리인이 아닌 본인이 직접 행할 뿐만 아니라, 그러한 활동을 공개적으로 처리함으로써, 그리스인들은 개인의 생활이 정치적인 것에서 유리되지 않는 '정치적 동물'로서의 삶을 실천하였다. 그들의 이러한 정치사상은 청동기 시대 이후 많은 다른 국가에 보편적으로 나타났던 권력의 수직적 독재성에 대하여, 권력을 만인의 것으로 여기고 국가권력을 공개적 과정을 통하여 처리하는 길을 열음으로써, 권력의 수직성을 수평적인 공간으로 분산시켜 인류문화에 최초로 진정한 의미의 정치를 탄생시킬 수 있었다.

그러나 후세인들에게 개념적 차원에서 완벽하게 표상되는 그리스 직접민주주의 제도는 과연 실제적으로도 그렇게 완벽하게 실시되었는가? 많은 철학자들이 우려하고 비판했듯이, 그것은 단순한 우민정치에 불과한 것은 아닌가? 우리는 특히 플라톤의 철인정치 사상 속에서 그러한 우려의 단적인 예를 볼 수 있다. 노예계급과 여자를 제외시킨 제한조건은 고려하지 않는다 하더라도, 완벽한 의미에서의 민주주의 제도의 실현은 모든 시민이 냉철한 이성에 따라 판단하고 행동하는 현인일 수는 없기 때문에 불가능한 것이다. 따라서 어느 한 분야의 문제에 대한 의사결정을 내림에 있어 그것에 대한 전문지식이 없는 일반인들에 의해 무조건 투표로 결정됨의 위험성을 누구보다 잘 알고 있었던 플라톤은 민주주의 제도를 우민정치로 규정하고, 현자가 의사결정을 하고 통치하는 철인정치를 더 이상적인 제도로 여겼던 것이다.

플라톤의 이러한 주장 속에서 우리는 그의 형이상학적 관점이 정치사상 및 가치론에 정교하게 스며들어 있음을 알 수 있다. 그의 형이상학 이론에 따르면 현상계의 모든 존재자들은 이데아의 성격을 어느 정도 분유(分有)하고 있느냐에 따라 그 완전성이 측정된다. 이데아를 개념분류를 위한 도구로서의 유(類)개념 즉 개체적 특수성이 빠진 공허한 개념으로 생각한 것이 아니라, 개별자에 참여라는 방식을 통하여 직접적 관계를 맺는 구체적인 것으로 간주하였기 때문에, 그는 인지능력 및 가치판단 그리고 실제 행동의 복합적 주체자로서의 한 개인들도 그 완전성의 정도가 천차만별이므로 외적 형태 및 생리적 특징이 비슷하다는 이유로 모든 사람들을 동등하게(Homoioi) 취급하는 것은 적절치 못한 것으로 여겼다. 그의 철인정치 사상은 바로 이러한 근거에서 청동기 사회 이후에 인도·유럽사회에서 지배적이었던 사회계급 삼분설과 밀접하게 연관되어 있음을 알 수 있다.[18] 이데아적 완전성의 성격을 강하게 띤 철인정치와 개체적 현실성의 성격을 지닌 민주정치 사이의 내적 긴장은 그리스 철학자들뿐만 아니라, 현실개혁의 프로메테우스적 성향이 강한 그후의 모든 철학자들에게 있어서도 언제나 철학적인 사유의 가장 중요한 주제가 되어 왔다.

어쨌든 후세에 그들의 이론이 정치학적 관점에서 어떻게 평가되었든지 간에, 그리스 민주주의 제도의 탄생과 그에 대한 플라톤과 아리스토텔레스의 철학적 반성은 각각 서로 다른 시·공 속에서 특수하게 나타나는 정치·사회문제를 현실적으로 해결하는 방법을 탐구함에 있어 우리가 지녀야 할 기본적인 태도를 보여 주고 있다. 즉 우리는 그리스의 두 철학자들의 정치사상 속에서 인간이 어떤 문제에 부딪혔을 때에 지니는 두 심리적 태도 중에서 어떤 태도를 선택해야 되는지를 확실하게 알 수 있다. 인간의 심리적 태도에는 사실을 사실로서 인식하고 우리의 행동도 그 인식된 사실에 그대로 맞추어서 따라가야 한다는 현실순응의 에피메테우스적 태도와, 사실을 사실로서 인식하되 그 객관적 현실을 우리가 원하는 방향으로 바꾸는 행동을 취해야 한다는 현실개혁 성향의 프로메테우스적 태도가 있다. 첫번째 태도는 정치학을 하나의 경험과학으로서만 생각할 것이고, 두번째 태도는 그것을 경험과학 이상으로 가치론도 함께 다루는 학문이어야 된다고 생각할 것이다. 따라서 그리스 민주주의 제도의 성립과 그것에 대한 철학적 반성으로서의 정치이론들은 현실의 세계가 그대로 흘러감에 만족하지 않고, '그렇게 되어야 할 세계'에 대한 구축의 이상을 품은 모든 사람에게 실천적 사유의 나아갈 방향을 제시해 주고 있다고 볼 수 있다.

4. 인간사유의 내적 갈등

앞서 논의되었듯이 그리스적 사유는 주체와 객체에 대한 구별 위에서 대상들을 그것들 자체에 즉해서 바라보는 가운데, 같은 것은 같은 것끼리

18) G. Dumézil, *Mythe et épopée*, 1권 참조.

묶어 주는 유별을 통하여 대상세계를 지배하는 법칙을 찾아내고, 그 법칙을 명제로 표현하되 그 명제의 진위에 대한 검증을 거친 다음에야 그것을 비로소 진리로서 받아들이는 학문적 탐구의 인식론적 기초를 정립케 주었다. 그들의 그러한 방법론은 대상에 대한 학적 인식에 있어 가장 확실한 효과를 가져왔기 때문에, 과학적 탐구의 영역에서는 하나의 모델로서 받아들여져 왔다. 그러나 보편적 개념을 매개로 대상들을 동일성 아래 표상하는 능력을 극대화시키는 그러한 사유방식은 철학적 관점에서 보면, 개별자의 특수한 성질을 모두 이타성이라는 이름으로 사상(捨象)시켜 버리는 한계를 지니게 된다. 그러한 한계에 대한 자각에서, 플라톤은 현상계를 구제해 줄 이데아의 현전성(parousia)을 강조하였고,[19] 아리스토텔레스는 보편자의 실재성을 개별자(tode ti)를 통해서 확보하고자 했던 것이다.[20] 그러나 보편성과 개체성 두 면을 동시에 모두 다 살려 두기를 원했던 플라톤과 아리스토텔레스의 의도와는 다르게, 그리스적 사유는 후세에 서구사회에서 보편성만을 중시하는 사유로 해석되어져 왔다.

그리스 철학을 보편성과 동일률 중심의 사유로서 해석하는 전통이 확고히 자리잡게 된 것은 한편으로 그러한 사고방식이 학적 인식의 차원에서 일반적 법칙을 발견할 때 가장 효과적임이 실증되었기 때문이고, 다른 한편으로는 철기시대의 신화 중에서 가장 엄격하게 전사문화권의 특성을 지니고 있었던 헤브루 신화에 기초하여 발달한 헤브라이즘적 사유가 중세이후의 서구사회를 지배하였기 때문이다. 사실 부족신으로서의 야훼신을 그 당시의 다른 여타 종교의 신들과는 전혀 다른 차원으로 승격시키려는 논리적 필요성을 느낀 유태교의 랍비(대표적으로 에즈라)들은, 신도 인간처럼 부모에게서 태어나고 이미 자연 속에 존재하고 있는 것들을 가지고서 인간을 만들어 내며, 신 자신도 자연의 운행질서에 순응한다고 보는 여타종교의 신관을 거부하고, 야훼신을 부모없이 스스로 존재하며 오직 말씀(Logos)으로써 무에서 유를 창조(Creatio ex nihilo)해 내는 능력을 지닌 초월적 존재자로 새롭게 규정한다. 따라서 자연적 운행질서를 관장하는 힘의 담지자이기 때문에 각각의 자연적 존재자들에 항상 내재해 있는 존재로서 느껴지는 여신개념은 이제 헤브루적 사유에 의해 우주 밖

---

19) 플라톤, 『소피스테스』 참조.
20) 아리스토텔레스, 『형이상학』, 『범주론』 참조.

에서 우주를 말씀으로써 창조하는 초월적 존재로서 표상되는 남신개념으로 바뀐다. 이러한 초월신 야훼의 후손인 유태인들은 이제 신의 말씀인 로고스를 인식하는 힘을 지닌 인간의 이성을 특별히 존중하여, 인간에 대립되는 것으로서의 자연, 이성에 대립되는 것으로서의 비이성적 감정·본능·의지 등은 항상 신적 능력을 갖춘 인간과 이성에 의해 완전히 통제되어야 하는 것으로 간주하게 된다.

이러한 유태교적 사유습관은 가톨릭이라는 보편종교로 변형된 뒤에도 사람들의 무의식적 사유방식을 지배하여, 그리스 이후의 서구인들로 하여금 '하느님의 나라와 인간의 나라', '정신과 물질', '선과 악', '형상과 질료' 등을 서로 근본적으로 다른 두 개의 세계로 규정하고, 양자간의 관계도 대등한 것이 아니라 주종의 관계로만 인식하게 만들었다. 따라서 비이성적인 것·비가톨릭적인 것·무의미한 것·비정상적인 것들은 각각 이성적인 것·가톨릭적인 것·의미있는 것·정상적인 것에 의해 배척되고 경시될 수밖에 없었다. 종교적 사회적 관습에 의해 더욱 석화(石化)된 이러한 사유방식은 인문주의가 부활한 근세 이후에도 깨어지지 않고(비록 인간경험과 감성의 중요성은 영국 경험론자들과 프랑스의 계몽주의 및 백과전서파 철학자들에 의해 약간 회복되긴 하였지만) 많은 철학자들의 사유를 지배했기 때문에, 이데아와 형상의 보편성과 현상계의 개체가 갖는 개별적 특수성을 동시에 살려 주려고 하였던 플라톤과 아리스토텔레스의 사상도 철학사적으로 보편성만을 중시하는 철학으로 잘못 해석되어 오게 되었다.

사실 플라톤의 이데아론과 아리스토텔레스의 유개념 사상은 피상적 관점에서 보면 이와 같이 잘못 해석될 소지를 어느 정도 지니고 있다. 즉 플라톤의 이데아론은 얼핏 보면 이데아계만을 진상의 세계로 간주하고 억견의 세계인 현상계를 완전히 배척하는 것 같아 보이고, 아리스토텔레스의 철학 역시 각 개별자의 차이성에 대해 말하면서도 개념적 동일성만을 중시하여, 그러한 개념의 동일성을 회피하는 단적(端的)인 이타성(異他性: simple altérité) 즉 개체적 다름(différence individuelle)은 전혀 고려하지 않는 것처럼 보이기 쉽다.[21]

그러나 좀더 깊은 차원에서 살펴보면, 플라톤의 이데아론은 보편성을

21) G. Deleuze, *Différence et répétition*, pp. 46-48.

따지는 학문적 차원에서는 이데아의 초월성을 강조하고 있지만, 다른 한 편으로 현상구제의 차원에서는 이데아가 개별적 사물에 직접적으로 현전함을 특별히 강조하고 있다. 마치 여신의 신성으로 의인화된 자연의 영속적 생명력(zoe)이 개체적 삶(bios)에 현전하듯이, 이데아는 현상계의 개별적 존재자에 그 구체적 성질을 다 갖춘 개체로서 내재하고 있는 것이다. 같은 문맥에서 아리스토텔레스도 보편개념을 따지는 논리적 사유의 차원에서는 개념의 동일성 안에 포섭되는 종적 차이만을 갖고서 모든 대상들을 표상하지만, 제일실체 즉 tode ti의 고유성을 살리고자 할 때는 보편자의 실재성을 부정하면서 보편자는 개체 속에 내재해 있을 때만 그 존재의의가 있다고 주장한다. 두 철학자의 사상에 나타나는 이러한 양면성은 그 둘 중의 어느 하나만을 고집할 때 우리의 인식이 한계에 부딪힘을 근본적으로 자각함으로부터 나온 것이라 할 수 있다. 사실 우리가 만약에 대상들을 논리적 차원에서 비교하면서 같음과 다름의 유개념 아래 종속시키기 위해 보편·유·동일성 등의 개념들만을 중시하면, 우리는 어떤 하나의 기준에 의해 대상들을 나누고 묶어 줌으로써 전체를 조감하고, 학문적으로 쉽게 체계화시키는 장점을 지닐 수는 있다. 그러나 그러한 개념적인 분류와 종합의 그림 속에서는 개체가 지니고 있는 질적인 깊이—들뢰즈의 표현을 빌리자면—또는 질량감을 포착하지 못하게 되는 한계를 갖게 된다. 반면에 진정한 의미의 차이성—자신만이 갖고 있는 개체적 고유성이라는 의미에서—을 살려 주기 위해 개별자 하나하나와의 Sympathos적 함께 함을 강조하면, 우리는 비록 개별자 하나하나가 전해 주는 심도있는 질량감은 피부로 느낄 수 있어도 그 개별자들을 존재자 전체의 맥락 속에서 타자들과 비교하여 어떤 점이 같고 다른지를 동시에 알수 있는 전체적 공관(共觀 : Synopsis)은 할 수 없게 된다. 따라서 만약에 우리가 보편자 중심의 사유가 야기시킬 수밖에 없는 대상에 대한 표면적·평면적 파악과 개별자 중심의 사유가 가져오는 특수성을 동시에 넘어서기 위해서는 그 두 사유방식의 내적 갈등을 변증법적으로 종합해야 된다.

Ⅲ. 맺음말 : 새로운 문화형성을 위한 철학적 사유

두 사유방식의 내적 갈등에 대한 변증법적 종합의 노력은 중세의 보편적 실재중심의 기독교적 사유, 인간이성의 능력에 대한 절대적 신뢰가 낳은 근세의 거인주의(Titanisme), 특히 20세기 초에 만연된 과학 만능주의와 이데올로기 중심주의에 의해 거의 잊혀졌다고 해도 과언이 아니다. 그러나 20세기 중반에 접어들면서부터 실천이성의 이념실천의 도구로서의 이데올로기가 지니고 있는 관념적 허구성이 폭로되고, 순수이성의 인식도구로서의 과학에게 기대했던 절대성이 깨어진 뒤로, 철학적 사유 내에서도 이성·의미·전체를 중심으로 사유함의 극치를 이루었던 헤겔철학에 대한 회의가 일어나면서부터, 그리스 철학에 의해 잉태되었던 그 종합의 노력은 다시 부활하게 된다.

인간지성의 보편자 중심의 인식방법에 의해서는 완전하게 포착될 수 없는 삶의 생생한 약동(élan vital)과 순수지속(durée pure)의 중요성에 대한 강조(베르그송), 의식중심의 사고 및 문화에 대하여 무의식 세계의 독자적 가치성을 밝혀 줌(프로이트), 이성의 가면을 벗기고 '힘에의 의지'로 가득 찬 욕망의 세계를 들춰냄(니체), 이성에 의해 역사에서 의미 없는 것으로 낙인찍혀 묻혀져 버린 흔적들에 대한 고고학적 발굴의 시도(푸코), 의미부여의 중심을 주변적인 것에로 옮김을 통해 주체를 해체시킴(데리다) 등과 같은 시도들은 얼핏 반주지주의·반합리주의에로만 치닫는 것처럼 보인다. 그러나 우리는 그러한 시도들이 지금까지 지나치게 이성·의미·전체중심의 강력한 메두사의 안광에 의해 석화된 철학적 사유에, 개체의 질적 체험이라는 여러 각도와 깊이에서 반사되는 페르세우스의 거울을 비춰 주는 역할을 충분히 수행했음을 알 수 있다. 그러한 철학적 반성의 거울에 비쳐진 인간의 사유는 다시 진·위를 논하는 순수이론적 공간 아래 여러 겹의 층을 이루고 있는 담론(discours)의 공간들 속에서 주체의 질적 체험을 가지려는 의도, 다가올 시간 속에 자신의 참된 존재(실존)를 실현시키려는 현존재의 노력, 동일한 것에 대한 단순한 모사가 아니라 진정한 차이성을 지닌 개별자로서 창조적으로 반복되고자 하는 시도, 주체적 의식의 시간을 확장(distentio)시킴을 통해 상징

(symbolon)으로 표상되는 원형에 자신의 삶을 존재론적으로 구속시키려는 데도 속에서,[22] 사유의 두 특성을 종합하려는 노력으로 나타나게 된다.

사실 구·신석기 시대의 신화적 사유의 특성과 청동기·철기시대의 신화적 사유의 특성을 모두 받아들임의 기초 위에서, 이데아 및 제이실체의 보편성과 현상계의 존재자 및 개별자의 실재성을 모두 살려 주는 그리스적 사유의 전통을 오늘날 여러 관점에서 다양하게 되살려 냄은 이제 개별자·소집단·의미없는 것으로 규정되어졌던 것·비이성적인 것들을 진정한 차이성의 발현이라는 관점에서 그것들의 특이성들을 인정해 주는 작업을 통해 이루어질 수 있다. 그러나 그러한 특이성을 들춰냄은 우주와 생명의 신비가 우리에게 끊임없이 보내고 있는 기호(signe) 또는 암호(chiffre)를 해독해 내는 작업과 같은 것이기 때문에, 외적인 동일성이나 닮음에 의해 둘러싸여(s'en-velopper) 있는 존재에서 그 외피를 벗겨 내는(de-velopper) 사유, 즉 들뢰즈의 표현대로, 안으로 주름져 있는 것(im-pliquer)을 밖으로 펼쳐 내는(ex-pliquer) 창조적 사유를 통해서만 가능하게 된다.[23]

달리 말해, 외적 닮음에 대한 유개념과 동일률이라는 인식론적 형식에 의한 파악과, 질적 고유성의 껍질 속으로 파고들어 개별적 차이성을 직접 느끼면서 그것을 들추어내는 작업을 동시에 행하는 노력을 끊임없이 기울일 때, 우리는 주체와 객체, 인간과 자연, 개인과 국가, 모상(simulacre)에 좌우되는 욕망의 주체로서의 소비자와 그 모상을 끊임없이 만들어 내는 후기 자본주의 구조, 기술을 만들어 내는 주체인 인간과 그 기술을 만들어 낸 인간을 역으로 구속하고 지배하는 기계문명들 사이의 관계를 새로운 차원에서 바라볼 수 있게 된다. 결국 현대문명에서 계속해서 새로이 나타나는 수없이 복잡한 관계들을 그러한 종합적 사유의 차원에서 공관하고, 그러한 인식을 바탕으로 행동을 할 때, 우리는 그리스 정신 즉 인간정신의 한계 자체를 넘어서고, 앞서 논의되었던 현대문명의 위기도 극복하게 될 것이다.

---

22) P. Ricoeur, *Temps et Récit*, 1권 참조.
23) G. Deleuze, *Proust et les signes*, pp. 118-119.

참 고 문 헌

박희영(1993), 「스파르타의 아레테 교육에 관한 고찰」, 『현대사회와 철학교육』, 이문출판사.

_____(1994), 「Polis의 형성과 Aletheia 개념」, 『삶의 의미를 찾아서』, 이문출판사.

_____(1995), 「고대 원자론의 형이상학적 사고」, 『고전 형이상학의 전개』, 철학과현실사.

Aristotelis Opera(1980), *Categoriae, Metaphysica*, Oxford U.P.

Baring, A. & Cashford, J. (1993), *The Myth of the Goddess*, Arcana, London.

Campbell, J. (1991), *The Masks of God : Creative Mythology*, Arcana, London.

_____(1991), *The Masks of God : Primitive Mythology*, Arcana, London.

Deleuze, G. (1985), *Différence et Répétition*, P.U.F.

_____(1979), *Proust et les signes*, P.U.F.

Dumézil, G. (1968), *Mythe et épopée*, Tome 1, 2, 3, Gallimard, Paris.

Eliade, M. (1969), *Le mythe de l'éternel retour*, Gallimard, Paris.

Gernet, L. & Boulanger, A. (1970), *Le génie grec dans la religion*, Editions Albin Michel.

Lévi-Strauss, C. (1987), *Race et histoire*, Denoel, Paris.

Lévy-Bruhl, L. (1922), *Les fonctions mentales dans les sociétés inférieures*, Librairie Felix Alcan, Paris.

Lloyd, G.E.R. (1966), *Polarity & Analogy : two types of argumentation in early greek thought*, Cambridge U.P.

Meyerson, E. (1951), *Identité et Réalité*, J. Vrin, Paris.

Neumann, E. (1970), *The Origins & History of Consciousness*, Pinceton U. P.

Platonis Opera(1972), *Phaidon, Sophistes, Timaios*, ed., by J. Burnet, Oxford U.P.

Ricoeur, P. (1983), *Temps et Récit*, Tome, I, Editions du Seuil, Paris.

Seung, T.K. (1982), *Structuralism & Hermeneutics,* Columbia U.P.

Vernant, J-P. (1988), *Mythe et pensée chez les Grecs,* Editions Decouverte, Paris.

과학적 합리성은 단순히 도구적인가?

조 인 래
(서울대)

1

과학에 대한 논리적 분석을 주로 한 논리경험주의자들(그리고 포퍼와 같은 반증주의자들)과 쿤, 파이어아벤트처럼 역사적 접근을 주로 한 새로운 과학철학자들 사이의 과학적 합리성에 대한 입장차이는 매우 첨예하다. 전자는 과학자들이 규칙에 따른 활동(rule-following activities)을 하는 것으로부터 과학적 합리성이 성립한다고 보았다. 특히, 그들은 과학적 가설이나 이론에 대한 평가가 연산법적 규칙을 통해 이루어지는 데에서 과학의 합리성이 성립하는 것으로 보았다. 반면, 새로운 과학철학자들은 연산법적 규칙에 의한 이론평가를 과학적 활동의 핵심으로 보는 견해가 과학적 활동의 현실과 부합하지 않는다는 점에 주목하였다. 과학적 합리성에 대한 새로운 과학자들의 입장도 한결같지는 않다. 그들의 입장은 크게 두 부류로 나누어 볼 수 있다. 한 부류는 과학적 활동을 합리성의 전형으로 여전히 인정하는 입장인데, 쿤, 라카토슈 등이 이에 속한다. 다른 부류의 예로는 파이어아벤트를 들 수 있는데, 그는 과학이 합리성의 전형이라는 전통적인 입장을 아예 거부한다. 그리고 합리성에 대한 평등주의를 표방한다.

과학적 합리성을 둘러싼 전통적 과학철학자들과 새로운 과학철학자들 사이의 이러한 첨예한 대립에도 불구하고, 그들 사이에는 중요한 공통점이 있는 것처럼 보인다. 과학적 합리성은 단순히 도구적인 것에 불과하다는 견해가 그것이다. 본 논문에서 나는 과학적 활동을 목표지향적 활동으로 보는 관점에서 실제로 어떤 목표들이 추구되어 왔는가를 역사적 조망을 통해 확인하고 이 목표들에 대한 평가가능성과 그 역사적 실상에 논의의 조점을 맞추어, 과학적 합리성이 단순히 도구적인 것이라는 견해의 극복가능성을 논구하고자 한다.

2

인간은 목표지향적인 활동(goal-directed activity)을 하는 동물이다. 이러한 목표지향적인 활동의 합리성에 대해서 두 가지 대립하는 견해가 있어 왔다. 먼저, 그러한 활동의 합리성은 설정된 목표를 달성하기 위해 사용되는 수단 또는 방법이 효율적인가에 의존하며 무엇을 근거로 하여 또 어떤 경로를 통해서 목표가 설정되는가와는 무관하다는 입장이 있어 왔다. [1] 이는 도구적 합리성을 합리성의 전부로 보는 입장이다. 따라서, 이는 합리성에 대한 도구주의적 입장이라 불릴 수 있다. [2] 다른 한 입장은, 도구적 합리성이 합리성의 전부가 아니라는 입장이다. 후자에 따르면, 인간의 목표지향적 활동이 합리성을 부여받으려면, 주어진 목표의 달성을 위해 사용되는 수단 또는 방법이 효율적이라는 것만으로는 부족하며 (즉, 수단의 효율성이 충분조건이 아니며) 추구되는 목표 역시 정당화될 수 있어야 한다. 이러한 후자의 입장을 합리성에 대한 반(反)도구주의적 입장이라 부르자. [3]

과학은 인간이 행하는 많은 목표지향적인 활동들 중의 하나이다. 그러므로, 과학적 활동의 합리성을 논하기 위해서는 목표지향적 활동의 주요 구성요소들을 먼저 확인할 필요가 있다. 목표지향적 활동은, 우선, 추구되는 목표가 존재함을 전제로 한다. 그 다음, 주어진 목표를 달성하기 위

---

1) Simon(1983, 7)에 따르면, "⋯reason is wholly instrumental. It cannot tell us where to go ; at best it can tell us how to get there." Hempel(1979, 58) 역시 이러한 입장을 취하는 것으로 보인다.
2) 도구적 합리성에 대한 최근의 논의를 위해서는, 참조 : Nozick(1993), 5장.
3) 과학적 합리성에 대해 반도구주의적 입장을 취하는 인물로는 Siegel(1985)을 예로 들 수 있다.

한 어떤 방법의 사용을 전제로 한다. 나아가서, 어떤 목표를 추구하고 이를 위해 효율적인 방법을 채택하고자 하는 활동주체의 존재를 전제로 한다. 마지막으로, 활동주체가 인간인 경우, 그는 세계와 자신에 대한 어떤 신념을 가지며 목표지향적 활동에서 요구되는 판단이나 선택은 이 신념을 토대로 하여 이루어진다.

과학자들은 실제로 어떤 목표를 추구하는가(또는 추구해 왔는가)? 그들이 추구하는 목표는 고정된 것인가 아니면 가변적인 것인가? 이 물음들에 대한 답은 기술적인 작업을 요구한다. 문제는, 이러한 물음들로부터 한 걸음 더 나아가서, 과학자들이 추구하는(또는 추구해 온) 어떤 목표의 정당성을 묻거나 한 목표의 추구가 다른 목표의 추구보다 더 잘 정당화된다고 말하는 것이 가능한가 하는 것이다. 후자의 물음들이 성립하지 않는다면, 우리에게 남겨지는 과제는 과학적 활동을 통해 역사적으로 어떤 목표들이 채택되어 왔는가를 사실의 수준에서 확인하고 그 목표들이 효과적으로 추구되어 왔는지를 따지는 일이 될 것이다. 그리고 과학적 활동이 부여받을 수 있는 유일한 합리성은 도구적 합리성이 될 것이다. 실제로 일부 과학철학자들(예를 들어, 포퍼[4])은 과학의 목표를 규약으로 간주했다. 그리고, 과학의 합리성은 그러한 목표를 효과적으로 달성하게 해주는 방법에서 비롯하는 것으로 보았다. 그러나, 과학의 목표들이 실제로 규약적인 것이라면, 목표에 대한 정당화의 물음은 채택된 목표들 사이의 정합성을 따지는 것 이상이 되기 어렵다. 즉, 상이한 목표들을 채택하는 과학공동체들에 대하여 내적 정합성을 요구하는 것을 넘어서는 합리적 중재의 길은 닫혀 있는 것처럼 보인다. 과학활동에서 추구되는 어떤 목표의 정당성을 따지거나 목표들 사이의 차별화를 시도하는 일은 과연 성립할 수 없는가? 간단히 말해서, 목표에 대한 평가는 불가능한가?

한 가지 가능성은, 목표들 사이에 일종의 계층적 질서가 성립하고 따라서 모든 목표가 균등한 것이 아니라 어떤 목표는 다른 목표에 대하여 수단의 관계에 있는 경우이다.[5] 이러한 상황에서는 수단에 해당하는 목표를 그 효율성에 의해 평가하는 일이 필요하고 또 가능할 것이다. 과학적

---

4) 참조 : Popper(1959), 37.
5) McMullin(1993, 66-70) 역시 이런 관점에서 과학적 목표들 사이의 관계에 대해 논한다.

활동의 경우, 그 실상이 어떠한가? 활동주체로서의 과학자들은 어떤 목표들을 추구하고 있으니, 그 목표들 사이에는 어떤 관계가 성립하는가? 서양과학사에서 과학적 분야로 가장 일찍 자리를 잡은 것은 천문학이었다. 고대 천문학은 두 가지 다른 전통을 형성했던 것처럼 보인다. 하나는 바빌로니아적 전통이다. 바빌로니아인들은 신들이 하늘과 땅에서 일어나는 전조(omens)를 통해 인간에게 메시지를 보낸다고 믿었다. 따라서, 그들은 월식과 같은 하늘의 전조들을 오랜 기간을 통해 꾸준히 기록하였고, 이는 자연스럽게 특정한 하늘의 사건들을 예측하고자 하는 관심으로 발전하였다. 반면, 그들은 천체의 운행궤도를 추적하거나 그 운동원인을 묻지 않았다. 이와 같이, 바빌로니아적 천문학은 정확한 예측을 위해 현상들을 가능한 경제적으로 조직화하는 것을 목표로 삼는 과학전통의 효시에 해당한다고 볼 수 있다. 다른 하나는 그리스적 전통이다. 그리스인들은 사물의 본성에 대해 그리고 현상들의 원인(aitia)에 대해 물었다. 하늘의 현상들을 원운동들의 결합을 통해 구제하는 과제를 천문학자들에게 제시한 것으로 알려져 있는 플라톤도, 이러한 부류의 천문학과 구분되는 "참된" 천문학에 대해 말한다. 이 플라톤적 과제에 체계적인 해답을 제공한 최초의 인물인 에우독소스(Eudoxus)의 경우, 그의 모형을 이용해 하늘의 사건들을 예측하는 데 성공했다고 보기 어려우며, 그의 성공은 천체들의 불규칙한 겉보기 운동들을 일반적인 방식으로 이해할 수 있는 기제를 제의한 데 있다. 수정된 에우독소스 체계를 물려받은 아리스토텔레스는, 각 행성의 독립적인 운동을 허용한 데에 에우독소스 체계의 결함이 있는 것으로 보고, 행성들의 운동을 하나의 동역학적 체계에 의해 통일하고자 하였다. 이러한 작업은 그의 체계를 매우 복잡하게 만들었는데, 아리스토텔레스는 행성들이 왜 그들이 운동하는 방식으로 운동하는가를 설명하는 모형을 제시하기 위해 이러한 대가를 치러야만 했다. 단순한 예측을 추구하기보다는 현상의 원인을 밝히고 이를 통해 문제의 현상이 왜 일어나는가를 설명하고자 했던 그리스적 천문학의 성격은 아리스토텔레스가 그의 『분석편 후서』(*Posterior Analytics*)에서 제시한 이상적 과학의 모형에 의해 잘 이해될 수 있다. 아리스토텔레스에 의해 제시되는 그리스적 과학의 이상은, 직관에 의해 파악된 확실하고 필연적인 원리들(archai)로부터 연역적 규칙을 통해 나아가는 논증적 과학(demonstrative science)

이었다. [6] 그후, 에우독소스의 동심원 모형에 대한 대안으로 주원 (deferent)과 주전원(epicycle)을 사용하는 모형이 제시되었는데, 후자의 모형에서 주전원은 주원 위의 한 점을 중심으로 회전하는 원이었으며 이러한 회전운동의 중심은 물리적인 의미를 부여하기 어려운 경우였다. 결국, 이 대안적 모형의 고도화에 해당하는 프톨레마이오스의 천문이론은 기존의 천문학적 관측자료들에 부합하는 계산결과들을 산출하고 새로운 예측을 하는 데 성공적이었지만 현상들에 대한 인과적 설명을 제공하는 것과는 거리가 멀었다. [7]

이와 같이, 고대 천문학의 성립과 전개과정에서 두 가지 다른 과학적 목표, 즉 경험적 적합성(또는 예측력)의 목표와 설명력(특히, 인과적 설명력)의 목표가 등장하고 추구되었음을 알 수 있다. 물론, 코페르니쿠스가 등장할 때까지, 천문학자들은 이 두 목표를 동시에 달성하는 데 성공하지 못하고 있었다. 그들은 전자의 목표를 어느 수준까지 달성하는 데 자족해야만 했으며, 후자의 목표는 주로 자연철학자들의 관심사로 남아 있었다. 그후, 이 두 가지 목표의 동시적 만족은 근대의 천문학과 역학의 혁명을 통해서 이루어졌다. 그리고 이 근대 과학혁명의 산물인 뉴턴의 자연철학이 과학의 모형으로 등장하면서, 경험적 적합성과 설명력은 과학일반의 기본적인 목표로서 자리를 잡게 된 것으로 볼 수 있다.

인식적 목표로서의 경험적 적합성과 설명력을 포괄하는(또는 함께 묶는) 과학의 목표를 설정한다면, 그것은 전통적으로 과학의 목표로 간주되어 온 진리의 추구일 것이다. 경험적 적합성의 추구가 관찰가능한 영역에서 현상들 사이에 성립하는 규칙성의 발견 및 그에 기초한 예측활동으로 이루어진다면, 설명력의 추구는 그러한 규칙성의 이면(또는 기저)에서 이를 산출하는 숨겨진 기제 또는 과정의 존재를 상정함으로써 왜 그러한 규칙성이 성립하는가를 이해하고자 하는 활동이다. 후자의 경우, 경험적 적합성의 제약하에서 이루어지지만 이를 넘어서서 관찰불가능한 대상이나 과정에 대한 주장을 하는 것으로 보는 입장이 일반적이다. 실제로, 많은 경우에 과학적 설명력은 숨겨진 기제나 과정의 실재에 대한 주장을 기초로 하여 성립해 왔다고 할 수 있다. 따라서, 경험적 적합성의 추구와 설

---

6) 참조 : Aristotle, *Posterior Analytics,* 73a21, 74b5 & 100b5.
7) 이 문단에서의 논의는 McMullin(1984)에 크게 힘입었다.

명력의 추구는 두 다른 영역, 즉, 관찰가능한 영역과 관찰불가능한 영역에서 일어나는 같은 부류의 활동, 즉 세세에 대해 참된 신념을 획득하려는 활동으로 볼 여지가 있다. 그러나, 모든 설명이 관찰불가능한 대상이나 과정에 대한 실재론적 공약(commitment)을 전제한다고 보는 것은 매우 강한 입장이다. 특히, 실재론적 진리개념의 타당성에 대해 그동안 많은 논란이 있어 왔다. 그뿐만 아니라, 과학적 설명이 관찰불가능한 영역에 속하는 존재자들에 관한 참된(또는 근사적으로 참된) 신념을 획득하는 데 유력하고 신뢰할 만한 통로를 제공한다는 주장에 대해서도 많은 찬반양론이 있어 왔다. 그러므로, 본 논문에서 나는 과학적 설명이 관찰불가능한 대상이나 과정에 대한 참된 신념을 근거로 해서만 성립한다는 입장과는 일정한 거리를 유지하고자 한다.

한편, 과학적 활동의 기본적 목표들이 경험적 적합성과 설명력에 한정된다고 더 이상 말하기 어렵다. 자연에 대한 기술적 지배(technical control)가 과학의 또 다른 기본적 목표로 자리잡았음을 부인할 수 없다. [8] 자연에 대한 기술적 지배가 과학의 기원에서부터 기본적 목표의 역할을 한 것은 아니다. 과학과 기술은 매우 오랜 기간 동안 서로 소원한 관계에 있었다. 과학은 단순히 그것이 산출하는 기술적 이득 때문에 추구되어 온 것이 결코 아니다. 기원과 그 발달과정에 있어 매우 상이한 두 활동인 과학과 기술이 실질적인 관계를 맺기 시작한 것, 즉 과학에 대한 베이컨적 기대가 현실화되기 시작한 것은 19세기에 들어와서부터이다. 그러나, 현대에 와서 이 두 활동은 서로 분리불가능한 관계에 놓이게 된 것처럼 보이며, 적어도 잠재적인(또는 예상가능한) 기술적 이득과 연계되지 않는 과학적 활동은 점점 생각하기(또는 설 자리를 얻기) 어렵게 되어가는 것이 오늘의 현실이다. 물론, 경험적 적합성이 일차적으로 인식적 가치의 성격을 가지는 반면에, 자연에 대한 기술적 지배라는 목표는 전적으로 실용적인 가치에 해당한다.

지금까지 논의된 과학의 목표들, 즉 경험적 적합성, 설명력, 그리고 자연에 대한 기술적 지배 이외에도 여러 가지의 목표들이 거론되어 왔다.

---

8) 인류의 이익을 위한 과학적 지식의 사용, 즉, 자연의 지배를 과학적 활동의 한 목표로 삼노록 제안한 대표적인 인물로는 베이컨을 들 수 있다. 참조 : Bacon(1605), First Book, V, 11.

정합성(consistency), 다산성(fruitfulness), 통합력(unifying power), 단순성(simplicity) 등이 그것이다. 그런데, 이러한 과학의 목표들은 그 나름의 계층적 질서를 형성해 온 것처럼 보인다. 특히, 앞서 언급된 것처럼, 일부 목표들과 나머지 목표들 사이에는 목표와 수단의 관계가 성립하는 것처럼 보인다. 일단 인식적 목표들에 우리의 논의를 제한하면, 경험적 적합성과 설명력을 제외한 나머지 인식적 목표들은 전자의 가치들을 잘 구현하는 이론들을 확인하는 데 도움이 된다는 의미에서 수단의 역할을 하는 것으로 볼 수 있다. 예를 들어, 내적 정합성은 경험적 적합성이나 설명력 같은 인식적 목표들을 달성하기 위해 거의 필수적인 요건으로 볼 수 있다. 논리적 관점에서 보면 모순은 모든 주장을 함축하는데, 실제세계는 모든 것을 허용하지 않는 것처럼 보인다. 그렇다면, 세계가 모순을 내포한다고 보기 어렵고, 따라서 모순적이지 않은 세계를 제대로 기술하기 위해서는 세계에 대한 신념 역시 모순적이어서는 안 될 것이다. 그러므로, 세계에 대한 우리의 신념체계가 정합성을 결여한 것으로 밝혀질 경우, 이는 궁극적으로는 정합성을 획득하는 방식으로 재조정되어야 한다. [9] 외적 정합성, 즉 한 이론과 주변이론들과의 정합성에 대한 요구는 내적 정합성에 대한 요구에 비해 강도가 약한 것처럼 보인다. 왜냐하면, 외적 정합성에 대한 지나친 요구는 다소 근본적인 이론변화를 원천적으로 봉쇄하는 결과가 될 것이기 때문이다. 그렇지만, 근본적인 변화가 요구되지 않는 상황에서는, 외적 정합성 역시 경험적 적합성이나 설명력의 확보 및 증대를 위해 필요한 요건으로 보인다. 통합력은 위에서 언급된 어느 다른 목표들보다 설명력과 밀접한 관계를 가지는 경우로 보인다. 물론 양자 사이의 관계는 과학적 설명의 본성에 대하여 어떤 견해를 가지는가에 따라 달라진다. 과학적 설명은 주어진 현상이 왜 일어났는가에 대한 지적 이해를 추구하는 활동으로 널리 간주되어 왔다. 이런 관점에서 본다면, 현상들에 대한 지적 이해의 추구가 설명력 추구의 밑바닥에 자리

---

9) Hempel(1979, 51)은 논리적 정합성의 요구에 대한 강한 의견을 표명한다. 즉, 그는 이를 과학적 신념의 합리적 체계가 만족시켜야 할 필요조건으로 간주한다. 그러나, 이 내적 정합성에 대한 요구는 인간의 제한된 인식능력을 고려하여 그 수위가 조절되어야 한다. 그렇지 않으면, 가능하지 않은 것을 요구하는 결과가 될 것이다. 이와 관련된 논의를 위해서는, 참조 : Cherniak(1986), 16-18 & 59-71.

잡고 있으며, 따라서 과학의 기본적 목표로서의 후자를 전자에 의해 대체하는 것이 적절하다고 해도 지나친 말은 아닐 것이다. 그런데, 과학적 설명이 어떤 형태를 가지며, 어떤 방식으로 이해를 산출하는가에 대해서는 이견이 있어 왔다. 한 전통적인 견해는, 현상들이 발생한 원인을 밝힘으로써 그들에 대한 이해를 산출하는 것이 과학적 설명에 해당한다는 입장이다. 예를 들어, 아리스토텔레스는 "원인"(cause)이라는 용어가 쓰이는 방식과 그의 존재론적 견해에 입각하여 현상의 원인들을 네 유형, 즉 질료인, 형상인, 동력인, 목적인으로 분류하고, 각 유형의 원인을 모두 밝힐 때 비로소 어떤 현상에 대한 완전한 이해를 얻게 된다고 생각하였다. [10] 즉, 그는 어떤 현상에 대한 이해가 그에 대한 인과적 설명을 통해 이루어진다는 입장을 취하고 실제의 탐구에서 이를 실천하고자 하였다. 물론, 과학활동 속에서 이루어진 모든 설명이 인과적 설명의 형태를 취했던 것은 아니지만, 그것이 과학적 설명의 한 주요한 형태에 해당함은 의심의 여지가 없다. [11] 다른 한편, 과학적 이론의 설명력은 그 이론이 관련된 현상들을 통합하는 능력과 밀접한 관계가 있는 것으로 보인다. 과학적 설명은 우리가 맹목적으로 받아들이는 사실들의 수를 최소화하고 그들로부터 도출해 낼 수 있는 결론의 수를 극대화하는 방식을 통해, 그리고 서로 무관한 것처럼 보이는 많은 현상들이 동일한 논증양식을 통해 도출될 수 있음을 보여 줌으로써, 현상들에 대한 이해를 산출한다는 일부 과학철학자들의 주장은 이런 관점으로부터 나온 것이다. [12] 방금 거론된 과학적 설명에 대한 두 견해는 최근의 철학적 논의에서 경쟁관계에 있는 주요한 대안들로 다루어진다. 그러나, 과학적 설명에 대한 하나의 정형을 고집하지 않는다면, 두 견해 모두 적어도 국소적 타당성을 인정받을 수 있는 것처럼 보인다. 역사적으로 보더라도, 과학이론의 통합력과 숨겨진 인과적 기제나 과정의 설정은 항상 그런 것은 아니지만 자주 동반하는 관계에 있는 것으로 나타난다. 그러므로, 어떤 이론의 통합력을 그것의 설명력에 대한 주요지표로 보아 무방할 것이다. 달리 말해, 통합력의 추구는 설명

---

10) 참조 : Aristotle, *Physics*, 198a.
11) 모든 설명이 인과적 설명의 형태를 취해야 한다는 강한 입장을 위해서는, 참조 : Lewis(1986).
12) 참조 : Friedman(1974) & Kitcher(1981, 1989).

력의 확보를 위한 주요방편으로 볼 수 있다. '다산성'은 새로운 현상들을 드러내거나 이미 알려진 현상들 사이에 알려지지 않았던 관계들이 성립함을 밝혀 내는 이론의 능력을 지시하는 표현으로 사용되기도 하는데, [13] 이러한 방식으로 이해된 다산성은 통합력과 마찬가지로 설명력과 밀접한 관계를 가지는 것처럼 보인다. 앞서 언급된 목표들 중에서 다루기 가장 어려운 것이 아마도 단순성의 목표이다. 이는 무엇보다도 단순성의 정체를 분명히 하는 것이 용이하지 않다는 데 기인한다. 그러나, 어떤 이론의 단순성을 그 이론의 일부를 이루는 기본적 원리들의 수와 그들로부터 도출되는 현상들의 수 사이에 성립하는 비율로 본다면, 이런 의미의 단순성은 그 이론의 통합력과 매우 유사한 성격을 가진다. 따라서, 방금 소개된 그런 의미에서의 단순성은 통합력과 마찬가지로 설명력과 밀접한 관계를 가지는 것으로 볼 수 있다. 이와 같이, 과학적 활동과 관련하여 자주 언급되는 여러 목표들은 우리가 기본적인 목표라 부른 것들에 대해 수단의 관계에 있는 것처럼 보이며, 따라서 전자는 그것이 후자를 달성하는 데 얼마나 도움이 되는가에 의해 평가될 수 있다. 그러나, 계층적 질서의 정점에 놓여 있는 목표, 즉 기본적 목표들 자체는 이러한 방식으로 평가될 수 없다. 그러므로, 과학의 목표들이 계층적 질서를 형성하는 상황에서는 일부목표들에 대한 평가를 통해 과학적 합리성의 영역이 확장된다고 볼 수 있으나, 여전히 도구적 합리성의 테두리를 벗어나지 못하는 경우이다.

3

도구적 합리성의 영역을 넘어서는 목표평가의 가능성은 없는가? 어떤 목표의 추구는, 그것이 당위적인 성격을 가진다면, 목표의 성취가능성을 전제로 한다. 물론, 어떤 목표의 추구는 단순히 해당 활동주체가 그 목표의 달성을 원한다는 데서 비롯하기도 한다. 그리고 과학적 활동도 그것이 단순히 개인적인 관심과 투자에 의거해 이루어진 시기에는 당위적인 성격을 가졌다고 보기 어렵다. 그러나, 과학적 활동의 사회적 중요성이 인정되고 그 활동이 소속사회로부터의 정책적인 지원에 크게 의존하게 되면

---

13) 참고 : Kuhn(1977), 322.

서, 과학적 활동은 단순히 개인적인 관심의 추구와 만족이라는 수준에서
가 아니라 사회의 일부 구성원늘이 추구할 필요가 있는 활동으로 되었다.
다시 말해서, 과학활동은 단순히 개인적인 관심과 만족의 추구라는 동인
에 의존하던 활동으로부터 사회적 필요성과 당위성이 인정되는 활동으로
변화한 것이다. 따라서, 과학적 활동 역시, 모든 당위적 요구는 그 실현
가능성을 전제로 해야 한다는 격률의 적용대상이 된다.

　과학적 활동이 단순히 개인적 바람의 산물에 불과한 상황에서는, 그 목
표의 실현가능성이 전제될 필요가 없는가? 채택된 목표가 실현가능해야
한다는 요구의 수준은 문제의 상황에서 다소 낮아질 것처럼 보인다. 그러
나 과학적 활동은, 그것이 목표지향적 활동에 해당하는 한, 그 목표가 실
현가능해야 한다는 요구를 원칙적으로 면제받기 어렵다. 달성불가능한 것
으로 밝혀진 목표를 계속 추구하는 행위는 맹목적이라는 비판을 피하기
어려울 것이기 때문이다. 그러므로 과학적 활동은, 그것이 단순히 개인적
관심의 소산이건 사회적 요구의 소산이건, 그 목표의 실현가능성을 전제
로 해야 할 것처럼 보인다.

　과학적 활동의 목표는 실현가능한 것이어야 한다는 주장이 동전의 앞면
이라면, 동전의 뒷면에 해당하는 격률이 있다. 과학적 활동의 목표는 실
현가능한 범위 내에서는 최대한 높은 수준에서 설정되어야 한다는 주장이
그것이다. 보다 높은 수준의 목표가 달성가능함에도 불구하고 낮은 수준
의 목표를 고수하는 것은, 쉽게 달성될 수 있는 목표를 제시한다는 점에
서 현실적이기는 하나, 행위주체의 활동범위를 부당하게 위축시키는 결과
를 가져온다. 실제로, 이 최고화의 요구에 의해 보완되지 않을 경우, 실
현가능성의 요구는 사소한 주장이 된다. 이는 실현가능성의 조건에 의해
과학적 활동을 상대적으로 평가하고자 할 때 더욱 그렇다. 왜냐하면, 과
학의 목표를 하향조정할수록 실현가능성의 기준을 통과하는 것이 더 용이
해질 것이기 때문이다.

　역사적으로 본다면, 과학적 활동의 목표가 때로는 지나치게 높은 수준
에서, 그리고 때로는 너무 낮은 수준에서 설정되기도 했음을 알 수 있다.
예를 들어, 확실한 지식의 추구는 고대에서부터 근대에 이르기까지 과학
의 전통적인 목표역할을 해왔다. 직관을 통해 절대적으로 확실한 제일원
리들을 밝혀 내고 이를 출발점으로 삼아 여타의 지식들을 연역해 내는 논

증적 과학의 추구는 아리스토텔레스와 데카르트에 공통된 목표였다. 뉴턴은 절대적으로 확실한 지식, 즉 오류불가능한 지식의 추구로부터 과학적 활동을 해방시킨 대표적 인물에 해당하는데, 이러한 목표의 근본적 전환은 천 년이 넘는 긴 기간에 걸쳐 행해진 과학적 활동경험을 통해 이루어진 것이다. 즉, 오랜 과학적 활동을 통해 비로소 오류불가능한 지식의 추구가 실현불가능한 목표라는 인식이 생겨나고 자리잡게 된 것이다. 다른 한편, 뉴턴은 과학적 지식의 추구를 현상들로부터 귀납적 추론을 통해 도달가능한 것에 제한하였고 이러한 태도는 18세기에 들어와 과학자들 사이에 일반화되었다.[14] 그러나 18세기 중엽에 이미 일부 과학자들의 활동은 이렇게 하향조정된 과학의 목표를 넘어서고 있었고, 그들은 그 당시 통용되고 있었던 과학의 목표가 자신의 과학적 활동을 부당하게 제약하는 것으로 간주하였다.[15] 실제로 과학의 목표는 19세기에 들어와 관찰가능하지 않은 기제나 과정의 설정을 통한 현상들의 설명을 허용하는 방식으로 다시 상향조정되었다.[16]

그러나, 어떤 특정한 목표의 실현가능성 여부를 결정하는 일이 결코 쉬운 것은 아니다. 오류불가능한 지식의 획득은 달성불가능한 목표라는 인식이 자리잡는 데 천 년 이상의 시간이 걸린 것이 이를 입증한다. 앞서 과학적 활동의 기본목표들 중의 하나로 지목된 설명력 역시 역사적으로 보면 순탄한 과정만을 거친 것이 아님을 알 수 있다. 근대에 이르기까지 가장 성공적인 자연과학적 활동의 산물로 여겨진 프톨레마이오스의 천문이론은 설명력을 결하고 있었고, 이 점에서 상대적으로 유리한 위치에 있었던 코페르니쿠스의 천문이론 역시 주전원의 사용을 인과적으로 정당화하는 데 성공하지 못했다. 이러한 사정은 역학의 경우에도 비슷하다. 아리스토텔레스의 물리학을 대체하는 근대역학의 성립에 중요한 기여를 한 갈릴레오의 작업은 설명력의 추구를 의도적으로 자제함으로써 이루어졌고, 근대 역학혁명을 완성한 뉴턴의 작업 역시 설명력의 추구를 배제하고 운동에 대한 기술적 정확성만을 추구한다는 입장의 천명을 통해 이루어졌다.[17] 실제로 뉴턴의 비판자들은 그의 이론이 설명력을 결여한 것으로 간

---

14) 참조 : Laudan(1981), 9-10.
15) 참조 : Laudan(1981), 12-13.
16) 참조 : Laudan(1981), 10-11.

주하였다. 따라서, 경험적 적합성을 결여한 설명력은 허구에 불과하다는 보나 근대적인 인식을 통해 본다면, 설명력을 가지면서 동시에 경험적으로도 성공적인 이론의 등장은 뉴턴에 와서, 보다 분명하게는 그 이후에 성립한 사건으로 볼 수 있다. [18] 다시 말해, 과학의 기본적 목표로서의 설명력은 근대에 이르기까지 제대로 달성되지 않은 채로 있었으며, 실질적으로 달성되기 시작한 것은 최근 몇백 년 사이의 일에 불과하다.

목표의 실현가능성이 목표와 수단 사이의 관계에서 문제가 되는 사항이라면, 일단 동등한 지위를 가지는 것으로 볼 수 있는 목표들 사이의 관계에서 비롯하는 평가의 문제가 있다. 목표들 사이의 정합성의 문제가 그것이다. 단순히 목표와 수단의 관계에 있지 않는 상이한 목표들은 서로 조화를 이룰 수도 있지만 갈등하거나 심지어 양립불가능한 관계를 가질 수도 있다. 앞서 과학의 기본적 목표들로 언급된 설명력, 경험적 적합성, 그리고 자연에 대한 기술적 지배의 경우, 과학적 활동의 시초부터 공존하면서 서로 조화를 이루는 관계를 맺어 온 것은 아니다. 자연의 기술적 지배라는 목표는 근대 이전까지는 과학적 활동의 장에 등장조차 하지 않았으며, 설명력과 경험적 적합성은 처음부터 과학적 활동의 목표로 자리잡긴 했으나 근대에 이르기까지 서로 갈등하는 소원한 관계에 있었다. 설명력과 경험적 적합성이 상호의존적이고 보완적인 관계를 갖게 된 것은 근대에 들어와 두 목표를 동시에 성취하는 것처럼 보이는 이론이 구체적으로 등장하면서부터이다. 나아가서, 자연에 대한 기술적 지배가 과학의 기본적 목표로서 성립하여 이 두 목표와 밀접한 관계를 맺게 된 것도, 과학적 활동이 일부 과학이론의 응용을 통해 기술을 개발하고 이용하는 활동과 실질적인 관계를 가지게 되면서부터이다. [19] 그러나 설명력, 경험적

---

17) 뉴턴의 이러한 입장은 특히 그의 『프린키피아』에서 강하게 나타난다. 예를 들어, 그는 다음과 같이 말한다 :
　　…나는 여기서 그러한 힘들의 물리적 원인이나 소재지에 관해서는 생각하지 않고 단지 그들에 대한 수학적 개념만을 제공하고자 한다. (*Principia*, 5)

18) 뉴턴이 『프린키피아』를 통해 지상과 천상에서 일어나는 물체들의 운동에 대한 설명을 제공했는가는 논란의 여지가 있다. 그 당시의 과학자들 중 다수, 특히 데카르트주의자들은 뉴턴의 이론을 단순한 수학적 계산장치로 여겼다.

19) 과학이 그 기술적 응용을 통해 산업에 실질적인 영향을 미치기 시작한

적합성, 그리고 자연에 대한 기술적 지배의 추구가 항상 조화로운 관계를 유지하는 것으로 보기는 여전히 어렵다. 경험적 적합성은, 그 자체 과학의 전통적 목표 중 하나로서 그리고 설명력있는 이론이 충족시켜야 할 전제조건으로서, 가장 폭넓게 받아들여지고 있는 과학적 활동의 목표로 볼 수 있다. 그런데, 과학적 이론의 설명력을 어떻게 이해하는가에 따라, 설명력의 추구는 경험적 적합성의 추구와 긴장관계를 형성하기도 하는 것처럼 보인다. 이는 특히 과학적 이론의 설명력이 이론에 대한 실재론적 공약에서 비롯하는 것으로 볼 때 그러하다. 예를 들어, 현대의 양자역학은 전통적인 실재론적 해석을 거부하는 것으로 널리 이해되고 있는데, 그런 이유로 실재론적 해석을 허용하는 변형된 양자이론이나 새로운 대체이론의 개발을 통해 과학적 설명력의 회복을 추구하는 물리학자의 입장은 기존 양자이론의 경험적 성공에 만족하고 이에 안주하는 다수 물리학자의 입장과 갈등하는 관계에 놓이는 것처럼 보인다. 그럼에도 불구하고, 경험적 적합성이 설명력의 획득을 위한 필수요건으로 간주되는 한, 양자 사이의 관계는 상호배타적이라기보다는 상호의존적이고 보완적인 관계에 있는 것으로 보는 것이 대체로 옳다. 설명력의 획득은 경험적 적합성의 확보를 필요로 하는 한편, 전자는 후자를 넘어서서 과학적 활동에 인식적 깊이를 주고 이를 통해 종종 후자를 이끄는 역할을 하기 때문이다. 예를 들어, 프톨레마이오스의 천문이론으로부터 코페르니쿠스 천문이론으로의 이행과정에서 일어난 일은 경험적 적합성의 단순한 증가가 아니다. 경험적 적합성의 관점에서만 본다면, 두 이론의 실질적 차이는 별반 없다고 해도 좋을 것이다. 두 이론 사이의 실질적 차이는 설명력의 관점에서 후자가 전자보다 우위에 있었고, 이러한 설명력의 우위는 케플러로부터 뉴턴에 이르는 후속작업을 통해 경험적 적합성의 획기적인 증가를 가져오는 기반을 제공해 주었다.

반면, 설명력의 추구와 자연에 대한 기술적 지배의 추구 사이의 관계는 일단 조화를 기대하기 힘든 경우이다. 두 목표의 원천이 서로 다르기 때문이다. 설명력의 추구가 인식적 관심에 그 뿌리를 두고 있는데 반해, 자연에 대한 기술적 지배의 추구는 전적으로 실용적인 관심의 소산이다. 따라서, 두 목표가 과학적 활동을 두 다른 방향으로 이끔으로써 서로 대립

것은 19세기 후반에 들어와서였다. 참조 : Basalla(1988), 28.

하는 양상을 드러내는 것은 당연한 귀결이라 할 수 있다. 그렇다고 하더라도, 문제의 두 목표가 공손불가능하거나 전혀 조화를 이룰 여지가 없는 관계에 있는 것으로 볼 필요는 없다. 앞서 이야기된 것처럼, 설명력과 경험적 적합성의 목표는 때때로 갈등하기도 하지만 대체로 상호의존적이고 보완적인 관계에 있다. 그런데, 경험적 적합성은 인식적 목표인 동시에 실용적 목표이기도 하다. 왜냐하면, 경험적 적합성의 일부를 이루는 예측력은 실용적인 관점에서도 유용하기 때문이다. 물론, 자연적 과정에 대한 예측과 그에 대한 지배는 별개의 문제이다. 즉, 미래의 어느 시점의 기상 상태를 예측할 수 있다고 해서 그것을 변경하거나 조종할 수 있는 것은 아니다. 그렇지만 전자의 예측은 여전히 유용할 수 있다. 따라서, 자연에 대한 지배가 적극적인 의미에서 실용적이라면, 예측은 소극적인 의미에서 실용적이다. 그리고 자연의 지배는 흔히 그에 대한 예측을 전제하는 것처럼 보인다. 그러므로, 경험적 적합성(특히, 예측력)과 그의 증가를 유도하는 설명력의 추구는 자연에 대한 지배력의 증대와 무관하지 않을 뿐만 아니라, 후자는 전자에 의존하기도 하는 관계에 있는 것처럼 보인다. 그렇다면, 설명력과 자연에 대한 지배의 추구가 서로 갈등하거나 반목하는 관계에 있는 것으로 보이는 이유는 무엇인가? 이는 후자가 예측력이라고 하는 제한된 경로를 통하여 경험적 적합성 그리고 더 간접적으로 설명력과 관계를 맺기 때문인 것처럼 보인다. 그 결과, 단기적이고 특정한 결실을 기대하는 입장에서 볼 때, 두 부류의 목표는 서로 무관하거나 심지어 대립하는 양상을 자주 드러낸다고 말할 수 있다.

4

지금까지 우리는 과학의 목표들, 특히 기본적 목표들이 과학적 활동의 역사를 통해 어떻게 성립하였으며 서로 어떤 관계를 가지게 되었는가에 대해 논의하였다. 그러나, 과학의 목표들이 역사적 산물이라면, 그러한 목표들의 설정은 그 달성가능성과 내적 정합성에 있어 별 문제가 없다 하더라도 그 역사적 우연성 때문에 정당화되기 어렵다는 문제가 제기될 수 있다. 이러한 문제제기는 과학적 활동을 정의하는 어떤 성질들(defining characteristics)이 있는가라는 물음과 관계된다.

여기서, 과학의 목표들은 규약에 해당한다는 입장을 생각해 보자. 이는 실제로 일부 전통적 과학철학자들이 취한 입장인데, 다음과 같은 난점들을 지닌다. 먼저, 규약으로 받아들여진 어떤 목표가 실현불가능한 것으로 밝혀지고, 따라서 문제의 목표를 포기하게 되는 상황이 발생한다고 하자. 이 경우, "과학적" 활동에서 채택되는 목표들의 집합에는 변화가 일어나게 된다. 그렇다면, 이렇게 달라진 목표들을 채택하는 활동은 여전히 과학적 활동으로 간주될 수 있는가? 이에 대해 한 가지 가능한 대응은, 변화된 목표들의 채택을 통해 과학적 활동 자체가 재규정된다고 말하는 것이다. 그러나, 이러한 대응은 그 나름의 문제를 지니고 있다. 기존의 목표들과 전혀 다른 목표들을 규약을 통해 채택하는 경우, 이 역시 과학적 활동으로 불릴 수 있는가라는 물음이 나올 것이기 때문이다. 만약 이 물음에 부정적으로 답한다면, 기존의 목표들은 규약을 통해 시간상 먼저 채택되었다는 이유만으로 과학적 목표의 지위를 누리는 것에 불과하다는 비판을 면키 어렵다.

그러면, 과학의 목표들을 역사적 산물로 보는 입장은, 과학의 목표들을 단순한 규약으로 보는 입장이 직면하는 문제들로부터 해방된다고 볼 여지가 있는가? 과학적 활동의 역사적 과정을 통해 우리 인간은 어떤 목표들이 추구할 가치가 있을 뿐만 아니라 실현가능한가를 배워 왔다. 즉, 과학적 활동의 경험을 통해 우리는 추구할 만한 가치가 있는 것으로 여겨지는 모든 목표가 실현가능한 것이 아님을 배우게 되었다. 예를 들어, 오류불가능한 지식의 획득은 인간이 지적 활동을 통해 오랜 기간 동안 추구해 온 전통적인 목표였다. 그러나, 되풀이된 실패의 경험을 통해, 이러한 목표의 달성은 비현실적이라는 인식이 근대(특히, 18세기)에 들어와 자리잡게 되었다. 반면, 앞서 이야기되었던 것처럼, 설명력의 목표와 경험적 적합성의 목표는 오랜 괴리의 과정을 거쳐 동일한 이론을 통해 동시에 구현될 수 있는 목표들임이 밝혀졌다. 이와 같이, 과학의 목표들은 많은 시행착오를 거쳐 수정되고 다듬어져 왔다. 따라서, 과학적 활동의 시초에 그들이 가졌을 자의성과 우연성은 역사적 과정을 통해 많이 불식된 것으로 볼 수 있다. 그런 까닭에, 기존의 활동에서 채택되어 온 과학의 목표들을 특별한 이유없이 포기하고 새로운 목표들로 대체하는 결정은 그 자체가 자의적인 성격을 가지게 된다.

실제로, 특정한 목표들의 추구는 인간의 본성이나 인간의 생존을 위한 필요성에서 비롯된 것일 수 있다. 물론, 실용성이 별로 없는 것처럼 보이는 상황에서 설명력이 꾸준히 추구되었다는 사실은 설명력의 추구가 생존을 위한 필요와 직접적인 관련이 있는 것으로 보기 어렵게 만든다. 대뇌의 발달이 인간의 생존에 기여함으로써 선택적으로 이루어진 것이라면, 설명력의 추구와 같은 지적 활동은 그 부산물일 수 있다. 그렇지만, 설명력의 추구는 그 나름의 존재이유를 가진다. 우선, 자연현상들에 대한 지적 이해는 인간의 기본적 관심사이다. 설명력의 성취는 이러한 심리적 욕구를 만족시켜 주는 중요한 역할을 해왔다. 나아가서, 설명력의 추구는 경험적 적합성의 향상을 유도하는 역할을 종종 수행해 왔다. 그런 점에서, 그 실용적 의의 역시 무시할 수 없다. 다른 한편, 경험적 적합성은 인식적 가치일 뿐만 아니라 그 자체 실용적 가치를 갖기 때문에, 생존을 위한 필요성과 보다 직접적인 관계를 갖는다고 볼 수 있다. 그리고, 경험적 적합성이 과학적 목표들 중에서 가장 일관되게 추구되어 온 가치라는 점은 이러한 사실과 밀접한 관련이 있음에 틀림없다. 따라서, 경험적으로 적합한 과학적 신념들이 인간의 생존을 위해 수행해 온 역할을 대신할 수 있는 가치체계가 성립하지 않는 한, 경험적 적합성의 추구는 과학적 활동에 필수적인 요소로 남을 것이다. 마지막으로, 자연에 대한 지배력은 현대문명을 성립시킨 원동력이다. 그러므로, 과학의 목표로서 전자에 대한 평가는 후자의 공과에 대한 판단과 밀접한 관계를 가질 수밖에 없다. 현대문명이 드러내는 문제점들에도 불구하고 과학기술의 역할을 거부하는 것이 이미 비현실적인 선택지라면, 남는 문제는 실용적 가치로서의 자연에 대한 지배력을 보다 포괄적인 가치체계에 종속시키고 그 힘을 보다 반성적으로 사용하는 지혜를 키우는 일이다.

역사적 관점에서 본다면, 과학의 목표들은 변화해 왔다. 그럼에도 불구하고, 설명력과 경험적 적합성 같은 과학의 기본적 목표들은 과학적 활동의 시초에서부터 비교적 안정적으로 유지되어 왔을 뿐만 아니라, 거의 필수적인 요소로 자리를 굳힌 듯하다. 그들 사이의 관계도 오랜 기간 동안의 갈등하던 관계로부터 상호의존적이고 보완적인 보다 성숙한 관계로 발전하였다. 뒤늦게 편입된 자연에 대한 지배력의 추구 역시 그 폐해에도 불구하고 현대문명뿐만 아니라 미래문명의 원동력으로서의 역할을 부인하기 어렵게 되었다. 이와 같이, 과학적 활동의 기본적 목표들 중 적어도 일부는 변화하는 가운데서도 상호관계를 정립 또는 재정립하고 이를 통해 자신들의 위치를 강화하는 과정을 밟아 온 것으로 볼 수 있다. 특히, 현대라는 시대적 맥락에서 본다면, 설명력, 경험적 적합성 그리고 자연에 대한 지배력의 추구는 과학적 활동을 특징짓는 가치체계를 형성하게 된 것처럼 보인다. 그러면, 앞서 논의된 기본적 목표들의 추구가 과학적 활동을 정의하는 특징에 해당한다고 볼 수 있는가? 어떤 대상에 대한 정의가 임의적이고 선험적인 성격을 가지는 것으로 이해한다면, 앞의 물음에 대한 답은 "아니오"가 되어야 할 것이다. 왜냐하면, 과학의 목표는 역사적 산물인 까닭에 경험적이며, 역사적 과정을 통해 학습된 것인 까닭에 임의적이라고 말하기 어렵기 때문이다. 그러나, 어떤 대상에 대한 정의가 그 대상을 다른 대상들로부터 구분하게 해주는 역할을 하는 것으로 이해한다면, 우리의 답은 "그렇다"일 것이다. [20]

5

과학의 목표들을 달성하는 수단으로서의 과학적 방법들에 대한 평가와는 별도로, 과학의 목표들 그 자체에 대한 평가가 가능한가? 이 물음에 대해 긍정적인 답을 하는 것이 가능한지 그리고 어떻게 가능한지를 논의하는 과정에서 우리는, 과학적 활동의 목표들을 성취가능성, 설정수준의 최고화, 정합성 등의 기준을 통해 평가하는 것이 가능할 뿐만 아니라, 그러한 기준들을 통한 평가가 역사 속에서 실제로 이루어져 왔음을 확인할

---

20) 쿤(1977) 역시 과학적 가치들의 공유가 과학적 활동을 다른 활동들로부터 구분지우는 역할을 하는 것으로 본다. 이러한 입장은 과학적 합리성이 방법적 기준보다는 가치의 공유에 의해 성립하는 것으로 본다는 점에서 로티(Rorty)의 입장과 유사하다. 그러나, 로티(1987)가 토픽 중립적인 가치들의 추구를 합리성의 정체(identity)에 해당하는 것으로 보고자 하는 반면에, 쿤은 과학적 활동에서 채택되는 가치들이 다른 분야의 활동에서 채택되는 가치들과 구분되며 과학적 활동 특유의 가치들을 추구하는 데에서 과학적 합리성이 성립하는 것으로 본다는 점에서 로티와 다르다.

수 있었다.

이제 마지막으로, 과학적 활동은 인간의 많은 다른 활동들과 마찬가지로 인간종의 생존과 증식에 기여하기 때문에 성립하고 유지되어 왔으며, 따라서 과학의 목표들에 대한 평가가 가능하다 하더라도 과학의 합리성은 여전히 도구적인 것에 불과하다는 주장을 생각해 보자. 이는 과학적 활동이 그 자체가 목적이라기보다는 인간의 생존이라는 더 근본적인 목적을 달성하기 위한 수단이기 때문에, 과학의 목표들에 대한 평가와 같은 탈도구주의적 활동 역시 도구적인 수준에 머물 수밖에 없다는 주장이다.

이러한 문제제기에 대해서는 두 가지 점이 지적될 필요가 있다. 하나는 과학적 활동이 단순히 인간의 생존을 위한 방편으로서 성립하고 유지되어 온 것은 아니라는 점이다. 19세기에 이르기까지 과학이 인간사회에 실질적인 기여를 하지 못했음에도 불구하고 고대로부터 성립하여 꾸준히 발전해 왔다는 사실이 이를 말해 준다. 다른 하나는, 설사 과학이 인간의 생존에 도움이 되기 때문에 발생하고 유지되어 온 활동이라 하더라도, 그것은 과학 외적인 목표이며 따라서 과학 내적 목표들에 대한 자체 평가가 가능한 한 과학의 합리성은 과학 내적 관점에서는 도구적 수준을 넘어서는 것으로 볼 수 있다는 점이다. 과학적 합리성에 대한 이러한 이해는 기존의 도구주의적 이해와는 분명히 구분된다. 즉, 후자의 입장에서 볼 때, 과학의 합리성은 오로지 채택된 과학의 방법들이 주어진 목표들을 얼마나 효율적으로 달성가능하게 해주는가에 의해 결정되며, 따라서 과학 내적인 관점에서도 도구적이다. 반면, 이 논문에서 내가 부각시키려 노력한 것처럼, 과학의 목표들(특히, 기본적 목표들)에 대한 과학 내적인 평가가 가능하고 실제로 이루어져 왔다면, 이러한 평가에서 비롯하는 과학의 합리성은 적어도 과학 내적인 관점에서는 도구적 수준을 넘어서는 것이다.

참 고 문 헌

Aristotle, *Physics*.
Aristotle, *Posterior Analytics*.
Bacon, F. (1605), *Advancement of Learning*.

Basalla, G. (1988), *The Evolution of Technology*, Cambridge U.P.

Cherniak, C. (1986), *Minimal Rationality*, MIT Press.

Feyerabend, P. (1975), *Against Method*, pt. ch. 1 & ch. 16.

Friedman, M. (1978), "Explanation and Scientific Understanding", *Journal of Philosophy* 71 : 5-19.

Hempel (1979), "Scientific Rationality: Analytic vs. Pragmatic Perspectives", in T. G. Geraets (ed.), *Rationality Today*, Univ. of Ottawa Press, 45-66.

Kitcher, P. (1981), "Explanatory Unification", *Philosophy of Science 48 :* 507-531.

Kitcher, P. (1989), "Explanatory Unification and the Causal Structure of the World", in P. Kitcher & W. Salmon (eds.), *Scientific Explanation* (*Minnesota Studies in the Philosophy of Science, Vol. XIII*), Univ. of Minnesota Press, 410-505.

Kuhn, T. (1977), "Objectivity, Value Judgement, and Theory Choice". Reprinted in *The Essential Tension,* 320-339.

Laudan, L. (1981), *Science and Hypothesis,* D. Reidel.

Lewis, D. (1986), "Causal Explanation" in D. Lewis (1986), *Philosophical Papers,* ii, Oxford University Press, 214-40.

McMullin, E. (1984), "The Goals of Natural Science", *Proceedings of American Philosophical Association 58 :* 37-64.

McMullin, E. (1993), "Rationality and Paradigm Change in Science", in P. Horwich (ed.), *World Changes,* 55-78.

Newton, I., *Principia,* translated by A. Motte & revised by F. Cajori, Univ. of California Press, 1934.

Nozick, R. (1993), *The Nature of Rationality,* Princeton U.P.

Popper, K. (1959), *The Logic of Scientific Discovery,* Hutchinson.

Rorty, R. (1987), "Science as Solidarity", Reprinted in Rorty (1991), 35-45.

Rorty, R. (1991), *Objectivity, Relativism, and Truth,* Cambridge U. P.

Siegel, H. (1985), "What is the Question concerning the Rationality of Science?", *Philosophy of Science 52 :* 517-537.

Simon, H. (1983), *Reason in Human Affairs,* Stanford U.P.

이상적 기독교와 현상적 기독교

고 재 식
(한신대)

1. 시작하는 말

우리는 현실에 나타난 기독교에 대해서 실망하는 목소리를 자주 듣는데 그것은 어떤 연유에서일까? 그것은 아마도 본래적 기독교와 현실적 기독교 사이에 어떤 편차가 있기 때문일 것이다. 다시 말해서 그것은 교회가 이 땅 위에서 하나님 나라 선교를 해나가는 데 있어서 그 본래의 사명을 올바르게 하지 못하고 변질되어 있다는 의미일 것이다.

그렇다면 우리는 이상적(理想的) 기독교와 현상적(現象的) 기독교 사이에 개재되어 있는 괴리의 근원지를 파헤쳐서 기독교 본래의 모습으로 되돌아가는 길을 모색해야 할 것이다. 현실적 기독교와 이상적 기독교 사이의 편차는 실제에 있어서 기독교와 세상, 교회와 국가간의 관계에서 발생하는 것이기 때문에, 여기서 우리는 이 문제를 고도의 신학적 관점에서 보다는 그 관계에 초점을 맞추어 다분히 사회학적 관점에서 다루어 보고자 한다. 따라서 이 글을 다음과 같이 진행시켜 보고자 한다.

첫째로 기독교와 세상과의 사회학적 관계설정의 문제를 다루고, 둘째로 이상적 기독교의 면모를 기술한 다음, 셋째로 현실에 나타난 기독교의 세 가지 유형을 소개하고, 넷째로 역사에 나타난 현상적 기독교의 사례들을 기술한 다음, 다섯번째로 현실 기독교의 신학적 오류의 근원이 무엇인지를 밝혀 보고자 한다. 마지막으로 이상적 기독교가 복원될 수 있는 길을 제시해 보고자 한다.

2. 기독교와 세상과의 관계설정의 문제

기독교의 이상(理想)은 '하나님 나라'(Kingdom of God)인데, 그 이상은 아직 이루어지지 않은 상태이고 따라서 그 이상은 이 땅 위에서 실현되어야 할 과제로 남아 있다. 극단적인 내세주의자들을 제외하면 대부분의 그리스도인들은 여기에 동의할 것이다.

이러한 기독교의 성격 때문에 '선포해야 할 복음의 내용은 무엇이며, 그 선포방법을 어떻게 정할 것인가?' 하는 것이 중요한 문제로 대두되게 된다. 즉 이것은 기독교와 세상과의 관계를 어떻게 설정할 것인가? 의 문제로 귀착되게 되는 것이다. 결국 복음의 내용과 그것을 선포하는 전략을 어떻게 정하느냐에 따라 기독교와 세상, 교회와 국가와의 관계는 결정된다고 하겠다.

서구의 역사를 통해서 볼 때, 기독교와 세상, 교회와 국가와의 관계는 서로가 서로에 대해 '사회학적 실체'로서 끊임없는 변화과정을 거치면서 시대마다 서로 다른 관계를 형성해 왔다. 여기서 사회학적 실체라 함은 양자의 관계가 평면적이고 정적인 관계가 아니라, 입체적이고 동적인 관계이며 동시에 일방적으로 영향을 끼치는 관계가 아니라, 상호영향을 주고받는 관계임을 의미한다.

교회는 독자적인 존재근거를 가지고 있으면서 교회가 속한 국가의 제약을 받지 않을 수 없다. 다시 말해 교회는 자신의 고유한 사명을 수행함에 있어서 국가의 사명과 접촉할 수밖에 없다. 예를 들면, 교회가 자신의 사명을 수행하기 위해서 제도와 재산을 필요로 하기에 국가의 도움을 필요로 한다. 반면, 국가도 국민을 다스림에 있어 정신적 지주인 교회의 도움을 필요로 한다. 이런 점에서는 긍정적인 관계를 유지할 수 있다. 그러나 기독교의 이상과 국가의 이상이 충돌하는 경우도 있다. 때로 교회의 선교이념과 국가의 통치이념이 상치되어 극단적인 갈등관계에 놓이기도 한다. 따라서 기독교와 세상, 교회와 국가의 관계는 상충적이면서 상보적인 관계라 보아야 할 것이다. "기독교에는 국경이 없어도 기독교인에게는 국경이 있다"는 신학적 경구는 이러한 관계를 잘 표현한 것이다.

기독교가 그 본래의 이상과 모습을 망가뜨리지 않으면서, 동시에 세상과의 관계를 적절하게 유지하며 그 사명을 감당해 내는 것, 바로 이것이 교회의 주관심사이다. 트뢸취(Ernst Troeltsch)는 이러한 교회의 운명을 다음과 같이 표현한다. : "기독교의 핵심적인 사상과 가치들은 세상과 일말의 절충없이 실현될 수 없다." 그의 표현을 빌린다면 기독교의 역사란 세상과의 절충을 위한 끊임없는 새로운 추구였으며 동시에 이 절충에 대해 다시 반발하는 역사의 연속이라 할 수 있다. 즉 교회의 역사는 '세상과의 절충'(compromise with the world)과 '세상에 대한 배격'(rejection of the world)의 연속적 순환과정이었다. 오데아(Thomas O'Dea)는 이를 좀더 자세하게 분석한다. 그는 "그 집단과 그 집단을 유지하고 있는 카리스마를 존속시키려면 카리스마와 거기에 근거한 권위를 전격적으로 변경시켜야 한다"고 말한다. 오데아는 이것이 종교가 본래의 특성을 상실하지 않으면서 가능한 한 최대한으로 그 본래의 기능을 발휘하려는 욕구이지만, 이 욕구가 한 종교 안에 일어나게 될 때 바로 그 종교의 위기가 초래되며, "이 위기를 극복함에 있어 형성되는 사회적 관계가 매우 중요하다"고 설명한다. 사실 여기서 말하는 이 사회학적 관계의 성격을 설명하는 것이 이 글의 주요내용이 될 것이다. 이를 위해 먼저 기독교의 이상에 대해 간략하게 언급하고자 한다.

3. 기독교의 이상

여기서는 이상적 기독교의 면모를 그려 보고자 하는데, 그것은 현상적 기독교를 비판적 시각에서 비추어 보는 거울로 삼기 위함이다. 따라서 여기서는 상세한 신학적 논술은 피하고 싶다. 기독교의 이상에는 두 가지 요소가 내포되어 있다. '복음의 내용'과 '복음의 선포전략'이 그것이다. 복음의 내용은 하나님 나라요, 전략은 기독교와 세상의 관계설정 문제이다.

종교의 본질적 특성은 인간존재의 의미와 그 초월적 근원을 밝히는 것이다. 그리하여 틸리히(Paul Tillich)는 "종교는 '궁극적 관심'(ultimate concern)이다"라고 표현했다. 기독교 최고의 가치는 사랑이다. 우리는 억압과 불의로 점철된 현실세상에서는 인간존재의 참모습과 진정한 의미를 결단코 찾아볼 수 없다. 그리스도의 사랑으로 불의한 세계를 극복해 가는 과정에서 우리는 인간존재 의미의 근원이 초월자에게 있음을 알게 된다.

여기서 기독교가 말하는 '사랑'의 성격이 무엇인지를 분명히 밝힐 필요가 있다. 흔히 "기독교의 사랑은 만인사랑"이라고 말한다. 이 말에 대해 반대할 신학자는 없을 것이다.

그러나 한 차원 깊이 생각해 보면 기독교의 만인사랑은 불가능한 사랑이다. 그것은 물리학적으로 불가능하기 때문이다. 사랑할 수 있는 에너지가 한정적이라는 사실과 사랑을 받아야 할 우선적 대상이 있다는 사실은 기독교의 사랑이 엄밀하게 말해 편파적이고 경제적인 사랑이어야 함을 암시한다. 그러기에 예수께서도 가난한 자와 억눌린 자를 편애하신 것이다. 그리고 예수님은 가난한 자와 억눌린 자를 만인사랑이 베풀어지는 선상에서 가장 가까운 자리에 놓으셨다. 물론 부자도 만인사랑이 베풀어지는 선상의 마지막 자리에 서 있다는 것은 주지의 사실이며, 바로 이 점에서 기독교의 사랑은 만인사랑이 된다.

"주님의 성령이 나에게 내리셨다. 주께서 나에게 기름을 부으시어 가난한 이들에게 복음을 전하게 하셨다. 주께서 나를 보내시어 묶인 사람들에게는 해방을 알려 주고, 눈먼 사람들은 보게 하고, 억눌린 사람들에게는 자유를 주며, 주님의 은총의 해를 선포하게 하셨다."(눅4 : 18-9)

이렇게 볼 때 기독교 교회가 그 본래의 모습을 견지할 수 있느냐 아니면 변질시킬 것이냐의 문제는 모든 사람을 무모하게 사랑한다 하면서 결국 아무도 사랑하지 못하는 결과를 초래할 것이냐, 아니면 사랑실천의 우선순위를 정해 놓고 경제적이면서도 편파적으로 사랑을 실천해 내느냐에 달려 있다고 하겠다.

이제 기독교의 이상을 실천하는 전략적 측면을 살펴보자. 그리스도인들은 사랑이라는 기독교의 이상을 이 역사 속에서 온전히 실현하지 못한다 하더라도 그것을 실천하는 행위가 바로 하나님의 뜻임을 믿는다. 불가능한 사명에 대한 책무를 느끼며 그것의 실현을 위해 부단히 노력하며 살아가는 것이 그리스도인의 삶의 모습이다. 니버(Reinhold Niebuhr)는 이것을 '불가능의 가능성'(impossible possibility)이라 표현한다. 그는 계속해서 "다양한 송교의 윤리적 성과는 '역사적인 것'(the historical)과 '초월적인 것'(the trenscendent) 사이에 있는 '질적인 긴장관계'(the quality of their tension)에 의해 결정된다"고 말한다. 바로 이 말이 기독교의 이상을 실현하는 전략의 방향을 잡아 주는 것이라 보고 싶다. 니버는 그 긴장의 질이 어떻게 측정되는지에 대해 다음과 같이 말하고 있다.

1) 역사적인 업적의 어떤 상대적 가치가 도덕적 근거가 되지 못하도록 할 만큼 초월적인 것이 역사의 모든 가치와 업적을 진정으로 초월하는 정도.
2) 초월적인 것과 역사적인 것 사이에 있는 긴장 때문에 역사적인 것의 의미가 무시되지 않을 만큼 초월적인 것과 역사적인 것이 긴밀히 유기체적으로 밀착되어 있는 정도.

역사적인 것이 궁극적인 근거가 되어서도 안 되지만 초월적인 것 때문에 역사적인 것이 완전히 무시되어서도 안 된다는 말이다. 실제로 현실의 기독교 교회는 많은 경우 이 두 가지 오류 중 하나를 범하고 있다. 본래적 기독교 교회에로 회복되려면 초월적인 것과 역사적인 것이 맞물려 불가능의 가능성을 산출해 내야 한다. 그때 비로소 기독교의 이상이 상대적으로 실현될 것이다.

4. 기독교 현실의 세 가지 유형

이제 기독교의 현실적 모습을 크게 세 가지로 유별하고자 한다. 이 세 가지 유형은 특정한 시대와 특정한 장소에만 국한되는 유형이라 말하기는 어렵다. 물론 시대에 따라 이 세 가지 유형 중 어느 한 가지의 모습이 두드러지게 부각된 것은 사실이지만, 이 세 가지 유형이 동시에 모두 나타나는 경우도 있다. 여기서는 기독교의 일반적인 현상을 설명하기 위하여 이 유형의 싱격을 정리해 보자.

1) 정통주의

이 범주 안에 보수주의, 극우주의, 전통주의가 포함될 수 있다. 이것은 역사적으로 기독교 국가(Christendom) 혹은 국가교회(state-church) 사상과 연관되어 있으며, 중세의 신정정치제(theocracy)를 연상케 하는 제도이다. 교회와 국가가 제도와 이념에서 완전일치되므로 교회법이 국법이 되며, 따라서 하나님의 초월적인 뜻과 도덕조문이 단순하게 동일화된다. 모든 자연적인 사물들을 신적인 초월의 상징으로 보기 때문에 현재와 예언자적 미래 사이에 있는 긴장이 해소되어 버린다. 따라서 사회의 불의를 고발하고 극복하려는 투쟁은 사라진다. 모든 문제는 종교행사를 대신하는 성직자들의 성례전적 중재로 해결될 수 있다고 본다. 이것은 예언자적 종교의 제사장적 포기이다. 따라서 기존체제는 하나님의 뜻에 의해 이루어진 것이요, 기존체제에 순응하는 행위는 선이고 기존체제를 반대하거나 파괴하는 행위는 악이 된다. 그리하여 정통주의는 예언자적 종교에서 미래역사에 대한 관심을 빼앗아 버렸고, 이 세상이 지니는 역동적 성격을 파괴해 버렸다.

2) 자유주의

자유주의는 계몽주의의 영향을 받아서 진보주의적 경향을 띠고 있다. 이 경향은 초기에는 기독교 민주운동, 그리고 최근에는 진보주의적 유럽 신학(정치신학)의 기초를 제공하고 있다. 자유주의는 사회정치적 문제에 있어서는 개량주의적 혹은 발전주의적 입장을 취하고 있으면서, 다른 한편으로는 교회의 내적 갱신을 강하게 주장하면서, 동시에 정치적 영역과 종교적 영역의 분리를 강하게 주장하고 있다. 자유주의의 기독교는 상업주의 시대의 상대적인 도덕기준에 절대적이고 초월적인 종교의 옷을 입혀 궁극적인 것으로 만든다.

자유주의는 기독교적 전통의 전제들이 객관적 과학에 의해 자연과 역사의 과정에서 합리적으로 설명된다고 본다. 여기서는 기독교 윤리의 근원적인 긴장이 파괴된다. 왜냐하면 기독교 윤리의 초월성이 역사의 전개과정에서 내재적 가능성으로 바뀌기 때문이다. 예를 들면 민주주의, 상호협력, 국제기구 등을 인간의 궁극적 이상으로 삼고, 이것들이 곧 절대적이요, 궁극적인 가치이며, 그 근거는 기독교의 정신이라고 한다. 여기서 중요한 것은 이러한 사상이 상업주의 문명의 필요에 따라 형성되었다는 사실이다. 다시 말해 이러한 시고들은 물품교환(상업)과 노동생산(산업)의 발전으로 이윤을 남기는 계급의 이해관계와 밀접히 연관되어 있다는 뜻이다. 이러한 주장에 따르면 기득권자는 선하다고 인정되며, 따라서 기득권자들의 불의는 도전받기보다는 오히려 보호와 지지를 받는 경우가 많다.

이러한 연유로 최근의 정치신학자들이 체제 내에서의 정의를 위한 투쟁과 인권투쟁은 주장하면서도 체제 자체의 변혁에 대해서는 일체 함구하고 있는 것이다. 자유주의 기독교(정통주의 기독교를 포함하여)는 역사의 상대적 가치에 내재해 있는 지고의 선을 발견했고, 또 그것을 실현했다고 주장함으로써 도덕적 긴장을 너무 쉽게 해소해 버린다는 점에서 결정적인 오류를 범하고 있다.

3) 혁명주의

기독교의 역사에 있어서 혁명주의의 본격적인 경향은 1960년대에 시작되었다고 할 수 있지만, 그 뿌리는 훨씬 이전의 유럽역사로 거슬러 올라간다. 뮌쩌(Thomas Muntzer)의 농민반란, 프랑스의 노동자 신부집단, 독일의 고스너 하우스 교회운동, 영국의 쉐필드 운동, 본훼퍼(Dietrich Bonhoeffer)의 나치정권에 대한 저항들이 그 좋은 예라 할 수 있다. 17세기 남미에서 스페인의 식민주의 정책에 항거하다 본국으로 송환된 성 바톨로매도 그 전형적인 예다. 그러나 이러한 운동들은 극소수에 의해 시도되었다가 역사의 저편으로 사라진 지 이미 오래다.

그러나 기독교 역사에 있어서 기독교 혁명주의는 1959년에 성공한 쿠바혁명과 1960년대에 일어난 북미의 인권운동에 자극받아 본격적으로 대두되었다. 그후 남미를 비롯하여 아프리카, 아시아 지역에서 프롤레타리아 계급투쟁을 통해 기독교의 이상을 실현하려는 노력이 봇물터지듯 일어났다. 이것은 근대 자유주의 문화의 약점과 한계성을 깨달은 교회가 자유주의적 세계관 대신 급진적인 마르크스주의적 세계관을 채택했기 때문이다. 기독교 역사에 있어서 자유주의의 약점에 환멸을 느낀 나머지 자유주의적 낙관주의 대신 마르크스주의적 대변혁을 선택했다는 점은 매우 중요한 의의를 지닌다. 이 운동의 대표적인 인물은 남미의 토레스 신부이다. 그는 수천 명의 평신도들과 함께 게릴라 전투에 가담하여 투쟁하다 순교한 사람이다. 니카라과의 혁명도 좋은 예이다. 물론 그 과정에서 그들은 여러 가지로 시행착오도 경험하게 되었다. 동구권의 급작스런 변화로 인해 기독교 급진주의 운동이 근자에 주춤하고 있는 것도 사실이다. 그러나, 그 의의는 짚고 넘어가야 한다.

마르크스주의적 세계관에 급진주의적 기독교가 접목되었다는 것은 그자체에 무리가 없는 것은 아니지만, 종교적 영역에서뿐만 아니라 도덕적 영역에서도 중요한 의의를 지닌다.

마르크스주의는 자유주의가 부르주아의 관점을 영원한 가치로 삼는 것과 마찬가지로 노동자의 가치를 절대적인 진리로 삼고 있다. 무엇보다 마르크스주의의 예언자적 운동이야말로 예수운동을 계승하는 보다 순수한 한 분파라 할 수 있다.

마르크스주의 유물론은 기계론적이기보다 변증법적이다. 변증법은 자유주의적 자연주의의 단순한 진화과정보다는 역사와 현실에 훨씬 더 부합된다. 마르크스주의는 인간역사에서 드러난 악의 본질을 더 잘 이해하고 있으며, 그 역사철학은 유대 예언전통의 대변혁 사상에 잇대어져 있다. 약자가 높임을 받고 강자는 망하게 될 것이라는 마르크스주의의 사상도 예수 그리스도의 사상에 가깝다고 볼 수 있다.

하지만 마르크스주의는 여러 가지 약점도 안고 있다. 마르크스의 역사관(천년왕국설)은 상대적인 것을 절대적인 것으로 대치시키고 있다.

모든 사회적 충돌이 없어지고 모든 인간의 욕구가 충족되는 마르크스주의의 유토피아는 영원하고 절대적인 것을 불완전할 수밖에 없는 이 역사에 무리하게 짜맞추려 하고 있다.

이것은 종교를 자연주의화한 결과이다. 또한 마르크스주의의 묵시사상이 지니는 약점은, 마르크스주의의 자연주의가 마르크스주의를 유토피아적인 광기로 내몰았다는 점이다. 다시 말해 마르크스주의적 자연주의는 상대적인 역사적 과정에서 절대적인 이상이 실현될 수 있다고 잘못 기대하게 되었다. 상대적인 역사적 성취를 이상적인 것의 실현으로 받아들임으로써 역사적인 것과 초월적인 것 사이의 도덕적 긴장을 너무 쉽게 해소해 버린 점이 크나큰 약점이라 보고 싶다. 그리하여 마르크스주의는 그들의 주장이 실현되기를 기다리고 있다는 점에서는 정통주의나 자유주의보다 장점을 가지고 있지만, 그들의 주장이 실현된 연후에는 허탈감에 깊이 빠지게 된다는 점에서 마찬가지이다. 이 점이 급진적인 그리스도인들이 명심해야 할 중요한 대목이다.

이상의 논의를 간추려 보자면, 정통주의와 자유주의는 역사적인 상대적 가치와 기독교의 가치를 쉽게 동일시함으로써 기독교와 세상 사이에 개재해 있는 역동적 긴장감을 너무 쉽게 해소시켜 버린 반면, 마르크스주의는 새로운 세계를 향한 전망을 이 땅 위에서 완벽하게 실현할 수 있다고 주장하는 점에서 또다시 역사를 절대화시켰다고 말할 수 있다.

5. 기독교의 역사적 현상

여기에서는 앞에서 언급한 기독교의 세 가지 유형을 염두에 두고 역사에 나타난 기독교의 현상적 면모들을 사례중심으로 정리해 보고자 한다. 세계역사에 나타난 모습들을 먼저 정리하고 나서 한국교회의 현상을 정리해 볼 것이다.

1) 세계사에 나타난 기독교의 면모

기독교가 세계사에 직접 개입하게 된 것은 초대 사도시대를 지나서 교부시대의 신학논쟁에 빠져 들게 됨에 따라 시작되었다고 볼 수 있겠다. 한 예를 들면 교리를 결정하는 아리안 논쟁에 정치가 개입하여 교리가 정치적 이해관계에 의해 결정되었는데 이것이 교회와 세상과의 관계가 긴밀하게 형성되었던 첫 계기였다. 교회와 국가, 기독교와 세상간의 공적인 관계가 명실공히 맺어지게 된 것은 기독교가 로마의 국교로 공인되게 된 때부터이다. 이때부터 기독교는 역동적인 예언자적 전통을 저버리고 기존 체제를 지지하는 종교로 전락하여 국가교회가 되었던 것이다. 교회사가들에 의하면 콘스탄틴에 의한 기독교의 국교공인은 기독교의 장래를 어두운 구렁텅이로 몰아넣게 된 결정적인 계기였다고 한다.

교부신학을 총정리하고 기독교를 제도화시키는 데 크게 공헌한 성 어거스틴(Aurelius Augustine)은 "사람이 노예가 되는 것은 그의 죄 때문이기에 노예는 주인에게 복종해야 한다"라는 신학적 발언을 했다. 기독교 신학을 집대성한 아퀴나스(Thomas Aquinas)도 "노예제도는 창조의 자연질서에 속하는 한 부분이므로 노예는 그 주인에게 속한 하나의 도구요 주인은 노예를 지배할 수 있는 특권을 지니고 있다" 라고 말했다.

종교개혁자 루터(Martin Luther)는 "국가라는 기관은 하나님의 종이다. 따라서 반역보다 더 해롭고 악마적인 것은 없다"라고 말했다. 이것은 그 당시 뮌쩌가 주동이 되어 이끈 농민반란 운동을 기득권자의 입장에서 극렬하게 비난한 것이었다. 캘빈주의자들은 노예제도와 자본주의는 잘 조화되는 것이므로 이것이 미국적 상황에 적합하다라고 말했다. 18세기에 프랑스 장로교도들은 아프리카를 점령하여 들어갈 때 이스라엘 백성의 가나안 정복을 내세워 자기들의 침략을 정당화했었다. 정·교분리를 주장하는 루터의 신학에 뿌리를 둔 독일교회는 나치정권을 향해 한마디 항거의 목소리도 내지 않았다.

1960년대 전까지 미국의 백인교회는 미국 내의 흑인해방에 대해서 전혀 언급하지 않았었다. 1960년대에 들어서야 미국교회는 간헐적으로 흑인문제를 거론했으나, 그 근본적인 문제해결에는 직접 참여하지 않고 있다. 로마교황청과 세계교회협의회(W.C.C)의 사회정책은 자유시장 경제제도를 지지하고 있으며 자본주의 체제의 근본적인 변혁을 주장해 본 적이 없다.

1492년에 콜롬부스가 남미대륙을 발견한 이래 스페인은 정치 식민지화와 종교 식민지화를 동시에 진척시켜 남미 토착민을 정치적으로 종교적으로 억압해 왔다. 그 이후 1950년대까지 스페인 교회와 남미교회가 남미 토착민 착취에 대해서 발언하거나 비난해 본 적이 없다. 1960년대 해방신학이 대두되게 됨에 따라 교회가 민중의 고난과 고통에 눈을 뜨기 시작하여 기존체제에 대한 근본적인 도전을 시도하게 되었다. 그 대표적인 사례가 토레스 신부의 게릴라 전투에의 참여이다. 토레스 신부는 수도복을 벗고 기관단총을 들고 수천 명의 평신도와 함께 해방 게릴라 전투에 참여하여 싸우다가 전사했다. 로마교황이 니카라과를 방문했을 때 산다니스타 혁명정권의 장관이 된 한 신부의 머리 위에 손을 얹고 "주님, 이 죄인의 죄를 용서하여 주십시오"라고 기도했다. 혁명을 성공으로 이끌어 장관이 된 신부가 옳은지 이 신부를 죄인이라고 정죄하는 교황이 옳은지는 앞으로도 기독교의 장래를 가름하는 중요한 문제가 되리라 본다.

2) 한국사에 나타난 기독교의 면모

1984년은 한국 개신교 선교의 100주년이 되는 해요, 1983년은 한국 천주교회의 200주년이 되는 해이다. 근대의 한국교회의 성장사는 전세계 기독교 역사에 있어서 전대미문의 사건이라 할 수 있다. 이렇게 급성장한 한국교회는 어떤 상태에 놓여 있는가?

한국교회 초기에 들어온 선교사들은 사회관심과는 거리가 먼 영혼구원에 초점을 맞추어 복음을 선포했다. 물론 비의도적이기는 하지만 초기의 선교사들은 한국사회에 여러 면에서 크게 공헌한 점도 있다. 그들은 성서를 한글로 번역하였고 한국에 서양문화, 서양과학, 서양의 세계관을 소개하였다. 한국 기독교는 한국민족의 하류층에 파고들어 갔고 독립을 열망하는 정치가들에게 피난처가 되기도 하였다. 영혼구원에 대한 강조는 기이하게도 지배계급에게 시달리는 하층민들에게 크게 호소력을 갖게 되었다. 한마디로 말해서 초기 기독교는 이런 여러 가지 과정을 거치면서 한국민들에게 민족의식을 깨우쳐 주었던 것이다.

그리하여 많은 크리스천들이 반일 독립투쟁에 가담하게 되었던 것이다. 1905년 을사보호조약이 맺어짐에 따라 명실공히 통치권을 장악한 일본 총독부가 서울에 세워지게 됨에 따라 몇몇 크리스천들은 목숨을 내놓고 항거하기도 했다. 기독교 교육자라고 알려진 장재홍 선생은 일본총독 부임 환영회장 뜰에서 이토 히로부미를 암살하려다 실패하자 자결했다. 신실한 크리스천이라고 알려진 독립투사 장인환 선생은 한국에서 벌어지는 일본의 만행을 용납하라고 미국정부를 설득시키기 위해 샌프란시스코에 도착한 미국관리를 저격하였다.

우리가 여기서 한 가지 기억해야 할 것은 한국의 크리스천들이 정치의식을 가지고 독립투쟁에 가담하게 된 것은 선교사들의 본래의 의도가 아니라 선교활동의 부산물이었다는 것이다. 오히려 선교사들은 한국 기독교인들이 정치의식화되어 가는 것을 두려워한 나머지 정치참여를 막으려고 노력했다.

사실 1907년에 시작된 한국교회의 대부흥 운동은 이런 시각에서 이해되어져야 한다고 보고 싶다. 그 한 예로 그 당시 한국에 와 있는 미장로교 선교사의 대변자라 할 수 있는 게일(J.S. Gale) 목사는 한국교회에 대해 아주 경멸적인 어조로 다음과 같이 말했다 : "자칭 애국주의의 광기가 전국을 휩쓸고 있다……." 또한 감리교 선교사 해리스(M.C. Harris) 감독은 미국 선교사들이 한국민의 애국심을 부추기고 있다는 일본정부의 비난에 대해 1907년 5월 7일자 요미우리 신문에 항의문을 다음과 같이 썼다 : "……나는 한국에 와 있는 일본총독의 통치를 강력하게 지지하는 자임을 고백하고 싶다."

강력한 항거에도 불구하고 우리 나라는 1910년에 일본에 합방되었고 1919년에 삼일독립운동이 터졌을 때 많은 기독교인들이 지도적인 역할을 해왔다. 그 이래로 한국교회에 대한 일본 총독부의 박해는 극에 달했으며 제암리교회의 전교인 살해사건이 그 좋은 예라 할 수 있겠다.

1945년 독립으로 한국교회에 새로운 전기가 마련되는 듯했다. 그러나 한국교회는 일본 식민지 통치기간에 입은 상처 때문에 사분오열이 되고 말았다. 한국 기독교는 이승만 대통령이 기독교인이라는 단순한 이유 때문에 그를 정치적으로 지지했다. 그리하여 이승만 정권을 타도하는 1960년 학생혁명에 기독교인들은 참여하지 않았었다. 한국교회가 사회문제에 비로소 관심을 갖게 된 것은 군부에 의해 장면정권이 무너진 이후부터이다.

한·일 외교정상화에 대한 항의가 극에 달하고 있을 무렵에 한국기독학생회(KSCM)는 1964년 2월 12일에 일본 크리스천들에게 공개서한을 발표했다. 맹렬한 반대에도 불구하고 한·일 외교정상화는 비준이 되었고, 그 이후 일본과 미국의 지원하에 한국에는 경제개발 계획이 시작되었다. 경제개발 프로그램이 진행되는 동안 무수한 사회문제가 발생함에 따라 한국교회는 산업선교, 도시빈민 선교, 농어촌 선교 등 사회문제에 관심을 갖게 되었다. 그리하여 한국교회의 지도자들은 군부독재 정권에 항거하는 투쟁에 가담하게 되었고, 많은 사람들이 투옥되고 고문당하고 피해를 보게 되었다. 극악한 박해에 못 이겨 1971년에 한국기독교사회행동위원(the Chrisitian Social Action Council of Korea)은 다음과 같은 결의문을 채택하고 지하로 잠적한다고 선언했다. :

1) 모든 교회의 성직자와 지식인들은 억압당하는 자들의 편에 서서 사회정의를 실현하기 위해 투쟁해야 한다.
2) 정부당국자는 법과 질서라는 구실 아래 국민의 정당한 양심의 목소리를

짓밟아서는 안 된다.

하지만 우리가 여기서 기억해야 할 것은 이러한 크리스천은 극소수에 불과하고 한국 크리스천의 절대다수는 크리스천의 정치참여를 전적으로 부정하고 있다는 사실이다.

우리는 이상에서 기독교 지도자 혹은 기독교 집단의 역사적 현상을 기술하였는데, 이는 현상적 기독교의 정체를 보다 확연하게 들추어내기 위해서였다. 이러한 사례들이 앞에서 기술한 세 가지 유형 중 어느것에 속하는가를 가름하기는 어렵지 않을 것이다.

6. 신학적 오류

우리는 여기서 이러한 비본질적 기독교의 면모가 신학적 오류에 기인한다는 것을 논의해 보고자 한다. 흑인 해방신학자 콘(James Cone)은 서구신학의 결정적인 오류는 신학의 초점을 '하나님이 누구신가?'라는 신학적 질문에 맞추지 않고 '그리스도인은 어떻게 행동해야 하는가?'라는 윤리적 관점에 맞추었다는 데 있다고 주장한다. 이러한 윤리적 질문은 자기들의 문화기류에 맞게 살기 위한 그리스도인의 행동규범을 먼저 설정하게 하였고, 자연히 서구신학은 여기에 부응 내지 합치되는 하나님을 만들어 냈다는 것이다. 결국 서구신학에서 그려 내는 그리스도의 상은 화해자요, 자기를 희생시키는 자요, 순응주의자일 수밖에 없다는 것이다.

그러면서 콘은 매우 흥미로운 질문을 던진다. "아퀴나스나 어거스틴 시대에는 역사적으로 노예제도가 기정사실화되어 있었기 때문에 그들의 신학적 발언이 역사적 제약을 받을 수밖에 없었다고 가정한다면, 그러한 시대적 제약을 받지 않은 20세기 후반의 신학자들이 유사한 신학적 입장을 취하는 것은 어떤 이유에서인가?" 콘은 그 전형적인 예로 금세기에 예언자적 입지를 확보했다는 라인홀드 니버를 내세우고 있다. 니버는 흑인들이 문화적으로 낙후된 종족이었다는 이유로 다음과 같이 주장하고 있다 : "우리의 조상이 노예의 주인이었디고 해서 그들을 비도덕적이었다고 말해서는 안 된다." 이러한 주장은 시대적 제약 때문이 아니라 그의 잘못된 신학적 관점 때문에 가능하다는 것이 콘의 설명이다. 왜냐하면 이러한 주장을 한 니버의 시대는 이미 노예제도가 폐지된 시대이기 때문이다.

아르헨티나의 해방신학자 보니노(Miguerz Bonino)는 독일의 유명한 정치신학자 몰트만(Jurgen Moltmann)의 잘못된 신학적 관점을 정확하고 극명하게 들추어내고 있다. 몰트만은 그의 책 『십자가에 달리신 하나님』에서 다음과 같이 주장한다 : "십자가에 달리신 하나님은 진정으로 국가나 계급이 없는 하나님이시다. 그리고 그는 비정치적인 하나님이 아니라 가난한 자, 억압받는 자, 모욕당하는 자의 하나님이시다." 이 짧은 두 문장은 서로 모순되고 있다. 그것은 몰트만이 독일의 역사적 여건에 맞는 기독교 윤리를 먼저 설정해 놓고 거기에 따라 하나님을 규명하였기 때문이다.

이렇듯 최근의 정치신학자들에게서도 신학적 오류를 발견할 수 있는데 그들의 기독교는 앞에서 언급한 세 가지 유형 중 하나에 속하고 있다. 그들은 모두가 가난한 자 편에 선 하나님을 포착하지 못했고, '초월적인 것'과 '역사적인 것' 사이의 긴장을 너무 쉽게 해결해 버린 것이다. 물론 본래적인 기독교의 모습에 보다 가깝다고 말할 수 있는 기독교 급진주의도 이와 같은 비판을 완전히 면하기는 어려울 것이다.

7. 맺는 말

이상에서 본 바와 같이, '초월적인 것'과 '역사적인 것' 사이의 긴장관계를 유지해 가면서 가난한 자의 편에 서서 이웃사랑을 실천해 가는 것이 이상적인 기독교의 모습이라고 한다면, 여기에 부합되는 기독교는 현실역사에서 찾아보기 드물다고 하겠다. 그러나 "기독교의 핵심적인 사상과 가치들은 세상과 일말의 절충없이는 실현될 수 없다"는 기독교의 본래적 운명을 감안한다면 수많은 시행착오와 고난에도 불구하고 기독교는 그 본래의 역설적인 역동성을 발휘해야 할 것이다. 하지만, 오늘 기독교는 크나큰 장벽에 부딪쳐 있다. 급진적 기독교가 시행착오를 거듭하며 주춤하고 있는 사이, 동구권이 갑자기 몰락함으로써 급진주의적 비전 자체가 완전히 허물어져 버리는 위기에 처해 있기 때문이다. 해방신학자들도 무척 곤

혹스런 입장에 처해 있다. 이런 상황에서 자유주의자들은 미국을 중심으로 전개되는 '신 세계화'(new globalization)에 맞추어 기독교의 선교신학과 전략을 재정립하라고 오만하게 강요하고 있다.

여기서 우리는 분명한 선택을 해야 할 기로에 서게 된다. '자유주의적 기독교에 안주하여 교회의 무사안일을 꾀할 것인가?' 아니면 '새로운 돌파구를 찾아 본래적 기독교를 회복하려는 고난의 길을 걸어갈 것인가?' 종교는 우리의 존재가 지니는 '존재의미'(Meaning of Being)를 해석하는 것이요, 그에 따라 살아갈 때 우리는 비로소 값있는 삶을 살 수 있는 것이다. 종교를 수단으로 삼아 사는 삶은 안정을 누릴 수는 있으나 자기 존재의 의미를 해석해 낼 수는 없다. 바로 이 점에서 본래적 기독교를 추구하기 위한 도약을 시도해야 한다.

기독교의 본질은 역설이다. 그 역설에는 합리주의 철학, 자연주의가 설명해 낼 수 없는 삶과 역사의 깊은 의미가 담겨 있다.

형식적으로 볼 때 논리의 법칙은 진리의 영역에서 혼돈을 막는 이성의 방어자이다. 그 법칙은 모순된 주장을 배제한다. 그러나 논리적 규칙에는 이성의 모순된 범주에 개재될 수밖에 없는 특성들을 드러내고 있는 복잡한 현상들을 이해할 수 있도록 하는 자원이 존재하지 않는다. 미숙한 논리적 일관성 때문에 경험의 사실이 지닌 복잡성이 부정되지는 않으므로 모든 사실에 충실하지 않으면 안 된다. 이런 일은 논리를 한때 무시할 것을 요구하고 있는지도 모른다.

위 인용문은 동구권의 변화와 신 세계화를 내세운 자유주의의 강력한 도전에 직면한 그리스도인들에게 새로운 신앙의 도약을 촉구하는 자극제라 보고 싶다. 예수 그리스도는 실로 논리와 합리주의를 넘어서서 신앙의 도약을 했던 주인공이시다. "신의 아들은 죽었다. 이것은 실로 엉터리 같은 일이기 때문에 나는 그것을 믿는다. 그는 십자가에 못박혀 죽임을 당한 후에 사흘 만에 다시 살아나셨다. 이것은 불가능하기 때문에 확실하다"라는 키르케고르(Sören A. Kierkegaard)의 이 명언은 부조리와 비합리에서 새로운 힘이 생긴다는 깨달음을 준다.

이것은 역설적 신앙이다. 역설적 신앙은 좌절을 겪은 다음 이루어지는 의지의 결단에 의한 선택이다. 그것은 종합에 의한 지양이 아니라 좌절에 의한 비약이다. 이것이 신앙의 변증법이다. 이런 신앙적 역설이 불가능하다면 기독교는 인류역사에 공헌하기보다는 오히려 해만 끼치게 될 것이다. 이 신앙의 역설적 역동성이 지속될 때 본래적 기독교의 맥은 끊어지지 않으리라.

박희영 교수의 논문에 대하여

최 정 식

(경희대)

1. 무엇보다도 먼저 이 논문의 폭과 깊이에 찬사를 보내지 않을 수 없다. 희랍철학뿐 아니라 서양철학 전반에 걸친 폭넓은 지식이 단지 해박만으로 그치지 않고, 문제의 핵심을 찌르는 정확하고 깊이있는 통찰에 의해 정리되어 있다는 것은 그 자체로서 쉽지 않은 일일 뿐더러, 희랍철학을 전공한 40대 중반의 필자가 이제 철학적으로 완숙의 경지에 접어들었음을 보여 주고 있다. 이 정도의 논문이 나올 수 있다는 것 자체가 서양철학을 수용한 지 100여 년이 지난 오늘날의 한국철학의 수준을 극명히 드러내 보인다고 해야 할 것이다. 우리가 우리 자신을 자화자찬한다고 해서 우리 자신이 더 나아질 리도 만무하지만, 그렇다고 겸손만 떨어서도 될 일이 아님은 말해 무엇하랴. 그러나 논평이 너무 칭찬 일변도로 나가면 별로 재미가 없을 것이므로 우리 눈에 띄는 몇몇 의문점들을 지적하기는 해야 할 것 같다.

2. 필자는 우선 희랍신화에 담겨 있는 희랍적 정신을 분석하여, 그것을 구·신석기 시대와 청동기·철기시대의 신화적 사유방식으로 나눈다. 전자는 "보이는 세계 안에 있는 모든 존재자의 유한한 삶(bios)이 보이지 않는 세계에 속하는 자연 즉 여신의 영원한 생명력(zoe)에 의해 지속된다"고 생각하여 "나와 대상을 구분하지 않고 나를 자연의 일부로 간주하면서 언제나 모두 존재자들을 전체적 일자인 자연과의 조화 속에서" 바라보려는 사유방식이며, 후자는 "침략과 정복을 통해 먹을것을 찾는 전사문

화권에서 발달하여…… 타자에 대한 지배와 부족의 절대적 통솔을 강조하게 되므로 강력한 힘의 상징인 태양의 남신을 숭배하게" 되어 삶과 죽음, 빛과 어두움, 선과 악, 주체와 객체, 인간과 자연을 대립시키고 "나와 대상을 선명하게 구별함을 기초로 하여 모든 존재자들을 정복과 지배의 대상으로 바라보는" 사유방식이다.

이러한 분석에 대해 우리가 갖는 최대의 의문점은 과연 구·신석기 시대에도 신화가 존재했다고 할 수 있느냐는 것이다. 신화는 일반적으로 청동기 시대의 산물로 알려져 있다. 주체와 객체, 개인과 집단이 분리되지 않은 상태(토템이 곧 자신이던 시대＝구·신석기 시대)에서 조금씩 자의식이 깨어나면서부터 벌어지기 시작한 자아와 대상, 개체와 집단 사이의 간격을 표상으로써 메우려는 노력이 신화였다면, 아직 표상적 사유가 존재하지도 않았던 시대에 표상의 집합체인 신화를 귀속시킨다는 것은 무리가 아닌가 생각된다. 더구나 구·신석기 시대인들이 "나와 대상을 구분하지 않고 나를 자연의 일부로 간주"했다는 말은 마치 나와 대상을 구분할 능력이 있었음에도 불구하고 그렇게 하지 않았다는 뜻으로 들리며, "모든 존재자들을 전체적 일자인 자연과의 조화 속에서 생각"했다는 것은 그들이 마치 존재자 전체를 하나로 표상하고 그 하나에로의 조화로운 합일을 사유했다는 뜻으로 들리는데, 만의 하나라도 필자가 그렇게 생각하고 있었다면 그것은 사실과 크게 어긋나는 판단이라 하지 않을 수 없다.

구·신석기 시대에 지나친 사유력을 부여한 필자는 그 여파로 청동기·철기시대에 대해서도 마치 완전한 자아관념이 확보된 듯이 기술할 수밖에 없었던 듯하다. 그리하여 인간과 자연을 "양립할 수 없는 대립된 것"으로 서술하고 있다. 그러나 그 시기가 비록 자의식이 깨어나는 때이기는 하지만 아직 완전한 독립적 자아가 확립되지 못하여 자연을 자연 그 자체로서 설명하지 못하고 신화에 의존할 수밖에 없었으며, 집단으로부터 개체가 완전히 독립되지 못하고 단지 가족단위로만 분리된 까닭에 신화가 가부장을 중심으로 한 가족적 체계를 이룬다는 것은 주지의 사실이다. 따라서 청동기·철기시대가 자연을 지배의 대상으로만 파악했다거나 자연으로부터 완전히 분리된 자아를 가졌다고 기술하는 것은 너무나 지나친 해석이라 하지 않을 수 없다. 우리가 하고 싶은 말은 결국 희랍신화의 사유방식을 구·신석기 시대와 청동기·철기시대라는 공존하는 두 큰 유형으로 나누기보다는 대상으로부터 주체가, 집단으로부터 개체가 분리되어 나오는 동일한 발전두상이 두 받긴상닝으로도 보는 것이 더 타당할 것이라는 점이다.

3. 필자는 다음으로 학문적 정신의 확립은 신화적 사유의 기본틀을 그대로 유지하면서도 자연을 초자연적 힘으로 설명하려는 태도를 버림으로써 이루어졌다고 주장한다. 그리하여 신화시대부터 내려오는 "보이는 것"과 "보이지 않는 것"의 대립은 "분명한 것"과 "분명하지 않은 것", "상식적으로 참된 것"(doxa)과 "진정으로 참된 것"(aletheia)의 구별을 낳고, 그것을 증명하려는 노력으로부터 보편개념, 정의술, 삼단논법, 유클리드 기하학의 증명법 등이 나온다는 것이다. 학문의 확립은 또 희랍인들의 사유방식을 평면적인 것(전체는 부분의 합)으로부터 입체적인 것(전체는 부분들로 나뉘어질 수 없는 일자성)으로 바꾸어 놓았으며, 그중에 주체와 객체, physis와 nomos의 구별, 대상을 유별하려는 태도는 청동기·철기적 사유방식에, "존재자의 성립근거를 전체적인 체계와의 연관 속에서 설명하려는" 플라톤과 아리스토텔레스의 우주론은 구·신석기적 사유방식에 근거를 두었다는 것이 필자의 주장이다.

이상의 견해에서 우리를 가장 당혹케 하는 것은 플라톤과 아리스토텔레스의 우주론이 구·신석기적 사유방식에 기반한 것이라는 주장이다. 우선 그렇게 볼 수 있는 근거가 무엇인지에 대한 설명이 전혀 없이 불쑥 내던져진 주장일 뿐 아니라, 탈레스나 아낙시만드로스가 처음으로 자연일반에 관한 철학적 사유를 전개함으로써 그때 비로소 "만물"(pantôn), 즉 존재자 전체를 사유의 대상으로 삼기 시작했다는 일반적으로 알려진 사실을 완전히 뒤집는 주장이기 때문이다. 나중에 나온 것의 연원을 먼저 것에서 찾으려 할 때는 항상 조심해야 한다. 세상에 일면적인 것은 없는 법인데 연원을 찾으려고만 든다면 어디서는 못 찾을 것인가. 구·신석기 시대의 자연과의 합일을 인정한다 하더라도 그것은 주객이 미분된 상태, 사유 이전 상태에서의 이야기인데 그것을 고도로 추상적인 플라톤이나 아리스토텔레스의 우주론에 비견한다는 것은 아무리 봐도 무리이다. 모든 것을 구분하고 그 전체의 통일적 원리를 찾는 것과 아무것도 구별하지 못하는 상태는 분명히 다르기 때문이다.

4. 희랍신화의 사유와 학문적 사유를 일관하는 두 축을 얻어낸 필자는

이제 그 두 축을 보편성과 개체성으로 재파악하고, 중세와 근대가 그중 오직 하나, 즉 보편성의 축만을 강조함으로써 오늘날의 과학 만능주의와 이데올로기 중심주의를 낳게 되었음을 눈부시게 보여 준다. 그리하여 베르그송, 프로이트, 니체, 푸코, 데리다 등의 철학은 잊혀진 한쪽을 되살려 그 양축을 "변증법적으로 종합"하려는 시도들이라는 것이다.

우리의 의문은 우선 어떻게 희랍신화의 두 축이 보편성과 개체성으로 환원될 수 있는가, 그리고 그것이 가능하다 하더라도 보편성과 개체성이라는 두 대립항이 과연 서양정신사 전체를 특징지울 만한 근본적인 대립항들인가, 현대의 근본적인 문제들이 과연 보편성만을 강조하고 개체성을 경시했기 때문이라 할 수 있을까, 그리하여 그 두 항을 "변증법적으로 통일"하면 문제는 해결될 수 있을까, 아니 개체성과 보편성을 "변증법적으로 통일"한다는 것 자체가 도대체 무슨 뜻인가, 다른 사람은 몰라도 베르그송이 과연 거기에 동의할까, 다른 사람들도 그렇지, 과연 자기네 철학이 그렇게 간단한 도식으로 설명되는 데에 만족할까 하는 것들이다. 이런 의문을 가지는 우리는 물론 보편이냐 개체냐의 단순한 존재의 한 범주가 아니라 존재 자체, 존재전체가 걸린 문제라는 입장이지만, 필자의 좋은 답변을 기대하는 마음 또한 적지 않다.

5. 마지막으로 한국에서의 서양철학의 수용의 의의와 한계를 따져 보자는 것이 전체학회의 주제임에도 불구하고, 필자는 너무 보편적인 관점에서만 논의를 전개시킨 것이 아닌가 하는, 형식적이지만 하찮아 보이지 않는 아쉬움을 지적하는 것으로 논평을 마칠까 한다.

조인래 교수의 논문에 대한 논평분석

이 종 관
(성균관대)

합리성을 둘러싼 끝없는 추문. 그것은 포스트모던의 유혹 속에 빠져 든 20세기의 최대 스캔들이다. 이러한 상황에서 근대적 합리성의 모델인 과학적 합리성의 내면을 정면으로 벗겨 내려는 조교수의 논문은 우리의 시선을 자극적으로 끌어당긴다.

조교수의 논문은 20세기 후반 정체성의 위기에 빠진 과학적 합리성의 지위를 다시 규정하려는 의도를 가지고 있다. 우선 조교수는 과학적 합리성의 위기가 도래한 과정을 되돌아보며 과학적 합리성이 새롭게 논의될 수 있는 맥락을 열어 놓으려 한다. 이러한 그의 과제는 크게 두 가지로 요약될 수 있다.

1. 도구적 합리성을 넘어선 과학적 합리성의 논의가능성.
2. 인식적 합리성과 인간적 합리성과의 관계에서 과학적 합리성의 위상정립.

조교수는 과학을 도구적 합리성 차원 이상으로 논의하려는 과제를 목표 정당화의 관점에서 접근하는데 이를 위해 그는 우선 과학이 추구하는 목표를 확정하려 한다. 그는 과학사적 사실에 의거하여 그 목표를 경험적 적합성과 설명력을 포함하는 인식적 목표와 자연에 대한 지배력을 획득하려는 실용적 목표로 규명한다.

이제 조교수는 이러한 목표들에 대한 평가를 시도하며, 목표의 실현가능성과 그 실현의 범위에서 목표가 최대한으로 설정되어 있는지의 여부를 그 평가기준으로서 제시한다. 그러나 이러한 기준에 의한 평가가 적지않은 문제점이 있음을 지적하는 것을 조교수는 잊지 않는다.

첫째, 특정목표의 실현가능성 여부를 결정하는 것은 용이하지 않다. 예컨대 오류불가능한 지식의 획득이라는 목표가 실현불가능하다는 사실이 인식되기까지는 천 년 이상의 세월이 걸렸다. 설명력의 경우도 순탄하지 않았다.

둘째, 과학이 추구하는 여러 가지의 목표들이 항상 정합적인 것만은 아니라는 것이 또 목표의 평가를 어렵게 한다. 설명력, 경험적 적합성, 자연에 대한 기술적 지배의 추구는 같이 등장하여 늘 조화로운 관계를 유지한 것이 아니다.

그럼에도 결국 오랜 역사적 과정을 통해서 목표의 실현가능성 여부가 판별되었고 목표간의 상호의존적인 관계도 형성되었다고 조교수는 본다.

물론 여기서 다시 이렇게 역사적 과정을 통하여 얻어진 실현가능한 과학목표의 판별과 과학적 목표들간의 정합성은 역사적 우연성 때문에 임의적이라는 비판을 받을 수 있을 것이다. 조교수는 이러한 문제를 간과하지 않는다. 그러나 조교수는 이러한 비난을 역사의 과정이 시행착오에 의한 오류수정의 학습과정이기 때문에 역사에는 임의성과 자의성이 상당부분 불식되었다는 특유의 역사관으로 잠재운다. 즉 과학의 목표는 역사적 산물인 까닭에 경험적이며 역사적 과정을 통해 학습된 것이기에 임의적이라고 말하기는 어렵다는 것이다. 나아가 조교수는 이러한 목표들이 인간본성과 인간생존의 필요성에서 비롯되었다는 점을 강조함으로써 목표설정의 우연성을 제거하려 한다. 예컨대 설명력은 자연을 이해하고 싶은 심리적 욕구에 근거하며 경험적 적합성은 생존이라는 실용적 욕구와 직접적인 관계가 있으며 자연에 대한 지배력은 현대문명의 원동력이라는 것이다.

이제 조교수는 파이어아벤트 류의 과학적 상대주의에 대한 공격에 나선다. 그러한 상대주의는 과학적 목표가 역사적으로 변화하여 왔다면 그것을 달성하기 위한 방법도 마찬가지로 변화할 수밖에 없으며 따라서 상이한 시대의 과학은 합리적 우월성 측면에서 비교될 수 없다고 주장한다. 그러나 이러한 상대주의적 도전에 조교수는 다음과 같이 응전한다. 아리스토텔레스 과학의 경우 그 목적과 방법 사이에 많은 괴리가 있었던 반면 근대과학의 경우 그 괴리가 심하지 않았다.

이러한 논구에 의해 조교수는 아리스토텔레스의 과학으로부터 근내과학으로의 이행이 과학적 합리성의 면에서 진보였다는 견해를 다음과 같은 주장에 근거시킨다. 1. 두 과학의 목표는 연속적일 뿐만 아니라 목표의 변화가 일어나는 경우에도 이는 경험을 통한 비판적 수정의 성격을 가진다. 2. 두 과학이 공유하는 목표에 대해 근대과학의 성취도가 뛰어나다.

조교수는 두번째 주장과 관련하여 제기될 수 있는 반론을 고려하는 세심함을 보여 준다. 그것은 경쟁이론간의 차별화가 불가능하다는 입장으로 EE와 쿤의 불가공약성 이론이라는 두 가지 형태로 주장된다. 조교수는 EE에 대해서는 경험적 내용의 불확정성과 두 이론간의 경험적 동등성을 입증할 수 있는 현실적 가능성이 희박하다는 점을 들어 그리고 쿤의 불가공약성에 대해서는 공약불능성은 단지 경쟁이론간에 국소적으로 나타날 뿐이라는 쿤 자신의 진술을 경쟁이론간엔 비교적 넓은 범위의 공통적 경험적 토대가 존재함을 고백하는 것으로 받아들여 두 이론을 무력화시킨다.

이러한 논구과정을 통해 조교수는 과학의 합리성을 도구적 합리성의 범위를 넘어 목표의 정당성 관점에서 논의하는 과제를 비교적 성공적으로 수행한다. 그리하여 그는 과학적 합리성과 관련되는 주요요소인 과학의 방법, 이론, 목표가 역사를 통해 변해 왔으며 이러한 가운데 과학의 목표는 상대적으로 안정된 모습을 보여 주며 주어진 목표들에 대해 후속이론의 성취도가 선행이론보다 높다는 결론을 유도해 낸다. 물론 과학적 목표로 제시된 각 요소의 평가는 다른 요소에 의존하여 이루어져 순환적 구조를 보이기 때문에 평가는 악순환이 아닌가 하는 우려가 있을 수 있다. 그러나 조교수는 이러한 순환이 오히려 자기교정 과정이라는 긍정적 방향으로 진행되고 세 요소들간의 순환적 상호의존성은 요소간의 공진화를 가능케 하여 세 요소는 결국 상호조율되는 안정화의 양상을 보인다고 주장한다.

마지막으로 조교수는 과학적 합리성을 인식적 합리성과 인간적 합리성과의 관계에서 논의하는데 그에 따르면 과학의 합리성은 과학이 그 안에 실용적 합리성까지 포함한다는 점에서 보다 폭넓게 평가되어야 한다. 하지만 조교수는 다른 한편으로 과학적 합리성은 인간적 합리성과의 한 부분에 불과하며 따라서 과학적 합리성의 추구는 인간적 합리성이라는 보다 포괄적인 틀 안에서 비판적으로 검토되어야 한다는 점을 지적하며 끝을 맺는다.

조교수는 과학철학의 전문가답게 과학사와 과학철학의 제입장을 자유롭게 넘나들며 매우 입체적으로 과학적 합리성이 논의될 수 있는 맥락을 확대심화시키고 또 과학적 합리성이 목표정당화의 관점에서 접근될 수 있다는 점을 비교적 설득력있게 부각시킴으로써 과학적 합리성을 확보한다. 동시에 그는 그러한 합리성을 보다 포괄적인 합리성, 즉 인간적 합리성의 하부에 위치시킴으로써 과학적 합리성의 무차별적 확산을 경계하는 절제된 태도를 보이고 있다. 이러한 점에서 조교수의 논문은 세련된 균형감각이 돋보이며 따라서 갈채를 받을 만하다.

그럼에도 평자는 조교수의 논문에서 몇 가지 불만을 떨쳐 버릴 수 없다.

1. 우선 조교수는 마치 즉흥연주에 능숙한 재즈연주자처럼 다양한 근거를 능란하게 변주하며 논의를 펼치고 있는데 이러한 변주가 혹시 잡음으로 끝나지 않을까 하는 불안감을 진정시키기 어렵다. 즉 그의 주장은 때로는 과학사적 사실에 때로는 이론적 논증에 때로는 인간의 본성이나 심리적 욕구라는 지극히 피상적 상식에 근거하고 있는데 이 근거들이 상당히 불안하다. 예컨대 역사적 과정을 시행착오에 의한 오류수정의 과정으로 보는 그의 진보적 역사관은 누구에게나 수용될 수 있는 것은 아니며 또 자연의 이해를 인간의 심리적 요구로 보는 그의 인간관은 고개를 갸우뚱하게 한다.

2. 그의 논문의 업적은 과학적 합리성을 확보함과 동시에 그보다 더 풍만한 합리성을 인정하는 것이다. 하지만 유감스럽게도 그가 암시하는 인간적 합리성은 미지의 모습으로 남아 있다. 그리고 또 그 안에 어떤 다른 합리성이 담겨 있는지 또 그 다른 합리성은 과학적 합리성과 불화적 관계인지 아니면 밀월관계인지 등의 민감한 문제를 너무 은밀한 구석에 감추어 두고 있다. 평자는 조교수에게 이 인간적 합리성의 모습을 적나라하게 노출시켜 달라고 요구하고 싶다.

3. 세번째 불만은 조교수의 기본입장에 대한 근본적인 의문으로 조교수가 제시하는 과학적 목표에 관한 것이다. 조교수는 과학의 목표를 설명력과 경험적 적합성, 실용성으로 확정하고 과학의 합리성은 이 세 가지 목

표가 성취되고 있는가의 관점에서 판별될 수 있다는 것이다. 이렇게 볼 때 고대과학보다 근대과학이 훨씬 합리적이다. 하지만 단도직입적으로 말해서 근대과학이 고대 아리스토텔레스 과학보다 현상에 대한 설명을 더 잘 해주며 더 실용적이며 더 경험에 적합하다고 할 수 없다. 그 이유는 아리스토텔레스의 자연학의 목적은 근대 자연과학이 추구하는 것 이상의 목적, 즉 형이상학적이고 윤리적이며 미학적인 목적에 기여하려는 것이기 때문이다. 물론 자연과학의 발전에서 특히 근대 이후 자연과학의 상위목적으로 형이상학적 윤리학적 관심은 실종되었지만 이 실종이 정당한 것이라고 할 아무런 이유도 없다. 왜냐하면 자연은 때로는 인간에게 경외의 대상으로 규범적인 역할을 하기도 하고 또 미학적 체험을 가져다 주기도 하며 존재론적 관점에서의 탐구대상이기도 하기 때문이다. 즉 아리스토텔레스의 물리학은 이러한 보다 상위적인 목적에의 기여라는 관점에서 보면 보다 우월한 설명력과 경험적 적합성과 실용성을 인정받을 수도 있다. 다시 말해 아리스토텔레스의 물리학은 삶의 방향을 정하는 실천적 목적에 근대 자연과학보다 더 크게 이바지할 수 있을지도 모르며 이 차원이 어쩌면 조교수가 논문의 말미에서 어렴풋이 암시하는 인간적 합리성의 영역일지도 모른다.

4. 넷째 불만은 조교수를 향한 것이라기보다는 조교수의 논문에 언급되고 있는 현대 과학철학 전반에 대한 불만이다.

현대의 과학철학은 과학적 이론과 실천의 심층적 구조에 대한 통찰이 희박하며 그 심층에서 일어나는 사건에 대해 무감하다는 것이다. 예컨대 근대과학 이후 과학이론을 살펴보면 이론은 자연이 스스로 내보이는 것을 관조(theorien)하는 것도 아니며 그렇다고 가설로서 아무런 거리낌도 없는 자유로운 예술적 상상력의 결과가 아니라 오히려 나름대로 엄격한 게임의 규칙 아래 등장한다. 즉 이론의 구성과 실험에 있어서 수학의 역할은 결정적이며 또 이론의 구상은 이미 상당부분 수학적 측정을 가능하게 하는 실험적 도구와 그에 의해 조작된 자연상황에서 이루어진다. 근대과학의 이론이 구상되기 위해서는 이미 그 이전에 자연은 근대과학이 요구하는 대로 그에 관한 이론이 구성될 수 있도록 미리 작업되어야 한다. 요컨대 자연은 수학적으로 표현될 수 있는 영역으로 가공되어야 한다. 즉 수학적으로 표현될 수 없는 현상은 과학적 탐구의 영역에서 추방되어야 하는 것이다. 따라서 근대과학에서 자연은 탐구되기 위해서 이미 상당히 위축된 형태로 탐구자 앞에 나타나며 근대과학자는 이 쪼그라든 자연이 보여 주는 변형된 현상들만을 고찰하여 그 관계를 설명하고 예측할 수 있는 이론을 근대과학이 요구하는 문법이나 게임의 법칙에 맞게 구상하는 것이다.

이와 같이 탐구영역의 풍부성을 탐구에 적합하도록 위축시키고 조작하여 탐구자 앞에 대상화시키는 선행작업을 후설은 삶의 세계를 망각하는 이상화의 과정(Idealisierungsprozess)으로 또 하이데거는 도발적인 짜냄(Gestell)으로, 게르트 뵈메는 자연의 물질적 소유(materielle Aneignung der Natur)라고 폭로한다. 그리하여 그들은 근대 자연과학이 탐구에 앞서 대상영역을 조작해 내는 선행적인 활동을 전제한다는 점에서, 즉 자연을 그 스스로 자연스럽게 나타나는 것이 아니라 어떤 목적에 맞게 가공하는 활동이라는 점에서, 근대과학을 원천적으로 기술이라고 규정한다. 따라서 근대과학이 성공적으로 기술에 응용될 수 있었던 것은 그 이론 자체의 기술성에서 유래하는 것이다.

고재식 교수 논문 "이상적 기독교와 현상적 기독교"에 관한 논평

김 영 한

(숭실대)

머리말

고재식 교수는 그의 논문에서 기독교의 이상과 기독교의 현실 사이의 관계를 그가 취하고 있는 해방신학의 입장에서 규정하고 있다.

발표자의 논지는 명료하고 그의 해박한 지식은 독자들에게 이 분야에 관하여 많은 지식을 제공하여 주고 있으며 그의 문제제시와 결론 역시 논평자로 하여금 많은 것을 배우게 하는 매우 유익한 배움의 기회를 제공해 주었다.

1. 급진주의에 공명하는 현실주의 입장

고재식 교수는 기독교의 이상이란 하나님의 나라요 기독교의 현실이란 역사적 제약 속에 있는 기독교의 모습으로 본다. 양자의 관계를 구체적으로 교회와 국가, 기독교와 세상과의 관계설정으로 본다. 이 관계를 발표자는 "상충적이면서 상호보완적인 관계"에서 보고자 한다.

기독교의 이상이란 하나님의 나라요 만인사랑이다. 발표자는 이 이상과 현실의 관계를 라인홀드 니버(Reinhold Niebuhr)의 개념을 빌려서 "불가능의 가능성"(impossible possibility)이라고 표현한다. 니버의 개념은 역사적인 것(the historical)과 초월적인 것(the trenscendent) 사이의 긴장의 질(the quality of tension)을 강조하고 있다. 사랑이라는 이상은 한편으로는 역사적인 가치와 업적을 초월하며, 다른 한편으로 역사적인 실천의 이상으로는 역사적인 것과 끊임없는 관계 속에 있다.

발표자는 기독교의 현실을 정통주의, 자유주의 그리고 혁명주의 세 가지 유형으로 나눈다.

정통주의는 하나님의 나라를 종교적인 제도와 동일시함으로써 양자 사이에 있는 역동적 성격(the dynamics)을 파괴해 버렸다고 본다.

자유주의는 하나님의 나라가 역사의 과정 속에서 과학과 도덕의 발전에 의하여 실현된다고 봄으로써 체제의 변혁에 함구하고 있다고 본다.

혁명주의는 마르크스적 변혁주의로서 기독교 급진주의이다. 발표자는 마르크스주의(marxism)가 노동자의 가치를 절대적인 진리로 삼는 점에 있어서 예언자적 운동이요 예수운동을 계승하고 있다고 본다.

발표자는 이러한 마르크스주의가 정통주의나 자유주의보다는 "인간역사에 드러난 악의 본질을 더 잘 이해하고 있으며" "유대 예언전통이 대변혁사상에 기초하고", "약자는 놓임을 받고 강자는 망하게 될 것"이라는 점에서 예수 그리스도 사상과 일치된다고 본다.

발표자는 이처럼 마르크스주의에 공감을 가지면서도 비판을 가한다. 그것은 마르크스주의가 마르크스적 유토피아를 주장함으로써 초월적인 것과 상대적인 것 사이에 있는 도덕적 긴장을 해소시켰다고 예리하게 지적한다. 이 점에서 발표자는 급진주의에 공명하면서도 기독교 현실주의(christian realism)를 주창한 라인홀드 니버의 입장에 서 있다.

발표자는 기독교의 역사적 현실에 대한 실례를 역사 속에서 들면서, 기존체제의 불의에 항거하여 성직자의 옷을 벗고 기관총을 들고 프롤레타리아 투쟁에 가담하여 순교한 남미의 해방신학자 토레스(Torres) 신부의 기독교 급진주의를 높게 평가한다. 그리고 니카라과 산다니스타의 혁명정권의 장관이 된 신부의 결단을—그의 행동을 죄악시한 교황의 태도에 비교하면서—높게 평가한다.

이에 대해 논평자는 질문을 제기하고자 한다. 기존체제의 불의에 항거하는 토레스 신부의 정의감은 기독교의 이상을 실현하려는 훌륭한 정신이지만 그가 성직자의 옷을 벗고 기관총을 들고 무력봉기하여 불의한 자의 살인에 나서는 것은 기독교의 이상을 버리는 것이며 발표자 자신이 취하고 있는 기독교 현실주의를 포기하는 것이 아닌가?

2. 서구신학의 오류에 관하여

발표자는 미국의 흑인 해방신학자 제임스 콘(James Conn)의 입장을 수용하면서 서구의 전통적인 신학의 결정적 오류를 지적한다. 발표자는 라인홀드 니버가 조상들의 노예제도에 대하여 동정론을 편 것을 비판하고, 몰트만의 정치신학도 가난한 자의 편에서 하나님의 해방사건을 제대로 포착하지 못했다고 비판한다.

그러면서 발표자는 그가 공명하고 있는 기독교 급진주의도 동일한 비판에 서 있다고 자기비판에 인색하지 않고 있다. 발표자의 균형잡힌 사고에 공감을 표한다.

그럼에도 불구하고 논평자는 다음과 같이 질문하고자 한다. 제임스 콘이 제시한 서구 전통신학의 결정적인 오류가 신학적 질문의 초점을 신론 —"하나님은 누구신가?"—에 맞추지 않고 기독교 윤리적 관점—"그리스도인은 어떻게 행동해야 하는가?"—에 맞춘 데 있다라는 견해는 예리한 지적이다.

이 견해는 종교개혁자 루터가 당시 로마교황청에 대하여 던진 질문이었다. 루터는 당시 자신의 종교개혁 운동이 단지 교황의 윤리적 타락을 비판하는 운동이 아니라 신론의 오류를 지적하는 운동이라고 하였다.

그러나 이러한 신학적 질문이 어떻게 설정되어야 하는가? 여기서 제임스 콘이나 해방신학자들은 자신들이 취하고 있는 기독교 윤리적 선이해 속에서 신론을 끌어내고 있다. 그리하여 성경적인 하나님의 온전한 상, 억눌리고 가난한 자의 하나님이시며 동시에 부유하고 온유하고 나누어 주는 자의 하나님을 단지 억눌리는 자를 해방하시며 편애하는 하나님으로 협착화시키는 것이 아닌가?

라인홀드 니버가 조상들의 노예제도를 비도덕적인 것으로 간주하지 않았다는 것에 대한 콘의 비판은 당시 문화적으로 아직 낙후된 시대의 관점에 있었던 기독교의 현실이라는 관점을 보다 문화적으로 발전한 오늘날의 관점에서 보는 비판이 아닌가?

논평자는 니버가 그렇게 본 것은 콘이 지적한 것처럼 신론이 잘못되었기 때문은 아니라고 본다.

발표자는 독일의 정치신학자 몰트만(Juergen Moltmann)도 독일의 역사적 여건 속에 적절한 신론을 설정하고자 했기 때문에 하나님을 한편 으로는 "국가나 계급없는 하나님"으로 규정하면서 동시에 "가난한 자, 억 압받는 자, 모욕당하는 자의 하나님"으로 모순적으로 규정했다고 해석하 고 있다.

그러나 논평자가 볼 때 이러한 몰트만의 견해는 그의 신론의 고유한 성 격에서 나오고 있다.

그것은 전자는 하나님의 삼위일체적인 고유한 신성을 말하며 후자는 하 나님의 세속성을 말하고 있기 때문이다. 삼위일체적 신은 비정치적 신으 로서 그는 역사적 상대적 현실에 대하여 초월적이시다. 그러나 십자가에 달리신 하나님으로서 그는 정치적인 신이시며 억눌리고 가난한 자, 죄인 에 편드시는 하나님이시다.

논평자는 이 양자가 모순된다고 보지 않는다. 신론에서 기독교 윤리가 나와야 한다는 콘의 견해는 옳다. 문제는 이 신론은 그가 비판한 바 사회 경제사적인 컨텍스트에서 규정되지 않고 성경적 고유한 텍스트의 맥락에 서 규정되어야 한다는 것이다. 이러한 신론은 구속하시는 하나님의 상을 일차적으로 제시한다. 이차적으로 이러한 하나님상은 사회문화적인 맥락 에서 요청되는 하나님의 상을 함축하고 있다.

3. 역설변증법보다는 변혁주의 모델

결론으로 기독교 이상과 기독교 현실의 관계를 고재식 교수는 키르케고 르(S. Kierkegaard)가 제시한 역설변증법으로 이해하고자 한다. "그것 은 종합에 의한 지향이 아니라 좌절에 의한 비약이다." 그래서 발표자는 "신앙의 변증법"을 제시한다.

그렇다면 이러한 신앙의 변증법은 발표자가 앞서 공감을 표시한 기독교 적 급진주의의 입장을 포기하는 것이 아닌가?

기독교의 이상과 기독교의 현실 사이의 관계를 규정하는 유형으로 키르 케고르의 역설적 사상은 루터교적 보수주의에 머물고 만다. 이 보수주의 는 기독교 이상과 기독교 현실의 역설적 관계를 인정하나 양자의 역설적인 관계에 너무 집착하는 나머지 양자 사이의 역동적인 관계를 놓치고 있다.

리차드 니버(Richard Niebuhr)는 그의 저서 『그리스도와 문화』(*Christ and Culture*)에서 이러한 역설적 유형이 자리잡은 기독교 사회 특히 독일이나 덴마크 등에서 보수주의가 지배했음을 보여 주고 있다.

논평자의 견해에 의하면 양자의 관계를 규명하는 데 있어서 차라리 리차드 니버가 『그리스도와 문화』에서 제시한 변혁주의 유형이 기독교 이상과 기독교 현실의 관계를 역동적으로 매개하는 모델이 아닌가 하는 점이다. 왜냐하면 이 변혁주의 유형은 보다 더 적극적이며 보수주의의 반현실론이나 자유주의의 낙관론이나 급진주의의 차안 절대화의 한계를 극복하는 길이 된다고 보기 때문이다.

이 변혁주의는 기독교의 이상이 종말론적 이상이나 목표로 실현불가능한 것이긴 하나 이것은 기독교 현실을 변혁시키는 역동력이 된다는 점이다.

하나님 나라는 단지 칸트의 규제적 개념처럼 현실과는 무관한 윤리적 이상이나 목표만이 아니다. 하나님 나라는 이 세상에 침입하시는 하나님의 통치의 개념이다. 그것은 신학적인 역동적인 개념이다. 변혁적 문화신학이 말하는 하나님의 나라는 미래에 있으나 현실을 변혁시키는 역동성을 지니고 있다. 여기에 변혁주의 사고의 핵심이 존재한다.

판네베르그가 그의 『하나님의 나라와 교회』에서 피력하는 것처럼 이 변혁주의 모델은 다가오는 하나님 나라라는 미래의 존재론적 우위성으로 말미암아 단지 미래에 위치한 정태적인 목표가 아니라 미래의 사건으로서 지금 이 순간의 현실에 영향을 끼치며 우리의 역사적 현실을 구성하고 변혁시키기 때문이다.

"그리스도는 현실의 변혁자이다"라는 명제는 "그리스도는 체제의 보호자"라는 보수주의의 한계와 동시에 "그리스도는 혁명자"라는 급진주의의 한계를 극복하는 제3의 길이 아닌가?

불교의 구원론과 현대 : 선정(禪定)과 광고

허 우 성
(경희대)

I. 서 론

이 글은 "전환기에 선 인류문화와 한국문화의 향방"이라는 대주제와 "동아문화 부흥의 전망"이라는 소주제하에서 씌어진다. 필자는 1장에서 불교는 범부의 일상성에 대하여 근원적인 비판을 가한다는 점과, 선정이라는 구원의 방법이 인간내면성의 회복에 초점을 두고 있음을 확인하고, 2장에서는 광고로 상징되는 현대 소비사회가 선정에는 하나의 역경을 제공한다는 사실을 밝히려고 한다. 이러한 역경의 현대에 선정을 통한 내면성 회복을 가르쳐 온 불교가 '부흥'될 수 있을는지, 그것이 불가능하다면 부흥을 거론하는 일이 어떤 의미를 지닐 것인가를 물으려고 한다. 필자는 초기불교를 통하여 불교의 최초의 순수한 모습, 즉 세속의 불자에 의해서 해석되고 묽어지기 이전의 모습을 확인하려고 한다. 현대를 이해하는 방식에 여러 가지가 있겠으나, 이 글은 포스트모더니스트의 한 사람으로 간주되는 현대 불란서 학자인 장 보드리야르(Jean Baudrillard, 1929-)를 선택하여, 현대인이 일상적으로 보고 듣고 하는 세계의 분석을 통하여 현대 소비사회의 치명적 성격과 그 속에 함몰되어 있는 소비자로서의 현대인의 처지를 살펴, 역경의 현대를 밝히려고 한다.

II. 본 론

제 1 장 일상성에 대한 불교의 근원적인 비판과 구원론

불교는 일상성에 대한 근원적인 비판 위에 수립된 구원론이다. 그것은 사물을 소유하고 향유하려는 욕망의 주체를 거부하고, 무소유와 욕망의 절제에 구원이 있다는 진리를 가르쳐 왔다. 구원의 핵심은, 육경(境)으로 대표되는 갖가지 사물들이 마음(citta)이나 의식(viññāṇa)에 침투하는 것을 막고, 나아가 마음이나 의식을 정화하고 텅 비게 함으로써, 진정한 자치(自治)와 행복을 얻는 데에 있다. 이를 내면성의 회복이라고 해보자. 내면성의 회복을 위해서는 우리 주변에 존재하는 온갖 사물이 욕망이라는 동기로서의 내재적 추동력을 촉발하여 외부로 나아가 움직이지 않도록 하는 일이 무엇보다 긴요하다. 이들 힘을 촉발할 만한 대상을 없애는 주변정리 작업의 첫걸음이 출가이다. 불교는 안이비설신의(眼耳鼻舌身意)라는 육입처(또는 육근)를 통하여 세계를 만들어 가는 과정을 자세히 알 필요가 있고, 욕망과 무명을 조건으로 하여 발생된 세계를 지멸하기 위해 선정을 하고 반야지를 길러야 한다. 초기불경의 몇 구절을 통하여 불교의 가르침이 대상에 대한 애욕과 집착을 경계하고, 내면성의 회복에 집중하고 있음을 알아보자.

① 세존은 눈이 있다. 눈으로 색(色 : rūpa)을 본다. 그러나 세존에게 어떤 열망이나 탐욕(chandarāgo)도 없다. 그는 마음이 잘 해방되어 있다. (心解脫) (S IV 164)[1]

② 애욕(kāma)은 실로 그 빛깔이 곱고 감미로우며 즐겁게 하고, 또한 여러 가지 모양으로 마음(citta)을 산산이 흐트러 놓는다. 애욕의 대상에는 이러한 우환이 있다는 것을 보고, 무소의 뿔처럼 혼자 가라. (Sn. 50)

---

1) 여기서는 rūpa가 눈(眼)과 의식(識)에 의해 지각된 외적 대상을 가리키지만, 불경에서는 매우 다의적으로 사용되어, 인간의 몸, 대상에 대한 외적이며 객관적인 그림, 내적이며 정신적으로 만들어진 이미지(想), 결국 선정의 과정에서 생기는 주관적 심상도 색으로 지칭되었다.

③ 비구가 눈으로 즐거운 색을 보더라도 그것을 갈망하지 않으며, 그것에 감동하지도 않으며, 탐욕(raga)을 낳지도 않는다. 그의 몸도, 마음도 확고부동하고 내적으로 잘 확립되고 해방되어 있다. 만약 눈으로 혐오스러운 색을 보아도 당혹해 하지 않으며, 그의 마음은 변하거나 억압되거나 화내지 않는다. (S V 74)

④ 비구들이여 이 마음은 극광정(極光淨)이고, 그것은 외래(客)의 수번뇌(隨煩惱)에 잡염(雜染)되었다. (A I 10)

⑤ 그는 애욕, 탐욕, 애착, 갈망, 열뇌(熱惱), 갈애로부터 자유롭다. (M 1 103)[2]

⑥ 내면적으로도 외면적으로도 느낌(受)을 기뻐하지 않는 사람, 이렇게 똑똑히 정신차려 행하는 자, 그의 의식은 멸해졌다. (Sn. 1111)

⑦ -1 세계를 빈 것(空)으로 보라. 그러면 죽음을 넘어설 수가 있을 것이다. (Sn. 1119)[3]

⑦ -2 세계의 끝에 도달하지 않고는 고로부터의 해탈이 없다. (A II 49)[4]

⑧ 그는 안온(安穩)을 욕구한다(yogakkhemakämo). (M I 118)

⑨ 어떠한 소유도 없고 집착하여 위할 것이 없는 것, 이것이 바로 피난처(dipa)이다. 그것을 나는 열반이라고 한다. 그것은 노쇠와 죽음의 소멸이다. (Sn. 1094)

이들 인용을 다음과 같이 각각 정리할 수 있을 것이다. ① 석존으로 대표되는 불교의 이상적인 인격은 눈으로 사물을 본다 해도 열망과 탐욕 등의 욕망이라는 심리적인 힘으로부터 마음을 잘 지켜 심해탈을 이룬 자이다. ② 수행자는 인간을 움직이는 동기의 하나인 애욕이 마음을 혼란시킨다는 점을 알아, 애욕의 대상을 버리고 홀로 가는 자이다. ③ 비구는 아름다운 사물을 지각했을 경우에도 지각의 과정에 생기는 갈망, 감동, 탐욕에서 해방되어, 확고부동한 마음을 '내적으로'(ajjhattam) 확립한 자이다. '내적으로'라는 말에서[5] 불교의 구원이 기본적으로 외향적인 것이

---

2) Käme vītarāgo hoti vigatachando vigatapemo vigatapipāso vigataparilā-ho vigatatanho.
3) Suññato lokam avekkhassu ··· eva maccutaro siyā.
4) na ca appatvā lokantam dukkhā atthi pamocanam.
5) 이것은 '자기의', '내의', '개인적인' 등의 뜻을 가진 ajjhata의 부사형이고,

아니라, 내향적인 것임을 알 수 있다. ④ 외래에 기원을 두고 있는 번뇌에서 벗어나면 마음은 빛나는 상태에 도달하게 된다. ⑤ 비구는 자신 속에 있는 다양한 동기를 없앤 자이다. ⑥ 불교 지각론에 따르면, 느낌은 감각기관과 외경과의 촉에 의해서 생기는 것으로, 갈애와 혐오로 나갈 수 있다. 그런데 이상적인 인격은 이것들의 발생을 차단하기 위하여 외부적인 대상을 보아서 생기는 수와, 내면적으로 생기는 수를 모두 극복해야 한다.[6] 이러한 상태를 강조하기 위하여 '의식의 지멸'이란 말을 사용하고 있다. ⑦ 세계(loka)를 빈 것으로 보면, 죽음을 극복할 수 있다. 빈 것으로 본다는 것은 지각을 한다 해도 일체의 집착이 없어졌음을, 마음이 깨끗해졌음을 말한다. 이것이 세계의 끝이다. 그리고 세계의 공과 끝이 죽음의 극복으로 이해되었음을 보면, 죽음의 공포란 결국 '나의' 세계에 대한 집착에 연유되고 있음을 알 수 있겠다. ⑧ ⑨ 불교는 안온, 열반, 그리고 피난처를 제공하는 가르침이다.

불교는 한마디로 마음을 외래적인 대상에서 내부로 향하게 하고 심신을 굳건히 세우고 마음의 해탈을 가르친다. 감각기관이 욕망의 대상에 의해서 부단히 폭격을 당하는 한 마음을 지킬 도리가 없기 때문이다. 심해탈과 열반의 성취를 위해서는 올바른 장소를 선택해야 하며, 그러기 위해서 출가한다. 불교는 심해탈과 열반의 가능성을 믿고 길을 제시한다. 12연기설에 포함된 동기론과 지각론을 이해하고, 계정혜라는 삼학을 닦는 것이 바로 열반으로 나아가는 길이다.

다음에는 동기에 대하여 알아보자. 석존 당시 사람들이 소유할 수 있었던 사물 중에 재가자에게는, 토지, 물소, 아내, 자식이 있었고, 출가자에게는 의복, 공양음식, 거주지 등이 있었다. (A II 10) 육입처를 갖춘 욕망의 주체가 이들 사물을 만나게 되면 주관적인 요소인 수(受)와 애(愛 : tanha)로 이어져 취(取 : upādāna)로 나아가고, 결국 노사를 비롯

---

ajjhata는 adhi-atta의 합성어로, adhi '위의', '~쪽으로' 등을 의미하는 접두어 adhi와 나를 의미하는 atta로 이뤄져 있다.

6) 선정에서 오는 내면적인 낙수(樂受)도 궁극적으로는 극복의 대상이 된다고 말하고 있다. 내면적인 낙조차도 집착과 부자유를 낳을 수 있고, 이것 또한 외물로 쉽게 연결될 수 있다는 생각이 있는 것으로 보인다. 낙의 상태가 곧 열반은 아니다. 여기서 가장 중요한 점은 불교가 인간의 행복을 내향적인 것으로 보고 있다는 데에 있다.

한 갖가지 고통으로 이어진다. 이러한 과정을 잘 아는 일이 무엇보다도 중요했다. 불교경전은 사물의 세계(육경)의 힘을 강조하기보다는, 인간에 내재하는 다양한 동기를 지적하고, 그것들이 지각을 통해서 촉발되고, 마침내 고와 부자유를 낳는 과정을 자세히 기술하고 있다.

동기를 의미하는 술어로 불교경전은 애욕과 탐욕, 갈애를 비롯하여 무명과 행, 취, 수면(隨眠 : anusaya) 등을 포함하고 있다. 고와 부자유는 이런 힘들을 조건으로 삼아서 발생한다. 수면은 보통 '경향성' 또는 '기질'로 번역되며, 다른 동기보다는 덜 의식적 단계에서 작동하는 것으로 보였다. 수면에는 7가지 유형이 자주 언급된다. (S V 60) 그중에서 애탐수면 (愛貪隨眠 : kāmarāgānusaya)을 예로 들어 보자.[7] 어머니 등에 업혀 있는 젖먹이는 성적 쾌락을 욕구하는 애탐의 생각을 갖고 있지 않지만, 그것은 잠재해 있다. 어린애가 성장하여 대상을 알 수 있는 능력이 생기게 되면 그것이 작동하게 된다. 그가 나이가 들어 감각이 성숙하게 되면 "눈(그리고 여타의 감각들)을 통해 인식되고 욕구되며 기분좋고 황홀케 하며 사랑스러운 호감이 가는 매혹적인 대상들"에게 열중하게 된다. 지각 능력이 성장함에 따라 그 유혹도 더 커지게 되나 지각없이는 어떤 욕망도 일어날 수 없다. (A V 203 f)[8]

지각에 의한 세계의 발생과 지멸

수면을 포함한 대부분 동기들은 지각에 의해서 촉발된다고 했다. 12연기론에 따르면, 갈애가 촉에 따라오는 수에서 생긴다. A II 10에서도, 의복, 공양음식, 거주지, 성공 또는 실패, 즉 지각되고 감지된 외부조건

---

7) 나머지 여섯 수면에는, 진수면(瞋隨眠, patighānusaya), 견수면(見隨眠 : ditthānusaya), 의수면(疑隨眠 : vicikicchānusaya), 만수면(慢隨眠 : mānānusaya), 유탐수면(有貪隨眠 : bhavarāg-ānusaya), 무명수면(無明隨眠 : avijjānusaya)이 포함되어 있다. 그렇지만, 이것들이 수면의 전부를 망라한 것은 아니다.

8) 어떤 불교심리학자는 수면의 개념을 서양의 정신분석학의 무의식이라는 개념에 상응하는 것이라고 주장한다. 다만 프로이트에 따르면 무의식이란 억압되거나 잊혀진 경험으로서 의식적인 것으로 되지 않고서도 의식과 행동에 영향을 미칠 수 있는 것. 그러나 수면의 경우 이것이 작동하는 동안 무의식으로 남아 있는 것으로 이해되지 않는다. R. E. A. Johansson, *The Dynamic Psychology of Early Buddhism* (London : Curzon Press Ltd., 1979), pp. 108-109 참조.

들 때문에 비구에게 갈애가 일어난다고 한다. 탐진치가 일어나는 이유가 A I 200에 기술되어 있다. 탐은 "아름다운 것의 성질"(淨想) 즉 사물 속에서 지각된 성질에서 유래하고, 진은 지각에 있어 "아주 싫은 성질"(喪相)에서 유래하고, 치의 조건은 "부정사유"(不正思惟)라고 한다.[9] 이와 같이 지각이 우리 속에 있는 욕망의 힘을 촉발시킨다고 했으므로, 지각의 본성에 대한 정확한 이해는 마음의 청정을 지키는 일에 긴요하다. 지각이 세계를 만든다고 하니, 지각을 이해하고 지배하면 욕망의 세계가 정복된다. 세계의 발생(集)을 설명한 부분(S ll 73)을 인용해 보자.

> 눈과 색에 연(緣)하여 안식(眼識)이 생긴다. 이 세 가지의 결합이 촉(觸)이다. 촉에 연하여 수가 있고 수에 연하여 애(愛)가 있으며, 애에 연하여 취가 있다. 취에 연하여 유(有)가 있고 유에 연하여 생이 있다. 생에 연하여 노사, 슬픔, 비탄, 고통, 고뇌와 절망이 생긴다. 이것이 세계의 발생이다.

다른 감각영역, 즉 귀와 소리, 코와 냄새, 혀와 맛, 몸과 만질 수 있는 대상, 내적 감각(mano 또는 manas)과 정신적 이미지로 시작하는 감각영역 안에서도 세계의 발생이 이뤄진다. 세계의 발생을 설명한 다음 세계가 어떻게 멸하게 되는가를 설명하고 있다. 그것은 이미 인용한 내용과 똑같이 시작하지만 애가 수에 연하여 생긴다고 할 때, 그 형식이 변화되어 "수가 완전히 멸함으로써 취가 멸한다. 취가 멸함으로써 유(성장)가 멸한다"고 말하고 있다.

지각에 대한 연기론적 설명을 담은 이 구절을, 욕망의 주체 A가 B라는 대상(사물이거나 인간)과 만나 AB의 세계를 만들어 가는 과정에 한 번 대입해 보자. A가 B를 만나 세계를 형성해 가는 데 동원된 수단은 육입처이다. 뜻조차도 감각기관으로 보는 것은 인간의 뜻이란 것이 무슨 특별한 기관이 아니라, 다른 오관에서 받아들인 자료에 그 기초를 두고 있음을 의미한다. 서로 만나게 되면(촉), 즐겁다 하고(수), 사랑하고(애), 집착하고(취), 그 집착을 키우고(유), 어떤 결과를 낳는다(생)(예를 들면 성적 행위). AB 세계의 형성과정에 동원된 육입처는 곧 신체이다. 신체가 중요한 역할을 한다는 점은 오랫동안 만나지 않으면 AB의 세계

---

9) 부정사유란 그 대상의 정체에 대하여 모른다는 것을 의미한다.

는 허물어지는 일에서도 잘 알 수 있다. AB의 세계가 눈, 귀, 고 등을 통한 접촉을 통해 형성된 것이므로, 접촉을 그만두면 그것은 무너지게 되어 있다. (노사) 불교의 오온무아설에 따르면, 욕망의 주체로서의 자아는 색성향미촉(色聲香味觸)이라는 다섯 덩어리(五蘊)로, 부단히 변화하는 오온으로 해체되어야 한다.

경전의 어떤 곳에서는 범부가 감각기관을 통해서 얻은 색성향미촉이라는 오감에 대해서 말하고 있다. 여기서는 지각된 세계가 애욕의 대상(kāmaguna), 즉 오감(五感)의 영역과 동일하고, 이 세계가 중생을 유혹받고 사로잡는다고 말하고 있다.

이러한 다섯 가지 애욕의 대상이 성자(聖者)의 율(律)에 있어서 세계라 불린다. 무엇을 그 다섯이라 하는가? 눈에 의해 알려지는 색, 열망되고, 유혹적이고, 즐겁고, 사랑스럽고, 애욕과 관계를 맺고, 탐염된다. 귀에 의해 알려지는 소리(聲), ……, 냄새(香)……, 맛(味)……, 접촉(觸)이…… 그 다섯이다. (A IV 430)[10]

성자의 계율의 입장에서 보면 색성향미촉으로 이뤄진 세계는 중성적인 것이 아니라, 이미 애욕(kāma)이 작동하여 형성된 것이다. 애욕으로 해석된 세계라고 할 수도 있다. 애욕으로 이뤄진 이런 오감의 세계는, 사랑스러운 대상이긴 하지만, 인간을 속박하고 고통을 야기한다. 이런 세계는 또한 인간이 성장하면 대체적으로 증가한다.[11] 연기론의 유(有)가 이런 점을 잘 드러내고 있다. 따라서 경전의 곳곳에서 세계의 감소와 지멸을 요청하고 있다. 세계로부터 자신을 독립시켜, 마음의 안온을 회복해야 한다는 말이다. 독립의 성취, 즉 "세계의 지멸"은 열반의 성취와 동일하며, 이는 선정과 지혜(慧: paññā)를 통해 가능하다. 그러므로 지혜로운 자

---

10) Pañc' ime… kāmaguā ariyassa vinaye loko ti vuccati. Katame pañca? Cakkhuviññeyyā rūpa … sotaviññeyyā sadda … ghāna-viññeyya gandhā … jivhāviññeyyā rasā … kāyaviññeyyā phatthabbā itthā kantā manāpā piyarupā kāmupasañhita rajaniyā.

11) 오온의 경우, 인간이 태어나 불도를 수행할 때까지 부단히 오온이 모두 증가한다. 그러다가 불법을 듣고 수행하기 시작하면, 오온이 감소하게 되고, 완전한 인격자인 아라한이 되면 그 최소치에 도달한다.

는 세계를 끝낸 자이다.

계정혜

불교는 마음을 지키는 방법으로 전통적으로 출가와 계행, 선정, 지혜를 꼽아 왔다. 첫째, 출가와 계행 중 공의 지평의 회복을 위한 첫걸음은 출가이다. 욕망의 대상에 의존하여 생기는 세속적 행복에서는 열반이 불가능하다고 보았기에, 석존은 출가하여 유랑하는 사문이 되었으며 언제나 홀로였다. (M I 93) 『법구경』에는 출가의 예찬과 중생과 세계에 대한 업신여김이 함께 나타난다. "쓰레기와 같은 어리석은 중생 사이에 올바르게 깨달은 사람의 제자는 지혜를 통해서 빛난다."(Dhp. 59) "이 세계는 암흑이다. 여기에서 분명히 진리를 깨달은 자는 드물다."(Dhp. 174) 그러므로 출리(出離)의 낙(Dhp. 272)을 얻어야 한다. 가정에서 불교수행이 절대불가능하다고 단정하지는 않았지만 매우 어렵다고 주장하고 있는 곳은 있다.[12] 그러므로 가정을 내버리고 세계를 초월해서 독자적인 공동체를 설립해서 살아가면서 계정혜를 실천하자는 것이다. 계의 핵심은 신체를 두는 장소와 그 움직임에 관련된 사항이다. 거기에는 하루 일식해야 하고, 옷은 몸을 가리는 정도만큼, 식사는 허기를 면하는 것으로 만족해야 할 것 등도 포함하고 있다.

선정(jhāna ; samādhi)은 인간의 오관을 통해서 의식의 지평으로 침투해 오는 사물의 실재성을 약화하고, 탈색하여, 마침내 공이나 무(無)로 증발시킨다. 이는 사선정(四禪定)과 사무색정(四無色定)에 대한 부분적인 설명을 통해서 알 수 있다. 장부경전의 포타파다경에서는 육입처의 문을 잘 지켜야만 속에 무구순정(無垢純淨)한 안락을 감수한다(ajjhatta anavajja-sukkham patisa vedeti. D I 181)고 말한 다음, 석존은 모두 9단계로 이루어진 선정을 설했다고 한다. 초선과 제2선에 대한 설명만으로도 선정의 목표가, 외물로부터 우리 몸과 마음, 또는 의식을 지키고자 하는 것임을 알 수 있다.

초선에서는 여러 욕망을 버리고, 불선법(不善法 : akusala dhamma)을 떠나 조야한 사유(savitakka)와 미세한 사려(savicāra)가 있으며,

---

12) 二事難斷經, 『한글 대장경 : 잡아함경 3』(서울 : 동국역경원, 3판, 1995), p. 25.

원리(遠離)에서 생긴 희와 낙(pitī-sukha)인 초선에 그는 든어기시 미물고 있다. 그가 이전에 가지고 있었던 애욕의 상(kāma saññā)은 사라졌다. 바로 그 순간에 원리에서 생긴 미묘한 희와 낙이 생긴다. 이것으로 말미암아 그 순간에 원리에서 생긴 희와 낙에 대한 미묘진실한 상이 생긴다. (D I 182) 일단 일상적인 의식의 흐름인, 사고, 지각, 필요, 정서 등에서 출발하는 수행자로부터 선정의 1단계는 욕망과 비윤리적인 생각들을 제거한다. 애욕의 상이 사라졌음을 의미한다. 다음의 여덟 단계는 더욱 정치한 심리적인 진보를 기술하고 있다. 2단계에서는 사유과정이 사라지고, 희와 낙이라는 느낌도 차례로 사라진다.

선정의 과정은 일차적으로 외부대상에 대한 집착에서 벗어나, 마침내 내부적인 대상에서도 벗어나고자 하는 것이다. 선정을 하면 구체적인 사물에 대한 인식이 사라지다가 나중에는 세계전체가 점점 그 실재성을 상실하게 된다는 것이다. 그것은 사물의 차별과 다양성(異)에 대한 생각도 없어지고(空無邊處), 외부적인 것 일체가 사라져서(識無邊處) 마침내는 무로 해체해 나가는(無所有處) 과정을 밟게 된다. 처음은 주위에 대한 무관심에서 시작해서 망상분별하지 않게 되는 과정을 거쳐서, 선정이 깊어지면 깊어질수록 주위와 대상이 탈색하게 되고 그것에 대한 생각도 사라진다. 여기에서 정신의 발전과 성숙도를 일종의 공간적인 개념으로 표시했다는 점에도 주목해야 한다. 선정단계의 상승은 그 장소의 존재론적인 실재성이 상승하는 과정이라고 할 수 있다.

지혜로 흔히 번역되는 반야(paññā)는 외부대상의 획득이나 향유와 관계하는 일상적인 지식과는 다르다. 반야는 대상의 인식과정에 내 것이라는 집착을 탈락시키는 지(智)이다. 반야를 중생의 지각과정과 대비하고 있는 중부경전의 근본법문경(根本法聞經) (M I 1-5)에서, 반야의 무소유적인 성격이 중생이 갖고 있는 지식의 내 것 만들기 과정과 날카롭게 대조를 이룬다. 중생과 성자의 이분으로 시작되는 이 경은, 이러한 이분법을 물질구성 요소인 지수화풍을 인식하는 과정에 적용하고 있다. 중생의 경우는 다음과 같이 진행된다. ① 지(地)를 지로 안다(sañjānāti), ② 이것을 사량(思量)하고(mannāti), ③ 그는 지 속에서 (자아를) 사량하며, ④ '지는 내 것이다'라고 사량한다는 과정을 거쳐서, ⑤ 지를 즐긴다는 최종단계에 도달한다. 수행성만(修行成滿)하고 해야 할 일을 이미 다

마쳐서 정지(正智)로써 해탈한(sammā-d-aññā vimuttā) 아라한의 경우는 어떤가? ① 그는 지를 지라고 깨달아 알며(abhijānāti), ② 지를 지로 깨달아 안다고 해도 그는 지를 사량하지 않는다. ③ 그는 지 속에서 (자아를) 사량하지 않고, ④ '지는 내 것이다'고 사량하지 않으며, ⑤지를 즐기지 않는다. 그 이유는 그가 탐진치에서 자유로워졌기 때문이다.

탐진치를 지닌 중생의 인식과정은, 대상을 대상대로 알고 난 다음에 반드시 '사량한다'는 과정, 그 속에서 자아를 사량하고, 마침내 '내 것으로 사량한다 또는 운산한다'는 내 것 만들기의 과정과 즐거움으로 진전된다. 반대로 반야와 관계된 지('본다', '안다', '깨달아 안다' 등이 포함된다)는 모두 염환(厭患)과 이탐(離貪)을 거쳐서 해탈로 이어지는 지혜이다. 반야는 대상을 내 것으로 만드는 것이 아니라 대상을 있는 그대로 존재하게 할 뿐만 아니라, 마음이나 의식의 공의 지평을 지켜 준다. 이것이 일반적인 의미의 지식이나 정보와 다른 점이다.

지눌의 마음지키기

마음지키기와 몸둘 장소의 청정에 대한 강조는, 초기불교 이래 불교의 중심을 차지해 왔다. 이것은 현재 조계종의 중흥조로 추앙되고 있는 보조 국사 지눌(1158-1210)의 다음과 같은 말에서도 확인된다.

초저녁이나 밤중이나 새벽에 고요히 연을 잊고, 오뚝이 단정하게 앉아 밖의 경계를 취하지 않고, 마음을 거두어 안으로 비추어 보되, 먼저 고요(寂寂)함으로써 반연하는 생각을 다스리고, 마음에는 또록또록(惺惺)함으로써 혼침한 정신을 다스려, 혼침하고 산란함을 고루 제어하되 취하고 버린다는 생각이 없이 마음이 뚜렷하고 트이어 어둡지 않게 하여 무념이면서 알고, 들은 바가 아니면 어떤 경계도 끝내 취하지 않는다. 혹 세상의 인연을 따라 어떤 일을 하더라도 할 일인지 하지 않을 일인지를 모두 관찰하여 행할 일을 버리지 않아, 하는 일이 있더라도 허명(虛明)을 잃지 않고 맑고 항상 고요히 안정해야 한다. 13)

---

13) 卽於初中後夜. 爾忘緣. 兀然端坐. 不取外相. 攝心內照. 先以寂寂. 治於緣慮. 次以惺惺. 治於昏沈. 均調昏散. 而無取捨之念. 令心歷歷. 廓然不昧. 無念而知. 非彼所聞. 一切境界. 終不可取. 若隨世緣. 有所施作. 悉當觀察 應作不應作. 萬行無癈. 雖有所作. 不失虛明. 湛然常住. 『普照全書』(승주군

망연이란, 대상을 두 손으로 거머지듯이 찰싹 집착한 대상(緣)을 버린다는 말이다. 그러한 버림을 가능하게 하는 것이 바로 적적의 태도이다. 수심(修心)과 유심(唯心)의 입장에서 지눌은 대상세계를 또는 그것과의 관계작용을 의미하는 연(緣), 경(境), 외(外)에 대하여 강한 경계심 내지 기피의식을 지녔다. 「수심결」에서도 과거, 현재, 미래의 부처가 그랬던 것처럼 "수도하는 사람들은 부디 밖에서 찾지 말라. 심성은 물들지 않아서 본래 스스로 원만히 성취된 것이니, 다만 망령된 반연만 떠나면 곧 여여한 부처일 것"으로 말하고 있다.[14] "만일 어떤 중생이 무념을 관할 수 있으면 그는 곧 부처의 지혜로 나아간다"[15]는 구절을 보면, 무념이 바로 부처의 지혜인 줄 알겠다. 또한 "무념이란 곧 진여삼매이니, 부디 또록또록하고 고요하여 반연을 일으키지 않고 진여에 맞추라"고도 했다.[16] 수심인은 부처가 될 수 있는 종성(種性)을 갖추고 있고 제 마음이 본래 항상 성성적적하다는 말에는[17] 인간에게 본래 불성이나 자성이 갖추어져 있고, 이것이 절대로 대상의 영역으로 환원될 수 없다는 뜻이 담겨 있다. 불성이라는 개념과 더불어, 외래의 사물에서 벗어나 빛난다는 극광정의 마음의 존재는, 대상세계 속에 함몰될 수 없는 불교식의 주관성을 선언하는 것이다.

요약

석존과 지눌은, 중생이 너무 많이 보고, 듣고, 먹고, 싼다고 보았다. 단적으로 너무 많이 움직인다는 것이다. 이러한 과정과 결과에 있어서 몸과 마음의 동요가 있게 된다는 것이다. 불교는 따라서 무엇보다도 외계의 대상에서 얻는 쾌락이 유한할 뿐만 아니라, 진정한 의미의 자유를 주지

송광사 : 普照思想研究院, 1989, 이하 『전서』로 약함), p. 15 ; 『보조국사집』(서울 : 동국대학교, 1995), pp. 39-40(수정했음).

14) 過去諸如來 只是明心底人 現在諸賢聖 亦是修心底人 未來修學人 當依如是法 願諸修道之人 切莫外求 心性無染 本自圓成 但離妄緣 即如如佛. 『전서』, p. 31 ; 『보조국사집』, p. 84.

15) 若有衆生. 能觀無念者. 即爲向佛智故. 『전서』, p. 17.

16) 無念者. 即是眞如三昧. 直須惺惺寂寂. 不起攀緣. 實相相應. 『전서』, p. 15.

17) 『전서』, p. 17.

못한다고 여긴다. 외계의 것을 내 것으로 삼으려고 할 때, 가지가지 고통, 부자유, 수동성이 따른다고 본다. 행복과 자유는 오히려 그것이 마음으로 불리든 불성(佛性)으로 불리든, 바로 여기 내 속에 있다고 본다.

마음의 안온과 의식지평의 청정을 지키는 길은, 적게 먹고 적게 보고 적게 싸는 길, 한마디로 최소한으로 행위하는 길밖에 없다. 이 길은 그렇지만 속세에서는 따르기가 어렵다. 왜냐하면, 우리의 신체라는 기관이 주위에 있는 대상에 노출되면 우리가 가지고 있는 여러 동기가 촉발되고 마침내 집착과 수많은 행위로 이어지기 때문이다. 불교의 입장에서는 보드리야르가 말하는 것과는 달리, 마음에 혼란이 생기는 주된 이유가, 외래의 사물이 갖는 강력한 힘이 아니라, 인간내부의 동기나 계기 때문이다. 무명, 수면, 애욕, 갈애 등이 그 대표적인 것이다. 따라서 이것들이 촉발되지 않도록 감각을 잘 단속하는 일이 중요하고, 출가도 그래서 필요하다.

선정의 핵심적인 목표는 대상을 따라가거나 집착하여 산란해진 마음을 수습하는 일이다. 세계를 공으로 보자, 세계를 지멸하자, 또는 외상(外相)을 취하지 말라는 등의 권면은, 대상계 전체(세계)에 대해서 태도변경을 요구하는 것이다. 심해탈과 안온, 무념의 상태의 존재는, 우리가 외부의 자극으로부터 우리 자신을 지킬 수 있고, 또 그래야만 한다는 말이다. 그런데 광고 등의 온갖 수단을 통하여 갖가지 이미지로 현대인의 심신을 폭격해 대는 현대 소비사회에서 심해탈을 성취할 수 있을까? 필자가 보기에 현대라는 도시는 기본적으로 도닦기에 역경이다. 이런 역경에 불교가 부흥될 수 있을까? 아니라면 불교부흥을 논의한다는 것이 무슨 의미가 있을까? 이들 물음을 던지기 위해 우선 현대 소비사회의 성격을 살펴보자.

제 2 장 현대 소비사회에 대한 보드리야르의 분석 : 하나의 역경(逆境)

필자는 아직 보드리야르의 현대 소비사회에 대한 분석과 비판의 모든 자세한 점, 그리고 그 비판이 가질 완전한 함축을 이해했다고 보지 않는다. 여기서는 다만 강한 흡인력을 가지고 있는 사물들로 가득 찬 소비사회가 인간의 내면을 지킬 수 없게 만들어 버리는 역경이 되고 있음을 주로 보이고기 힌다. 불껭 속의 숭생을 이제 소비자 대중으로 보려고 한다. 불교는 세계라는 개념을 사용하여 중생과 전체세계와의 관계를 문제로 삼고 있었다. 이와 유사하게 보드리야르도 현대의 소비자가 사물 하나하나와 관계하는 것이 아니라, 사물들 전체와 관계한다고 보아 일상세계 전체를 분석대상으로 삼고 있다. 물론, 보드리야르는 불교처럼 대상(rūpa)에 의해서 침투당해서는 안 되는 마음의 지평과 의식의 청정을 목표로, 그리고 그 방법으로 출가나 선정을 제시하고 있는 것은 아니다.

불교가 욕망의 주체를 오온으로 해체한다면, 보드리야르는 자아를 사물로 해체해 버렸다고 할 수 있다. 보드리야르의 작업은, 따라서 소비의 일상성, 사물의 우세와 주체의 약화, 부단히 확산되는 사물의 장의 성격에 대해서 분석하는 일이다. [18] 그 확산되는 사물들, 사건들, 부호, 시뮬레이션과 시뮬라크르라고 부른 세계의 성격, 주체의 욕망 대신에 사물의 유혹, 포스트모던의 처지와 역사의 종언 등을 중심으로 살펴보자.

소비의 일상성

보드리야르는 『소비의 사회』에서 소비의 장소를 일상생활로 규정하고, 소비라는 일상생활은 중립적인 사실이 아니라, '해석의 체계'로 보고 있다. 이런 해석체계로서의 일상성 안에는, 정치, 사회, 문화라는 추상적 영역과 내재적이고 폐쇄된 사생활의 영역이 분리되어 있다. 그렇지만, 이렇게 분리된 두 영역은 전체적 실천의 입장에서 보면 추상적인 것이다. 인간의 삶을 구성하는 공적인 영역과 사적인 영역이 불가리의 관계에 있기 때문이다. 비록 사적인 영역이 '세계와 역사의 이쪽으로' 재구성된 것이지만 전체성에서 떨어지지는 않는다. 그래서 보드리야르는 "일상성은 이 초월성의 증대된 이미지와 기호를 먹고 살지 않으면 안 된다"고 했을 것이다. [19] 그리고 분리된 두 개의 추상적 영역을 하나의 전체성으로 연결해 주는 일에 결정적인 역할을 담당하는 것이 바로 매스커뮤니케이션이

---

18) Steven Best, 'Jean Baudrillard,' *Encyclopaedia of Contemporary Literary Theory* (Toronto : University of Toronto Press, 1993), pp. 246-247.

19) 장 보드리야르, 『소비의 사회 : 그 신화와 구조』, 이종률 역(서울 : 문예출판사, 1991), p. 28.

다.

다음으로 사물의 우세와 주체의 약화 또는 상실에 대한 보드리야르의 견해를 알아보자. 『소비의 사회』의 서두에서 보드리야르는 사물, 서비스 및 물적 재화의 증가에 의하여 소비와 풍부함이 도래하게 되었으며, 이것들이 인류의 생태계에 근본적인 변화를 일으키고 있다고 전제하고 다음과 같이 말하고 있다.

> 엄밀하게 말하면, 풍요롭게 된 인간들은······ 다른 사람들에 의해 둘러싸여 있는 것이 아니라 사물에 의해 둘러싸여 있다. 인간들의 일상적인 교류는 지금까지와는 달리 동료인간들과의 교류가 아니라, 물론 통계상으로는 증가곡선을 그리면서, 재화 및 메시지의 획득과 조작과 서로 교류하고 있다······ 광고와 매스미디어에서 나온 일상적인 수백 개의 메시지에 들어 있는 사물예찬이 계속되는 광경도 그러하며, 조금 귀찮게 따라다니는 수많은 가제트(아이디어 상품)들로부터 우리들의 꿈에까지 나타나는 밤의 사물들이 조장하는 상징적인 심리 드라마가 그렇다. '환경'이라든가 '분위기'라는 개념이 지금처럼 유행하게 된 것은 근본적으로 우리가 다른 사람들 가까이에, 그들이 존재하고 대화하는 곳에 살고 있기보다는, 기만적이고 유순한 사물의 무언의 시선(silent gaze) 아래에서 살게 된 이후부터였다. [20]

현대의 소비자는 다른 사람들과의 대화의 관계가 있는 것이 아니라, 사물에 의해 둘러싸여 있다. 광고가 사물을 지속적으로 예찬하고 있는 점과, 환경이나 분위기라는 개념이 유행하고 있다는 점이 그 증거이다. 우리가 그 속에 있다는 '사물의 무언의 시선 아래에서'란 말은, 사물이 의인화될 정도로 생명력을 얻게 되고, 사람은 오히려 사물의 처지로, 수동적인 물질의 처지로 전락해 버렸음을, 결국 사물과 사람의 관계가 역전되어 버렸음을 의미한다. 그리고 보드리야르가 무한히 증식하는 식물군이나 밀림 같은 사물의 세상에 소비자가 살아간다고 했을 때, [21] 이제 사물은 단순히 대상으로 죽어 있는 것이 아니라, 자기증식하는 생명체와 같은 성질을 가진 것으로 보고 있다.

---

20) *Jean Baudrillard : Selected Writings,* ed. Mark Poster(Stanford : Stanford University Press, 1988), p. 29 ; 이종률 역(수정했음), p. 12.
21) 전게서, p. 29 ; 이종률 역, p. 13 참조.

사람이 사물 같고, 사물이 부단히 자기확장하는 생명체의 성질을 지닌 세계에서, 다양한 상품 가운데 소비자의 선택이 자율성의 표시일 리 없다. "소비자의 무의식적이고 자동적인 기본적 선택이란 특정사회의 생활양식을 받아들이는 것"이기 때문에, "그것은 더 이상 참된 선택이 아니다! ―그리고 소비자의 자율성 및 주권에 대한 이론도 바로 이렇게 부정된다."[22] 소비자의 피동성에 대한 주장은, 아담 스미스가 『국부론』에서 자리심(自利心 : self-love)에 따라 움직이지만 보이지 않는 손에 의하여 사회에 최대의 이익을 만든다는 경제적 주체로서의 '개인'이 현대 소비사회에서는 존재하지 않는다는 말이기도 하다. 동포의 도움을 받아야 할 경우, '동포의 자리심에 호소하는 자야, 내가 원하는 것을 나에게 주시오. 그러면 당신이 원하는 것을 드리겠습니다' 하고 말하는 경제주체, 각자의 이익을 대변할 수 있는 자야는[23] 이제 존재하지 않게 되었다. 경제체제에서 힘을 행사하는 것이 개인이라고 하는 '고전적인 순서'라는 말은 이제 신화가 되고 말았다. 개인의 시장행동과 사회일반의 사고방식은 개인이 가진 주체성의 발휘가 아니라, 생산자의 필요와 전문기술 관리계급의 목표에 순응하는 것이다. 보드리야르는 이를 '역전된 순서'로 부르는 데에 동의하고 있다. 이제 경제주체로서의 개인이 아니라, 생산기업이 시장의 움직임을 통제하고 사회의 사고방식 및 욕구를 조종한다고 말하기도 한다.[24]

보드리야르에게 소비사회에서 더 이상 그 존재를 상정할 수 없는 주체(subject)란, 경제적 주체만이 아니라, 권력, 지식, 역사의 주체이기도 했다. 『치명적 전략들』에서 뒤로 물러나 앉게 된 주체의 성격에 대하여 말하고 있다. 보드리야르에 따르면, 주체가 자신의 이익을 위하여 사물과 세상을 마음대로 조정할 수 있을 만큼 강력했다고 느껴 본 적은 이미 예전의 일이다. 이제 '주체의 형이상학'에서 구가했던 주체의 영광과 아름다움, 권력, 지식, 역사의 주체는 과거지사가 되고 말았다.[25] 주체는 이제

---

22) 'Consumer Society', *Jean Baudrillard : Selected Writings*, p. 37.
23) 『국부론』 상, 최임환 역(서울 : 을유문화사, 1970, 세계사상교양전집후기 7), pp. 12-13.
24) 『소비의 사회』, p. 87 이하 참조.
25) *Fatal Strategies* (London : Pluto Press, 1990), p. 113. 물론 이런 주체는 불교의 반야지가 인정할 수 없는 존재이다.

그 자신의 욕망이나 그 자신의 이미지와의 갈등에 빠진 비참한 형해일 따름이다. 그것은 세계에 대한 일관된 표상을 통제할 수도 없이, 부활의 시도 안에서 역사의 시체 위에서 헛되이 희생되고 말았다. [26)]

이러한 주체의 약화 또는 상실은, 보드리야르가 행복이나 욕구의 이데올로기적인 성격을 지적할 때도 잘 드러난다. 그 지적에 따르면, 행복이란 각 개인이 자기자신을 위해 행복을 실현하려는 타고난 성향에서 유래한 것이 아니다. 행복은 이데올로기적인 힘을 갖고 있으며, 하나의 신화이다. 사회적으로, 역사적으로 보면 현대사회에서 행복의 신화는 평등의 신화를 집대성하고 구체화한 것이다. 행복의 이데올로기적인 성격은, 우선 행복의 성격이 기본적으로 특정사회의 성격에 종속되어 있다는 점에서 드러난다. 평등의 신화는 사회적으로 우리가 평등하게 행복해야 한다는 이데올로기를 만들었다. 그 결과 "행복을 계량가능한 것", "눈에 보이는 기준들에 비춰 보아서 의미를 지니는 것"으로, "사물과 기호로 측정될 수 있는 복리, 물질적 안락"으로 만들었다는 것이다. 따라서 "내면적인 즐거움으로서의 행복—다른 사람들의 눈에 또 우리들의 눈에 그것을 표현할 수 있는 기호와는 상관없는 행복, 증거를 필요로 하지 않는 행복"은, 소비의 이상으로부터 단번에 제외되어 버렸다는 것이 보드리야르의 관찰이다. [27)] 그가 '내면적인 즐거움'으로서의 행복, 다른 사람들의 눈에 표현할 수 없는 행복, 증거를 필요로 하지 않는 행복이 존재한다고 언급한 곳은 있다. 그런데 현대인은 그만 평등과 계량가능한 행복 앞에, 이데올로기적인 행복 앞에 이러한 즐거움을 상실하고 말았다는 것이다. 보드리야르가 '내면적인 즐거움'을 말할 때 불교를 염두에 두지는 않았겠지만, 석존이나 지눌이 강조했던 행복은 이러한 내면적인 행복에 더 가까운 것일 것이다. 적어도 행복의 방향은 일치하는 것으로 보인다.

보드리야르는 소비자가 갖는 "욕구(needs)와 욕구의 체계는 생산의 질서가 만들어 낸 것"이라고 말한 다음, 욕구는 "향유 및 만족과는 근본적으로 다르다. 이 욕구는 체계의 요소로서 만들어지는 것이지 개인과 사물의 관계로서 만들어지는 것이 아니다." "욕구는 개인수준에서의 생산력의 합리적 체계화의 보다 진보한 형태 이외에는 아무것"도 아니라는 것이

26) 전게서, p. 112 참조.
27) 『소비의 사회』, pp. 52-53 참조.

다.[28] 한 사회가 가지고 있는 생산력을 개인적인 차원에서 체계화한 것이 욕구이다. 개인의 욕구는 개인 안에 내재하고 있는 것이 아니라, 생산력이 만들어 낸 것이다. 그리고 욕구라는 것은 결코 어떤 특정한 사물에 대한 욕구가 아니라 차이에의 욕구(사회적 의미에서의 욕구)라는 점과, 완전한 만족이라는 것은 결코 있을 수 없고 따라서 욕구에 대한 정의(定義)도 있을 수 없다고 보드리야르는 말하고 있다.[29] 욕구가 특정사물에 대한 욕구라면 그 사물의 취득으로 욕구는 충족될 것이다. 하지만 그것이 다른 소비자와의 차이에로의 욕구라고 한다면, 차이를 부단히 유지해야 하므로 사물에의 욕구는 영원히 충족될 수 없다.

욕망이 아니라 유혹

강력한 힘을 가진 사물들 앞에서의 주체의 약화 또는 상실은, 보드리야르가 욕망 대신에 유혹이라는 말을 사용하고 있다는 점에서 다시 한 번 강조된다. 앞서 말한 무언의 시선을 가진 사물이 이제 유혹자로 나타난 것이다. 보드리야르가 프로이트나 들뢰즈(G. Deleuze)와 가타리(F. Guattari)에 동의할 수 없었던 점도 그들이 인간을 움직이는 힘으로서의 욕망개념을 가지고 있었기 때문이었다. '모든 이런 흐름의 근원에 있다는 에너지'로서의 욕망, 인간과 사물 사이의 매개로서의 욕망개념은 보드리야르에게 설득력이 없다.[30] 그렇다면 무엇이 작동하는가? "그것은 유혹이다. 사물들은 그것들 스스로가 아무런 매개도 없이, 일종의 순간적인 교환으로 사건들을 일으킨다." 사람이 아니라, 사물이 사건을 일으킨다는 것이다. 여기서는 어떤 법칙이나 상징적 질서를 허용하지 않는 변신만 있다. 변신은 "하나의 과정인데 어떤 주관도, 죽음도, 욕망도 인정하지 않는 과정이다. 그 과정에서는 오직 형상들의 게임규칙들만이 관여되어 있다."[31] 『치명적 전략들』에서도 그는 "당신을 존재하게 하는 것은 당신 욕망의 힘(힘과 경제에 대한 19세기의 상상물)이 아니라, 세계와 유혹의 놀이이다. 그것(존재하게 하는 것)은 노는 것(to play)과 놀림을 당하는

---

28) 전게서, pp. 95-96 참조.
29) 전게서, p. 100.
30) *Forget Foucault & Forget Baudrillard* (New York : Semiotext(e)), 1987, p. 74.
31) 전게서, p. 75 참조.

것(to be played) 사이의 정열이다. 그것은 환상과 외양의 정열이다. "[32] 이런 입장에서는 외양들을 넘어가려는 모든 해석적인 담론은 환상이고 사기이다. [33] '유혹'은 이렇게 외양에서 작동하는 것으로, 외양적인 것을 넘어가 잠재적인 무엇으로 나아가는 이론들에 도전하고 있는 것이다.

시뮬레이션, 시뮬라크르, 초실재의 세계

보드리야르는 현대인을 둘러싼 채로 유혹하고 있는 사물의 성격을 드러내기 위해서 시뮬레이션과 시뮬라크르라는 개념을 사용하기도 했다. 시뮬레이션은 이미지나 기호가 지시하는 대상의, 또는 어떤 실체의 시뮬레이션이 아니다. "시뮬레이션은 원본(origin)이나 진실성(reality)도 없는 실재(real), 즉 초실재(hyperreal)라는 모델들에 의한 생성이다. "[34] 그가 예로 제시하고 있는 시뮬레이션의 모델에는, 건축내부 디자인 소책자, 운동 비디오 카세트, 스포크 박사 육아기 등이 포함되어 있다. 시뮬레이션에 의해서 만들어진 것, 시뮬라크르 또는 모델은, 실제로는 존재하지 않는 대상을 존재하는 것처럼 만들어 놓은 인공물을 지칭한다. 시뮬라크르는 원본이라 불릴 만한 대상이 없는 이미지, 이러한 원본없는 이미지가 그 자체로서 실재를 대체하고, 실재는 이미지에 의해서 지배받게 되므로 오히려 실재보다 더 실재적인 것이다. 이들 시뮬레이션 모델이 실재를 앞서며 초실재 사회 안에서 무한수로 재생산되며, 이런 사회 안에서는 실재와 비실재의 구분이 더 이상 분명하지도 타당하지도 않으며, 시뮬라크르가 바로 실재를 구성하고 실재로 간주되고 있다.

보드리야르에 따르면, 생산이 근대 산업사회의 열쇠였으나, 포스트모던 사회에서는 모델들이 실재를 앞질러 사회를 하나의 초실재로 구성하게 되자, 시뮬레이션들이 사회적 질서를 지배하게 되었다. 이러한 조건 아래서는 "실재에 대한 정의 자체가 다음과 같은 것이 된다 : 동등한 재생산을 가능하게 하는 그것…… 실재는 재생산될 수 있는 것일 뿐만 아니라, 언

---

32) *Fatal Strategies,* p. 139.
33) 'On Seduction', *Jean Baudrillard : Selected Writings,* p. 150 참조. 불교가 애욕과 무명 등을 행동동기로 삼고 있다면, 불교도 보드리야르에게는 환상이고 사기에 속할 것이다.
34) Jean Baudrillard, *Simulations,* tr. by P. Foss, P. Patton & P. Beitchman (New York : Semiotext(e)), 1983, p. 2.

제나 재생산된 것이어야만 한다. 그것은 곧 초실재이다. "³⁵⁾ 이제는 존재
와 그 외양을 나누던, 모든 형이상학은 사라져 버렸다.

실재(real)는 이제 축소된 단위들, 모태들과 기억저장소, 지휘모델들로부
터 생겨난다. 그리고 이로부터 실재는 무한정 재생산될 수 있다. 실재는 이
제 합리적일 필요가 없는데, 그 이유는 실재란 더 이상 어떤 이상이나 부정
적인 어떤 사례에 빗대어 측정되지 않기 때문이다. 실재는 이제는 조작적일
뿐이다. 사실 이것은 더 이상 실재가 아니다. 왜냐하면 그것이 어떠한 상상
의 것에 의해 뒤덮여 있지 않기 때문이다. 실재는 초실재이다. 그것은 대기
도 없는 초공간(hyperspace) 속에서 조합적인 모델들로부터 발산되어 나온
합성물의 산물이다. 그 휘어짐이 실재나 진실이 아닌 다른 공간으로 이동하
는 동안에, 시뮬레이션의 시대는 모든 지시대상의 소멸과 더불어 시작된다.
그리고 사라진 지시대상들이 기호체계 속에서 인위적으로 부활됨에 의해서
그 시대는 더욱 나빠진다. ³⁶⁾

무한번 복제가능한 실재들, 자신의 위에 군림하는 이상도 부정적인 사
례도 용납하지 않는 실재들, 이들 시뮬라크르는 이미 존재하는 어떤 실재
와 아무런 관계도 없이, 독자적인 하나의 현실이고 사건이다. 시뮬라크르
는 그 자체 이외에는 어디에도 근거나 토대를 갖고 있지 않는다.
보드리야르는, 시뮬레이션이 현대사회를 지배하게 되는 여러 방식을,
초실재적인 사회적 질서를 생산하게 된 여러 방식을 분석하고, 시뮬라크
르가 어떻게 역사적으로 현상학적으로 사회적 삶을 지배하게 되었는지에
대한 이론을 제시하고 있다. 그는 시뮬라크르가 겪어 온 역사적인 세 단
계를 기술하고 있는데 현대사회가 처해 있는 마지막 단계에 대한 설명만
살펴보자. 그것은 우리가 더 이상 원본적인 것의 모조라는 첫째 질서도
아니고, 순수한 시리즈물이라는 두번째 단계도 아니다. 세번째 단계에서
는, "모델들만이 존재하는 바, 이 모델들로부터 모든 형상(形象)들―모
델들의 차이를 조정(modulation)함에 따라서, 모든 형상들이 나온다.
모델과의 관계만이 의미가 있고, 그 자체의 목적에 따라서 흘러나오는 것

---

35) 전게서, p. 146.
36) 전게서, pp. 3-104.

은 아무것도 없다."[37] 우리가 궁극성(finality)을 찾는다면 그것은 오직 모델 안에서 찾아야 하고, 그리고 그 모델은 선행하여 존재한다. 사람은 이제 현대적 의미에서의 시뮬레이션 속에 살게 되었는데, "산업화란 그 시뮬레이션의 궁극적인 현현이다."[38] 시뮬라크르라는 모델이 세상을 구성하게 된 이 세번째 단계에서는 시뮬라크르야말로 시뮬라크르 그 자체인 것이다. 이제 모델이 사물보다 우위를 점한다. 그리고 연속적인 생산은 모델에 의한 생산으로 바뀐 단계를 두고, 보드리야르는 '계수성'(計數性 : digitality)이 형이상학적인 법칙이 되었다고 하고, 시뮬라크르 생성의 가장 완벽한 모델을 유전학적인 코드 안에서 찾고 있다.[39] 사회는 또한 "자본가의 생산으로부터 완벽한 지배를 목표로 삼고 있는 신자본가의 인공지능 질서로" 움직인다.[40] 현실보다 더욱 초현실적인, 실재보다 더욱 실재적인 시뮬레이션의 세계가 임시 또는 비진실이라는 의미의 '가상' 현실일 수 없다.

포스트모던과 역사의 종언

부단히 확산되는 사물의 세계, 그리고 자아에 대한 사물의 지배권에 대한 보드리야르의 주제는, 『치명적 전략들』에서 주체의 형이상학을 사물의 형이상학으로 대체하는 것으로 나타난다. 그는 거기에서 이제는 통제를 완전히 벗어나게 된 사물의 세계를, 마치 암처럼 전이되어 가는 세계를 묘사하고 있다. 자아는 완전히 타성적인 수동성으로 전락했고, 사물들이 자신의 책략들을 부리고 있다. 사회적인 관계는 어디에도 눈에 띄지 않는다. 이러한 '초역사적' 세계에서는 어떤 비밀도 해석학적인 깊이도 없고, 오직 외양들의 유희와 사물들의 충만한 투명성, 그리고 완전히 해방된 객관성의 엑스터시와 외설만이 난무할 뿐이다. 다음 한 구절만 살펴보자.

우리는 산 채로 모델들이 되었다. 우리는 산 채로 패션과 시뮬레이션이 되었다…… 우리 문화전체가 경쟁적이고 표현적인 게임들로부터 우연과 현기증

---

37) Baudrillard, *Simulations*, p. 101. 보드리야르가 같은 책에서 이미지 변천사를 4단계로 나눈 것도 마찬가지 취지일 것이다. p. 11 참조
38) 전게서, p. 101.
39) 전게서, pp. 103-104.
40) 전게서, p. 111.

의 게임들 안으로 미끄러져 들어가는 과정에 있다. 그것(문화)이 목적에 대한 불확실성 자체가 우리를 밀어붙인다―형식적인 성질들의 어지럽히는 과다증대 방향으로, 황홀(ecstasy)의 형식의 방향으로 우리를 밀어붙인다. 황홀은 어떤 물체(body)의 의미가 모두 상실되고 그것 자체의 순수하고 공허한 형식 안에서 환히 빛날 때까지 자기회전하는 모든 것(물체)에 고유한 성질이다. 패션은 아름다운 것들의 황홀이면서, 자신을 중심축으로 삼고 회전하는 미적인 것이 갖는 순수하고 공허한 형식이다. 시뮬레이션은 실재의 황홀이다 : 텔레비전을 봐라. 거기에는 실재의 사건들 중 한 사건이 다른 사건을 완벽하게 황홀한 관계하에서 좇아간다. 즉 그런 사건들이 어지럽히고, 전형적인, 비실재적인, 그리고 반복적인 방식 안에서, 그것들의 의미없고 중단됨없는 연결을 허용하면서 좇아간다. '황홀하게', 이것이 광고되고 있는 대상이다. 또한 광고를 보고 있는 소비자도 마찬가지로 황홀 안에 있다. 사용가치와 교환가치를 회전시켜 상표명의 순수하고 공허한 형식 안으로 흩어지게 한다.[41]

앞의 인용에 따르면, 사물을 닮아 간 우리가 패션과 시뮬레이션의 모델로 폭격을 받아 이제 산 채로 모델들이 되었다. 자유라는 인간의 성질이 없어진 것이다. 우연과 현기증의 게임 안으로 미끄러져 가는 과정에 놓여 있는 것이 우리의 처지이다. 의미를 상실한 황홀 속에, 우리가 사물과 함께 놓여 있다. 텔레비전 속에 나타난 사건도 황홀하고 그것을 바라보는 우리도 황홀해 하고 있다. 황홀이라는 점에서는 주관과 객관이 차이가 없게 되었다. 모두 망연자실의 상태이다.

보드리야르는 개인과 대중(매스)에게 자율성이 있다는 사실을 인정할 수 없었다. 그의 눈에는, 결과적으로 정치학, 사회, 계급, 사회변화 등에 대한 전통적 이론들은, 사회적 행위들이 가능하다고 하는 개인, 계급, 대중을 상정하고 있으므로, 이들 이론은 낡은 것으로 비친다. 대신, '초순응'의 시대에 대중은 오직 장관(壯觀)에만 관심을 갖는다. "메시지들이 그들에게 주어진다. 그들은 오직 어떤 부호만을 원할 뿐이다. 그들은 부호와 스테레오 타입의 놀이를 우상화하고, 어떤 내용이 그 자체를 거창한 반복신행 안으로 풀어 내기만 하면 그 내용을 우상화한다."[42] 이들 사물

---

41) *Fatal Strategies*, pp. 9-10.

의 증식과 부호들의 폭격 앞에 대중은 그것들을 우상으로 섬기면서 침묵할 수밖에 없으며, 침묵하는 물질과 같은 존재가 되었다. [43]

「허무주의에 대하여」(1984) 안에서 보드리야르는 자신의 일과 관련해서 '포스트모던'이란 말을 사용하고 있다. 그는 '모더니티'를 '외양들의 근원적인 파괴, 세계의 각성, 해석과 역사가 가지는 폭력에게 세계를 내던지기'로 묘사하고 있다. 모더니티는 마르크스와 프로이트의 시대였고, 정치, 문화, 사회적 삶이 경제의 부(副)현상으로 해석되었던 시대, 또는 모든 것이 욕망과 무의식으로 해석되었던 시대였다. 이들 '의심의 해석학'은 실재를 비신화화하고 외양배후의 존재하는 실재들, 사실들을 구성하고 있는 요인들을 드러내기 위해 심층모델을 활용했다. [44]

보드리야르가 파악한 포스트모던적인 심적 경향은 절망과 우울에서 어지러움과 현기증, 향수와 폭소에 이르는 상반된 정서들과 반응들의 복합물이다. [45] 그는 또한 포스트모던 세계를 살아가는 상황에서는 무기력, 무감동, 순응, 침묵 이외에 무의미, 허무, 우울 등을 그 정서적인 특성으로 들고 있다. 지식계층의 정서적인 반응으로 보드리야르는 공허함과 고뇌, [46] 과거문화의 복구에 대해서 말하고 있다. 현대의 지성인은 마르크시즘, 정신분석학을 다 부수고 난 다음, 더 이상 부술 것이 없게 된 이제, 긍정이 없으니 부정도 존재하지 않는 이제, 공허와 고뇌를 견딜 수 없어서 도덕적이고 지성적인 덕성을 다시 한 번 발견하려고 애쓰고 있다. 포스트모더니티는 부수고 뒤에 남게 된 잔존물을 가지고 살아갈 수 있는 그 지점에 도달하려는 노력이다. [47]

사물의 무한한 확산, 주체가 소멸된 사회, 실재와 비실재 사이의 붕괴 등을 주장하는 보드리야르에게 역사가 의미를 가지기란 어렵다. 그 내용

---

42) *In the Shadow of Silent Majorities Or, The End of The Social And Other Essays,* New York : Semiotext(e), 1983, p. 10.
43) 전게서, pp. 23-24.
44) 'On Nihilism', *On the Beach* 6 (Spring) : 38-39. Kellner, 'Postermodernism as Social'(*Theory Culture & Society.* vol. 5 Numbers 2-3 June 1988), p. 246에서 재인용.
45) 전게논문, p. 247 참조.
46) 'Game with Vestiges', ed., Mike Gane, *Baudrillard Live: Selected Interviews* (London : Routledge, 1984), p. 94 이하 참조.
47) 전게서, pp. 93-95 참조.

은 주로 『종언의 환상』에 나타나 있다. 그는 역사가 더 이상 실개이기 않다고 여긴다. 모든 인류가 갑작스레 '실재를 떠나 버렸다'는 말에 동의하고, '역사는 사라졌다'고 말한다. 역사가 실재이고 유의미한 영역을, 그 장소를 인류가 벗어나 버렸다는 것이다. 무엇이 우리에게 의미의 장(場)이 가지고 있는 중력의 힘을 벗어날 만한 탈출속도를 주었는가? 보드리야르는 다음과 같이 생각할 수 있을 것으로 말하고 있다.

근대와 기술, 사건들과 미디어의 가속, 그리고 모든 교환행위들—경제적, 정치적, 성적인—의 가속이 우리가 '탈출속도'에 이르도록 부추겼다. 그 결과로 우리는 실재와 역사라는 참조영역(referential sphere)으로부터 흘러나와 자유롭게 되었다. 우리는 '해방되었다.'—이 말이 갖는 모든 의미에서 그렇다. 그래서 우리는 어떤 시공의 세계를 떠나 버렸고, 어떤 지평 즉 실재가 가능한 지평, 중력이 사건들을 끌어당겨 반영하고, 그래서 어떤 식으로든 견디어 내고 모종의 결과를 가져올 만큼 중력이 충분히 강력한 어떤 지평이 존재하기 때문에 실재가 가능했던 지평을 우리는 통과해 버린 것이다. [48]

참조영역, 실재가 가능한 지평, 다양한 사건들을 끌어들여 적절한 의미를 부여할 만한 중력이 있는 지평이 존재하지 않으니, 개별적인 모든 사실과 사건들이 해방을 맞이했다. 중력의 영향을 벗어났으므로, 모든 사물들, 메시지 등이 원심의 방향으로 맹렬한 속도로 흩어지고 있는 것이다. 모든 정치적, 역사적, 문화적 사실이 가지고 있다는 운동 에너지, "이 에너지는 그 사실을 그 자신의 공간으로부터 떼어내어 초공간으로—거기서는 그 사실이 다신 되돌아오지 않을 것이므로, 그것은 일체의 의미를 상실하게 되는—초공간으로 쫓아 보내 버리는 것이다."[49] 사물들이 가지고 있는 이 원심적인 에너지는 하나의 의미있는 지평을 벗어나, 초공간 안으로—너무나 광대하여 의미의 궤적을 그릴 수도 없는 공간 안으로 흩어져 간다. 사물들, 메시지, 과정들이 아무런 유기적 관련없이 원자처럼 부유하고, 뿐만 아니라 빠른 속도로 제각기의 방향으로 운동하고 있다. 모든 사물이나 사건들을 끌어당길 수 있는 힘, 즉 역사의 법칙 같은 것이 존재

---

48) *The Illusion of the End* (Oxford : Polity Press, 1994), p. 1 참조.
49) 전게서, p. 2.

하지 않는다. 따라서 사물들은 다른 사건과의 관련하에 있는 것이 아니라 하나하나가 따로 목적을 지닌 것으로 보인다. 모든 것이 제각기 제 목적성을 지니고 있으므로 광란과 유사하다.

보드리야르에 대한 불교적 옹호

우리는 생명체같이 무한증식하는 시뮬레이션의 사물들에 둘러싸여, 같은 것을 그것도 너무 많이 보고, 듣고, 소비하여 비대한 존재가 되었다. 미디어가 생산해 내는 수많은 사물, 사건, 부호를, 그것들의 실재성에 대하여 의심하지 않고 소비해 간다. 우리는 서로 같은 것을 받아먹어 비밀이 없어져 외설적 존재로 되어 버렸다. 사람은 재생된(simulated) 질서 안에 편입되어 버렸고, 사물들의 전략에 희생되었다. 사람은 사물처럼, 사물은 사람과 같이 변질한 사회를 우리는 황홀하게 살아가고 있다.

엄밀하게 이야기하여 기댈 것이 아무 데도 없다는 보드리야르의 현대문화 비판은, 과연 자기파괴적인 것 이상으로 무엇을 하고 있는지에 대하여 많이 논의되었고, 그의 저서는 환영과 거부의 두 가지 반응을 일으켰다고한다. [50] 보드리야르에 대한 비판은, 주로 그가 주관을 객관에 종속시키고, 주·객관 사이의 매개를 말하지 않았다는 점, 따라서 일종의 결정론에 빠지고 말았다는 점에 초점을 두고 있다. 켈너는 보드리야르의 계획이 행위인과 매개에 대한 이론의 결여로 손상되었다 하고, 그의 이론은 언제나 사회적 결정론에 근접하거나 때로는 결정론을 시인하고, 이 결정론으로써 부호와 사회적 기제와 통제, 또는 사물이 주체의 생각과 행위들을 지배하게 되었고, 주체가 사물세계 위의 주권을 갖는 대신 그 노예로 되어 버렸다는 것이다. [51] 결과적으로 정치적 행위인의 이론에 결정적으로 의존해 있는 정치이론은, 투쟁과 정치적 변화에 대한 정치이론은 적어도 보드리야르 이론 안에서는 이제 불가능하게 되어 버렸다.

켈너가 지적한 대로, 주관을 과도하게 위축시키고, 객관과의 매개가능성을 부정한다는 점에서는 보드리야르가 지나쳤다고 할 수도 있을 것이

---

50) David Glover, 'Speculation to the death', *Radical Philosophy 73* (Sept/Oct 1995), p. 45 참조.
51) Douglas Kellner, *Jean Baudrillard : From Marxism to PostModernism & Beyond* (Stanford : Stanford University Press, 1989), p. 216.

다. 그러나 2500년 전 석존의 시절에 비하면 오늘날의 사물은 훨씬 증강된 침투력으로 마음이나 의식의 지평에 뛰어들어 와서 인간을 수동적으로 만들었다는 점은 인정할 수 있을 것이다. 이런 점을 감안하면, 보드리야르의 현대 소비사회의 일상성에 대한 분석과 근원적인 비판은 불교적인 데가 있다. 그에 따르면, 시뮬라크르와 실재의 관계에 있어서 우리는 현대에 들어와서 비로소 3단계에 들어왔다고 했다. 하지만, 수동성과 고를 야기하는 중생세계가 육입처로 만들어진다 하고, 수행의 목표로서 그 세계의 지멸과 공을 제시한 것을 보면, 인도의 중생은 2500년 전부터 제3단계에 들어가 있었다고 해야 할 것이다. [52] 석존과 지눌의 입장에서 보면, 중생의 세계란 고대인도이든 현대이든 실재와의 관계를 상실한 세계이고, 실재가 떠나 버리고 대신 초실재들로 들끓는 세계이다. 석존과 보드리야르의 공통점은, 인간의 처지가 그가 처해 있는 장소의 성격에 크게 의존하여 있다는 점에 대한 강조일 것이다. 보드리야르는 하지만 현대에 승가 같은 피신의 장소를 염두에 두고 있는 것 같지 않다.

선정과 광고의 전투

불교와 현대의 차이는 선정과 광고의 차이로 드러낼 수 있다. 보드리야르가 지적한 대로, "광고는 개별적인 사물에 대해 말하면서 실질적으로는 모든 사물을 예찬하고, 개별적인 사물 및 상표를 통해서 총체로서의 사물, 사물과 상표의 총화(總和)로서의 세계에 대해 말하는 것"이다. [53] 광고는 또한 소비자 한 사람을 상대하는 것이 아니라, 총체로서의 소비자를 상대하고, 특히 광고의 "메시지 그 자체와 코드 속에 처음부터 잠복해 있는 공범 및 공모의 관계를 통해서 소비자를 부족의 성원 같은 존재로 만들어 버린다."[54] 광고는 따라서 그것을 창출한 현대라는 사회의 실재성과 가치를 만들고 강화해 나가는 동시에, 현대인 모두를 광고의 수용자로 한통속으로 만들어 가는 흡인력을 지니고 있다. 광고라는 미디어에 대해

---

52) 시뮬라크르에 대한 보드리야르의 3단계설에 따르면, 카스트와 엄격한 계급이 존재했던 고대인도 사회는 모든 부호들 안에 자의적인 것이 없었던 사회로 원본과 시뮬라크르의 관계하에 있었던 사회이다. *Simulations*, pp. 83-84 참조.
53) 『소비의 사회』, p. 181.
54) 전게서, pp. 181-182.

서 보드리야르는 다음과 같이 말하고 있다.

진정 미디어의 메시지는 궁극적으로 다음과 같은 것이다. 즉, 소비사회라는 전체주의적 메시지. [⋯⋯] 그렇지만 이런 기술적인 복합체는 일종의 긴급한 메시지를 전달해 준다. 메시지 소비의 메시지, 거대화와 자동화에 대한 메시지, 정보를 모두 상품으로서 평균화한 일에 대한 메시지, 부호로 다뤄진 내용에 대한 찬양의 메시지가 바로 그것이다. (이런 점에서, 광고는 당대최고의 미디어이다.)[55]

현대사회에서 최고의 미디어라는 광고의 작용을 불교의 지각론을 통해서 한 번 설명해 보자. 광고는 의식적으로 무의식적으로 마음과 의식에 강렬한 이미지(想)를 심어 주어서 구매충동을 야기시키거나 특정한 상품을 선택하게끔 유도한다. 어떤 특정한 상품이 우리를 위해서 '존재하며', 그것이 바로 '내 것이 될 수 있다'는 거짓된 믿음을 마음과 몸에 심으려고 하는 것이 광고의 성격이다. 마음과 의식에 공의 지평을 부단히 사물로 오염시키는 것이다. 이렇게 광고는 인간의 의식에 무와 공의 무한지평을 가르쳐 주려는 선정과는 정반대의 작용을 한다. 더욱이 광고는 미남과 미녀 탤런트를 동원하여, 건강과 미를 매개로 하는 성적 본능에도 호소하고 있다. 광고의 반불교적인 성격은 다음 두 가지이다. 하나는 보이는 것, 측정할 수 있는 것을 통해서 얻는 행복만이 진정한 의미의 행복인 양 중생을 속인다는 것이고, 또 하나는 그 외면적 행복을 줄 수 있는 일상적인 세계전체를 실재로 보이게 하는 것이다. 한마디로 선정은 사물의 실재성을 무화시켜 마음의 청정을 지키고자 하는 것이고, 광고는 초실재적 사물로 이 공간을 침투하고자 하므로, 광고와 선정 사이에 창과 방패의 전투가 벌어지고 있다고 볼 수 있다.

55) Jean Baudrillard, 'Compte Rendu de Marshall Macluhan : *Understanding Media-The Extensions of Man,*' *L'Homme et la societe,* no. 5 (July -September 1967), p. 230 ; John Fekete, *The Critical Twilight: Explorations in the Ideology of Anglo-American Literary Theory from Eliot to McLuhan* (London : Routledge & Kegan Paul, 1977), p. 163에서 재인용.

Ⅲ. 결 론

광고로 대표되는 현대사회에 선정을 그 주된 가르침으로 삼고 있는 불교를 부흥할 수 있을까? 불교의 동기론에 따르면, 현대라는 시대는 불교적인 주관성을 박탈하는 조건이 아니라, 단순히 마음의 내면을 지키기 어렵게 하는 역경이고, 애욕과 무명 등의 동기를 유발하는 조건에 불과하다. 불교는 환원될 수 없는 주관성의 성취가능성에 대한 믿음에 토대를 둔 하나의 낙관론이다. 그러나 구원은 장소의 성격이 개선되기 전에는 불가능한 일이다. 석존은 그가 살아 있는 동안 사물의 힘을 최소화하는 승가공동체를 수립할 수 있었다. 이런 사실을 참고로 삼아, 재가자가 개인적으로 매스미디어에 덜 노출되는 길도 구원에 도움이 될 것이다. 이것을 전통적인 해법이라고 해보자. 이것이 물론 불교문화의 부흥은 아니다. 문화란 소수집단이 아니라 대중과 관련된 것이기 때문이다. 이러한 불교 전통적인 해법에는 또 다른 문제가 있다. 돌아갈 공간이 더 이상 남아 있지 않다고 볼 수 있기 때문이다. 보드리야르의 '객관적인 인질'이 그러한 공간이 남아 있지 않음을 의미한다. [56] 핵탄두는 우리 모두가 인질상태에 있음을 드러내는 상징의 하나이다. 핵탄두는 우리 자신의 죽음을 결정할 수 있는 잣대를 앗아 갔다. 만일 인질론에 대한 보드리야르의 주장이 타당하다면, 출가승단도 인질상태에 있다. 이러한 인질론 앞에서는 불교가 전통적으로 강조해 온 개인적이고 실존적인 죽음의 의미도 현대에는 퇴색되고 말 것이다.

불교가 대중의 일상적인 욕구를 감안하고 현대에 순응함으로써, 즉 일상성에 대한 불교의 근원적인 비판을 조절, 완화, 또는 잠재움으로써 성취되는 불교부흥은 어떨까? 이는 불교의 부흥이 아니라 변질이다. 세속화된 불교를 신앙하는 사람의 숫자가 아무리 많다고 해도 이는 올바른 방향의 불교부흥이 아니다.

올바른 불교부흥은 소비의 감소, 즉 욕망의 조절과 감소에서 찾아야 할 것이다. 그런데 이것이 가능할까? 자본주의 문명과 현대 소비사회가 만들어 낸 공간의 성격을 전면적으로 수성할 수 있을까? 소비자 대중을 성

---

56) *Fatal Strategies*, p. 34 이하 참조.

자로 만들 길이 있을까? 오늘날 그 어느 누구도 권력, 지식 또는 역사의 주체를 상정할 수 없다는 보드리야르의 주장에 따르면, 전면적 수정의 주체는 존재하지 않는다. 보드리야르의 분석이 일면적이고, 그의 결론이 결정론에 빠져 버렸다는 비판이 시사하듯이, 전면적 수정의 필요성은 공감조차 얻기 어렵다. 현대 소비사회에서의 인간의 수동성에 대한 전면적인 반성이 도래하기 전까지는 그 필요성이 대두되지도 않을 것이다. 현대 소비문화에 대한 보드리야르의 비판이 수용되고, 불교부흥의 필요성이 공감을 얻기까지, 그래서 사고와 행위에 있어서 근원적인 변화를 위한 계기가 분명해질 때까지, 불교부흥의 전망은 불투명하기 짝이 없다. 한동안 불교의 선정과 심해탈이라는 가치는, 현대 소비문화가 인간의 주관성과 자유에 미치는 치명적인 성격을 알려 줄 하나의 잣대로 남아 있어야 할 것이다.

인류역사의 전환기에 서서 전환의 올바른 방향을 모색하면서 불교부흥을 전망하려고 할 때 우리가 겪어야 하는 난점은 불교의 반야지에서도 온다. 반야지가 갖는 비인간 중심적인 태도는, 불교부흥을 전망하고 그것을 주도할 지식과 의지의 주체를 쉽사리 인정하지 않을 것으로 보인다. 그렇다면 내 몸은 내가 지키면서, 내가 머무는 장소의 질적인 우위를 유지하며 기다릴 수밖에 없을 것이다. 이러한 성성적적의 기다림이 수동성과 망연자실에 빠진 현대의 중생(매스)에게, 거의 물질로 변해 버린 중생에게 기대할 수 있는 최대치가 아닐까? 57)

---

57) 현대라는 공간이 그렇게 치명적인 것도 아니고, 문제가 있다 해도 이성의 힘으로 극복할 수 있다고 주장하는 자에게도, 세간에 대하여 근원적인 비판을 가해 온 불교는 할말이 있다. 이성이 제대로 작동하기 위해서도 공간의 성격이 달라질 것이고, 매스미디어로부터 마음과 몸을 지키는 정도만큼 이성이 작동하게 될 것이라고.

민주주의 및 자본주의 제도의 유교적 운용

정 인 재
(서강대)

1. 서론

현재 우리의 정치·경제·교육 등을 비롯한 모든 제도가 서구적인 틀로 짜여져 있다. 그러나 그것을 운용하는 마음 또는 의식은 여전히 전통적인 문화의 영향하에 있는 면이 많이 발견된다. 민주주의의 핵심이라 할 수 있는 지난 4월 11일 선거의 결과 정치구도는 지연, 학연, 혈연적 요소를 떨쳐 버리지 못하고 권위주의적 인물을 정점으로 하여 지방색(地方色)을 그대로 드러내고야 말았다. 민주주의라는 근대 정치제도는 해방 이후 줄곧 시행하여 왔지만, 의식은 여전히 전근대적으로 남아 있다는 지적이 나오고 있는 것이다.

민주주의와 자본주의는 근대 시민사회의 형성과 궤를 같이하고 있는 것이며, 유교는 전근대 농업사회의 산물인 것이다. 민주주의는 개인의 자유를 보장하고, 자본주의는 개인의 사유재산의 소유를 정당화하는 제도이다. 유학은 개인보다는 가족을 중시하는 경향을 가지고 있으며 소유형태는 가족의 공유형태를 가지고 있다. 양자가 어떻게 만날 수 있는지 살펴보는 것이 본 논문의 과제인 것이다.

유교의 정치이념이 가장 잘 나타난 『대학』을 보면, 수신(修身)을 중심으로 하여 내성(內聖), 외성(外聖)의 길이 나뉘어져 있다. 그것은 인간을 도덕의 주체로 파악하고, 인간의 본성 속에 내재한 덕성을 밖으로 환히 드러내도록 하는 명명덕(明明德)과 이를 바탕으로 하여 백성과의 친화력을 실천하는 친민(親民), 그리고 인간의 독선을 막기 위해 끊임없이 노력해야 도달할 수 있는 지어지선(止於至善)으로 되어 있다. 이 세 가지의 가장 기본적인 강령을 어떻게 실현할 수 있는가의 구체적인 세목이 8가지로 나뉘어져 있다. 불교의 대승적 이념을 받아들이면서 이를 극복하는 과정에서 신유학은 내성(內聖)의 수양영역을 강화하여 정교한 체계를 건립하였다. 주자학에서의 격물치지나 양명학에서의 치량지는 성학(聖學)에 이르는 길을 달리했을 뿐이다. 명(明)이 이족(異族)의 폭력에 의해 멸망하자, 외왕(外王)의 측면에 관심을 돌린 것은 청초(淸初)의 유로(遺老) 즉 황종희, 왕부지, 고염무 등이었던 것이다. 그들이 당시 통치자의 '가천하'(家天下)에 대한 비판은 하였으되 오늘날과 같은 민주주의나 자본주의 제도화에는 생각이 미치지 못한 것이다.

그것은 『대학』이 구조적인 문제, 즉 제가(齊家)와 치국(治國) 사이에 빠져 있는 공동체, 즉 '시민사회'에 대한 인식이 없었던 것이다. 다시 말해 근대국가는 시민사회 성원들의 계약에 의해 탄생되었는데 비하여 전통적 국가는 그러한 아래로부터의 기반이 없었던 것이다.

사실 시민사회는 '개인'의 '재산권 처분'을 자유롭게 허용하는 정치제도와 자유롭게 매매교환할 수 있는 시장체제를 전제로 하고 있다. 그러므로 『대학』이 보여 주고 있듯이 유가의 정치, 경제사상은 새로운 보완을 필요로 하는 것이다. 그것은 바로 '서구의 민주주의 제도와 자본주의 제도를 어떻게 유가의 정치, 경제이상과 잘 조화시킬 것인가?' 하는 오늘의 문제인 것이다.

이러한 문제의식은 모종삼(牟宗三)을 비롯한 현대 신유가들의 '신외왕' (新外王)이라는 말속에 벌써 담겨 있었던 것이다. 외왕은 내성을 전제로 하여 성립되는 것이라고 한다면 이 말속에는 '내성외왕'을 새롭게 해석하겠다는 뜻이 담겨 있다. '내성외왕'은 유가의 도덕 이상주의를 표현할 말이기도 한데 외적인 정치는 내적인 도덕윤리와 불가분의 관계를 가지고 있다고 믿었다. 개인의 도덕, 수양이 극기 결국 타인 또는 백성을 편안케 하는 정치(安人)와 불가분의 관계를 가지고 있다는 말이다.

유가는 불교와 노장의 정신을 비판적으로 계승하여 그들을 능가할 수 있는 새로운 체계를 건립하였다. 신유가는 내성을 외왕과 연계시킴으로써 내신(內修)에 치중한 불로(佛老)의 약점을 극복하고 자기수양뿐 아니라 천하에 대하여 책임의식을 갖는 도덕의 주체를 확립시킬 수 있었다. 그러나 서세동점(西勢東漸)으로 인하여 한대(漢代)부터 2천 년간 유지되어 오던 '국가유학 체제'(State Confucianism)에 동요가 생기었고 신해혁명(辛亥革命)으로 해체되고 말았다. 5·4 운동 당시 지식인들은 사(沙 : Science)선생과 덕(德 : Democracy)선생을 모셔오는 것을 과제로 삼았다. 현대 신유가들은 전반 서화론자들과 달리 서구의 민주주의 제도를 '내성외왕'의 틀에서 받아들이려고 하였다. 이 과정에서 '신외왕'의 문제의식이 등장한 것이다. 이제 유학은 모종삼이 제기하였고 두유명(杜維明)이 계승시킨 바와 같이 제3기의 발전시대에 직면해 있는 것이다. 제2기가 불교와 유학을 결합시켜 새로운 유학으로 탄생시킨 신유가라고 한다면 제3기는 서구의 제도, 즉 민주주의 및 자본주의 제도와 신유학을 조화있게 발전시켜 새로운 체계를 모색하는 신외왕의 시대인 것이다. 본고는 민주주의와 자본주의 두 가지 면에서 현대 신유학자들의 신외왕의 견해를 살펴보고자 한다.

2. 민주주의 제도의 유교적 운용

'민주주의'(Democracy)라는 말은 정의하기가 매우 어려우나 대체로 링컨의 켓티스버그의 연설에서 한 '백성(民)에 의한'(by the people), '백성을 위한'(for the people) 그리고 '백성의'(of the people) 정부를 우선 표준으로 생각하게 된다. 이러한 표준에서 생각할 때 유교적 전통정치에는 '백성을 위한' 백성의 정치를 했던 '민본주의'는 있었으되, '백성에 의한' 민주주의 정치제도는 만들어 내지 못하였다고 할 수 있다.

이러한 문제에 대하여 분명히 밝힌 것이 모종삼의 정도(政道)와 치도(治道)의 구분이다. 그에 의하면 중국에는 정권을 획득하는 길, 즉 정도는 없었고 오직 현실을 안정시키는 길, 즉 치도만이 있었다는 것이다. 그는 이렇게 말하였다.

"중국 이전에 정권을 취득하는 방식은 무력으로 천하를 빼앗는 것에 의존한 것이어서 정권의 원천은 비이성적이었다. 이것은 황제가 빼앗은 것이었다. 곁의 사람들은 관여할 수가 없었다. 관여할 수 있는 것은 단지 제2의(義) 이하의 것이었다. 정권래원 방면에서 건드릴 수 없는 것을 제외하고는 기타방면에서는 매우 자유롭고 평등하였다. 그래서 이전에는 단지 '치권의 민주'만이 있었고 '정권의 민주'는 없었다고 할 수 있다. 진사시험을 보거나, 과거에서 관리를 등용하는 것 등은 치권이 매우 민주적이었음을 알 수 있다. "[1]

모종삼의 견해에 의하면 '정권의 민주'는 바로 백성에 의한 정부를 말하는데 과거에는 정권을 얻는 길이 오늘날처럼 '선거제도', '언론자유' 등을 통한 '민의'(民意)가 반영된 선출이 아니라 쿠데타적인 방법(打天下)에 의존하였기 때문에 합리적이지 못하였다는 것이다. 이러한 비합리적인 수단으로 정권을 얻은 군(皇帝)의 정치권력에 신민(臣民)을 예속화시키는 법가(法家)의 정치사상과는 달리 유가는 군(君)의 정치권력이 남용되지 않도록 '백성을 위하는 정치'(民本主義)를 만들었다. 그것이 바로 덕치(德治)인 것이다.

서복관도 "중국의 정치사상'은 법가를 제외하고 모두 민본주의라고 할 수 있으며 이는 바로 백성(民)이 정치의 주체라고 인정하는 것이다. 그러나 중국 몇천 년의 실제정치는 오히려 전제정치였다"[2]고 하여 권력은 근원, 즉 '권원'(權原)문제에서 정치이념상에는 '민'(民)이 주체가 되고 현실정치에서는 군이 주체가 되어 양자 사이에서 생긴 모순을 해결하기 위하여 덕치라는 방법을 유가에서 제시한 것이라고 하였다. 그러니까 '덕치'는 민본주의의 핵심이라고 할 수 있다.

'덕치'의 이상은 물론 공자의' 인문주의 정신에서 나온 것이다. 공자는 위정이덕(爲政以德)의 정신에 입각하여 백성(民)을 형벌에 의해 통치의 대상이 아닌 예치(禮治)와 덕치(德治)의 주체임을 분명히 하였다.[3] 예치가 통치의 외재적 형식을 말하는 것이라면 덕치는 그 내재적 내용, 즉 인(仁)을 가리키는 것이다. 공자의 '정명론'(正名論)의 예치의 문란에서 오는 당시 정치상황을 바로잡기 위해서 생긴 것이다. 그것은 '정명'(正名)이 바로 예악(禮樂)과 형벌(刑罰)의 기초가 된다고 생각했기 때문이다. 그런데 예가 합리적이고 정당한지 여부는 그 내용이 '의'를 표준으로 삼아야 하며 더 나가서는 그 속에 '인', 즉 공심(公心 : public mind)이 들어

1) 牟宗三, 『政道與治道』(台灣, 學生書局, 1983), p. 24.
2) 徐復觀, 『中國的治道』(台灣, 學生書局, 1985), p. 104.
3) 『論語, 爲政』.

있는가 없는가에 달려 있다. [4)

인은 사회규범과 도덕의 질서일 뿐만 아니라 모든 도덕행위의 최후의
근거가 된다. 인은 남을 사랑하는 행위이므로 인을 통하여 자기와 남은
일체감을 갖게 되는 것이다. 그것은 인의 실천, 즉 충서(忠恕)를 통하여
확인할 수 있다. 공자는 한편으로는 자기가 하고 싶지 않은 것은 남에게
베풀지 말라고 하였고, 또 한편으로는 '자기가 서고 싶으면 남도 세워 주
고, 자기가 영달하고 싶으면 남도 영달시켜 주어라'고 하였다. [5) 풍우란
(馮友蘭)은 이것을 사랑의 실천의 소극적 방법(恕)과 적극적 방법(忠)이
라고 해석하였다. [6) 이것은 자기의 처지를 미루어서 남의 입장을 이해하
는 '추기급인'(推己及人)이며 자기의 사욕을 억제하고 사회규범을 준수하
는 '극기복례'(克己復禮)로써 나타나기도 하는 것이다.

공자의 인학(仁學)은 도덕의 주체성과 공유성을 동시에 확립하여 유가
덕치사상의 기틀을 마련하였다. 맹자는 그의 인정론(仁政論)에서 덕치사
상을 한층 더 발전시켜 '민귀군경'(民貴君輕)의 민본주의를 세워 놓았다.
맹자가 말하는 민본의 내용은 민심의 향배에 따라서 그 정권의 합리성 및
정권이양의 근거가 결정된다는 것이다.

"걸주(桀紂)가 천하를 잃은 것은 그 민(民)을 잃은 것이며 그 민을 잃
었다는 것은 반드시 민심을 잃은 것이다. 천하를 얻는 데 방법이 있다.
그들의 마음을 얻으면 이것이 곧 민을 얻는 것이다. "[7)

따라서 맹자는 무력에 의하여 정권을 얻는 방법인 패도정치(覇道政治)
보다는 인을 실시하여 정권을 얻는 왕도정치(王道政治)를 이상적인 모델
로 제시하기도 하였다. 그러나 현실정치는 늘 '타천하'(打天下)하는 군의
손에 의하여 지배되었다. 그렇다면 결국 폭력정치를 극복하는 길은 무엇
인가? 그것은 도덕정치의 실현을 통하여 민심을 얻은 치자가 극복할 수
있다는 것이다. 맹자는 이렇게 주장하였다.

"제선왕 질문: 탕(湯)이 걸(桀)을 내쫓고 무왕(武王)이 주(紂)를 정벌
하였다는데 그런 사실이 있습니까? 맹자의 대답: 서전에 그런 말이 있

---

4) 勞思光著, 鄭仁在 譯, 『中國哲學史』(古代篇), 서울, 探究堂, 1986, pp.
   464-476.
5) 『論語, 雍也』, "夫仁者 己欲立而立人 己欲達而達人."
6) 馮友蘭, 『中國哲學史新編』(北京, 人民出版社), 1962, p. 115.
7) 『孟子, 梁惠王下』.

다. 질문 : 신하가 자기 임금(君)을 시해(弑)하는 것이 가능합니까? 대답 : 인을 해치는 자를 일러 도적이라 하고, 의를 도적질하는 자를 잔인하다고 한다. 잔적(殘賊)한 사람은 일부(一夫)라고 한다. 일부를 죽였다는 말은 들었어도 군을 시해했다는 말은 아직 듣지 못하였다. "8)

맹자에 의하면 걸주는 폭력에 의한 정치를 하여 민심을 잃었기 때문에 단지 '독천'(獨夫)에 지나지 않는다는 것이다. 따라서 민심을 얻은 탕과 무왕이 민을 대신하여 방벌하였다는 것이다. 맹자의 '방벌론'은 공자의 '정명론'을 정권정당성 여부를 결정하는 데 적용한 것이기도 하다.

이러한 공자·맹자의 '민본주의' 정치설이 현재의 '민주주의'와 어떻게 결합이 가능할 것인가? 다시 말해 민주주의 제도를 어떻게 유교적 민본주의와 결합시켜 운용할 것인가의 문제인 것이다. 이에 대하여 현대 신유가들은 서로 다양한 의견을 보여 주었다. 그러나 대체로 결합가능성을 긍정하는 쪽과 부정하는 쪽으로 나뉘어진다.

우선 부정의 측면에서 살펴보면 섭보강(葉保强)은 현대 신유가의 이론적 엉성함을 지적하면서, 유가윤리는 형이상학적 내용분석에 치우쳐 민주제도의 관건인 제도조직과 권력의 분배 그리고 제충(制衝)의 문제에 소홀히 하였다는 것이다.9) 그리고 장경(莊慶)은 현대 신유학의 최대위기는 아직도 '신외왕'을 열어 놓지 못하였다는 것이다. 그 이유로 현대 신유학이 내성에 치우쳐 개인화, 내재화, 초월화, 형이상학화되어 버렸다고 지적하였다. 그는 이러한 유학을 심성유학이라 일컫고 이것을 극복하고 신외왕인 정치유학으로 발전하기 위해서 9가지 특징을 들었다. 그 중요한 것을 살펴보면 정치유학은 사회와 제도, 현재의 역사에 관심을 두고 현실적 실천을 중시 여기는 유학으로써 외재적인 예나 왕제를 수립하여 인성을 변화시켜 나아간다는 입장이다. 따라서 인성문제에 있어서 순자의 성악설을 받아들이고 경험적 차원에서 인성을 보기 때문에 맹자에서 발견되는 바와 같은 도덕성, 즉 덕성을 인성하지 않는다. 정치유학은 합법적 정치질서를 건립하고 정치권력을 합법화하기 때문에 예의 실현을 통한 덕치와 예치를 역시 언급하지 않을 수 없다. 정치유학도 유학이므로 정치와

---

8) 同上.
9) 葉保强, 「當代新儒家與民主觀念的建構」, 『當代新儒家論文集』 外王篇(台北, 文津出版社, 1991), pp. 85-88.

도덕은 엄격하게 구별되지 않는다[10]는 것이다.

유기는 힌대(漢代)에 이르러 예악정치의 정치, 법률제도를 건립하였는데 당시로서는 가장 합리성과 합법성을 지닌 제도였다는 것이다. 왜냐하면 당시의 정치질서에서 선택할 수 있는 길은 세 가지밖에 없었기 때문이다. 그것은 첫째, 제후들이 혼전하는 것, 둘째, 강력한 진(秦)의 무력통치에 맡겨 버리는 것, 셋째, 유가의 덕주형보(德主刑補)의 대일통(大一統)의 정치제도이다. 당시 유가가 이러한 제도를 건립한 것은 당시인들이 보편적으로 인정하고 자기 것으로 받아들인(認同) 것이다. 이러한 한제(漢制)는 Rome 황제의 입법제도와 비견할 수 있으며, 중국역사상 유가가 열어 놓은 가장 찬란한 외왕사업이라는 것이다. [11]

장씨(蔣氏)는 정치유학과 심성유학은 연원이 다르고, 방법이 다르며 인성에 대한 견해도 같지 않을 뿐 아니라, 사회, 현실에 대한 관심, 예악제도에 대한 태도 등이 다르기 때문에 각자가 자신의 적응범위를 가지고 있어 혼동할 수가 없다. 양자를 떼어놓으면 둘 다 아름답지만 합해 놓으면 두 가지 다 상처를 입는다고 하였다. 그러므로 심성유학은 내성에만 관심을 두어야지 외왕까지 요구할 수가 없다[12]는 것이다.

장씨가 이같이 심성유학과 정치유학을 대비하였는데, 심성유학이 맹자의 성선설에 두고 있음이 뚜렷해졌다. 그리고 전자는 민심의 향배에 따라 천하를 얻고 잃는다고 생각하여 '민귀군경'에 입각한 '왕도주의'를 주장하였는데 후자는 왕도주의와 패도주의를 혼합하여 "덕주형보"를 실행할 수 있는 제도화된 유학(institutional Con- fucianism)을 강조하였다.

그러나 현대 신유학자들의 심성유학이나 장씨의 정치유학이 다같이 덕치를 주장하고 있다는 점에서는 공통점을 찾을 수 있다. 유가의 정치적 설계는 덕치를 기반으로 하는 '내성외왕'의 이상적 모델에 결정되어 있는 것이다. 김요기(金耀基)의 분석에 의하면, 한대 이후 왕조의 정당성은 '정통'(正統)관념을 포괄하여 모두 유가를 벗어날 수 없는 것이었다. 이러한 상황 아래에서 '국가유학'(state confucianism) 체제가 실현되었던 것이다. 유가의 정치설계는 도덕과 정치가 합일되는 '내성외왕'이며 이것

10) 蔣慶, 「從心性儒學走向政治儒學」, 同上, pp. 153-178.
11) 同上.
12) 同上.

은 '정교합일'인 것이다. 유가가 제국체제 속에 납입되었지만 참된 유자(儒者)는 제왕을 대표하는 '정통' 이외에 정신적으로 소왕(素王；孔子)을 대표하는 도통(道統)이 있음을 언제나 인정하고 그와 함께 하였다. (認同) 그러나 '도통'은 조직을 가지고 있지 않았으며 도는 형식을 갖춘 구속력(제도)이 없고 단지 개인의 자각노력에 의거하였기 때문에 '세'(勢)를 가진 '정통'에 결정적인 제충작용을 발생시키지 못하였던 것이다. [13)]

'천명론'에 의하여 합법적 지위를 얻은 보편왕권은 경학의 훈련을 받은 '관료조직'과 합하여 방대한 행정지도적 경향의 제국을 발전시켰다. 이론적으로는 국가 또는 왕권이 절대권을 행사할 수 있는 것 같았지만 사실상 국가 또는 인군(人君)은 '교민'(敎民), '양민'(養民) '부민'(富民)의 책임을 동시에 지고 있었던 것이다. 김요기는 이렇게 주장하였다.

"중국통일성의 국가유학 체제의 특성은 그것의 절대적 전제성 또는 존제(尊制)의 '절대성'에 있지 않고 그 체제 안에 진정한 제충의 기제가 없었다는 데 있었다. 왜냐하면 '내성외왕'의 이념은 인군이 사회에 대하여 제도적으로 제충을 가할 수 있는 가능성을 배제하였으며, 또 체제 '밖'에서도 국가 또는 인군이 사회에 대하여 '간여'와 '전화'(轉化)의 책임과 권력을 가지고 있음으로 말미암아, 금자탑형(型)의 국가기구(皇帝의 관료기구가 덧붙여진 것)의 밖에서 독립된 반제역량(反制力量) 승인 또는 윤허(允許)를 근본적으로 배제하였다. 국가 밖에 서양의 '시민사회'가 없었다. 제국중심의 사회도 단일중심적이었지 다원중심적이 아니었다. 엄격히 말해 '사회'는 하나의 개념으로 되어 전재하지 않은 것이다. 국가에 대하여 말하면 그것(사회)은 단지 국가의 잉여개념(residual concept)일 뿐이다."[14)] 총괄적으로 말해 통일성의 '국가유학 체제'는 제도적 구조에서 가치규범에서 국가가 사회를 지배하는 형태를 형성하여 모두 내재적으로 '민주정치'를 발전시켜 낼 수 있는 방법이 없었다. 한대 이후 현대에 이르기까지 중국에서 민주정치를 발전시킬 수 없었던 이유를 알 수 있게 되었다. 그것은 장씨가 순자의 영향을 받은 한대의 정치유학이 신외왕의 가능성을 설명한 것과 보완이 되면서도 대조가 된다. '내성외왕'의 이념을

---

13) 金耀基, 「中國政治傳統與民主轉化」, 『中國社會與文化』(香港, 牛津大學出版社, 1992), p. 117.
14) 同上.

표방한 유가의 '덕치'는 '민본주의'는 가능해도 민주주의는 이끌어 내지 못하였다는 것이다. 국가가 사회를 지배하는 국가유학 체제는 안팎으로 절대권력을 제어하여 균형을 이루는 제도적 장치가 없었기 때문이다.

두유명은 그러므로 민주운동과 유가전통은 서로 충돌이 된다고 하였다. 민주운동은 적대항형(敵對抗衡)의 가치 위에 세워져 있는데 유가의 도덕이성의 기본관점은 신뢰, 즉 사회에 대한 신뢰이며 유가의 정치가는 자기의 권력을 자아제약의 능력을 가졌을 뿐 아니라 인민복지에 대한 일정한 승낙을 가지고 있다. 그들은 의무의 관점에서 정권의 사회작용을 이해한다. 그러므로 진정으로 유가정신을 체득한 지식인은 늘 정치투쟁중 희생을 당하게 된다. 현대 중국대륙을 보면 뚜렷하다. 지식인은 권력도 없고 세력도 없어 늘 개혁중의 희생자가 된다. 이것은 유가의 도덕이성의 설득력이 더욱더 약해진다는 것을 뜻한다. [15] 그러나 이와 반대되는 견해도 적지 않게 있다.

이제 민주주의 제도와 유교의 결합가능성을 긍정적으로 본 현대 신유가를 소개하면 다음과 같다.

당군의(唐君毅)에 의하면 이상적인 민주정치는 중국종권의(禮治, 人治) 덕치를 포함하고 있다. 그리고 민주정치는 반드시 덕치와 합통하지 않을 수 없다고 하여 이렇게 말하였다. "오직 내가 바라는 예치, 인치, 덕치는 법치를 초월하면서도 법치를 언급하지 않은 것이 아니다. 이 때문에 반드시 법치를 포함하고 있어야 하며 역시 반드시 오늘날의 민주정치체제를 포함하고 있어야 한다."[16]

당군의의 견해는 덕치가 민주정치를 포함하고 있다는 것은 '백성에 의한 정치'도 결국 백성들 자체가 주체의식을 갖는 동시에 백성 개개인의 도덕의식의 함양을 통해서 보다 성숙한 민주정치를 실현할 수 있다는 것이다. 달리 말해 법치에 근거한 민주정치는 덕치의 이상을 실현하는 수단이라는 것이다. 법치라 하여 법이 저절로 실행되는 것이 아니라 사람에 의하여 집행된다. 도덕적으로 훌륭하지 못한 사람이 법을 실행하거나 집행하게 되면 법의 관철도 여전히 보장받을 수 없게 된다는 것이다. 당군의의 주장은 법치로 인치를 충실히 하거나 인치로 법치를 포용하는 것이

---

15) 杜維明, 『現代精神與儒家傳統』(台北, 聯經出版公司, 1996, 2), p. 372.
16) 唐君毅, 『文化意識與道德理性』(台北, 學生書局, 1972), pp. 283-284.

다. 인치와 법치를 서로 관장시킨다는 점에서 단순한 도구적 합리성에 기초한 법치를 도덕적 합리성에 근거한 덕치에 연계시킴으로써 법의 인문주의화, 이상주의화를 주장한 것이다.

현대 신유가인 모종삼은 내성과 외왕의 관계에 대하여 "대체로 외왕을 말하면 그것은 내성에 위배될 수 없다는 것은 역시 분명하다…… 유교는 도덕실천으로 중심을 삼기 때문에 비록 위로 천덕(天德)을 달성하여 성현이 되지만 역시 가(家), 국(國), 천하(天下)를 포섭하여 하나로 하였을 때 비로소 그 궁극적인 원만을 얻을 수 있다. 그러므로 정도는 역시 반드시 긍정되는 바가 되고 그 실현을 요구해야 하지만 반대로 정도 또한 반드시 심성지학에 통섭되어야 한다. 그것은 이 본원을 등지고 떠날 수가 없다"[17]고 하였다.

모종삼이 말하는 정도란 정권을 획득하는 합리적인 방법, 즉 선거에 의하여 최고통치자를 뽑는 민주주의 제도를 가리킨다. 정도가 심성지학에 통섭되어야 함을 주장한 것은 바로 내성지학에 민주주의 제도가 통섭된다는 것을 의미한다. 사실 민주주의는 서구 시민사회에서 생겨난 제도로써 서구는 벌써 몇백 년의 이론과 실천을 가지고 있는데, 중국은 신해혁명 이후, 우리 나라는 해방 이후 50여 년의 짧은 역사밖에 되지 않는다. 그것도 국가가 주도하는 시장경제 체제로 인하여 최근에서야 시민사회가 형성되어 가는 과정 중에서 민주주의에 대한 의식이 성장하고 있다고 보아야 할 것이다.

현대화된 정도와 치도, 즉 민주의 법치는 현재 제도화되어 있으나 내성의 덕치는 우리 사회에 과연 어떤 형태로 남아 있고 그 작용을 하는 것인가? 사실 유교는 해방 이후, 어떤 적극적 역할을 하였을까?

한국의 현대철학자인 고 이상은(故 李相殷) 선생님은 『민주재건을 위한 사상적 자세』에서 주국가는 국민이 주인이며, 민주정치하에서는 우리는 주인의 자세에서 살아야 하는데, 그것은 첫째 개개의 인간이 인격적 주체가 되어야 한다. 인격은 안과 밖으로 다 나타나며, 자기의 인격을 완성하는 일이 곧 '국격'(國格), 즉 사회의 질서가 바로잡힌 국가다운 국가를 완성하는 일이다. 둘째 자주성과 창의성을 가져야 한다. 우리는 주권을 가진 국민이니 나라의 일이 곧 나의 일이요, 나의 일이 즉 나라의 일

---

17) 牟宗三, 『政治與治道』.

이란 것을 자각한다면 우리의 자주성과 창의성을 사회생활, 공적 생활에도 잘 발휘할 수 있을 것이다. 셋째, 이(利)보다는 의(義)를 앞세우는 인생이 되어야 한다. 당위의식과 도의적 책임감에 사는 인생을 의의 인생이라 한다. 서양사람들은 개인주의, 이의 인생관에서 출발하여 최종에는 '개인의 의사나 욕구를 초월한 초개인적 권위', 즉 '이성과 양심의 권위'를 찾아내어 서양근대 자유주의, 민주주의를 성공으로 이끈 근본요인이 되었는데, 그것은 동양의 의의 정신과 하등 다를 것이 없다"[18]고 하였다.

여기서 우리는 신유가의 '내성외왕', '수기치인'의 정신이 그대로 반영되어 있음을 알 수 있다. 인격적 주체를 확립하여 자주성과 창의성을 가진 의로운 인생을 사는 것이 바로 내성이며 이러한 것은 사회질서를 바로잡아(治人) 국격을 완성하는 것이 공적인 생활에서 의를 발휘하게 되는 외왕과 직결된다는 것을 알 수 있다. 민주주의 제도(法治)의 유교적 운용(德治)을 더 명확하게 이렇게 말하였다.

"동양사람들은 인간을 처음부터 원자적, 고립인간으로 보지 않고 사회적 연대의식을 가지는 인성의 인간으로 보아 왔기 때문에 피차대립, 상호견제하는 의미의 법 대신에 상호이해와 동정과 존경에 근거한 '예양'정신을 발휘시켜 그것에 의하여 법없이도 사회생활을 자율적으로 유지해 왔던 것이다. ……오늘날 우리가 참된 민주주의를 수입해 들이려면 우리의 고유한 의의 인생관과 '예양'정신을 도로 살펴야 할 필요가 있다고 생각한다. 의의 정신, 예양정신의 뒷받침없이는 민주국가의 법질서는 세워질 수 없다. "[19]

서양의 원자적 개인주의에 기반을 둔 자유민주주의 한계에 대하여는 최근 함재봉의 글[20]에도 잘 나타나 있다. 그리고 주자학과 양명학에서 '자유'와 '개인주의' 전통을 찾는 De Bary의 글은 우리에게 시사하는 바가 많이 있다. 동양의 '수기'로서의 '기'는 언제나 안인으로서의 '인'과 연관을 갖는다는 의미에서 원자적 개인, Descartes적 '자아', Leibniz의 monad적 self와는 전혀 다르다. 우리의 민주주의는 법치와 아울러 동양

---

18) 李相殷, 『現代와 東洋思想』(서울, 日新社, 1963), pp. 314-327.
19) 同上, pp. 326-327.
20) 함재봉, 「근대사상의 해체와 통일한국의 정치이상」, 『삼국통일과 한국통일』(서울, 통나무, 1994), pp. 401-471.

의 덕치와 예치, 즉 의의 정신, 예양정신의 발휘가 요청되는 것이다.

신유가의 '신외왕'의 정신은 바로 '국격'을 세우고 의의 정신과 예양정신을 발휘하는 데 있으며 민주주의 제도는 이러한 정신의 바탕에서 서양보다 더 좋은 사회와 문화를 건설할 수 있을 것이라고 생각한다.

3. 자본주의 제도의 유교적 운용

'자본주의'와 유교의 연관성에 관하여는 국·내외 학자들의 논의가 많이 소개되어 있다. 현대 신유가 1, 2세대들이 공산주의와 대결하는 냉전체제 속에서 민주주의와 유교의 연계가능성을 주로 언급하였다면, 현대 신유가 3, 4세대들은 자본주의와 유교 심지어 유교적 자본주의에 크게 주목하고 있다.

동아시아 신흥 공업국가들이 서양의 각종제도와 과학기술을 받아들이면서 국가가 주도하는 경제발전을 하여 눈부신 성과를 이룩한 데 대하여 서양학자들이 먼저 관심을 갖기 시작하였고 1980년대부터 본격적으로 동아시아의 경제성장과 그 문화적 배경인 유교에 대하여 연구하기 시작하였다. 이것이 현대 신유가들에게 자본주의와 유교를 신외왕의 관점에서 볼 수 있게 하였다. 그중 가장 대표적인 인물로는 두유명, 성중영, 여영시 등이 있다.

우선 두유명의 견해를 살펴보면,

첫째, 국가 또는 정부가 사회보다 강하다는 것이다. 서양은 자유민주주의 기본적인 전제하에서 인민을 될 수 있는 대로 적게 그리고 약하게 컨트롤하는 정부일수록 좋다고 생각한다. 그러나 동양사회에서는 사람들이 정부는 사회의 안정, 번영, 평화, 발전에 대한 전면적인 책임을 져야 한다고 생각한다. 이러한 사회는 정치에 대하여 두 가지 요구를 가지고 있다. 첫째는 정치의 권위와 능력이요, 다른 하나는 일반인들이 정부는 전체국민의 복지를 보증해야 된다고 생각한다는 것이다.

그러므로 사회의 어떤 부문에서 문제가 발생하면 모두 정부가 해결해야 된다고 생각한다. 정부와 기업간에 커다란 모순이 없다. 서구와는 달리 동아시아 국가에서는 정부와 기업은 불편한 (抗衡) 관계가 아니라 기업계는 늘 정부의 힘을 빌리어 발전한다. 특히 국제경쟁을 하는 데 있어서 그러하다는 것이다.

이러한 현상은 동아시아 사회의 정치권력이 경제세력 위에 능가하고 있으며 권력과 금력의 결합이 매우 긴밀하다는 것을 뚜렷이 보여 주고 있다는 것이다. 동아사회는 여러 가지 다른 형식으로 정치적 실질정치적 측면이 사회 각 계층의 다른 영역에 침투하여 서양에서 말하는 충분한 시민사회가 없는 상황을 형성하였다.

둘째로 동아시아의 고시제도가 모두 유교문화의 영향을 받았다는 것이다. 과거, 수재를 뽑던 과거제도가 폐지되었지만, 그와 비슷한 고시제도, 입시제도, 입사제도가 그 뒤를 이어 그 역할을 하고 있다. 이 고시제도는 가정배경, 면담, 과외활동의 적극성, 소개편지 등을 고려하지 않고 오직 필기성적이 좋은가 나쁜가에 따라 합격이 결정된다. 단지 한 번의 고시로, 객관적 고시로 매년 몇천만의 동아청년의 전도가 결정되는 것이다.

이러한 고시제도의 중시로 인하여 많은 가정들이 사업, 재산을 희생하면서 다음 세대를 위하여 교육여건을 만들어 간다. 이런 상황에서 많은 청년들은 3방면에서 압박을 받고 있는데 즉 위(부모), 옆(경쟁상대의 친구), 그리고 자신(자아발전)으로부터 협공을 받는다는 것이다. 이러한 영향은 인격의 발전, 인간관계, 혼인, 사업 등등에 크게 미친다는 것이다.

셋째로 동아시아 가정은 공업 현대화 과정에서 큰 작용을 발휘하였다는 것이다. 가(家)의 개념이 물론 우리 나라와 일본이 서로 다르다. 양국이 다같이 장자계승으로 재산상속이 되지만 일본은 우리 나라와 달리 능력위주를 중시하므로 혈연관계가 없는 양자에게 상속이 가능한 것이다. 가정은 대와 대를 이어 주고 그들 사이의 가까운 정감을 유지시켜 주는 요소일 뿐 아니라 자본형성의 과정에서도 매우 큰 작용을 하였다. 따라서 자녀들의 부모에 의존하는 햇수(年限)도 서구에 비하여 길다. 서양은 기본적으로 17세가 되면 그 이후에는 독립발전을 하는데 동아시아에서는 대학 졸업 후에도 여전히 집에 거주하고 있는 경우가 많이 있다. 개인주의의 자유정신이 발휘되기엔 아직은 충분하지 못한 것이다.

가족주의 관념의 연장으로써 동학(同學), 동향, 동지, 동호, 동도(同

道), 붕우의 관계를 생각할 수 있는데 이러한 횡적인 연계는 매우 복잡하지만, 동아시아가 경쟁성을 발휘할 수 있는 것은 이것과 관련이 있다. 이들 관계는 법률의 제약을 받는 사회조합이 아니라 기본적으로 신용에 의존하고 있기 때문이다. 동남아의 화교의 금융조직은 형태는 있지만 법정의 형(形)이 없기 때문에 용맥(龍脈)이라 부른다는 것이다.

넷째, 동아사회는 저축률이 서구사회에 비하여 매우 높다는 것이다. 미국이 100분의 8 정도인데 한국은 100분의 30 이상이며 홍콩이나 일본도 매우 높다고 한다. 싱가폴은 강제저축까지 보태면 100분의 45가 된다고 한다. 저축률은 한 사회가 발전할 가능성 여부 그리고 재투자할 수 있는 잠재력 여부를 나타내는 것이다.

다섯째, 도시의 형성과 지방발전에서 동아시아 사회는 서구와 뚜렷한 차이를 보여 주었다는 것이다. 동경, 홍콩, 타이페이, 서울은 도시가 스스로 체계를 이루어 자기조절을 하는 많은 작은 서클이 조합되어 이루어진 것이다. 그래서 도시 어떤 곳에 가서든지 자기가 원하는 것을 살 수 있다. 약방, 음식점, 시장, 잡화 등등. 그러나 뉴욕이나 서양 기타도시는 도시중심이 근무하는 곳이기 때문에 음식점은 정오에나 열고 5시 이후엔 문을 닫는다. 도시중심가는 범죄율이 높아 모두 교외로 옮겨 가서 산다. 따라서 도시 공동화 현상이 생긴다는 것이다.

이러한 여러 현상들, 정부, 교육, 가정, 사회, 도시의 형태, 저축률 등 각 방면에서 보아 동아시아 사회는 확실히 같은 구조를 가진 곳이 있다. 이러한 형상들은 서양학자들로 하여금 동아지명(東亞之明)에 대하여 여러 가지 해석을 낳게 하였다. 그들은 가치총체적인 취향으로 보아 유가윤리가 공업 동아시아 문명을 이렇게 발전시킨 기초의 하나라고 생각하고 있다[21]고 두씨는 해석하였다. 그리고 동아시아의 기업정신 또는 동아시아 특유의 기업가의 면모를 소개하였다.

서양의 기업가들이 어떻게 새로운 조건을 만들어 내는가? 어떻게 하면 이전에 의식하지 못했던 잠재능력을 이러한 방면에 발휘하여 그의 기업정신을 표현하는 데 있었다. 그런데 동양, 특히 중국의 기업가들은 언제나 그들의 인간관계가 좋게 되면 그의 기업은 발전할 수 있다고 생각한다.

---

21) 杜維明, 주 15)와 동일.

일본과 미국기업의 풍조가 크게 다르다. 미국의 기입가는 득히 C.E.O. (chief executive officer)는 개인주의 색채가 농후하여 일단 보스 (Boss) 자리에 오르면 제일 먼저 하는 일이 온 힘을 다해 개혁, 경장함으로써 전체 기업조직을 철저하게 전환시킨다. 그가 이렇게 하는 의도는 그가 권리를 가지고 개성을 돌출시키기 때문이다. 일본은 결정하는 것은 매우 신중하고 느리지만 결정 이후에는 그 실시가 매우 빠르다. 일본과 미국의 경영과학과 기술간의 차이가 매우 크다. 이 점은 성중영의 'C' 이론에서 동아시아는 서구의 합리적 과학적 경영방식과는 달리 유가의 인문주의적 교육(고전교육)에 영향을 받아 인간적 경영이론을 제시하여 국제경쟁력에서 서구국가들을 앞질러 갔다. 경쟁에 뒤진 미국인들이 일본의 경영방식을 배우기 시작하였다. 최근 성중영은 서구의 합리적 경영과 동아시아를 대표하는 일본의 인간적 경영을 총체적으로 정합한 새로운 이론 모델을 역용(易庸)의 철학을 빌어서 체계화하였다.

성중영은 자본주의 운용에서 중요한 자리를 차지하는 기업경영 (management)과 의사결정(decision making) 이론에 대한 중국철학적 접근을 시도하였다. 그는 현대 경영이론 중에서 D. McGreor가 제창한 X 이론, 일본식 경영의 Y 이론, William Ouchi가 발전시킨 A 이론, 그리고 'team work', '느슨한 조직'과 기업 내 성원들의 상호작용과 여론에 의한 의사결정을 하는 Z 이론을 총체적으로 한데 묶을 수 있는 'C 이론'을 제시하였는데 그것은 기본적으로 유교철학, 특히 역용의 '음양'과 '중용'과 '시중'이론을 현대 기업경영의 한 모델로서 제시한 것이다.

성씨에 豫하면 경영의 실제와 이론에는 여러 가지 타입이 있지만 양극을 이루고 있는 것이 '합리적' 경영(Rational management=RM)과 '인간적' 경영(Humanistic management=HM) 두 가지라는 것이다. 서구에서 20C에 말하는 합리적 경영이란 과학적 이해의 기술적 컨트럴 방식에 의하여 의사결정하는 것을 말하는데 여기에는 인간이 물건과 동일하게 경영대상으로 다루어지기 때문에 비인간화로 나아가게 되었다. 이에 대하여 인간적 경영은 경영에 인간성(Humanity)을 적용하는 것이다. 이것은 일본식 경영방식으로써 일본의 경제적 성공에 중대한 역할을 한 것이며 이른바 유교적 자본주의란 명칭도 여기서 나온 것이라 할 수 있다. 최근 논어가 일본식 경영을 뒷받침하였으며 『논어』 일류경영자를 키웠다는 주장도 나오고 있는 것을 보아도 알 수 있다. 성중영은 서구의 합리적 경영의 특징을 다섯 가지로 나누었는데 그것은 1) 추상주의(abstractionism) 2) 객관주의(objectivism) 3) 기계주의(mechanism) 4) 이원주의(dualism) 5) 절대주의(absolutism)이며, 이것은 미국의 대기업의 경영에 탁월한 방식으로 공헌하였으나 사회가 개방화되고 구매관심도 특수화되어 감에 따라, 그 한계를 드러내고 말았다. 특히 일본과의 국제경쟁에 뒤지자 그 이유를 문화적 인간적 요소가 있었음을 알게 되었다. 여기서 사고의 전환이 생기지 않으면 안 되었다.

성중영은 '합리적 경영'과 대비가 되는 '인간적 경영'의 특징을 역시 5가지로 설명하였는데 그것은 1) 구체주의(concretism) 2) 주관주의(subjectivism) 3) 유기체주의(organism) 4) 정체(整體)주의(holism or non-dualism) 5) 상대주의(relativism)인데, 이것은 구체적인 총체적 인격을 구체적인 현실에서 경영에 참여하는 존재로서 인정하는 것이다. 특히 인간적 경영의 비이원적 특징은 인간의 본성에서 합리성만을 따로 분리해서(理性的 人間) 다루지 않고, 그 다양성(知뿐 아니라 情感, 意志, 想像 등)을 인정하여 정체적으로 파악한다. 그리고 상대주의는 경영의 의사결정에서 최고경영자의 권위에만 의존하는 '보스주의'(Bossism)를 채택하는 대신 경영에 참여하는 모든 사람들의 자율성과 그의 자유의지를 존중하므로 복종보다는 상호관계에 더 관심을 갖는다.

성중영은 합리적 경영에 바탕을 둔 X 이론과 A 이론, 인간적 경영에 근거한 Y 이론과 Z 이론을 총체적으로 묶을 수 있는 'C' 이론을 제시하였는데 이 양자를 종합하기 위해서는 1) 양극 사이의 연속성만이 아닌 일치성(Unity)을 인정하고 2) 양자의 약점을 제거하고 그 장점을 남겨 두며 3) 양자의 종합은 보다 높은 목표에 이바지해야 하는 조건을 만족시켜야 한다는 것이다.

'C' 이론은 이러한 조건을 만족시키면서 양극의 통합을 함유하고 있다고 한다. 그것은 바로 1) 추상주의와 구체주의의 통합 2) 객관주의와 주관주의의 통합 3) 이원주의와 정체주의의 통합 4) 절대주의와 상대주의의 통합이다. 통합은 양극이 하나의 총체 내에서 어떤 합병과 혼합을 하는 것을 뜻한다. 이러한 통합, 합병, 혼합은 기본적으로 상호의존성, 상호작용성, 상호보완성(mutual complementation), 상호교환성, 상호침투성, 공동근거(common grounding), 공동성징, 공동분배, 공동기여와 같은 유형(Paradigm) 속에 나타나 있는데 그러한 모든 것이 역경철학(易經哲學)에 담겨져 있다는 것이다. 성중영의 'C' 이론체계의 핵심은 체계의 총체성(wholeness of system)과 그 '시의적합한 운용'이라 요약할 수 있다. 전자는 바로 『주역』, 『도덕경』 등에서 나오는 '도'의 개념을 경영이론에 적용한 것이다. 그것은 『주역 계사전(周易 繫辭傳)』의 '태극'에 해당하는 것인데 이것이 음양을 생기게 하였다. 그러니까 합리적 이론과 인간적 이론의 두 극(陰陽)은 태극 또는 도에서 총체적으로 통합되면서도 그 작용을 한다는 것으로 이해될 수 있다.

다음으로 그가 제시한 '시의적합한 운용'은 역용의 '시중'개념을 경영에 적용한 것이다. 그것은 '총체적 체계(道)'는 의사결정, 정책 그리고 행위가 구체적인 상황 속에서 때에 꼭 들어맞아야(中) 함을 뜻한다. 그것은 시간의 변화 속에 있는 정책결정자가 기계적 매너리즘에 빠지지 않고 때에 알맞는(時中) 창조적 참여를 전제로 하는 것이다. 그리하여 'C' 이론은 합리적 경영과 인간적 경영 양자를 종합한 부차적 이론을 가지고 있는데 1) 합리성(RM)과 인간성(HM)의 종합이론 2) 총체적 체계론 3) 경영과 의사결정을 위한 이해이론 4) 총체적 체계의 시중의 C 원리이다.

'C' 이론은 총체적 체계인 도를 이해하기 위하여 '창조성'(生)과 '중용'(中)을 제시하였다. '생'은 『주역』의 생생지위역(生生之謂易)에서 도의 끊임없는 창조성(creative creativity)을 말하는데 총체적 체계가 하나의 닫힌 이론체계가 아니라 인간이 참여하여 생동적으로 살아 있는 체계임을 나타내기 위한 것이라 추측된다. 따라서 창조성 속에 인간의 합리성과 인간성이 다 발견된다고 하였다.

꼭 알맞게 하는 '중'(centrality)은 창조성의 시발점으로서 도에 역동적 활동과 동시에 안정적 구조가 있음을 나타낸다. 중은 총체적 체계의 창조적 주선자(agency)로써 그 체계의 안정을 유지하는 것이다. 중은 양극단의 단순한 중간이 아니라 여러 가지 극단적인 것들을 잘 조절하며 조화롭게 하는 집점이며 아르키메데스의 지렛대이다. 현대적 의미에서 경영의 도를 행할 수 있는 경영자는 최후의 의사결정을 내리는 최고경영자 자리를 차지할 뿐만 아니라 강력한 경영과 때에 알맞은 결정을 창조해 낼 수 있는 힘을 실제로 구체화할 수 있다는 것이다. 그것은 장자가 말한 득기

환중이응무궁(得其環中以應無窮)의 경지와 같은 것이다. [22)]

4. 결론

유학은 장구한 역사 속에서 자신의 본체를 늘 유지하면서도 시대의 변화에 적극적으로 작용(用)하여 하나의 새로운 체계를 형성하곤 하였다. 과거에 불교와 도교를 비판적으로 수용하여 신유학을 창조하였듯이 현재는 서구의 제반문화를 비판적으로 받아들여 새로운 문화를 창조해 가는 과정에 있는 것이다. 유가의 이상은 이른바 '내성외왕'에 있으며 '수기치인'에 있다고 한다. '내성'이나 '수기'는 불교와 노장의 영향으로 한층 더 보강되어 새로운 면모를 보여 주었다. 그러나 외왕과 치인에 소극적이었던 불교나 노장은 신유가의 위협의 대상이 되지 못하였다. 그러나 서세동점은 유학에 대한 근본적인 반성을 촉구하게 만들었다. 그리하여 지식인들은 서양의 견선이포(堅船利砲)에 놀란 것이 아니라 자기네가 가지고 있지 못한 서양의 문물제도와 문화의식에 위기감을 느끼었던 것이다. 5·4 운동 때 전반서화론자(全般西化論者)들이 '민주'와 '과학'을 부르짖은 것이 바로 그 일환에서 나온 것이라 할 수 있다. 그러나 문화보수론자들이라 할 수 있는 현대 신유가들은 '민주주의'까지도 유교적인 틀에서 이해가 능하다고 생각하여 이른바 신외왕의 논점을 제시하였던 것이다. 장군려(張君勵)와 태십력(態十力)의 영향을 받은 서복관(徐復觀), 당군의, 모종삼 등이 주로 홍콩에서 중국대륙의 공산화에 대항하여 『자유평론』이라는 잡지를 통하여 자유민주주의 의식을 고취하였다. 이들 중 모종삼은 중국의 전통정치를 '정도와 치도'로 나누어 설명하면서 중국에는 정권을 획득하는 합리적인 길, 즉 정도가 없었고 오직 치도만이 있었다고 하였다. 그 치도 중에 대표적인 것이 유가의 덕치, 예치, 인치와 법가의 법치가 있는데 후자는 신민을 절대권력자인 황제의 도구로 전락시켜 백성을 위한, 백성의 정치인 민본주의마저 실행할 여지를 남기지 못하였다. 그러나

---

22) CHUNG-YING CHENG, The "C" Theory : "A Chinese Philosophical approach to Managoment and Decision-Making", 『Journal of Chinese Philosophy』 19(1992), pp. 125-153.

유가는 비록 '백성에 의한 정부'라는 제도적 장치(法治)는 마련하여 민주주의를 실행하지 못하였지만 어디까지나 민귀군경의 입장에서 민이 주가 된다는 민본주의 '덕치'의 이념을 실현시키려고 노력하였던 것이다.

다시 말해 최고통치자(天子)는 어디까지나 민심의 향배에 의하여 그 자리를 얻고 잃게 되며, 백성을 위한 통치의 소망을 저버리게 되면 더 이상 최고통치자가 아니라 혼자서 마음대로 권력을 휘두르는 독부(獨夫)가 되므로 통치자의 자리에서 몰아내어도(放伐) 좋다는 주장까지 하였던 것이다. 방벌은 역시 평화적 정권교체가 아닌 또 다른 폭력에 의존하게 되는 점에서 뒤의 중국역사에서 이른바 역성혁명이 되풀이된 것도 그 이유에서였다. 그러나 유가의 덕치는 '권력악'의 순환에 대한 도덕적 이상적 제어 장치를 마련하기 위한 것이다. 그리하여 왕도와 패도를 한데 묶을 수 있는 '덕주형보'의 방법이 제시되었다. 그러나 절대군주는 도덕의 교화대상은 되었으되 정치적 제제를 받는 형벌의 대상은 되지 못하였다. 한대는 제자백가를 파출(罷黜)하고 유가만을 독존시켜 이른바 국가유학 체제 (state confucianism)가 실현되어 '내성외왕'의 '정교합일' 즉 도덕과 정치의 합일을 추구하게 되었다. 그러나 그 체제에는 군주의 전제성과 절대성이 폭정에 흐르지 않도록 교화하거나 간청할 수는 있었으되 그에 맞서 대항할 수 있는 제도적 장치를 마련하지 못하였다. 때문에 서구의 민주주의 제도는 신해혁명 때까지 그 출현을 기다리지 않을 수 없었다. 여기서 '내성외왕'의 현대적 요구, 즉 '신외왕'의 형성가능성을 모색하게 된 것이다. 과연 '덕치'의 민본주의는 '법치'의 민주주의(法家적 法治가 아닌)와 만날 수 있는지 그것이 오늘날의 과제요, 본 논문의 주제가 되는 것이다. 이에 대하여 찬반양론이 제기되었는데 반대하는 쪽은 한대의 '국가유학 체제'를 염두에 두고 양자의 만남은 제도적 장치가 마련되지 않는 한 불가능하다고 생각하였다. 그러나 긍정하는 쪽은 원시유가, 특히 맹자의 인정(仁政)사상을 현재적으로 해석하여 정치는 어떤 형태의 것이든, 특히 민주정치는 내성의 도덕적 요구와 일치하여야 한다는 것이다. 그것은 개개인의 인격이 바로 세워졌을 때 자각적으로 참된 주인의식이 생기게 되며 따라서 민주주의도 바르게 실행될 수 있다는 것이다. 과거의 덕치는 절대군주의 권력악을 제어하기 위한 도덕적 장치였다면 민주주의 시대 덕치는 개개인 자신의 주권을 스스로 포기해 버리는 돈이나 연고 등 유혹에 빠지지 않도록 제어하는 도덕적 장치라는 점에서 유가의 내성외왕의 이상은 현대 민주주의를 현명하게 운용하는 길인 것이다. 그러므로 백성에 의한 정치, 즉 정도에 기반을 둔 덕치의 실현은 극단적 자유주의가 빠지기 쉬운 고립적 개인의 서구 민주주의를 보완할 수 있는 길이라고 생각된다. 덕치의 이상은 자본주의 제도운용의 중요한 역할을 하고 있는 경영의 이념에도 반영되었다. 막스 베버가 말하는 형식적 이성이 작용하는 서구의 합리적 경영방식에 동양의 덕치적 경영방식이 도입되면서 일본을 비롯한 동아시아 국가에 경제적 발전을 가져와 이른바 유교적 자본주의라는 용어를 만들게 하였다. 시민사회가 아직 성숙되지 않은 동아시아 국가들은 국가가 주도하는 경제정책을 취하게 되었으며 선진국을 따라가기 위한 교육열, 자녀의 교육을 위해서는 직장까지 희생하는 가정, 그리고 미래를 준비하기 위한 저축, 신분상승을 위한 각종 고시제도 등은 동아시아 경제발전에 중요한 요소들이 되었는데 이러한 것들은 과거 유교의 문화적 전통과 분리할 수 없는 현상들이다. 그것은 원자적 고립상태에서 개인의 권리와 책임을 지나치게 강조한 개인주의, 그리고 인간의 총체적인 면을 배제한 추상적 합리주의에서 생긴 '비인간화'의 서구적 경영방식에 의한 자본주의를 극복하고 가족공동체적인 직장에서 편안함을 찾고, 구체적인 현실에서 도를 그 상황에 꼭 알맞게 운용하는 역용의 정신이 미래의 자본주의를 이끌어 갈 합리적인 동시에 인간적인 경영방식으로 되어갈 것이라고 생각한다. 유학에서 중시하는 도덕적 주체는 늘 한결같이(體常) 자기정체를 유지하면서 현대사조의 모든 변화에 능동적으로 적응(盡變)할 수 있다는 점에서 민주주의 제도와 자본주의 제도도 유교의 도를 현대에 운용하는 두 면이 될 수 있을 것이라고 생각한다. 그것이 현대 신유학의 과제요 신외왕을 열어 가는 길일 것이다.

과학주의적 세계관과 도가사상

(성균관대)

I

한수(漢水)의 남쪽 어느 조그만 마을에서 백발이 눈처럼 하얀 노인 한 분이 밭에다 물을 주고 있었다. 물동이를 안고 우물 안으로 들어가 힘들 게 물을 떠오곤 하였다. 공자의 심부름으로 초(楚)나라를 다녀오던 자공 (子貢)이 그 앞을 지나다가 보기가 딱하여 용두레(桔)라는 기계를 써 쉽 게 물을 풀 수 있는 방법을 가르쳐 주었다.

노인은 이렇게 말하였다.

"용두레를 만들어 사용하면 좋을 줄은 나도 알고 있소. 그러나 몸이 편 하자고 소중한 마음을 타락시킬 수는 없는 일이기에 다소 번거롭기는 하 지만 이렇게 물동이로 물을 긷고 있는 것이라오."

『장자』(莊子)에 나오는 포옹장인(抱甕丈人)이라는 유명한 이야기이다. 오늘을 살아가고 있는 우리 인간들은 대단한 편리함 속에 생활하며 살아 가고 있다. 컴퓨터는 얼마나 신비한 기계인가? 그러나 그러한 기계문명 의 혜택 속에 살아가고 있는 우리는 안락하고 행복한 것인가? 이 포옹장 인의 이야기는 무엇을 말해 주고 있는가?

서양사상은 인간의 오만으로부터 출발한다고 할 수 있다. "자식을 낳고 번성하여 온 땅에 퍼져서 땅을 정복하여라. 바다의 물고기와 하늘의 새와 땅 위를 돌아다니는 모든 짐승을 부려라"(창 1 : 28)리는 오만으로부터 시작힌다. 그리하여 인간은 자연의 정복자로 군림하면서 자연으로부터 떨 어져 나와 홀로 서 있는 존재로 살아온 셈이다.

인간이 사고하며 살아간다는 것은 신의 축복이라고 할 수 있다. 그러나 그 축복을 자만으로 받아들여 무엇이나 할 수 있다는 지(知)적 오만으로 키워 나가 오히려 축복된 삶보다는, 오늘에 와서는 생존 자체까지도 위협받고 있는 처지에 이르게 된 것이다. 이러한 오만은 "나는 생각한다, 고로 나는 존재한다"라는 데카르트의 자기확신으로부터 더욱 심해지고, 또 "지식은 힘이다"라는 베이컨의 선언에 의해 오늘의 지적 오만을 한껏 키워 왔다고 할 수 있다.

여기에서의 지적 오만은 나 이외의 모든 존재자, 즉 자연과 인간을 확연하게 갈라놓았고, 그 나 이외의 존재자는 모두 나의 정복대상으로, 즉 자연은 인간을 위해 있는 것으로 존재의미를 부여해 놓았다. 말하자면 인간을 존재자의 세계 안의 일원으로서가 아니라 그 세계로부터 떨어져 나와 신처럼 군림하면서 모든 존재자를 마음대로 통제·지배하고 이용할 수 있다는 오만으로 키워 갔다. 나 이외의 모든 것은 나의 정복대상이 될 수 있다라는 지적 오만이다. 그 오만이 현대사상을 낳게 한 오늘의 합리적 사고요, 과학지식이라고 할 수 있다. 그 사고와 지식이 오늘의 과학문명을 가져오게 했고, 우리가 살아가는 데 온갖 물질적 풍요와 편리함을 제공해 주는 기계들을 만들어 온 것도 사실이다.

그러나 오늘을 사는 사람들은 행복을 말하기보다는 인간의 위기를 거론한다. 조금 생각이 있는 사람의 경우는 더욱 그러하다. 그 위기란 무엇인가? 기계의 편리함은 늘 행복만을 가져다 주는 것인가? 한편 오늘에 와서 환경을 문제삼고, 생태계를 문제삼고, 공해를 문제삼고, 그리고 생명과 더불어 인간상실을 문제삼으면서 자연에 대한 커다란 시각변화가 일어나고 있는 것은 무슨 의미인가?

오늘의 이 세상은 그 어디를 가도 동양은 없고 서양만이 있는 셈이다. 자연과 인간을 가르고, 정신과 물질을 가르고, 주체와 객체를 마주세워 단절시키고 대결시키면서 모든 문제를 해결하려는 이원론적 사고와 합리주의, 그리고 과학주의적 세계관이 온 지구인의 생활이며, 삶의 현장 전부이기 때문이다. 그러나 문제는 그 삶의 현장이 생각처럼 낙원으로, 신의 축복을 받은 곳으로 남아 있는 것이 아니라는 데 있다.

그러면 지금까지 우리가 사고해 온 것, 그리고 찾아온 것은 어딘가 잘못된 것이 아닌가? 인간은 과연 모든 존재하는 세계에서 따로 벗어나 신처럼 군림하면서 자연을 정복하고 세계를 지배·경영할 수 있는 것인가? 사람이 산다는 것은 한끝의 시고와 과학적 세계관으로 문제해결이 다 되는 것인가? 문제해결은커녕 더 살기 힘든 많은 문제들을 가져오지는 않았는가? 우리는 그간 너무 지적 오만에만 사로잡혀 있었던 것이 아닌가? 동쪽이라고 생각하고 한참 와서 보니 서쪽에 와 있는 것이 아닌가? 이러한 일련의 난관에 봉착하고 있는 것이 오늘의 서양사상이 가지는 위기의식이라고 할 수 있다.

II

동양사상과 비교해 볼 때 서양사상의 특질은 사고의 틀을 만들어 가는 데 있다고 하겠다. 그리고 그 만들어진 틀 속에서 모든 것을 해결해 나가고 있는 데서 그 특징을 찾을 수 있다. 이 틀만들기 작업이 멀리는 유클리드 기하학에까지 거슬러 올라가고 있지만 일반적 학문에서 틀만들기는 아리스토텔레스에서 시작했고, 근세초기의 철학자인 데카르트와 거의 동시대의 인물인 베이컨에게서 만들어진 틀이 오늘의 합리주의적 사고 내지는 과학주의적 세계관을 가져오게 했다고 할 수 있다.

여기서 틀이란 법칙이요, 원리요, 그것에 적용되어 나가는 일정한 사고의 논리체계를 의미한다. 이 틀에서 이탈하지 않고 엄격하게 지켜 나가는 사고진행을 지식체계 또는 학문체계라고 한다. 그러면 오늘의 지식체계 또는 과학주의적 세계관을 가져오게 한 사고의 틀은 무엇인가? 우선 데카르트에서 보는 바와 같이 인간을 자연세계로부터 분리하여 이원화시키는 일이었다. 사고하는 인간, 사고함으로 자기존재의 확실성을 증명해 들어간 그는 사고와 존재자를 분리해 놓고 그 사고라는 투망을 던져 본다. 그리고 그 투망 속에 들어오는 것만이 참존재자의 세계라고 선언한다. 그 세계야말로 사고에 의해 존재증명이 가능한, 사고 앞에 마주선 참대상일 수가 있는 것이다. 마치 중세에서 신의 의사에 의해, 신의 피조물로서만 모든 존재자의 존재의미를 갖는 것과 같이 이제 사고하는 인간이 그 신의 자리를 대신한 셈이었다. 그러므로 신이 세계 밖에서 세계를 보고 있는 것처럼, 자연계 밖에서 자연을 바라보며 세계를 마음대로 통제·지배할 수 있는 대상으로, 즉 세계를 파악대상으로 가지는 특별한 존재로서의 독립된 인간임을 이해함으로써 그 오만은 한껏 키워진 셈이었다. 그리하여 인간과 자연, 말하자면 정신과 물체의 세계를 분리시켜 보는 사고의 틀을 마련한 것이다. 이와 같이 자연과 인간, 물체와 정신, 다시 말해서 객체 (object)와 주체(subject)로 나누려는 이원적 사고의 틀은 나의 존재의 확실성을 기반으로 하는 데서 인간의 자기이해의 길을 마련해 주기도 하였으나 그 이해라는 것이 결국은 인간이 세계의 지배자요, 경영자라는, 대상에 대한 주체자로서의 오만을 키워 가는 데 있었다. 그리고 인간의 모든 관심의 초점은 그 지배원리를 찾아 정복의 길을 실제로 터나가는 지식의 구축에 있었으니 이것이 곧 주체와 마주선 대상세계에 대한 지식체계의 틀인 과학주의적 세계관이다. 이 두 틀 속에서 이루어지고 있는 것이 오늘의 서양사상이다.

그러므로 서양사상은 데카르트나 베이컨 이후 합리적 사고와 과학지식이라는 두 틀 속에서 세계의 모든 문제를 해결하고자 하였고, 또 실제로 많은 것을 해결해 왔다고 볼 수 있다. 초기에는 거의 모든 문제를 그 틀 속에 집어 넣어 해결되지 않는 것이 없는 것 같았다. 현대의 기계문명과 컴퓨터와 같은 첨단기술이, 그리고 상품의 대량생산을 이룩한 물질적 풍요와 편리한 생활이 모두 그 틀 속에서 이루어진 것이다. 실로 그 틀 속에서 인간이 목적하는 바가 거의 이루어지지 않는 것이 없었다. 그리고 그것이 오늘 현대인이 가지는 합리주의나 과학주의 세계관의 일반화를 이루어 모든 생활을 그 틀 속에서 해결해 가도록 하고 있는 것이다.

III

그러나 인간의 삶은 그렇게 단순한 것이 아니어서 실로 예기치 않았던 일들을 현실 속에서 당하게 되자 점차 그 틀 속에서 해결되지 않는 것이 있음을 알게 되었고, 애당초 그 틀에 갇혀 있지 않는 문제도 있을 뿐 아니라 그 해결 자체가 전에는 없었던 또 다른 새로운 문제들을 동시에 몰고 온다는 사실을 알게 되었다. 예를 들어, 댐을 막아 전력을 해결하고 보니 기후의 변화와 더불어 생태계에 일어나는 여러 가지 문제, 시골에서

농약을 사용하고 나니 농삿일은 해결되었으나 인체에는 해롭다는 사실, 그 밖에 물이나 공기의 환경오염과 실로 감당할 수 없는 산업 쓰레기 문제 등이 모두 그러한 예기치 않았던 문제들이라 할 수 있다. 더구나 핵무기나 중성자탄 등의 가공할 만한 파괴력을 가진 무기의 개발로 인류의 생존은 물론 지구상의 모든 생명을 멸절시킬 수 있는 전쟁의 위험은 전연 과학의 본래의 목적과는 다른 방향으로 가고 있는 것이다. 그리고 기술개발이 가져온 산업사회의 구조와 경제구조는 인간이 주체가 아니라 사회조직, 생산 시스템이 오히려 엉뚱한 방향에서 우리를 통제하며 끌고 가고 있는 것이다. 여기에서 모든 것을 지배·통제한다는 데카르트의 그 오만한 인간이성의 힘은 그만 여지없이 무력해지고 있음을 실감하지 않을 수 없게 된다. 인간이 오히려 조직에 지배당하고 통제당하고 있기 때문이다. 즉 주체가 인간에게서 조직으로 이양된 셈이다. 그리고 과학지식으로는 정복되지 않고 해결되지 않는 문제들이 뜻밖에도 많다는 사실을 알게 되자 그 지적 오만 또한 무너져 내리는 절망감을 맛보게 되었다.

그동안 끝없이 발전해 온 기술문명은 인간의 앞날을 밝게 해주기보다는 종말을 눈앞에 보는 것 같은 위기의식을 안겨다 주고 있다. 물론 타락해 가는 영혼의 문제는 과학 밖의 것이다. 그리고 생명과 인간의 삶의 문제는, 그리고 날로 만나고 헤어지는 가운데 현장적 생활 속에서 느끼며 사는 마음의 세계는 합리적 사고나 과학지식의 틀 속에서 해결되는 객관적 대상의 세계가 아니다. 도대체가 삶의 문제는 논리적이요, 체계적이기보다는 그것을 넘어 그 밖에 현장으로서 생활 속에 있는 것이다. 도덕의 문제가 그렇고 행·불행을 문제삼는 마음의 세계가 그렇다. 생각으로 따져 들어가면 아플 것도, 불행할 것도 없는데 생활 속에서는 늘 아프고 불행하게 살아간다. 물질적 풍요와 한껏 주어진 생활의 편리함 속에 어느것 하나 해결되지 않는 것이 없는데 행복하지가 않다. 도대체가 인생은 합리적 사고와 그 사고를 바탕으로 한 문제해결로써만 살 수 있는 것이 아니다.

인간은 객관적으로 존재하는 것이 아니다. 주체적으로 존재하고 있다. 그러므로 인생을 논리(이성)와 과학의 틀 위에 객관적 대상으로 마주세울 수는 없는 것이다. 가상 객관적인 시간도 연인과 마주앉으면 한 시간도 잠깐이요, 사형수에게는 잠깐의 순간도 천 년만큼이나 길게 느끼며 살아

가는 것이 인생이기 때문이다. 객관적 시간이 과학실험에서는 문제해결의 참된 시간일지 모르나 인생의 시간은 그런 일정한 틀 속에 고정된 시간을 의미하지 않는다. 공간의 문제도 그러하다. 밤길은 멀고 아는 길은 가깝기만 하다. 이것이 인간에게 있어서 엄연한 사실의 문제로 다가선다. 그러나 그런 것을 인정하지 않는다. 모든 것을 틀 속에서만 해결하려는 서양사상의 한계가 바로 여기에 있다. 틀 속에서는 완벽하지만 실제의 세계에서는 그렇지 아니하다. 틀 속에서의 시간은 일정하지만 인생의 삶의 시간은 그렇지 않다. 대부분의 서양사람들은 그것을 인정하려 하지 않는다. 그러나 내 앞에 직접 마주선 시간만이 의미있는 시간이요, 사실의 시간이다, 사실을 떠나 고정불변한 시간은 하나의 틀이요, 죽어 있는 시간이다. 이와 같이 사실을 떠나 모든 것을 틀에 의거해 해결해 나가는 것을 가리켜 합리주의요, 과학주의 세계관이라고 하는 것이다. 이 틀 속에서 기계문명의 발달과 과학기술의 발전이 있었다. 이것은 분명 인간의 안락한 생활과 영광된 삶을 보장할 수 있어야만 마땅한 일이다. 그러나 실제로 우리는 그렇지 못한 현실을 맞고 있다. 행복하기는커녕 생존 자체를 위협받는 위기의식까지 느끼고 있다. 이것은 모두 고정된 틀 속에서는 사실의 문제가 해결되지 않고 있음을 의미한다. 또한 이것은 틀 속에서의 세계와 사실의 세계가 다르다는 것을 의미한다. 그러나 서양사상은 마치 한번 사준 신발에 커가는 아이의 발을 억지로 집어 넣고 발이 부어오르는 이유를 몰라 걱정하고 있는 것과 같은 것이다. 이제 신발을 바꾸거나 혹은 크게 찢어 터놓아야 아이의 발이 온전할 수 있는 것처럼, 서양사상이 안고 있는 사고의 틀(세계관)을 바꾸거나 그 틀을 용감하게 깨고 나와야 할 때가 온 것이다. 그렇지 않고 그 틀을 고수하는 한 오늘의 문제를 해결할 길이 없는 것이다. 데카르트나 베이컨이 사준 신발을 우리는 너무 오랫동안 신고 걸어왔던 것이다.

IV

동양사상에서 본다면 서양사상은 언제나 그 한계를 가지게 마련이며, 그 한계 앞에서 쉽게 새로운 길을 찾지 못하고 절망과 더불어 위기의식 속에 종말론을 생각하지 않을 수 없는 곳으로 끌고 기게 된다고 할 수 있다. 더구나 오늘날 인간의 오만으로 이성과 과학을 절대시하여 만들어진 고정된 세계관의 틀 속에서는 더욱 그러하다. 이성은 언제나 모든 것을 사실의 세계로부터 분리시켜 관념 속으로 나름대로의 고정된 틀(정의)을 만들고, 그 틀 속에서 문제해결의 길을 찾아 나선다. 한편 과학은 동일반복을 기반으로 하여 만들어진 객관적 법칙으로 엄격하게 준행된 지식체계라고 할 수 있다. 이러한 이성과 지식체계 속에서 모든 것을 파악하려는 것이 서양사상이다.

그러나 존재사실의 세계는 이성이 만들어 낸 틀의 모양대로 있는 것이 아니요, 동일반복의 법칙에 따르는 과학지식의 체계에 매어 있는 것이 아니라는 것이 동양사상, 특히 도가사상이 가지는 기본입장이다. 사실 이 세계는 어느것 하나 동일반복의 선상에 놓여 있는 것이 없으며, 인간을 자연에서 분리시켜 독립된 존재자로 파악하려 하지도 않는다. 정신과 물질, 있는 것과 없는 것, 주체와 객체로 이분화되는 사고의 틀에 집어 넣지도 않는다. 그 틀이 사고의 틀이든지 과학법칙에 의한 지식체계의 틀이든지간에 사실의 세계는 그러한 틀로서 존재하는 것이 아니다. 그러므로 일단 틀 속에 들어가면 사실의 세계는 무너져 버리고 만다는 것이 도가사상의 특징이다. 왜냐하면 틀이란 동일반복을 전제로 하여 만들어진 고정불변의 법칙이기 때문이다. 그러나 존재사실의 세계는 늘 변하고 움직이고 살아 숨쉬고 있는 것이요, 한순간도 고정된 상태로 머물러 있거나 되풀이하여 반복하는 일도 없다. 그러므로 존재하는 모든 것은 법칙이나 어떤 틀로서 존재하는 것이 아니다. 이것이 역론(易論)을 비롯한 노장(老莊) 불교철학의 핵심사상이거니와 고정된 틀에서 벗어나, 즉 이론체계에서 벗어나 살아 있는 사실의 현장세계로 내려와 앉자는 것이 동양사상 일반이 가지는 참앎의 자리이다. 이 틀을 착심(着心)이라 하거니와 착심은 곧 사고가 만들어 내는 고정불변의 틀을 의미한다. 그러므로 틀에서 벗어나면 참앎(道)의 세계와 마주설 수 있다(學道卽無着)는 것이요, 틀에 갇히면 온전함(樸)의 세계는 와해되어 버리고 만다(樸散卽爲器)고 했던 것이다. 결코 틀에 얽매이지 말라(君子不器)라는 공자의 말도 그래서 한 것이요, 시중(時中)이라는 말도 그 본래의 뜻은 틀에서 벗어나라는 말이다. 서양사상과 동양사상의 다른 점이 여기에 있다. 말하자면 서양사상은 고정불변의 틀을 만들어 그 틀 속에서 모든 것을 해결하려는 데서 항상 사실의 세계와 괴리되는 가운데 대상을 마주세우는 것이라면, 동양은 그 틀에서 벗어나 사실의 세계로 내려와 주객이 하나되는 자리에 서 있으려 는 것이 다른 점이라 하겠다.

그러므로 서양사상은 끝까지 주객대립의 양상을 가지며 정복투쟁의 길을 밟는다. 그러나 모든 것을 내 앞에 마주세워 정복투쟁의 대상으로 삼는다는 것은 얼마나 오만한 사상인가? 자연으로부터 인간을 갈라놓고, 정신과 물질을 갈라놓고, 동일반복의 틀, 이른바 고정불변의 법칙과 논리 기반 위에서 살아 있는 생명세계의 변화, 그리고 인생의 문제를 도식화하려는 것은 또 얼마나 큰 시행착오인가? 사고는 반드시 이렇게 해야 하고, 모든 존재자는 반드시 이러한 법칙에 의해 존재해야 한다는 고정된 세계관은 결국 오늘날 예상치 못했던 문제들을 가져오게 한 것이라고 볼 수 있다. 이성은 결코 데카르트가 말한 것처럼 만능이 아니요, 지식 또한 베이컨이 말한 것처럼 무엇이나 지배정복할 수 있는 힘을 가진 것이 아니라는 것을 증명해 주고 있는 것이라고 할 수 있다.

바로 이러한 고정된 사고의 틀과 지적 오만에서 오는 결과를 동양인은 일찍부터 들여다본 것이라고 할 수 있다. 그리하여 "오만으로 세상을 살아가지 말라. 지식을 버리고 한 가지를 고집하는 틀을 만들지 말라"(絶聖 棄知 絶學無憂 寓諸無境)라고 했던 것이다. 이 말은 인간이 이 세계로부터 떨어져 나와 신처럼 세계 밖에서 군림하는 독립된 존재자가 아니라는 말이다. 그리고 삶의 문제는 논리와 지식체계의 밖에 있다는 것을 시사해 주고 있는 말이다.

V

이제 용두레라는 편리한 기계의 사용을 마다하고 굳이 물동이를 들고 번거롭게 물을 긷던 노인의 일을 생각하면서 결론을 내려 보기로 하자. 과학문명의 발달과 기계기술의 발전을 가져온 오늘의 세계는 과연 인간에게 목적한 대로의 결과를 가져다 주고 있는가? 합리적 사고와 과학주의는 과연 인간의 정신적 문제와 도덕적 가치, 인생의 문제까지도 해결해 줄 수 있는가?

　도가사상 특히 노장철학의 관점에서 본다면 동일반복 그리고 일정불변
의 법칙성 속에서 바라보는 과학주의적 세계관은 존재사실의 세계를 사실
로서 본다기보다는 지극히 한정된 틀 속에서 바라본다고 할 수 있다. 그
틀이란 어제가 같고 오늘이 같으며 어디에서나 동일한 고정불변의 것으로
있다. 이러한 틀 속에서 바라보는 존재자의 세계를 노장은 유명(有名)의
세계라 하였고 그러한 틀 속에 갇혀 있는 사고를 유위(有爲)라고 하였다.
유명을 고정불변의 죽어 있는 세계라고 한다면 유위는 언제나 그렇게 생
각하고자 하는 사고라고 할 수 있다. 그러나 지금 바로 여기 나와 직접적
으로 마주서 있는 존재사실의 세계는 머물음으로 죽어 있는 세계가 아니
라 살아 움직이는 생명으로 서 있는 것이다. 그것이 무명(無名)이요 무위
(無爲)다. 무명은 살아 있는 존재사실의 세계요 무위는 틀에 갇히는 죽어
있는 사고로부터의 탈출을 의미한다. 노장철학의 핵심은 바로 여기에 있
다. 언제나 새로운 것과 마주서는 데 있고 새로운 세계를 내 앞에 마주세
우는 데 있다. 그것은 늘 깨어 있는 사고 앞에서만 가능하다. 그것이 다
름아닌 무위자연 사상(無爲自然思想)이다. 무위는 사고의 틀을 만들지
말라는 말이요 자연은 깨어 있는 바로 앞에 마주서는 새로운 세계라는 말
이다. 언제나 새로운 세계로 현전(現前)하는 것이 존재자의 세계라는 것
이다. 그러므로 하나의 판단가치 규정 내지는 기존의 정의(定義) 아래 동
일반복 그리고 고정불변의 법칙성 속에서 바라보려는 기계론적 사고의 과
학주의적 세계관은 변화하는 새로운 현실 앞에서는 언제나 문제해결의 자
기한계를 가지지 않을 수 없는 것이다. 하루하루가 급변하는 정보화 시대
의 오늘에 와서 비로소 그것이 가시적으로 한계를 노출하게 되었으나 사
실은 처음부터 그 한계는 있어 왔던 것이라고 할 수 있다. 일찍이 그 한
계를 근본적으로 들여다보려고 했다는 점에서 노장철학에 대한 오늘의 관
심이 있다고 하겠다. 노장을 비롯한 도가사상의 핵심은 시공(時空)을 초
월한 동일반복 고정불변의 것으로 지속되는 것은 없다는 진리관에 서 있
다. 이러한 진리관이 기계론적 사고 내지는 과학주의적 세계관의 한계를
지적해 주고 있는 점이라 하겠다. 포옹장인(抱甕丈人)의 이야기는 바로
그러한 점을 시사해 주고 있는 것이라 하지 않을 수 없다.

"불교의 구원론과 현대 : 선정(禪定)과 광고"에 대한 논평

최 유 진
(경남대)

허우성 교수(이하 필자)는 광고로 대표되는 현대 소비사회는 선정(禪定)에는 하나의 역경인데 이러한 역경의 현대에 선정을 통한 내면성 회복이라는 불교부흥이 가능할 것인지, 만약 불가능하다면 그것을 거론하는 일이 무엇을 의미하는가를 물으려 한다. 평자는 필자의 이 문제의식을 대단히 소중한 것이라고 생각한다. 불교부흥이라는 것이 불교라는 종교가 신자를 많이 얻는다든가 하는 등으로 다시 세력을 키운다는 문제가 아니고 근본적으로 현대라는 이 시점에서 우리는 어떻게 구원을 받을 수 있는가, 그리고 불교는 이대로 있어도 좋은가 하는 근원적인 문제의식이기에 그러하다.

이 논문은 크게 세 부분으로 되어 있다. 불교의 구원론 즉 선정과 보드리야르를 통한 현대사회 분석 그리고 결론이다. 이제 논평을 함에 있어서도 불교의 구원론에 대한 파악은 정당하며 현대에 대한 분석은 타당한가, 그리고 거기에서 도출된 결론은 옳은 것인가의 세 단계로 나누어서 논의하기로 하자.

첫째, 불교가 어떤 것이냐는 것에 대해서는 여러 갈래의 주장이 있을 수 있지만 불교는 기본적으로는 일상성에 대해 근원적으로 비판하고 구원의 방법으로 인간내면성의 회복에 초점을 둔 선정을 말한다는 것은 긍정할 수 있을 것으로 생각한다. 그리고 그런 관점에서 현대에서의 불교의 위기를 논의하는 것은 중요한 의미를 갖는다고 인정할 수 있다. 하지만 그것 외에도 여러 갈래로 직접 현실과의 대면을 주장하는 이론도 있다는 것은 한 번 짚고 나갔으면 한다. 인간내면성의 회복이 중요하다고 인정한다 해도 그것의 실현을 위한 방법에는 차이가 있을 수 있기 때문이다. 현실을 등지고 숨어서 도만 닦아서는 안 된다는 강력한 주장도 있는 것이다.

둘째, 현대에 대한 이해를 보드리야르를 통해서 본다는 것은 그의 현대 소비사회의 특성에 대한 분석에 공감하기 때문일 것이다. 전적인 공감은 아니더라도 최소한 그의 분석에 받아들일 수 있는 날카로운 통찰력이 있음은 인정하기 때문일 것이다. 그러나 보드리야르의 분석이 크게 잘못되었다면 필자의 논의의 설득력도 약해질 수밖에 없을 것이다. 그러므로 그의 분석을 비판하는 논의들에 대해서도 옹호를 하여야 할 것이다. 다음으로 보드리야르의 현대에 대한 분석에는 그 문제상황의 해결방향도 담겨 있을 수 있을 것이다. 문제를 어떻게 생각하느냐에 따라 해결방법도 달라진다고 보아야 할 것이기 때문이다. 그것에 대해서 필자는 어떻게 파악하고 있는가가 궁금하다. 다른 말로 하자면 필자는 왜 하필 보드리야르를 선택해서 현대사회를 보았는가에 대한 질문이다.

셋째로 결론과 연관을 지으면서 한두 가지 질문을 더 하도록 해보자.

우리는 소비의 사회에서 광고에 의해 매몰된다. 하지만 그것을 벗어나고자 하는 욕망 또한 갖고 있다. 곧 명상에의 욕구가 있다고 할 수 있다. 그것은 인간의 근본적인 존재양상이라고 해도 좋을 것이다. 표상적 계산적 사유를 명상적 사유로 변전시킴으로써 기술문명 시대의 인간상실의 위기상황에서 존재회복으로 나아갈 수 있다고 본 것은 하이데거였다. 하지만 현대사회는 하이데거가 보던 시대보다 훨씬 더 위기상황이라고 할 수 있다. 명상에의 욕구가 있으면서도 어쩔 수가 없는 것이다. 문제해결은 장소의 성격을 달리해서 명상을 할 수 있어야 한다는 것인데 붓다가 생각했던 것은 전체적으로 장소를 바꾸는 전략을 택한 것은 아니라는 데에서 불교도 또한 위기라고 할 수 있는 것은 아닌가? 이렇게 파악해도 좋은 것인지 필자의 의견을 듣고 싶다.

불교부흥을 생각할 때 대승불교가 일어나던 상황을 생각해 볼 수 있을 듯하다. 출가자 중심이고 승원에서의 선정과 전문적인 학문불교 중심이었던 불교에 대해 비판하고 오로지 선정만이 아닌 실제적인 삶의 영역 안에서 실천할 수 있는 종교여야 바람직하다고 주장하는 것이 대승불교라고 볼 수 있을 것 같다. 보살을 이상으로 한다는 것은 장소의 성격을 바꾸는 것에 관심을 갖는 태도로 볼 수 있다. 사회적인 활동을 통해 중생 속으로 들어감으로써 진정한 구원이 가능하다는 문제의식의 발로가 아니었던가 생각해 본다. 선정이 모든 불교에서 중요하긴 하지만 그것이 전부는 아닌 것이다. 그리고 이러한 태도는 현대라는 위기상황에서도 유효하리라고 생각하는데 이 점에 대해 필자의 의견은 어떠한가? 어떻게 보면 필자의 논문은 출가주의적이고 선정중심적인 불교에 대한 강력한 비판의 메시지도 담고 있는 것으로 보이는데 그렇게 파악해도 좋은 것인지 궁금하다.

보드리야르는 현대사회를 어떻게 바꾸어서 실재가 가능할 수 있는가에 대해서는 말하고 있지 않다. 베스트와 켈너의 지적대로라면 그는 "탈현대 모사와 하이퍼리얼리티가 현대사회를 구성하는 범위를 과장하고 있으며, 또한 정치경제학을 제거함으로써 자본의 지속적인 지배를 신비화한다." (스티븐 베스트·더글라스 켈너 지음, 정일준 옮김, 『탈현대의 사회이론』, p. 188) 우리는 정치경제학적인 분석을 통해 현대사회가 어떻게 광고가 지배하는 사회로 되었는가를 알고 그리고 그 가운데서 바람직한 해결 방안을 찾아야 할 것이다. 자본의 문제를 해결할 변혁의 방안을 찾는 것이다. 그 가운데에 작은 부분의 명상의 영역, 자기존재를 잃지 않으려는 선정의 요구도 살려 나가야 할 것으로 본다. 따라서 성성적적(惺惺寂寂)의 기다림도 필요할 것이다. 그러나 왜 성성적적인가? 다른 말로 하면 성성적적만으로 과연 구원받을 수 있는가라는 보다 근본적인 질문은 가장 불교적일 수도 있다. 개인적이고 실존적인 죽음의 의미가 희석된 현대이기에 더욱 그 질문은 절실하다 할 것이다.

"민주주의 및 자본주의 제도의 유교적 운용"에 대한 논평

김 교 빈

(호서대)

1. 정인재 교수(이하 논자)는 우리 현실의 모든 제도가 서구적인 틀로 짜여 있지만 그것을 운용하는 마음 또는 의식은 여전히 전근대적인 전통 문화의 영향하에 있으며 그 가운데 가장 중요한 것이 유교라는 현실인식에서 이 글을 시작하고 있다. 그리고 구체적으로는 개인자유의 보장이 관건인 민주주의와 사유재산의 소유를 정당화하는 자본주의가 개인보다는 가족을 중시하고 소유형태에서는 가족의 공유를 기본으로 하는 유교와 어떻게 만날 수 있는지를 살피고 있다. 논자는 유교의 정치이념이 가장 잘 나타난 『대학』의 구조적인 문제로 '시민사회'에 대한 인식이 없다는 점을 지적하였다. 그리고 유가의 정치, 경제사상을 새롭게 보완하는 차원에서 문제해결의 실마리를 현대 신유가들의 '신외왕'에 대한 견해에서 끌어온다.

2. 논자는 '민주주의 제도의 유교적 운용'에서 민주주의에서는 '백성(民)에 의한', '백성을 위한' 그리고 '백성의' 정부를 표준으로 생각하지만 유교의 '민본주의'에는 '백성에 의한'이라는 요소가 없다고 하였다. 그리고 이 점을 모종삼의 정도(政道)와 치도(治道) 구분, 서복관의 권력래원에 대한 고찰 등을 가지고 설명하면서 이를 통해 유가 정치사상의 핵심인 통치의 외재적 형식인 예치와 그 내재적 내용인 덕치가 유가 정치사상에서 어떤 의미를 지니는지를 설명하고 있다. 이어서 논자는 공자의 '정명론'과 맹자의 '방벌론'으로 이어지는 '민본주의'와 오늘날 '민주주의'의 결

합에 대한 긍정론과 부정론을 소개하고 있다. 논자는 먼저 현대 신유학의 형이상학화 경향을 주된 이유로 지적하는 섭보강과 장경의 부정론을 소개한 다음 단순한 도구적 합리성에 기초한 법치를 도덕적 합리성에 근거한 덕치에 연계시킴으로써 법의 인문주의화, 이상주의화를 주장한 당군의의 견해, 정도가 반드시 심성지학에 통섭되어야 한다는 모종삼의 견해, 공적 생활에서 요구되는 의(義)정신과 상호견제 대신 상호이해와 동정과 존경에 근거한 '예양'정신을 바탕으로 민주주의 제도(法治)의 유교적 운용(德治)을 강조한 이상은의 견해 등을 긍정론으로 소개하고 있다.

3. 논자는 '자본주의 제도의 유교적 운용'에서 1980년대부터 본격적으로 동아시아의 경제성장과 그 문화적 배경인 유교에 대한 연구가 시작되었다고 하면서 두유명, 성중영, 여영시 등의 견해를 소개하고 있다. 두유명이 지적하는 경제발전의 유교적 요인은 국가 또는 정부에 서구보다 많은 기대를 거는 점, 고시제도에서 기인한 교육열, 경쟁력을 강화하는 가족주의 관념, 높은 저축률, 작은 서클의 조합으로 이루어진 도시의 자기조절 체계, 인간관계를 강조하는 기업정신 등이다.

또한 성중영은『주역』의 생철학과『중용』의 시중논리를 체계화하여 서구의 합리적 과학적 경영방식과 유가의 인간적 경영이론을 결합한 'C' 이론을 내놓았다. 이는 인간을 물건과 동일한 경영대상으로 다룸으로써 비인간화되기 쉬운 합리적 경영에 인간성(Humanity)을 적용하는 것으로, 인간본성에서 합리성만을 따로 분리하여 다루지 않고 지, 정감, 의지, 상상 같은 다양성을 정체적(整體的)으로 파악하는 것이다. 그러므로 최고 경영자의 권위에만 의존하는 '보스주의' 대신 모든 사람들의 자율성과 그의 자유의지를 존중하므로 복종보다는 상호관계에 더 관심을 갖는다고 한다.

4. 논자는 결론에서 유학은 장구한 역사 속에서 자신의 본체를 늘 유지하면서도 시대의 변화에 적극적으로 작용(用)하여 하나의 새로운 체계를 형성해 왔다고 하면서 과거에 불교와 도교를 비판적으로 수용하여 신유학을 창조하였듯이 현재는 서구의 제반문화를 비판적으로 받아들여 새로운 문화를 창조해 가는 과정이라고 한다. 그리고 과거의 덕치가 절대군주의 권력악을 제어하기 위한 도덕적 장치였다면 오늘날 민주시대의 덕치는 개개인이 주권을 스스로 포기하지 않도록 하는 도덕적 제어장치이므로 극단

적 자유주의가 고립적 개인으로 나타나기 쉬운 서구 민주주의의 약점을
보완할 수 있는 길이리고 힌다. 또한 자본주의와의 관계에서는 덕치적 경
영방식이 추상적 합리주의에서 생긴 '비인간화'의 서구적 경영방식에 의한
자본주의를 극복하는 길이며『주역』과『중용』의 정신이 미래의 자본주의
를 이끌어 갈 합리적인 인간중심의 경영방식이라고 한다.

　평자는 논자가 그동안 신유가에 많은 관심을 기울여 왔으며 여영시의
『중국근세 종교논리와 상인정신』을 번역할 정도로 유교 자본주의론에도
폭넓은 이해를 갖고 있음을 잘 알고 있다. 따라서 몇 가지 더 배우려는
욕심에서 잘 이해가 안 된 부분을 지적하여 도움을 얻고자 한다.

　첫째, 논자의 입장에 대한 질문이다. 이 글의 제목은 '민주주의 및 자
본주의 제도의 유교적 운용'이며 논자는 민주주의 및 자본주의와 유교를
근대와 전근대, 서구와 동양, 구체적인 문물제도와 의식이라는 이원적 대
립구도로 이해하고 있다. 그리고 현재 유학연구자들이 처한 환경을 '서구
의 제반문화를 비판적으로 받아들여 새로운 문화를 창조해 가는 과정'으
로 보고 있다. 논자는 이러한 인식토대에서『대학』에 나타난 유가의 정치
경제 사상은 새로운 보완을 필요로 한다고 하고, 이 문제는 바로 '양자를
어떻게 잘 조화시킬 것인가'의 문제라고 하면서 신유가 학자들의 이론을
통해 그 해결을 모색하고 있다. 그러나 신유가 학자들의 스펙트럼이 단순
한 것은 아니다. 그들은 큰 틀에서는 비슷해 보이지만 현실에 대한 이해
나 해결방안에서 서로 다른 모습을 보이기도 한다. 더구나 논자는 이 점
에 대한 자신의 입장을 명확히 드러내지 않고 있다. '유교적 운용', '양자
의 조화', '새로운 보완', '서구의 제반문화를 비판적으로 받아들여 새로
운 문화를 창조해 가는 과정'으로 표현된 논자의 관점은 어떤 것인가?
유가사상을 토대로 자본주의와 민주주의를 받아들여 보완하자는 것인가,
아니면 자본주의와 민주주의 운용의 합리적 극대화를 위하여 유교의 긍정
적인 측면을 변형·적용하자는 것인가? 전자라면 중체서용이나 비판계승
적 관점이 될 수도 있고 후자라면 서체중용적 관점이 될 수도 있을 것이
다.

　둘째, 민주주의의 또 다른 이념인 평등은 유교와 어떤 관계에 있는가에
대한 질문이다. 민주사회에서의 민(民)은 개별자인 동시에 집합체이다.
그런데 논자는 서구사회의 개인주의로부터 자유개념이 나왔다고 한다. 그

러나 개인주의에서는 자유만이 아니라 평등개념도 나왔으며 민주주의의 기본원칙 가운데 하나가 자유와 평등이다. 그런데 논자는 서구사회의 단점을 도구적 개인주의로 파악하고 이를 예치와 덕치로 극복하고자 한다. 하지만 예치는 전근대 사회의 차등질서였다. 그렇다면 유교의 예치와 민주의 평등개념은 서로 모순되는 것이 아닌지?

셋째, 성중영의 'C' 이론과 관련한 질문이다. 앞에서 두유명은 동아시아 경제발전의 이유로 가족주의를 들었다. 동양의 가족주의는 그 기원을 종법제에 두고 있으며 종법제 아래서는 강력한 가부장권의 인정이 전제가 된다. 그런데 성중영은 'C' 이론에서 동양적 경영자상으로 최고경영자의 권위에만 의존하는 '보스주의' 대신 모든 사람들의 자율성과 그의 자유의지를 존중하므로 복종보다는 상호관계에 더 관심을 갖는 점을 들었다. 이두 가지는 모순 아닐까? 학자들 가운데는 북한의 유일절대적 주체사상이나 모(毛)시절 중국의 절대 권위주의의 원인을 모두 이같은 점에서 찾는 사람도 있다. 또한 우리 나라 기업의 대부분은 아직도 강한 경영자, 가문 위주의 경영, 대를 물리는 재벌 등의 모습을 보이고 있다. 그렇다면 성중영의 'C' 이론 같은 관점이 과연 옳은 것인지를 묻고 싶다.

넷째, 자본주의와 유교의 결합에 대한 질문이다. 자본주의의 원리는 자본의 논리이다. 따라서 가장 중요한 목표는 이(利)의 추구이다. 그러나 『주역』와 『중용』을 포함한 유가의 목표는 도덕이다. 그렇다면 공자나 맹자가 의(義)와 이(利)를 상대적으로 파악한 것처럼 이 둘은 상호모순일수밖에 없다. 그러므로 유교 자본주의란 겉은 유가처럼 보이면서도 속은 법가였던 동양의 역대정권처럼 겉은 도덕을 바탕으로 한 인간론처럼 보이면서도 속은 자본의 논리인 이(利) 추구의 사상이 아닌가? 그리고 그렇다면 유교 자본주의는 유교와 비슷할 뿐 실제 유교와는 거리가 먼 것이 아닌가? 또한 자본주의의 발전을 유교와 연결시키려는 사고를 '편협한 문화결정론'이며 '중화논리의 관철을 통한 중국중심적 세계관의 현재적 전개'라는 평가도 있는데 이 점에 대해서는 어떻게 생각하는가?

《논평》

"과학주의적 세계관과 도가사상"에 대한 논평

윤 찬 원

(인천대)

"과학주의적 세계관과 도가사상"에서 필자는 서양의 과학주의와 도가사상의 차이를 극명하게 드러내기 위하여 『장자』(莊子) 천지편(天地篇) 11에 나오는 포옹장인(抱甕丈人)의 이야기로부터 논의를 전개하고 있다. 여기에서 포옹이 자공(子貢)에게 하는 말은 의미심장한 것이다. 포옹 (즉, 爲圃者)은 "有機械者心有機事, 有機事者必有機心. 機心存於胸中, 則純白不備"라 하여 기계를 사용하는 마음(機心)을 경계한다. 기계를 사용하는 마음을 경계한다고 하여 그것이 곧 기계 그 자체를 부정하는 것이라고 단정하기는 어려울 것이다.

이 글은 전체논지에서 과학주의를 비판하고 인간이 자연의 일부임을 강조하고 자연과 인간의 조화를 주장하는 노장사상이 지니는 현대적 의의를 부각시켰다는 점에서 주목할 만하다. 오늘날 기술 중심주의(technocentrism)를 비판하고, 그 극복방안으로서 소외문제 해결을 위하여 노장사상과 같은 동양의 사상들을 부각시키거나 생태 중심주의(ecocentrism) 등이 제창되고 있는 것이 현실이다.

논평자가 이해하는 바, 이 글의 논점은 다음과 같다. 서양사상에 나타나는 자연과 인간, 정신과 물질, 주체와 객체를 구분하는 이원론적 사고방식은 과학주의, 합리주의의 근간이다. 이와 같은 과학주의 및 합리주의는 오늘날 전지구상에 나타나고 있는 환경파괴, 즉 생태계의 위험, 전쟁의 위험 및 산업사회의 구조 속에서의 인간통제의 심화 곧 소외 등의 직접적 원인이다. 아울러 이원론적 사고방식은 서양인들의 지적 오만에서 나오는 것이다. 그러나 도가사상은 주체와 객체, 정신과 물질, 자연과 인간을 구분하지 않는 자연과 인간의 합일, 주체와 객체의 미분화를 지향하는 사상이므로 이와 같은 문제를 해소할 수 있는 사상으로 제시될 수 있다.

이와 같은 논평자의 이해가 틀리지 않는다면, 다음과 같은 몇 가지 지적이 가능할 것이라 생각한다.

I. 필자가 지적하고 있는 서양사상의 위기의식이 자연과 인간, 정신과 물질, 주체와 객체를 구분하는 이원론적 사고, 합리주의 및 과학주의에서 나온다는 것은 일반적으로 지적되는 사실이나, 합리주의까지 동일범주에 소속시키는 것은 무리가 뒤따른다. 합리주의는 반드시 이분법적 사고, 과학주의적 사고방식에서만 도출되는 것은 아니기 때문이다.

아울러 서양의 사상과 동양의 사상을 대립적으로만 파악하고, 서양사상의 근원이 "나 이외의 모든 것은 나의 정복대상이 될 수 있다라는 지적 오만이다"라고 간주하는 것은 지나친 단순화(over-simplification)일 것이다. 서양사상이 틀 속의 세계 대 사실의 세계 또는 주관세계와 객관세계라는 이분법적 도식을 사용하여 사실을 떠난 하나의 틀에 의거하여 해결해 나가는 것이고, 그것이 합리주의, 과학주의 세계관의 근거가 된다고 단정했을 때, 객관세계 또는 사실의 세계는 가상(Schein)일 뿐 인간의 사유대상이 될 수 없다고 보는 것은 서양사상의 일면적 사실일 뿐이다. 그러나 서양의 모든 사상이 이와 같은 입장에 서 있었다고 보기는 어려울 것이다. 생철학(니체, 쇼펜하워 등), 서양적 과학주의, 합리주의를 벗어난 실존주의 등의 사상들이 엄연히 존재했던 것도 사실이다.

II. "동양사상과 비교해 볼 때 서양사상의 특질은 사고의 틀을 만들어 가는 데 있다"는 발언에서 사고의 틀이 사양사상에만 존재한다고 할 수 없다. 사고의 틀, 즉 사유구조는 어떤 사상에건 존재하는 것이며, 세계를 파악하기 위한 인간의 기본적 관점을 가리킨다. 따라서 사고의 틀은 서양의 사상이건 동양의 사상이건 세계 또는 인간을 이해하려는 노력이 있는 곳이면 어디에건 존재한다. 일반적으로 동양과 서양의 사상 사이에 차이점이 존재한다는 것은 사고의 틀, 즉 사유구조가 본질적으로 다르다는 데서 연유한다. 이런 이유로 나카무라 하지메(中村 元)와 같은 비교철학자들이 동서양의 사유구조의 차이점과 유사점을 밝히고자 노력하였던 것이다. Ⅲ의 말미에서 사고의 틀을 세계관과 동일시하는 것 역시 이와 같은 맥락하에서 검증되어야 할 것이다. 필자가 말하고 있는 바와 같이 "틀이란 법칙이요, 원리요, 그것에 적용되어 나가는 일정한 사고의 논리체계를 의미한다. 이 틀에서 이탈하지 않고 엄격하게 지켜 나가는 사고진행을 지식체계 또는 학문체계라고 한다"면, '사고의 틀'이란, 정확하게 말한다면, 서양의 "형식논리적 사고의 틀"을 의미하는 것으로 이해될 수 있다.

Ⅲ에서, 필자의 전반적인 논점에 비추어 볼 때 이분법적 사고방식이 환경파괴, 즉 생태계의 위험, 전쟁의 위험 및 산업사회의 구조 속에서의 인간통제의 심화 곧 소외라는 사실 등의 직접적 원인으로 간주하는 것으로 나타난다. 또한 이분법적 사고방식은 지적 오만으로 규정되고 있다. 여기에서 이분법적 사고방식 또는 과학주의가 현대에 나타나는 모든 문제의 직접적인 원인으로 인정할 수 있는가라는 문제가 제기될 수 있다. 대체로 과학주의가 아니라 기술 만능주의가 문제의 직접적 원인으로 인정되고 있다. 이 점에 비추어 본다면, 지적 오만이나 이분법적 사고방식이 문제의 직접적인 원인인가 아니면, 하나의 조건일 뿐인가? 이런 문제가 모든 논의에서 먼저 해결되어야 할 선결문제일 것이다.

Ⅳ, 동양은 틀에서 벗어나 사실의 세계로 내려와 '주객이 하나되는 자리에 서 있으려는 것'이 서양과 다른 점이라고 하고 있는 바, 이 말이 구체적으로 의미하는 바는 무엇일까? 오늘날 우리에게 주어지는 하나의 근본적인 난문은 과연 현시점에서 서양의 사상이 그른 것이고 동양의 사상이 진정 옳은 것이라면, 지금 우리의 현실은 서양의 과학주의, 합리주의 그리고 이원론적 사상에 기반하여 이루어진 것이 자명하다면, 어떤 방식으로 잘못된 현실을 극복할 것인가 하는 문제이다. 도가적 사유방식이 인간과 자연과의 합일 또는 주객미분의 상태를 지향하는 것이라면, 그 이상향은 어떤 것일 수 있는가? 그러한 이상향은 지금의 상태를 벗어나 곧바로 원시의 상태에로 향해 가야만 하는 것을 의미하는 것일까?

서양의 과학주의와 도가의 무위자연 사상을 대비함에 있어서 비교철학적 입장에서 다시 고려해 보아야 할 것이다. 비교철학적 입장은 다양하게 나타나지만, '서양은 동양을, 동양은 서양을 잠재적으로 함축하고 있는' 까닭에 상호간의 필요성을 인식함으로써 참된 만남을 이룰 수 있다는 라

주(P.T. Raju)의 입장을 되새겨 보아야 할 것이다. 아울러 서양에 반하는 동양이라는 대립개념은 일종의 허구적 사실이며 지나친 단순화라는 크위(Kwee)의 지적은 이 자리에서 의미있는 발언이라 아니 할 수 없다. 최근 거론되고 있는 동양 선호주의(Orientalism)에 의거하면, 과거의 오리엔트(Orient) 대 서양(Occident)이라는 도식적 구도에서 파생되는 편향된 서구 중심주의는 지양되어야 하나, 다른 한편으로는 편향된 동양 중심주의 또한 지양되어야만 하는 것이다. 『논어』 이인편(里仁篇)의 "無適也, 無莫也"라는 발언은 이분법적 사고(도식적 사고)의 지양을 강조한 것으로서 지금 이 자리에서 되새겨 볼 필요가 있다.

한국불교의 정신과 그 현대적 과제

휴 암
(원광대)

1. 서론

전환기에 선 인류문화와 한국문화의 방향, 특히 인류문화의 중심의 동아시아로의 이동가능성에 대한 조심스런 타진을 염두에 두고자 하는 입장에서 전통 속에 나타난 한국불교의 정신은 무엇이었으며 그의 현대적 과제는 무엇이 돼야 할 것인가에 대한 소견을 피력해 달라는 것이 이 글의 목적이다.

2. 전통 속에 나타난 한국불교의 정신

가) 삼국시대

한국불교의 전래초기 삼국시대의 이 땅에는 무교적 습속이 지배적 관념형태로 있었다는 것이 대체적인 관점이다. 그것은 가장 소박하고 원시적인 주술적 종교형태로서 즉 원시적 제천숭배의 관념형태가 그것이다.

인간상위에 군림하는 어떤 존재도 근본적으로 부정하는 외래종교로서의 불교가 이 땅에 전파될 때 불교는 기존의 이러한 습속을 타파·배척하는 방법으로 자신의 종교를 토착화시켰다기보다도 그것을 자기 속에 포용하는 관용적인 방법으로 자신을 이국의 땅에 토착화시켰다고 하겠다.

이러한 과정 속에서 불교가 관용적인 방법을 통해서 기존의 현실을 얼마만큼 자신의 가치의 세계로 용해시키고 변혁·승화시킬 수 있었는지 아니면 다양성과 관용성의 미명하에 얼마만큼 타협과 굴절을 일삼았는지는 깊은 반성의 과제를 남겼다고 할 것이다.

한국불교사 속의 초전(初傳)불교의 중심사상은 대체로 인과화복지설(因果禍福之說)이었다고 한다.

삼국초기의 동북아 당시 부족연맹 국가는 여러 나라가 치열한 정복전쟁에 휘말려 왕권의 강화와 국력의 신장이 절실하게 요청되던 시기였고 국가의 지배적 세력인 지방귀족들은 무교적 습속을 정신적 기반으로 하여 그 세력이 만만치 않았던 터라 이러한 무교적 습속을 불교적 정신에 의해 대체통합한다는 것은 곧 불교에 의한 중앙적 왕권의 강화와 국력의 집중 및 국민정신의 통일을 의미하는 것이었다.

이런 여건 속에 출발한 삼국의 불교는 그의 국가적 전개형태가 처음부터 공히 호왕·호국적(護王·護國的) 성격을 띠게 되는 것이다.

불교의 업인과보(業因果報) 사상은 당초 인도에서 바라문교의 운명론적 사성계급 제도를 타파하려는 대표적인 교설임을 상기할 때 그것은 인간에 대한 범신(梵神)의 초월적 지배가 아닌 인간의 운명은 인간 그 자신의 행위 즉 업(業)에 의해 좌우되는 것이라는 인간의 자기운명에 대한 자기책임의 정신과 그의 주체성을 확인시켜 주려는, 인간중심의 만인평등 사상으로서의 인과사상이었다고 할 것이다.

이것은 존재하는 모든 것들의 절대평등과 자유해탈 즉 근원적인 주체의 실현을 목적으로 하는 불교의 가장 소박하고 초보적인 예비적 기초사상이었다고 할 것이다.

이 인과화복의 사상은 바로 생사윤회적 사상과 표리일체의 관계로서 한국의 역사 속에 서민의 애환과 고락을 같이 나누며 민중들의 정신적 큰 의지처가 되어 준 우리 민족의 가장 친숙한 정신사상으로 돼 왔던 것이다.

그러나 오늘날의 한국사회 속에서 반성되는 불교의 인과사상은 전통사회를 불교의 인과사상 그 본래의 정신으로 잘 고양시켜 주었다기보다 도리어 기존의 무교적 가치관을 더욱 조장하고 거기에 물드는 모습을 상대적으로 더 드러내지 않았나 생각된다.

이것은 불교가 세속국가를 위해 요청되는 역할은 절묘하게 잘 수행했다고 할지 모르나 역사 속에서 불교가 바람직한 본래의 자기가치의 실현에 대해서는 커다란 반성의 여지를 남겼다고 할 것이다.

본인은 한국불교이 인과화복 사상은 사주팔자 운명론과 결과주의적 정신의 원천이며 현실긍정과 체제긍정의 기수이며 미신과 물질주의의 앞잡이라고 비판한 바 있었다.

그것은 인과사상의 본래의 정신인 인간의 자기현실에 대한 자기책임 인간주체의 정신을 심어 주는 데는 거의 기여한 바가 없었다는 것이다.

도리어 현실을 자신의 전생팔자로 인종(忍從)케 하고 인과적 화복 속에 인간 그 자신의 책임이 아닌 무교적 인간초월의 힘과 존재의 작용을 암시·교시하는 비불교·반불교적 의타정신(依他精神)을 보급·각인시켜 주는 역할을 더 많이 수행했다고 할 것이다.

한국불교사 속의 가장 중요한 사상이 된 불교의 인과사상은 불교의 근본정신인 근원적인 주체의 실현에 조력하는 가교적인 예비적 기초사상으로서의 자기역할을 다하도록 운영되지 못하고 도리어 그 길을 망각상실하고 거기에 배반되는 정신형태로 운영된 것이 그 큰 굴절의 원인이라고 할 것이다.

불교의 인과사상의 한국적 수용과 토착화 과정에서 나타난 기존가치들의 불교적 포용이라는 불교의 다양성과 관용성의 특징은 불교가 한국사회 속에서 출발부터 무속의 불교적 극복순화가 아닌 그것의 순응적 수용으로 족했던 것과 불교가 자신을 사회나 국가전체적으로 실현해야 할 바의 길을 불교본연의 가치이념의 개발에서 찾지 못하고 그것을 안이하게도 출발부터 호왕·호국불교로써 했던 그 정신적 한계는 한국불교의 근대사 속에서도 끝내 극복하지 못한 비운을 초래했다고 할 것이다.

자신의 근원적인 가치와의 긴장관계를 소홀히 하는 불교적 관용성의 가치의 이러한 한국적 전통의 굴절과 적응의 특징은 불교의 즉자적 맹목성, 무사려성의 전통이 되어 한동안 민중불교와 역사를 외치던 근래의 소위 참여불교의 모습 속에서도 그 정신적 타성이 그대로 답습되고 있었다고 아니 할 수 없다.

그들이 독재정권과 싸우던 재야정치권의 이분법적 흑백적대의 논리와 세속정치적 현실참여의 가치정서를 불교적 정신가치에 의해 주체적으로 재구성하는 그것들의 불교적 정신가치화의 형태로써 하는 역사참여가 아닌, 세속역사 속의 정치적 현실참여 운동과 행동양식 그대로를 바로 불교

의 중생구제 보현보살행 그 자체로서 수용하면서 재야운동권 가치체제에
대한 체제긍정식 답습형태의 근래의 소위 참여불교의 모습은 역시 초기전
래의 한국불교가 기존사회의 무교적 가치관을 불교 속에 받아들여 그것을
불교적으로 재구성하여 불교적 가치로 승화시키지 못하고 도리어 자신의
논리로써 세속의 무교적 논리를 더욱 긍정하는 형태로 자신을 적응시켰던
전통과 조금도 다른 바가 없는 것이었고, 역시 왕권적 정권적 목적이 곧
그대로 불교자신의 사회나 국가전체적으로 실현해야 할 바 가치이념 그
자체인 양 행동해 온 정권적 체제긍정식이었던 호국불교의 즉자적 맹목성
의 전통과도 그 정신적 구도(構圖)에 조금도 차이가 없는 것이었다.

자신의 가치를 실현하려는 정신과 창의적 행동의 전망은 아직도 요원한
채 오늘날 조계종 승려들의 드높아지는 사회적 목소리, 불교탄압, 반정부
운동적 현실참여는 그 정신구도상으로 과거의 즉자적 맹목성으로 점철됐
던 체제긍정적인 호국불교의 운동권적 재현 이상의 것이 못 되었다고 본
다.

현실합일적인 즉자적 맹목성의 특징으로 점철됐던 한국의 유서깊은 전
통의 호국불교사는 결국 그 최후를 역사 속에서 자기상실과 불명예 퇴진
으로 물러가는 비운의 종언을 고하게 된 것이며 불교의 인과사상 역시 전
통사회를 고양시키는 데는 성공하지 못하였다고 하겠다.

이상이 초기 삼국불교 이래 한국불교사 속에 나타난 대표적 정신으로서
호국불교와 인과화복지설 및 불교의 관용성에 대한 대략의 언급이다.

나) 통일신라 시대
전통 속에 나타난 한국불교의 정신적 특성으로서 다음은 한국불교의 통
불교성(通佛教性)을 들 수 있을 것이다.

불교의 인과화복적 업사상은 냉정히 따져 그것은 부처님이 사바세계라
고 부정하고 극복하고자 했던 세계의 원리일 뿐이다. 그것은 중생들의 현
세적 가치에 대한 미련을 무마시켜 주려는 가장 소박한 방편설일 뿐이다.

사바세계는 인과윤회법(因果輪廻法)의 세계로서 그것은 부처님의 벗어
나고 뛰어넘어야 할 바 허망무상한 생사(生死)바다의 환세계(幻世界)였
다. 인과의 진리는 바로 그 사바세계의 원리로서 그것은 결국 환법(幻法)
이며 유위법(有爲法)이며 생사생멸법이며 윤회법이며 고법(苦法)이며 불

교의 궁극적인 진리일 수가 없다.

고로 불교인이 자신이 삶을 화복석 인과사상에서 끌어내려는 것은 스스로가 뛰쳐나와야 한다고 했던 화택(火宅) 속으로 도로 들어감을 인정하려는 불교인의 자기모순인 것이다.

불교인은 일체 유위 인과화복(有爲 因果禍福)을 환(幻)으로서 부정함으로써 회복될 근원적인 주체적 세계관의 발하는 바 빛으로써 살아가는 기준에서 삶의 태도와 좌표를 끌어내야 불교인이 궁극적으로 자기모순에 빠지지 않는 삶의 자세가 될 것이다.

여기에 가치차별적인 인과화복적 진리관의 불교적 체계 속의 한계는 너무나도 뚜렷하다고 할 것이다.

대승의 불교는 바로 이러한 인과화복적인 세계의 한계 즉 생사윤회적 고뇌의 현세계, 생사생멸적인 무상한 사바의 현세계를 뛰어넘기 위해 마련된 진리의 세계라고 할 것이다. 불교의 반야(般若)사상 중관(中觀 ; 空)과 유식(唯識 ; 有)은 그 대표적인 예라고 하겠다.

그러나 불교사 속에 나타나는 대승철학 내의 이들 제반의 대승불교적 사상들의 대립과 갈등은 생각만큼 간단한 것이 아니었고 이것은 정치적으로 불교를 수용한 고구려 백제 신라 삼국에 대해서도 국민정신의 통일과 국력의 집중이라는 정치이념적인 측면에서 현실적인 심각성을 불러일으킨 문제라고 할 것이다.

이러한 때에 나타난 것이 신라 쪽의 원효, 의상이다.

이들은 말하자면 분열된 불교사상을 종합하고 통일시켜 신라라는 한 시대의 정신과 문화를 종합시켜 신라사회에 새로운 원기와 활기를 불어넣는 국민통합적 정신의 터전을 마련한 인물이었다고 할 것이다.

우리의 역사에서 문화종합이라는 체험이 있었다면 삼국 중의 통일전후의 신라야말로 그런 종합을 성취한 시대로 보는 데 손색이 없을 것으로 본다.

원효의 통불교적 화쟁론적(和諍論的) 철학은 대승기신론의 재발견에 있었고 그것이 유명한 그의 기신론 주해 『해동소』라고 하겠다.

원효의 화쟁적 일심일미(一心一味)의 논리의 정립은 당시 신라 불교사회의 제파(諸派)의 사상적 대립과 갈등을 지양극복케 하고 삼국대치의 절박한 시기에 국민정신의 통합과 국론의 통일에 큰 바탕을 마련해 주었다고 하겠다.

그의 화쟁론은 중관론과 유식론을 화쟁시키려는 데서 대표적으로 그 특징이 나타나고 있지만 이 화쟁의 정신은 『금강삼매경소』 등 그의 모든 저술활동에 일관된 정신으로서 그는 불교 안의 제가풍(諸家風)을 회통(會通)하고 제종문(諸宗門)을 화쟁하여 전불교의 다양성을 화회귀일(和會歸一)시키려 했다고 하겠다.

한국불교의 역사가 통불교로서 그 정신사상적 특징을 이루게 된 것도 원효의 이러한 업적이 그 배경이 되었다고 할 것이다.

원효의 이러한 업적은 의상이 전래한 화엄학을 통해 대승교학의 사상적 대립을 극복하는 데 더욱 박차가 가해지게 됐고 의상의 실천적 교단운동을 통해 화엄학은 당시의 제종파 법상 밀교 천태 등을 지양극복하고 통일신라의 교학사상을 주도하게 되었으며 이는 이후 한국불교사가 화엄학이 그 주류가 되게끔 한 계기를 마련해 주었다고 할 것이다.

이것은 법화경 위주의 일본불교가 신앙적 측면에 치중해 있다면 한국불교가 내성적 수행불교 자각불교 중심의 불교본래의 정신을 유지하게 하는 중요한 기초가 되어 주었다고 할 것이다.

신라불교는 그 이외에도 화랑도의 국가적 애국심과 정신적 이상의 지표가 된 미륵불 사상, 화랑도와 국가사회의 기강확립과 생활원리로서의 원광·자장 등에 의한 계율사상, 원효 등에 의한 민간신앙의 아미타불 사상, 국왕의 이상상(理想像)인 미륵 혹은 전륜성왕(轉輪聖王) 사상, 신라의 불연국토(佛緣國土) 사상 등 불교의 다양한 정신들이 국토의 각 방면에서 발양되고 있던 국민정신에 불교적으로 통합적인 이념을 부여해 주는 역할을 하였고 여기에는 불교의 인과업설이 역시 그 중요한 정신적 배경으로 관계하고 있는 것이다.

신라불교는 이처럼 국토 내에 흥기하는 다양한 국민적 원기(元氣)를 삼국통일이라는 국가적 대역사 앞에 총화적으로 응집시키는 절묘한 신라적 정신의 종합을 이루게 했다고 하겠다.

여기에는 물론 원효·의상 등에 의한 불교사상의 화쟁적 제종회통의 통불교적 통합정신이 국민정신의 통일과 화합의 커다란 원동력이 됐던 것이다.

이렇게 본다면 삼국 중 신라가 반도통일을 하게 된 것은 그 필연의 까닭이 있는 것이며 결코 우연이 아닌 것이다.

이러한 신라불교의 통불교석 송합의 성격은 그후 1600년 한국불교사의 정신적 초석이 됐다고 하겠다.

다) 신라말기 이후 근대

신라하대(下代)에 전래되어 고려초 전후에 뿌리를 내리는 불교의 새로운 융형이던 선불교(禪佛敎)에 의한 선교 양종(禪敎 兩宗)의 대립도 이미 통불교적 정신이 전통이 된 한국불교에 선교대립의 지양과 종합회통은 한국불교사적 흐름의 시간문제일 뿐이었다.

신라의 원효가 제파의 교학을 종합했다면 고려 지눌은 선불심 교불어(禪佛心 敎佛語)로 선교를 종합회통했다고 할 것이다.

이로써 한국불교사는 사실상 완성된 것이다.

한국불교사는 통불교적 일심일미의 관점에서 기도·주력·염불 등 불교의 일체가 선 아님이 없는 모습으로 모든 사상적 요소들이 무차별적으로 동거혼숙한다.

근대사 속에서 통불교의 이러한 원융적(圓融的) 자기완성은 불교의 제 가치들의 상호긴장 관계적인 균형과 조화통일의 아름다운 운영보다 불교의 다양성을 무원칙하고 무질서한 잡다성으로 격하시키는 폐단을 드러내게 한 바가 없지 않았고 한국불교는 더 이상 나아갈 수 없는 자기완결성 안에 이완돼 있다고 하겠다.

3. 동양불교 한국불교의 앞날의 과제

가) 이상에서 한국불교의 정신 중에서 대표적인 몇 가지를 기술하였으나 인류문명의 동아시아로의 이동가능성과 문화의 새로운 종합을 타진하는 입장에서 한국불교의 현대적 과제에 대해 언급한다는 것은 선결돼야 할 문제가 있는 듯하다.

그것은 지금 산업문명을 어떻게 볼 것인가라는 매우 어려운 문제에 대한 입장정립이라고 하겠다.

그러나 필자로선 당장 그것에 대한 입장정립이란 불가능한 입장에서 본인은 우선 현대의 사정에 대해 몇 가지 소박한 의견을 말해 볼까 한다.

나는 우선 현대의 문제의 주범이 과연 학자들의 다수의 주장들처럼 단지 서구의 잘못된 종교사상과 철학 그 자체 때문인지 의문을 갖게 된다.

가장 소박한 예로서 인간일반이 특히 포드 같은 사업가가 구체적인 현실에서 어느 정도 과연 서양철학적으로 기획된 삶을 살았을 것인가 하는 것이다. 그래서 그 결과가 과연 어느 정도의 철학적으로 기획된 삶의 부작용으로서 현대가 지금처럼 이렇게 된 것일까 하는 것이다.

나는 현대의 문제는 단순히 어떤 사상이나 철학의 문제가 아니라 성공적인 산업화의 과정에서 과거의 철학이나 사상이 미처 예상치 못했던 결과가 불거진 데 원인이 있고 그것은 철학이나 사상이 그렇게 시켜서 된 것이 아니라 인간의 보다 잘살고자 하는 욕망이 욕망자신도 미처 예상치 못할 만큼 의외라고 할 성과를 빚어 내게 된 데 원인이 있을 뿐이 아닐까 하는 것이다.

그래서 이것은 보다 원초적으로는 단순히 철학사상의 문제가 아니라 인간생존에 보다 적합한 산업문명의 새 방법론 등 보다 실무적이고 구체적인 현실반성의 문제가 아닐까 한다—낭비적 생산, 무모하고 맹목적인 무한경쟁 무한팽창 무한확대적 성장주의, 행복에 도움이 안 되는 무모한 욕망, 환경파괴, 자원고갈, 인구증가, 너무 크고 너무 복잡하고 지나치게 비생물적인 딱딱한 도시환경 등등.

여기에 대한 구체적인 반성과, 그것의 행동화를 위한 구체적인 방향이 먼저 서야 철학과 사상의 구체적인 준비와 모색이 구체적으로 가능한 것이리라. 물론 여기에는 인간존재에 대한 보다 깊은 이해와 철학사상이 병행돼야 할 것임은 재론의 여지가 없을 것이다.

즉 학자들이 지적하는 것처럼 데카르트 등 서구적 사고 자체가 원래부터 원초적으로 지금의 문명병의 주범일까 하는 것이다.

어쩌면 하나의 결과적 공범이거나 주범(산업문명)이 사라지면 문제성도 그렇게 심각하지 않거나 아예 사라질, 주범에 대한 종속범 내지 방조범 정도가 아닌가 하는 것이다.

서양이 산업화도 되지 않고 계속 가난했더라면 그들의 사상이 지금처럼 문책당할 일이 없었을지도 모르리라.

서양의 물질문명 산업문명은 구태여 서구적 이성이 이런 식으로 발전시켰다기보다 일차적으로는 인간의 살고자 하는 욕망(生意志)이 니아가는 길에 욕망사신노 예상치 못했던 성과로서 불거진 현실적 결과들이라고 봐야 할 것이다.

한·중·일·동남아·인도 등 동양도 지금 산업문명을 향해 서구를 앞지르려고 마구 달려가고 있지 않은가? 그것이 과연 서구적 사고로 그러고 있을까?

서양의 이성도 그것이 중간에 산업화와 함께 '결과적으로' 한계를 드러낸 것이 보다 원천적 원인이지 그 사고라면 처음부터 이렇게 되지 않을 수 없다고 운명지워진 사고는 아니지 않을까?

베버의 분석을 보면 캘빈주의적 근면·근검·절약의 윤리정신이 근대 서구 자본주의의 모태가 돼 있고 거기엔 대체로 이의가 없는 것으로 알고 있다. 그러나 그것이 과연 캘빈의 의도였을까? 캘빈주의는 본래 소비가 미덕도 아니고 본래 스스로 물질주의도 자본주의도 아니지 않았나?

그런데 인도종교 속에서 불살생 계율을 가장 엄하게 지키는 종파가 자이나교다. 그러다 보니까 그 교도가 세상에 해먹을 직업이 없게 된 것이다. 그렇다고 굶어 죽을 수는 없으니까 그들이 할 직업이란 소매업과 대금업(貸金業) 등과 같은 상업뿐이었다고 한다.

그들은 이 직업에 정성을 쏟았다. 그 결과 전세기(前世紀)까지의 인도 자본주의의 과반수는 전인구의 0.5%에 지나지 않는 자이나교도의 수중에 있었다는 것이다.

종교와 자본주의의 결부가 의외의 방면에서 나타난 것이다. 가장 고행적이고 비세속적인 교리의 종파에서 가장 세속적인 자본주의와의 결부현상이 그 사회 속에서 가장 먼저 나타난 것을 어떻게 봐야 할까?

거기에 제임스 와트 등 영국적인 산업혁명의 요소가 문화의 인도사회적 맞아떨어짐이라도 발생했더라면 잘살아 보고자 하는 인간의 욕망의 진행에 인도적 사상이 어떤 자제를 발휘해 줄 수 있었을까?

동양의 축지법, 장풍, 고공비상, 신통 등의 신비스런 이야기는 자동차 비행기 등과 같이 인간의 현실적인 제약에 대한 타개수단을 일찍이 계발하지 못했다는 점에서의 차이일 뿐 근본적으로 인간이 자신의 현실적인 제약을 극복하고자 하는 욕망의 발로라는 면에서는 동서가 큰 차이가 없는 것이 아닌가 한다.

이처럼 현실적인 한계에 의한 인간의 욕망의 어쩔 수 없는 제약이 모처럼 그것을 타개할 수 있는 유효한 수단의 확보에 직면하다 보니까 억제당했던 인간의 욕망이 분출구를 찾아 봇물처럼 터져 쏟아져 나온 것이 지금의 산업문명 서양적 현상이 아닐까?

서양의 역동화의 견인차는 어디까지나 그의 압도적인 산업문명 물질의 성공이며 그 덕분에 서구적 가치가 세계화도 된 걸로 봐야 할 것이다.

서양이 가난했더라면 서양이 아무리 고매한 자유민주주의와 인권을 부르짖어도 그것은 서양의 것 이상이 되기는 어려웠을 것이다. 서양의 것은 다 좋게 느껴지게 만든 것은 그들의 압도적인 물질적 풍요 그것일 것이다.

속말에 삼대부자 없고 삼대거지 없다는 말이 있다. 지금 서양의 문제는 지나친 풍요와 포만의 무기력과 해이(解弛)가 원인이지 과연 사상이 일차적 원인일까? 중세의 억압과 가난할 때의 자유와 개인주의는 해방이며 희망이며 빛이었는데 현대의 풍요 속의 자유와 개인주의는 무질서 무책임 방일 마약 범죄 파괴의 대명사가 되고 있는 것이다.

동양도 서양처럼 다행히(?)도 산업화적 수단을 일찍이 찾고서도 과연 그것을 그 동양사상 때문에 지금의 서양과는 달리 산업문화의 각종 폐단이 나타나기 전에 그것을 동양적 사상에 맞게 미리 적정선에서 자제조정했을 것인가?

그나마 산업문명에 대한 현실적인 자제의 움직임이라면 어쨌거나 지금도 뉴질랜드 등 서양적인 곳에서 먼저 일어나고 있는 것이 아닌가 싶다. 중국 이북 등 사회주의 국가의 산업화적 환경오염 파괴가 훨씬 무반성적으로 행해지고 있는 듯이 들린다.

동양도 서양처럼 발전할 만큼 하고 포만할 만큼 하고 나면 서양과 같은 이성적인 자제의 모습쯤은 얼마든지 보여 줄 수 있다고 반박할지 모른다.

그러나 그렇다고 해도 동양도 그 자제의 모습을 보인 것은 결국 서양처럼 스스로 발전할 만큼 하고 포만할 만큼 하고 난 후의 일이지 동양이 그 사상의 탁월성 때문에 서양과는 달리 현실을 앞질러 아직 배고프고 굶주린 발전의 초기단계에서 미리 자제의 모습을 보여 줄 수 있었다는 것은 아니지 않느냐 하는 점에서 동양이 서양보다 훨씬 나은 이성적인 자제의 모습을 보여 줄 수 있다는 증거는 아직 어디에도 없다고 하리라.

우리 사회를 봐도 돈을 더 벌기 위해 공장의 폐수처리를 도무지 양심을 기지끄는 알 수 없는 형태로 마구 함부로 하는 현상이나 불량식품 불량제품의 생산, 틈만 있으면 비집고 들어가려는 그린벨트 지역의 계발·파괴, 각종 사회적 최악의 범죄현상 등 이 모두가 동양인간의 무분별한 욕망의 결과가 아닐까?

우리 국민이 뭐가 그리도 유식해서 그 새 서양의 이분법적인 지배공격적 이성을 배워 그 짓을 잘도 하고 있겠는가? 원인은 견물생심이 일차적이 아닐까?

동양사상의 다른 장점이 대체 뭔가? 서양의 이성은 반성의 측면도 강하다. 2차대전 후의 전후처리 문제를 보자.

서양의 독일은 세계가 인정할 만큼 충분한 반성의 자세를 행동으로 보였다고 보고 있다. 그러나 심지어 불교국가라고 할 정도로 서양종교가 발을 제대로 못 붙이고 있다는 동양의 일본은 어떤가? 그 도덕성이 불충분함은 역시 세계가 인정할 정도가 아닐까?

오늘날 거대국 중국이 주변국가에 대해 보여 주고 있는 모습도 결코 중국은 그간의 서양열강들의 모습과는 뭔가 다르다는 동양적 다른 인상을 보여 주고 있는 것처럼 보이지는 않는다.

우리말에 타산지석이라는 말이 있지 않은가?

서양의 물적 풍요와 산업화의 폐단이 이미 인류문명의 한계를 걱정할 만큼 보편화되고 있음을 본 동양이라면 응당 그것을 타산지석으로 삼을 만하고 이는 후발국가로서는 자기네의 다소 현실에 뒤지고 소극적인 듯한 자연주의적 욕망 부정의 종교 철학의 진리성이 역사현실의 구체적인 지지를 받는 큰 행운이기도 한 것이었으리라.

말하자면 서양의 앞선 산업화는 동양사상의 다소 느리고 현실소극적인 듯한 면의 진리성을 증명해 주는 문명실험용에 지나지 않는 것이 될 수도 있을 것이다.

그러나 동양은 그것을 자신들을 위한 큰 어드밴티지(advantage)로 삼고 자기네의 종교나 철학사상에 맞는 정말 인간다운 문명을 정말 천천히 차분히 건설하려 하기는커녕 기를 쓰고 서양을 따라가려 하고 있고 사실상 징신적으로도 아직은 서양적 성과를 따라가고 있는 실정이고 동양사상이 보다 우월하다는 뚜렷한 증거는 아직 어디에도 없는 듯이 보인다.

동남아의 대표적인 불교국가들도 서구적인 산업화의 폐단을 점차 드러내고 있는 형편이지 그들이 계발의 초기단계에 서구적 물질주의에 대한 그들 동양불교 나름의 특유한 예지적인 안목으로 세계가 주의를 끌 만한 어떤 자기경고적 욕망자제의 모습을 보여 준 적은 없었다.

내가 본 동양의 라즈니시나 크리슈나무르티 같은 분들도 서양에 가서 문명에 대한 어떤 특별한 새로운 메시지를 전달한 것 같지는 않다.

동양은 아직까지는 그 알려지지 아니한 것으로서의 신비가 벗겨지는 단계에 있는지는 모른다. 그러나 그것들이 음미될 대로 음미되고 알려질 대로 다 알려지고 난 후에는 동양이 과연 뭘로 한몫을 볼지 나는 동양한국의 불교인에게 묻고 싶다.

우리는 더 이상 소아적 동양인이 돼선 안 될 것이다. 먼저 공명정대 공평무사한 인류가 돼야 하지 않을까?

그렇지 않고 세계나 인류의 문제를 말한다는 것은 인류문제를 빙자한 못다 채운 집단 열등감 집단 이기심의 새로운 표출일 뿐이리라.

이제는 더 이상 동양사상이 한 것도 서양사상이 한 것도 아니며 잘한 것도 못한 것도 다 인류가 한 것이어야 하지 않을까?

그렇다면 인류문화의 중심의 동아시아로의 이동의 가능성이 뜻하는 바는 대체 무엇인가?

지금까지 서양이 주지 못한 어떤 새로운 삶의 가치나 양식, 이념의 중심보급처로서 동양이 될 수 있단 말인가?

자가용을 더 많이 더 마음껏 타면서도 서양처럼 부작용이 없게 해주는 동양문화의 새로운 가능성을 타진해 보려는 문화종합의 모색인가, 즉 문화종합은 그 근본이 기존의 산업문명에 대한 새로운 적응의 문제인가 아니면 전혀 새 변혁의 문제로서 적어도 자가용 타는 것을 전보다 줄이고 혹은 그것을 아예 버리고라도 그것이 진정 인간다운 길이 아니라면 인류문화와 그 가치관의 방향을 동양적 가치에 의한 질적 전환의 시도도 불사하겠다는 의미로서 문화의 동양적 새 종합일까? 그것도 아니면 세계문화의 주도권 power의 단순한 지역적 이동으로서인가?

본인은 이런 문제들에 대한 철학적 태도가 어느 정도 윤곽이나마 잡히지 않고는 몇 줄의 글도 옮기기 어려운 내적 방황을 경험하게 된다.

나는 다른 어떤 집단보다도 현대 산업문명의 독화살에 가장 비틀거리고

있는 한국불교를 바라보면서 항상 동양불교 운운하는 사람들이 그 용기를
부러워하는 입장이다.

불교의 연기적 사유에 의하면 "편리가 있으므로 불편이 있다. 편리가
없으면 불편도 없다. 고로 편리에의 욕구는 불편을 해소시키지 못한다.
도리어 새 불편을 낳을 뿐이다. 편리를 포기해야 불편도 벗어난다. 같은
논리로 행복의 희구는 불행을 해소시키지 못한다. 도리어 새 불행을 초래
시킨다. 행복을 버려야 불행도 벗어난다. 자유에의 욕구 역시 부자유를
해소시키지 못한다. 끊임없이 새 극복의 필요성을 낳는다. 고로 불편을
받아들이라. 불행을 도리어 사랑하라. 부자유를 도리어 짊어지라. 그러
면 쉼을 얻으리라."

동양의 불교인이여, 이것이 불교의 연기적 해석이다. 이것을 어떻게 생
각하는가?

그러나 현재 일고 있는 한국불교의 교단적 승단적 자각에 불교적 가치
의 반성이 일어나고 있다는 소리는 승가에나 학계에도 들리는 바가 없다.

가치있는 삶이 교세적 관심이나 보다 잘먹고 잘살고자 하는 동기를 제
어하거나 능가하려는 움직임은 찾아볼 수가 없다.

동양불교를 소위 전공하는 교단 내가 그렇다면 그 불교를 가지고 시대
를 향해 과연 무엇을 할 수 있다고 말할 수 있을지 뜻이 있는 지성이라면
스스로 큰 의문을 품어야 옳을 것이다. 동양종교의 교단 내에서도 맹목적
인 살고자 하는 동기가 압도적으로 으뜸이 되고 있는 것이다.

그렇다면 오늘날의 산업문명의 무한확대 성장주의를 과연 사관(史觀)
이 직선인 것에 그 책임을 물어야 할까? 동양은 과연 사관이 곡선이어서
서양처럼 하기를 스스로 사양을 했을까? 이 문명이 사관을 바꾼다고 될
일일까?

그 사관 등 사상 자체가 학자들이 지적하는 만큼 산업문명의 근본적 주
범일지는 지극히 의문이라고 사료된다.

어쩌면 서양의 사관이 순환적이었더라도 서양은 산업문명을 지금처럼
만들지 않았을지? 동양은 반대로 사관이 직선적이었더라도 그렇게 못 했
을지 모르리라. 산업문명의 무한확대 성장은 어디까지나 동서를 초월하는
보다 잘살고자 하는 인간의 보편적인 생의지(生意志) 즉 욕망의 직선적
진행이 그 원초적 동력이었다고 봐야 하지 않을까?

그렇다면 현대의 산업문명이 인간이라는 생물의 생존환경에 어느 정도 적합한가에 대해 큰 의문이 없다면 우리는 앞으로의 산업문명 사회에 보다 잘 적응할 수 있는 사상철학을 모색하면 될 것이고 반대로 이 문명이 분명 의문이 있는 문명이라면 우리는 현대 산업문명의 사태들에 대해 인간존재의 생존조건이란 차원에서 보다 구체적이고 실무적인 검토와 반성이 앞서고 사상이나 철학은 그러한 진단에 병행하는 형태로 모색돼야 할 것이라고 본다. 지금은 실무적인 것이 철학사상보다 더욱 중요하게 다루어져야 할 것이다.

나) 그런 의미에서 우리는 지금 어디에 서 있는가가 우리가 할 일이 뭔가보다 훨씬 선행적 선결과제가 아닌가 싶다.

아무튼 지금의 문명이 일단 커다란 반성의 시점에 서 있다고 볼 때 동양불교가 욕망과 인간존재의 문제에 대한 성찰을 남달리 깊이 해온 종교라면 산업문명의 현실과 앞날에 대한 반성과 전망에 대해 동양의 불교는 응당 남다른 메시지를 던져 줘야 할 책무가 있어야 하지 않을까 싶다.

본래 불교의 주제가 존재의 구제, 근원적인 주체의 실현이 아니던가? 불교의 이 주제는 본래 욕망에 대한 성찰을 가장 중요한 요소로 하고 있기도 하다.

이것은 시대의 문제가 바로 불교자신의 주제에 대한 물음과도 많이 다르지 않음을 의미한다고 볼 수도 있으리라.

그렇다면 한국불교의 현대적 과제야말로 불교자신의 사상의 중심핵인 존재의 구제 즉 근원적인 주체의 문제를 앞으로 자신의 교단운영에 대한 중심과제로 삼을 만하지 않을까 생각된다.

종교로서 자신의 사상의 중심핵이 자신의 교단운영의 중심적 과제가 돼야 한다는 것은 대단히 이상하고 새삼스런 말 같기도 하다.

그러나 이것은 그간의 한국불교의 한계와 교단운영의 실태를 잘 반영하는 말이기도 하다.

한국의 불교가 앞으로의 역사에 어떤 새로운 메시지를 줄 수 있고자 하는 입장이라면 지금까지의 무속적 기도 인과화복으로 앞으로 과연 무엇을 더 이상 할 수 있을지는 너무나도 한계가 뚜렷한 것이리라.

그것은 필연적으로 교단차원에서의 진리운영의 중심과 방향에 대한 변혁의 시대적 강요가 될 것이다.

나는 때때로 한국불교가 과연 토착화가 돼 있는가 의문에 잠기곤 한다.

불교의 것 빼놓으면 문화재라고 할 것이 없다 하고, 전국의 방방곡곡에 좋은 산마다 사찰이 있다고 해서 그게 토착화일까?

토착화란 한국의 국민 속에 얼마만큼 불교적 사고와 가치관이 생활의 상식과 일반의 의식으로 침투돼 있는가 이외의 다른 것일 수 없을 것이다.

한국불교의 인과사상도 인간 석가모니의 정신을 반영하는 인과사상에는 도리어 배반되는 비석가적 인과사상으로 되어 있고 민중 속의 부처도 인간 석가모니의 정신을 반영하는 부처가 전혀 아니라면 더 말할 필요가 없을 것이다.

지금 우리 국민이나 민중 속에 불교적으로 살고 사고하는 부분을 찾기 어렵다면 더 더욱 한국사회 속의 불교의 토착화란 빛좋은 개살구 격이리라.

불교인 만큼 합리적인 정신이 결여되고 신비적 영험과 무속적 사고에 물들어 있는 부류가 어디에 있겠는가? 학술이나 학문이 아닌 일반민중 속의 인과사상과 부처는 모두 다 무속적 부처와 인과사상일 뿐이다.

사태가 이러하니 소위 전문가라는 이들의 불교진리의 해석 자체도 상당히 무속화된 해석으로 왜곡돼 있는 것이 아닌가 싶다.

그런 의미에서 한국불교의 현대적 과제는 한국의 불교인이 한 번 정말 순수하게 불교다운 불교적 종교관 가치관 삶의 자세 사고방식 이상(理想)을 자신의 인생관 속에 구현하는 일이기를 바라고 싶다.

정말 한국의 국민 속에 더구나 한국의 불교인 속에 불교가 어느 정도 존재하고 있는지 회의하지 않을 수 없다.

현재 한국의 불교는 신적 만능의 기도, 무속적 인과사상, 이 두 가지를 빼면 99%의 불교가 하루아침에 공동(空洞)이 된다.

이것은 종단을 운영위주로 경영하는 것이지 진리와 사명감 위주로 경영하려는 것이 아니다.

도무지 이해할 수 없는 것은 근자의 소위 현실참여 개혁파라는 승려들도 신(禪)은 죽자사자 비판하면서 위의 두 가지 신행행태에 대한 언급은 눈씻고 볼래야 볼 수 없는 것이다. 그들은 미사여구로 그저 참여만 외치

는 진리의 도피자 세속주의적 참여동물인 것이다. (일본-경제동물)

한국불교는 지금 교세만 있지 교적 삶은 없는 것이다.

불교는 역사적으로 자신의 주력사상이 교단운영의 주제가 돼본 적이 없다. 그것은 대외적 학술발표용이거나 소수자의 수행용일 뿐 일반의 구체적 생활관과는 아무런 상관도 없다.

미래에도 그러고 말 것이라면 불교가 내일의 사회에 무엇을 할 것인가? 발전하는 미래 과학시대는 불교가 각광을 받을 것이라는 정도가 생각하는 불교인의 찬란한 몽상이다.

미래의 불교 교단운영의 주력이 될 진리가 만능적 기도, 무속적 인과사상 이 두 가지에서 불교의 근원적인 주체 존재의 구제로 중심이동이 일어날 수 있지 않고는 보람있는 불교의 길, 불교다운 불교의 길, 역사에 제 할 일을 찾는 불교의 길은 영원히 열리지 않을 것이다.

전통사회의 불교는 앞의 두 가지로 될 수 있었다. 그러나 그것은 인간 석가모니의 진실이 아니지 않나?

다) 근원적인 주체의 특징들 몇 가지

불교의 근원적인 주체에 의하면 하늘 위 하늘 아래 인간을 위할 자도 해할 자도 아무것도 없다.

인간은 그 자신의 주인이요 마음 밖에 의지하고 기댈 곳은 천지에 없다.

인간의 가치는 인간자신이 그 수호를 포기하면 어디에도 보상받을 길이 없다.

근원적인 주체와 가장 친화적인 말을 불교 밖에서 찾으라 하면 나는 하늘은 스스로 돕는 자를 돕는다고 하리라. 하늘이 어디에 있나? 불교의 하늘은 인연형성의 조건일 뿐이다.

불교의 주제 근원적인 주체에 소위 기도영험이란 근원적으로 맞지 않다.

모든 것은 인연소산이다. 인연으로 이루어지고 인연으로 소멸된다.

근본적으로는 허깨비다. 그러면서도 절대적으로 그 자신의 의미요 빛이다. 인연에는 선악이 없다. 선이라고 특별히 봐주는 하늘이나 악이라고 특별히 벌주는 하늘은 없다. 물론 선·악도 인연의 중요변수 중의 하나일 뿐이다.

일체존재는 본래로 그 자신의 주인이다. 일체의 존재간에는 가치차벽이 없다. 가치차별은 범부의 무명(無明)의 시각에 비친 허깨비다. 좋은 과보, 나쁜 과보가 그것이다. 그러나 그건 생사윤회 고뇌의 원천일 뿐이다.

불교의 핵심진리는 인연(＝緣起)법이고 그것은 인과설과 정반대 개념이다. 인연법은 어떤 겉모양새의 성과도 그 가치가 근본적으로는 절대평등, 무차별한 공상(空相)인 것이다.

여기에 가치차별적인 인과화복지설이 발붙일 곳은 없다.

기도와 인과화복! 그것은 세속적 가치의 권화(權化)이며 석가의 출가에 대한 배반 배신이다. 한국불교가 석가의 제자라면 그것을 교단에서 추방시켜야 한다. 그래야만 불교가 역사에 제 할 일을 찾게 될 것이고 제 갈 길을 챙기게 될 것이다.

불교에는 원칙적으로 부처가 없다. 네가 눈을 뜨면 천지일체가 티끌티끌이 본래 부처 아님이 없고 네가 눈을 뜨지 못하면 부처도 일체는 한갓 된 중생 허깨비일 뿐이다.

불교에 있어서 진리는 적정(寂靜)이다. 적정이 즉 자유다. 일체가 허깨비임을 깨침이 즉 자유이고 벗어남이고 근원적인 주체이며 적정인 것이다.

불교의 자유란 신통으로 하늘을 날으거나 능력이 무한해서 뭘 마음껏 하는 것과 같은 것 따위가 아니다. 그건 병든 중생의 마음이 지어 낸 망상 허깨비다. 도리어 자유를 버림 고요 적정 평온 적절 적정 절도 자기제어가 최상의 자유다.

근원적인 주체는 자연에 가깝고 그것은 겉보기로는 적극보다 소극이 자기의 본 얼굴이다.

소극이 적극일 수는 없을까? 생명은 본래 소극이 아닐까?

마침 인도엔 negative form이 negative일 뿐만 아니라 positive 하고 affirmative하다고 하더라.

어쨌거나 자기자신으로 돌아가는 것은 만법의 근본이 아닌가?

불교가 돌아갈 자신은 대체 뭔가?

적정고요 내성내관 무심무욕 중도중용 절대공정 절대무사 절대정직 자주자립자조 자등법등 영험사상 배척 기도배척 평상심. 일상성 청정불오염 불살생 불가해 관용성 다양성 보편성 무당파 무소속 일즉다 다즉일 자타

공불이, 이것은 근원적인 주체가 친하고 힘을 낼 만한 물이다.

이 물을 떠나면 근원적인 주체는 시들시들하고 비틀거리거나 죽기 십상인 고기다.

근원적인 주체의 적극은 자기자신 되기, 자기 잃지 않기, 물들지 않기로 적극을 삼는다.

근원적인 주체는 객관세계의 속도를 앞지르지 않는다. 거기에 뒤쳐지지도 않는다. 적절하고 낭비가 없다. 그것은 보기에 따라 느리게도 보인다. 그러나 생명의 성장속도가 자기속도다. 생명의 페이스를 자기 페이스로 삼는다. 이게 소극이며 참적극이다. 도리어 제 페이스가 적극이다.

지금까지의 불교에 대한 비난은 실은 단순한 소극 때문만은 아니다. 불교의 게으름, 무관심, 방관, 무책임, 현실무지, 미신, 기복, 물질주의 등 때문이다.

소극은 생명의 본질이다. 생명의 특성을 따르는 것이 소극이다. 지금까지의 적극은 그게 실은 적극이 아니라 욕망, 자기혹사, 제속도 상실, 과속, 속도위반이었다. 지금까지의 소극 역시 그게 참소극이 아니라 나태, 안일, 자기도피, 현실도피로서 그건 일종의 생명의 질병이었다.

생명의 적극은 겸허한 농부와 같다. 아기를 키우는 참엄마와 같다.

요즘의 인간엄마는 자기새끼를 키우는 것이 아니라 지지고 들볶는 것이다. 생명의 자기 페이스를 도리어 상실케 하는 것이다.

근원적인 주체는 인연법이다. 인연법이란 그때 그 장소 그 시점에서의 지나치지도 모자라지도 않는 가장 절묘적절한 조건형성의 타이밍을 말한다. 고로 근원적인 주체는 지나치지도 모자라지도 않으려는 데 예리하고 세심하고 적극이다. 그것은 마음에 빈틈이 없고 전념적이고 전심적인 마음의 평형 균형 고요 적정에서 가장 가능성이 높으며 이게 생명적 거동이다. 과유불급(過猶不及)! 적당하게! 낭비도 없고 미흡도 없게! 이게 무위다. 과속 거기엔 피로, 무리, 낭비, 소모, 과욕, 균형상실이 있다. 생명의 적극(=소극)엔 피로나 염증이나 변덕이 없다. 거기엔 과속도 저속도 없다. 자기 페이스, 자기속도, 생명의 속도가 있을 뿐이며 이것은 즉 무속도며 초속도이며 그 자체가 휴식, 생명 그 자체이기도 하다.

근원적인 주체가 가장 꺼리는 것은 결과주의 즉 '그는 어떻게 하여 뭐가 됐다'이다. 밤잠 안 자고 열심히 해서 그는 '무엇이 됐다, 위인이 됐다' 등등. 그는 열심히 해서 포교의 큰 성과를 거두었다 주용기 무사처 팀 내성공을 거두었다 등등. 이는 삶을 됨으로부터 분리시키고 소외시키는 유위법, 결과주의, 세속주의적 탐욕관이다.

그 뭐가 '됨'의 사고란 결국 자기가 자기가 안 되고 자기 이외의 것으로 되려 함이다. 이는 '됨'에 빠져 자기를 소외시킴이다. 근원적인 주체의 자기는 모든 순간의 일체가 자기 아님이 없는 것으로서의 자기이므로 잘됨 못됨이 자기 아님이 없음이 정말 근원적인 주체의 행자(行子)인 것이다. 겉보기로 잘됨 같아도 그것이 자기 아님으로 됨이 심하면 그건 실패한 인생이다. 겉보기로 잘못됨인 것 같아도 그것이 자기와 둘 아님의 자세로 돼 있다면 이야말로 정말 인생의 대성공자인 것이다.

근원적인 주체는 큰 일도 작은 일도 허깨비로 본다. 그는 결과의 열매에 가치를 두지 않는다. 삶 자체, 과정 자체에 가치의 중심을 둔다. 열매는 그 역시 삶인 전체의 일부분일 뿐이다. 아니 삶의 마침표일 뿐이다. 아니 삶이야말로 참열매인 것이다.

근원적인 주체는 나타난 성과 모양다리로써 가치를 평가하지 않는다. 항상 내면을 들여다본다. 거기에선 세속적 가치로서 성공이 도리어 실패일 수도 있고 실패가 도리어 성공일 수도 있다. 그 설법을 들어 보면 그가 속물인지 아닌지 즉각 알 수 있다. 거기엔 새삼 뭐가 된다는 시각은 근원적인 자기가 아니다. 과정과정이 자기이며 됨 그 자체요 됨의 연속인 것이다. 그의 성공은 그저 참자기 되기이다.

자기자신이 됨밖에 아무것도 바람이 없는 그는 평온무사 속에 절대진실, 절대공정, 절대결과부집착(絕對結果不執着)의 눈으로 세계를 보고 상대한다.

근원적인 주체는 어떤 권위도 인정하지 않는다. 이는 오만이나 도전적 기풍 때문이 아니다. 도리어 그 반대로 인생에 대한 겸허한 깊은 자각 때문이다. 그는 사려가 깊고 자기를 잃지 않는다. 그는 사리를 깊이 통찰하고 법을 의지하고 법을 존중할 뿐이다.

그에게 권위는 사리, 진실, 공명정대, 공평무사, 즉 진리가 유일한 권위다.

그런 의미에서 그는 절대공정, 절대무사, 절대무아의 무편견한 행인이요 일체에 제 사람이 없음으로써 일체가 제 사람 아님 없음이 된 가장 무소유한 인간 천하인(天下人)인 것이다. 그에겐 어떤 자기주장도 진리 앞에선 자기가 없다. 겸허하고 무아적이다. 아니 그에겐 진리가 자기일 뿐이다.

근원적인 주체자의 법은 인연법이다. 인연법이란 일체가 허깨비며 천지에 마음밖에 귀하거나 가치있는 것이 없는 세계며 그 세계는 일체는 그 자체밖에 그것의 법이 따로 없다인 것이다. 즉 귀신법이나 하늘법이 따로 있는 것이 아니다. 그는 흥(興)도 인연으로서 제 흥이요 자기이며 망(亡)도 인연으로서 제 망이요 그 자신이다. 어느 순간도 자기 아님이 없다. 이런 이는 천하가 어찌할 수 없다.

인연법이 뭔가? 현상들의 모습이란 결국 갖가지 요소가 상황에 맞아떨어짐의 현상일 뿐이라고 보는 것이 즉 인연법인 것이다. 그렇다면 전두환을 어찌 생각하나? 그가 비록 부도덕했다고 해도 어떤 형태로든 전생에 지은 복이 있어서 그리 된 것이라고? 허!허! 그는 그저 당시의 여러가지 인연조건들을 잘 맞아떨어지도록 해서 그렇게 된 것뿐이다. 그는 그러나 인연을 너무 무리하게 조성했다. 인위가 지나쳤다. 과속이었다. 그게 욕심이다. 사사(私私)가 심했다. 그래서 인연이 항상 무거운 짐으로 작용됐던 것이다.

조광조는 어떤가?

그는 개혁가로서 당시의 수구세력의 거치른 인연조건을 잘 인식하여 목적에 상응하는 인연조성에 끝까지 차질이 없도록 용의주도하게 하지 못하고 인연조성에 실패한 것이다. 임금의 마음을 계속 잘 통찰·통어하며 자파(自派)의 세력을 최대한 잘 대응시켜 수구세력의 교활한 준동 음모를 예견하고 압도하는 충분한 대응조처를 마련치 못했다. 조광조는 반대세력을 원망해선 안 된다. 자신의 역부족을 원망해야 한다. 그 역부족도 운명이나 전생과보, 사주팔자, 관상, 골상적인 것으로 보는 것은 인연법의 몰각이다. 시절인연(時節因緣)이 매우 불길했던 것은 사실이나 그만큼 상황과 상대에 대한 대응의 부족으로 봐야 한다. 모든 결과를 개혁가의 자기부족으로 받아들이고 역사를 원망하지 않아야 근원적인 주체자다. 결과를 잘 성공시켰더라도 근원적으로는 꿈이라 집착할 바는 아니다.

사업가가 부도를 냈다면 그것은 스스로 인연조성을 무리하게 했기 때문일 뿐이다. 결국 자기 컨트롤을 잘못한 것이다. 사주팔자에 있는 것이 아니다.

오늘날 한국불교는 불성을 구유한 인간이라면서 불성을 마치 신에 버금가는 만능적 창조자, 만능적 인간존재로 묘사하고 있다.

이것은 불성은 어떤 유능성이나 만능과 같은 개념과는 전혀 틀리다는 것조차 모르는 한국불교의 무지를 폭로할 뿐이다.

불성이란 저 허공, 산하대지, 금덩어리, 변소, 오물, 똥, 먼지, 티끌 티끌, 파괴와 건설, 유능무능, 일체 존재현상이 불성의 현상 아님이 없음의 뜻으로서 불성임을 알아야 한다.

불성이란 존재의 원리 인연법이며 정신이니 인격이니 유능이니 무능이니 하는 개념과는 전혀 틀리는 말이다.

이것은 불교계가 서양종교의 전지전능한 신개념에 대한 열등감에 빠진 결과로서 불교로서는 자기무지의 작태인 것이다.

근원적인 주체는 결코 유능한 만능적 존재 같은 개념이 아니다. 근원적인 주체란 인연법의 다른 소리일 뿐이다. 일체가 본래의 자기 아님이 없는 근원적인 주체에 자기를 자각함밖에 아무것도 새삼스럽게 이룰 유능할 필요성이란 없는 것이 즉 근원적인 주체인 것이다.

근원적인 주체는 무아이며 무위이며 일체 자기 아님이 없음이며 진공묘유 산시산수시수(眞空妙有 山是山水是水) 즉 연기(緣起)인 것이다.

좋고 궂은 일체의 성취는 인연적 변수들의 서로 맞아떨어짐 여부에 좌우될 뿐 근본으로는 다 꿈이며 허깨비다. 고로 아무리 거창한 일을 이루었어도 인연의 소산이지 개체아(個體我)인 자기의 유능성의 소산이 아님을 알면 교만할 근거가 없다. 이루어짐은 인연의 맞아떨어짐이었을 뿐 아무리 거창한 일도 근본은 꿈인 것이다. 마음이 진실하면 실패도 성공도 마음의 진실로써 족한 것이다. 잔잔한 호수에 스치는 억만영상은 물결을 일으킬 수 없음처럼 진실한 마음에는 현실의 어떤 영웅적인 공적 공로도 호수 속에 스치는 영상 그림자 허깨비일 뿐이니 거기에 우쭐댈 일이 뭔가? 교만은 그 자체가 무지의 소산인 것이다.

근원적인 주체는 근본적으로 불이(不二)이므로 세계를 인식하는 개인 개체 개념이 아니다. 그것은 세계가 자기와 둘이 아님을 자각하는 깨달음의 성품이며 인연법을 망각하지 않는 통찰하는 존재자다. 본래 불이인데 세계를 인식했다고 하면 그건 이미 이분이고 대상이고 상대적 대상적 주체이며 근원적인 자기와의 분리이며 무명 착각인 것이다.

근원적인 주체는 일체가 자기와 둘이 아님으로써 티끌티끌이 비로자나의 빛이 되는 존재자다.

그에게 근원적으로는 진보란 없다. 현상의 변화가 있을 뿐이다. 일체 존재현상은 절대평등 무차별의 진여의 다른 모습일 뿐이다. 진보란 허깨비다.

진보발전이란 인간이기에 필요한 것의 창출일 뿐이다.

근원적인 주체로서의 인간은 성공관 행복관이 근본적으로 다르다.

행복은 없는 것이다. 결핍의 반사적 그림자일 뿐이다. 행복은 사람을 공허하게 만든다. 그 공허가 맹목적으로 행복을 추구케 하고 그 행복추구가 더 큰 결핍을 낳는다. 근원적인 주체는 불행이란 마음이 불행으로 여긴 타성으로 본다. 행·불행이란 마음의 습관적 관념이며 실체는 없는 것이다. 일체가 자기와 둘이 아닌 거기에 행·불행이 될 법한 소린가? 행·불행은 병든 마음의 허깨비일 뿐인 것이다. 근원적인 주체자는 아무런 도움의 손길도 없는 낯선 길목에서 느닷없이 쓰러져 죽는다. 그의 죽음은 아무도 모른다. 떨어지는 낙엽이 전우주의 시요 음악인 것이다. 찾아올 사람이 없는 것이 불행인 것은 통념의 익힌 바 습성이다. 자기가 자기를 찾고 확인할 수 없는 한 천하의 찾아옴도 나와는 먼 것이다. 자기가 자기를 확인할 수 있는 한 이미 본래 일체와 분리된 자기가 아님인지라 새삼스럽게 세상의 찾아옴이란 오는 이들 자기네 사정일 뿐 나에게 새삼스런 보탬이 될 일은 없다. 수없는 그림자가 호수 위에 비쳤다가 사라지나 물결은 잠잠할 뿐이다.

근원적인 주체는 어려운 것이 아니다. 존재의 가장 자연스런 길이다.

그것이 혹 어렵다면 그것은 자신과 세계에 대한 통찰의 부족 탓이다.

근원적인 주체는 매사에 물흐르듯 자연적인 것을 존중한다. 지나친 인위를 싫어하고 자신의 의지를 강압·혹사하지 않는다. 그의 생리는 문명을 자신의 손아귀에 장악하는 개인과는 거리가 멀다. 그는 공격적이지 않고 이해설득적이고 사리에 밝고 때를 기다리며 초연하고 고요하고 성숙한 자연, 움직이는 자연이다. 그는 자연스런 흐름을 만들고 그 흐름과 보조를 같이하거나 본래의 바른 흐름을 따르거나이며 지나치게 앞지르거나 인위적이지 않다.

근원적인 주체는 무엇보다도 욕망의 정체와 그 한계에 대한 깊은 지각과 인식을 견지하고 있는 주체다. 그는 욕망의 정체와 그 한계에 대한 깊은 자각과 인식을 통해 그의 계율적 생활은 자발적인 삶의 지혜에 근거하고 있으며 어떤 타율적인 윤리도덕적 당위론적 억압에 근거하고 있는 것이 아니다.

근원적인 주체는 그 어떤 것에도 의지함이 없이 자기자신에, 법에, 사리에 의지하는 지혜로운 행인(行人)이다. 그는 예견과 예언을 거부하고 사리에 대한 깊은 통찰과 상식의 진리를 통해 세상과 미래를 본다. 천안통 따위는 우치한 인간의 욕망의 반사적 그림자로서 참이 아니다. 인간은 자기를 알고 나면 세상에 예언이 필요할 만큼 궁금한 것도 알 만한 것도 없는 것이다. 저 자신을 돌아보라!

우리는 뭐가 잘못되면 덕이 부족해서 그렇다고 사과를 해야 하거나 그런 부담을 져야 한다. 심지어 터가 나빠서 그렇다느니 하면서 합리적인 노력투쟁도 도무지 속수무책이 된다.

그러나 선인도 악인도 화가 미칠 수 있다.

여기엔 누구도 유리하거나 불리한 입장에 있지 않다—인연문제니까. 근원적인 주체에 화복은 가치개념이 아니다. 인연문제다. 그리고 근본으로는 허깨비다.

불교의 주인공은 인간에만 국한된 개념이 아니다. 유정물 무정물의 구분없이 일체존재, 일체 티끌티끌들이 비로자나 그 자체의 빛 아님이 없는 것의 인간적 표현이 주인공이라는 말일 뿐이다. 불교의 주인공관엔 일체가 객(客) 아님 하인(下人) 아님은 있어도 정작 주인 그 자체는 없다. 일체가 객아님 하인 아님이기에 일체가 주인 아님이 없음이라는 의미에서 주인이라 할 뿐 주인이란 자체는 없는 것이 불교의 주인관이다. 대상이 공(空)인데 아(我)랄 것은 어디에 있나? 객이 공하므로 인(人) 역시 공(空)한 것이다. 공도 공해서 일체가 그 자신의 주인 아님이 없음으로의 환원이 즉 주인공의 의미인 것이다. '모든 것을 주인공에게 맡기고 의지하라, 그러면 저절로 좋게 된다'라는 식으로 하는 집단이 있다고 한다. 그러나 이건 주인공이 마치 개체개념인 줄 아는 세속적 무속적 유위법적 시각이며 연기법 인연법의 무지요, 전지전능한 신의 불교적 주인공으로의 의역 아닌 음역이며 그것은 번역사기 언어사기극인 것이다. 불교의 주인공에 뭐가 잘 되고 안 되고란 인연법에 무지한 속물 같은 시각인 것이다.

인연법, 연기법으로 보면 천지에 나를 위하거나 해할 부처도 신도 아무 것도 없다. 잘 되고 못 되고가 인연소치요 근본으로는 허깨비며 공상(空相)인 것이다.

사정하면 들어주는 것은 참신도 부처조차도 아니다. 참신이라면 도리어 스스로의 공정한 결과에 맡겨야 할 것이다. 무위불개입이 도리어 참신이다. 개입하는 것은 신도 부처도 아니다. 그건 허위다. 고로 신은 없는 것이다. 없는 것 무신이 참신이다. 인간의 가치란 인간이 그 수호를 포기할 때 어디에도 회복하거나 보상받을 길은 없다.

이 세상엔 어떤 부여된 정해진 운명적인 질서란 없다. 관계의 상호대응적인 질서형성이 있을 뿐이다. 끊임없이 변화하는 요소들의 상호대응적 인연관계인 것이다. 세상의 질서란 상식의 이치로 파악될 수 있는 질서이며 엉뚱한 질서, 예상 밖의 질서란 있을 수 없다. 알고 보면 다 상식이고 이치의 범주다. 모를 때 영험이고 기적이고 신비인 것이다. 모든 이해관계를 초월하는 무사무아한 마음의 진실밖에 기적은 없다!

근원적인 주체야말로 새로운 인간혁명의 원전이 돼야 할 것이다.

그러나 한국의 역사 속에서도 독자적인 자기가치의 실현보다 압도적인 현실합일적인 굴절의 전통을 걸어온 불교의 생리가 어느 때보다 변화와 극복이 요망될 산업사회의 앞날에 과연 자신의 근원적인 주체의 가치로 역사를 능동적으로 대응하고 현실극복과 인간변혁의 가치실현을 수행해 낼 수 있을지는 지극히 미지수라 사료된다. 그것은 한국불교 교단의 주체들이 지금까지의 먹고 살기 위주의 교단운영, 운영위주의 진리활용, 결과위주적 가치관을 탈피하여 결과에 대한 집착을 헌신짝처럼 버리고 오로지 목적을 향해 달려갈 수 있는 교단이 될 때만이 가져 볼 수 있는 꿈 같은 희망이라고 할 것이다.

한국유교의 자산과 그 현대적 변용

최 일 범
(성균관대)

I

현대사회에 유용한 한국유교의 자산은 무엇이고, 그것은 어떻게 쓰여져야 바람직한 것인가? 이 문제에 접근하기 위해서는 무엇보다 먼저 한국유교에 대한 새로운, 보다 긍정적인 관점이 마련되어야 할 것이다. 이를테면 '근대화는 곧 서구화'라는 인식을 통해서는 유교의 본질적 의미가 제대로 드러나지 못할 것이기 때문이다. 한국유교를 보는 관점은 사실상 한국의 역사, 특히 조선시대를 바라보는 시각과 밀접하게 연계되어 있다. 조선시대의 지도이념으로서 정치, 경제, 종교 등 제문화 현상의 중심에 위치했던 유교에 대한 평가는 곧 조선시대에 대한 역사적 평가와 다를 바 없기 때문이다. 또 하나 주의를 기울여야 할 것은 한국유교가 역사 속에서 어떻게 기능하였으며, 그것이 남긴 과제는 무엇인가에 대해 서술을 하는 문제이다. 이는 엄밀히 말하자면 유교에 대한 관점의 문제와 불가분의 것이다. 역사에 대한 서술은 관점의 지배를 받는 것이므로, 어떠한 관점을 확보하느냐에 따라 한국유교의 역사적 기능과 과제에 대한 인식은 달라질 수 있다. 한국유교의 역사적 기능을 살펴봄으로써 우리는 한국유교의 유연성, 즉 그것이 현대사회에도 유용할 수 있는가의 가능성을 타진할 수 있을 것이다. 그리고 우리는 유교의 정체성(正體性)에 대해서도 살펴보아야 할 것이다. '한국유교의 자산'이란 여타의 종교나 철학과는 구별되는 유교만의 고유한 그 무엇을 의미하므로, 우리는 현대사회에 있어서도 '이것이야말로 유교의 독립된 영역'이라고 말할 수 있는 유교의 정체성을

명확하게 인식하는 것이 중요하다. 현대사회를 어떻게 진단하는가의 문제
도 중요하다. 현대사회를 어떻게 보느냐에 따라 유교의 자산에 대한 인식
도 변화하기 때문이다. 동시에 현대사회의 문제를 극복하는 데에 어떠한
문화 또는 철학사상이 기대되는가에 대해서도 논의해야 할 것으로 본다.
이상에서 열거한 몇 가지의 문제를 종합해서 우리는 논의하고자 하는 주
제, '한국유교의 현대적 유용성'에 대해서 접근할 수 있을 것이다.

Ⅱ. 한국유교에 대한 관점

최근 의식있는 일단의 지식인들을 중심으로 전통문화와 역사에 대한 관
심이 고조되고 있는 것을 제외한다면, 유교에 대한 일반적 인식은 마치
어느 외국의 학자가 말한 바 '유교는 이미 사멸(死滅)했다'[1]는 것과 차이
가 없을 것이다. 한국사회에서의 유교에 대한 관점은 전술한 바와 같이
조선시대의 역사에 대한 그것과 무관하지 않다. 조선조의 몰락과 서구문
명의 충격으로 말미암아 '근대화는 곧 서구화'라는 인식이 팽배해 왔고,
더구나 일제(日帝)에 의해 우리의 역사와 문화는 심하게 왜곡되었다. 그
들이 강제로 합병한 대상은 조선왕조였으므로 침략의 정당성을 확보하기
위해서 소위 식민사관에 입각한 당쟁론, 사대주의론, 문화적 비독창성
론, 정체성(停滯性) 이론 등이 난무하였다. 이러한 일제의 역사관에 의
해 교육된 식민지 시대의 지식인들은 자신도 모르게 전통의 역사와 문화
에 대해서 부정적 인식을 키워 오게 되었다. 또 다른 우리 역사와 문화에
대한 왜곡은 정치적으로 이용된 자본주의와 마르크시즘에 의해서 시도되
었다. 19세기 이래 일제와 서구열강들은 그들의 제국주의적 시각에 의한
'힘의 논리', '힘의 역사관'으로 우리 역사를 굴종과 수난과 분열의 역사로
변형하였다. [2] 예컨대 유교를 정체(停滯)된 합리주의로 규정한 베버

---

1) 프랑스의 Vandermeersh는, '유교는 사멸해 버렸지만, 유교의 에스쁘리
(영혼)는 죽은 유교의 영안실이라고 할 수 있는 풍부한 이미지를 포함하는
미디어인 漢字 속에 살아 있다'고 말하였다. 그의 저서의 日譯으로는 『ア
シア文化圈の時代』(大修館, 1987)가 있다. (「한국사회와 유교문화」, 안병주
교수의 논문에서 재인용.)
2) 정옥자, 「조선후기 역사의 이해」, pp. 7-9.

(Weber)는, '내세적(來世的)으로 지향된 청교도의 합리적 윤리만이 현세적인 경제적 합리주의를 초래한다. …… 유교의 합리주의는 세계에 대한 합리적 적응이고, 청교도적 합리주의는 세계에 대한 합리적 지배이다'[3]라고 하였는데, 이와 같이 유교를 정체된 이념으로 규정하는 사고는 헤겔이나 마르크스 역시 다를 바가 없는 것이었다. 특히 사회주의를 채택한 중국대륙이나 북한에 의해 서술된 유교는 계급투쟁과 유물사관에 의해 그 본질이 해부되었으며, 지금까지도 유물·유심의 이분법적 세계관을 한국철학사 또는 조선유학사를 분석하는 기준으로 신봉하는 관점이 견지되고 있다. 이와 같이 일제의 식민주의적 역사관이 아니면 서구의 일방적 시각에서 조명된 아시아와 유교에 대한 후진적, 정체적 관점이 지금까지 우리의 역사와 문화에 대한 일반적 관점의 토대가 되어 왔다. 그러나 최근에 오면서 이러한 역사관에 대한 반성이 제기되고 있다.

무엇보다 먼저 주의를 기울여야 할 것은 일제의 식민주의적 사관의 본질을 꿰뚫어 보고, 그것으로부터 탈피하여 주체적이고 합리적인 역사관을 회복해야 한다는 반성이다. "식민주의 사관에 대한 우리 역사학자들의 대응은 민족주의 사학, 실증사학, 사회경제 사학, 신민족주의 사학 등으로 성립되었으나 근본적인 이론적 대안을 마련하지 못한 채 대증요법에 그친 감이 있다. 유물론에 입각한 사회경제사와 정치적 혼란에 대응하여 비판학풍으로 성립한 민중사학은 우리 역사를 물적 기초나 반란유무로 해석하려는 편향성을 드러내고 있고 재야사학에서 주장하는 고대사 인식체계 역시 영토 팽창주의라는 힘의 논리에 입각하여 그 한계성을 드러내고 있다. 이민족의 지배에 의한 천민화 현상과 동족상잔의 대리전쟁의 와중에서 비인간화가 가속화되었던 상황에서 벗어나 먹고 사는 문제를 어느 정도 해결한 이 시점에서 '힘의 논리'와 '물적 기초'라는 서구의 논리틀에서 한 걸음 나아가 '평화공존'을 모색하던 선조들의 전통을 재음미하면서 우리 사회의 바람직한 방향성을 모색할 때가 되었다"[4]는 주장에서 우리는 주체적이고 합리적인 역사관의 수립을 위해 노력하는 모습을 볼 수 있다.

합리적이고 주체적인 역사관을 수립하기 위해서는 무엇보다 역사의 지

---

3) M. Weber,『종교사회학』, Bd. I. S, 441. (송두율, 『계몽과 해방』, p. 138 에서 재인용.)
4) 정옥자, 같은 책, p. 14.

도이념에 대한 객관적이고 합리적인 이해가 중요하다. [5] 예컨대 중국문명이 정체된 것은 바로 그 문명이 도달한 단계가 열등하였기 때문이 아니라 오히려 우수하고 근대적이었던 때문이라는 견해도 주목할 만하다. 고대중국(春秋戰國時代)에서부터 발전하기 시작했던 중국의 효율적인 관료제도 및 행정조직, 법체계, 유교의 민본, 평등사상 같은 것들은 서구에서는 중국보다 천년이 훨씬 넘은 후에야 비로소 서서히 발전시킬 수 있었다. 물론 중국의 제도와 사상이 근대적이었다고는 하지만 그것은 전근대적인 종교적 세계관 속에서 기능을 발휘하고 있었다는 한계성을 극복한 것은 아니었다는 점에서 중국의 문명이 스스로 정체(停滯)를 탈피할 수 없었다는 원인을 찾기도 한다. 그러나 비록 서구의 충격에 의한 것이기는 하지만 아시아 특히 동아시아의 한국, 중국, 일본이 급격히 근대화를 향해 유연하게 변화할 수 있었던 내재적 잠재력 역시 고찰되어야 한다는 관점은 시사하는 바가 크다. 유교사상을 베버 식으로 정체적 적응적인 소극적 이념이라고 보지 않고, 유교는 문명의 매우 이른 시기에 이미 초월적 영역에서 벗어난 인문(人文)주의를 천명한다는 사실, 그리고 그것은 동시에 정신영역에 비해서 물적 가치를 평가절하하는 전통종교의 가치관으로부터도 탈피한 것이었고, 무엇보다도 인간의 현실생활의 문제해결을 중시하는 실용적 사상이었다는 것, 또한 그렇게 세속적이면서도 초월적, 형이상적 차원과의 관련을 통하여 인간의 존재와 삶에 가치있는 의미를 제공할 수 있었던 사상체계였다는 인식을 수립하는 것은 이전의 지식인들이 일반적으로 소유할 수 없었던 것이다. [6]

물론 전통사상에 대한 새로운 인식은 서구문명에 대한 비판적 자각에 기인한다. 이미 화이트헤드가 20세기 초에 유기체 철학을 통해 전통 서구 철학의 실체적 사고에 대해 문제를 제기하였고, 20세기의 중반을 넘어서

---

5) 중국의 지식인들에 있어서도 전통문화에 대한 합리적 이해의 중요성은 주목되고 있다. 불과 10여 년 전만 해도 마르크시즘이 모든 분석의 척도였던 데에서 벗어나 이제는 유교의 역사적 의미를 객관적으로 이해하려는 데 노력을 경주하고 있다. 그 한 예로 김관도(金觀濤) 등이 서구적 시각(마르크스나 베버)을 거부하고 시스템론의 관점에서 중국문화를 이해하려는 시도를 들 수 있겠다. (『중국문화의 시스템론적 해석』, 김수중 등 옮김, 天池, 1994.)
6) 김필년, 「중국문명의 정체성과 유연성」(『과학사상』 10, 11호).

면서 전쟁과 자연파괴에 대한 반성은 본격적으로 제기되었다. 1972년에 발간된 로마클럽의 보고서 『성장의 한계』에서 지적한 서구문명의 한계와 그 처방은 신과학 운동에 참여하는 과학자들의 시각과 함께 동양철학의 주요개념을 주목하기 시작하였고, 이러한 서구의 반성은 상대적으로 우리의 전통문화와 역사에 대한 새로운 인식의 계기 중 하나가 되었다.

어쨌든 '힘의 논리', '물적 기초'라는 제국주의적 사고가 반성되면서, 평화와 인간, 생명의 의미가 새롭게 자각되면서, 우리의 역사는 물론 유교를 보는 관점에도 변화가 이루어졌다는 사실을 주목해야 하겠다.

Ⅲ. 한국유교의 역사적 기능과 그 사상적 과제

유교는 시대상황의 변화와 내재적 사상발전의 요인에 따라 각기 독특한 철학사상을 전개하여 왔다. 한국유교의 경우도 예외가 아니어서 그 전개과정을 크게 나누어 보면 다음과 같다.

① 삼국시대와 통일신라 전기의 유교 : 한(漢)대의 오경중심의 유교
② 통일신라 후기와 고려전기의 유교 : 당(唐) 후기의 유교
③ 여말선초의 유교 : 송(宋)의 성리학
④ 양난(兩亂) 이후의 유교 : 탈주자학적 학풍과 양명학, 실학

삼국시대에 수용된 한대의 오경중심의 유교는 당시 초기의 귀족중심의 통치형태로부터 점차 왕권과 중앙집권력이 강화되는 방향으로 진전되어 감에 따라 주로 중앙정부의 통치조직의 정비, 왕권강화를 위해 기능하였다. 물론 삼국이 대치하는 상황에서 충효정신이 부각되었으며, 동시에 통치자의 민본정신·위민의식을 고취시키는 역할을 담당하였다. 유교가 본격적으로 수용되는 것은 고구려의 태학설립과 율령의 반포로부터였다. 이는 통치체제와 이념이 유교적인 것으로 공고히 됨을 의미하는 것이었다. 통일신라에 서둘러 국학이 설립되는 것도 이와 같은 의미로 해석할 수 있다.[7] 신라의 예를 보면 당시 국학의 입학생 중 유교적 통치이념의 고취

---

7) 태학설립의 의미는 고려의 성종의 국자감 설치를 위한 교서의 내용에서 짐작할 수 있다. '王者가 천하를 교화함에 학교를 세우는 것이 급선무이니 堯舜의 風敎를 계승하고 周·孔의 道를 닦으며 國家憲章의 제도를 마련하

를 위해 노력한 계층은 주로 6두품 출신이었다. 설총이 「화왕계」를 통해서 실정(失政)을 비판하고 통치자가 사욕(私欲)을 이겨 위민정치를 할 수 있는 도덕성은 회복해야 한다고 주장했던 것에서 볼 수 있듯이 국학출신의 유생들은 주로 집권층의 실정을 비판하는 전통을 수립하였다. 도당 유학생 출신인 최치원은, 당시 불교와의 회통 또는 극복을 시도했던 당 후기의 한유·유종원·이고 등의 사상을 흡수하여, 유교의 인문주의적 진리성을 설파하는 한편 시무책 건의를 통해서 집권층의 실정을 비판한 것도 역시 같은 맥락으로 볼 수 있다.

고려왕조의 창업과 유교적인 정책의 시행과정에도 최치원의 제자들과 그를 계승한 유학자들의 활동이 돋보였다. 최승로는 '시무 28조'를 통해서 불교와 당시 성행했던 음사(淫祀)와 미신의 행사에서 파생되는 경제적 낭비와 사회적 폐단을 비판하였다. 통일신라 후기 이후 고려전기까지의 유교는 한편으로는 당시의 국교였던 불교와 조화를 꾀하는 한편 유교적 진리의 확립을 위해 노력하였다. 이는 종교적·관념적 진리로부터 도덕적·현실적 진리로의 전환을 시도한 것으로서, 중세문화를 근세문화로 이행하는 데에 유교가 주도적으로 기능하였음을 보여 주는 것이다.

집권층에 대한 비판과 종교적·관념적 진리에 대한 비판의 전통을 계승해 온 유교가 역사의 전면에 부각되는 것은 여말선초에 수입되는 성리학으로부터였다. 시기적으로 보아 성리학이 중국에서 대두한 것은 고려중엽인데 고려말기에 이르러서야 관심을 끌게 된 것은, 성리학이 집권귀족층에 비판적인 학문이었기 때문이며, 고려말기에 이르러 중소지주층의 다수가 품관(品官)의 신분을 쟁취하여 리(吏)의 신분에서 벗어남으로써 새로운 역사의 담당자로 부상하게 되면서 그 가치를 인정받게 되었기 때문이다. 이는 조선조의 창업으로 이어졌으나 성리학의 정치적 기여가 바로 사상의 완전한 정착을 뜻하는 것은 아니었다. [8]

조선초기 성리학의 사회적 기능은 지치주의를 정점으로 한다. 정치적 의도에서 성리학 이념을 차용했던 혁명 주도세력을 제외한, 성리학 이념 구현에 신념을 바쳤던 사림은 사실상 정치적으로 역성혁명에 반대한 정몽

고 君臣 上下의 의례를 가려야 하는데 이를 어진 선비에 맡기지 않고서 어찌 軌範을 이룰 수 있을까.'『高麗史』권 3, 世家 3, 성종 11년 12월조.

8) 이태진, 『조선 유교사회사론』, pp. 132-134.

주와 그를 계승한 길재의 전통을 잇고 있었다. 그들의 근거는 주로 영남 지역에 집중되었으며 김진적으로 성리학의 이상정치인 도학정치를 구현하려는 노력을 경주하여 혁명세력인 훈구파와 대립하게 되었다. 중종조 조광조의 등장은 사림이 최초로 정치의 중심에 서서 도학정치의 구현을 시도한 것이었으며 그 이상은 지치주의에 있었다.

이는 유향소(留鄕所)·사창제(社倉制) 등 창업 이래 시도했던 사림들의 이상정치 구현의 노력의 결집이었다. 실상 사림이 성리학의 철학사상에 몰두하여 그 이상정치를 구현하려는 본격적인 시도는 세종이 집현전을 설치하여 『성리대전』 등 성리학의 원전을 연구하여 경학과 성리학 연구에 학술적인 발전을 이룩한 후에 공고해졌다. 소위 사육신·생육신의 세조의 왕위찬탈을 거부한 절의정신 역시 단순히 불사이군(不事二君)의 봉건적 충의정신이 아니라 성리학의 도학정치를 추구하고 지치주의를 구현하려는 이상이 상실된 데 대한 항거였다. 또한 퇴율의 성리학 이론의 심화는 조광조의 실패에 대한 일종의 반성으로서 사림의 저변과 실력을 확립하려는 또 다른 의미의 정치적 실천이었다.

이와 같이 훈구세력과의 갈등 속에서 이상적인 정치를 실현하고자 노력했던 사림의 철학적 관심은 이상과 현실을 나타내는 이(理)와 기(氣)의 관계와 작용에 관한 것이었으며 특히 개인의 기득권에 대한 욕심을 어떻게 극복할 수 있는가에 집중되었다. 퇴계와 고봉의 사칠논변 그리고 율곡의 참여는 전기 성리학의 꽃이었는데, 이는 욕망과 도덕의식의 갈등을 인간의 존재 속에서 어떻게 해명해야 하며, 궁극적으로 어떻게 사욕(私欲)을 극복할 수 있는가에 초점이 맞추어져 있었다. 성리학자들에 있어서 정치란, 우주가 형이상자인 도(天道)가 그 자체에 내재하는 생명의 덕(生德)으로 만물을 화육(化育)하는 것과 같이, 자기자신에 내재한 덕을 발현하여 민(民)과 함께하는 것을 의미하였다. 근본적으로 그것은 지배가 아니라 공존이며 평등의 관계였으며 구별은 오직 덕성(德性)의 회복여부에 달려 있는 것이었다. 천도의 자기발현인 천명(天命)은 인간의 마음속에 내재하여 있으므로 공공(公共)한 마음을 회복할 때 천명이 나의 주체를 통해서 발현될 수 있다고 여겼다. 더욱이 인간은 만물의 영장으로서 천명을 온전히 발휘힐 수 있는 유일한 존재요, 진리의 주체라고 믿었으므로 인간의 존엄성에 대한 신념은 정언적 명령이었다.

16세기는 15세기의 농업경제의 발전을 배경으로 상업·수공업이 발달하여 새로운 부(富)가 창출된 시기였다. 이 시기 기성관료는 권력을 이용해서 치부함으로써 심한 부패현상이 노정되었다. 이러한 훈구·척신세력에 대한 비판이 사림에 의해 활발하게 전개되었으며 그것은 단순한 사회경제적 이해관계의 대립이 아니라 전술한 바와 같이 올바른 정치를 구현하는 것이 곧 인간의 도리를 행하는 것이라는 신념의 실천이었다

조선중기 사림정치에 있어서 붕당은 매우 중요한 의미를 갖고 있다. 붕당정치는 선조대부터 본격적으로 시작되었고, 인조반정을 계기로 확실한 토대를 구축하였다. 소위 당쟁론은 식민사관에 의해 제기되어 한국인의 분열성의 상징으로 거론되었으나 그 본질은 성리학의 해석에 대한 학문적 차이에 기초한 이념정파였으며, 무정견한 권력투쟁을 일삼은 것이 아니었다. 붕당이 이익집단화되어 그 폐단이 노정된 것은 17세기 말 이후의 현상이었다. 그러나 민본주의·지치주의를 이념으로 하는 사림정치가 정권의 핵심에 위치하면서 그 자체가 이익집단화되어 혈연·학연·지연에 얽매이는 말폐에 대해 적절한 대응을 하지 못했다는 것은 문제가 아닐 수 없었다. 이러한 관점에서 우리는 17세기에 대두하는 탈주자학풍의 의미에 대해서 주목할 필요가 있다.

본래 주자학은 금과의 전쟁상태에서 형성된 것으로서 중화와 이적(夷狄)을 엄격히 구분하는 화이론에 입각하였으며, 그 철학의 논리구조 역시 이의 형이상적·가치우위적 속성과 기의 형이하적·가치중립적(그러면서도 악의 발생의 원인이 되는) 속성을 엄격한 구분을 토대로 수립되었다. 또한 그 진리획득의 방법 역시 이의 객관실재성을 긍정하여, 사물을 분석하여 그에 의부(依附)되어 있는 이를 인식해야 한다는 격물치지의 주지적 특성을 보이게 되었다. 주자학의 주지적 방법과 가치의 엄격한 구분은 그것이 경화되어 감에 따라 관념화·교조화될 가능성을 내포하는 것이었다. 17세기 탈주자학풍의 대두는 바로 주자학의 교조화 내지는 논리구조의 문제를 지적하면서 당시 양난으로 피폐된 상황에 적절한 대응책을 모색하는 유교 자체의 정화운동으로 해석될 수 있다. 대표적인 반주자학자인 박세당은『사변록』을 저술하여 독창적 경학세계를 보여 주었고,『노자』·『장자』의 주석을 통해서 학문의 독단에서 탈피할 것을 주장하였다. 탈주자학적 학풍은 대체로 형이상과 형이하의 불리성(不離性)을 강조하여 상부구

조와 하부구조의 모순을 실천적으로 채소(采搔)하려는 방향으로 나아갔다. 만해가 지적한 바와 같이 '부자는 땅이 수없이 이어지고 가난한 자는 송곳꽂을 땅도 없는'[9] 상황 속에서 대명의리론・화이론은 상부구조의 관념적 명분론이라는 비판이 가중되었다. 사실 조선초기부터 주자학이 유일하게 수용된 것은 아니었다. 이언적・이황에 의해 주자학이 확고한 뿌리를 내리기 이전에는 김시습이나 서경덕과 같이 주자 이전의 북송이학의 학풍과 상통하는 학자들도 배출되었다. 실제로 허목은 김시습을 존숭하였고 가학은 서경덕을 연원으로 하며, 허목이 이끌었던 청남계열이 다음 세대의 근기남인의 실학파에서 계승되고 있다는 사실은 학맥의 일관성을 시사한다.

실학의 또 다른 계열인 북학파는 노론내부의 인물성이론자에 반대하는 인물성동론 즉 낙론계에서 발생하였다. 이는 율곡의 기발이승일도설이 송시열의 의리학으로 계승되어 인물성부동론으로 심화되면서 그 내부의 비판적 의식을 야기하였음을 의미한다. 북학파의 홍대용은 '소위 이는 기가 선하면 역시 이도 선하고 기가 악하면 이도 악하다. 이는 주재함이 없고 기가 하는 바에 따를 뿐이다'[10]라고 하여 기를 중시하였다. 이러한 관점은 연암 박지원에 이르러 이용후생에 적극적 관심을 불러일으키게 되었다. 북학파야말로 근대지향적인 유일한 학파라는 주장도 제기되어 있다. 실학파에 있어서 주목해야 할 또 다른 계파로서 정약용을 들 수 있다. 그는 성호학파(近畿南人의 중농학파)의 경학적 기초 위에 북학사상을 수용하는 한편 성리학의 이의 관념적 성격을 비판하고 원시유교의 상제신앙으로 회귀할 것을 주장하였다.

17세기 이후 실학이 태동해서 18세기를 거쳐 19세기 중기까지 다양한 관점에서의 학술적 탐구가 진행되었지만 주자학의 전통은 여전히 지배적이었음을 유의해야 한다. 전술한 바와 같이 17세기 이후 서인이 주로 정치의 핵심에 위치하였고 남인은 몰락해 가는 과정을 겪게 된다. 이는 곧 율곡의 주기설(主氣說)이 퇴계의 주리설(主理說)보다 우위를 점하였음을 시사한다. 그러나 인물성동이론으로 이론을 심화시켜 가는 과정에서 홍대용・임성주 등으로부터 일종의 유기론(唯氣論)이 제기되자 이에 맞서 퇴

---

9) 『반계수록』, 권2 「田制」下, '富者連絡阡陌, 貧者無立錐之地.'
10) 『담헌서』 「내집」 권1, 心性問 '所謂理者, 氣善則亦善, 氣惡則亦惡 是理無所主宰而隨氣之所爲而已.'

계의 주기론을 심화시켜 이의 작용성을 긍정하여 심즉리(心卽理)를 주장하거나 이의 주재성만을 주장하는 일종의 유리론(唯理論)이 이항로·기정진 등에 의해 제기되었다. 이를 중시하는 학자들을 중심으로 하여 의리학이 고양되었으며 이들은 일제와 서구열강의 침략에 맞서 의병항쟁을 주도하였다.

Ⅳ. 한국유교의 본질과 과제

앞에서 한국유교의 전개과정을 간략하게 살펴보았다. 이제 한국유교의 역사로부터 한국유교의 정체성을 논의하기로 한다. 다시 말하자면 불교와 대립하였던 고려이전의 유교, 그리고 국가의 지도이념으로 유교가 기능하였던 조선시대에 있어서 주자학과 탈주자학적 학풍의 대립 속에서 한국유교가 고민하고 제기했던 문제의 본질이 무엇이며 그로부터 어떠한 과제를 남겼는지를 살펴본다는 것이다. 필자는 한국유교의 본질을 두 가지 범주로 나누어 보고자 한다. 하나는 철학적 관점이고 다른 하나는 정신문화적 관점이다. 즉 한국유교를 철학적 관점에서 분석하였을 때 어떠한 특성을 갖는가의 문제와 그것이 전통문화 속에서 어떠한 의식을 배양하였는가 하는 것이다.

먼저 한국유교의 철학적 특성을 크게 ① 즉세간적(卽世間的) 진리관 ② 도덕적 형상학 ③ 주체적 인간관 ④ 중용적 실천론으로 나누어 보기로 한다.

① 즉세간적(卽世間的) 진리관

즉세간적 진리관이란 진리는 현실과 유리되어 있지 않다는 것을 의미한다. 문헌에 나타난 최초의 유학자인 강수(強首)는 그의 부친이 불교를 배우겠느냐고 묻자 '불교는 세간을 떠난 외교(外敎)이니 유교를 배우겠다'고 답하였다고 한다. 이는 일찍부터 유교는 세속적 학문이라는 인식이 있었음을 의미한다. 그러나 유교가 단순히 세속적인 학문으로서 그 속에 초월적 진리성을 내포하지 못한다고 보지는 않았다. 정몽주가 '유자(儒者)

의 도(道)는 모두 일상생활의 것으로서, 음식, 남녀와 같이 모든 인간에게 공통된 것에 지극한 이치가 있는 것'[11]이라고 말한 바와 같이, 우주의 궁극적 진리가 인간의 일상생활 속에 내재하며, 일상생활을 초월해서 독립된 진리의 세계가 존재하지는 않는다는 것이었다. 이는 유교가 확립한 일종의 합리주의로서, 유교는 이러한 유교적 합리적 사고에 입각해서 원시 기복종교나 도가, 불교가 무위(無爲), 공(空)에 안주하는 관념성을 비판하였다.

'세속이 진리와 유리되지 않는다'는 즉세간적 진리관은 한국유학사의 전통에서 크게 두 가지의 계통으로 전개되었다. 하나는, 전술한 바와 같이, 현실세계와 독립된 초월적 진리의 세계를 부정하는 이론의 정립이었다. 그 대표적인 예로 서경덕의 경우를 보기로 하자. 그는 노자의 '유생어무'(有生於無)를 존재론의 명제로 인식하고, '이미 기가 없었다면 어디에서 생겨나겠는가? 기는 시작도 생겨남도 없는 것이니, 이미 시작이 없으므로 끝도 없다'[12]고 하여, 형식논리에 입각해서 유(현상의 기)가 무(초월적 본체)로부터 발생되었다는 발생론적 세계관을 비판하였다. 성리학은, 정이(程)가 "음양은 시작이 없고 동정(動靜)은 단서가 없다"고 말한 바와 같이, 음양·동정의 기의 운동변화는 음과 양의 대대성적(對待性的) 구조에 의해 본래 그러한 것, 즉 현상세계는 그 자체가 본래 존재하는 것임을 강조하여 왔다. 이는 서경덕에 이르러 기의 '구조가 스스로 그러함'(機自爾)으로 발전하였고, 율곡 또한 이를 계승하였다.[13] 이와 같이 음양동정하는 기가 본래 그 자체의 대대성적 구조에 의해 존재한다는 현상론이 곧 현상을 떠난 독립된 본체가 없다는 즉세간적 진리관의 기초임은 말할 것도 없다.

즉세간적 진리관의 또 다른 계통의 전개는 성리학 이론내부에서 이루어졌다. 그것은 이와 기, 즉 형이상과 형이하, 또는 현상과 법칙의 관계를 규정하는 문제였다. 조선유학에서 이와 기의 관계를 설정하는 철학적 입장은 크게 나누어 보면, 이와 기의 구별을 중시하는 입장과 이와 기의 통

---

11) 『고려사』鄭夢周傳.
12) 『화담집』「太虛說」, "旣無有氣, 又何自而生, 氣始也無生也 旣無始 何所終."
13) 上同「復其見天地之心說」, "陰陽一用, 動靜一機, 此所以流行循環不能自已者也."

일성을 중시하는 입장으로 나뉘었다. 사실상 이기관계에 대한 철학적 입장은 매우 다양하여 간단히 말할 수는 없다. 여기에서는 단지 조선유학의 정통인 주자학적 입장과 이와는 구별되는 입장에서 서경덕의 경우를 비교하기로 한다. 정통 주자학적 이기관계는 이와 기를 불상잡(不相雜)·불상이적(不相離的) 이원(또는 理氣二元不雜不離)의 관계로 규정하는 것이었다. 즉 이와 기는 각각 형이상, 형이하로서 엄연히 다른 두 세계로서 부잡(不雜)이요, [14] 그렇다고 해서 이가 음양의 기와 독립된 세계로 존재하는 것은 아니라는 면에서 불리(不離)라는 것이다. 이러한 세계관은 세계를 보는 관점 또는 방법을 이합간(離合看) [15]으로 정착시켰다. 즉 먼저 나누어 보고 후에 그 합일점을 도출하라는 것이었다. 이는 이를 순선(純善), 기를 악의 가능근거로 규정한 성리학에 있어서 이의 순선성(純善性)을 기와 뚜렷이 구분하려는 의도를 내포하는 것이었다. 이와는 달리 근본적으로 이와 기를 분리해서 보고자 하지 않는 세계관이 성리학 내부에 존재하였다. 서경덕의 예를 보면, '이는 기의 주재이다. 소위 주재란 밖으로부터 와서 주재하는 것이 아니라 기의 작용이 이의 올바름을 잃지 않는 것이다' [16]라고 하여 이와 기를 분리하는 데에 반대하였다. 이와 기를 엄격히 구분하여 이의 형이상적 속성(사실은 純善의 가치적 속성)을 강조하려는 주자학의 계승자들인 이황, 이이의 경우와는 달리 기의 중요성을 강조하는 세계관은 서경덕으로부터 출발하여 후에 실학의 한 계파로 이어지게 되었다. 기의 중요성을 강조하여 '이와 기가 본래 나뉠 수 없다'(理氣元不相離)는 관점에서 보면, 이와 기를 분리하려는 관점은 관념성에 빠질 우려가 있는 철학사상이었다. 또한 현실성을 도외시하고 공허한 명분주의에 얽매일 비현실적인 것이기도 하였다. 그러나 이와 기를 분리해서 보는 정통 주자학자의 관점에서 보면 기를 중시하는 태도는 "물화"(物化) 즉 기의 운동변화가 그대로 이여서 기의 현실성에 순응하면서, 그 현실을 극복하고 반성할 수 있는 이가 있음을 모르는 다만 현실주의자에 불과하였다.

---

14) 『朱子文集』 권 46, "理與氣, 決是二物."
15) 『주자어류』 권 74, "一陰一陽之謂道, 陰陽何以謂之道 曰當離合看."
16) 『화담집』「理氣說」, "理者, 氣之宰也. 所謂宰, 非自外來而宰之. 指其氣之用事能 不失其所以然之正者而謂之宰."

이와 같이 현실이 곧 진리의 장이라는 유교적 합리주의의 세계관을 토대로 불변의 윤리성과 변화하는 현실상황을 양극단으로 하여 그 괴리를 해소하려는 철학적 노력이 조선유학사를 점철하고 있었다.

② 도덕적 형상학의 수립

한국유학의 또 다른 특성으로 도덕적 형상학, 즉 형이상학 수립이 도덕적 관점 혹은 도덕실천의 방법으로부터 이루어졌다는 것을 들 수 있다. 전술한 기중시 철학을 대표하는 서경덕의 경우에 있어서도, 그의 기철학은 결코 자연과학의 탐구 또는 물리적 법칙을 의미하지는 않았다. 그는 '이의 주재란 기의 작용이 이의 올바름을 잃지 않은 것'이라고 하여 분명히 기의 작용이 그대로 이를 드러내지는 않음을 시사하였다. 서경덕에게 있어서 '이의 올바름'이란 다음과 같은 것이었다. 그는 "나의 몸에 돌이키면 인지(仁智)의 성(性)과 충서(忠恕)의 도는 지일(至日)의 이가 동정(動靜)과 순식(瞬息) 속에 내재하는 것 아님이 없다"[17]고 하였다. 서경덕이 말하는 지일이란 24절기에서 음과 양이 교제되는 동지, 하지이다. 동짓날 음이 다하면 그 순간 양이 살아나, 봄이 돌아오게 되어 음양·동정이 순환무궁함을 '지일의 이'라고 하는 것이다. 그런데 서경덕은 '지일의 이'에서 다만 계절의 순환의 이치를 발견한 것만은 아니었다. 그는 음과 양이 하나의 구조로 갈마드는 원리 속에서, 그것을 자신의 도덕심에 조회하여 인지의 성과 충서의 도가 곧 지일의 이임을 깨닫고 있었던 것이다. 인이란 공자가 언명한 바와 같이 '내가 서고 싶으면 남도 세우는 것'이며, 서 역시 '나를 미루어 남에게 미침'(推己及人)으로서, 나와 네가 하나요 둘이 아님을 인식하고 실현하는 도덕원리요 도덕적 본심이다. 서화담의 기철학은 이와 같이 단지 기가 세계의 본질임을 말하는 유물론, 유기론이 아니라, 기에 즉해서 도덕적 원리를 수립하는 도덕적 형상학이었다.

서경덕을 비판했던 이이나 이황의 경우는 보다 선명한 도덕형상학이 수립되고 있다. 전술한 바와 같이 주자학의 세계관은 이와 기의 부잡성을

---

17) 『화담집』「復其見天地之心說」, "反於吾身, 仁智之性, 忠恕之道無非至日之理暫於動靜, 微於瞬息."

전제로 수립되었으며, 그것은 이의 순선성을 확보하려는 의도였다. 이이의 경우 이의 순선은 이통기국(理通氣局)의 명제로 표현되었다. 이통이란 기의 변화(氣局)에 관계없이 이는 그 순선함을 언제 어디서나 유지하고 있다는 것이다. 율곡은 "발하는 것은 기이고 발하게 하는 소이(所以)는 이이다. 발하는 것이 정리(正理)에서 나오고 기가 작용하지 못하면 도심(道心)이니 곧 칠정의 선한 일변이요, 심이 발할 때 기가 이미 작용한 것은 인심이니 칠정의 선과 악이 합해진 전체이다"[18]라고 하였다. 이에서 곧바로 나와 기의 간섭을 받지 않은 마음을 도덕적 마음(道心)이라고 하고, 기의 작용에 의해 발생하는 마음은 악의 가능성을 내포하는 인심(人心)이라고 하는 데에서 이이가 이와 기를 엄격히 구분함이 이의 순선을 확보하려는 것임을 알 수 있다. 그런데 이이의 이는 전혀 작용할 수 없는 무위적 존재근거에 불과하였다. 따라서 이이는 이는 기에 의해 현실화되는 것이므로 이의 본래성을 온전하게 구현하려면 기질을 그 본연의 상태로 회복해야 한다는 기질변화설을 제출하였다. 이황은 순선한 이가 전혀 작용하지 못한다는 것은 문제가 있다고 여겨 이도 발한다고 하였다. 이황의 이발설(理發說)은 순선한 마음인 사단(四端)은 기의 작용과는 무관하게 이의 작용에 의해 발생한다는 것으로서 이를 단지 무조작, 무작위로 규정한 주자나 이이보다 이의 의미를 더욱 강조한 것이었다.[19] 이는 도덕의 실현을 위해서는 기의 본연한 상태를 회복해야 한다고 하여 기질변화를 주장한 이이와는 달리 이의 근원성에 투철하면 그것으로 충분하다고 보는 차이점을 보여 주고 있다. 즉 전자는 현실에 보다 중점을 두는 반면 후자는 본질지향적 관념적 성향이 농후하였다.[20]

---

18) 『율곡집』書,「答成浩原」壬申, "發者, 氣也. 所以發者, 理也. 氣發直出於正理而氣 不用事則道心也. 七情之善一邊也. 發之之際. 氣已用事, 則人心也, 七情之合善惡也."

19) 퇴계에 있어서 理發은 理가 氣와 같이 현상적으로 변화작용하는 것을 의미하지는 않고, 단지 氣가 理에 따라 發함(順理而發)이다. 그는 七情이 氣發이라는 의미를 '七情도 이기를 겸하였으나 理는 약하고 氣가 강하여 理가 氣를 간섭할 수 없어 쉽게 악으로 흐르므로 氣發이다'라고 하였다. 이로써 보면 내용적으로 이미 理의 主宰性을 인정하고, 氣의 현실성보다 理의 본래성을 중시함을 알 수 있다. 또한 이황은 理發說을 주장하는 근거로써, 맹자의 事端이 理에서 發한 純善만을 지적해 내려는 性善說에 입각한 것이었음을 강조하였다. 즉 이황의 형이상학 역시 맹자의 性善說에 근거해서, 그 본래적 의미를 해석하는 방법으로 성립되었음을 알 수 있다.

이로써 보면 조선조 유학의 철학사상적 기초인 이기설은 그 상반된 관점에도 불구하고 인간의 도덕성에 형이상학적 근거를 수립하고자 하는 특성을 갖고 있었다. 바꾸어 말하면 형이상학이 도덕에 기초하는 도덕적 형상학인 것이다.

③ 주체적 인간관

한국유학의 또 다른 특성으로 주체적 인간관을 들 수 있다. 주체적 인간관이란 인간이 진리구현의 주체가 된다는 의미이다. 조선초 말기의 역학자 김항(易學者 金恒)은 "천지는 일월이 아니면 빈 껍데기요, 일월은 지인(至人)이 아니면 헛그림자(正易)"라고 하여 우주에 있어서 인간의 주체적 의미를 강조하였다. 이는 조선조 유학에 있어서 특히 심성론이 논의의 중심인 것과 밀접한 관계가 있다. 사실 유교는 인본주의요, 그 철학적 기초가 도덕적 형이상학이라면 주체적 인간관의 형성은 지극히 당연한 결과였다. 전술한 바와 같이, 일반적으로 기철학자로 인식된 서경덕의 경우에도 그 철학적 지향은 도덕성의 우주론적 근거를 발견하는 데에 있었으며, 이황, 이이에서 심화된 성리학도 사단칠정론이 논의의 중심이었던 점, 또한 조선후기 성리학 역시 인물성동이(人物性同異)라고 하는 인간의 문제로 점철되었으며, 이로부터 북학파의 철학적 근거가 성립된다는 것을 보아도 조선조 유교의 중심문제는 인간에 있었으며, 이는 유교의 본질을 가장 명확히 드러내는 것임을 알 수 있다.

주체적 인간관은 마음(心)을 중시한 데에서 단적으로 드러나고 있다. 이황은 "마음은 비록 몸의 주체이지만, 그 본체의 허령(虛靈)함은 천하의 이를 관리할 수 있다"[21]라고 하여, 마음이 단지 육체를 주관할 뿐 아니라

---

20) 19세기의 主理論者인 기정진의 경우도 역시 현실의 변화보다는 그 본질이 무엇인가에 중점을 두는 사유방법을 강조하였다. 그는 "理에는 必然性만 있을 뿐 能然性은 없다"(「答人問」三)고 하여 이이의 이의 개념에 접근하면서도 세계를 변화하는 현실의 다양성의 관점에서 보지 아니하고 그 본질인 이의 관점에서 보아야 한다고 하여, "萬象이 다양하게 生出되었지만 여전히 하나의 본래의 모습"(其生出萬象, 依舊成就一個本相. 「答人問」一)이라고 하였다.

21) 『퇴계전서』 下卷, p. 702, 「論理氣」, "心雖主乎一身, 其體之虛靈足以管天下之理."

우주의 원리도 관리한다고 하였다. 관리는 곧 이에 대한 능동적 태도를 의미하며, 이는 인간의 주체성을 명확히 하는 것이다. 이황은 마음은 이와 기의 합이라고 하였고, 그중에서 사단과 같은 순선한 마음은 이가 발한 것이라고 하였음은 전술한 바이다. 그러나 이황은 마음에는 또한 기발이승(氣發理乘)한 악의 가능성을 내포한 칠정이 있어서, 이것이 인욕(私欲)의 근본이 된다고 하였다.[22] 그리고 이가 자연스럽게 발현하여 도심(道心)을 이루기 위해서는 마음을 정일(精一)한 경(敬)의 상태로 해야 한다고 주장하였다. 이와 같이 마음을 스스로 경하게 이끌어 가는 것, 다시 말하면 이(또는 性)를 현실적으로 실현하는 것은 오직 자기 스스로가 마음을 어떻게 절제하느냐에 달려 있다는 데에서 우리는 퇴계가 진리의 주체로서의 인간을 보았음을 알 수 있다.

성리학의 범주에서 벗어나 종교적 성격이 농후한 수사학(洙泗學)으로의 회귀를 주장한 정약용에 있어서도 인간이 주체적으로 '계신공구(戒愼恐懼)하여 상제를 섬길 때 인(仁)할 수 있다'고 하여 주체적 인간관의 입장에 있음을 알 수 있다. "천명을 본심에서 구하는 것이 성인이 하늘을 섬기는 학문"이라거나, "천의 영명(靈明)은 사람의 마음에 직통되어 있다"고 한 데에서도 그것을 확인할 수 있다.[23] 북학파의 실학자 홍대용의 경우 역시 심(心)은 그 철학의 중심개념이 되고 있다. 그는 이기불상리(理氣不相離)의 관점에서 "지청지순(至淸至粹)하여 신묘불측(神妙不測)한 것이 심이니, 중리(衆理)를 갖추어 만물을 재제하는 것은 사람이나 동물이나 같다"[24]고 하였고, 또 "천지의 큼도 오직 인의일 뿐"이라고 하여 인간의 주체성으로부터 세계를 설명하였다. 이로써 보면 한국유학은 그 다양한 이론의 분파에도 불구하고 인간을 주체적 존재로 보는 일관된 특성이 있음을 알 수 있다.

22) 上同, 上卷, p. 897, 「答교姪問」, "人心者, 人慾之本."
23) 『茶山全書』上, p. 590 上, "天之靈明, 直通人心."
　　上同 上, p. 589 上, "求天命於本心者, 聖人昭事之學也."
　　上同 上, p. 589 上, "戒愼恐懼, 昭事上帝 則可爲仁."
24) 『담헌서』「答徐成之論心說」.

④ 중용적 실천론

한국유교의 사상적 특징 중의 하나로서 중용 또는 시중적 실천론을 들 수 있다. 사실 중용은 단순히 실천적 개념만이 아니다. 퇴계가 "중용은 불편불의, 무과불급(無過不及)이요 평상의 이이니 곧 천명이 당연한 바요 정미(精微)의 극치이다"[25]라고 한 바와 같이, 중(中)은 어떤 의미에서 유교사상의 전체라고 할 수 있다. 소위 천인합일이라는 유교사상의 대전제는 『중용』의 "치중화(致中和), 천지위언(天地位焉), 만물육언(萬物育焉)"과 "유천하치성(唯天下至誠) …… 가이찬천지지화육(可以贊天地之化育) …… 가이여천지참의(可以與天地參矣)"에서 드러나듯이, 인간이 우주의 생생화육하는 운행에서, 그 생명의 창조에 동참하여 주체적으로 인문사회를 이루어 간다는 의미로 해석된다. 또한 『중용』은 "집기양단이용중"이라고 하여 중용이 곧 서로 대립되는 양극단의 해소라는 방법 또는 논리임을 시사하였다.

중용 또는 시중은 사실상 성리학, 양명학, 실학을 막론하고 공통적으로 추구된 논리요, 방법이요, 실천이었다. 이이의 다음과 같은 언급 속에는 조선유학의 핵심적인 문제가 시사되어 있다.

한갓 실리만 따지는 데 급급해서 옳고 그름을 돌아보지 않는다면 그 의로움에 어긋난다. 역시 한갓 옳고 그름만을 따지고 이해의 소재를 밝히지 않는다면 응변의 권능에 어긋난다. 그렇다면 저울질함(權能)에는 일정한 규율이 없으니 중을 얻는 것이 귀하고, 의에는 항상된 제약이 없으니 합의(合宜)가 귀하다. 득중하고 합의하면 의와 이가 그 속에 있다.[26]

유교의 핵심사상을 정덕(正德), 이용(利用), 후생(厚生)이라고 표현할 때, 위에서 이이가 언급한 바와 같이 한국유교는 의리도덕과 이용후생의 양극단에서의 득중합의를 모색해 온 역사로 이어져 있다. 즉 유교의 즉세간적 진리관 속에서 추구된 인문문화는 인간의 도덕성과 실리성의 중용적

---

25) 『퇴계전서』上, p. 816, 「答李宏中」
26) 『율곡전서』拾遺 권5, 잡저2, 「時務七條策」.

해소요, 그것을 인간내면의 부단한 수양을 바탕으로 이루려는 노력이었다. 후기실학의 근본의식 역시 이용, 후생이 배제된 정덕의 추구는 무의미하다는 것, 다시 말하면 정덕과 이용의 중용을 추구하는 것에 있었음을 발견할 수 있는 것이다.

V. 현대사회와 유교

신프로이트 학파의 철학자 에릭 프롬(1900-1980)은 '소유와 존재는 경험의 두 가지 근본양식이고, 이 두 가지의 힘의 세계가 개개인의 성격과 각 사회의 성격의 차이를 결정해 준다'고 하고, '중세후기의 문화는 신의 나라라는 이상을 추구했기 때문에 번영했고, 현대사회는 진보하는 세속적 나라의 성장이라는 이상에서 활력을 얻었기 때문에 번영했다. 그러나 금세기에 와서 이 이상은 바벨탑의 그것으로 타락했다. 바벨탑은 쓰러지기 시작했으며 마침내 모든 사람은 그 폐허 속에 묻혀 버리고 말 것이다'라고 하여 현대사회의 몰락을 예견하였다. 그리고 '신의 나라와 세속적 나라가 정과 반이라면 새로운 종합만이 유일한 대안일 것'이라고 결론지었다. 이제 현대문명의 비관적 전망은 상식처럼 되어 버렸다. 그것은 막스베버가 말한 다섯 가지 자연관 중에서, '인간이 자연과 유리되어 스스로를 신격화하면서 자연의 정복자로 군림하여 과학, 기술, 자본주의가 결합하여 이루어 낸 거대한 구조'에 대한 비관적 전망이다. 즉 인간이 소유의 욕구에 취해 존재의 죽음을 망각한 것이 현대사회의 모습이라는 것이다. '유기체적, 전일적 세계관', '생명의 자연관' 등 새로운 세계관과 인간관이 요청되고 있는, 비관적인 미래를 전환하기 위한 모든 노력을 요약해 본다면 그것은 소유와 존재 사이의 문제를 어떻게 해결할 수 있겠는가로 귀결될 것이다.

한국유교에 있어서 존재와 소유의 갈등은 주자학과 실학을 통해서 드러난다. 그러나 주자학과 실학의 갈등이 프롬이 말하는 '신의 나라'와 '세속의 나라'와 같이 변증법의 상호 모순관계의 갈등과는 같지 않다는 것을 볼 수 있다. 주자학과 실학은 새로운 synthesis를 모색할 것이 없이, 이미 그 내면에 인간이라는 공통점을 구비하고 있었던 것이다. 이른바, 정덕과 이용의 주체적 중용적 합일이야말로 한국유교가 즉세간적 진리관에 입각해서 추구한 목표였으며, 이것이 유교의 인본주의, 인문주의적 특질인 것이다.

프롬과 유교 사이에는 넘지 못할 강이 가로막고 있다. 그것은 소유와 존재의 관계를 설정하는 시각이요 논리구조이다. 프롬은 변증법 논리 즉 소유와 존재를 정과 반의 모순대립으로 설정하는 시각에서 역사를 보고 있지만, 유교는 소유와 존재를 불이의 관계로 보고 있는 것이다. 비단 소유와 존재뿐 아니라 대립성적인 모든 것은 불이의 관계로 보는 것이 『중용』의 시각이다. [27] 그런데 반드시 지적해야 할 것은 불이는 인간의 주체적 참여에 의해서 드러난다는 것이다. "성은 자기를 이룰 뿐 아니라 물도 이루는 근거이니……성의 덕이며 내외를 합일하는 도이다. 그러므로 시(時)에 맞게 조치된다"[28]고 한 바와 같이, 인간이 주체(性)를 통해서 주관(己)과 객관(物)을 하나로 함이 성이다. 퇴계는 '정일하면 인욕에 빠지지 않고 도심을 드러낼 수 있다'[29]고 하였다. 가장 중요한 것은 정일은 다만 지식이 아니고 덕의 실현이라는 실천적 개념이라는 것이다. 덕은 나의 형이상적 본성의 덕이므로, 그 실천은 일종의 초월이요 바꾸어 말하면 세계의 본래 모습에 대한 직각(直覺)이기도 하다. 이러한 점에서 중용은 유교를 인문적 종교로 이끌어 준다.

송대의 이학자 정호(程顥)는 "충신이 진덕(進德)하는 소이요, 종일 진건(乾乾)하라고 하였으니, 군자는 마땅히 종일토록 천(天)을 대하는 듯해야 한다(對越上帝). ……모든 것이 성의 드러남이요 세속과 초월이 오직 성으로 관철되었다. …… 형이상의 도가 곧 형이하의 기(器)요, 기(器)가 곧 도이니, 도를 깨닫는 곳에 주객의 대립은 사라진다"[30]고 하였고, "형이상과 형이하가 다만 이 도의 드러남이니, 요는 사람이 묵식(默識)하는 것"[31]이라고 하였다. 또한 그는 "궁리(窮理), 진성(盡性)하여 명(命)에 이르는 삼사(三事)는 일시에 이루어진다. 본래 차례가 없으니

27) 『중용장구』 제26장, "天地之道 可一言而盡也. 其爲物不貳."
28) 上同 제25장, "誠者 非自成己而已也. 所以成物也. 成己 仁也. 成物 知也. 成之德也. 合內外之道也. 故時措之宜也."
29) 『퇴계전서』 上권, p. 683, 「答金而精」, "但能一則誠矣."
30) 『二程全書』 권 1.
31) 上同 권 11.

궁리해서 지식화하는 일을 해서는 안 된다"[32]고 하여 원융한 세계관과 돈오적 인식방법을 제기하였다. 사실상 원오적(圓悟的) 표현은 동양철학 특히 불교에 있어서는 궁극적 진리가 현상과 유리되어 있지 않다는 것을 표현하는 방법이요, 서양의 철학과 구별되는 동양철학의 특질이다. 다만 유교는 불교적 원론에서 진일보하여 인문사회의 원돈(圓頓)으로 나아갔을 뿐이다.

소유와 존재의 synthesis는 단지 지식적 문제가 아니고 실천적 깨달음의 문제이다. 프롬은 새로운 사회의 새로운 인간상을 "자기존재에 대한 신뢰, 현재 자신이 있는 곳에서 완전히 존재할 것, 우상숭배와 환상이 없는 이성, 소유에 빠지지 않는 인격"으로 표현하였는데, 그는 이러한 인간상이 구현되기 위해서, '시장적 성격이 애정적 성격으로, 인공두뇌적 종교가 인본주의적 종교로 대체되어야 한다'고 하였다. 필자는 프롬의 요청에 대해서 유교는 반드시 적절하게 응답할 수 있으리라고 생각하고 있다. 주지주의적 지식문화로부터 인간의 내면적 진실성을 체험적으로 깨닫게 하는 새로운 문화로의 전환이야말로 미래를 열 수 있는 유일한 대안이 아닐까. 필자는 유교의 성과 중용의 관점에서 가장 유교적인 것이 유교의 자산일 수 있다고 본다. 유교를 전근대적 지배이념으로 보는 시각에서 벗어나, 소유와 존재가 인간과 사회의 성격을 규정하는 근본문제임을 일찍이 자각한 인문문화로서 인식하고, 역사 속에서 유교가 실천해 온 소유와 존재의 갈등을 해소하려 한 노력을 정시하고 현대사회의 패러다임 속에서 재해석함으로써 그 자산의 활용도 가능할 것이다.

---

32) 上同, 遺書, 제2 上.

기독교의 문화적 이질성과 한국적 숙성

박 재 순
(한신대)

1. 들어가는 말 :

1) 문명의 변화와 한국 기독교 형성의 의미 : 합류와 새 문화의 기초

오늘의 인류는 두 가지 면에서 문명의 변화를 겪고 있다. 첫째, 민족국가 중심의 생활권에서 지구중심의 생활권으로 변화해 간다. 서세동점의 과정으로 시작된 동서의 만남이 오늘 전세계적으로 성취되고 있다. 오늘의 인류는 민족의 고유한 문화와 전통을 살리면서도 지구촌의 문화와 정신을 형성할 과제를 안고 있다. 둘째, 물질문명이 도덕적 영적 문명으로 변모할 것으로 예견되고 있다. 지난 2-3백 년 동안에 산업과학 기술에 기초한 물질문명이 물질적인 풍요와 편리를 가져다 주었으나 이제 물질문명은 지구 생태계의 파괴와 공동체 파괴, 인류의 타락으로 한계를 드러내면서 도덕적 영적 문명으로의 전환을 예감케 한다. 당분간 과학기술은 더욱 발전할 것이고 물질적으로 더 풍요해지겠지만 장기적으로 인류는 공동체적 삶을 지향하는 종교영성 문명으로 지향해 갈 것이다. [1]

이러한 문명의 전환기에 한국 기독교의 주체적 형성은 중요한 의미를

---

1) 연대와 협력을 강조하는 제3물결인 정보화·산업화 문명을 넘어서서 일치와 공동창조를 지향하는 제4물결이 닥치고 있음을 21세기의 기업경영과 관련해서 주장하는 허먼 메이너드·수전 머턴스, 『제4물결』, 한영환 역, 한국경제신문사, 1993, pp. 25-26, p. 75 참조.

지닌다. 한국 종교문화 정신과 서구적 기독교 신앙정신의 만남이 한국 기독교 안에서 이루어지고 있기 때문이다. 동서의 정신적 영적 만남이 창조적으로 이루어질 경우에 한국 기독교는 동서통합의 지구촌 문명을 형성하는 데 이바지할 뿐 아니라 물질문명을 넘어서서 도덕적 영적 문명의 형성에 기여할 수 있을 것이다.

인간의 존재는 고립된 개체로 파악될 수 없다. 인간은 공시적으로는 동시대인들과 함께 시대정신과 문화를 공유하고 통시적으로는 민족사적 전통을 공유한다. 한 인간의 정신 속에는 민족의 정신과 얼이 담겨 있고 그 시대문화의 정신이 담겨 있다. 그리고 한 인간의 정신은 알게 모르게 공시적인 시대정신과 통시적인 민족정신의 결합에 의해서 새롭게 형성되고 변화된다. 문화신학자 폴 틸리히의 말대로 종교는 문화의 실체이고 문화는 종교의 형식이다. 문화적 삶과 정신의 밑바탕에는 종교적 신앙이 있다. 종교적 신앙은 가장 심각하고 진지한 삶의 관심을 반영하기 때문이다. 신앙은 인간의 삶의 순수하고 철저한 지향과 관심을 담고 있다. 신앙은 인간존재와 의식, 영혼과 마음의 가장 깊고 높은 자리에서 이루어지는 자세이고 치열한 영적 행위이다. 그러므로 한국 기독교인의 정신 속에서 이루어지는 기독교 신앙과 한국 종교문화의 합류는 한국 정신문화를 새롭게 형성하는 과정일 수 있다. 기독교 신앙과 민족얼의 진정한 통전이 이루어진다면 한민족의 종교정신사를 위해 큰 의미를 지닐 것이다. 더 나아가서 전지구적 문명의 전환을 위해 중요한 바탕을 제공할 뿐 아니라 선구적인 역할을 할 수 있을 것이다.

2) 기독교의 이질성과 숙성의 과제

(1) 한국 기독교의 외래적 경향

한국 기독교는 아직 외래종교의 탈을 벗지 못했다. 한국 기독교 안에 유교, 도교, 불교, 무교의 성향과 흔적을 찾을 수 있고 남한에서 기독교 인구가 전체인구의 4분의 1이지만 교회 밖에서는 기독교 문화의 흔적을 찾기 어렵다. 기독교와 기독교 문화에 대한 한국 지식인들의 소양은 빈약하다. 그뿐 아니라 기독교인 자신의 심성과 삶과 사고에서 기독교 교리와 신앙은 낯설다. 기독교 교리와 신앙내용을 한국 기독교인들이 몸과 마음으로 잘 깨닫고 있는 것 같지 않다.

한국 기독교의 문화적 이질성은 물론 한국 기독교의 역사와 전통이 짧은 데서 연유한다. 공식적으로 가톨릭과 개신교의 선교역사는 1-2백 년에 지나지 않는다. 5천 년 민족사와 2천 년에 이르는 민족종교들의 전통에 비하면 한국 기독교는 아직 외래종교의 탈을 벗지 못했다. 처음부터 조선왕조의 몰락으로 민족국가가 해체되는 아픔을 비집고 기독교는 자리를 잡고 성장해 갔다. 더욱이 기독교는 서구문화 속에서 자라났고 서세동점의 과정에서 한국에 전래되었기 때문에 기독교의 문화적 이질성은 두드러진다. 서구 제국주의의 침탈과 함께 들어온 한국 기독교는 외래적인 것으로 지탄받고 박해의 대상이 되기도 했다. 그러나 기독교에게는 다행스럽게도 한민족을 직접 침탈한 외세는 서구 기독교 국가들이 아니라 일제였다. 한국에 기독교를 전해 준 미국을 중심한 연합국이 일제를 제압하고 식민통치를 종식시켰기 때문에 한국 기독교의 친미·친서방적 성격은 더욱 강화되었다.

더욱이 미국 선교사들이 대체로 문자주의적이고 맹목적인 근본주의 신앙을 고집하고 한국전통 종교문화를 우상숭배로 매도함으로써 비주체적이고 외래적 비민족적 성격이 고착되었다. 선교사들의 근본주의 신앙은 오늘까지도 한국 기독교가 한민족의 주체적 책임적 종교로 성숙하는 데 장애가 되고 있다.

한국사회의 근대화와 산업화는 매우 짧은 기간에 이루어졌다. 따라서 전통문화와 현대 산업문화의 단절과 간격이 크다. 기독교는 서구 근대사회의 문화적 유입과 함께 전래되었으므로 산업화와 근대화를 선도하는 종교로서 받아들여졌다. 기독교의 빠른 양적 성장은 근대화의 급격한 진행과 맞물려 이루어졌다. 5천 년 동안 지속되어 온 마을공동체의 급격한 해체와 함께 고향의 뿌리를 잃은 대도시의 민중들이 교회공동체에서 대안공동체를 발견하고 교회로 몰려들음으로써 한국교회는 급성장했다.

한국 기독교가 처음부터 외래적이기만 한 것은 아니었다. 조선왕조 후기에 봉건왕조 체제의 무능과 부패 그리고 지배이념인 유교의 고루함과 폐쇄성, 불교의 쇠퇴는 한국민중과 양심적 지식인들로 하여금 사민평등과 인간해방을 선포하는 기독교에서 정신적 탈출구를 찾게 했다. 외국선교사들이 기독교 신앙을 한반도에 가져오기 전에 한민족은 스스로 기독교를 받아들이고 전파했다. 또한 초기의 한국 기독교는 조선왕조와 유교에 환멸을 느낀 지식인, 여성, 민중(백정 박성춘 장로)에게 열렬히 받아들여졌다. 새로운 정신, 새로운 세상을 갈망하는 이들에게 기독교의 복음은 참으로 해방의 복음으로 받아들여졌다. 봉건제를 타파하고 근대적 민족국가를 수립하려는 많은 선각자들은 기독교에 귀의하였다. 초기의 기독교는 민중해방적 성격을 지녔고 민족국가 수립에 주도적으로 참여하는 민족주체적 해방적 성격을 지녔다. 따라서 한국 기독교가 3·1운동에 주도적으로 참여할 수 있었다.

일제의 혹독한 탄압과 함께 기독교의 민중적 민족적 성격은 점차 약화되었다. 미군정 시대와 이승만 정권시대에 기독교는 국가권력과 밀착됨으로써 민족주체와 민중해방의 성격이 더욱 약화되었다. 민족의 파탄과 함께 기독교가 뿌리를 내렸고 민족분단과 전쟁의 상처 속에서 기독교는 성장했고 60년대 이후 급격한 산업화와 함께 공동체적 뿌리를 잃고 불안정한 한국인들에게 급속히 파급되었다. 게다가 무교를 통해 전승된 민중의 한울님 신앙은 기독교의 하나님 신앙을 받아들이는 접촉점이 되었다.

(2) 기독교의 한국적 숙성의 과제 : 기독교 신앙의 주체성과 한국인의 종교문화적 주체성의 일치

한국 기독교는 동양 또는 한국 정신종교 문화의 영성과 서구에서 자라난 기독교 종교문화의 영성이 합류된 것이다. 한국에서 기독교인이 된다는 것은 의식하든 의식하지 않든 서양과 동양의 종교문화의 합류에 참여하는 것이다. 실제로 한국 기독교 안에서 이 합류는 진행되고 있다. 한국 기독교는 한국적 동양적 성격과 내용을 지니고 있다. 그러나 이 합류는 불완전하고 왜곡된 형태로 진행되고 있다.

세계 기독교 가운데 한국 기독교의 두드러진 특징과 풍습은 한국 기독교의 한국적 성격을 드러낸다. 한국 기독교가 새벽예배를 드리는 것은 이른 아침에 정한수를 떠놓고 치성을 드리는 민간신앙의 전통에서 온 것이거나 새벽 3시에 아침예불을 드리는 불교전통에서 온 것일 수 있다. 또한 헌금을 많이 내는 관행도 불교의 시주전통이나 무교의 기복주의적 헌금전통에서 비롯된 것일 수 있다. 한국교회에서 성령운동이 강력하게 전개되고 성령운동이 주로 감정에 치우치는 것은 무교적 영향일 수 있다. 무교는 몰아적 감정 속에서 신들린 상태에서 죽은 영혼과 산 영혼의 경계를

넘나든다. 한국인은 무교를 통해서 그리고 음주가무의 오랜 전통을 통해서 몰아적 감정의 충만을 추구했다.

한국 기독교는 아직 한민족의 심성에 깊이 뿌리박은 종교라고 할 수 없고 또 성서와 초대교회가 지녔던 본래의 기독교 신앙에 충실하다고 볼 수도 없다. 한국 기독교는 기독교 본래의 신앙정신을 회복하는 과제뿐 아니라 한민족의 얼과 정신에 체화된 한국적 기독교로 숙성되어야 할 과제를 안고 있다. 오늘의 한국 기독교는 한국적이지도 않고, 기독교 본래의 형태를 가지고 있지도 않다. 또한 한민족의 종교문화적 영성도 왜곡되고 변질되었다. 한민족이 지닌 순수하고 탁월한 영성적 자질은 험난한 민족역사의 고난과 질곡을 거치면서 퇴화되고 변질되었으며 불순한 정신과 기질이 생겨나서 민족사 속에 흐르게 되었다.

이 글에서는 한국 기독교의 형성과정이 기독교 문화와 한국 종교문화의 합류과정임을 전제하고 확인한다. 합류는 어느 한쪽의 일방적 흡수나 지배가 아니라 양자의 진정한 만남을 통한 창조적 숙성을 의미한다. 기독교 신앙과 한민족의 영성이 결합함으로써 서로 풍성하고 심오해지는 결과를 기대할 수 있다.

필자는 한국 기독교의 숙성을 위해서 우선 한민족이 지닌 종교사상적 심성의 원형과 기독교 신앙의 원형을 적극적으로 밝히려 한다. 본래의 긍정적인 모습을 회복함으로써 기독교 신앙과 한민족은 참되게 만나서 하나로 결합될 수 있다. 그때 비로소 한국 기독교는 한민족의 종교로서 숙성될 것이다.

2. 한국 종교문화적 심성의 특징

1) 한민족의 강인한 생명력과 생명사랑

한민족은 언어학적으로는 알타이어족, 인종적으로는 북몽골족에 속한다. 한민족은 수천, 수만 년 전부터 해뜨는 동쪽, 밝고 환한 따뜻한 나라, 풍성한 생명의 나라를 찾아 중앙 아시아의 우랄 알타이 산맥을 넘어 북몽골족이 세력을 떨쳤던 바이칼호를 거쳐 동북아 지역으로, 다시 만주와 시베리아를 거쳐 한반도에까지 이르렀다.[2] 밝고 따뜻한 삶을 향한 이러한 오랜 순례의 길에서 한민족은 깊은 생명사랑과 강인한 생명력을 익힌 것으로 보인다. 중앙 아시아의 혹독한 추위와 어둠 속에서 강인한 생명력을 기르고 굶주림과 추위와 질병으로 죽어 가는 가족과 친구를 보면서 생명에 대한 깊은 연민과 동정, 생명의 고통에 대한 깊은 감수성을 체득한 것이다.[3]

밝고 따뜻한 삶을 향한 오랜 순례의 길에서 체득된 한민족의 이러한 자질은 동북 아시아의 풍요한 자연조건과 경제사회적인 생활양식을 통해 닦여졌다. 고대 한민족은 동북 아시아의 비교적 광활한 영역에 걸쳐 살아왔다. 하천이 비교적 알맞게 발달한 유역에다가 토질도 대체로 비옥하다. 온대지방이므로 철따라 만물의 성숙과 결실이 다채롭고 풍성하다. 이같은 자연환경은 주민으로 하여금 자연에 순응하는 지혜를 촉진시켰다.[4] 한민족은 생명에 대한 낙관적 신뢰, 생명과 평화에 대한 깊은 사랑을 발전시켰다. 한민족이 "즐겁게 술마시고 노래하고 춤추며 변관을 쓰고 비단옷을 입는다"는 것은 한민족이 삶을 사랑하고 즐길 줄 안다는 것을 뜻한다. 중국의 '위지' 동이전에 의하면 고대의 한민족은 파종을 끝내고 5월에 그리고 추수를 끝내고 10월에 밤낮으로 음주가무를 즐기며 귀신을 제사했다고 한다. 유동식에 의하면 이 제의의 핵심은 "노래와 춤으로써 도달하는 무아황홀경에서 신내림(降神)을 경험하고 하느님과 우리가 하나로 통합된 가운데 하느님의 힘에 힘입어 우리의 소원인 풍작과 평안을 성취하자는 데 있다."[5]

또한 고대 동북 아시아의 국가사회는 아시아적 생산양식으로 규정된다.

---

2) 한국민족은 언어학상으로 북부 아시아의 알타이어족에 속한다. 몽고를 거쳐 만주벌판과 시베리아를 지나 한반도에 이르렀다. 한우근, 『韓國通史』. 을유문화사, 1970, pp. 16-17.

3) 고대 동북 아시아에서 한민족은 생명을 사랑하고 서로를 아끼는 문화민족으로 인정받았다. 동북아 지역에 살았던 북몽골인들인 東夷 가운데 예맥이 문화적으로 우수했고 우리의 조상이다. 동이, 예맥이 한족이다. 김상일, 『한철학』, 전망사, 1988②, pp. 57-58.

4) 이남영, 「思想史에서 본 檀君神話」, 『한국사상의 심층연구』, 우석, 1984, p. 70.

5) 유동식, 「한국민족의 영성과 한국종교」, 『한국의 문화와 신학』, 기독교사상 편집부 편, 대한기독교서회, 1992, p. 14, 17.

아시아적 생산양식의 국가사회들에서는 거대한 관개시설을 국가가 관장하고 민중은 미을공동체를 이루어 비교적 자율적인 생산, 제의 놀이문화를 발전시켰다. 6) 5천 년 동안 한민족은 마을공동체를 통해 더불어 사는 지혜와 능력을 익혔다. 강인한 생명력, 평화와 생명에 대한 깊은 사랑, 생명(고통)에 대한 깊은 감수성, 생명을 살리는 능력, 더불어 사는 지혜와 능력이 한민족의 가슴과 숨결 속에 이어져 오고 있다.

2) 조화와 원융의 일원론적 생명관

밝고 따뜻한 생명을 추구한 한민족의 삶과 정신을 드러내는 말이 '한'이다. '한'은 한민족의 정체를 나타내는 말이다. 한국, 한민족, 한겨레, 한글, 한얼, 한울, 한아님······. 우리 한국인의 심성깊이 그리고 넓게 퍼져 있고 깔려져 있는 개념은 바로 한이다. 7)

'한'의 말뜻은 매우 복합적이고 다양하다. "환하다, 크다, 임금(우두머리), 높음, 온전함, 대략, 하나, 많은, 무릇, 모든, 바른, 넓은, 가운데."8) 이런 다양한 의미를 지닌 '한'의 어원은 무엇일까? 학자들은 '한'이 '환하다=해=밝음'(白)에서 온 말이라고 본다. 9) 한민족의 한=붉사상은 하늘과 태양과 신을 하나로 보는 사상이다. 10) 이기영에 의하면 붉=한은 중앙 아시아의 추운 바이칼 호수 일대에서 따뜻한 광명을 찾아 남하하는 동안에 한민족에게 생긴 본능적 개념이다. 11)

---

6) 이준모, 「역사적 지식론 체계의 계층적 구조와 민중적 인식론」, 『신학연구』 28, 한신대 출판부, pp. 153-154, 167-168.

7) 김상일, 『한철학』, p. 22.

8) 한의 개념은 야누스와 같이 상반되는 의미의 양면얼굴을 가지고 있는 어휘로서 22가지 의미를 가진다. 1) 크다 2) 동이다(東) 3) 밝다(明, 鮮) 4) 하나다(유일, 단일) 5) 통일하다 6) 꾼, 못(大衆) 7) 오래 참음 8) 일체 전체 9) 처음 10) 한 나라 한 겨레 11) 희다 12) 바르다 13) 높다 14) 같다 15) 많다 16) 하늘 17) 길다 18) 으뜸이다 19) 위다(上) 20) 임금 21) 온전하다 22) 포용하다. 안호상, 『국민윤리학』, 서울, 배영출판사, 1977, pp. 147-153.

9) 장병길, 「제천·제정에 대한 사상」, 한국사상의 심층연구, pp. 24-25 ; 최민홍, 『한철학-한민족의 뿌리』, 성문사, 1984, p. 14 이하.

10) 『불함문화론』, 신동아, 1972, 1. "단군, 당굴이"는 Tengri(푸른 하늘)에서 왔다. 김상일, 『한철학』, p. 25에서 재인용.

'한'은 한민족의 근원적 생명체험이고 생명이해이다. '한'사상은 생명을 조화롭고 포괄적인 실재로 본다. [12] 생명은 하나이면서 전체이다. 분화되면 많음이 되고 다양한 많음이 수렴/통전되면 하나로 귀결된다. 한민족은 생명의 대립적인 차별적 현상 속에서 조화, 균형, 상보상생하는 생명운동을 보았다. 하늘과 땅, 초월과 내재, 성과 속, 형태와 비형태가 생명 속에 결합통전되어 있음을 한민족은 체험했다. [13]

  한사상에 기초해서 한민족은 '온'(전체＝큼＝많음)과 '낱'(개체＝하나), 선과 악, 삶과 죽음을 함께 본다. 선(한 사람)과 악(한 사람)을 대립적으로 보지 않고 상대적이고 유동적으로 본다. 선이 악이 될 수도 있고 악이 선이 될 수도 있다. 선과 악을 높은 차원에서 부정하면 일치가 된다. 이 일치에서 새로운 고차적 선이 생긴다. 이 부정-일치의 과정은 무한히 진행한다. 선과 악이 이원적이지 않고 일원적이다. [14] 한사상은 조화와 원융, 역동적인 일원론을 담고 있다. 양극화, 분리, 대립, 배제, 갈등의 논리와 사고는 삶의 본질과 현실에 충실한 한민족의 기본정서와 사유에 낯설다. 한사상은 무한히 포용적이고 동화적이고 낙관적인 사고이다.

3) 신인합일의 낙관적 수행적 종교관

  한국인은 유교적인 머리를 가졌고, 불교적인 가슴을 가졌고, 샤머니즘적 배를 가졌다고 한다. 미국 선교사 헐버트에 의하면, "한국인은 사회생활에서는 유교적이고, 철학을 할 때는 불교적이며, 어려움에 빠졌을 때는 정령숭배자가 된다……무교는 한국인의 기초적 종교이다. 다른 모든 것은 단순한 상부구조에 지나지 않고 그 토대는 본래적인 정령숭배이다. "[15]

---

11) 이기영, 『민족문화의 원류』, p. 149 ; 김상일, 『한철학』, p. 26에서 재인용.

12) 서구사상은 실체론적이고 시원적이다. 실체론적 시원성은 처음에서 끝으로, 위에서 아래로, 뒤에서 앞으로 직선적으로 움직여 나감을 뜻한다. 논리성과 같은 의미다. 한사상은 비시원적이다. 김상일, 『한철학』, p. 12.

13) 김경재는 '한'을 한민족의 종교적 체험으로서 설명한다. '한'에 대한 김경재의 종교적 설명은 한민족의 생명체험에 대한 설명으로 이해될 수 있다. 김경재, 『해석학과 종교신학』, 한국신학연구소, 1994, p. 119.

14) 최민홍, 『한철학』, pp. 50-51.

15) Homer B. Hulbert, *The Passing of Korea*(Seoul : Yonsei University

한국 그리스도교의 급속한 성장은 한국 그리스도교가 샤머니즘에 반대하고 무낭종교늘 파괴하려 했음에도 불구하고, 한국인의 샤머니즘적 정서와 깊은 관계가 있다. 한국 그리스도교는 무당종교의 비옥한 토양에 깊이 뿌리를 내릴 수 있었다. 한국 그리스도교의 가지들, 건강한 잎새들 그리고 다양한 열매들은 한국 무당종교의 토양에서 자라났다.

무교는 강신의 경험 속에서 신들린 상태에서 죽은 혼과 산 혼의 경계를 넘나든다. 무교의 하느님 신앙, 정령신앙(귀신신앙), 엑스타시(감정적 충만, 降神), 주술적 기복신앙(재앙을 물리치고 복을 추구한다), 무당(해결사)에의 의존 등은 기독교 신앙을 받아들이는 데 접촉점이 되었다. 이런 무교의 특징들을 한국 기독교의 관행에서 찾아볼 수 있다.

한국의 무교는 한국적 특징을 가지고 있으며, 한국적 신앙전통에 뿌리를 두고 있다. 무교, 즉 샤머니즘의 한국적 뿌리는 고신도(古神道), 풍류(부루)=밝음, 음주가무를 통한 강신의 전통, 신들림에 있다. 한국 전통종교는 자연과 어우러지는 신인합일의 전통을 지니고 있다. 신인합일은 삶의 충만이며 목적이다. 한민족의 한사상은 한울과 큼과 하나임을 추구한다.

신인합일의 전통은 변형된 형태로 유교와 불교와 도교에 나타난다. [16]

Press, 1969, 초판 1906), pp. 403-404. 오늘날 남한에 점쟁이가 80만 명이나 된다고 한다.

16) 유교 : 克己復禮-자기를 극복하고 사회적 관계(법도)를 따름. 인간의 마음이 하늘과 통한다. (天人合一) 天性은 仁義이고 하늘이 내린 본바탕이다. 중용에서는 "성실한 것은 하늘의 道다. 성실하여지려고 하는 것은 사람의 道다"(『東洋의 智慧』, p. 447 ; 中庸 20장 "誠者, 天之道也. 誠之者, 人之道也")고 함으로써 성(誠)을 천도(天道)와 인도(人道)를 통합하는 원리로 보았다. 성(誠)은 인간에게 주어진 본래의 바탕을 갈고 닦아 그 본성에 충실함으로써 하늘의 도와 인간의 도에 부합하자는 것이다. 성(誠)은 스스로 이룸이라 했다. 중용에 또 이런 말이 나온다. "오직 천하의 지극히 성실한 사람만이 자기의 성(性 : 본성)을 다 발휘할 수 있다. 자기의 성을 다 발휘할 수 있으면 남의 성을 다 발휘시킬 수 있다. 남의 성을 다 발휘시킬 수 있으면 만물의 성을 다 발휘시킬 수 있다. 만물의 성을 다 발휘시킬 수 있으면 하늘과 땅이 변화시키고 육성시키는 일을 돕게 될 것이고 하늘과 땅이 변화시키고 육성시키는 일을 돕게 된다면 하늘과 땅과 더불어 대등하게 참여하게 될 것이다."(같은 책, p. 447 ; 中庸 22장)

불교 : 불교의 참선(參禪)은 마음의 자유를 추구한다. 해탈이란 덧없는 물질세계에 대한 번뇌와 집착을 벗어나 자유하는 마음에 이르는 것이다.

한국인은 하늘과 땅과 인간이 서로 조화를 이루며 연속되어 있다고 보고 천지인의 일치와 어우러짐, 천도와 인도, 천심과 인심의 일치, 중생의 마음과 불성의 일치, 자연과 어우러지는 무위자연의 자유와 여유, 몸과 마음과 신의 일치를 추구해 왔다. 신과 인간과 자연의 어우러짐 속에서 신명을 내고 신바람을 일으키는 전통이 강하게 남아 있다. 인간의 마음과 몸이 신과 이어져 있고 통할 수 있다고 본다는 점에서 낙관적인 종교관을 가지고 있다. 그리고 몸과 마음을 닦고 몸과 마음으로 깨닫는 수행종교의 전통이 강하다.

한국교회에 성령충만을 강조하는 성령운동이 두드러진 것은 신인합일의 종교전통과 맥을 같이하는 것으로 여겨진다. 한국교회에 산기도의 전통이 강하고 산에 기도원이 많이 설립된 것도 이런 전통을 이어받은 것이다. 기도하는 사람들이 소나무 뿌리를 잡고 기도하다가 소나무 뿌리를 몇 개 뽑았다고 자랑하는 것도 몸으로 도를 닦는 전통을 나타낸다.

4) 한국민중의 생명력 : 신바람과 사인여천과 서로 살림

한민족의 강인한 생명력과 생명사랑이 민족사의 저류에 흐르고 있었으나 민중의 삶은 곤핍하고 피폐했다. 서구열강의 제국주의적 침략이 절정에 달하고 부패하고 무능한 사대주의 지배층의 압제와 수탈이 극에 달해서 민중의 삶이 일대위기와 도탄에 빠졌을 때, 민중의 생명이 고갈되고 절망적일 때 동학, 증산교, 대종교, 원불교와 같은 민중종교들을 통해서 한민족의 강인한 생명력과 생명사랑이 위대한 종교신앙으로 분출되었다. 서세동점의 세계화 과정에서 19세기에 한국 민중종교는 민중의 자주적 삶을 실현하고 세계평화의 길을 제시하였다. 19세기의 민중종교들은 한민족의 고유한 생명사상을 기둥으로, 무교를 바탕으로 해서 유교, 불교, 선교 그리고 기독교를 흡수해서 독창적인 종교사상을 형성했다. 이 점에서

만물 속에 불성이 있고 자아 속에 불성이 있다. 자아와 불성(부처)의 일치를 전제한다.

도교 : 도교의 무위자연(無爲自然)도 거짓된 인위적 삶과 강제와 간섭을 거부하고 대자연의 생명이나 인간존재의 근본바탕과 통하는 삶을 추구한다. 사회체제와 규범의 속박에서 벗어나서 자연조화와 무위자연을 추구한다. 무위자연은 자연과의 합일이고 어우러짐이다.

19세기의 민중종교들은 한민족의 고유한 종교사상이었다.

19세기 민중종교의 사상 그 바닥에는 무교의 전통과 맥이 흐른다. 민족사의 엄청난 고난과 시련을 민족사의 밑바닥에서 몸으로 겪어 낸 민중을 위로하고 붙잡아 준 것은 무교였다. 무당은 민중과 함께 이름없이 천대받는 고난의 사제이고 한을 풀어 주는 영혼의 위로자였다. 무당은 산 사람과 죽은 사람의 혼을 넘나들고 남의 한과 고통을 온전히 자신의 고통으로 체험할 수 있는 위대한 능력의 소유자이다. 무당은 고통(생명)에 대한 놀라운 감수성을 지닌 존재이다. 신이 지피고 신령에 들려서 신같이, 신령같이 내는 흥바람이 바로 신바람이고 신명이다. [17] 한국인의 삶에서 한과 신명의 어우러짐을 볼 수 있다. 사물놀이의 장쾌함과 활력은 한민족의 신바람을 보여 준다. 이 신바람은 고통과 죽음 속에서 체념과 절망을, 한과 상처를 털어 내고 새로운 활력을 가지고 살 수 있게 해준다. 한국민중은 무당과 함께 절망적인 상황에서도 죽은 자와 산 자의 고통과 한을 끌어안고 때로는 은근과 끈기를 가지고, 때로는 해학과 신바람으로 민족의 삶과 정신을 지탱해 왔다. 한국민중의 삶은 민족사의 엄청난 고난을 몸으로 겪으면서 한맺힌 마음과 신바람을 함께 나누며 질곡의 세월을 이겨 왔다. 고대 한국인의 음주가무와 강신의 전통은 민족의 신바람으로 남았다.

한민족은 고통스런 삶 속에서도 인간의 삶이 신령한 초월적 생명과 접하고 있음을 확신했다. 동학의 창시자 최제우에 의하면 지금 '나'의 생명이 천주(天主＝한울님)를 모시고 있고 천주를 정성으로 모시면 무궁한 조화를 일으킨다. 천주는 천지를 주재하는 분이면서 지극한 생명기운(至氣, 生氣)을 뜻한다. 내 몸 안에 신령한 생기를 모심으로써 무궁한 생명조화를 일으킬 수 있다는 것이다. 한울님을 모심으로써 풍성하고 충만한 생명을 누릴 수 있다는 것이다. 당시 민중의 삶은 피폐하고 도탄에 빠져 온갖 질병에 시달리고 전염병이 만연했다. 수운은 시천주의 신앙과 실천을 통해 민중을 질병에서 건지고, 위축되고 무력해진 민중을 건강하고 풍성한 삶에로 이끌었다.

최해월은 시천주 사상을 발전시켜 향아설위(向我設位)와 양천주(養天主)와 사인여천(事人如天)을 말했다. 기존의 제사는 향벽설위(向壁設位)였다. 제사지낼 때 과거의 죽은 혼령들에게 바치던 밥그릇을 지금 살아

17) 김열규, 「한국신화와 무속」, 『한국사상의 심층연구』, p. 57.

있는 '나'를 향해 옮겨 놓은 것이 향아설위이다. 제사의 중심은 오늘 살아 있는 '나'이다. 과거나 미래가 아니라 지금 여기의 삶이 관심의 초점에 있다. 죽은 귀신이 밥을 먹는 게 아니라 오늘 살아서 밥을 먹는 사람이 중요하다. 향아설위는 "밤의 저승과 죽음의 피안으로부터 인간을 해방시켜, 대낮의 이승과 삶의 차안으로 인내천의 발걸음을 옮겨 놓은 혁명적 거보다."[18]

밥과 인간과 한울이 하나로 통한다. 밥이 곧 한울이고 밥을 먹는 인간이 곧 한울님이다.[19] 밥을 먹음으로써 한울을 먹는다(以天食天). 내 안에 한울님(천주)이 계시므로 한울님을 키워야 한다. 한울님을 키우는 것을 해월은 양천주라고 했다. 지금 밥을 먹고 사는 산 사람을 한울님처럼 공경하라(事人如天)고 했다. 해월은 경솔하게 아이를 때리지 말라면서 이렇게 말한다 : "아이를 때리는 것은 곧 하날님을 때리는 것이니, 하날님 께서 싫어하고 하날님의 기운을 상하는 것이다."[20] 해월은 생명을 잉태 하는 여성을 지극히 신령하고 존귀한 존재로 본다. 생명을 포태한 여성은 한울님을 포태한 한울님이다.[21]

동학은 인간을 한울님처럼 받들라는 사인여천의 사상을 펼침으로써 홍익인간의 정신을 이어받았다. 인간과 한울님을 긴밀히 결합시키는 동양적 이고 한국적인 종교전통이 동학의 시천주, 인내천, 사인여천으로 나타났다. 밑바닥 민중을 한울님처럼 섬기라는 가르침은 휴머니즘의 극치일 뿐

18) 尹老彬, 「東學의 世界思想的 意味」, 『東學思想과 東學革命』, 이현희 편, 청아출판사, 1984, p. 155.
19) 최해월 : "사람은 五行의 가장 빼어난 기운이요 곡식은 五行의 으뜸가는 기운이니, 젖이란 사람의 몸에서 나는 곡식이요, 곡식이란 하날님과 땅의 젖이다. 부모의 포태가 곧 천지의 포태이니, 사람이 어렸을 때에 그 어머니의 젖을 빠는 것은 곧 천지의 젖이요, 자라서 오곡을 먹는 것 또한 천지의 젖이다." "하날님은 사람에게 의지하고 사람은 먹는 데 의지하니, 만사를 안다는 것은 밥 한 그릇을 아는 데 있다. 사람의 호흡, 동정, 굴신, 衣食은 다 하날님의 조화의 힘이니, 하날님과 사람이 서로 도와주는 기틀을 잠깐이라도 떠나지 못할 것이다." 동학연구원 편, 『한글 동경대전』, 자농, 1991, p. 19.
20) 『한글 동경대전』, pp. 59-60.
21) 『한글 동경대전』, pp. 60-61. 여성이 도통하여 사람을 살릴 것을 말하기도 한다. 포태하는 여성이 쉽게 도통할 수 있음을 말한다. 남자가 한 사람 도통하면 여자는 아홉 사람 도통한다는 것이다. 동학연구원 편, 『용담유사』, 자농, 1991, p. 130.

아니라 천인합일의 동양적 한국적 종교신앙의 실천적 귀결이었다.

증산 강일순은 맺힌 원한을 풀고 서로 살리는 길을 열었다. 신앙과 신령한 힘으로 질병을 고치고 한국민중의 무의식과 집단적인 혼을 지배하는 귀신들과 원혼들의 맺힌 한을 풀음으로써 서로 살림의 평화세상을 열고자 했다. 증산교에서 두드러진 것은 해원상생(解怨相生)의 사상이다. 선천에는 상극지리(相剋之理)가 지배하여 원한이 맺히고 쌓였으나 후천에는 만고의 원을 풀고 상생의 도리로써 새 세상을 세운다는 것이다. (大巡典經, 동도교 증산교회본부, 5장 4절) 원한을 풀고 서로 살리는 새 세상을 여는 일을 증산은 천지공사, 또는 개벽공사라고 한다. (大巡典經 5장 1절)

강증산의 천지개벽 공사는 해원과 상생을 통해서 민족의 갱생과 인류의 평화를 폭력투쟁없이 이룩하려는 차원높은 사업이었다. 증산의 언행이 매우 신비주의적이고 환상적이지만 증산의 해원상생의 이념과 실천에는 홍익인간과 한사상으로 표출된 한민족의 생명사랑이 지극히 예민하게 나타나 있다.

5) 고난의 민족사와 한국민중의 위축된 생명력

민족사의 혈맥에는 신적인 강인한 생명력과 신바람, 고난과 죽음을 이기는 깊은 생명사랑(고난에 대한 깊은 감수성), 남 또는 다른 민족을 경쟁의 상대로 생각하기보다는 함께 살아가야 할 선린으로 생각하는 상생의 정신이 흐른다.

한민족의 이러한 강인한 생명력과 생명사랑이 삶의 위기 속에서 죽음 앞에서 그리고 엄청난 재난 앞에서 드러날 때도 있다. 그러나 한반도에서 5천 년 동안 살아오는 동안에 외세의 침입과 무능하고 부패한 왕권의 압제와 수탈로 인하여 한국인의 심성은 피폐해졌다. 갑오농민전쟁 때 민족자주와 공생을 실현하려는 민중을 부패하고 무능한 정권이 외세와 결탁해서 도륙했고, 36년간 일제로부터 가혹한 수탈과 압제를 당했고 6·25전쟁으로 짓밟힌 한국인의 가슴은 멍들 대로 멍들었다. 군사정권 밑에서 압살당한 민주열사들과 노동자들, 학살당한 광주시민들의 한이 민족의 가슴에 응어리져 있다. 감정적인 상처와 깊은 피해의식에 사로잡힌 한국인의 마음은 좁아들고 비뚤어졌다. 한맺힌 한국인의 가슴에는 미움과 분노, 불신과 저주가 있다. 그래서 쉽게 상처받고 틀어진다. 한번 감정이 상하면 돌이키기 어렵다. 합리적으로 판단하기보다는 쉽게 흑백논리에 빠진다. 급격한 산업화와 경제성장을 위한 치열한 생존경쟁 속에서 우리의 마음은 더욱 메마르고 왜곡되었다. 사촌이 땅을 사면 배가 아프다는 말이 있다. 남이 안 되기를 바라고, 나보다 못한 사람이 있어야 마음이 편해지는 병든 심리가 지배한다.

일제의 군사문화와 군부정권의 민중학살을 통해서 민족정기는 유린되고 생명사랑은 식었다. 유교의 가부장제적 권위주의로 인해 여성과 어린이와 약자들은 큰 상처를 입었다. 군사문화로 인해 돈없고 힘없는 사람들은 기를 펴지 못했다. 천박한 물질주의와 치열한 생존경쟁 속에서 뒤쳐진 사람들은 깊은 좌절감을 맛보았다.

한민족의 가슴에는 깊은 상처가 있다. 민요를 부르는 할머니들의 노랫가락은 왜 그처럼 구슬픈가? 피해자들에게는 회한이 있고 분노와 저주가 있으며, 가해자에게는 깊은 죄의식이 있다. 서로 죽임의 악순환 속에서 생명이 고갈되고 있다.

5천 년 동안 마을공동체를 통해 더불어 사는 지혜와 능력을 길러 왔으나 오늘 한민족은 봉건적인 공동체주의에서 벗어나지 못하고 패거리주의와 지역감정과 혈연적, 종파적 사고에 빠져 있다. 남북분단의 이념대립, 유교 및 군사문화의 권위주의 그리고 자본주의 사회의 무한 경쟁주의와 맞물려 공동체들이 급속히 파괴되고 있다.

한민족의 강인한 생명력과 생명사랑, 따뜻하고 밝은 생명을 추구하는 마음이 민족사의 고난과 시련 속에서도 여전히 살아 있다. 그러나 그것은 위축되고 비뚤어져 있다. 오늘 한민족의 생명이 위축되고 비뚤어진 데는 민족사의 고난과 시련에만 그 이유를 돌릴 수 없다. 한민족의 사고와 감정 자체를 반성하고 검토해야 한다.

한민족을 포함한 아시아인들은 비교적 풍부한 자연조건 속에서 자연과 어우러져 살았고, 아시아적 생산양식 속에서 오랜 세월 동안 공동체적 삶을 살아왔다. 한민족의 종교사상에서는 공동체적 삶이 중요하고, 개인은 전체(한울님, 천도, 자연, 공동체)에 해소되는 경향이 있다. 개인의 권리나 관심이 부각되지 않는다. 민중의 한은 이름없는 아픔이다. 가해자와 피해자가 분명히 밝혀지지 않는다. 민중은 이름없는 존재다. 개인은 공동체 속에 묻혀 있다.

이러한 동양적 사고에서는 갈등과 대결의 역사의식이 부족하고 개인의 개성이 약화된다. 아시아적 전체주의, 공동체주의에서는 개인의 인권과 개성이 존중되지 않는다. 한국의 민중은 오랜 저항과 투쟁의 역사를 가졌지만 권력을 쟁취하여 사회체제와 제도의 주인으로 살아 본 경험이 없다. 시민적 권리와 책임의식이 부족하다. 적과 나의 대결의식이 약하고 고통의 상황은 이름없는 한의 감정으로 남는다. 한국인의 삶을 지배하는 것은 감정이다. 이성적 합리적 판단보다는 의리감정이나 원한감정에 의해서 선택하고 결정한다.

단군신화의 한사상을 비롯해서 원효의 원융무애, 19세기 민중종교의 시천주와 해원상생, 무교의 한풀이, 더 나아가서 동양의 일원론적 사고에서 한계와 문제를 찾아볼 수 있다. 한민족의 사상은 생명의 자연성, 본능성에 충실하고, 삶의 긍정성, 밝은 측면에 집중한다. 생사, 영육, 죽은 혼과 산 사람의 어우러짐, 혼란스러움과 신명에 빠진다. 쉽게 춤추고 노래하고 술마시고 흘려 버린다. 초월적 존재(한울님, 불성)와의 일치와 깨달음에 대한 낙관적인 사고는 인간의 허무한 실존과 사회의 절망적인 현실을 냉정하고 철저하게 직면하고 대결하지 못하게 한다. 그리고 너무 쉽게 원융무애와 해원상생, 한풀이로 다시 말해 감정적 해소로 나간다. 한국 종교사상에는 삶의 갈등, 투쟁, 저항, 역사적 갈등, 이기심, 죄성에 대한 진지하고 심각한 반성이 부족하다. 삶의 약함, 상처받기 쉬움, 무상함에 대한 현실적인 반성이 아쉽다. 삶의 무상함에 대한 반성이 있다고 해도 불교적인 해탈과 도교적인 은둔으로 쉽게 넘어가 버린다.

한민족의 한사상은 자연 속에서 타고난 본래의 생명을 추구하고 그 생명의 본성과 힘에서 출발한다. 하늘과 인간, 하늘의 도와 인간의 마음이 하나라고 보는 일원론적 낙관적 신뢰에 기초한 수도와 수양의 종교로 나타난다. 서로 얽혀 사는 한민족에게는 끈끈한 정이 있고 한(恨)의 승화된 감정이 있고 두레의 공생정신이 있다. 몸과 마음을 단련시키고 닦는 전통, 예민한 공동체적, 생태학적 감수성이 있다. 그러나 한민족의 생명은 일그러져 있고 깊은 상처를 안고 있다. 깊은 분석과 통찰, 현실적인 대안 제시보다는 감정적인 해소와 적당한 타협의 두루뭉수리가 되기 쉽다. 또는 감정적 흑백논리와 패거리주의, 체면과 형식에 집착하는 권위적 형식주의에 빠지기 쉽다. 인간과 역사에 대한 심각하고 진지한 자세가 부족할 수 있다. 한국문학이 사물과 사건과 정서를 서술하는 문장력은 탁월하지만 인간과 사회에 대한 깊은 사상과 통찰이 아쉬운 것은 한민족의 이런 종교사상적 기질에서 비롯된 것일 수 있다.

한민족의 일그러지고 위축된 생명을 치유하고 한민족의 생명사랑과 생명력, 서로 살림의 지혜와 능력을 살려 내기 위해서는 인간과 역사에 대한 성서의 진지하고 심각한 신앙적 통찰에서 배워야 한다. 한민족의 생명과 성서의 신앙이 만남으로써 한민족의 생명사랑과 생명력이 힘있게 살아나기를 기대한다. 또한 기독교 신앙은 한민족의 심성에 뿌리를 박고 더욱 풍성하고 주체적인 신앙으로 형성되어야 할 것이다.

3. 기독교 신앙의 종교사상적 특징

1) 고대 그리스 철학과 성서적 사고

기독교는 고대 그리스 사상과 함께 서구문명을 형성하는 두 기둥이다. 또한 기독교는 고대 그리스 사상에 기초한 헬레니즘 문화권에서 그리스 사상과 영향을 주고받으면서 형성되었다. 고대 그리스 사상과 성서적 사고의 비교는 기독교의 본래적인 독특한 성격을 밝히는 데 도움이 된다.

서구철학의 시원인 고대 그리스 철학은 고대 그리스의 정치문화와 긴밀한 관련 속에서 형성되었다. 유럽의 정치문화사도 그렇지만 그리스 로마의 정치문화사는 왕정에서 귀족정으로 귀족정에서 평민정으로 권력투쟁을 통해 민주적인 국가체제와 질서를 형성해 갔다. 집단적인 권력투쟁을 통해 자기들의 국가공동체를 형성하고 자신들의 권리를 확보해 갔다. 더 나아가서 다른 민족이나 국가와의 전쟁에서 승리함으로써 많은 노예를 거느리는 폴리스 국가공동체를 형성했다. [22] 이들은 자신들의 정치사회적 기

---

22) 고대 그리스 세계에는 자유민 1가구당 3-4명의 노예가 있었다는 계산이 나온다. M.L. 휜리, 「희랍문명의 基盤과 奴隸勞動」, 『古典古代 희랍史硏究의 諸問題』(池東植 편역, 고려대학교출판부, 19834), p. 255.

득권을 지키기 위해 프라이버시를 존중한 뿐 아니라 국가체계에 대한 맹목적 충성을 바치는 전통이 생겼다. 프라이버시를 존중하는 개인주의와 집단적 국가주의가 결합된 것이다. 닫혀진 개인과 집단적 국가가 결합됨으로써 비사회적 실존주의(개인주의)로 흐르거나 파쇼적 국가주의로 흐르는 경향이 생겼다.

소크라테스에서 플라톤을 거쳐 아리스토텔레스에 이르는 그리스의 고전철학은 고상한 이념을 추구하지만 노예들의 고통에 대한 감수성은 없다.[23] 사물의 변함없는 본질과 실체, 개인의 영혼불멸, 역사에 새로움이 없다는 과거지향적 반복사관, 조화와 질서에 기초한 우주관과 국가관, 국가의 질서에 걸맞는 인간의 교육양성, 육체에 대한 영혼의 우위에 초점을 두었다. 노예제도에 근거한 국가체제를 이상적 형태로 유지보존하는 데 관심이 집중되었다. 갈등과 대결을 통해 확보된 기득권과 국가체제의 질서와 조화를 유지하려는 생각이 바탕에 있다.[24] 서구 정치문화에는 관념적 위선과 불안정이 있음에도 정치체제와 사회질서를 유지관리하고 운영하는 지혜와 전통이 있다.

집단적인 권력투쟁을 통해 사회와 역사를 형성한 서구의 정치문화 전통에서 객관적인 세계(자연과 사회)를 사실적으로 인식하고 변화시키려는 자세가 생겼다. 동양의 종교철학에서 인간주체를 갱신변화시켜 객관적인 세계(자연과 사회역사)에 순응하고 일치하려는 경향이 드러난다면 서구철학에서는 객관세계의 법칙, 논리, 지식, 정보를 인식하여 객관세계를 인간의 목적에 맞게 변화시키려는 경향이 나타난다. 그래서 동양철학은 인간의 주체와 객관세계(자연, 역사, 사회, 하나님)와의 일치를 추구함으로써 일원론적이고 도덕종교적 성격을 갖고 서양철학은 주체(인간, 이성)와 객체(자연, 역사, 하나님)를 인식론적으로 구분함으로써 이원론적이고 객관적 논리적 성격을 갖는다.

성서의 사상은 국가제도에서 쫓겨났거나 밀려난 사람들, 또는 땅없이 떠도는 무리들 그리고 종살이하는 사람들의 역사적 경험에서 생겨났다. 이스라엘 백성은 자유롭고 평등한 공동체를 창조하는 데 실패한 사람들이

---

23) G. Vlastos, 「Platon 思想에 있어서 奴隷制」, 앞의 책, pp. 231-232.
24) E.M. Wood, 「反民主的 政治理念」, 『西洋古典 古代思想家와 思想史論』上, 법문사, 1982, pp. 14-20.

다. 이들은 억압과 수탈의 사회적 상황, 역사의 밑바닥에 있다. 이들의 실패에서 억압과 수탈의 상황에서 하나님의 구원활동이 시작된다. 이들은 역사와 사회의 변혁을 추구했고 해방을 갈구했다. 여기서 종말론적 역사관이 나왔다. 또한 이들은 주어진 제도에 적응하는 교육이나 자아를 점진적으로 변화시키는 수양을 생각하지 않았다. 사회제도와 역사의 철저한 변화를 갈구했듯이, 인간존재의 철저한 전환과 변화를 추구했다. 성서에서는 교육이나 수양이 아니라 회개를 강조했다. 이런 사고가 "하나님 나라가 가까웠으니, 회개하라"(마가1, 15)는 예수의 선언에 압축되어 있다.

성서의 사고는 하나님이 현존하는 역사의 현장과 직결되어 있다. 성서는 공동체 파괴의 현장인 역사의 밑바닥 자리에서 생겨났다. 성서에서는 하나님 앞에 선 인간의 실존, 역사 속에서 고통당하는 구체적 인간으로서의 개인이 부각된다. 죄인으로서, 상처받은 인간으로서 또는 하나님의 부름을 받은 예언자적 지도자적 인물로서의 개인이 성서적 사고의 중심에 있다. 개인은 하나님과 직결되어 있다. 하나님의 구원활동은 공동체 파괴로 고통당하는 인간들에게 공동체를 창조하고 회복하는 일이다. 이스라엘 백성은 공동체 파괴의 현실에서 공동체를 회복하고 창조해 가는 하나님의 구원사에 참여한다.

성서의 인간은 차분한 이성적 사유나 명상을 할 여유가 없다. 인간의 본성을 닦고 깨달음에 이를 자신감과 여유도 없다. 지금 결단을 하고 지금 새로워져야 할 절박한 상황에 있다. 그러므로 하나님의 개입을 간구하고 지금 회개하고 하나님 나라의 실현을 위해 행동해야 한다. 하나님의 부름의 사건, 만남의 기쁨이 중요하다. 잃은 자를 만나는 기쁨, 사건이 성서복음의 중심에 있다. 갈등의 현장과 변화의 추구가 성서적 사고의 바탕에 있다. 그래서 죄와 회개가 중요하고 변화가 중요하며 공동체적 만남의 사건이 중요하다.

성서의 신학적 사고는 역사의 갈등과 위기 속에서 형성되었기 때문에 현실적으로 인간주체와 객체(하나님, 역사)를 구분하고 그 구분에 입각해서 변증법적으로 하나님 안에서 또는 미래의 하나님 나라 안에서 그리고 교회공동체 안에서 일치와 조화를 추구한다. 성서의 신학적 사고에서는 새로움과 변화를 추구하는 역사적 사고가 두드러진다. 하나님과의 관계 속에서 인간개인의 갱신뿐 아니라 역사와 사회의 혁신을 추구한다.

성서의 사고는 구체적인 역사의 상황에 주목하고 억눌린 인간의 관점에서 보고 개인과 공동체를 함께 강조한다. 역사 속에서 그리고 하나님 앞에서 구체적인 개인이 강조되지만 개인주의에 빠지지 않는다. 그리고 개인은 결코 이념이나 전체집단으로 해소되지도 않는다. 개인은 하나님과 역사적 상황을 통해서 민족공동체 또는 교회공동체와 역동적 관계 속에 있다.

2) 창조신앙(창세기 1-2장)

기독교 신앙의 첫째 요소는 창조론이다. 창조론에 의하면 인간과 자연의 기원은 하나님께 있고, 하나님이 생명을 섭리하고 주관한다. 창조의 목적은 하나님과 인간과 자연이 하나님의 풍성한 생명을 함께 누리는 데 있다. 모든 피조물은 직접 하나님과 관계를 가지고 있다. 모든 피조물은 창조자 하나님께 소속되어 있고 의존되어 있다. 창조자 하나님은 개별적 존재자의 생존권과 존엄의 근거일 뿐 아니라 모든 피조물의 공동체적 관계(연대와 일치)의 근거이다. 인간은 자신의 존재근거와 타인과의 공동체적 관계의 토대를 하나님 안에서 발견한다.

창조신앙은 기독교인의 역사관과 인간관을 규정한다. 하나님의 창조는 역사의 시작을 이룬다. 창조에 의해 역사가 시작됨으로써 역사는 방향과 의미를 갖고, 목적을 향해 나가게 된다. 창조는 역사의 완성으로서의 종말과 맞물려 있다. 기독교의 역사관에 의하면 역사는 늘 새롭게 갱신되고 종말을 향해 나가는 역사이다. 창조신앙은 인간을 창조자에게 의존된 피조물적 존재로 보면서도 인간을 하나님의 형상을 지닌 자유롭고 책임적이며 창조적인 존재로 본다. 창조신앙은 모든 자연만물을 비신격화함으로써 자연에 대한 예속에서 벗어나 인간이 자유롭고 책임적으로 살게 한다. 또한 창조신앙은 창조자와 피조물을 구분하면서도 창조자와 피조물의 긴밀한 관계와 유대를 말함으로써 창조자와 인간과 자연의 공동체적 관계를 강조한다.

창조신앙에서 하나님은 삶의 중심과 경계로 나타난다. 인간은 하나님을 중심에 모시고 삶으로써 공동체적 관계를 유지할 수 있다. 인간의 타락은 하나님과 인간 사이에 그어진 경계선을 침범하고 중심을 차지함으로써 자기중심적 존재가 된 것이었다. 이로써 모든 공동체적 관계는 파괴되고 죄악의 현실이 초래되었다.

죄와 타락의 이야기는 인간실존의 깊이와 공동체적 관련을 드러낸다. 성서의 창조 이야기가 완성된 자리는 바벨론 포로의 상황이었다. 민족의 패망, 바벨론 제국의 억압과 수탈 속에서 창조 이야기를 기술하고 하나님의 창조를 믿고 선언했다. 창조 이야기의 배후에는 역사의 모순과 갈등이 있다. 역사의 허무와 혼돈은 태초의 허무와 혼돈과 닿아 있다. 역사의 모순과 갈등은 인간의 죄와 타락의 깊이와 닿아 있다. 하나님이 창조한 생명의 세계는 허무와 혼돈 속에 있고 인간의 깊은 죄로 인해서 죽음과 파괴에 직면해 있다. 하나님은 죄와 죽음의 현실을 넘어서 인간을 공동체적 삶에로 이끌어 가신다.

3) 눌린 자의 삶을 붙들어 주는 하나님

이스라엘의 하나님은 히브리 민중의 고통과 울부짖음을 보고 내려와 고통스런 삶 속에 참여하는 하나님이다. 민중의 고통스런 삶에 민감하게 반응하는 하나님이다. 함께 아파하고 함께 싸우고 함께 해방의 나라를 세우는 하나님, 함께 역사의 짐을 지고 역사를 성취하는 하나님이다. 이스라엘 민족사의 생명을 세우는 하나님, 공동체의 하나님이다.

김이곤에 의하면 야훼(YHWH)는 "영고성쇠하는 인류사에 끊임없이 생명을 부여하며 그 생명을 붙드시는 분"[25]이다. 야훼의 대표적 속성과 기능인 '라훔'(긍휼)은 '레헴'(자궁)에서 유래했다. [26] 야훼의 긍휼은 울부짖는 히브리 민중의 삶 속에서 구원의 삶을 낳기 위해 진통하는 자궁의 긍휼이다. 눌림받는 자의 '고난'은 야훼의 긍휼을 낳는 태(자궁)이다. [27] 이집트에서 종살이하는 이스라엘에게 나타난 하나님 야훼는 '조상의 신, 엘 사따이'였다. '사따이'의 원초적 의미는 "두 개의 젖가슴"이다. 야훼는

---

25) 김이곤, 「고난신학의 맥락에서 본 야훼신명 연구」, 『신학연구』 27, 한신대학 신학부, 1986, p. 189.
26) P. Trible, "God, Nature of, in the Old Testament," IDB Supp, p. 368.
27) 김이곤, pp. 193-194.

고통받는 사람들을 품어 주고 양육하는 "두 개의 젖가슴의 신"이다. [28)]

이스라엘의 하나님은 눌린 자들을 태 속에 품고 새 생명을 낳아 주는 하나님이고 힘없는 사람들을 가슴에 품고 젖을 먹이며 붙들어 주는 하나님이다.

4) 역사의 밑바닥에서 저항하며 기다리며

성서의 종교사상이 형성된 자연적 사회적 조건은 척박하고 열악했다. 지중해 연안에 반월형의 좁은 옥토지대가 있었으나 사막으로 둘러싸였다. 이스라엘 국가를 이루기 전에 이스라엘 백성은 땅없이 떠도는 히브리인들로서 굶주림의 위협과 다른 종족으로부터 생존의 위협 속에 살았다. 그들은 척박한 삶 속에서 풍성한 땅과 풍성한 생명을 목말라 하며 살았던 사람들이다.

이스라엘의 시조 아브라함은 세계최초의 대제국인 수메르-바빌로니아 제국에서 밀려난 사람이다. 밀려났으나 압제와 수탈과 소외가 없는 새로운 세상을 향해 줄기차게 나아간 사람이다. 그는 하나님을 믿음으로써 하나님과 함께 역사의 밑바닥, 세계사의 밑바닥을 기어감으로써 새로운 나라를 연 믿음의 선구자이다. 침략과 수탈을 일삼는 제국들이 지배하는 역사의 밑바닥에서 믿음으로 생명의 불씨를 살리며 새로운 삶의 세계(하나님을 모시고 더불어 사는 나라)를 향해 순례의 길을 아브라함은 시작했다.

이집트의 종살이, 광야편력을 거쳐 수립한 이스라엘 나라는 하나님이 다스리는 나라였다. 폰 라트에 의하면 이스라엘은 "하느님이시여 다스리소서!"를 뜻한다. 이스라엘 민족은 사람 위에 사람 없고, 압제와 수탈과 소외가 없는 나라를 이루기 위해 하나님만을 왕으로 인정하고 인간적인 왕을 두지 않았다. 제국주의적인 국가들의 침입으로 이스라엘 공동체는 무너지고 세계 강대국들 사이에 흩어져 살면서도 이스라엘 백성은 하나님의 생명이 충만한 나라를 향한 믿음과 희망을 버리지 않았다.

이스라엘은 아브라함에서 예수에게 이르기까지 거의 2천 년 동안 역사와 사회의 밑바닥에서 고통스런 삶의 현실을 끌어안고 하나님을 모시고

---

28) 김이곤, p. 195 이하.

생명을 향한 순례의 길을 걸었다. 그 순례의 길은 파괴된 창조공동체의 삶을 회복하기 위한 구원의 역사였다. 이스라엘의 삶은 파괴와 죽음, 죄와 미움의 세력에 맞서 저항하고 인간과 역사의 바닥에서 삶의 깊이를 온몸으로 겪어 온 삶이다. 예수가 오기까지 이스라엘의 역사는 죄와 죽음의 세력(불의한 세력)에 대한 저항의 역사였고 새로운 나라의 공동체적 삶을 향한 오랜 기다림의 역사였다.

5) 의로운 인격신과 죄의식

기독교 신앙의 두드러진 특징은 의로운 인격신과 강한 죄의식에 있다. 기독교의 하나님은 역사의 신이면서 절대적 초월과 거룩의 신이다. 역사 안에 살아서 활동하면서 거룩한 의와 사랑을 지닌 하나님 앞에서 역사와 사회의 죄악에 대한 강렬한 예언자적 분노와 비판의식이 있다. 또한 거룩한 준엄한 하나님 앞에서 인간의 죄에 대한 철저한 회개가 요구된다. 죄는 죽음과 파멸을 초래하는 악한 힘을 지닌다. 죄는 생명의 문을 닫고 죽음의 문을 여는 악한 힘이다. 죄는 하나님과 인간, 인간과 인간의 공동체적 관계를 파괴하는 힘이다.

의로운 하나님과 죄악의 역사, 거룩한 하나님과 죄인인 인간의 이러한 대립은 하나님의 말씀에 매달리는 신앙으로 나타난다. 인간의 이성이나 양심은 역사와 인간의 죄를 인식하고 극복하기에는 무력하다. 하나님의 말씀만이 이러한 죄를 드러내고 극복하는 힘을 준다.

역사와 사회의 죄악에 대한 통렬한 비판의식, 개인의 죄에 대한 철저한 부정이 기독교 신앙을 심각하고 진지한 신앙으로 만든다. 이러한 성서적 죄의식은 역사와 사회의 갈등과 모순을 드러내고 인간내면의 왜곡과 위선을 밝힌다. 성서의 사고는 개인의 내면적 부패와 역사의 갈등을 있는 그대로 드러내고 그 죄악의 현실과 씨름한다. 죄를 청산하지 않고는 온전한 삶을 살 수 없다. 회개는 하나님 나라를 맞는 조건이다.

역사와 사회에 대한 투철한 책임의식과 개인의 죄에 대한 철저한 반성이 기독교 신앙의 중심을 이룬다. 죄에 대한 철저한 의식이 인간과 사회에 대한 관념적 감상적 낙관주의에 빠지지 않고 인간과 사회에 대한 현실적 이해를 갖게 한다.

6) 십자가 죽음과 부활(영원한 생명)의 역동성

예수의 십자가 죽음은 삶의 깊은 갈등과 고통을 드러낸다. 그것은 인간의 삶 속에 깃든 죄와 죽음과 악의 현실, 공동체 파괴의 현실, 허무와 혼돈의 심연을 드러낸다. 파괴되고 상처받은 삶의 나락에서 예수의 십자가는 영원한 생명, 창조의 생명공동체에 이르는 문을 연다. 십자가는 에덴동산의 풍성한 삶에로 이끄는 길이고 문이다. 영원한 생명이 솟는 샘이다.

십자가는 죽임의 자리이면서 서로 살림의 자리이다. 십자가에서 희생과 상생(서로 살림)이 결합된다. 고통받는 민중과 함께 삶의 짐을 함께 지고 십자가에서 인류의 삶을 위해 자신을 희생한 예수, 성만찬에서 자기를 온전히 내어줌으로써 우리의 밥이 된 예수는 공동체의 화신이고 원천이다. 뭇인간의 상처와 고통, 죄와 악을 짊어진 예수의 십자가는 남을 헤아리는 능력의 원천이다. [29] 예수의 희생에서 상생의 능력이 나온다. 역사와 사회의 밑바닥, 죄와 죽음의 나락, 허무와 혼돈의 심연, 타자를 위한 희생인 십자가에서 서로 살림의 힘과 지혜가 나온다.

부활한 예수는 허무와 혼돈의 심연을 딛고 하나님의 말씀에 힘입어 솟아오르는 생명이다. 예수의 생명운동은 인간 속에, 인간관계 속에, 사회와 역사의 한가운데 있는 허무와 혼돈의 심연을 극복하고, 죄와 악의 힘을 깨뜨리고 새롭게 일어서는 운동이다. 믿음은 일어섬이다. 생명의 본질은 일어섬이다. 인간영혼은 끊임없이 일어서는 존재다. 부활도 일어서는 생명이다. 부활을 나타내는 희랍어, 라틴어, 영어, 독일어는 일어섬, 저항함을 뜻한다. 기독교는 허무와 혼돈의 세력과 싸우면서 일어서는 도덕적 영적 생명공동체이다.

---

29) 남을 헤아리는 능력이 교양의 기본이고 믿음의 핵심이고 공동체의 기초이다. 남의 입장에 서서 남을 헤아리는 그만큼 사람은 사람답게 된다. 우리에게는 남의 입장에 서서 남의 형편을 헤아리는 능력이 부족해졌다. 예수는 무한히 남을 헤아릴 수 있는 분이다. 그는 세상의 모든 고통과 죄를 짊어지고 십자가에 달렸다. 그래서 그는 우리의 영원한 대제사장이 되었다. 마태복음 8장 17절에 의하면 예수는 사람들의 연약함과 질병을 짊어지셨다.

예수의 십자가는 죽음을 통해 죽임의 세력을 이기는 생명의 능력을 드러낸다. 이 생명의 능력에 근거해서만 절망과 죽음을 이길 수 있고 저주와 증오를 이길 수 있다. 이 생명이 화해와 해방의 동력이다. 예수의 십자가에서 드러난 이 생명은 오늘도 시련과 고통 속에 있는 민중의 삶에서 드러난다. 예수는 당신의 생명을 우리와 나눈다. 예수에게서 위로와 힘을 얻고 생명을 얻은 사람은 다른 사람들과 위로와 힘을 나누고 생명을 나눈다. 예수가 믿는 사람 안에서 살고, 믿는 사람은 예수의 삶을 산다.

7) 기독교 신앙의 문제와 반성

본래의 기독교 신앙은 역사적이고 실존적이고 공동체적이며 민중적이다. 기독교 신앙은 일원론이나 이원론에 빠지지 않고 갈등과 모순으로 가득 찬 역사와 사회 속에서 역동적 일치와 긴장을 유지한다. 개인과 공동체, 인간과 하나님의 역동적 관계를 유지한다. 성서의 인간은 역사의 현실에 충실하면서도 적극적이고 능동적으로 행동한다.

그러나 기독교 신앙은 갈등과 모순, 역설과 변증법에만 익숙하고, 존재의 편안함, 조화와 원융적 일치를 모르게 될 수 있다. 신과 인간, 인간과 자연의 이원론적 대립, 인간의 죄에 대한 비관적 체념에 빠질 수 있다. 또한 현실비판과 종말론적 사고는 오늘 여기의 삶을 소홀히 하고 관념적이고 급진적인 미래주의에 빠질 수 있다. 신의 말씀을 강조하는 기독교 신앙은 삶에서 침묵과 신비의 차원을 잃고 사변적 교리적 신앙에 빠질 수 있다. 이런 사고경향은 생태학적 지구촌 문화를 이루는 데 장애가 될 수도 있다. 기독교 신앙은 한국 종교문화에서 생명에 대한 낙관적 사고, 신과 인간과 자연의 일원적 일치와 원융무애의 초탈과 자유, 시비판단을 뛰어넘는 존재의 자유와 편안함을 배워야 한다.

4. 참기독교인, 참한국인 : 예수의 생명과 민족생명의 합류

신앙은 가장 깊은 인격적 자세이고 의식이다. 인간은 신앙 속에서 가장 순수한 영혼의 높이와 깊이에 이른다. 기독교인이 영혼의 지극히 순수한 상태에 이른다면 반드시 민족의 얼과 정신을 순수하게 구현하고 실현하게 된 것이다. 기독교 신앙은 참한국인이 됨으로써 서구의 외래문화적 껍질을 벗고 민족의 순수한 정신과 힘을 드러낼 수 있다. 한국인으로서 참기독교인이 되는 길은 곧 참한국인이 되는 길이다. 참신앙은 참된 자기에 이르는 길이기 때문이다.

기독교 신앙은 종교사상에 머물지 않는다. 기독교 종교사상은 인격적 존재인 예수로 화육되어 인격으로 나타난다. 기독교인은 예수를 참인간, 참하나님으로, 역사와 사회공동체와 우주의 중심과 목적으로 믿는다. 기독교인은 예수를 믿을 뿐 아니라 예수를 산다. 예수와 일치될수록 기독교적 의식은 발달되고 온전해진다.

예수는 인간을 참인간, 참자아에 이르게 하는 힘이고 공동체적 서로 살림의 삶에로 해방하는 능력이다. 한국 기독교인은 예수를 삶으로써 참한국인이 된다. 한국의 기독교 신앙은 예수와 민족의 만남으로 나타난다. 예수로 인해 한민족의 심성은 새롭게 되고 활력을 얻는다. 예수는 한민족의 가슴과 역사 속에 심기워지고 큰 나무가 되어 풍성한 결실을 내야 한다. 예수가 한민족의 가슴과 역사에 심기워짐으로써 한국 기독교는 더 풍성하고 새로워지며 한민족의 심성도 갱신될 수 있다. 한국 기독교는 기독교 신앙과 한민족의 종교문화 전통이 서로를 갱신하고 풍성하게 충만하게 하는 합류과정이 되어야 한다.

1) 신학의 자립

한국 기독교로 숙성되려면 먼저 한국신학의 자립이 이루어져야 한다. 오늘 한국의 상황에서 교회, 민중, 한국 문화전통, '나'(신학자) 자신에 걸맞는 신학, 혼으로 체화된 신학을 추구해야 한다. 이런 신학작업은 쉽지 않다. 이 땅에서 기독교의 역사는 짧다. 그래서 아직도 신학이론은 우리에게 낯설다. 기독교 교리보다는 각자의 마음속에 불성이 있어 깨달으면 구원을 얻는다는 불교적 가르침이나 유교적 도덕과 도교적 삶의 지혜가 우리에게 더 쉽고 가깝다. 아직 기독교 신학은 한국인의 혼과 삶 속에 체회되지 않았다. 그래서 겨우 머리로는 이해하지만 우리의 신학을 정립하려 할 때는 겉돌고 헤매는 경우가 많다. 오늘 우리가 신학을 하기 위해서는 우리의 믿음이 깊어져야 하고 맑은 이성을 가져야 하고 신학적 사고가 오늘의 민중적 영성과 교회의 현실에 부합되어야 한다.

김재준은 말년에 한국의 학계를 돌아보면서 「학문의 자립」이라는 매우 시사적인 글을 남겼다. 그는 한국의 학자들이 지나치게 각주에 의존하는 것을 보고 의존적 비주체적 신학에서 벗어나 창조적이고 주체적 한국신학을 추구할 것을 역설했다. 김재준은 예수의 가르침이 독창적이고 주체적인 권위를 지님으로써 훈고학적인 서기관의 권위를 능가했듯이 오늘의 신학자도 각주에만 의존하는 서기관적 신학을 넘어서서 "글(書)과 내(我)가 하나(一體)로 사는 경지"에 이르러야 한다고 말한다.[30] 그때 비로소 신학의 자립이 이루어진다는 것이다.

"글과 내가 하나로 사는 경지"는 무엇을 말하는가? 그것은 나와 신학이 일체가 되는 경지, 몸과 혼으로 깨달음에 이르는 신학의 경지를 말한다. 그것은 동양적인 학문의 방법과 자세이기도 하다. 서양의 학문은 객관적인 대상의 논리적 인식과 논리적 일관성을 추구하나 동양의 학문은 인식주체와 인식대상의 일치, 주체적 깨달음을 추구한다. 서양의 학문은 사변과 관념에 머물 수 있으나 동양의 학문은 몸과 마음으로 통해야 한다. 동양의 고전을 학자자신이 온전히 소화시켰기 때문에 동양의 학문에는 각주가 필요없었다. 학문의 객관성을 위해서 각주는 필요하다. 그러나 각주(남의 인식과 통찰)에 의존하는 신학은 주체적 신학이 아니다.

오늘 한국 기독교의 신학은 신학하는 사람의 몸과 혼이 담긴 신학이어야 한다. 그러기 위해서는 신학도가 먼저 겸손히 마음과 몸을 비워야 한다. 동양에서는 물긷고 장작패고 마당쓸고 부엌일 같은 허드렛일을 하게 해서 겸손해진 다음에 비로소 학문적 수련을 시켰다. 이심전심으로 마음이 통해야 학문적 진리를 나눌 수 있다고 보았기 때문에 마음이 열리지 않으면 학문적 진리에 대해 논의할 자격이 없다고 보았다. 주체적 신학, 마음과 혼으로 하는 신학을 하려면 먼저 마음이 흙처럼 겸허해져야 한다. 흙은 누구에게나 밟힐 태세가 되어 있다. 진리를 말하는 사람은 누구든지 '나'의 위에 세울 수 있는 정직하고 겸허한 마음을 지녀야 한다. 모든 선입견과 편견을 버리고 진리(참된 현실과 참된 통찰)에 대해 순복하는 자세가 요청된다. 이런 겸손한 마음에서만 학문적 정직과 용기가 나올 수

---

30) 『김재준 전집』 18, pp. 106-108.

있다.

또한 한민족의 구체적 신학은 한국민중의 잠든 영성을 일깨우고 한국교회의 실상이 담긴 신학이어야 한다. 오늘 한국의 신학도들은 민족정기를 이어받는 신학, 문화적 종교적 주체성을 지닌 신학, 한국교회의 마음을 겸손히 사로잡는 신학을 맑고 투명한 이성과 뜨거운 가슴으로 추구해야 한다. 더 나아가서 우리 몸 속에 흐르는 민족의 얼, 우리 피 속에 흐르는 열사들의 외침, 민족사의 저류를 흐르는 민중의 함성과 한맺힌 신음소리를 듣는 신학이어야 한다. 그리하여 한국교회를 일으켜 세워 남북분단의 벽을 허물고 자유, 정의, 평화가 넘치는 민족공동체를 이루는 신학이어야 한다.

2) 열사의 신학 : 민족정기의 신학

오늘날 예수의 죽음과 부활 속에 살고 있는 그리스도인들은 그들의 몸과 피 속에서 정의를 위해서 죽은 사람들의 혼을 느낀다. 몸과 마음을 훈련하는 오랜 전통 속에 살고 있는 한국인들은 상처받은 영혼들의 소리와 유린당한 생명의 외침을 아주 예민하게 듣는다.

한국에서는 죽은 자의 힘이 산 자의 힘보다 강하다. 죽은 자를 경외하는 전통이 아직 우리에게 강력히 살아 있다. 종교를 갖지 않고 무신론을 표방하는 사람들도 조사(弔詞)에서는 모두 죽은 자의 삶과 영향력을 인정한다. 한국인들은 오랜 세월 동안 죽은 조상들과 함께 조상들의 음덕으로 살아왔다. 실제로 한국인은 갑오농민전쟁, 3·1운동, 4·19의 열사들에 힘입어 일제 식민통치와 독재정권의 압제 속에서도 민족정기를 유지할 수 있었다. 4·19혁명은 독재권력에 의해 죽임을 당한 어린 학생 김주열의 처참한 주검에 의해 촉발되었다고 해도 과언이 아니다. 특히 70년대와 80년대의 민주화와 통일운동은 죽은 자의 힘에 의지해서 추진되었다. 1970년에 노동자의 생존권을 호소하며 분신한 전태일 열사의 죽음은 오늘까지도 민중운동의 영감의 원천이고 80년 광주민중항쟁에서 군부에 의해 학살된 죽은 넋들은 민주화 운동과 통일운동의 견인차 역할을 했다. 독재정권의 고문에 의해 숨은 박종철과 최루탄에 맞아 숨진 이한열의 죽음은 전두환 정권을 퇴진시키는 데 결정적 역할을 했다. 광주민중항쟁에서 죽은 수백 명의 열사들을 제외하고도 1970년 전태일의 죽음 이후 민주화를 위해 스스로 목숨을 바친 열사들과 공권력에 의해 목숨을 잃은 정치적 희생자수는 120여 명에 이른다. [31] 이들이 산 자들을 이끌어 민족사를 열어가고 있다..

조상들의 힘을 믿고 열사들의 영향력을 믿는 한민족의 전통적 신앙은 기독교의 부활신앙과 통한다. 부활신앙의 빛에서 한국 그리스도인들은 우리 몸 안에서 고난받는 사람들의 음성을 들으며, 민족사 속에서 하나님의 음성을 듣는다. [32]

3) 도통(道通) : 종합과 통전

동양에서는 종교와 철학이 결합되어 있다. 동양 종교철학은 오랫동안 아시아 사회를 지배했던 아시아적 생산양식과 마을공동체적 삶 속에서 형성되었다. 아시아인들은 비교적 자율적인 농업생산과 놀이문화와 공동체적 삶을 살았다. 농업생산의 잉여분이 민중에게 돌아가고 그 삶의 여유에 기초해서 공자의 덕치주의, 맹자의 민본주의가 나왔다. 노장의 무위자연 사상도 왕과 지배관료들의 인위적 간섭을 거부하고, 자연과 결합된 민중의 자주적인 삶을 담고 있다. 기하학과 측량술의 발달로 미루어 보면 고대 이집트의 농업생산력도 높았을 것으로 추정되지만 생산의 잉여분을 피라미드나 신전을 짓는 데 허비함으로써 높은 정치종교 문화를 낳지 못했다.

동양사상에서는 천인합일, 인간과 자연과 하늘의 일치를 전제하고 추구한다. 민심이 천심이고 인간이 곧 하늘이다. 인간과 자연의 생명과 신적 초월을 일치시킨다. 인간과 삼라만상의 중생 속에 불성이 깃들어 있다고 본다. 인간의 본성과 천도가 하나로 통한다. 불교의 연기론에 의하면 개체의 자아가 부정되고 나의 존재와 타자가 분리되지 않는다. 무교에 의하면 무당은 산 자와 죽은 자의 혼 속을 넘나든다.

---

31) 1989년까지 확인된 숫자만 112명에 이른다. 민족민주열사 자료모음, 『살아서 만나리라』, 민족민주열사희생자합동추모제준비위원회 편, 1990, p. 3.

32) 이 경우에 예수의 삶과 죽음과 부활이 열사들의 삶과 죽음과 영향을 규정하고 평가하는 기준과 척도가 되어야 한다.

동양적 사고에서는 나와 전체, 나와 궁극적 진리가 하나로 이어거 있다. 따라서 인간의 몸과 마음을 닦으면 하늘의 도에 이른다는 낙관론이 깔려 있다. 수도와 수양이 중심개념이다. 갈등이 아니라 조화와 일치를 추구한다. 19세기에 한국의 민중종교의 창시자인 최수운은 '시천주'(侍天主) '동귀일체'(同歸一體)를 말하고 강증산은 신명과 해원상생(解怨相生)을 말함으로써 조화와 일치의 길을 열었다.

동양사상에서 추구하는 것은 도통(道通), 도인의 경지이다. 생각과 삶이 두루 도에 맞는 경지이다. 동양철학에서는 깨달음과 도통에서 이성과 믿음이 통전된다. 노장사상의 무위자연, 선교의 신선사상, 무교의 입신, 불교의 해탈이 모두 같은 경지를 지시한다. 그것은 몸과 마음을 닦아서 얻는 깨달음의 경지, 몸과 마음과 혼이 삶 속에서 하나로 꿰뚫린 경지를 나타낸다. 한국철학에서 원효가 "일체유심조"(一切唯心造)를 말하며 무애(無碍) 박을 두드리고 춤을 추며 민중을 일깨운 것이나 동학의 창시자 최제우가 "시천주 조화정"(侍天主 造化定)을 말하며 천인합일의 역동적 조화를 말한 것은 이 도통의 경지를 드러낸다고 하겠다. 사회의 밑바닥에서 짓눌린 민중들이 탈춤을 추며 한을 털어 버리고 해학으로 초월의 경지를 드러내는 것도 동양적인 사유의 실천적 몸짓으로 여겨진다. 매일 아침 목욕하고 찬물을 한 그릇 떠놓고 치성을 드리는 것도 몸과 마음으로 하늘의 생명기운을 움직이는 도통의 경지와 이어지는 것이다.

도통의 철학은 몸과 마음, 마음과 불성, 인간과 신(하늘)의 일치와 조화를 추구하고 도통의 깨달음은 이성과 영감의 통전이다. 몸과 마음을 닦는 것은 몸과 마음이 무한과 절대의 진리와 닿아 있음을 전제하고 무한과 절대의 진리를 체득하려는 것이다. 여기에는 존재의 편안함과 조화, 마음의 거리낌없는 자유가 있다. 모든 것이 하나로 통하고 꿰뚫린다.

동양철학은 일원론적이고 연속적이다. 따라서 역동적인 조화와 일치를 담고 있다. 서구철학의 사유에서 보이는 냉철한 객관세계의 지식과 법칙에 대한 탐구, 개인의 권리에 대한 의식이 뚜렷하지 않다. 성서적 사유에서 보이는 역사적 갈등과 인간의 죄성과 사회의 악에 대한 진지한 성찰이 부족하다. 유기체적이고 전일적인 동양적 사고, 객관적 세계(역시와 사회의 현실)에 대한 이성적 탐구와 개인의 권리의식을 강조하는 서구철학, 인간의 죄성과 사회의 악을 진지하게 고려하는 성서적 사고가 한데 만날 때 비로소 오늘의 인간과 세계를 비치는 종교사상이 될 수 있을 것이다. 근세에 자연과학과 자본주의 사회가 발달하면서 지난 3-4백 년 동안 학문은 분석과 해체, 전문화와 특수화의 길을 걸어왔다. 이제 동서양의 만남과 지구화 시대를 맞아 종교철학의 사유는 다시 종합과 통전의 길로 나서야 한다. 중세시대와는 달리 전지구적 차원에서 그리고 이성의 자율적 사고에 기초해서, 개성과 전문성을 존중하면서, 각자의 문화적 특성과 다양성을 수용하면서 종합과 통전이 이루어져야 할 것이다.

4) 한국인의 심성에 체화된 신앙

기독교 신앙은 사변적 교리적 신앙에서 벗어나 몸과 마음으로 깨닫는 신앙, 삶 속에 예수를 모시고 하나되는 공동체를 이루는 신앙이 되어야 한다. 또한 기독교 신앙은 징과 북의 소리, 장고와 거문고의 가락에 담긴 신앙이 되어야 한다. 판소리와 창의 현대적 표현을 통해서 한국적 소리로 표현되어야 한다. 기독교 신앙은 말씀의 신앙에서 벗어나 침묵과 신비의 차원을 지녀야 한다. 삶에 집착하고 죽음을 두려워하는 태도에서 벗어나 삶과 죽음을 함께 포용하는 한국적 사생관을 체화할 필요가 있다.

불교적 진리에 대한 선승(禪僧)의 정직하고도 철저한 자리매김
― 휴암스님의 '한국불교의 정신과 그 현대적 과제'에 대하여 ―

박 태 원
(울산대)

〈휴암스님의 주제발표는 이미 출간한 『장군죽비』(도서출판 명상, 1994)의 내용을 토대로 하고 있다. 논자의 논평은 『장군죽비』의 내용을 포함한다.〉

1. 휴암스님의 불교론은 한국사회의 근대화 과정에서 불교인들이 겪어야 했던 고민에 대한 대답의 성격을 지닌다. 서구인들이 200여 년에 걸쳐 진행한 근대화를 불과 30여 년으로 압축시켜 진행한 한국인들에게는, 인간과 사회에 관한 근대적 고민과 실험 역시 고밀도의 압축적인 것일 수밖에 없었으며 그만큼 그 경험은 치열한 것이었다.

불교인들의 경우, 그 고밀도의 압축된 근대화 경험 속에서, 한국 불교 역사상 아마도 최초로 불교적 진리와 사회(혹은 세속)의 관계에 대해 본격적이고도 심각한 고민과 모색에 빠져 들 수 있었다. 자신들이 몰두하고 있는 근대화 과정의 문제점들을 선명히 의식하는 동시에 사회과학적 인식으로 문제들을 취급하려는 경향이 대세를 이루었던 70년대와 80년대에 있어서, 불교적 진리의 사회성을 모색했던 불교인들의 전형적 고민은 다음과 같이 정리할 수 있을 것이다 ;

'불교는 세속의 시시비비의 근원을 파괴함으로써 완전한 내면적 자유와 평안의 길을 열어 준다. 이 초월의 길, 해탈의 길은 아집과 탐욕, 편견과 오해로 인한 대립, 갈등, 증오, 다툼에 물든 세속으로부터 훌쩍 초탈하게 해준다. 근원적이고도 궁극적인 존재론적 구제의 길이다. 그런데 현실

(세속)의 개선은 오히려 시시비비의 분명한 가림을 통해 효과적으로 이루어지는 측면이 있다. 사회의 구조적 모순, 제도적 불합리는 시비의 어느 한편에 서서 비판과 대립, 투쟁을 통해 개혁시키는 것이 현실적이다. 역사의 발전은 그런 방식 속에서 더 효과적으로 진행되어 오지 않았는가. 한국사회를 개선시키는 데도 시비의 현장에 참여하는 방식이 불가피하다. 그런데 불교인으로서 시비참여의 방식을 선택하다 보면 존재의 차원에서는 결국 선악시비의 상대적 차원에 떨어지기 쉽고 대립과 증오, 투쟁심에 물들게 마련이다. 이것은 불교적 본질과 충돌되는 것이며 내 존재의 차원에서도 결코 바람직하지 않다. 그렇다면 불교적 진리와 사회(세속)의 개선은 어떤 관계에 있는 것일까. 둘이 만날 수 있는 통로가 있다면 그것은 어떤 것일까.'

이러한 고민에 대해 나름대로의 사상적, 논리적 대답들이 추구되었다. 대체로 세속참여의 정당성을 불교사상적으로 확보하기 위한 노력들이었다. 그러나 불교사상을 편견없이 이해하고 있고 화려한 언어나 논리조작의 실체를 분별해 낼 수 있는 정도의 사고력을 지닌 사람이 조금만 유심히 검토한다면, 그러한 노력의 성과물들은 대체로 사상적으로 그다지 성공적인 것이 못 된다는 점을 어렵지 않게 간파할 수 있다. 예민하고 비교적 양심적인 정신들이 느꼈던 강박관념과도 같은 참여의 요청과 열기에 부응한다는 점에서 정서적 지지와 호소력은 확보할 수 있었지만, 사상적으로는 자의적 억지와 곡해, 오류, 비불교적 관점과 부정확하거나 천박한 이해 등으로 얼룩져 있기 십상이었다.

휴암스님의 한국불교 진단과 처방은 이러한 고민과 시도들에 대한 대답의 성격을 지니고 있다. 스님 자신이 오랫동안 안고 씨름해 왔던 문제이기도 하였기에, 선승으로서 철저한 체험과 치밀한 논리가 어울려 펼쳐지는 스님의 대답은 신선할 정도로 기존의 작업과 격을 달리하고 있다. 불교적 진리의 내용과 특성에 관한 정직하고도 자신있는 규정, 어떠한 유형의 시류에도 동요되거나 들뜨지 않고 자기고유의 입지를 확고히 딛고자 하는 의연함과 침착함, 치열한 고뇌와 탐구의 성과를 과장이나 허세, 가식이 없이 논리정연하게 펼쳐 가는 절제되고 세련된 정신과 양심 등은 분명 흔치 않은 면모이다.

2. 휴암스님의 대답은 한마디로 '불교는 무엇보다도 자신의 본질에 정

직하면 된다'는 것이다. 불교의 지향인 해탈은 세속적 가치와 윤리의 범수를 초월하는 존재론적 구제론이라는 점을 정직하게 그리고 자신있게 인정하고 그 본질에 철저하면 된다는 것이다. 자신의 본질을 제대로 이해못하거나 이해와 체득을 위한 정진을 소홀히 한 채 '역사' '현실' 운운하며 세속적 참여와 활동의 이론적 근거를 불교에서 구하려는 시도는 세속주의의 연장일 뿐이다. 이는 본질적으로 비불교적, 반불교적이며 불교가 실현하고자 하는 세계와는 무관한 노력이다. 불교구제론의 본질을 일탈하는 어떤 노력도 불교적으로는 성공적이지 못하며 정당화될 수 없다. 불교는 자기구제론의 본질에 충실함으로써 세계에 기여할 수 있다. 불교 내적으로 볼 때 한국 불교정신의 중심부에 자리잡아 온 인과화복 사상이나 통불교성도 불교가 자신의 본질에 철저하려는 데 장애물로 작용한다. 인과화복 사상은 저급한 세속적 물질주의를 선도하고 현실긍정과 체제긍정의 기수로 작용해 왔으며, 통불교의 회통정신은 그 어떤 비불교적 요소들도 방편의 이름으로 끌어안아 결국 불교의 세속적 변질을 초래하는 데 이용되고 있다. 세속주의와 결탁하여 자기를 보호, 유지하고 있는 한국불교는 무엇보다도 불교의 본질에 철저할 필요가 있다. 그것만이 불교가 세계에 기여할 수 있는 길이요, 깨달음, 해탈이 살 수 있는 길이다. 그러기 위해서는 실로 불교적 본질에 입각한 철저한 자기반성과 정직성, 양심, 용기, 성실이 무엇보다도 요청된다. ―이것이 휴암스님 대답의 요점으로 보인다.

3. 이 세상에는 나름대로 유효한 다양한 원리들이 있다. 그리고 그 모든 원리들을 하나로 통합한다는 것은 불가능하다. 본질적으로 상이한 원리들을 무리하게 통합하려 할 것이 아니라, 자기원리의 주특성을 살리는 데 노력하고 그러한 노력들로 인한 기여가 전체적으로 균형과 조화를 이루게 하는 것이 바람직할 것이다. 불교의 주특기에 전념하자는 휴암스님의 입장은 이런 점에서 설득력을 지닌다.

그런데 『장군죽비』에 피력된 스님의 견해는 자칫 세속적 복리에 기여하는 불교인들의 모든 노력을 비불교적인 것이라 하여 필요 이상으로 과소평가한다는 인상을 줄 수 있다. 붓다 스스로 확언하고 있듯이, 해탈의 두 속성은 지혜와 자비이다. 인간의 존재론적 구제는 달리 말해 지혜와 자비의 완전한, 그리고 균형잡힌 실현이기도 하다는 것이다. 붓다가 자비의 계발을 참선수행의 한 핵심으로 수립하고 있는 것(慈愛觀)도 이러한 이유에서이다. (중국 선종이 수립한 참선세계에서는 이 측면을 다시 주목, 보강해야 한다고 생각한다.) 주지하다시피 자비의 중요한 특성은 무차별성, 보편성에 있다. 세속중생들의 편협하고 차별적이고 배타적인 이기적 사랑을 무한히 개방시킨 보편적 사랑이 자비이다. 그리고 이러한 자비를 실현하자면 존재에 대한 이해 자체가 근본적으로 변해야 한다. 무아, 공의 관점으로 세계를 경험할 수 있어야 비로소 실현되는 사랑이다.

못살고 병들고 소외된 타인들의 세속적 생활여건 개선에 기여하려는 노력은 그 기여물이 세속적 가치의 영역을 벗어나지 못하며, 이타행의 당사자로 하여금 일에 분주히 끄달리게 하여 자기내면의 깊이, 존재의 깊이를 더하려는 작업을 어렵게 만든다. 그러나 그런 줄 뻔히 알면서도 타인의 세속적 고통을 외면하지 못하는 불교인의 심성들도 충분히 존중되어야 한다. 자비는 어차피 남과의 관계 속에서 펼쳐지고 강화되며 확인된다. 그리고 순수한 이타행의 계기는 분명 편협한 이기심을 넘어서는 것이기 때문에 자비에 근접하는 것이다. 아직 불교적 본질에 입각하여 펼쳐지는 대자대비(大慈大悲), 무연대비(無緣大悲)는 못 될지라도, 감당할 수 있는 정도의 순수한 이타행은 타인의 복리뿐만 아니라 자신의 자비심 계발과 실현에 크게 기여하며 결과적으로 해탈이라는 존재론적 구제에 기여할 수 있다는 점도 충분히 주목되어야 한다. 해탈이라는 존재론적 구제를 한 생애 안에 논리적 순서로 완결지으려는 생각은 오히려 해탈을 장애하는 조급한, 그리고 비실제적인 완벽주의가 될 수도 있을 것이다. 휴암스님 역시 이 점을 부인하거나 간과하고 있는 것은 아니라 여겨지나, 문제의식을 부각시키는 과정에서 불필요한 오해가 생겨날 소지는 있는 것 같다.

4. 한국불교가 불교의 본질에 철저하기 위해서는 선종 역시 냉정한 재검토와 음미의 대상이 되어야 한다고 생각한다. 선종은 분명 후기불교의 여러 형태 가운데 가장 불교적 본질에 철저한 것이라 생각된다. 불교의 본질을 확인시키는 데 있어서 선종은 매우 중요한 기여를 하고 있다. 그러나 선종을 무흠결의 완결편으로 보는 휴암스님의 견해(『장군죽비』에 피력됨)는 논의의 여지가 많다고 본다.

세속에의 참여논리를 발굴하기 위해서가 아니라 깨달음과 해탈의 길을 모색하기 위해, 진지하고 역량있는 수행인들이 선종에서 만족하지 못하고 초기불교에 눈돌리는 경향이 날로 높아져 가는 것은 자질이나 노력이 부족해서만은 아닐 것이다. 논자는 개인적으로 그 누구 못지않게 선종의 가치를 높게 평가하지만, 동시에 한국불교의 미래를 위해 선종 역시 검토와 반성, 재음미의 대상이 되어야 할 필요성을 강하게 느낀다. 한국불교인들은 어쩌면 선종의 역사적, 혹은 현실적 권위에 지나치게 압도되어 선종을 객관화시킬 수 있는 자세와 용기가 결여되어 있는지 모른다. 그것은 불교 및 선종의 본질에도 배치되는 태도이다. 선종을 객관화시켜 충분한 재검토와 재음미, 재평가가 수행될 때 오히려 선종은 그 특유의 장점을 제대로 살릴 수 있으며, 초기불교의 이해와 수용을 비롯한 현대 한국불교의 과제해결과 미래의 전개에 결정적이고도 적극적인 기여를 할 수 있을 것이라 생각한다.

"한국의 유교자산과 현대적 변용"에 대한 논평

성 태 용

(건국대)

I

우선은 이 어려운 작업을 맡아 주신 최교수에게 경의를 표하여야 할 것 같다. 이 말은 단순한 평자의 인사치레가 아니고, 제대로 된 한국철학사 조차 변변히 없는 우리의 한국철학 연구의 상황 속에서 이러한 글을 쓴다는 것이 얼마나 어려울 것일까를 절감하였기 때문이다.

큰 틀로 보아 이 글은 전통학문을 어떻게 계승하느냐에 관한 문제를 다룬 글이고, 이런 글은 아직까지 서구문화의 일반적인 통행 속에 놓여 있는 우리의 현실에서는 서구문화의 잣대를 가지고 우리의 것을 재려는 유의 논변에 빠지기 십상이다. 우리 전통사상을 폄하하든, 그것을 부각시키고 선양하려 하든 그 속에는 서구문화에 대한 일종의 열등감이 놓여져 있게 마련이라는 말이다. 그런 점에서 한국유교 자체의 본질을 규정하고, 역사적 흐름 속에서 그것이 어떻게 기능하였는가를 밝히는 작업을 바탕으로 현대사회에서 유학이 어떻게 기능할 수 있을 것인가를 논한 최교수의 작업은 한국유교라는 잣대를 가지고 현대사회를 보는 당당함을 지녔다고도 할 수 있을 것이다. 그간에 나온 의미있는 한국유학에 대한 연구를 종합적으로 검토하여 나온 최교수의 작업은 이전의 이와 비슷한 작업들의 수준을 한 단계 뛰어넘는 작은 이정표가 될 것이다.

II

그러나 최교수의 글은 다른 한편으로는 그 글의 성격상 본질적으로 가지지 않을 수 없는 몇 가지 문제점들을 드러내고 있는 것도 사실이다.

우선 이 글의 전체적인 구조로 보아, 유학의 정체성과 역사 속에서의 유학의 기능, 역할에 대한 부분에 대한 논의가 너무 큰 비중을 차지하고 있어 막상 이 글의 주제여야 할 부분인 '현대사회와 유학'의 부분이 상대적으로 소략해지고 말았다는 점을 지적하지 않을 수 없다. 물론 과거를 돌아보는 작업 속에 이미 현실의 안목을 통한 평가가 있게 마련이지만, 그렇다 하더라도 좀더 구체적으로 현실 속에서 한국유학의 유산들이 어떻게 다시 활성화될 수 있을까에 대한 답을 기대하였던 평자에게는 상당한 아쉬움을 남겼고, 이야기를 듣다 만 듯한 허전함이 있었다.

다음으로는 거시적으로 한국유학을 조명하다 보니, 곳곳에 좀더 논변이 필요하거나, 구체적인 근거를 제시하여야 할 부분을 과감하게 결론지어 버리고, 그 바탕 위에서 논의를 진행하고 있다는 점이다. 예를 들어 붕당을 '성리학의 해석에 대한 학문적 차이에 기초한 이념정파'라고 규정하고 있는데, 이 문제만 하더라도 이 글의 분량 이상의 논변이 필요한 문제가 아닐까 싶다. 그 발생의 초기부터 그 폐단을 우려한 양식있는 당시의 학자들이 있었던 붕당의 문제를 단순히 이렇게 규정하고 넘어간다는 것은 아무리 큰 틀에서 조명할 수밖에 없는 이 글의 한계를 인정한다 하더라도 문제가 아닐 수 없다는 생각이 든다. 통일신라 후기 이후 고려전기까지의 유교를 논하면서 "중세문화를 근세문화로 이행하는 데 유교가 주도적으로 기능하였음을 보여 준다"고 결론지은 부분도 평자로서는 이해하기 어려운 부분이었다. 어떠한 우리 역사에 대한 시대구분을 바탕으로 이러한 말을 하고 있는 것인지 좀더 분명한 논의가 있어야 하지 않을까? 이렇게 얼핏 넘어가면 다 이해할 수 있을 것 같으나 좀 캐어 보면 애매한 문제들에 대한 좀 과감하다고 할 수 있을 정도의 주장들이 이 글의 곳곳에 산재해 있다.

더욱이 문제가 되는 것은 최교수가 현대사회에서 유교의 유산이 어떤 유용성을 지닐 수 있을까를 논하면서, 유교가 기능할 수 있었던 사회의 기본구조와 지금 우리 사회의 구조에 관하여서는 거의 비교적인 언급을 하지 않고 있다는 점이다. 평자는 어떤 사상이나 철학이 사회 속에 뿌리를 내리고 기능하기 위하여서는 반드시 그것이 기능할 수 있는 기본적 토양으로서 일정한 사회적 구조를 전제로 한다고 생각한다. 그리고 이것 역시 결론밖에 내세우지 못하는 과감한 이야기일지 모르지만 유교가 뿌리를 내릴 수 있는 사회는 소규모의 촌락공동체가 바탕이 된 사회, '이익사회'보다는 '공동사회'가 바탕이 된 사회라고 생각한다. 어떤 사람에 대해 도덕적 평판이 그 사람의 성공에 결정적 열쇠가 되며, 한 개인이 행동할 때 남의 눈을 의식하여 도덕적으로 행동하게끔 강제하는 사회가 유교의 토양이라면, 과연 이러한 토양이 전반적으로 무너져 가고 있는 현대사회 속에서 유교가 어떻게 기능할 수 있는가를 근본적으로 다시 물었어야 하지 않을까 싶다. 최교수는 이러한 문제에 대한 언급은 거의 피한 채, 결국 유교의 정신적 가치를 부각시키고, 이것이 현대사회의 병폐를 구할 수 있는 묘약이라는 일종의 동도서기론(東道西器論)에 귀착하고 있는 것은 아닌가 의심스럽다.

III

전반적으로 일제의 역사관에 의해 교육된 식민지 시대의 지식인으로부터 유래하는 '전통의 역사와 문화에 대한 부정적 인식'을 극복하고, 또 서구문화의 뿌리에서 유교의 정체적 사상이라고 규정지우는 독단을 거부하고 유교의 본질을 재조명하려는 최교수의 입장 자체에 대하여는 이의가 없다. 그리고 최교수의 글에 의하여 한국유교의 자산들 가운데 우리가 소홀하게 지나치고 넘어갔던 많은 점들이 다시금 인식되었다는 점 또한 인정되어야 할 것이다.

그러나 이제는 이러한 방식의 논의를 넘어서서 좀더 근본적으로 유교가 기능하였던 사회의 구조를 바탕으로 유교를 논하고, 현대사회의 구조 속에서 어떻게 그러한 유교의 기능들이 되살려질 수 있을까를 논하는 한 차원 높은 방식으로 논의가 진행되어야 하리라고 본다. 그리고 가능하다면 유교적인 이념으로 본다면 현대사회의 구조를 이러이러한 방향으로 바꾸어 나가야 한다는 미래지향적인 제시까지도 있어야 할 것이다. 이러한 점들이 긴과된나닌 유교를 포함한 전통사상에 대한 논의는 계속 완전히 그 것들이 기능할 수 있는 토양에 그 정신만을 되살리자는 공허한 외침에 지 나지 않을 우려가 있다. 한정된 지면에 큰 논의를 해야 했던 최교수의 고 심을 평자도 절감하고 있으나, 좀더 현실적이고 구체적인 접근을 통해 유 교를 재조명하는 한 걸음 더 나아간 작업이 없었다는 점에 아쉬움을 표하 지 않을 수 없다.

한국 기독교의 과제 : 박재순 교수의 논문 "기독교의 문화적 이질성과 한국적 숙성"에 대한 논평

남 경 희
(이화여대)

1. 박교수의 주제는 현대 한국인의 종교적 심성의 관점에서만이 아니라, 세계사 문화사적으로도 매우 중요한 주제라고 할 수 있다. 한국의 기독교는 주지하다시피 대단히 빠른 속도로 눈부실 정도의 양적 성장을 해왔다. 그런 만큼 기독교가 한국인의 정신적 성장과 삶의 고양을 위해 어떤 기여를 해왔는지에 대한 반성적이고 비판적인 검토가 그 어느 때보다도 시급하다고 할 수 있다. 박교수도 그리고 많은 사람들도 지적하다시피 현대의 세계는 세계사적 문명 또는 문화의 전환기를 맞고 있는 것으로 보여지며, 이러한 시점에서 한국 기독교라는 현상은 동서정신의 만남이라는 차원에서도 주목할 만한 사건이라고 말할 수 있다. 그것은 박교수가 기대하는 대로 "기독교 신앙과 한국 종교문화간의 동서합류"를 통해 "물질문명을 넘어서서 도덕적 영적 문명의 형성에 기여할" 한 가능성이, 한국 기독교의 현상에서 찾아질 수도 있을 것이기 때문이다.

2. 이 논문의 과제는 한국 종교문화와 기독교 신앙의 종합가능성을 모색하는 것이다. 양자 모두에 대해 문외한인 평자가 보기에도 박교수는 기독교 신학자이면서도 한국의 종교문화에 대해 깊은 관심과 폭넓은 이해를 갖고 있는 것으로 보이며, 평자는 곳곳에서 한국적인 정서에 대한 그의 애정을 엿볼 수 있었다. 어느 면에서는 기독교적 신앙보다는 한국적 종교성에 더 경사되어 있다는 인상도 받았다.

상기의 논문에서 박교수는 한국적 종교성의 특징과 기독교 신앙의 특징을 지적하고, 양자의 합류를 위한 방향을 제안하고 있다. 우선 한국적 종교성의 특징으로 그는 다음을 지적하고 있다. 1) 강인한 생명력과 고통과 생명에 대한 감수성. 2) '한 사상'에서 볼 수 있는 조화와 원융의 일원론적 생명관. 3) 신인합일의 낙관적 수행적 종교관. 4) 신바람과 사인여천과 상생관. 5) 개인에 비해 공동체를 우선시하는 경향. 6) 갈등과 대결의식의 부족. 7) 감정적 또는 정서적이고 비이성적인 삶의 태도.

한국적 종교성의 이런 장단점과 대조하여, 박교수는 기독교의 특징들과 우리가 거기에서 배워야 할 신앙적 통찰로서 다음을 들고 있다. 1) 인간주체와 하나님 또는 역사라는 객체를 교회공동체 안에서 변증법적으로 조화시키려는 태도. 2) 창조신앙이 함의하는 자유롭고 책임적인 인간관, 그리고 종말론적 역사관. 3) 눌린 자를 긍휼히 여기고 풀어 주는, 자궁과 젖가슴의 신. 4) 구원의 역사관. 5) 의로운 인격신과 죄의식. 5) 십자가 죽음과 영원한 생명의 역동성.

한국적 종교성과 기독교의 합류과정에서 한국인이 기독교에서 취할 것도 많지만 후자가 전자로부터 취할 수 있는 것도 있다. 그것은 "존재의 편안함, 조화와 원융의 일치, 생명에 대한 낙관적 사고, 신과 인간과 자연의 일원적 일치와 원융무애의 초탈과 자유" 등이다. 이와 같은 것들은 박교수가 제시하는 바, 한국의 기독교가 나아가야 할 방향을 특징지우고 있다. 그는 기독교의 토착화 또는 한국적 종교심성의 기독화를 위해 매우 중요하고 의미있는 시도를 수행하며 다음을 제시하고 있다. 1) 마음과 혼으로 하는 주체적 신학. 2) 죽은'자의 힘을 믿는 한국적 열사의식과 기독교 부활신앙의 종합. 3) 종합과 통전을 통한 도통의 신학이 그것들이다.

3. 기독교 신학이나 한국의 종교문화는 평자의 전공 밖이므로, 한국에서의 기독교 현상에 대해 제3자적인 입장에서 느끼는 몇 가지 소감을 피력하고 그와 관련한 질문과 제안을 하는 것으로 논평을 대신하겠다. 우선 전반적으로 박교수가 지향하는 한국적 기독교는 기독교적이라기보다는 한국적이라는 느낌을 받는다. 필자의 이해로는 기독교의 핵심 중의 하나는 원죄와 죽음의 의식, 모순과 대결의 의식, 타자에 대한 사랑 등이라고 보여진다. 이에 반해 한국적 정신의 주요특징은, 박교수도 지적하고 있듯이, 현세적이고 낙천적인 성격, 삶에 대한 애정과 이에 병행해 죽음에 대한 의식의 부족, 대결보다는 조화와 원융, 그리고 박교수의 표현대로 존

재의 편안함, 타자보다는 육친애로 특징지워진다. 기독교의 주요특징과 한국적 심성은 거의 상반된다고 여겨지며, 기독교를 종교의 변형으로 볼 때, 평자는 한국인들이 비종교적인 민족이라는 생각을 평소에 하고 있던 차이었다. 그러므로 평시의 의문이기도 하거니와 특히 박교수의 논문을 접하고 다시 환기되는 평자의 의문은, 대체 한국인이 기독교적이라고 할 수 있는 점이 있는가 하는 것과, 이와 연관해서 위에 지적한 한국인의 심성과 기독교의 주요특성이 과연 어떻게 합류·조화할 수 있을 것인가 하는 것이다.

4. 평자의 이런 물음에 대한 하나의 답으로 한국에서의 기독교세의 놀랄 만한 성장을 들 수 있을지도 모른다. 도처에서 눈에 띄는 십자가를, 지어졌다 하면 대형인 교회의 건물들, 세계 10대 교회들 중 5개가 한국에 있다는 사실, 기독교의 선교사에서 거의 기적으로 여겨지는 한국에서의 기독교세의 확장, 특히 다른 동양권의 국가들과 비교해서 더욱 두드러지는 성장세, 이들은 바로 기독교의 정신이 한국인의 심성과 잘 조화할 수 있음에 대한 경험적이고 살아 있는 증거라고 논할 수 있을지도 모른다.

이런 현상들은 위에서도 잠시 지적한 바이지만, 한국 기독교의 연구를 깊이 해야 할 필요를 더욱 절실하게 한다. 그러나 이러한 사태는 문제상황이기도 하고 한국 기독교의 문제점이라고는 할 수 있을지 모르겠으나, 필자가 던진 문제에 대한 해답은 아니라는 것이 평자의 생각이다. 평자는 한국에서의 기독교는 양적으로 엄청나게 성장하였을 뿐 아니라, 한국 현대사회에서 서구화나 신교육의 보급과 민주화 등으로 지대한 기여를 하였다. 그럼에도 불구하고 평자는 여전히 한국인이 기독교적이라고 보는 데에는 주저감이 앞서며, 한국의 많은 교회들은 기독교적 정신을 전파하고 있다기보다는 한국인의 현세주의적 기복성에 영합하고 있는 것은 아닌가 하는 회의를 아직도 지울 길이 없다. 한국의 기독교는 물질의 축복을 운위하며 기복을 정당화하고 있으며, 안수나 간증에 치중하고 있다. 나아가 기독교, 특히 신교는 타 종교는 물론 타교회에 대해서도 폐쇄적이고 배타적이라는 점에서 박교수가 제안하는 동서의 합류에 거부감을 넘어서 적대감을 표현하는 경우가 많다. 놀랄 만한 교세의 확장은 많은 경우 그 신도수나 교회의 크기에 반비례한 영적 빈곤을 증거한다는 비판적 시각을 불식할 수 없게 하는 것은, 한국교회가 신도들의 헌금에서 사회봉사를 위해

바치는 액수의 비중이 5% 정도에 불과하다는 빈곤한 통계 때문이다.

이런 점에 비추어 볼 때 한국의 기독교가 그리 성장할 수 있었던 것은, 한국인이 기독교적이라거나 또는 기독교의 박애적이고 봉사적 정신이 한국인들에게 설득력을 발휘하였기 때문이 아니라, 한국에 와서 기독교는 자신의 정신에 충실하였다기보다는 한국인의 현세주의적이고 기복적인 무속신앙으로 자기변신을 하였기 때문이 아닌가 하는 혐의를 느끼게 한다.

5. 한국의 기독교는 여러 면에서 흥미있는 현상이다. 세계정신사에서 다른 문화권의 종교나 사상이 그렇게 빠른 속도를 널리 유입·수용된 예가 그리 흔하지가 않다. 물론 현대에서도 사회주의나 자본주의가 서구의 사상이면서도 세계적인 보편성을 발휘하는 이념으로서 동양의 각국에 의해 수용되기는 하였으나, 이는 주로 정치경제 등의 사회의 기본구조와 관련된 것이고, 정치지도자들이나 기술관료들에 의해 위에서부터 주어진 것이라고 볼 수 있다. 이에 비해 기독교는 전형적인 서구의 종교이면서도 놀라운 흡수력으로 한국민중들의 심성 속에 유입되었다는 것이다. 한국에서의 기독교는 그 실상이 여하간에 동서양의 정신문화가 융합할 수 있는 가능성을 시사하는 한 사례가 될 수도 있다.

박교수의 논문은 한국의 종교적 심성과 기독교 신앙의 합류 또는 융합의 가능성을 타진하는 시도적인 작업으로 판단된다. 앞으로의 연구와 토론을 위해 다음을 제안한다. (1) 우리는 한국 기독교도들의 신앙심의 실체와 교회의 역할을 정확히 분석하고, 그 문제점을 진단할 필요가 있다. 한국 기독교의 성장은 표층적으로는 한국적 심성이 기독교적일 수 있음을 보여 준다고 여겨질지 모르나, 심층적으로는 그 반대일 수도 있을 것이기 때문이다. (2) 그 다음 위에서 평자가 지적한 바이지만, 원리적으로 차이가 있다고 보여지는 한국인의 심성과 기독교적 신앙이 과연 융합할 수 있는지를 논해야 할 것이다. 한 민족이나 문화의 종교나 사상이란 그 민족이나 문화가 처한 문제들에 대한 나름의 해법이다. 각 민족의 문제들이나 여건이 다르므로 그 해법도 다를 수밖에 없다. 따라서 그 문제나 문제의식의 천착이 없이 그 결론으로서의 해법만을 보고서 양자의 장점만을 취해서는 조화나 융합은 피상적일 수 있다. (3) 현대 한국사회나 세계도 나름의 문제점을 안고 있으며, 우리는 그 문제들에 대한 해답이나 대처방안은 절실하게 요구하고 있다. 우리는 우선 그 문제점들을 진단하고, 한국인의 종교적 심성이나 기독교적 신앙이 그 문제점들의 해결이나 해소에 어떤 도움을 줄 수 있는지를 살펴보아야 할 것으로 보인다. 그리고 그런 관점에서 양자의 합류가 필요한 것인지, 필요하다면 그 방향은 어떤 것인지를 논해야 할 것이다. 박교수도 제안하였듯이, 한국 기독교는 문명사적 전환에, 그리고 도덕적이고 영적인 문명의 형성에 어떤 식으로건 기여해야 할 것인데, 그 방식이 어떤 것일지가 논의되어야 하겠기 때문이다.

문화침투와 주체성의 문제

강 영 계
(건국대)

1. 지금·이곳의 문화의 현실적 상황

철학적 사유의 목적은 항상 현실과 이상의 갈등을 해소함으로써 넓은 의미의 자아를[1] 실현하는 데 있다. 현실과 이상의 갈등을 해소하기 위해서는 우선 현실에 대한 철저한 진단과 통찰이 요구되며 다음으로 현실과 이상의 격차를 좁히기 위한 구체적 방법이 모색되지 않으면 안 된다. 이와 같은 태도는 '문화침투와 주체성의 문제'를 다룸에 있어서도 일관성있게 견지되어야 할 것이다.

지금 이곳에서 문제삼고 있는 문화침투는 개인적 자아 내지 민족적 자아에 문화침투가 부정적 영향을 초래하는 측면을 고찰하고 나아가서 그러한 부정적 영향을 긍정적으로 전도시킬 수 있는 방법의 고찰이 가능한지의 여부에 대한 추구를 중요한 과제로 제시한다. 따라서 문화침투의 부정적 영향을 전도시키기 위해서는 문화의 고유성과 아울러 주체성이 본질적으로 요구된다.

현대인은 고도기술 사회를 살아가고 있으며 삶 자체가 상품화 전략에 의해서 획일적으로 지배당하고 있는 실정이다. "전통과 규범으로서의 문화가 지니는 사회적 통합력이나 도덕적 정체성으로서의 역할은 문화 자체의 상품화 전략에 의해서 주변적인 의미만을 지니게 된다."[2] 임홍빈이

---

1) 일반적으로 우리는 자아를 개인적 자아와 민족적(또는 사회적) 자아로 구분할 수 있다.
2) 임홍빈, 「기술공학 시대의 문화」(『문화철학』), 한국철학회편, 철학과현실

지적하는 현대문화의 특징은 일반적 공감을 불러일으키는 설득력을 가지며 그것은 이미 마르쿠제가 지적한 현대의 일차원적 인간 및 일차원적 사회의 특징과 일맥상통한다. 현대문화의 부정적 특징에 대한 임홍빈의 지적은 핵심적으로 창조와 가치를 동반하는 자유의지를 소유한 자아의 소외내지 상실에, 다시 말해서 인간의 주체성의[3] 상실에 연관되지 않을 수없다.

시간·공간적으로 좁아진 현대에 있어서 우리의 구체적이며 현실적인 문화의 현상 역시 자아의 소외와 주체성의 상실에 직면하여 있는 것이 일반적 징후인 것은 사실이다. 그러나 이러한 사실은 현대사회가 처한 보편적인 측면이고 우리의 구체적 현실은 현대문화의 보편적 측면 이외에 우리만의 고유한 문제점을 안고 있다. '문화 자체의 상품화 전략'이 문화의 보편적 위기라고 할 것 같으면 '외래문화의 침투'는 우리가 현재 대면하고 있는 문화의 개별적 위기라고 말할 수 있다. "정치적 및 경제적 교류가 너무 빈번하여 서로 밀착되면…… 문화적 독자성까지 상실하면 개방화의 전제조건인 자기정체성마저 잃게 된다는 것이다. 개방화의 시대를 맞이하여 민족문화의 중요성이 강조되는……"[4]과 같은 엄정식의 언명은 특히 우리 문화의 개별적 위기를 잘 암시해 주고 있다.

문화란 두말할 필요도 없이 인간의 정신적 및 신체적 노동의 총체를 일컫는다. 그런데 문화위기라든가 문화침투가 이야기될 수 있는 근거는 어디에 있는가? 그 근거는 문화의 고유성, 정체성 내지 주체성에 있다. 논자는 문화위기 또는 문화침투를 극복할 수 있는 힘이 문화의 고유성이나 정체성에도 있지만 보다 더 근본적으로는 문화의 주체성에 있다고 본다. 왜냐하면 문화의 주체성이야말로 개인이나 민족에게 있어서 변증법적 특징을 가장 명료하게 소유하고 있기 때문이다.

우리 문화의 현실적 상황은 앞에서 언급한 것과 마찬가지로 보편적 위기와 개별적 위기를 모두 안고 있다. 우리들에게 직접 체감되는 문화위기와 혼란은 일상생활에서 드러나는 일상적 문화의 다양한 양상에서 잘 나

사, 1995, p. 366. 앞으로 『문화철학』 인용에 있어서는 책명만을 표기할 것이다.

3) 내가 여기에서 이해하는 주체는 헤겔 식의 주체(Subjekt)이다. G.W.F. Hegel, *Werke in zwanzig Bänden,* Ffm, 1981, Bd. 3, S. 557 참조.

4) 엄정식, 「민족문화와 민족적 자아」(『문화철학』), p. 150.

타나고 있다. 도덕, 종교, 학문, 예술 등 문화의 핵심적 형태들에 있어서는 물론이고 문화와 복합저으로 연관된 정치, 경제, 사회, 문화 등에 있어서도 '상품화, 정보화, 기술화' 등이 지배적으로 되었고 따라서 문화의 전반적인 몰가치화가 통용되고 있다. 인간성 상실이라든가 인간성 소외는 문화의 몰가치화와 직결되는 개념들이다. '개방화의 시대를 맞이하여 민족문화의 중요성이 강조되는 이유'를 찾으려는 엄정식의 노력은 우리 문화의 현실을 직시하고 있다.

가장 구체적으로 소위 일상적 문화현상 중에서 음식문화, 자동차 문화, 복식문화, 놀이문화 등에서 이미 문화의 고유성이나 정체성을 찾아보기 힘들게 되었다. 이것은 바로 문화의 주체성에 근본적으로 문제가 있다는 것을 지적해 준다. 만일 자아의 자발성이 억압당하여 단지 기계적으로만 활동한다면 자아의 이상은 전혀 실현될 수 없는 것과 마찬가지로 민족문화의 주체성이 확고하지 못하면 문화침투와 위기는 가속화되어 오로지 문화 보편주의만 팽배하게 되고 드디어는 민족의(또는 국가의)[5] 존재마저도 위협받는 상황이 도래할 것이다.

현재 우리 민족은 남과 북으로 분단되어 있으며 양측은 엄청난 차이를 지닌 문화양상을 보여 주고 있다. 남쪽은 극단적 자본주의의 조류 속에서 역설적으로 표현할 경우 문화침투를 향유하고 있으며 북쪽은 극단적(?) 사회주의의 고인 물속에서 폐쇄된 문화에 종속하고 있다. 그럼에도 불구하고 남과 북 양측은 모두 일반적으로 과거로부터 현재까지 문화침투에 대하여 수동적인 태도를 취할 수밖에 없었다. 그러나 이제 우리의 정치, 경제, 사회, 문화 및 기술적인 위치가 오늘날의 세계에서 차지하는 비중을 감안할 경우 과연 우리의 문화가 극단적인 침투 내지 위기에 대하여 전적으로 절망적이기만 한가 그리고 우리의 문화주체성은 과연 수동적이고 잠재적이기만 한가 또한 문화침투를 극복할 수 있는 가능성이 있다면 그것은 어떤 것인가 등의 물음이 더 이상 우리를 침묵할 수 없게 만들고 있다.

---

5) 미국과 같은 다민족 국가의 문화는 민족문화보다 국가문화의 성격을 가지겠지만 역시 기초는 각 민족의 민족문화이다.

2. 문화갈등의 주요요소

예컨대 니체는 서양의 문명 내지 문화를 전도된 것으로 보고 원래의 생동하는 문화양상들, 곧 도덕, 종교, 예술, 철학을 데카당스에 물들게 한 원인이 합리주의적 이성이라고 지적하였다. 그리하여 그는 '힘에의 의지'라는 근본원리를 바탕으로 전도된 문화의 가치를 재전도시키는 작업을 시도하였다. 이러한 니체의 시도와 아울러 프랑크푸르트 학파의 철학자들, 프로이트 또는 포퍼의 시도들은 우리의 문화의 현실적 상황을 진단하고 또한 문제점을 해결하는 데 어느 정도 암시를 제공할 수 있을 것이다.

현재 우리 문화는 문화 보편주의의 위기와 아울러 우리의 개별적 문화가 문화 보편주의와 만나는 것에서 한층 복잡한 문화혼란을 겪고 있다. 따라서 지금·이곳에서 문화침투와 주체성의 문제를 논의하는 것 자체가 처음부터 난관에 봉착할 수밖에 없다. 몇 가지 구체적 예들을 들어 보기로 하자. 우선 부모와 자식 사이의 효(孝)문제가 혼란을 겪고 있으며 가정에서의 남녀의 위치와 역할도 갈등을 겪고 있다. 이것은 도덕의 문제이지만 예술의 경우 음악에 있어서도 소위 전통가요를 비롯하여 요사이 청소년층을 지배하는 음악도 분명한 주소를 찾기 힘들다. 이 이외에도 놀이나 음식 또는 교통문화에 있어서도 "상징체계와 의미체계의 세속화 과정"[6]이 지배적이다. 교육의 경우도 예외는 아니다. 국제화, 세계화의 구호 아래 심지어 유치원에서부터 대학에 이르기까지 영어 제일주의가 공공연하게 주장되고 있는 실정은 우리의 내면을 통찰할 경우 우리의 문화가 심각한 갈등에 빠져 있음을 잘 나타내 준다.

문화갈등은 문화침투 때문에 필연적으로 발생하는 현상이며 문화침투와 갈등의 주요요소들을 고찰할 경우 문화침투 및 갈등을 극복할 수 있는 가능성들을 발견할 수 있는 여지가 드러날 수 있다. 차인석의 다음과 같은 표현은 우리 문화의 갈등 및 문화침투에 대한 해명의 암시를 던져 주고 있다. "일반적으로 기독교와 불교 그리고 유교 등은 이 무속신앙을 바탕으로 토착화되어 있다는 것이다. 성스러운 것에 대한 귀의라기보다는 물신숭배가 신앙양식이 되어 버렸다. 이는 현대 자본주의의 소비지향성과

---

6) 임홍빈, 같은 책, p. 351.

강력한 친화성을 갖게 되었으며, 이 나라를 상품사회로 만드는 데 그다지 어려움이 없었다.[7] 인간의 정신적 및 신체적 노동의 총체가 문화라고 하지만 보다 정확히 말하자면 문화는 인간의 의식적 노동의 총체이다. 의식의 뿌리는 신념이나 믿음이고 그것이 구체화되는 장은 종교이다. 논자는 차인석의 지적에 한편으로 동의하지만 다른 한편에서는 우리 문화가 '무속신앙이 저변에 깔려 있는 문화'라고 할지라도 나름대로의 주체성이 있으므로 무조건 '탐욕이나 물욕 또는 소유욕'에 이끌려 가고 있지는 않다고 본다. 이 점에서 우리 문화의 주체성을 긍정적으로 제시할 수 있는 가능성을 찾을 수 있다.

논자는 한국인의 정신구조 내지 의식구조를 양파에 비교하고 싶다. 의식의 가장 겉껍질은 서구적 합리성과 완전성을 추구하는 기독교적인 것이며, 그 다음 속껍질은 매우 단단한 유교적인 것이고 또 그 밑의 껍질은 불교적인 것과 도교적인 것이며 최후의 속껍질은 차인석이 지적한 것처럼 무속신앙(샤머니즘)이다. 기독교적인 것, 유교적인 것, 불교적인 것, 도교적인 것 등이 물론 무속신앙을 바탕으로 토착화된 측면도 있지만 문제는 각각의 요소가 유기적인 연관성을 상실하고 서로 단절된 채로 필요한 때에 따라서 상이한 모습으로 나타나는 것에 바로 우리 문화의 가장 심각한 문제점이 자리잡고 있다. 말하자면 우선 셸러의 표현을 빌릴 경우 실질적 가치와 형식적 가치의 구분이 의식상 모호하고 따라서 실질적 가치의 기준과 근거를[8] 제시하기 힘든 것이 우리의 의식구조이다.

문화침투가 용이한 것은 의식의 층들이 단절되어 있어서 각각의 층들이 자신에게 적합한 외래문화를 쉽사리 받아들이기 때문이다. 만일 의식의 층들이 유기적 통일성을 형성하고 있다면 문화의 고유성과 정체성이 보장받을 수 있고 따라서 문화의 주체성도 견고할 수 있다. 이 경우 문화침투는 그다지 심각한 것이 되지 못한다. 왜냐하면 이미 확고한 문화주체성은 외래문화의 침투를 선별할 것이고 외래문화를 소화하고 융화함으로써 보다 더 발전적인 문화의 주체성을 확립할 것이기 때문이다.

---

7) 차인석, 「탈전통의 문화」(『문화철학』), p. 15.
8) M. Scheler, *Der Formalismus in der Ethik und die materiale Wertethik*, Bern, 1980, S. 31 참조.

3. 문화침투의 구체적 현실에 대한 진단

　문화침투는 물론 외적 요인과 내적 요인에 의해서 성립하는 것이 사실이다. 우리의 경우 외적 요인으로는 우선 지정학적 및 역사적 배경과 아울러 현대의 문화 보편주의를 꼽을 수 있고 내적 요인으로는 단절된 의식의 층들을 말할 수 있다. 논자는 이미 앞장 '문화갈등의 주요요소'에서 문화침투의 구체적 현실의 몇 가지 양태를 언급하였다. 단절된 의식의 각 층들을 염두에 둘 때 도덕, 종교, 예술, 학문 등의 침투는 매우 용이하며 또한 외부로부터 강력한 힘을 지닌 기술화, 정보화 및 극단적 자본주의는 특히 '탐욕'을 충족시키는 면에서 소위 무속신앙적 의식에 의해서 무비판적으로 흡수되기 쉽다.

　문화침투의 구체적 현실은 우리 모두가 피부로 직접 느끼는 것이기 때문에 여기에서 일일이 열거할 필요가 없을 것이다. 따라서 여기서는 몇 가지 두드러진 문화침투의 양태만을 진단해 보기로 하겠다. 우선 언어문제를 들 수 있다. 초등학교부터 곧 영어교육을 공식적으로 실시할 계획이 교육부에 의해서 마련되었다. 이러한 계획은 무엇보다도 '왜 영어교육을 초등학교 시절부터 필수적으로 실시하여야만 하는가?'라는 근본문제에 대한 철저한 답부터 마련한 다음에 그리고 동시에 '한글교육을 어떻게 하면 주체적으로 시행할 수 있는가'라는 물음과 병행하여 주도면밀한 논의 과정을 거쳐서 성립되어야만 정당성을 확보할 수 있다. 영어가 아니면 안된다거나 누구나 영어를 반드시 하여야 한다는 것은 문화주체성을 외면한 피상적인 문화 보편주의의 발상에서 나오는 주장이다.

　청소년들의 문화 내지 소위 엑스 세대의 문화에서 우리들은 문화침투의 적나라한 양태를 살필 수 있다. 의복이나 이·미용에 있어서 거의 무비판적으로 서구 청소년들, 그것도 극단적인 일부 청소년들의 모습을 흉내내는 것이 오늘의 실태이다. 유기적 삶과 연관하여 '왜?'라는 본질물음을 던지면서 답을 추구하려는 진지한 자아는 단절된 의식의 층들로 형성되어 있어서 근원물음은커녕 그에 대한 답도 제시하지 못하고 있다. 그런가 하면 지식층의 성인들이나 지배층의 엘리트들 역시 서구나 일본의 문화구조와 특징들을 이상적인 전형으로 은연중에 신봉하고 있는 경향이 강하다.

그러나 우리 사회구성원 모두의 의식이 그러한 것은 아니기에 문화의 주체성을 논의할 여지가 충분히 있는 것이다.

4. 문화의 전통성과 주체성

혼히 문화의 전통성과 주체성을 동일시하는 경향이 있지만 분명히 이들 양자는 구분되어야 한다. 논자는 이들 양자가 결코 단절된 것으로 파악되어서는 안 된다는 의미에서 구분이라는 개념을 사용하고자 한다.

현재 우리 주변에서는 문화의 주체성을 찾기 위한 두 가지 극단적 노력이 가장 두드러지게 나타나고 있다. 하나는 전통문화를 발굴하여 그것을 꾸준히 보존하려는 노력이며 또 하나는 세계화·국제화에 부응하여 새로운 외래문화에 적극적으로 동화하려는 노력이다. 넓은 의미에 있어서 우리의 전통문화는 앞에서도 암시된 것처럼 무속신앙(샤머니즘)을 토대로 한 불교, 도교, 유교의 문화이다. 비록 의식의 단절된 층들이 상호모순을 초래하고 있다고 할지라도 그것은 이미 우리의 의식심층에 자리잡고 있으므로 우리는 그것에서 우리 문화의 전통성을 확인한다. 문화의 전통성을 보존할 때 문화의 고유성과 정체성을 유지할 수 있다고 주장하는 입장에서는 도덕, 종교, 예술, 학문에 있어서 전통성을 고집하지 않을 수 없다. 예컨대 국악에 몰두하는 사람은 국악의 전통을 끊임없이 이어 갈 때 국악의 주체성이 획득될 수 있다고 믿기 쉽다. 윤리도덕의 경우에 있어서도 유교를 충실히 신봉하는 사람은 충·효의 도덕기준은 불변하는 것으로 지켜져야 한다고 주장하기 쉽다.

그러나 문화의 주체성은 문화의 전통성을 필요조건으로 삼기는 해도 충분조건으로 삼지는 않는다는 엄연한 사실에 주의하지 않으면 안 된다. 변화하는 사회에서 능동적으로 자아를 실현할 때 비로소 문화의 주체성이 보장되므로 오직 전통성만을 주장하는 것은 다분히 복고적이고 향수에 젖은 낭만주의적 태도이다.

그런가 하면 오로지 변화에만 적응하기 위해서 최신의 외래문화를 수용하는 데 전력투구하는 자세 역시 극단적일 수밖에 없다. 이 경우 손봉호가 지적하는 것처럼 피상적인 적응은 가능하겠으나 내면의 심층적 적응

내지 동화는 미성숙한 채로 남아 있게 된다. "물론 시간이 그렇게 오래되지 않았다는 사실도 그 한 이유가 되겠지만, 서양문화적 요소는 외형적인 제도와 형식에 주로 나타나고 내면적인 가치관과 확신으로는 아직 충분히 정착하지 않고 있다."[9] 문화의 전통성만을 고집할 경우 자칫하면 샤머니즘의 연장이 나타나거나 아니면 여전히 외래적인 불교나 유교의 폐쇄된 전통을 보존하는 데 그치고 말아 문화의 주체성의 위치가 모호해진다. 외래문화의 수용에만 치중하여 세계화, 국제화를 추종할 경우 역시 자아실현은커녕 문화 보편주의의 물결에 휩싸여 국적없는 문화만 향유하게 된다.

논자는 문화의 주체성을 변증법적 힘으로[10] 규정하고자 한다. 개인으로서의 주체 또는 사회로서의 주체가 과연 어떤 계기를 마련함으로써 역동적 주체성을 확립할 수 있는가 하는 점이 문화의 주체성에 있어서 가장 핵심적인 문제이다. 예컨대 '서편제'와 같은 영화는 인간과 자연의 합일을 보여 주는 과거 우리의 삶과 아울러 애달프고 구성진 가락을 우리에게 제시함으로써 우리의 향수를 불러일으키고 진한 감동을 자아낸다. 그렇지만 이 영화에서 의식의 다양한 층들을 유기적으로 통일하는 힘으로서의 주체성을 과연 찾을 수 있을까? 최신형 자동차나 컴퓨터는 시간과 공간을 축소시키고 모든 것을 자동화함으로써 최대의 생산, 수요, 공급을 충족시킨다. 그러나 그것들이 과연 이질적 문화들을 유기적으로 통일하는 주체성을 보장할 수 있는가?

사실 문화 보편주의는 어떻게 보면 서구의 산물이다. 서구문화의 뿌리는 희랍의 합리주의와 기독교의 완전성에 있다. 이 두 가지 요소도 원래는 다원적인 성격을 가진 것이었지만 역사의 진행과 함께 도구이성과 폐쇄된 절대적 완전성의 일차원의 길을 달려오면서 유물론과 결탁하여 물질만능주의의 자본주의 사회에까지 이르게 되었다. 서양문화와 전적으로 이질적인 우리 문화의 고유성을 지키기 위해서 문화의 전통성을 고집하는 것은 당연하다. 그러나 전통문화가 이질적인 외래문화를 흡수하고 동화시켜서 융화할 때 비로소 문화의 주체성이 확립될 수 있으므로 전통문화를 발굴하고 보존할 뿐만 아니라 더 나아가서 전통문화의 내면에 잠재하는

---

9) 손봉호, 「한국문화와 서양문화」(『문화철학』), p. 121.
10) G.W.F. Hegel, Ibid. , Bd. 3, S. 37 참조.

역동적 힘을 찾지 않으면 안 된다.

비록 기급 우리들이 문화의 혼란을 맛보고 있다고 할지라도, 한편으로 전통문화 속에서 또 한편으로 외래문화에 직면하여 그리고 또 이들 양자의 만남 속에서 역동적, 창조적 힘을 찾으려는 노력을 곳곳에서 찾을 수 있기 때문에 우리는 우리 문화의 주체성을 긍정적인 관점에서 논의할 수 있다.

5. 문화주체성의 확립은 가능한가

한 개인의 자아실현을 놓고 보더라도 자아실현이 자동적으로 수행되거나 또는 무조건적으로 이루어지는 것은 아니다. 자아가 계기를 만날 때 비로소 잠재적, 가능적 주체성이 역동적으로 되어 자아실현의 과정이 진행되게 마련이다. 민족문화의 주체성의 경우도 이와 다르지 않기 때문에 민족적 자아가 과거와 현재의 여러 가지 양태의 문화에서 발전적 계기를 찾을 때 비로소 문화의 주체성이 보장될 수 있다.

물론 앞에서 수차례 직접, 간접으로 제시한 것처럼 현재 우리 문화의 주체성을 확립하는 데는 허다한 난점들이 놓여 있다. 단절된 의식의 층들은 말할 것도 없고 의식의 층들의 바탕에 놓여 있는 무속신앙(샤머니즘) 역시 문화의 주체성 확립에 있어서 중대한 걸림돌이 되고 있다. 아마도 자본주의가 우리들에게 있어서처럼 극단적인 형태로 나타나고 있는 사회를 찾아보기 힘들 것이며, 특정종교(특히 기독교)가 우리에게 있어서처럼 광적으로 신봉되고 있는 사회도 드물 것이다. 이러한 양상은 두말할 필요도 없이 의식의 맨 밑바닥에 깔려 있는 본능중심적 샤머니즘의 무의식적 영향이 강하다는 것을 입증하여 준다.

그렇다면 우리는 영원히 전통의 고수나 아니면 외래문화에의 동화 두 극단 사이를 방황하여야만 하는가? 만일 그와 같은 방황에 복종한다면 민족적 자아는 물론이고 민족문화의 의미와 가치는 전혀 쓸모없는 것이 될 것이다. 문화의 "비판적 수용을 통한 창조적 종합"[11]의 노력을 우리는 과거와 현재 우리의 문화현실 곳곳에서 찾을 수 있다. 엄정식이 지적하는

11) 엄정식, 「민족문화와 민족적 자아」(『문화철학』), p. 159.

것처럼[12] 원효, 지눌, 의천 등의 불교에서 남긴 업적이라든가 퇴계, 율곡 등이 유교에서 남긴 업적 등은 비판적 수용과 창조적 종합의, 다시 말해서 문화주체성의 대표적 예에 속한다. 주지하듯이 고려청자나 이조백자 또한 중국의 도예문화를 비판적으로 수용하여 우리 것과 창조적으로 종합한 것이다.

논자가 보기에 우리의 문화 중에서 가장 주체성이 돋보이는 것은 한글이다. 우리가 미루어 생각할 수 있는 것은 한글이 나오기까지 외래언어, 특히 한자에 대한 치밀한 비판작업이 수행되었을 것이며 이를 토대로 창조적 종합의 노력이 부단히 이루어졌을 것이다. 한글처럼 말하고 쓰고 읽는 데 편리한 글도 그다지 많지 않을 뿐만 아니라 첨단기기인 컴퓨터와 유기적으로 적응하는 데 있어서 한글만큼 자체 소화력이 광범위한 문자가 그다지 흔치 않을 것이다.

이제 우리는 먼저 세계에서 차지하고 있는 우리의 현실적 위치를 냉철히 응시하지 않으면 안 된다. 다음으로 우리 문화에 있어서 문화침투의 양상이 어떤 것이며 그로 인한 문화혼란(가치혼란과 더불어)의 근거가 어디에 있는지 추구하여야 한다. 또한 우리는 문화침투를 극복하기 위한 토대를 우리 문화의 잠재적 주체성에서 확보함으로써 '문화의 비판적 수용과 창조적 종합'이라는 문화주체성의 특징을 다양한 문화의 지평에서 확립하고자 노력하여야 한다.

'문화가 자연의 마지막 목적'[13]이라고 할 때 이 표현은 인간을 자연으로부터 구분하면서 동시에 문화가 가치연관적임을 말한다. 따라서 문화가 몰가치적으로 될 때 문화의 주체성은 자연적으로 소멸하게 된다. 왜냐하면 무릇 가치란 인간의 자발적이며 창조적인 주체성의 산물이기 때문이다.

현재 우리 문화에서 만연하고 있는 극단적 문화 보편주의나 또는 극단적인 개별적 전통문화의 위기를 극복하기 위해서는 우리 문화의 내면에 잠재하여 있는 가능적 주체성을 적극적으로 찾아내어 다양한 문화를 비판적으로 수용하고 창조적으로 종합하는 것이 다른 어떤 것보다도 절박하게 요구되는 우리의 지상의 과제이다. 변화하는 세계에서 문화침투는 다반사

---

12) 같은 책, p. 159.
13) Kant, *K.d.U.*, Hamburg, 1990, S. 390 참조.

로 벌어지고 있는 현상이다. 그렇지만 문화침투를 극복하고 문화주체성을 확립할 때 비로소 '정신의 자밀싱과 자기정립성'을 획득할 수 있는 개방된 자유의[14] 길이 가능하다.

---

14) E. Cassirer, *Freiheit und Form,* Darmstadt, 1975, S. XV 참조.

남북대립의 극복과 문화적 통일을 위한 철학계의 과제

김 재 현

(경남대)

1. 소련과 동구 사회주의권의 몰락, 그리고 최근 북한사회의 어려운 상황 등이 한반도 통일에 대한 관심을 고조시키고 있다. 그런데 통일문제를 생각할 때, 단순히 남북의 경제, 정치체제간의 통일이 아니라 인간적, 사회적, 문화적 이질감의 극복과 민족동질성, 상호신뢰의 회복이라는 진정한 '인간적 사회적 통합'이 또한 중요하다. 본고에서는 이러한 남북간의 '인간적, 사회적 통합을 위해 철학계는 무엇을 할 수 있는가'라는 문제에 초점을 맞춰 논의하고자 한다. 그러나 이 논의는 단편적이며 문제제기적인 가설적 시도이며 보다 이론적이고 체계적인 논의는 앞으로의 과제라고 생각한다. 그러므로 이 글은 철학계에서의 통일문제에 대한 논의의 실마리를 위한 문제제기의 입장에서 씌어졌음을 미리 밝힌다.

1.1. 진정한 상호이해에 기초한 '인간적, 사회적 통합'을 위해서는 우선 남북한 현실에 대한 정확한 인식이 필요하다. 즉 오랜 동안의 역사를 통해 형성됐던 문화적, 언어적, 민족적 동질성이 분단상황에 의해 어떻게 서로 달라졌는지, 이질감의 구체적 형태는 어떤 것인지 등 서로의 체제 (또는 체계)와 생활세계에 대한 구체적 사실적 이해가 필요하다. 그런데 이러한 체계간의 차이와 이에 기초한 이질감은 매우 복합적인 특성을 갖는다. 즉 정치적 이념적 대립, 철학의 대립뿐만 아니라 생활양식의 차이, 예를 들어 언어생활, 종교생활, 소비생활, 여가생활, 가족생활의 차이 등 다양한 부분에서 차이가 존재한다. 보다 총체적이고 체제원리적인 차

원에서 본다면 자본주의적 체제와 그에 상응한 생활양식과 사회주의저 체제와 그에 저합된 생활양식의 차이라 할 수 있겠다. 특히 남한의 아직까지는 덜 민주화된 '천민 자본주의'적 생활양식과 북한의 '주체 사회주의'적 생활양식의 차이가 중요하다 할 것이다. 그러므로 서로간에 이러한 차이에 대한 정확한 자기인식과 타자인식이 필요하다.

1.2. 서로간에 이러한 차이, 이질감의 내용에 대한 정확한 인식을 위해서는 분단현실에 대한 과학적 이해가 필요하므로 우선 '분단시대'의 생성과 변천에 대한 '역사적' 인식이 선행되어야 하고 동시에 분단된 남북 사회 각각에 대한 '구조적' 인식이 필요하다.

남북한 사회를 보다 객관적으로 고찰하는 데 우선 전제되어야 하는 것은 남북한 각 체제 안에 여러 문제들, 모순들이 있고 또 남북체제간에도 모순들이 있다는 것이 먼저 인식되고 인정되어야 한다. [1] 즉 각 체제들이 내부적으로 갖는 다양한 모순들과 남북상호간의 모순들이 정확히 밝혀지면서 통일을 준비하는 과정에서 그리고 통일과정에서 부분적, 동시적으로 해결해 나가는 '양체제 개혁의 변증법'이 필요하다는 것이다. 이를 위해 체제 내의 모순들과 체제간 모순, 이를 둘러싼 세계체제 내에서의 모순 등 다양한 모순들에 대한 심층적, 변증법적 이론과 시각이 요구되며[2] 이러한 모순들을 해결해 나가는 실천적 운동들이 어떤 형태로든(예를 들어 남한에서 보다 민주적인 정권의 등장과 북한에서 개혁 사회주의적 정권의 등장 또는 시민사회의 발달 등) 양체제에서 발전될 필요가 있다. 이러한 문제제기와 관련해서 이제까지의 한국사회에서 통일에 대한 몇 가지 논의를 간단히 검토하고 이에 대한 보완적인 논의로서 하버마스의 체계-생활세계론을 도입하여 남북통일 과정에서 '인간적, 사회적 통합'을 위한 가설적 이론틀로 제시한 후 통일에 대비하는 철학계의 과제를 몇 가지 제시하고자 한다.

2. 남북한 통일문제를 파악하기 위해서는 단편적, 경험적인 관점으로

---

1) 홀거 하이데, 「민족적 통일과 사회적 분열 — 독일에서 얻을 수 있는 교훈」, 『창작과 비평』 79호, 1993 봄, p. 356.
2) 백낙청은 이러한 복합적 모순을 이해하는 변증법의 성격을 애매하지만 변증법의 예술적 성격으로 규정한다. 종래의 사회과학적 틀 내에서의 모순을 파악하는 것이 아니라 우리 현실에 적합한 보다 창조적인 논리의 개발을 요구한다는 점에서 이러한 표현도 의미있다 하겠다.

는 곤란하며 따라서 가설적이나마 이론적 체계를 가지고 접근할 필요가 있다. 그러므로 정확한 이론틀이라 할 수는 없지만 현재 중요하게 논의되는 이론인 분단체제론, 그리고 시민사회론, 신민사회론, 제2사회론을 간략히 검토하고 이를 보완하는 의미에서 하버마스의 체계-생활세계론을 도입하고자 한다.

2.1. 백낙청 교수는 남북한을 동시에 아우르는 분석틀로서 세계체제의 하위체제로서 '분단체제론'을 주장한다. 이를 간략히 요약하자면 다음과 같다. 한반도의 분단상황은 하나의 체제로서 분단체제를 형성하고 있으며 이는 세계체제의 하위체제이다. 이러한 분단체제는 동아시아 지역을 매개로 하는 한반도에 고유한 체제로서 분단모순이 한국사회의 주모순이고 분단모순의 주요측면이 민주화이고 부차적 측면이 자주화이거나 민주화와 자주화가 두 개의 주요측면이다. 이러한 분단체제하에서는 남북한 모두 의미있는 변화는 불가능하며 따라서 변혁은 '선민주(부분민주, 부분자주화)통일, 후변혁'으로 가야 한다.

이러한 분단체제론은 민주변혁과 통일을 일체화시킬 수 있는 이론에 대한 필요성, 그리고 베트남 식의 무력통일이나 독일식의 흡수통일이 아닌 제3의 통일모형을 만들려는 노력과 자본주의도 몰락한 사회주의도 아닌 제3의 통일한국상을 확보하려는 문제의식에서 나온 것으로 남북한을 아울러 하나의 상호연관적 체제로 파악하려는 노력의 산물이다. [3]

우리는 이러한 분단체제론의 주요입론을 고려하면서도 분단체제론의 모든 주장에 동의하지는 않지만[4] 통일문제를 생각할 때 충분히 검토해야 할 중요한 주장이라 생각한다. 필자가 볼 때 세계체제론의 하위체제로서의 북한사회는 세계체제에 아직 완전히 편입(개방)되어 있지 않는 폐쇄체제이므로 북한체제는 정보통제와 포위감정에 의해 자신을 스스로 격리시킴으로써 체제를 방어하는 전략을 취해 왔다. 그리고 주체 사회주의라는 자급자족 경제의 형태를 기초로 민족경제를 발전시킨다고 주장하지만 그러한 고립적 사회주의 경제체제는 결국 분배위기에 부딪히고 이는 북한

---

3) 백낙청, 『분단체제 변혁의 공부길』, 창작과 비평사, 1994 ; 이병창, 「분단체제 변혁의 공부길 — 서평」, 『시대와 철학』 제9호, 1994.
4) '분단체제론'에 대한 비판적 고찰로는 손호철, 「'분단체제론'의 비판적 고찰 — 백낙청 교수의 논의를 중심으로」, 『창작과 비평』 1994 여름 참조.

주민의 참여를 약화시키고 북한권력의 통제력 위기를 가져오며 이러한 위기는 정통성 위기로 발전될 수 있으니 이는 또다시 분배위기를 낳는 파탄의 악순환이 나타날 수 있다는 분석이 있다.[5] 그리고 최근의 여러 정보들은 북한사회의 이러한 위기적 현상을 많이 지적하고 있다. 그러므로 북한체제의 생존을 위해서는 폐쇄적 경제체제에서 어느 정도 개방적 경제체제로 나가는 것, 즉 세계체제론의 시각에서 볼 때 자본주의 세계체제에로 어느 정도 편입하는 과정이 불가피하다고 할 수 있다. 특히 최근에 북한이 북-미, 북-일외교를 통해 체제위기를 점진적으로 극복하려는 움직임을 보이는 것은 체제의 생존전략이라 할 수 있겠다.[6] 그렇다면 어떤 방식으로 편입하게 될 것이며 이 과정에서 남한의 역할은 어떠해야 하는가가 중요한 문제다. 분단체제론은 통일문제를 세계체제와 그 하위부분인 동아시아적 체제, 그리고 그의 영향을 받고 또 상호영향을 주고받는 분단체제에 대한 시각을 제공하긴 하지만 각 체제 내의 구체적 동학이나 변화의 방향에 대해서는 아직 추상적인 수준에 머무는 것 같다. 분단체제론의 입장에서는 앞으로 이러한 문제에 대한 보다 분명하고 내용있는 해명을 해야 할 것이다.

2.2. 시민사회론은 동구권 사회주의의 몰락과정에서 새롭게 부각된 이론으로 구 사회주의권 내에서 사회주의 국가체제에 저항한 밑으로부터의 민중운동을 시민운동이라는 차원에서 보고 그러한 발전을 국가로부터의 자유라는 측면에서 시민사회의 발전으로 파악한다.[7] 시민사회란 국가의 통제 바깥에 존재하는 인간의 협력과 커뮤니케이션을 회복하기 위한 노력을 통해 발전하는 공론영역적 사회를 의미한다. 이러한 시민사회의 발전은 삶의 모든 영역을 정치화해 버린 전체주의 정치체제에 대한 저항의 운동으로 활성화되었고 시민사회라는 사상이 사회주의의 대안으로 등장하여 사회주의의 신민사회를 타파하고 마침내 전제적 사회주의 체제를 붕괴시

---

5) 안승욱, 「사회주의 경제체제 전환기의 제문제에 관한 연구」, 서강대 경제학과 박사학위 논문, 1995.
6) 북한이 남한을 배제하고 미국과의 관계개선을 통해 정전협정을 평화협정으로 바꿈으로써 군사비 부담을 덜고 경제개혁을 하려는 전략에 대한 미국 측 대응으로 '4자회담'이 나온 것으로 볼 수 있을 것이다.
7) 시민사회론, 신민사회론, 제2의 사회에 대한 개념정의에 대해서는 서재진, 『또 하나의 북한사회』, 나남출판, 1995, 제2장 참조.

켰다. [8] 북한 지도부의 표현을 빌면 부르주아적 자유화 바람이 유입되어 사회주의 체제가 붕괴된 것이다. 그러나 유일사상, 우리식 사회주의를 체제유지의 핵심으로 하는 북한에서는 동구권의 경우처럼 시민사회가 성장할 여지가 현재로서는 별로 없다. 그러나 동유럽과 소련에서도 시민사회의 이론이나 사상 또 운동이 합법적으로 유입되고 생겨난 것이 아니라 체제이완을 통해 비공식적으로 제2사회를 통해 성장했다는 점에서 신민사회적인 요소가 강한 북한[9]에서도 시민사회가 성장할 가능성을 배제할 수는 없지만 아직까지는 신민사회적 요소가 규정적이라 할 수 있고 따라서 정치적, 사회적, 문화적으로 공식적인 제1사회와 구분하여 비공식적인 제2사회가 나타나고 있다. 북한사회 내부의 이러한 변화는 정치체제의 변화와 함께 구체적인 생활세계와 의식세계의 변화를 파악하는 데 매우 중요하다고 생각된다. 그리고 이와 다른 차원이긴 하지만 남한사회에서 보다 민주적인 정권의 등장과 함께 자본주의의 화폐논리를 제어할 수 있는 시민사회의 발전정도가 보다 바람직한 통일과정을 가져올 수 있는 초점이 될 것이다.

시민사회론, 신민사회론 그리고 제2의 사회론은 북한체제의 변화과정이 궁극적으로는 동구권의 변화과정을 따를 것으로 보는 점에서, 남한의 자본주의 체제가 북한을 흡수통합한다는 관점을 근본적으로 전제하고 있다는 점에서, 그리고 북한사회의 문제만을 제시한다는 점에서 통일문제에 대한 시각에 한계가 있지만 북한의 공식적 제1사회가 아닌 제2사회의 실상을 밝히려고 한 점은 통일논의에 중요한 참고가 되리라 생각한다.

---

8) 페레스트로이카의 진행중에 이미 '사회주의적 시민사회론'이 인간적 사회주의, 다원주의의 요구와 함께 등장했었다. 졸고, 「소련철학에서 '인간론'의 지평」, 『시대와 철학』 제2집, 1991 ; 학술단체협의회, 『사회주의 개혁과 한반도』 96, p. 102 ; 서재진, 앞의 책, pp. 61-80 참조.

9) 서재진은 북한인민의 인성을 신민형 인성으로 파악하면서 최근에 와서 개인주의적 성향이 증가하는 경향이 있다고 본다. 서재진, 앞의 책, 제6장 참조. 서재진의 '신민형 인성', '신민사회'에 대해 비판적인 김동춘은 북한 인민들은 "권위 혹은 전체를 '민족'의 '적'에 대한 방어를 상징하는 중심으로 생각하고 있어서 권위를 자신과 대립시키기보다는 자신의 일부로 생각하고" 있으므로 자발적 측면이 있고 따라서 '신민적'이라고 규정하는 것은 적절치 않다고 지적한다. 김동춘, 「남북한 이질화의 사회학적 고찰」, 역사문제연구소 편, 『분단 50년과 통일시대의 과제』, 역사비평사, 1995, p. 127.

2.3. 하버마스는 의사소통 행위개념의 보충으로 생활세계 개념을 두입하면서 합리화 과정을 파악하기 위해 세세-생활세계라는 2원적 사회개념을 통해 현대사회의 총체상을 파악하고자 한다.[10] 전통사회에서 근대사회로의 변화는 생활세계의 합리화의 증진을 의미하며 이는 체계의 점진적 분화과정이면서 동시에 사회체계가 더욱 복잡해지는 과정이다. 합리화된 생활세계에서 경제나 행정과 같은 형식적으로 조직된 행위영역이 분화·발전되어 나오면서 생활세계와 분리되고 마침내 생활세계가 체계의 요구에 종속된다.

체계요구(강제)에 의한 생활세계의 병합으로 나타나는 이러한 종속은 체계에 의한 생활세계의 식민지화 현상을 낳게 된다. 그런데 체계에 의한 생활세계의 식민지화는 자본주의와 사회주의 모두에서 나타난다. 우선 자본주의적 근대화는 체계요구의 '선택적' 압력 속에서 자본주의적 경제와 근대적 관리국가의 확장을 가져왔다. 이 결과 자본주의 사회의 체제위기는 생활세계 내의 다양한 병리현상으로, 즉 다양한 차원의 소외현상과 집단적 정체감의 불확실성, 아노미 현상 등으로 대치된다. 이러한 현상들의 근원이 '생활세계의 식민화'에 있다고 볼 수 있고 이는 곧 의사소통의 일상적 실천이 물화(物化)되는 과정이라고 할 수 있다. 이러한 생활세계의 물화는 위기가 개인의 가정살림을 침입구로 하여 생활세계(사적 가족생활과 공론영역)로 옮아 가는 자본주의 사회에서는 명백하게 '의사소통 관계의 물화'라는 모습을 갖게 된다. 남한의 자본주의 사회는 이러한 일반적인 분석틀에서 해석될 수 있으며 따라서 체계로부터 생활세계를 방어하는 시민사회적 공론영역의 활성화가 중요한 과제가 된다.

그러나 관료적 사회주의 사회에서는 '사회통합'을 필요로 하는 행위영역들이 '체계통합'을 위한 기제로 뒤바뀌게 된다. 여기서는 의사소통 관계의 물화현상 대신에 관료주의적으로 메마르고 강제적으로 인간화된 '사이비 정치적 교제관계'의 영역 속에 마치 의사소통 관계가 존재하는 것 같은 기만현상이 나타난다. 이러한 '사이비 정치화'는 자본주의 사회에서 물화현상을 초래하는 사적 개인화와 대칭관계를 이룬다. 생활세계가 체계에, 즉 법률화되고 형식적으로 조직된 행위영역에 직접적으로 흡수되는 것이

---

10) 하버마스, 『의사소통 행위이론』 1권의 '체계와 생활세계'에 대한 논의와 2권 결론부분 참조.

아니라, 오히려 체계적으로 자립한 국가기구와·국가계획에 의한 경제조직들이 생활세계에 깊이 침투하는 것이다. 이러한 정치체계가 마치 생활세계인 것처럼 장식되면서 생활세계가 정치(행정)체계에 의해 흡수되어 버리는 것이다. 이러한 사회주의 사회의 추상적, 일반적 특성은 북한 사회주의 사회의 유교적, 전통적 요소와 관련되어 가부장적 가족국가의 형태로 나타나면서 생활세계의 사적 영역과 공론(공적)영역이 전제적 정치논리에 의해 희생되는 측면이 나타난다고 볼 수 있을 것이다. 북한의 주체사상에 의하면 "수령과 당, 인민의 관계가 아무런 모순없이 완벽하게 통합되어 있으며 하나의 정치적 생명체로서의 유기적 부분을 구성"[11]하므로 수령·당·인민대중은 삼위일체로서 하나의 사회적 유기체를 형성하며 집단으로서의 대중은 '사회정치적 생명체'로서 개인보다는 집단이 중시되고 선행되는 사회주의적 관료체제이다. 북한에서는 이러한 논리가 철저한 사회통제, 체계통합의 논리로서 작동한다. 이 점에서 국가-시민사회의 관계에서 시민사회가 발달하지 못한 사회를 신민사회라고 할 때 북한사회는 신민사회의 한 예라고 할 수 있겠다. 그러나 최근에는 사회주의권의 몰락과 중국의 개방정책 그리고 김일성 사후의 상황에 대한 분석을 통해 수령중심에서 인민중심으로 논의의 강조점을 바꾸고 있고 당관료제의 여러 문제점들을 극복하고자 하는 주장이 많이 나온다는 것을 주목할 필요가 있다.

어쨌든 하버마스의 이론은 앞의 두 이론을 포괄하면서 남북한 체제 각각에 대한 분석과 함께 남북한 관계에서 정치, 경제체제의 관계, 그리고 생활세계의 차이를 파악하는 데 도움을 주리라 생각하고 더 나아가 보다 바람직한 통일과정을 위해 생활세계의 인간적 가치를 보존하고 정치적 공론영역을 활성화하는 것이 필요하다는 논리를 제공해 줄 수 있으리라 생각한다. 그러므로 하버마스의 생활세계-체제론의 관점에서 통일문제를 고찰한다면 남북한 사회 각각에서 체계와 생활세계의 관계가 어떻게 작동되며 통일과정에서 이것들은 어떤 관계와 과정을 통해 변화될 것인가를 구체적으로 고찰해야 할 것이다. 본격적인 고찰은 차후로 미루고 우리는 통일문제에 대한 우리의 입장을 하버마스의 관점을 빌어 체제통합이라는

---

11) 졸고, 「맑스-레닌주의와 주체사상」, 『북한의 정치이념, 주체사상』, 경남대 극동문제연구소, 1990, p. 60.

측면보다는 생활세계의 규범적 측면에서 다음과 같이 문제제기할 수 있을 것이다. "체제(또는 체계)통합의 끼겹 즉 사본과 권력의 논리가 관철되는 파성에서 생활세계의 가치와 논리 즉 의사소통 행위에 기초한 사회통합의 논리와 가치를 어떻게 보존, 관철, 확대시켜 나가야 하며 철학계는 이를 위해 무엇을 어떻게 해야 할 것인가?"

3. 통일문제에 대한 기존의 보다 현실적인 논의를 검토하면서 우리의 주제에 접근해 보자.

3.1. 통일문제의 현실은 체계(제)통합의 문제일 것이다. 그리고 체계 통합은 경제체계의 경쟁력 논리 즉 자본의 논리와 정치체제의 정당성과 효율성, 군사체제의 권력의 논리가 관철될 것이다. 하버마스 식으로 말한다면 남북한간의 경제체계와 정치, 행정체계의 통합이 남북한 민중의 생활세계적 현실을 규정할 것이다. 그리고 남북한 국가, 경제체제의 경쟁에 의한 주도권의 행사가 '현실적인 것'으로 나타나고 있다.

한 사회과학자의 견해를 보자. "남과 북에서 다같이 분단체제의 이데올로기적 사고를 극복할 수 있는…… 총체적 인식틀은 필요하고…… 이는 남한 지식인들의 몫이다. …… 왜냐하면 통일국가에서 경제분야뿐만 아니라 학문, 문화의 영역에서도 남쪽의 헤게모니가 관철될 수밖에 없다…… 그것은 바로 주체형 사회주의가 경직, 타락하여 북한사회의 창조적 발전의 가능성을 질식시켰기 때문이다. 앞으로의 통일국가가…… 결국 남의 주도성이 관철되는 양식일 수밖에 없다고 보면 통일국가의 미래는 한국사회에서 향후 얼마나 민주주의가 발전하느냐에 달려 있다."[12]

이러한 견해는 진보적 지식인 사이에서도 매우 현실적인 것으로 받아들여지는 것 같다.[13] 이러한 주장에서 더 나아가 북한인민의 생활세계적 입

---

12) 이종오, 「분단과 통일을 다시 생각해 보며 — 백낙청 교수의 분단체제론을 중심으로」, 『창작과 비평』 80, 1993 여름, p. 307.

13) 하버마스는 한국에서의 강연 'Nationale Einigung und Volkssouvränität' 「민족통일과 인민(국민)주권」(1996. 4. 30)에서 한국의 민족통일이라는 목표와 관련하여 '지속적인 민주화'의 필요성을 강조하고 민주화의 장점을 두 가지로 들었다. 첫째, 남쪽의 생활상이 북쪽의 동포들에게 더 매력적으로 보이도록 해줄 수 있으며 둘째, 남쪽에서도 사회적 통합을 일단 견고하게 하여 자유주의적 사회모델이 통일과정에서 나타날 정신적이며 경제적인 부담을 모두 극복할 수 있는 상치가 될 수 있도록 해주기 때문에 민주화 과정은 사회복지 국가가 더욱더 확고한 위치를 잡아 가면서 나름의 방식으로

장에서는 북한 정치, 경제체제의 조속한 붕괴가 더 필요할지도 모른다는 주장까지 나온다. [14] 이런 주장이 나오는 현실을 볼 때, 동서독의 통일과정에서 하버마스를 포함한 진보적(또는 좌파적) 지식인들이 매우 무력했던 것처럼[15] 우리의 경우도 마찬가지가 아닐까 하는 의구심을 버릴 수 없다.

3.2. 이러한 현실적 상황을 인정한다 하더라도 통일과정에서 동서독의

주민의 사회통합을 최종적으로 보증해 준다. 북한에 대한 하버마스의 진단은 차이가 있었지만 사실상 하버마스의 관점도 통일국가의 미래가 남한에서의 민주주의 발전과 깊은 연관이 있다는 것을 강조하는 점에서 남한의 비판적 지식인의 입장과 유사하다 하겠다.

　*본고가 처음 작성된 것은 하버마스가 방문하기 전인 4월 19일이었고 한국철학회 발표날짜는 하버마스가 방문중인 5월 4일이었다. 하버마스는 4월 30일 강연에서 독일과 한국의 경우를 비교하면서 통일이라는 정치적 목표는 시민의 자유실현이라는 이상과 결합되어야 하므로 국가의 구성원인 "국가시민"이 민족공동체의 구성원인 "종족"보다 우선권을 지녀야 한다고 강조하면서 한국의 통일논의에서 민족공동체에서 민주(시민)공동체로 패러다임의 전환을 제시했다. 5월 4일 발표 후 토론에서 황경식 교수가 '왜 통일이 필요한가'라는 근본적 문제제기와 함께 하버마스의 패러다임 전환에 대한 필자의 입장을 질문했고 이에 대해 필자는 하버마스 입장의 타당성을 인정하면서도 독일과 다른 우리의 현실에서는 '민족공동체'의 문제를 무시할 수 없다는 답변을 했다. 이에 대한 구체적인 논의는 차후의 연구과제라 하겠다.

14) 흡수통일의 경우도 소위 북한을 평화적으로 흡수하는 연착륙(소프트 랜딩)과 북한의 자체 붕괴 또는 전쟁을 통해 흡수하는 하드 랜딩을 구분하고 또 북한이 개혁을 성공하여 지속적인 남북체제의 공존을 가정하는 노랜딩의 시나리오도 있다. 이 시나리오는 미하원 아시아 태평양 소위원회에서 미 국방대학원 마빈 오토 교수가 공개적으로 밝힌 것이다. 오토 교수는 이 중에서 하드 랜딩의 가능성이 가장 크다고 지적한다. (조선일보 1996년 4월 19일자 7면)

15) 이기식, 「독일통일과 좌파지식인의 몰락」, 『세계의 문학』, 96년 봄 참조. 하버마스도 갑작스런 독일통일을 예견하지 못했다. 그는 앞의 강연에서 독일의 경우 정치영역에서 더 광범위한 토론과 의견개진 그리고 보다 많은 생각을 해본 주민들의 폭넓은 참여가 허용되면서 통일이 진행됐더라면 현재와 같은 상태보다는 나았을 것이라고 말하면서 동독과 서독의 주민들이 서로 상대방의 기대에 대한 공개적인 논의가 없었기 때문에 오늘날 서독에서는 의기소침한 분위기가 동독에서는 다소 원한의 감정이 번져 나가고 있다고 진단했다. 즉 하버마스는 동서독 주민 모두가 통일문제에 대한 정치적 공론영역의 형성에서 소외되어 있었고 특히 동독인들에 있어서는 더욱 심했는데 그 이유는 동독사회가 정치적 공론영역이 거의 활성화되지 않았고 심지어 집안에서도 공개적인 논의를 할 수 없었기 때문이라고 말했다.

경우 같은 갑작스런 흡수통일은 우리에게 바람직하지 않다는 폭넓은 공감대가 있다. 왜냐하면 동서독 통일이 경제적 비용부담만이 아니라 "흡수통일은 서독의 많은 사회집단들이 추구해 왔던 남녀평등, 다문화주의, 노동자의 권리, 직접민주주의를 위한 보다 큰 헌법적 보장의 길을 차단"[16]했기 때문이다.

이러한 독일의 경험에 비추어 한국사회에서 흡수통일에 반대하는 논리를 살펴보면 다음과 같다.

우선 북한체제가 붕괴해서 이를 흡수통일하는 데에는 경제적으로 엄청난 통일비용이 든다는 것이다. 둘째, 흡수통일은 동서독의 경우처럼 진정한 평화통일이 아니며 민족내부적으로 심각한 갈등과 사회적 혼란을 가져오고 남북간의 사회적, 문화적, 인간적 통합이 어렵다는 것이다. [17] 셋째, 적대국으로서 전쟁을 겪지 않은 동서독이 냉전체제의 해체(진영모순의 해소)에 따른 비교적 자연스러웠던 동서독 통일과 달리 한반도는 전쟁경험과 함께 국제적 조건의 불균형 때문에 일방적인 흡수통일은 미, 일, 중, 러의 복잡한 관계 때문에 동아시아의 평화를 위협할 수 있다는 것이다. 넷째, 남한의 주도세력(자본과 소수권력)의 힘이 더욱 확장되면서 민중의 피해, 이제까지의 민주주의적 성과가 위축될 가능성이 있고 지배엘리트의 헤게모니가 더욱 철저하게 관철될 수 있다는 것이다.

3.3. 그러므로 흡수통일이 아닌 '바람직한' 통일의 방향과 통일체제의 구상이 필요하고 이를 관철시킬 수 있는 구체적 실천이 필요하다. 추상적으로 말하면 '바람직한 것'은 "남북 양쪽 체제의 일정한 갱신을 전제로 한 남한의 자본주의보다 그리고 북한의 사회주의보다 더 나은 제3의 진보적인 사회체제를 만드는 일"[18]이며 이를 위해 '별도의 주체'형성이 필요하고 이 별도의 주체가 전체체제 및 해당(남북)정권의 민주성을 평가하는 일이 필요하다. [19] 이러한 주장들은 당위적인 주장들로서 이를 구체화할

---

16) 랜즈버그, 「한국의 통일 ; 독일의 경험에서 배운다」, 『한국 재통일의 과제와 사회운동』, 영남노동운동연구소, 정책자료 제4집, 1995년 8월, p. 9.

17) 전성우, 「사회통합의 관점에서 본 독일통일」, 『역사비평』, 1994 겨울.

18) 최원식, 「탈냉전 시대와 동아시아적 시각의 모색」, 『창비』, 1993 봄, p. 215.

19) 백낙청, 「지구시대의 민족문학」, 『창작과 비평』 81호, 1993 가을, p. 120.

수 있는 현실적 분석에 바탕한 구체적 내용이나 전략이 부족한 편이다.

3.3.1. 여기서 '당위성'(바람직한 것)과 '현실성'(현실적인 것)의 관계에 대한 인식이 중요하다.

바람직한 통일과정은 점진적 단계적 통일과정으로서 북한이 정치체제의 급작스런 붕괴없이 개혁, 개방에 성공하면서도 독자적인 개혁적(?) 사회주의 정권을 유지하고 남한도 보다 민주적이고 사회적으로 평등한 사회가 되면서 점진적인 동질화 단계를 거치는 것일 것이다. 그리고 이 과정에서 남북한 국가권력의 역할만이 아니라 남북한 민중의 연대, 즉 남북한 민중의 의식적인 결정과정이 중요한 역할을 해야 할 것이다. 즉 남북한 모두에서의 국가권력의 민주화와 함께 시민사회에서의 자율적인 정치적 공론영역이 활성화되어야 할 것이다. 그리고 남북한 민중연대의 구체적 내용을 확보하기 위해서 남북한 내부에서 '기존체제'의 부정적 측면과 논리를 약화시키면서 긍정적 측면은 가능한 한 새로운 체제로 수용하는 '새로운 통합의 다면적 논리'를 개발할 필요가 있다. 그러나 이러한 당위성이 현실성과 접맥되기 위해서는 각 체제에 대한 더욱 전체적이고 구체적인 파악이 필요하다. 즉 다른 것이 무엇이고 왜 달랐는가를 정확히 인식할 필요가 있으며 동시에 남북체제를 규정하는 세계체제적 요인을 동시에 고려하면서 구체적인 정치, 경제, 사회적 정책방향이 제시되어야 한다. 이러한 토대 위에서 남북한 정권의 합의와 민중적 '생활세계'의 논리와 '연대'에 기초한 새로운 체제의 형성이 요구된다. 여기서 남북한의 차이를 잠깐 살펴보자.

3.3.2. 북한은 정치문화적으로 유교적 가부장제의 전통을 갖고 있으며, 권력장악 과정에서 스탈린적 국가 사회주의를 이식하였으며, 민족해방 운동의 연장으로서 사회주의 국가를 건설하였기 때문에 민족 사회주의의 유형 중에서도 중국과 더불어 유교적 민족주의의 하위유형에 속하고 있으며, 또 남한과의 분단상태하에서 국가존립의 정당성을 '민족해방'에서 찾고 있다는 점에서 스스로 지칭하는 바 '주체형의 사회주의' 국가라 할 수 있다. 그것의 특징은 경제체제의 논리(시장논리)를 극도로 축소하고 정치, 행정체제(공동체 논리와 국가, 민족논리)를 극대화시킨 사회체제로서 정치행정 체제에 의한 계획경제의 실패 때문에 생활세계에서의 사적 생활의 물질적 토대가 약하고 또한 정치적 공론(적)영역의 발달이 거

의 없는 사회라 할 수 있다.

남한의 경우는 북한과 매우 대조적이다. 남한은 시장에 대한 모든 장애물과 위협요소를 시장의 '합리성'으로 극복해 나간 것이 아니라 국가의 권력자원을 동원하여 강압적으로 제거하였으며, 국민들을 한편으로는 시장에 철저히 복종하도록 하면서 정치적인 문제에 관심을 두지 않도록 만들어 왔다. 여기서 공동체 논리는 시장논리와 결합되어 가족주의, 연고주의라는 비합리적 시장질서 속에 오히려 굳건한 뿌리를 갖게 되었다. 따라서 한국의 자본주의는 경쟁원리를 가장 존중하는 자유주의적 자본주의나 국가가 시장논리를 크게 제어하는 복지 자본주의, 기업에서는 공동체 논리를 작동시키는 일본식 자본주의와도 다른 시장 전제주의가 국가주의, 가족주의와 결합된 권위적 자본주의의 한 유형으로 발전하였다고 볼 수 있다. 그러나 북한에 비해 생활세계 내의 사적 영역의 물적 토대가 비교적 여유로운 편이며 공론영역의 활성화도 미흡한 수준이지만 진행되고 있다고 볼 수 있다.

이러한 남한의 자본주의 질서와 북한의 사회주의 질서는 바로 범세계적 차원에서의 냉전질서와 군사적 대결, 미국주도의 자본주의 질서와 시장지향적 공업화 및 그것에 대한 반정립으로서 극도로 폐쇄적이고 자립적인 공업화 노선의 귀결이었다.[20]

남북한간의 이러한 차이들을 올바로 인식하고 이를 극복해 나가기 위해서는 각 체제 내의 모순들과 체제간의 모순들, 세계체제에 의해 규정되는 모순들을 점진적으로 극복해 나가는 과정이 필요하다. 사회과학적, 역사적, 철학적 분석을 통해 여러 문제와 모순들에 대한 구체적인 파악이 이루어지고 이에 기초해서 보다 바람직하면서도 실천적인 통일운동이 이루어져야 할 것이다. 그러므로 "통일(운동)은 일상적인 분단체제 극복운동의 연장선에서 이루어지는 통일(운동)이어야 하고 '분단없는 분단체제'의 성립을 경계하는 민중들의 반체제(즉 반분단 체제, 반세계 체제) 운동이 필수적이 되는 것이다."[21]

---

20) 김동춘, 「남북한 이질화의 사회학적 고찰」, 역사문제연구소 편, 『분단 50년과 통일시대의 과제』, 역사비평사, 1995 참조.
21) 백낙청, 「지구시대의 민족문학」, 『창작과 비평』 81호, 1993 가을, p. 121.

이 과정은 이제까지의 상호 잘못된 자기인식, 타자인식의 수정과정이면서 상호인식의 확대과정이자 동시에 상호신뢰의 회복과정이며 이를 제대로 수행하기 위해서는 민족주체적 시각과 함께 동아시아적 시각과 세계체제적 시각이 필요할 것이다. 이러한 과제들은 사회과학자나 정책입안자의 중요한 과제일 뿐만 아니라 '인간적, 사회적 통합'의 문제를 다루는 차원에서도 중요한 과제라 생각된다.

4. 우리의 문제에 보다 구체적으로 접근하는 과정에서 남북분단과 대립 때문에 생겨난 문화적 차이를 극복하고 동질성을 확보하기 위한 다음과 같은 포괄적 제안을 살펴보자.

4.1. 남북간의 문화적 동질성을 확보하기 위해서는 (가) 식민지가 되기 전, 그리고 분단 이전에 이룩한 문화발전을 재인식하고 계승의 방향을 찾아야 한다. (나) 식민통치 및 외세의 간섭과 함께 들어온 외래문화의 정체를 해명하고 그 폐해를 시정하는 방향을 마련해야 한다. 동시에 남북분단 이전의 전체적 관점과 안목을 다시 획득해야 한다. (다) 체제와 이념의 대립을 해결하는 방안을 마련하면서 통일과정에 대한 구체적 준비, 고찰과 함께 통일 후의 사회를 설계하고 이를 위해 각 분야에서 노력해야 한다. [22] 학문적 차원에서 이러한 문제를 본격적으로 검토하고 토론하여 활성화할 필요가 있으며 이러한 작업들이 이미 여러 분야에서 진행되고 있다. 즉 통일을 준비하는 '새로운 학문'에 대한 요구와 함께 학문의 '학문성', 학문과 교육제도들의 차이점에 대한 논의와 남북한 학문의 공통점과 차이에 대한 구체적 이해가 필요하다.

4.2. 이를 위해서는 민족통합적 역사인식, 역사의식의 회복이 필요하다. 역사의식이란 역사적 변동을 경험하는 주체가—개인이든 집단이든—자기자신의 역사적 연속성에 대해 갖는 부단한 의식(인식, 관심, 의지)이며 주체가 자기의 과거를 현재에 의미있게 살리려는 의식이다. 국문학이나 역사학계 등 여러 분야에서 북한의 연구성과가 학문연구 대상으로 제기되고 검토·진행되고 있다. 이러한 성과는 오랜 단일민족의 역사적 전통과 역사적 전개과정에 대한 긍정적 이해와 함께 이에 대한 대중화를 필요로 한다. 이런 노력들은 역사교육과 문학교육, 한글의 일치화 등 다양한 차원에서 나타나고 있다. 그런데 이러한 노력과정에서 한 가지 명심

---

22) 조동일, 『우리 학문의 길』, 지식산업사, 1993, p. 264 참조.

해야 할 사항은 성급한 문화적 통일이나 동질화를 추구하기보다는 서로간이 키이를 인정하면서 충분한 내외를 통한 바람직한 합의를 찾아 나가는 자세가 중요하다는 것이다. 그 점에서 오히려 문화적 차이에 대한 존중과 상호이해가 선행되어야 할 것이다. 차이에 대한 이해없는 동일성의 주장이 역사적으로 강자의 논리로서 작용해 왔음을 분명히 인식해야 할 것이다. [23]

5. 철학계는 통일을 준비하기 위해 무엇을 어떻게 할 것인가를 살펴보기 위해 우선 남북한 철학계의 차이를 알아야 하고 이를 위해 일제시대 해방 후 남북한 철학의 전개과정을 간단히 살필 필요가 있다. 그리고 남북한에서의 '철학'의 위상, 내용, 방법의 차이를 인식하고 이러한 차이에 대한 정확한 인식을 토대로 문화적 통합을 위해 노력해야 할 것이다.

5.1. 일제하 식민지 시대에는 민족문제와 계급문제의 동시적 해결을 위한 노력이 있었고 두 입장이 비록 잠재적 배타성은 있었으나 민족주의적 입장이 근저에 있었으므로 크게 문제되지 않았다. 그러나 해방공간인 3년 동안 좌우파의 갈등과 함께 철학계에서도 유물론과 관념론의 대립이 구체화되었다. 이후 내부갈등과 제국주의의 영향으로 서로 다른 남북한 체제가 성립되고, 한국전쟁을 통해 분단체제가 더욱 강화되었다. 분단체제의 강화는 남북한 이데올로기 대립의 첨예화와 함께 남북한 철학계 모두 다양한 차원에서 현실에 기초한 창조적 철학을 발전시키는 데 큰 장애가 되었다고 할 수 있다.

5.2. 남한에서의 철학의 전개와 발전은 자본주의, 자유주의라는 이데올로기적 제약하에서 이루어졌다. 이런 점에서 철학이 현실과 분리되는 면이 강했다. 특히 오랫동안의 군사 파시즘하에서, 근대화를 서구화와 동일시하면서 서양철학의 수용에 급급했다. 물론 약간의 예외도 있지만 서구철학의 이식이라고 할 수 있을 정도로 창조적 수용을 거의 하지 못했다. 특히 사회적, 역사적 안목의 결핍과 현실적 문제의식의 결여로 사회에서의 철학의 위상이나 영향력이 축소되었고 서구철학의 맹목적 수용과 전통철학의 문헌적 해석에 몰두하여 비판적 사유와 주체적 시각은 미흡했다. 사회경제사적 관점과 총체적 관점, 주체적 관점의 결여로 서구철학

23) 아도르노의 『부정의 변증법』과 포스트 구조주의자들의 동일성과 차이에 대한 견해 참조.

수용의 현실적 의미에 대한 충분한 반성을 하지 못했으며 1980년대 후반 들어 마르크시즘, 주체사상에 대한 검토와 토론이 활발했으나 이러한 논의도 만족할 만한 것은 아니었다. 그러나 그동안 남한사회에서는 개별적이며 경쟁적이고 다양한 노력 속에서 서구철학을 주체적으로 수용할 수 있는 능력이 확대, 심화되었고 이를 기초로 주체적이고 창조적인 철학을 모색할 수 있는 가능성이 커졌다.[24] 이 가능성을 구체화하기 위해서 서양철학 수용과정, 그리고 전통철학 해석에 대한 반성적 검토와 심층적 연구가 필요하며 우리의 현실적 문제들을 철학적으로 부딪치는 용기와 이를 수용하는 철학계의 분위기도 필요하리라 생각된다.

5.3. 북한에서 철학은 사회주의 체제에서 국가철학, 관학으로서 발전되었다. 초기의 마르크스-레닌주의의 직접적 수용에서 주체사상으로의 발전은 민족주의적 요소가 가미된 것으로 혹자는 '동학사상과 마르크스-레닌주의의 결합'으로, 또는 전통적 가치관(특히 유교)의 주체사상적 해석으로 보기도 한다. 그러나 최근에는 마르크스-레닌주의 요소는 삭제되고 민족주의적 주체사상의 측면이 더욱 강조된다. 어쨌든 북한철학의 전개과정은 기본적으로 이데올로기적 통제의 강화과정으로서 부정적 측면이 강하다. 주체사상이 갖는 이러한 측면은 이미 잘 알려져 있다. 김일성 사후 최근에는 수령-당-인민의 관계에서 수령에 대한 강조보다는 인민의 주체성에 대한 강조가 나타난다. 우리는 주체사상의 역할, 변화과정에 대한 이해와 함께 북한철학의 하부구조 즉 조직과 편제, 구성원들의 연구동향, 수준, 기능에 대한 정확한 정보가 필요하다.[25] 김정일 정권의 이데올로기의 변화라든가 또는 만약에 북한에서 개혁 사회주의 세력이 등장할 경우 주체사상이 어떻게 변화할 것인가도 주목된다. 북한 이데올로기의 변화과정에 대한 파악을 위해서는 구소련과 중국의 경우와 비교고찰할 필요가 있을 것이라 생각된다.

5.4. 송두율은 통일문제를 바라보는 시각에 대해 다음 여섯 가지 테제를 제시한다.[26]

---

24) 졸고, 「한국의 역사적 상황과 사회철학의 발전」, 『사회와 사상』, 한길사, 1990 7월호.
25) 북한의 철학에 대해서는 『시대와 철학』 제9호(1994 가을)의 특집 「북한철학계의 철학연구 동향과 앞으로의 변화가능성에 대한 연구」 참조.
26) 송두율, 「분단을 넘어서는 통일의 철학」, 『전환기의 세계와 민족지성』

1) 평화의 철학—남북간의 전쟁은 어떤 이유에서든 있어서는 안 되다
2) 대화의 철학—힘끼 지배에 의한 통일보다는 이성 속에서 시간과 함께
변하는 대화의 변증법이 필요하다. 3) 연대의 철학—"하나의 민족으로서
오랜 삶의 세계에 비해서 분단의 시간은 역시 짧다. 물론 이 짧은 분단의
시간도 '우리' 모두에게 깊은 흔적을 남겼다. 따라서 '우리'의 관점이 '그
들'의 관점과 반드시 '동일'하지는 않지만 '우리'와 '그들'의 관점은 수렴될
수 있고 또 서로 쉽게 배울 수 있다는 '연대성' 속에서 집합적 단수로서
'우리'는 다시 확인될 수 있다." 4) 과정의 철학—실체철학적 인식론에
바탕한 '체제통합적' 통일이 갖는 한계는 명백하다. 그러므로 관계와 과정
을 중시하는 인식이 필요하다. 5) 희망의 철학—통일은 미래를 끌어당기
는 희망이다. 6) 책임의 철학—미래세대를 위해 우리가 오늘 책임을 지
고 있는가를 반성하고 미래에 대한 책임을 모두 나누어 져야 한다. 필자
는 이러한 주장에 대해 동의하면서 평화와 공존의 철학, 대화와 상호이해
의 철학, 연대와 자율성의 철학, 참여와 책임의 철학, 새로운 개방적 민
족주의와 새로운 휴머니즘의 철학 등으로 보완하고 싶다. 이의 구체적인
내용은 앞으로 발전시켜야 할 과제겠지만 양체제가 갖는 이러한 긍정적
측면을 보존하고 확장할 필요가 있다. 양체제의 지배적인 논리에 대해 생
활세계의 합리화나 민주화, 복지화하는 측면은 보완적으로 살려 나갈 필
요가 있고 이에 대한 사회정책적 고려가 필요하다. 철학은 체계통합적 관
점보다는 '사회통합적' 관점에 분명히 서서 생활세계의 가치들을 지켜 나
가도록 노력해야 할 것이다. [27]

5.5. 철학(계)은 무엇을 어떻게 할 것인가? 철학계도 다른 분야에서
의 여러 준비작업들에 대한 관심을 갖고 보다 적극적, 주체적, 체계적으
로 통일에 대비하기 위해 이제까지 제기된 문제들에 대해 구체적으로 해
명할 필요가 있으며 이를 위해 철학계의 자기성찰, 점검과 반성이 필요할
것이다. 끝으로 통일을 준비하기 위한 철학계의 과제를 몇 가지 제안하고
자 한다.

1) 우선 남북한의 철학연구 성과, 자료에 대한 정리와 연구, 논의가 필
요하다. 그런데 남북한 철학적 담론구조가 상당히 다르므로 우리의 시각

(1991), 한길사.

27) 전성우, 「사회통합적 관점에서 본 독일통일」, 『역사비평』, 1994 겨울.

에서 북한철학계의 담론구조를 일방적으로 파악하는 것은 무리가 있다. 그리고 남한사회에서 철학의 영역을 넓히고 사회과학, 역사, 문학 등 타 분야와의 대화를 넓힘으로써 현실에 대한 철학적 개입을 할 수 있는 학문적 능력을 향상시킬 필요가 있다.

2) 남북한의 기존철학사 서술의 단점을 보완하고 장점을 살리는 새로운 철학사와 철학개론의 서술을 위한 작업이 필요하다. 이를 위해서는 페레스트로이카 과정에서 나온 개정된 철학 교과서나 중국에서의 새로운 철학사 서술, 서양철학 수용과정에서의 논쟁 등이 중요한 참고가 될 수 있을 것이다. [28]

3) 다양한 민간차원의 남북한 접촉을 통한 상호이해와 신뢰회복의 과정이 필요하므로 남북한 철학자, 해외철학자들이 함께 모여 어떤 문제든지 상호의견을 나누는 토론의 장이 필요하며 이를 위해 한국철학회의 적극적 활동이 요구되고 정부도 이를 위해 정책적 배려를 해야 한다.

4) 자본주의의 인간화를 위한 철학적 시도들, 인간론에 대한 보다 구체적이고 포괄적이면서 과학적인 연구가 필요하다. 왜냐하면 양체제에서 인간관에 대한 차이가 크므로 사회통합을 위해 인간에 대한 보다 통일된 이해를 필요로 하기 때문이다. 또한 자본주의 비판과 관료적 사회주의에 대한 비판을 동시에 수행하면서도 자본주의적 시장경제의 장점이라 할 수 있는 효율성과 사회주의 체제의 장점이라 할 수 있는 형평성을 종합하는 새로운 사회철학이 요구된다. 그러므로 생활세계에 뿌리를 두고, 의사소통적 관계를 중시하는 가치철학, 규범철학적 입장을 강화해야 하고 인간학적, 존재론적, 생활세계적 토대를 갖고 사회통합적 차원에서 체계통합의 문제들을 지적하고 비판할 수 있는 한국적 비판철학의 규범적 기초를 세워야 할 것이다.

5) 공통적인 생활세계에 뿌리를 두는 '민족적 생활양식'에 대한 보다 깊은 성찰이 다른 여러 문화영역의 논의와 함께 심화되어야 한다. 그리고 이를 토대로 세계화 시대에 맞는 새로운 '개방적 민족주의'와 '새로운 휴머니즘'을 개발해야 할 것이다. 또한 생태학적 차원에서의 민족적 생활환

28) 소련의 경우에 대해서는 이성백의 연구 참조. 중국의 경우 한국철학사상연구회 논전사 분과 엮음 『현대중국의 모색』(동녘, 1992)과 『현대 신유학 연구』(동녘, 1994) 참조.

경의 보호라든가 생태학적 공동체주의 등에 대한 검토도 필요할 것이다.

6) 철학자로서의 이론적 작업과 함께, 시민으로서 실천적으로 남한의 민주화, 자주화를 위한 노력에 동참해야 할 것이다. 정전협정의 평화협정으로의 이행을 통한 남북한 군비축소, 이를 통한 북한의 개방적 경제발전의 지원, 남한에서의 사상, 표현의 자유의 확대를 위한 보다 광범한 민주화의 실현 즉 국가보안법의 폐기, 기본적 인권의 확대를 위한 노력 등 여러 사회운동들과의 연대를 통해 남한의 민주화를 위해 또 시민사회의 확대를 위해 노력해야 할 것이다. [29]

7) 남한내부와 남북한간의 이러한 노력만이 아니라 한반도 통일문제가 세계적 문제인 만큼 이를 둘러싼 세계철학자, 지식인들과의 국제적 연대를 마련해 나가는 데에도 노력해야 할 것이라 생각된다.

8) 마지막으로 앞에 제시한 여러 가지 문제들을 구체적으로 기획하고 실현하기 위해 한국철학계(해외의 한국철학자도 포함)를 총괄하여 가칭 '통일에 대비한 철학자 모임'을 구성할 것을 제안한다.

참 고 문 헌

김동춘, 「남북한 이질화의 사회학적 고찰」, 역사문제연구소 편, 『분단 50년과 통일시대의 과제』, 역사비평사, 1995.

김동춘, 「국제화와 한국의 민족주의」, 『역사비평』, 1994 겨울.

김재현, 「맑스-레닌주의와 주체사상」, 『북한의 정치이념, 주체사상』, 경남대 극동문제연구소, 1990.

_____, 「한국의 역사적 상황과 사회철학의 발전」, 한길사, 『사회와 사상』

---

29) 하버마스는 한국을 떠나기 직전 5월 11일 기자회견에서 공론영역의 활성화를 위한 세 가지 전제로 첫째, 토론에 대한 규범적 기대 둘째, 정치적·사회적으로 자유주의적인 문화 셋째, 민주주의적 제반원칙에 부응하는 갈등해소 장치를 언급하면서 노조결성과 노조활동의 자유, 기업단위뿐만 아니라 전국적인 범위의 노조조직과 활동의 자유가 보장된 토대 위에서 공론영역은 성립할 수 있다고 지적했다. 또한 시민사회와 공론영역의 활성화를 위해 정부의 보다 자기의식적인 민주화 노력의 필요성과 이와 관련해서 국가보안법 유지에 대한 진지한 검토가 필요하다고 지적했다. (한겨레 신문, 96년 5월 13일자 기사 참조)

1990년 7월.

_____, 「소련철학에서 '인간론'의 지평」, 『시대와 철학』 제2집 (경남대 『철학논집』 제6집), 1991.

랜즈버그, 『한국의 통일 ; 독일의 경험에서 배운다』, 영남노동운동연구소 정책자료 제4집, 1995. 8.

백낙청, 「분단체제의 인식을 위하여」, 『창작과 비평』(1992 겨울).

_____, 「지구시대의 민족문학」, 『창작과 비평』 81(1993 가을).

_____, 『분단체제 변혁의 공부길』, 창작과 비평사, 1994.

서재진, 『또 하나의 북한사회 — 사회구조와 사회의식의 이중성 연구』, 나남출판, 1995.

송두율, 「분단을 넘어서는 통일의 철학」, 『전환기의 세계와 민족지성』(1991), 한길사.

_____, 『현대와 사상』, 한길사, 1990.

_____, 『통일의 논리를 찾아서』, 한겨레신문사, 1995.

_____, 『역사는 끝났는가』, 당대, 1995.

_____, 「분단현실에의 인식론적 접근」, 『창작과 비평』, 1995 봄, 통권 87.

역사문제연구소 편, 『분단 50년과 통일시대의 과제』, 역사비평사, 1995.

이기식, 「독일통일과 좌파지식인의 몰락」, 『세계의 문학』, 96년 봄.

이병창, 「분단체제 변혁의 공부길 — 서평」, 『시대와 철학』 제9호, 1994.

이종오, 「분단과 통일을 다시 생각해 보며 — 백낙청 교수의 분단체제론을 중심으로」, 『창작과 비평』 80(1993. 여름).

전성우, 「사회통합의 관점에서 본 독일통일」, 『역사비평』, 1994 겨울.

정대화, 「통일체제를 지향하는 '분단체제의 탐구' — 백낙청 교수의 '분단체제론'에 대한 하나의 답론」, 『창작과 비평』 81(1993 가을).

조동일, 『우리 학문의 길』, 지식산업사, 1993. 7.

최원식, 「탈냉전 시대와 동아시아적 시각의 모색」, 『창비』, 1993 봄.

프리데만 슈피커·임정택 공편, 『논쟁 — 독일통일의 과정과 결과』, 창비신서 106, 1991.

홀거 하이데, 「민족적 통일과 사회적 분열 — 독일에서 얻을 수 있는 교훈」, 『창작과 비평』 79(1993 봄).

하버마스, 『의사소통 행위이론』 1, 2권(1981).

_____, 「민족통일과 인민(국민)주권」(1996. 4. 30), 「유럽 국민국가에 대한

성찰 : 과거의 성과와 한계」(1996. 5. 1).
한겨레신문사, 『한겨레 21』 제105호, 1996년 4월 25일, '한겨레 신문' 1996년
5월 30일자.

포스트모던 문화의 전향적 정위
— 보드리야르의 시뮬라크르 문화체제 이론을 중심으로 —

한 정 선

(감리교 신학대)

1. 문제제기

보드리야르(Jean Baudrillard, 1929-)는『소비의 사회. 그 신화와 구조』(1970),[1]『시뮬라크르와 시뮬레이션』(1981)을 비롯한 여러 글에서 문화비판을 전개하고 있다. 처음에는 신마르크스주의자로 출발했었지만, 1970년대 중반부터 포스트모던 철학자의 특성을 띠게 되면서 보드리야르의 문화비판의 대상은 소위 "후기 산업사회"나 "정보화 사회"의 "포스트모던 문화"라고 일컬어질 수 있는 측면이다. 보드리야르는 이것을 "시뮬레이션 사회의 시뮬라크르 문화"라고 표현하고 있다. 시뮬레이션 사회는 과학기술을 수단으로 발전되어 온 현대 산업사회가 오늘날에는 기형적으로 과잉발전 단계에 도달한 "하이퍼모던"(hyper-modern) 단계를 배경으로 하고 있으며, 시뮬라크르가 실재(das Reale)를 대체하는 사회이

---

1) 보드리야르는 초기의 저작『소비의 사회. 그 신화와 구조』(La société de Consommation ses mythes ses structures, 1970)에서 새로운 생산력의 출현과 고도의 생산성을 갖는 경제사회 체제를 마르크스주의적 기호학적인 시각으로 분석하면서, 이 체제 속에서 소비하는 인간의 양태를 묘사하고 있다. 이들 인간들은 요리, 문화, 과학, 종교, 섹스에 대해 보편적인 호기심을 가지면서, 즉흥적인 쾌락을 철저히 추구한다. 그러나 이러한 모든 호기심도 사실은 체제가 떠맡기는 강박관념에서 나오는 것이다. 장 보드리야르 지음(이상률 옮김),『소비의 사회』, 문예출판사, 1991, pp. 85-113 참조. 기호화된 상품을 소비하는 대중 덩어리의 모습은 시뮬레이션 사회에도 여전히 등장한다. 그리고 보드리야르는 이미『소비의 사회』에서 "시뮬레이션"에 대해서 언급하고 있다. p. 157 및 p. 185 참조.

다. 이 사회는 시뮬라크르가 생산되고 소비되고 억압적으로 향유되는 사회이다. 이 사회의 소비활동과 대중매체를 통해서 이루어지는 문화체제는 시뮬라크르의 기능적 체제이다. 시뮬라크르는 "원본이 없는 가짜(실재성을 위해 있는 것이 아닌 허구)"라는 존재론적, 기호학적 위상을 갖는다. 이 사회에서 우리가 관계하는 문화적 대상이나 향유의 대상들은 떠돌아다니는 "코드"(code, 기호 Zeichen)에 불과한 시뮬라크르들이다. 이것들은 우리들에게 자연적이고 자율적인 욕구의 대상으로서의 실재성을 갖는 사물이 아니라, 실재를 대체하는 기능을 하며, 실재에의 환각만을 제공한다.

보드리야르가 언급하는 시뮬레이션 사회의 문화적 양상은 한국에서도 그 모습을 드러내고 있으며, 문화의 "체제"로서의 역동성은 가속화되고 있다. 상업주의에 의해 오염된 문화, 대중매체, 특히 멀티미디어, 시뮬레이션 기술에 의해 확산되는 문화는 그것이 우리들의 자율적인 문화적 향유에의 욕구를 조작하고, 몰문화(Unkultur)로 휩쓸어 가고, 더구나 "상징적 교환의 장소로서의 문화"가 될 수 있는 길을 차단하고, 단지 시뮬라크르로서의 기능만을 우리의 도움으로 전개하고자 한다. 또한 한국사회의 다원화 추세에 따라 더욱 다양해지는 취향을 충족시켜 주는 "과잉으로 다양한" 그래서 "무차별적인" 시뮬라크르들이 인간마저도 무차별화시키는 점에서도 그러하다.

보드리야르의 시뮬라크르의 문화체제 이론이 오늘날의 소위 후기 산업사회 문화를 시뮬라크르 문화체제로 진단함으로써 사태의 부정적인 일면만을 보고 있지 않은가 하는 문제는 물론 검토되어야 할 것이다. 그러나 그러한 작업을 위해서는 매우 광범위한 "사회문화적 분석"을 거쳐야 하며, 좀더 장기적으로 후기 산업사회가 진전되는 과정을 관찰해야 할 뿐만 아니라, 무엇이 "진정한 의미에서의 문화인가?"를 반성해야 된다. 그러므로 필자는 이 논문에서 보드리야르의 이론을 일단 소개한 다음, 그의 이론이 적용될 수 있는 한국적 문화적 양상을 제시함으로써, 적어도 보드리야르의 진단이 부분적으로는, 그리고 앞으로는 더욱더, 한국의 시뮬레이션화 상황에도 맞아 들어가고 있음을 주목하고자 한다. 그리하여 한국문화가 자신의 미래로 향한 노정을 결정해 가는 과정에서 보드리야르의 문화비판을 부분적으로는 하나의 좋은 경고로 받아들여야 할 필요성을 보여 주고자 한다.

2. 시뮬라크르의 개념과 계열

"시뮬라크르"(불어로는 simulacre)는 라틴어의 "시물라크룸"(simula-crum)에서 나온 것이다. 라틴어의 시물라크룸은 "그림"(Bild), "원사물에 대한 복사판 그림"(Abbild), "환상"(Traumbild, Trugbild), "그림자"(Schatten, Schatten von Toten), "유령 또는 환영"(幻影 : Ge-spenst, Phantom) 등을 의미한다. "시뮬레이션"(simulation)은 라틴어의 "simulatio"에 해당하며, "가짜가 진짜인 척하기", "……인 듯 속이기", "위선"(僞善) 등등을 뜻하며, 같은 어군에 속하는 형용사형으로는 "비슷한", "같은 종류의"를 의미하는 "similis"가 있다. [2] 보드리야르가 후기 산업사회의 맥락 속에서 사용하는 "시뮬레이션"은 "실재를 지시하지 않는 허상을 만들어 내기" 내지 "원본이 없는 복사판을 만들어 내기"라는 뜻으로 이해해야 할 것이다.

보드리야르는 사회경제적 변천과정에서 시뮬라크르들의 현상형식, 기능, 이론적인 의미들 등이 변천해 왔다고 본다. 이와 함께 시뮬라크르들을 세 계열로 분류해 볼 수 있는데, [3] 제1계열의 시뮬라크르는 가장(假裝 : Vortäuschung)과 모방(Imitation)의 원리에 근거하여 경험되는 세계를 재현하고 있기 때문에 원본(모방되는 대상)과 복사판 사이에는 어느 정도 재현원칙(Repräsentaionsprinzip) 그리고 등가원칙(Äquivalenz-prinzip)이 성립한다. 한 영토를 그려 놓은 지도라든가, 자연과 인간과 신과 사물 등등을 모방하는 창작물들은 제1계열의 시뮬라크르의 좋은 예이다. 역사적으로 보면 연극의 시대이자 바로크 양식의 시대라고 볼 수

---

2) J. Baudrillard, Agonie des Realen, Aus dem Französischen übersetzt von Lothar Kurzawa und Volker Schaefer, Berlin, 1978, p. 6 참조. 이 책은 "La précession des simulacres"(1978)를 비롯한 1977~1978년에 출판된 4편의 글들을 묶어 놓은 것이다. J.M. Stowasser, M. Petschenig und F. Skutsch, Der kleine Stowasser. Lateinisch-deutsches Schulwörterbuch, München, 1980, p. 422 참조.

3) 장 보드리야르 지음(하태환 옮김), 『시뮬라시옹』, 민음사, 1992, p. 198 이하 참조. 이 책은 「Simulcres et Simulation」(1981)을 번역한 것임.

있는 르네상스 시대가 제1계열의 시뮬라크르를 대표적으로 보여 준다. [4]

제2계열의 시뮬라크르는 자본과 생산력이 엄청나게 폭발(Explosion)하는 산업혁명의 시대에 등장하는데, 이것은 원본을 그저 모방하는 복사판이 아니라, 생산과 재생산(Reproduktion)의 과정에서 발생하며, "재생산의 원칙"(Prinzip der Reproduktion)을 구현하고 있다. 산업사회의 "로봇"은 제2계열의 시뮬라크르의 한 예이다. 로봇과 인간 사이에는 어느 정도 등가관계가 성립하고 있으나, 로봇은 단순히 인간을 모방하는 차원을 넘어서서 산업사회의 생산과 재생산의 과정에 편입되어 기능한다. 산업혁명의 시대에는 자연이 모방의 대상(Gegenstand)이 아니라 지배의 대상(Objekt)이며, 이 사회의 논리는 노동과 생산에 기초하고 있다. 이 사회의 생산력은 질적으로 새로운 것을 향해 폭발하는 힘이다. 제2계열의 시뮬라크르에서도 이미 실재가 소멸(Auflösung des Realen, 좀더 엄밀하게 말하자면 "함열")하는 현상이 다소 드러난다. 예술부문에서는 기술적 재생산의 시대를 풍자하는 앤디 워홀(Andy Warhol)의 예술작품들이 제2계열의 시뮬라크르들이며, 재생산의 원칙을 구현하고 있다. 그에게 있어서 예술작품은 상품이며, 예술작품이 원본을 재현하는 원칙을 따르지 않고, 오히려 교환가치라는 비인간적 원칙을 비판하고 있다. [5]

제3계열의 시뮬라크르는[6] 산업사회의 단계를 넘어선, 우리가 소위 "후기 산업사회"라고 부르고, 또한 더 나아가 정보, 모델, 정보통신학적 게

---

4) Der symbolische Tausch und der Tod, übersetzt von G. Bergfleth, G. Ricke und R. Voullié, München, 1991, p. 83 참조 ; F. Blask, Baudrillard zur Einführung, Hamburg, 1995, p. 26 이하 참조.

5) F. Blask, p. 27 이하 참조.

6) 보드리야르는 정보통신의 기술로 발명된 "3차원(입체영상) 시뮬라크르"를 제3계열의 시뮬라크르라고 좁은 의미에서 언급하고 있지만, 후기 산업사회의 정치·경제·문화·사회의 모든 영역에서 나타나는 시뮬라크르를 언급함으로써 3차원 시뮬라크르를 넘어서는 광범위한 의미에서의 "제3계열의 시뮬라크르"도 언급하고 있다. 전자에 대해서는 장 보드리야르 지음(하태환 옮김), 『시뮬라시옹』, p. 198 참조. 후자의 경우에는 같은 책에서 언급하고 있는 "문화의 시뮬레이션", "가치의 시뮬레이션", "생식 시뮬레이션" "정치적·경제적·사회적·종교적 시뮬라크르"와 같은 용어에서 엿보인다. p. 44, 59, 63, 185 및 239 참조. 이 글에서 "시뮬라크르"는 특별한 언급이 없는 한 좁은 의미와 광범위한 의미를 다 포괄하는 제3계열의 시뮬라크르를 의미한다.

임이 고도로 차원을 높여 가는 데 초점을 맞추어서 "정보화 사회"라고도 부르는 사회까지도 포괄하는 시뮬레이션 사회의 시뮬라크르들이다. 이들에게서는 모방이나 계열성(系列性 : Serialität)이 더 이상 문제의 핵심이 아니다. 재현의 기능은 완전히 모델과 코드의 형태를 취한다. 시뮬레이션 사회에서는 모든 것이 시뮬레이션의 일부분인 가운데 등장한다. 마치 증권 브로커가 자살해 버려 없는데도 불구하고 그가 주선한 증권시장이 파산으로 치닫는 사태가 벌어지듯, 제3계열의 시뮬라크르가 구현하는 재현은 원본인 실재가 "함열"[7]해 버린 상황에서도, 모델과 코드의 형태로 인위적인 기호세계, 즉 시뮬라크르의 기호세계 속에 등장한다. 이 기호의 세계에서는 모델과 코드가, 시뮬라크르와 시뮬라크르가 서로 우연히 조합(組合 : Kombination)되고 치환(置換 : Permutation, Versetzung)되는 아주 복잡한 차원을 형성하면서, 자기들이 스스로를 생산하고, 유행을 바꿔 가며, 자기들끼리 엄청난 규모로 활발하게 관계한다.[8] 제3계열의 시뮬라크르 사회체제에서는 인간의 모든 선택과 대답가능성이 이미 공공연히 주어진 상태로 사회적 통제를 받는다. 제3계열의 시뮬라크르는 특히 대중매체를 비롯한 여타의 사이버 공간에 나타나는 대상들은 물론 건축·패션(Mode)·인테리어·쇼핑센터 및 후기 산업사회의 정치경제 체제(System der politischen Ökonomie)에 등장하는 모든 생산품들과 생활세계 전영역에 확산되어 있다.[9]

---

7) "함열"(Implosion)은 메타포적으로 사용되고 있다. 마치 천체계에서 생성과 팽창의 과정을 거쳤다가 드디어 소멸의 단계에 이르면 주위의 모든 것과 에너지들이 응축되어 들어가 없어져서 블랙홀이 되듯이, 갈라지고 쪼개어졌던 것이 분할 이전의 상태로 다시 응축되어 사라져 들어가는 현상이다. 컴퓨터 디스켓도 어떤 실재가 단지 정보적인 코드로 응축되어 사라져 들어가는 극단적인 함열의 한 예이다. 장 보드리야르 지음(하태환 옮김), 『시뮬라시옹』, p. 42 참조. J. Baudrillard, Agonie des Realen, p. 64 이하 참조 ; Kool Killer oder Der Aufstand der Zeichen, Aus dem Französischen übersetzt von Hans-Joachim Metzger, Berlin, 1978, p. 79 이하 참조. 이 책은 "Kool Killer ou l'insurrection par les signes"(1975)를 비롯한 1975-1978년의 논문 가운데 몇 편을 묶어 놓은 것이다.
8) 이 글 4절에서 언급되는 "휘퍼텔리"와 "리좀" 참조.
9) F. Blask, p. 27 이하 및 p. 30 이하 참조.

3. 시뮬라크르의 성체

보드리야르의 시뮬라크르는 허상이나 복사판으로서의 "그것이 지시하는 원본이나 실재가 없다"는 점에서 라틴어의 원래 뜻을 넘어서고 있는데, "지시하는 원본이나 실재가 없다"는 것을 그는 다소 상징적으로 "실재가 함열한다"고 말하는데 이것은 무엇을 의미하는 것일까? 물론 실재하는 사물들은 소위 시뮬레이션 사회에서도 과거의 사회에서나 마찬가지로 여전히 존재한다. 그러나 보드리야르가 의미하는 바는 시뮬라크르에게서 우리는 우리에게 자연적으로 친숙한 형태의 실재성은 더 이상 기대하기 어렵고(전통적인 의미에서의 "실재성의 원칙"은 더 이상 적용될 수 없고), 좀 다른 맥락에서의("시뮬레이션 원칙"을 따르는) 실재성을 말할 수 있을 뿐이다. 이를테면 우리가 직접 감각적으로 지각할 수 있는 오드리 헵번 (영화배우, "전쟁과 평화"의 주인공)과 단지 인위적인 영상화면의 코드로 나타나는 시뮬라크르로서의 오드리 헵번은 다르다. 보드리야르에 따르면 이 시뮬라크르로서의 오드리 헵번은 "초실재성"(Hyperrealität)[10]을 갖는다. 왜냐하면 대상을 지시하지 않는데도 불구하고(오드리 헵번은 이미 죽었고, 또 살아 있다고 해도 이 실재대상은 더 이상 중요하지 않고, 실재대상과 무관하게, 실재대상을 삼켜 버리면서, 실재대상을 뒷전으로 밀려나게 만들면서) 시뮬라크르 오드리 헵번은 우리들에게, 적어도 시뮬라크르의 세계에 매몰되어 살아가는 사람들에게, 괴상하게도 큰 감동을 주며 생생한 삶의 일부분이 되기 때문이다. 만약 시뮬라크르 오드리 헵번 대신에 시뮬라크르 메릴 스트립(미국 영화배우)이 그 역할을 했다고 할지라도 코드의 변화가 일어난 것일 뿐일 것이다. 비슷한 줄거리의 한국영화

---

10) 시뮬라크르가 실재하는 현실과 어떤 관계를 갖는다고 하더라도, …인 척하면서 자신을 현상시키는 현실은 전혀 다른 현실이라는 측면에 중점을 두면서 Hyperrealität를 "파생실재성"이라고 하태환은 번역하였지만(장 보드리야르 지음, 하태환 옮김, 『시뮬라시옹』, p. 12 참조), 필자는 여기서의 hyperreal이 "실재를 넘어서서 더 실재적인" 듯 행세하는, "적어도 실재도 아닌 것이 실재보다 한술 더 떠서 더 실재적인" 듯 행세하는 측면을 염두에 두면서, "과잉의, 정도가 지나친"이라는 "hyper"의 원래의 문자적인 의미를 살려서 "초실재성"으로 번역한다. F. Blask, p. 32 참조; J. Baudrillard, Agonie des Realen, p. 24 이하 참조.

가 있다고 한다면, 이것의 코드에 의해서 그것의 코드가 교체되고(한국 배우들, 상황들, 기타 등등), 줄거리의 코드의 일부분이 약간 달라졌다고 보아야 할 것이다. 도대체 이 영화와 저 영화의 차이는 무엇인가? 이들과 비슷한 수많은 영화들이 제작된다면, 이 무절제하게 많은 것들의 차이는 무엇인가? 다른 것 같으면서도 결국은 그렇고 그런 것들이 (의미는 무차별적인 것들이) 종잡을 수 없이 번성하고 있는 상황일 뿐이다. 이것과 저것의 차이(Differenz)가 한계를 넘어서서 무차별(Indifferenz)의 상황으로 역전되어 버린다. 이를테면 우리는 케이블 TV를 통해서 비슷한 코드의 영화들이 24시간 방영되고 있는 상황에서, 처음 몇 편은 재미있게 볼 수는 있지만, 계속해서 그렇고 그런 것들을 연이어 본다고 한다면 나중에는 도대체 무엇을 보았는지, 도대체 어떤 영화에 질적으로 새로운 내용이 있었는지 없었는지 혼란에 빠지는 것을 경험하곤 한다.

시뮬라크르는 대상을 지시하지 않는데도 불구하고 다른 시뮬라크르들과의 관계 속에서 의미를 가지기 때문에, 시뮬라크르의 경우에 "의미하는 것"(Signifikant)과 "의미되는 것"(Signifikat) 사이의 차이(Differenz)가 없다. 의미하는 것과 의미되는 것의 이분법만 해체되는 것은 곧 전통적인 기호학이 상정했던 안과 밖의 차이나 이분법, 실재와 이미지(image)의 차이나 이분법도 더 이상 적용되지 않는다. [11] 어떤 실재를 재현하는 것이 이미지이고, 이런 이미지를 산출하는 것이 상상력인데, 이미지 자체가 실재보다 더 실재적인 행세를 하는 세계에서는 본래적인 의미에서의 이미지도 상상의 세계도 없다. [12] 시뮬라크르의 경우에는 자신이 어떤 의미인 척 행세하기 때문에, 더 나아가 시뮬라크르가 어떤 고정된 의미를 위해 서 있지 않기 때문에, 이것은 다른 말로 표현하면, 무한

---

11) 포스트모던 사상가들에게서 공통적으로 발견되는 "차이"에 대한 담론을 보드리야르는 차이가 지나쳐서 무차별의 경지에 도달함, 즉 "무차별성"(Indifferenz)의 담론으로까지 과격하게 확대한다. 그리고 그가 이것을 거점으로 안과 밖, 능동과 수동, 시작과 끝, 원인과 결과, 본질과 존재, 정상과 비정상의 이분법 등등을 해체시키는 점에 있어서는 포스트모던 이론의 특성이 잘 나타난다. 장 보드리야르 지음(하태환 옮김), 『시뮬라시옹』, p. 21, 40, 44 및 46 참조; J. Baudrillard, Agonie des Realen, p. 29 및 51 참조.

12) 장 보드리야르 지음(하태환 옮김), 『시뮬라시옹』, p. 16 참조; J. Baudrillard, Agonie des Realen, p. 24 참조.

히 다의적(多義的)으로 흩어지며(모든 의미를 다 수용할 수 있고), 또 무한히 다의적임은 결국 의미가 없다는 것과 마찬가지가 된다. 그러므로 시뮬라크르의 놀이를 통해서, 정작 그 시뮬라크르가 구현하고 있었어야 할 의미는 역설적으로 함열되어 버린다. 시뮬라크르가 의미를 함열시키는 기호학적 존재론적 특성을 갖고 있는 이상, 시뮬라크르의 세계에는 질적으로 새로운 것도 없고 코드와 모델의 바뀜이나 유행만 과잉으로 펼쳐진다. 우리는 이디오피아의 기근이나, 보스니아나 체체니아의 전쟁을 영상 화면의 코드로 처리된 상태로 감상하고 끝난다. 코드나 감상으로서 끝난다면, 도대체 시뮬라크르 기근과 전쟁이 실제로 삶에서 발생하고 있는 기근과 고통과 무슨 상관이 있는가? 이 상황에서는 시뮬라크르로서의 기근이나 전쟁과 실재하는 기근이나 전쟁을 구별한다는 것 자체도 아무런 의미가 없다.

데리다는 모든 것이 "텍스트"라고 한 바가 있지만, 보드리야르는 "시뮬레이션 사회의 모든 것이 시뮬라크르이다"라고 한다. 보드리야르의 이 주장은 너무 사태를 과장하는 듯이 우리에게는 들리지만, 어쨌든 이로써 그는 소위 시뮬레이션 사회에서는 실재적인(real) 것이 전혀 없다고 말하는 것이 아니다. 왜냐하면 아직도 실재하는 나무나 사람이나 대상들은 여전히 우리들 주위에 있기 때문이다. 다만 그가 말하고 싶은 바는 이 사회에서 시뮬라크르의 허구성(Illusion)이 정치·경제·문화·소비·생활세계의 전영역에 걸쳐 보편적으로 확산되고 있다는 점이다. 즉 시뮬라크르들이 마치 무슨 의미라도 있는 듯이 서로 연결되어 있지만, 그 정체는 코드와 모델이 인위적으로 조립되고 교체되어 유행만을 바꾸는 난센스(Unsinn)일 뿐이라는 것이다. [13] 전통적인 의미에서는 "실재"(das Reale)라고 하면 그것은 묘사되고, 상징적인 의미를 부여받고, 재현되는 것이었는데, 오늘날의 상황에서는 그런 실재는 시뮬라크르 때문에 함열되어 버리며, 또 그래서 시뮬라크르와 전통적 의미에서의 실재를 구별한다는 것도 난센스라는 것이다.

---

13) F. Blask, p. 29 참조; J. Baudrillard, Illusion des Endes oder Der Streik der Ereignisse, übersetzt von R. Voullié, Berlin, 1994, p. 30 참조. 이 책은 「L'illusion de la fin ou La grève des événements」(Paris 1992)를 번역한 것이다.

4. 시뮬레이션 사회의 도래

보드리야르의 시각에서 보면 고도로 발달된 과학기술(Hi-tech)과 시뮬레이션 기술을 매개로 하고 있는 경제·사회체제가 만들어 내는 생산물은 모두 지시대상이 없는 특이한 유형의 코드(code, 기호 Zeichen) 즉 시뮬레이션이다. 여기서는 학문·정보·정치·경제·사회관계를 형성하는 그 물망이 걷잡을 수 없이 과잉으로 얽히고설키는 데다가 거대한 역동성도 갖게 된다. 시뮬레이션 체제 속에서는 마치 암세포가 기형적으로 증식하듯이 각종 시뮬라크르가 기형적으로 과잉증식하여 "휘퍼텔리"(Hypertelie)[14]를 이룬다. 암세포는 그것이 증식할수록 생명체에게는 곧 죽음을 의미한다. 그리고 이것이 번성해 나가는 양상은 어떤 목적이나 방향이 없이 종잡을 수 없게 확산되기 때문에 마치 "리좀"(Rhizom)[15]이라는 뿌리

---

14) "Hypertelie"는 "hyper"(über, hinaus 과잉의, …를 넘어서서)와 "telos"(목적)가 복합되어 만들어진 단어로서 "몸의 어느 특정한 부분이 기형적으로 과잉발달한 것"을 뜻한다. 보드리야르의 휘퍼텔리 이론은 포스트모더니즘에 등장하는 "종말"의 담론에서도 "종말의 저편에, 모든 최종가능성의 저편에"라는 입장을 취함으로써, 포스트모더니즘의 한계선을 넘어서려는 가장 과격한 종말의 담론을 제시한다. 이것은 보드리야르가 포스트모더니즘의 "차이"(Differenz)의 담론에 참여하면서, 차이를 "무차별"(Indifferenz)의 담론으로까지 과격화시키는 것과 유사하다. 이러한 과격성 때문에 필자는 W. 벨쉬에 동조하면서 필자의 책 『현대와 후기현대의 철학적 논쟁』에서 보드리야르를 포스트모던 옹호자라기보다는 후기역사 옹호자로 분류한 바 있다. 한정선, A. 호이어 공저, 『현대와 후기현대의 철학적 논쟁』, 서광사, 1991, pp. 29-36 참조; W. Welsch, Unsere postmoderne Moderne, Weinheim, 1988, p. 149 이하 참조. 후기역사의 시대에는 지금까지 인류역사가 그리고 현대가 추진해 왔던 발전이 멈추는 역사의 단계이다. 역사가 발전한다는 말의 의미가 질적으로 새로운 어떤 것을 출현시키는 것이라고 이해하는 보드리야르에게 있어서는, 소위 후기역사의 단계에는 이미 발전해야 될 것은 다 발전해 버렸기 때문에, 새로운 것이 아닌 기존의 것이 과잉으로 종잡을 수 없이 반복되는 시간만 흐를 뿐이다. 그런데 발전될 것은 이미 다 발전해 버린 것도 현대가 의도했던 유토피아와는 전혀 다르게 괴상한 혼돈(Katastrophe)의 형태로 발전해 버렸다. 후기역사는 모든 발전가능성의 저편에(jenseits aller Endmöglichkeiten) 처해 있다. 그러므로 우리가 이 글에서 언급하는 "휘퍼텔리"나 "리좀"의 상황도 이러한 맥락을 염두에 두고 이해해야 할 것이다.

15) J. Baudrillard, Kool Killer oder Der Aufstand der Zeichen, p. 77 참조.

가 자라 나가는 양상에 비유될 수 있다. 이러한 체제 속에서는 "문화"마 저도 하나의 체세도 선락해 버린다. [16] 보드리야르가 "체제"(System)라 는 단어로 표현하고 싶은 바는 인간의 자율성이 마비되고, 각종 사회관계 가 자체의 역동성에 따라 기능하기 때문에 인간은 그저 돌아가기 위해서 돌아가야 하는 맹목적인 체제의 목적에 그저 순응할 수밖에 없는, 그래서 결과적으로 적극적으로 순응하는 거대한 메커니즘의 측면이다. [17]

우리는 보드리야르가 제3계열의 시뮬라크르들에 속하는 것들을 열거한 것을 위에서 언급하였다. 실재를 넘어서서 실재보다 더 실재인 척 행세하 는 시뮬라크르들은 후기 산업사회의 정치[18]·경제·문화·생활세계의 전 영역에 확산되어 있다.

시뮬레이션 사회들도[19] 정도의 차이가 있겠지만 보드리야르는 그 가장

리좀 이론은 들뢰즈(Deleuze)와 과타리(Guattari)에게서도 나타난다. 리좀 은 뿌리와 줄기를 구별할 수 없는 식물로서 이질적인 진화의 고리에 침투 해 들어가 다양한 발전방향을 취한다. 그래서 비체계적이고 예측하지 못한 차이(Differenz)들을 만들어 낸다. 이것이 성장해 나가는 모습은 종잡을 수 없어 들뢰즈는 "유목민적"(nomadisch)이라는 은유를 쓴다. W. Welsch, Unsere postmoderne Moderne, p. 142 참조.

16) W. Welsch, Unsere postmoderne Moderne, p. 149 참조.

17) 한 사회의 문화를 하나의 메커니즘으로 설명하는 C. 레비-스트로스는 1955년 『슬픈 열대』(Tristes Tropiques)에서 이 메커니즘의 유일한 과제가 그 체제를 유지시키는 힘(Trägheit ; 타성, 관성)을, 즉 물리학자들의 용어 로는 "엔트로피"(Entrophie)라고 부르는 것을 생산해 내는 것이라고 본다. 보드리야르의 메커니즘은 시뮬라크르들의 휘퍼텔리와 리좀과 무차별화에로 의 역동성으로 등장한다. 레비-스트로스나 보드리야르는 공통적으로 현대 라는 시대의 끝무렵의 문화적 메커니즘을 "슬프리 만치 끝없는 연속, 질적 으로 새로운 어떤 변화가 아닌 끝없는 연속"으로 바라본다. W. Welsch , Unsere postmoderne Moderne, p. 154 참조.

18) "실재를 지시하지 않으면서 실재보다 더 실재인 척 행세하는 허구"를 광 범위하게 적용시키면, 정치권력의 영역에서도 나타난다. 더 이상 진지한 정치적 이데올로기나 진실한 의지를 의미하는 것이 아닌데도 불구하고, 즉 정치적 실재가 아닌데도 불구하고 마치 그런 것인 척 행세하는 정치적인 각종 시나리오들 ─ 이를테면 많은 정치가들이 평화, 경제성장, 발전, 에너 지 위기, 환경보호, 여성해방 등등의 구호를 외친다고 할지라도 그것들이 단지 시나리오들일 뿐임 ─ 은 시뮬라크르들이다. J. Baudrillard, Kool Killer oder Der Aufstand der Zeichen, p. 39 이하 참조.

19) 보드리야르가 "시뮬라크르" 개념을 오늘날 정보과학과 인공지능학 (cybernetics)에서 사용하는 범위보다 훨씬 광범위한 의미로 사용하기 때 문에, 이에 병행하여 "시뮬레이션 사회"라는 개념도 우리가 본문에서 미국

대표적인 예를 유럽보다는 미국으로 이해하였다. [20] 미국이라는 나라는
실용주의 정신에 입각하여 인간이 생각하는 것을 과학기술을 매개로 구체
적인 생활세계에 실현시키는 나라이며, "초실재적(hyperreal)인 문명"을
확인할 수 있는 나라이다 : 디즈니랜드의 나라, 광고와 영상화면이 지배하
는 나라, TV 프로그램이 24시간 돌아가는 나라, 밤새도록 형광등이 꺼
지지 않는 사무실, 삶의 습관과 스타일을 마치 유행에 따라 옷을 바꾸듯
이 바꾸는 나라(그러나 정작 여기서 바뀌고 있는 것은 코드이다), 사람들
은 조깅기계 위에서 조깅을 하고, 다이어트, 자연식, 건강식, 요가를 실
천하면서 궁핍과, 금욕, 사라져 버린 원시적 자연성을 인위적으로 재개발
하는 나라이다.

　가장 쉬운 예를 들어 설명하자면, "디즈니랜드"는 초실재적인 문명의
삭막한 모습을 볼 수 있는 곳이다. 이곳은 각종 시뮬라크르들만이 얽혀
하나의 거대한 모델을 이루고 있다. 이곳은 허구적인 상상력으로 어린애
같은 시나리오를 연출해 놓은 곳이다. 디즈니랜드의 문제점은, 애써 어린
애 티를 내려는 시뮬라크르를 현상시킴으로써, 이 세계와는 다른 어른들
의 세계, 또 다른 실재세계가 있다는 것을 사람들로 하여금(특히 아이들
로 하여금) 믿게 하려는 것이며, 이 과정에서 정작 벌어지고 있는 사건의
진상은 어른들의 유치함이 자신들의 유치함을 감추기 위하여 어린애 티를
내는 유치함 속으로 숨어 들어가 있는 것이다. 미국사회의 가치들이, 어
른들의 가치들이 방부처리되어 월트 디즈니가 만들어 낸 시뮬라크르 모습
으로 잠들어 있는 것이다. 로스앤젤레스가 아니 미국전체가 사실은 디즈
니랜드라는 사실을 숨기기 위하여 디즈니랜드는 거기 서 있다. 사람들이
디즈니랜드를 좋아하는 까닭은 이것의 상상적인 세계성이 아니라 실재하
는 미국사회의 가치와 질서와 기쁨을 축소시켜 놓은 것을 거기에서 경험

의 경우를 묘사하는 바에서 엿볼 수 있듯이 광범위한 의미로 사용한다. J.
Baudrillard, Das Jahr 2000 findet nicht statt, Aus dem Französischen
übersetzt von P. Geble und M. Karbe, Berlin, 1990, pp. 7-27 참조. 이 책
은 1984-1990년 사이에 씌어진 글 가운데 3편의 글을 묶어 놓은 것이다.
20) 장 보드리야르 지음(하태환 옮김), 『시뮬라시옹』, pp. 39-53 참조; F.
Blask, pp. 89-97 참조; J. Baudrillrad, Kool Killer oder Der Aufstand der
Zeichen, pp. 19-38 참조; J. Baudrillard, Amerika, übersetzt von M. Ott,
München 1995, p. 91 및 121 참조.

할 수 있는 즐거움 때문이다. 줄서고, 주차장에 주차하고, 질서를 지키고, 출구에서는 버림받는 "대중 덩어리"(Masse) 앞에 그들의 다양함에 대한 욕구를 충족시키고도 남을 만큼 많은 잡동사니들이 널려 있기 때문이다. [21]

보드리야르는 괴기영화를 볼 때의 흥미진진한 감동과 동시에 무서움에 사로잡히는 듯한 이중적인 시각으로 미국이라는 시뮬레이션 사회를 들여다본다. 미국은 전체가 사실은 시뮬라크르들이, 마치 황무지의 바람처럼, 엄청난 속도와 역동성을 가지고 휩쓸고 사라지는 곳이다. 바로 여기에는 시뮬레이션 사회의 "몰문화"(Unkultur)적인 거칠은 황무지성 (wilde Wüstenhaftigkeit)이 자리잡고 있다. [22]

5. 상징적 교환으로서의 문화와 시뮬라크르 문화

보드리야르는 "진정한 의미에서의 문화"를 "제한적이고 고도로 의식화 (儀式化)된 상징적인 교환이 이루어지는 장소"로 생각한다. [23] 여기는 신비스럽고 유혹적인 장소이며, 의미(문화의 내용)가 서려 있다. 이 문화의 내용이야말로 소위 "의미되는 것(Signifikat)에 해당되며 여기에서는 의미되는 것(실재, 원본)과 의미하는 것(Signifikant, image) 사이에 재현의 원칙이 성립한다. 이때의 재현은 비유적으로 말하자면 "원본을 베껴쓰고, 해석하고, 주석을 다는" 형태를 취할 수 있다. 그리고 이런 경우에

---

21) 장 보드리야르 지음(하태환 옮김), 『시뮬라시옹』, p. 39 이하 참조 ; F. Blask, p. 95 참조.
22) F. Blask, p. 96 참조.
23) J. Baudrillard, Kool Killer oder Der Aufstand der Zeichen, p. 64 이하 및 67 참조. 사물은 네 가지 가치의 측면에서 파악될 수 있다. 그 네 가지는 도구로서의 실용가치, 등가성의 논리에 따라 결정되는 교환가치, 차이의 논리에 따라 결정되는 기호가치, 그리고 양가성(Ambivalenz)의 논리에 따라 결정되는 상징가치이다. 장 프랑수와 스크립차크, 마리 프랑스와즈, 코트 잘라드 지음(이상율, 양운덕 옮김), 『오늘을 위한 프랑스 사상가들』, 청아출판사, 1993, p. 225 참조. 이를테면 다시 만남을 약속하면서 "노란 손수건"을 나뭇가지에 묶어 놓을 때 그것은 실용가치나, 교환가치, 기호가치의 질서를 따르기보다는 그것에 의미를 부여하는 사람들 사이에서 "다시 만나자는 약속"이라는 상징적인 가치를 지니게 된다.

는 어떤 이미지를 산출하는 본래적인 의미에서 문화를 산출하는 인간의 상상력도 살아 있다고 말할 수 있는 것이다. 기존의 문화에서는 이런 상상력이 질적으로 새로운 것을 산출하고 확장시켜 나가는 자유로운 에너지로 그리고 해방의 힘(befreiende Gewalt)으로 작용하였었다. 이 힘은 다른 말로 표현하자면 변증법적이고 카타르시스적인 생산의 힘으로서 기존의 사회에 질적으로 새로운 사회적 길들을(Wege des Sozialen)을 열어 놓을 수 있었다.

문화를 향유하는 사람들은 문화가 열어 놓는 시각적이고 담론적인 세계 (visuelles und diskursives Universum)에 관심을 가지고, 문화가 전달하고자 하는 메시지에 비판적인 시각을 가지고 그것을 반성하는 태도를 취하며, 그것을 해독하고 배우고자 노력하였었다. 그러므로 그들 사이에는 엄연히 본래적인 의미에서의 사회성, 즉 인격과 인격들이 의미와 상징을 교환하는 사회성이 존재하였다. 그들은 양적으로는 많은 사람들이 무리를 짓고 있다고 해도, 질적으로는 백치 같은 "대중 덩어리"(Masse)는[24] 아니였었다. 대중 덩어리가 백치인 까닭은 이들이 문화적 대상에 대한 비판적인 시각을 가지고 있거나, 문화가 의미하는 상징세계를 자율적으로 향유하는 "각각의 서로 다른 주체"가 아니라 문화시장에 와서 줄서고, 기다리고, 코드를 작동하기만 하는, 그래서 "서로간에 차이가 없는 (무차별적인) 익명의 개인들의 집합체"이기 때문에, 다시 말해서 그들은 저마다 자율적으로 문화를 향유하는 "주체"들의 무리가 아니기 때문이다. 그들은 몰려 있는데도 그들 사이에는 본래적인 의미에서의 사회성이 결여되어 있다. 예술가들이나 지식인들은 사실 대중 덩어리가 본래적인 문화적 대상들을 해독하고 배우는 데 관심을 갖기를 기대하지만 헛수고이다. 대중 덩어리는 우르르 몰려다니면서 설명할 수 없는 함열적인 힘 (implosive Gewalt)을 발휘한다. 이것은 과거의 역사 속에서 혁명의 시대의 사람들 무리가 가지고 있던 폭발적인 힘(explosive Gewalt)과는

---

24) J. Baudrillard, Kool Killer oder Der Aufstand der Zeichen, p. 69 이하 및 73 이하 참조; 장 보드리야르 지음(하태환 옮김), 『시뮬라시옹』, p. 128 참조. "대중"(大衆)이라는 말에는 이미 "무리"라는 뜻이 들어 있지만, "Masse"는 단순한 무리가 아니고 서로 구별되지 않고, 비자율적이고, 사회적인 관계가 없는 사람들의 무리이기 때문에 필자는 "대중 덩어리"라고 번역하였다.

다르다. 대중 덩어리는 모든 것을 닥치는 대로 만지고, 작동하고, 가져가고, 먹고, 부숴 버리는 데 쾌락을 느낀다. [25] 이를테면 파리의 "상트르 보부르"(Centre Beaubourg)에 몰려드는 대중 덩어리 자체도, 그들이 문화를 소비하는 태도나 양상으로 볼 때, 시뮬레이션에 불과하다. 즉 그들이 코드로서 조작하는 문화적 대상도 시뮬레이션인데, 엄밀히 말하자면 문화적 시뮬레이션(kulturelle Simulation)인데, 이에 대답하는 군중 덩어리도 시뮬레이션의 일종, 즉 문화 시뮬레이션(Kultursimulation)이자 "초시뮬레이션"(Hypersimulation)인 것이다. [26] 이들이 문화시장에 기꺼이 덩어리로 몰려든다는 자체가 능동적으로 문화의 장례식에 참여한다는 것이며, 이들 대중 덩어리는 문화를 능동적으로 죽이는 역할을 담당하는 비극의 주인공들이다.

우리의 상상력은 과거와 같이 "폭발하는 힘"으로 확장되던 체제의 논리, 규정적이고 인과율이 적용되는 논리만을 이해할 수 있기 때문에 시뮬레이션 문화가 가지고 있는 "함열적인 힘"의 논리를 이해하지 못한다. 이 함열적인 힘은 무규정적이고 우연적(비인과적)이기 때문에 우리는 그 암호를 해독할 수 없다. [27]

대중매체 그 가운데에서도 특히 TV나 멀티미디어와 같은 대중적인 전자매체나 영상화면의 형태로 확산되는 대중문화는 정보화 사회의 단계에 특유한 시뮬라크르적 양상을 잘 드러내 보이고 있다. [28] 최근에는 "인터네트"(Internet) 정보 고속도로망을 통해서도 전세계 곳곳에서 생산되는 문화가 국경을 초월하여 소비되고 있다. 이를테면 레오나르도 다빈치가 특정한 상징적 의미를 부여하면서 그렸고 동시대인들에게 상징적인 의미를 지니고 있었던 예술작품 "모나리자"(Mona Lisa)는 위성중계를 통하여 지구의 곳곳에 시뮬라크르의 형태(영상화면)로 흩어질 수 있다. 이러한 문화적 시뮬라크르들의 병폐는 이미 현실세계나 문화적인 것을 방부처리하여 코드화시켰다는 시뮬라크르의 본성 때문에 상징가치를 안고 있는 문

---

25) J. Baudrillard, Kool Killer oder Der Aufstand der Zeichen, p. 73 이하 참조.
26) J. Baudrillard, Kool Killer oder Der Aufstand der Zeichen, p. 69 참조.
27) J. Baudrillard, Kool Killer oder Der Aufstand der Zeichen, p. 77 참조.
28) J. Baudrillard, Kool Killer oder Der Aufstand der Zeichen, pp. 83-118 참조.

화의 내용을 의미할 수 없는 점이다. 더 나아가 대중매체를 매개로 하고 있는 문화적 시뮬라크르들의 또 다른 병폐는 그들의 의사소통 구조가 대개 일방통행적이라는 점이다. 대중 덩어리는 문화적 시뮬라크르가 명령조로 전달하는 코드와 이데올로기를 받아들일 수밖에 없을 뿐 역방향으로의 의사소통을 할 수 없다. 역방향으로의 의사소통이 없으면, 이것은 한쪽이 코드를 장악하고 있으므로 다른 쪽을 지배하는 힘을 가진다. 수신자와 발신자가 인터넷으로 대화를 하는 경우처럼, 비록 역방향으로의 의사소통이 진행되는 것 같은 경우가 있다고 하더라도 그 실상은 이것마저도 코드의 체제의 통로를 순환하는 또 다른 코드의 일부분을 형성할 뿐 인격적인 주체들이 주고받는 상징적 교환은 아니다.

시뮬라크르 문화체제에서는 문화 시뮬라크르들이 과거 어느 때의 사회단계에서보다도 양적으로 그리고 종잡을 수 없이 걷잡을 수 없이 확산되고 있으나, 정작 이 와중에서 역설적으로 문화의 죽음은 더 크게 진행된다.

6. 한국문화의 시뮬라크르적 양상

보드리야르가 "시뮬라크르"를 기준으로 "20세기의 혁명, 의미와 실재의 거대한 파괴의 혁명, 포스트모더니티의 혁명"[29]으로 묘사한 포스트모던 문화의 모습은 삭막하기만 하다. 비록 한국사회가 미국이나 유럽과 같지는 않더라도, 한국사회의 특수한 상황 속에서 보드리야르적인 의미에서의 시뮬레이션 사회는, 물론 정도의 차이와 논란의 여지는 있겠지만, 이미 암세포처럼 증식되고 있는 것이 사실이다. 한국적인 특수한 상황이라면 한국은 대도시에 인구가 과밀하게 밀집되어 있고, 더구나 초거대 도시 서울과 그 위성도시에 전인구의 반 정도가 과잉으로 밀집되어 문화산업이 극도로 열악한 환경과 수준에서 진행되고 있는 점이다. 21세기의 정보화 사회에로의 열기와 과학기술에 대한 물신숭배가 클수록, 물질적 풍요와 상업주의에 대한 물신숭배가 클수록 그만큼 한국에서도 시뮬레이션화는 강화될 것이다. 자연공간과 문화공간이 빈곤한 대도시에서, 끝없는 시멘

29) 장 보드리야르 지음(하태환 옮김), 『시뮬라시옹』, p. 247 참조.

트 바다과 숨막히는 고층건물 틈에서 사람들이 할 수 있는 것이란, 그리고 적은 여가시간과 스트레스에 시달리는 도시인들이 할 수 있는 것이란 대중 덩어리가 되어 시뮬라크르 문화에 더욱 의존할 수밖에 없을 것이다. 이를테면 잃어버린 자연과 인간관계는 영화관의 대형화면에서 대신 찾고, 조깅은 기계 위에서, 체력단련은 스포츠 센터에서, 스트레스는 시설이 좋은 전자오락실이나 노래방에서 해소하는 등등의 형태로 말이다. 사회적 지위나 신분의 코드를 과시하기 위하여 골프클럽, 스포츠 클럽 등등에서 문화적 코드를 소비하는 경향이 심할수록 시뮬라크르 문화는 더욱 팽창할 것이다. 인간관계에서 먹고 마시고 몰려다니는 것이 중요한 한국에서는 특이한 형태의 음식·오락·유흥문화가 휘퍼텔리와 리좀 양상을 보이고 있다. 도시인들이 대중 덩어리가 되어 우르르 나가는 자연공간은 음식·오락·유흥산업의 공간으로 전락하고, 이 공간은 현란한 네온사인의 사막이 되어 버린다.

보드리야르의 시각으로 본다면, 문화산업의 체제에 있어서는 문화적인 대상도 일차적으로는 문화상품으로 소비되며, 다른 말로 표현하자면 문화적 코드, 문화적 시뮬라크르의 기능을 하며, 정작 문화적인 내용은 부차적인 사건으로 밀려난다. 한국적인 예를 들자면, 우리가 노래방에서 전자기계의 반주에 의존하여 "목련화"를 부른다고 할 때, 이미 그 노래들은 하나의 문화적 상품이자 코드로서 기계 속에 입력되어 있으며, 노래를 부르는 사람은 그 코드를 조작함으로써(실제로 번호를 누르면, 역시 코드화된 반주가 진행된다, 좀더 시설이 잘된 곳에서는 영상화면까지 서비스된다) 상품을 소비하는 것이다. 여기서 인간과 문화적 대상의 관계는 조작적인 기능주의에 의해 매개된 관계이며, 문화를 소비하는 것도 기호를 조작하는 소비사회의 일반적인 논리를 따르는 것이다. 시뮬라크르의 리듬이 일차적인 사건이며, "목련화"라는 고급예술로서의 노래가 간직하고 있는 의미의 상징세계(이 노래가 상징하는 "봄의 정취" 등등의 문화적 "원본")를 시뮬라크르로부터 구별한다는 것이 의미가 없다.

우리는 한국에서 유행하는 노래방뿐만이 아니라 비디오방, 영화관을 비롯하여, 백화점 속에 들어와 열리는 미술전람회, 문화행사 등등에서도 시뮬라크르적인 문화양상을 엿볼 수 있다. 전통적인 문화장소인 박물관, 화랑, 도서관, 문화관, 문화예술관 등등을 각종 편의시설을 만들어 문화시장으로 만들어 가는 추세도 한국에서 심화되고 있다. 또한 거대한 쇼핑센터에 편입되어 있는 문화시설 형태의 새로운 문화시장도 확산될 것이다. 물론 좀더 확대시키면 의류, 패션, 인테리어, 장식, 건축, 전자오락실 등등도 마찬가지다.

선진국에서는 1960년대부터 연구개발되기 시작하여 1980년대 말부터는 비약적으로 발전하기 시작한 3차원 시뮬레이션이 한국에서도, 정보화 시대에로의 열기와 함께 이제 확산되고 있는 추세이다. 정보과학의 용어로는 "가상현실"(vertual reality)[30]이나 "사이버 공간"이라고 불리우는 이것은 학문분야, 산업계 및 실생활에서도 응용되려고 하고 있다. [31] 이러한 3차원 시뮬레이션이 문화산업에도 널리 보급되면, 인간의 신체도 가상현실이 열어 놓는 마법적인 신세계에 직접적으로 몰입되어 심리적·지각적 반응을 일으키기 때문에, 이제는 과학기술이 매개되고 있다는 점에서, 과거에 문화를 향유하는 방식에서와는 전혀 다른 문화적 대상과 인간의 관계를 언급해야 할 때가 머지않아 도래할 것이다. 필자는 이 글에서는 이 문제를 다루지 않기로 이미 위에서 언급하였다.

7. 시뮬라크르 문화에의 저항

보드리야르의 시각으로 본 시뮬레이션 사회와 시뮬라크르 문화체제는 그 엄청난 역동성이 현란할 지경이며, 기형적으로 발달하는 휘퍼텔리, 종잡을 수 없는 방향으로 번성해 나가는 리좀(Rhizom), 인격들 사이의 사회성이 함열되어 버린 상황, 문화가 전달하고자 하는 상징과 의미가 함열

---

30) "vertual reality"는 "컴퓨터의 인공지능에 의해서 조작되는 인공적인 세계"인데 이것은 "사이버 공간"(cyberspace)이라고도 불리우며, J. 워커는 "인공지능적으로 피드백(feed back)과 제어가 이루어지는 3차원 영역"이라고 정의를 내린다. N. 케더린 헤일즈, 「사이버 공간의 유혹」, 『문화과학』 제 7 권, 1995년 봄, p. 116, 120, 121 참조.
31) 미국 NASA의 우주비행사 훈련, 미공군의 비행훈련, 의학에서는 전자시체로 해부학 실습을 하는 데에, 건축설계, 운동기구 실험, 전자도서관, 그리고 소프트웨어 회사에서는 비디오 게임, 영상 스테레오 등등 광범위한 분야에 걸쳐서 사이버 공간 시뮬레이션을 이미 응용하고 있다. N. 캐더린 헤일즈, p. 121, 122, 129 참조.

되어 있는 삭막한 몰문화의 사막이다. 보드리야르에 따르면 시뮬라크르 물결에 저항할 수 있는 총체적인 대안은 시뮬라크르 전체를 완전히 전복 시켜야 하는 것이고, 이것은 후기 산업사회의 과학기술 문명의 열차에서 내리는 것을 의미하므로 현실적으로는 불가능하다. 대중매체의 경우만 하더라도 시뮬라크르를 코드의 형태로 내보내는 방송국을 다 없애 버리는 일은 실현가능성이 없다. 그렇다면 부분적인 저항의 전략은 어떤 것일까? 우리는 『쿨 킬러. 기호들의 폭동』의 입장을 들어 보자. [32]

시뮬라크르 체제에 부분적으로라도 저항하는 전략은 기존의 지배적인 코드체제를 과격하게 문제삼으면서, 상징적인 교환의 형식을 통하여 함열 되어 버린 상징적 의미의 세계, 상징적 가치, 주체들의 인격적 만남의 장을 가능한 한 최대한 살리는 방법뿐이다. 특히 대중매체를 통해 확산되는 문화에 대항하는 전략도 상징적인 교환을 회복해야 된다는 기본원칙을 따른다. 코드의 형태로 시뮬라크르가 발신되지만 정작 수신자 쪽의 대답은 부재하는 기존의 독재 코드체제에 대항하여 실제로 인격적인 주체가 직접 만나서 의견을 교환하면서 문제와 부딪히는 것이다. 보드리야르는 이때 의사소통의 차원에서도 상징적인 교환이 이루어지며, 그 특징은 의사소통

---

32) 보드리야르는 1976년 프랑스에서 출판된 『상징적 교환과 죽음』(Der symbolische Tausch und Tod)에서 대표적으로 드러나듯이 그 당시에는 "상징적 교환"에 대한 유토피아를 믿고 있었으나, 그 이후로 입장을 바꾸었다고 1983년의 학술토론에서 스스로 고백한다. 그 이유는 한편으로는 "상징적 교환"이라는 용어가 종교적인 의미를 지닌 듯한 오해를 독자들에게 불러일으켰기 때문이며 다른 한편으로는 시뮬라크르의 체제가 극심해진 상황에서 "상징적인 질서"(symboische Ordnung)를, 다시 말해서 그것이 갈망(Verlangen)의 상징적 질서이든, 언어의 상징적 질서이든간에, 더 이상 언급할 수 없게 되었기 때문이다. 시뮬라크르가 지배하는 체제에서는 체제를 저지시킬 수 있는 그런 주체도 없거니와 더구나 상징적 교환이 이루어지려면 적어도 두 가지의 사물을 그리고 이와 관련된 의미를 주체들이 주고받아야 하는데, 이 두 사물과 의미들은 단지 적대적으로 대립하고 있을 뿐 서로 연결되는 것이 불가능하기 때문이다. H. Hesse(Redaktion), Der Tod der Moderne. Eine Diskussion, p. 79 이하 참조; 한정선, 「보드리 아르: 기호가 지배하는 세계」, 『신학과 세계』, 1996년 가을(통권 33호), 감리교신학대학교 출판부, p. 376 참조. 그리고 최근에 변한 입장에 따르면, 기존의 질서를 동요시키는 전략으로써 도전, 유혹, 숙명의 전략을 언급한다고 한다. 장 프랑수와 스크립차르, 마리 프랑스외즈 코드 잘라드, 미셸 리샤르 지음, 이상율, 양운덕 옮김, 『오늘을 위한 프랑스 사상가들』, p. 225 이하 및 233 참조.

의 당사자들 사이에 한쪽이 메시지를 장악하는 불균형이 사라지며, 주어진 문제에 대한 대답이 현장에서 주어질 수 있으리라고 생각한다. 다시 말해서, 이 상황에서는 메시지의 일방통행성이나 코드가 가지고 있는 최고법정(Instanz)이 되려는 성향이 파괴된다. 더 나아가 상징적 교환으로서의 의사소통은 코드 자체의 범주와 코드가치를 벗어난다.

보드리야르는 움베르토 에코(Umberto Eco)의 전략을 신뢰하지 않는다. [33] 에코의 전략은, 어차피 발신되고 있는 지배코드의 메시지의 내용을 바꿀 수는 없기 때문에, 오히려 수신자들이 새로운 내용의 저항코드(역전적인 내용코드, subversive Lektürecode)를 만들어서 기존의 코드를 해독하고 역전시키며, 진정한 대안을 제시하자는 것이다. 그러나 보드리야르 관점에서는 이러한 저항코드 역시 코드인 이상 떠돌아다니는 코드로서의 범주와 코드가치를 "넘어서지" 못하거나, 아니면 지배코드를 전복시킬 수 없는 지극히 보잘것없는 "단수적인 미니코드"(singulärer Minicode)로 전락할 뿐이다.

필자는 에코가 언급하는 저항코드가 보드리야르가 비판하듯이 그렇게 간단하게 그리고 언제나 또 다른 독재코드나 미니코드의 형태로 전락하여 단지 코드의 차원에만 머물리라고는 생각지 않는다. 왜냐하면 이것은 시뮬라크르 이론을 너무 과격하게 주장하여, 시뮬라크르를 통하여 상징적 의미와 실재가 전적으로 함열해 버린다는 것을 전제하기 때문이다. 그러나 우리가 시뮬라크르를 매개로 한 의사소통과 문화활동이 우리가 거부할 수 없는 문명사적 현실이라면 오히려 편견이 아닌 새로운 감수성과 비판의식을 가지고 시뮬라크르를 대할 수밖에 없다. 에코가 제안하는 저항코드도 시뮬라크르라고 처음부터 매도하지 말고, 우리의 주체성에 의지하여 이 저항코드가 전달하고자 하는 내용을 진지하게 받아들인다면, 이것은 결국 보드리야르가 함열된다고 염려하는 그 상징적 의미와 실재의 세계를 적어도 부분적으로나마 부활시킬 수 있는 방법이라고 생각한다.

한편 시뮬라크르 체제 때문에 사실 상징적 가치와 의미와 실재의 세계가 점점 설 자리가 없어지는 것이 또한 우리의 현실이기 때문에 우리는 보드리야르의 진단을 어느 정도 일리가 있는 경고로 받아들이고 늘 염두

---

33) J. Baudrillard, Kool Killer oder Der Aufstand der Zeichen, p. 111 이하 참조.

에 둘 필요는 있다. 상징적 가치와 상징적 교환을 회복하는 구체적인 전략으로 보드리야르는 우리가 실제로 문제가 있는 곳에 가서 인격적인 주체로서 대화하고 몸으로 부딪치는 것이라고 생각하는데, 이것은 우리의 여건이 늘 그럴 수 있는 상황은 아니라는 점에서 너무 이상적이지만, 어쨌든 부분적으로는 실현가능성이 있는 제안이기도 하다. 이를테면 "폭주족 문화"라는 주제에 대해서 단지 시뮬라크르만 떠돌게 내보내거나 시나리오나 내보낼 것이 아니라 실제로 사람들이 만나서 인격적으로 대화하고, 이 문제에 대해서 어떤 사회참여를 할 수 있을 것이다. 그러므로 필자는 에코와 보드리야르의 전략이 가지고 있는 장점이나 실현가능성들을 우리는 서로 상호보완적으로 한국의 문화적 상황에 광범위하게 이용할 수 있다고 본다.

문화의 영역에서도 코드에게, 시뮬라크르에게, 상업주의와 기능주의에 오염된 초실재적이고 인위적인 시뮬레이션 세계에게 밀려 우리에게 자연적으로 친숙한 상징과 실재와 의미의 세계는 점점 더 설 자리가 없어지는 것은 부인할 수 없는 한국적 상황이며, 이것에 저항하는 문화적 디자인은 우리에게는 최대의 과제이다. 시멘트 바닥과 숨막히는 고층건물들 틈에 정작 자연과 인간을 위한 공간을 확보하여, 결국 자연적인 세계와 인간 사이에 생명문화 공동체로서의 사회성을 마련하는 작업은 직접적인 문화 디자인은 아니라고 하더라도, 방부처리된 코드가 아닌 실재세계가 설 자리를 확보한다는 점에서, 즉 자연으로 돌아가자는 단순한 주장이 아니라, 우리에게 자연적으로 친숙한 세계에 대한 감수성을 상실하지 않는다는 점에서, 탈시뮬라크르적인 문화의 공간이 생길 수 있는 조건을 마련하는 것이다. 물론 이것은 필요충분 조건은 아니며, 단지 간접적인 하나의 필요 조건에 불과하지만 말이다. 시뮬레이션 세계를 완전히 추방할 수는 없는 사회·경제·문화적 현실 속에서도, 시뮬레이션 세계와 상징 및 실제세계와의 균형을 확보하려는 노력은 최대한 활성되어야 할 것이다.

문화를 소비하는 대중 덩어리의 문제에 있어서는, 서울과 대도시들을 중심으로 문화산업이 증식되고 있기 때문에 대중 덩어리의 효과는 그만큼 치명적이다. 사람들의 집합이라는 양적인 의미에서가 아니라 질적인 의미에서의 대중 덩어리, 즉 자율적인 문화주체가 아니어서 서로 아무런 차이가 없는 대중 덩어리의 속물성을 탈피하는 길은 시뮬라크르에 오염되지 않는 문화에로의 노력과 문화비판 의식을 통하여 개개인이 문화적 주제가 되는 길밖에 없을 것이다.

　과학기술을 매개로 시뮬라크르 문화를 소비하는 방식 때문에 문화를 매개하는 도구에 대한 의존도가 높아지면서, 정작 상징과 의미세계를 나누는 문화공유자들 사이의 만남은 불필요해지고 사회성도 함열된다. 컴퓨터 디스켓과 대중매체에 의존하여 문화를 소비하는 시뮬레이션 세계의 인간들은 그들과 문화를 나누는 타자들도 살아 있는 인간들이 아니라 화면에 나타났다가 사라지는 코드에 불과할 수 있다. 전쟁의 희생자도 고통도 화면에 나타났다 사라지는 코드에 불과할 수 있다. 그러므로 시뮬레이션으로 방부처리된 타자들을 문화적인 상징과 의미의 세계 속에 부활시키는 사건은 시뮬라크르 문화에 저항하는 역류의 내용이다. 유리창이 산산이 부서지듯 코드와 시뮬라크르들이 무한히 무차별적으로 흩어지는 시뮬레이션 사회에서 문화가 모든 것을 얽어매는 문화체제의 특성을 갖는 것은 괴상한 현상이다. 고도로 발달하는 시뮬레이션 기술과 점점 복잡하고 높은 차원으로 얽혀 가는 시뮬라크르들의 역동성 자체가 괴상한 문화체제를 만들어 낸다. 시뮬레이션 시대의 체제는 국경과 문화권과 시공간과 신분과 나이 등등의 차이를 무너뜨리는 거대한 체제를 만들어 내기 때문에 한국의 특수한 문화상황도 이 체제에 편입될 수밖에 없을 것이다. 이 문화체제가 코드의 무한한 차이와 자유를 허용하면서도 무차별적인 코드의 체제로 얽어매는 것은 포스트모던 문화의 역설이다. 이러한 역설은 한국에서의 포스트모던 문화를 미래지향적으로 검토하는 데 있어서 간과하지 말아야 할 부분이다.

8. 맺는 말

　"포스트모던 문화"라는 말을 필자는 "포스트모던 시대의 문화"라기보다는 후기 산업사회 속에서 소위 "포스트모던 문화"라고 일컬을 수 있는 측면으로 이해하였다. "문화"라는 말 자체도 소비문화, 아니면 고급예술과 대중예술, 연극 등과 같은 특정한 문화의 영역, 또는 민속학적으로 한국문화, 서양문화 등등의 맥락 속에서 이해될 수 있겠지만, 문명사적으로 본 한국의 후기 산업사회적 맥락 속에서의 포스트모던 문화를 염두에 두었다. 후기 산업사회는 오늘날 한국의 경우에도 하이테크(Hi-tech)와 시뮬레이션 기술이 발달하는 정보화 사회가 전개되는 단계에까지 이르렀다. 이와 함께 문화가 현상되는 형태는 물론, 인간이 문화를 향유하는 방식과 의미도 변화하고 있다.

필자가 한국의 포스트모던 문화에 접근하는 방법은 보드리야르의 후기 구조주의적·후기역사적 포스트모더니즘을 특징짓는 시뮬라크르 이론을 도입하여, 한국적 문화상황에 응용한 것이다. 그런데 보드리야르의 입장도 여러 번 변천과정을 거치지만 필자는 주로 70년대 후반과 80년대 초의 글을 중심으로 살펴보았다. 보드리야르의 시뮬라크르 이론이 가지고 있는 포스트모던적인 요소는 "무차별"(Indifferenz)의 담론과 "하이퍼"(Hyper-)의 담론, 휘퍼텔리 및 리좀의 담론, 각종 이분법을 해체하는 담론 등에서 엿볼 수 있다.

보드리야르는 "모든 것이 시뮬라크르이다"라고 하면서 과격한 문화체제 입장을 취한다. 그리고 이 사회에서는 과거의 사회발전 단계에서와 같은 질적으로 새로운 것이 출현할 수 없다고 단언한다. 그러나 우리는 보드리야르를 반성하면서 시뮬라크르에 대해 조심스럽게 열린 자세를 취할 필요도 있다. 어쩌면 시뮬라크르가 질적으로 새로운 것이며, 시뮬라크르 문화도 전적으로 사막 같은 몰문화의 얼굴만 가지고 있는 것이 아니라 그것을 향유하는 주체의 자율성에 따라서 새로운 형태의 문화를 향유하는 방법과 가능성과 문화에의 감수성을 불러일으킬지도 모른다. 우리는 좀더 시뮬라크르 문화가 진전되는 사태를 지켜 보아야 할 것이다. 그럼에도 불구하고 보드리야르의 입장은 우리들에게는 좋은 경고가 될 수 있으며, 한국적인 시뮬레이션 사회의 문화를 미래지향적으로 검토하는 데에 있어서 하나의 생산적인 도전으로 검토해 보아야 할 주제이다.

"문화침투와 주체성의 문제"에 대한 논평

김 혜 련
(연세대)

    삶의 모든 국면들이 급변하는 것을 피부로 느끼면서 철학자들은 그러한 변화가 갖는 함의들을 설명해야 하는 압박감을 느낀다. 만물이 유전하는 것은 자연스러운 일이지만 지금 우리는 얼마간 등떠밀리듯이 앞으로 가고 있는 것 같기 때문에 한층 위급함을 느끼고 변화에 대한 제어력을 우리 수중에 갖기를 원한다. 그러한 상황을 강영계 교수는 문화침투와 주체성의 문제의 시각에서 진단하고 나름대로 건전한 처방을 내려보는 시도를 하고 있다. 논평자는 강교수의 논문의 대의를 충실히 이해하는 입장에서 논점들을 반성해 보고자 한다.

    변화의 상황에서 우리는 왜 우리 문화가 침식당하고 있다고 느끼는 것일까? 그러한 느낌을 미국이나 프랑스 같은 문화 강대국의 시민들도 느끼고 있을까? 예를 들면, 그곳에서도 일본만화의 침투력은 누구나 인지할 정도라고 한다. 일본산 자동차의 경우도 마찬가지이다. 우리가 느끼는 '문화적 피해의식'은 변화의 정도가 국소적인 것이 아니라 전면적이어서 정체성까지 위협당하고 있다고 보는 데에서 기인한다. 문화 강대국의 경우, 외부로부터 상품과 기술이 도입되는 것을 경제적 손익의 관점에서 해결하려고 하는데 비해, 우리는 그야말로 침투 내지는 잠식의 위협으로 느끼는 것에서 크게 차이가 있는 것 같다. 일단 논평자는 외래문화의 침투에 대한 위기위식을 긍정적으로 본다. 그것은 우리가 문화무역의 당사자라는 것, 그러한 교류를 통해 우리의 것이 외부의 것과 다르다는 것을 깨달을 수 있다는 것, 그리고 이 교류상황에서 위기를 느낀다면 그것은 우리가 무엇인가 건전한 대책을 마련해야 한다는 것을 밀해 주기 때문이다. 한마디로 위기의식은 발전의 도약대가 될 수 있다는 생각이다.

그런데 이러한 위기의식의 기저에 심각한 정체성의 위협이 있다고 말할 때, 강교수의 표현을 빌리면, 그것은 "우리의 문화적 독자성이 상실될 위험"으로 해석될 수 있다. 여기서 우리는 형이상학적으로 엄밀한 의미의 자아동일성 같은 문제에 직면해 있는 것일까? 우리의 경우, 단일민족으로 구성되어 있다는 특수성 때문에 우리의 문화적 주체를 민족적 자아(엄정식, 「민족문화와 민족적 자아」, 『문화철학』, pp. 149-170)로까지 확장한다든지, 또는 그러한 민족적 자아는 허구일 뿐이고 문화의 정체성은 가족유사적 연속체일 뿐이라고 해명함으로써(남경희, 「가족유사적 연속체로서의 민족문화」, 『문화철학』, pp. 180-189) 문제 자체를 해소하는 대립적인 설명을 듣게 되기 쉽다. 한민족이 존속한다는 것은 엄연한 사실이지만, 그것은 우리의 생물학적/역사적 계보를 말하는 것일 뿐, 그 사실이 곧 한민족의 정체성의 항구적 기반을 이루는 것은 아니다. 한마디로 '한민족'이란 명목적 개체로서 그 정체성은 '주어진' 것도 아니고 우리가 '선언'함으로써 세워지는 것도 아니다. 다시 말해서, 한민족의 정체성은 '밖에 있는', 발견될 대상 같은 것도 아니고 임의로 우리가 설정할 수 있는 것도 아니다. 그러나 그와 동시에 이러한 명목적 개체의 본질 같은 것이 없다고 해서 그 정체성이 '완전히' 우연적인 것도 아니다. [1] 정체성의 문제를 해소하더라도, 즉 '민족적 자아'의 개념을 근본적으로 열린 개념으로 볼 경우에도, 그 개방성의 정도는 문제로 남는다. 정확히 말하면, 명목적 개체에게 있어서 개방성의 정도는 단순한 수치의 문제가 아니라 그 개체의 역동성의 핵이 어떤 양태로 살아 있고 얼마나 자발성을 유지하고 있는가 하는 문제이다. 이 점을 강교수는 문화의 "비판적 수용을 통한 창조적

---

1) R. 로티는 언어와 자아가 모두 '완전히' 우연적인 것이라고 설명한다. 논평자가 읽기에, 그가 말하는 '우연성'은 논리적 필연성을 갖지 않는 것, 그리고 형이상학적 실체라는 토대를 갖지 않는 것을 의미한다. 그에게 있어서 우연성은 역사적 연속성에 다름아니다. 따라서 어떤 것의 정체성이 우연적이라고 말하는 것은 그것이 '임의로' 설정된 것을 의미하지는 않는디. Richard Rorty, *Contigency, Irony, and Solidarity* (Cambridge University Press : Cambridge), 1989, 제1장과 제2장 참조.

종합"으로 정식화한다. 그러나 이 정식화는 다분히 추상적이고 사변적이므로 구체적인 방안을 마련해야 하는 우리의 상황에는 변함이 없다.

논평자는 '민족적 자아'를 포함하여 문화적 개체들의 존재양태를 다시 성찰함으로써 좀더 구체적인 지침을 마련해 보고자 한다. 앞에서도 지적한 바 있듯이, 문화적 개체들은 주어진 본질이 없고 근본적으로 개방된 개체들이다. 굳이 문화적 개체들의 본질을 말한다면 '역사적 연속성'이 될 것이다. 여기서 역사적 연속성은 단순히 계보가 이어지는 것을 말하는 것은 아니다. 역사적 연속성은 구체적인 개인들이 규범을 세우고 실천을 통해 구성하는 것이다. 이 구성과정은 내적인 것과 외적인 것들간의 갈등과 화해의 연속으로 이루어진다. 예를 들면, 소위 세계시민이라는 의식을 갖고 사는 사람이 있다고 하자. 그가 자신을 세계시민으로 '선언'할지라도, 다른 국가의 시민이 볼 때, 그는 피부색, 국적, 성별, 종교 등의 차이에 의해 구별되는 구체적인 개인이다. 문화적으로 다른 범주들과 만나는 경험은 우리의 주체성의 확립을 요청한다. 그 요청에 부응하기 위해 우리가 일깨워야 하는 민족적 자아는 없다. 우리가 할 일은 공동체로서의 부단한 역동적인 활동이다. 문화란 정신적/물질적 노동의 결과들의 총체이지만, 여기서 '결과'는 노동의 자취 또는 흔적으로서의 '산물' 그 자체가 아니라 그 산물을 중심으로 전개해 가는 '활동'이다. 문화는 제작의 결과로서의 '에르곤'(ergon)이 아니라 실천을 통해 창발하는 '에네르게이아'(energeia)이다. 문화적 창발(cultural emergence)은 근본적으로 단순히 반복되는 것이 아니라 참여하는 개인들의 의식적인 해석작업을 통해 창조적으로 구성됨으로써 이루어진다. 우리 문화란 '나의 것' 또는 '우리의 것'으로서 우리가 성실하게 견지하는 우리 자신을 표현하는 것이다. 이 표현이 멈출 때 우리는 생물군으로서는 살아 있지만 '우리'로서 살아 있지는 못한다.

논평자는 문화의 존재방식을 근본적으로 개방적인 것으로 그리고 동시에 활동으로서 규정함으로써 문화적 주체들의 참여와 실천을 필요로 하는 것으로 규정했다. 이제는 문화적 개체들의 범주적 특성과 인식에 미치는 효과를 살펴보려 한다. 문화적 개체들은 '주어진' 본성을 갖는 것이 아니라, 구체적인 역사적 시점에서 인공적으로 만들어진 모형(prototype)으로서 태어난다. 모형들은 텍스트, 제스처, 제도 등 다양하다. 한 모형이 사람들의 삶에 어떤 식으로든 기여할 때 사람들은 그것을 하나의 범주처럼 받아들이고 재생산을 시작한다. 걷기나 자동차의 경우, 사람들이 환호하며 받아들였음은 물론이다. 모형의 재생산은 단순한 재생산이 아니라 적응과정을 경유하며 발전된다. 물론 모형적 개체들이 항상 유익을 주는 것은 아니다. 영화의 등장은 대체로 우리에게 유익이 되었지만 포르노의 등장은 모형을 퇴행적으로 수용한 경우일 것이다. 논평자가 보기에, 전통문화에 대해 말할 때 우리는 우리가 이미 갖고 있는 '에르곤'으로서의 모형들에 한정하는 경향이 있는 것 같다. 이 모형들은 그 자체로 살아 있는 것이 아니라 현대에 살고 있는 우리가 '우리의 것'으로서 창조적으로 재생산할 때 진정한 의미에서 살아 있는 것이다. 창조적인 재생산이라는 작업은 비교/선택과정을 동반하며 방향성을 갖는다. 여기서 비교하고 선택하며 방향을 잡는 것은 우리들이다. 문화의 주체성을 회복하는 문제는 사실상 방향키를 우리가 견고하게 잡고 있는가 하는 문제이지, 단순히 전통적 문화모형들을 유실하지 않아야 한다는 문제가 아니다. 문화적 개체의 사멸적 속성상, 우선 문화사의 기록으로서의 모형 자체의 보존이 중요하다. 그러나 그와 동시에 모형 자체의 보존은 그것이 어떤 것이었는가를 아는 것을 넘어서 그 모형을 어떻게 지금 문화적으로 창발시킬 것인가 하는 과제를 우리에게 부과한다. 논평자의 생각으로는, 그 과제를 수행하는 길은 우리가 전통적 문화적 모형에 기원을 두는 새로운 모형들을 (현대인으로서) 우리의 것으로 만들어 내는 길밖에는 없는 것 같다. 외래문화가 전면적으로 침투하는 것처럼 느껴진다면, 그것은 우리가 아직 대안적 모형들을 창조해 내지 못했다는 자괴심 때문일 것이다. 외래의 문화적 개체들이 보편주의라는 기치를 내걸고 침투한다고 해서 성공할 수 있는 것은 아니다. 그런 종류의 보편주의는 침투를 획책하는 집단의 이념적 성격을 말하는 것이지 문화적 개체들의 속성 자체는 아니다. 문화적 개체들은 모형으로서 태어나고 다른 우세한 모형의 영입에 따라 죽을 수도 있는 운명을 갖는다. 우리의 문제는 외래의 문화적 개체들의 '침투'에 있는 것이 아니라 '우리의 것'으로 우리가 귀속시킬 수 있는 우세한 대안적 모형들을 충분히 갖고 있지 못하고 또한 충분한 정도로 그러한 모형제작 작업에 참여하고 있지 못하는 데에 있다.

논평자는 우세한 또는 대안적인 모형제작의 한 예로서 여성주의 영화에 대해 언급하려 한다. 종래의 헐리우드 영화들은 관객에게 최대한의 쾌를 제공하기 위해 남성주의적인 시각을 채택하고 이야기의 자연스러운 전개에 치중했다. 예컨대, 부정한 여자를 벌준다든가, 여성 등장인물을 시각적 대상으로 보여 줄 때 관객들은 만족감을 얻는다. 여성주의자들은 이 만족감을 분석하고 그 이면에 여성에 대한 대상화, 가부장적 가치의 투사, 관객의 인지적/정서적 몰입상태를 유도하는 기제들이 숨겨져 있음을 간파한다. 물론 모든 여성주의 영화가 영화로서 훌륭한 것은 아니다. 그러나 헐리우드 영화들의 부정적 영향을 막기 위해 전면적인 불매운동을 벌이는 것은 현실적인 대안이 못 된다. 그래서 여성주의 영화인들은 대안적 모형을 마련해 보고 있다. 여성 등장인물을 시각적 대상이 아닌 행동의 주체로 설정한다든지, 또는 이야기의 자연스러운 전개로 인해 관객들이 몰입상태에 빠져 들어 영화를 현실로 착각하지 않도록 '이것은 영화이다'라고 영화 속에서 귀띔해 준다든가 하는 장치들이 그것이다. 논평자는 여성주의 영화의 시도가 기존의 영화들을 대치하려는 의도에서 시작된 것은 아니라고 본다. 중요한 것은 훌륭한 대안적 모형을 제시함으로써, 그리고 그 우수성을 이론적으로 뒷받침하는 부단한 노력을 함으로써 관객들을 일깨우고 성장시키려 하는 것이다.

우리의 문제상황은 구체적이다. 전면적인 문화개방에 직면하여 우리가 할 일은 무엇인가? 우리는 먼저 '우리'로서 살기 원하는지, 그리고 어떤 종류의 '우리로서' 살기 원하는지 결정해야 한다. 이 물음이 추상적이라면, 다른 집을 방문하거나 외국을 여행했던 경험을 회상해 보라. '그들'은 우리가 특수성이나 고유성을 가질 때 우리를 흥미로운 존재로 본다. 즉 우리가 우리의 것으로 소개할 만한 것들을 갖고 있을 때 우리는 대화의 대상이 될 수 있다. 그렇지 않을 때 우리는 '아무도' 아니다. 우리는 다른 사람들과의 교류를 원한다. 다양한 교류를 통해 내가 그리고 우리가 발전할 수 있기 때문이다. 논평자는 우리 문화의 발전은 어느 문화권에서든지 적응력을 갖는 종류의 문화적 모형들을 만들어 내고 파견하는 일에 우리가 얼마나 힘을 모으는가에 달려 있다고 생각한다.

남북의 문화적-사회적 통일과 철학의 과제
— 한국철학회 김재현 교수의 글에 대한 논평 —

윤 평 중
(한신대)

1. 한반도를 둘러싼 국제정세의 급격한 변화는 통일문제에 대한 우리의 감수성을 더욱 예민하게 자극하고 있다. 남북한 사회를 압도적으로 규정하고 있는 분단체제의 과거와 현재에 대한 냉철한 인식만이 한반도의 바람직한 미래를 담보해 줄 수 있다는 평명한 교훈을 다시 음미하게 되는 것은 이 때문이다. 진정한 통일은 경제, 정치체제뿐만 아니라 인간적-사회적 통합의 기초 위에서 비로소 가능하다는 김교수의 입론은 의문의 여지없이 정당하다. 인간적이고 사회적인 통합을 위한 일반론적이고 철학적인 문제설정과 함께 어떻게, 무슨 방식으로 통합이 가능할 것인가를 묻고, 그러한 현실의 도전에 대한 한국철학의 바람직한 응전태도를 모색하는 것은 '자기시대의 요구를 사상으로 담아 내야 하는' 철학도의 당연한 의무이며, 이 의무를 김교수는 성실하게 수행하고 있다.

2. 분단체제론이나 시민사회론(또는 이와 연결되는 신민사회론, 제2사회론), 생활세계/체계이론 등은 각기 장-단점을 갖지만 남북한 통일문제에 접근하기 위한 유의미한 이론적 틀들이다. 이러한 이론들을 포괄적이고 비판적인 방식으로 수용하고 있는 발제문 전체의 논지는, 통일을 실체론적으로 보지 말고 하나의 장구한 역사적 과정으로 파악하자는 대전제 위에 서 있다. 또한 발제문의 궁극목표는 남북한 '양체제 개혁의 변증법'을 작동시키고 '새로운 통합의 다면적 논리'를 구축함으로써 '남북한 정권의 합의와 민중적 생활세계의 논리와 연대에 기초한 새로운 체제'를 형성

시키는 방향으로 모아지고 있다.

이는 남북통일 문제에 관한 표준적 담론의 한 형태라고 할 수 있다. 그리고 이러한 담론이 민족의 장래에 관해 깨어 있고 열린 의식을 갖는 진보진영에만 제한되지 않고 보통사람들에게까지 광범위하게 확산되어서 '표준화'되고 있다는 사실 자체가 우리 역사의 일정한 진전을 증명한다. 남북통일 문제와 관련해 김교수가 결론적으로 천명하고 있는 '평화공존, 대화와 상호이해, 연대와 자율성, 참여와 책임의 철학, 새로운 개방적 민족주의와 휴머니즘의 철학'이라는 표어는 민족의 양심세력이 장구한 기간 동안의 투쟁과 질곡, 반성과 실천의 과정을 거쳐 집합적으로 형상화시킨 목표라고 평가할 수 있다.

한편으로 김교수는 이러한 논의에서 당위성과 현실성 사이의 긴장관계가 결코 쉽게 해소될 수 없음을 인식하고 있다. 앞에서 제시된 남북통일 문제와 관련된 당위적(反사실적) 명제들이 이그러진 한반도의 현실을 비추면서 일정한 사실적 힘을 발휘한다는 것을 부인할 수는 없다. 또는 일방적 흡수통일이 가져올 여러 가지 부정적인 사태가 충분히 예견가능하므로 이러한 부작용을 방지하거나 최소화해야 한다는 절실한 바람이 현실적으로 정당화될 수 있으며, 그만큼 사실적 설득력도 획득하게 된다고 말할 수도 있겠다. 남북한의 사회적-문화적 동질성을 높이기 위해 김교수가 제시하고 있는 여러 방안들과 철학(계)의 과제들은, 충실히 이행될 경우, 당위성과 현실성 사이의 거리를 메우는 데 도움이 될 것이다.

그러나 또 한편 발제문 3.1.에서 김교수는 남북통일 문제에 관한 '보다 현실적인' 논의를 간단하게 제시하면서 통일의 과정이 기본적으로 힘의 논리에 의해 규정될 것이라고 시사하며, 그 과정에서 진보적 지식인들이 철저히 무력해지거나 소외되는 상황이 빚어지지 않을까 깊이 우려한다. 문제는 이러한 우려가 현실화될 가능성에 비례해서 진보적 정향성을 갖는 통일담론의 딜레마가 악화될 것이며, 이러한 가능성이 꾸준히 증가하는 것처럼 보인다는 점에 있다.

이는 통일담론의 구조와 내용이 좀더 입체화-광역화되어야 할 필요성을 보여 준다. 최선의 가설은 남북 양체제가 서로 민주화-개혁화되면서 민중 중심의 내실있는 제3의 체제를 과정적으로 만들어 가는 것이지만, 그것과 함께 다른 가설들도 진보적 통일담론의 지평 안에 적극적으로 편입시켜 공론화시키는 작업이 필요하다는 것이다. 한반도 안에서의 평화적이지 못한 사태진전에 대한 전망을 통일팀론이 제대로 담아 내지 못한 상태에서 돌발사태를 맞게 된다면 한국 진보진영의 이론과 실천은 궤멸적인 타격을 받게 되고, 보수화의 물결이 우리 사회를 완전히 뒤덮게 될 것이기 때문이다.

3. 남북통일 문제와 관련된 균형잡힌 논의는 해방 이후 한반도에서 구체화된 남한과 북한의 두 체제모델의 공과에 대한 포괄적 평가를 요구한다. 그동안 남한의 현실에 대한 진보적 입장에서의 분석과 처방은 치열하고 객관적인 탐구를 진행시켜 상당한 정도의 과학적 성취를 축적했다. 따라서 그만큼의 엄정성과 지적 정직성이 북한에 대한 평가에도 적용되어야 한다. 이러한 맥락에서 보자면, '북한 사회주의가 무엇을 지향하며 이를 위해 어떠한 이론과 실천을 지향하는가를 스스로 이야기하도록 해준다'는 내재적 접근법은, 남한사회에 횡행해 왔던 레드 콤플렉스와 마녀사냥식 반공주의에 의해 왜곡되어 온 우리의 북한관을 전향적으로 반성하게 만든다.

그러나 예를 들어 송두율 교수의 내재적-비판적 접근은 그 원론적 정당성에도 불구하고 북한 사회주의의 이론부분에 지나치게 많은 공간을 할애함으로써, 북한사회에 대한 정보량의 원천적 제약이라는 사실을 감안하더라도, 평균적 북한인민의 생활세계에 대한 진술이 빈약하고, 그 결과 북한 사회주의의 이론과 실천의 매개여부를 불투명하게 얼버무리고 있다. 바꿔 얘기하자면, 비판적-내재적 접근에서 내재적 맥락에 비해 비판의 차원이 현저한 불균형을 이루고 있다는 것이다. 남한에 대한 투명한 비판이 북한에도 적용되어 마땅하다면 이러한 상황을 바람직하다고 보기는 어렵다.

'새가 좌우의 날개로 날아간다'는 것은 명백한 진리이지만 산술적이고 기계적인 양비론이나 양시론이, 명백한 현실을 은폐하는 효과를 산출하면서 지식인의 현란한 논법이 평균인의 상식에 의해 오히려 추월당하는 사태를 초래할 수도 있음을 우리는 주의해야 한다. 한 체제의 정통성이라는 것은 궁극적으로 그 체제에 속하는 평균적 시민이나 인민의 삶을 얼마나 깨어 있고 인간적이며, 윤택하게 만드는가의 여부에 달려 있다는 상식을 우리는 존중하지 않으면 안 되는 것이다. 남한사회에 대한 촌철살인적 비판과 궤를 같이하는 북한비판이 반통일적이라거나 반공철학적이라는 비난 앞에 손쉽게 노출되는 분위기가 어떤 집단 안에 존재한다면, 그 집단의 시각이 건강하다고 보기는 어렵다. 영원한 비판적 실천인 철학은 스스로가 부과한 이성적 제한 외에는 어떠한 한계도 인정해서는 안 되기 때문이다.

4. 남북간의 문화적-사회적 동질성을 확보하기 위해 '민족통합적 역사인식과 역사의식'이 필요하다는 김교수의 제안은 정당하다. 그러나 그러한 목표를 달성하기 위한 방안으로 발제문 4.1.에서 제시된, '식민지가 되기 전, 그리고 분단 이전에 이룩한 문화발전을 재인식하고 계승'해야 한다는 주장이 '역사와 문학교육, 한글의 일치화' 외에 어떠한 구체적 내용을 담보하고 있는가? 혹시 이는 문화에 대한 역동적이고 질료적인 이해를 차단하면서 불변의 문화적 실체를 상정하는 관념적 문화이해에 입각한 제안이 아닐까? 물론 공통의 문자를 매개로 축적된 역사와 문학교육은 사회통합을 위해 매우 중요하다. 그러나 이 차원 외의, 또는 이 차원과 동행하는 남북한의 생활세계적 공간 안의 폭발적인 차이나 괴리를 접합시킬 수 있는 묘수를 찾기는 쉽지 않을 것이다. 규범적 통합이나 당위적 동질화를 앞세우기보다 서로간의 차이를 인정하고 당분간 상대적인 거리를 유지하면서 사는 것도 한 방안일 수 있을 것이다.

5. 해방 이후 남한에서의 철학연구가 매우 비주체적이었고, '역사적 안목과 현실적 문제의식을 결여'하고 있었다는 김교수의 지적은 정곡을 찌른 것이다. 그러나 이러한 상태에 대한 반성이 점점 확대되고, 남한철학자들의 연구역량이 심화되면서 상황이 개선되고 있다는 전향적인 느낌을 우리는 갖는다. 그리고 이러한 희망은 김교수의 말대로 한국의 철학이 '우리의 현실적 문제들'과 과감하게 부딪침으로써 비로소 확보되기 시작할 수 있을 것이다. 남북한의 사회적-문화적 통합을 위한 철학의 적극적 개입은 '한국적 비판철학'의 한 단초를 제공하게 될 것이기 때문이다.

논평 : 시뮬라크르에 저항하기

김 상 환

(서울대)

보드리야르는 철학자는 아니지만, 그의 탈현대 사회론은 일찍부터 어떤 주목할 만한 존재론적 직관 속에서 구상되고 있다(가령 그의 소비사회론에서 상품은 사용가치의 담지물이 아니라 어떤 상표·마크의 담지물이고, 이 소비기호로서의 상품은 현대사회에서 사물일반의 존재론적 의미를 대변하거나 참칭하는 가장 탁월한 특권적 존재자이다). 이 점에서 보드리야르는 철학이 이 시대의 정치경제 및 문화적 현실과 대면할 수 있는 지름길인 동시에, 이 현실이 철학에 던지는 도전과 문제제기의 규모를 파악하기 위해서 반드시 지나야 하는 관문이다. 한정선 교수는 보드리야르의 탈현대론을 '시뮬라크르'의 주제를 중심으로 알기 쉽게 소개하고, 우리 나라에 닥치고 있는 이 시뮬라크르의 지배력에 대하여 경종을 울리고 있다. 이러한 일차적 작업 뒤에 우리에게 남는 보완의 과제가 있다면, 그것은 먼저 철학이 탈현대적 사회현상에 개입할 수 있는 부분을 보다 정확히 한정하는 일일 것이다.

시뮬라크르의 주제는 그러나 이미 충분히 존재론적 주제이며, 그 자체로 전통 형이상학(특히 플라톤주의)에 대한 도전이다. 보드리야르적 의미의 시뮬라크르는 가상적 의사(pseudo)실재이지만 실재보다 더 실재적인 초과(hyper)실재이다. 그것은 원본과 실재에 대한 종속적 지시관계로부터 전적으로 해방되어 있고, 해방되어 있을 뿐만 아니라 원본적 실재보다 우월하다. 이 우월성이 '하이퍼리얼'의 '하이퍼'가 지시하는 의미인데,

그 우월성은 보다 정확히 말해서 모델을 부과하는 능력 혹은 전범성을 띠는 능력에 있다. 이것은 마치 모방물로서의 예술작품이나 책이 현실과 세계이해의 모델이자 시각(테오리아)으로서 반전되는 것과 같다. 그러나 이 의사실재의 초과적 실재성은 어떤 전도된 플라톤주의 안에서 이해되어야 한다기보다는 현대 기호학이 담고 있는 존재론적 함의내용 안에서 이해되어야 한다. 오늘날 기호는 기의(시니피에)를 대신하는 기표(시니피앙)가 아니다. 기의에 대한 모방 혹은 지시관계는 기호의 교환이나 의미작용과 무관한 것으로 밝혀진 지 오래다(비트겐슈타인, 소쉬르). 데리다는 '기의없는 기표', '음가없는 기표', 혹은 '기표의 기표'로서 기능하는 기호를 '에크리튀르'라 불렀고, 형이상학적 언어개념을 이탈하는 이 에크리튀르의 의미작용 가능성을 설명하기 위해서 차연(différance)을 말했다. 차연이란 기호들 전체(비구조적, 개방적, 유동적 전체)가 만드는 시공간적 차이의 연쇄적 그물망이자, 그 차이의 그물망을 산출하는 운동이다. 데리다에 따르면, 음성을 모방하지도 않고 어떤 고정된 기의를 지시하지도 않는 기표가 어떤 기호작용 안에 놓이는 것은 거기에 차연이 개입하기 때문이다. 데리다는 이 차연이 만드는 차이의 그물망 전체를 텍스트라 불렀고, 이 텍스트 밖에 초월적 기의가 존재할 수 있는 가능성에 한없는 의심을 던졌다. 보드리야르의 정치경제학은 사회적 현상이 모두 기호학적으로 번역될 수 있다는 전제에서 출발하며, 그의 시뮬라크르 이론은 데리다의 텍스트론과 동일한 기호학적 직관 안에서 몸을 얻고 있다. 즉 가상현실로서의 시뮬라크르는 기의(현실, 원본, 노동, 사용가치, 경제학적 욕구 등등)없는 기표의 기표이다. 시뮬라크르의 유의미성은 기호학적 교환질서 밖의 대상(실재)에 대한 지시관계에 있는 것이 아니라, 사회체제(이데올로기)가 확대 재생산하는 기호교환 규칙(코드, 약호)에 있다. 이 코드와 이 코드에 의한 조작(시뮬라시옹, 모델의 구성)이 시뮬라크르의 출생원인이지만, 그 코드의 체계바깥에는 아무것도 없으며, 그 코드의 세계바깥은 없다.

그러므로 가상현실로서의 시뮬라크르는 현실과 실재의 존재론적 권리를 박탈하거나 참칭하지 않는다. 왜냐하면 기호학적으로 번역되는 정치경제학적 '현실'에는 코드로 매개되지 않은 현상이 없기 때문이며, 실재성의 범주 자체가 이미 지배코드에 의하여 조작되어 있기 때문이다(마르크스의 물신숭배 개념, 사용가치와 교환규칙의 구분에 대한 보드리야르의 비판을 삼소). 실재의 자명성은 이미 자기방어적인 이데올로기가 꾸며 낸 거짓된 자명성이며, 그런 의미에서 현실은 이미 가상적 현실이자 시뮬라크르이다. 따라서 시뮬라크르 문화에 저항한다는 것은 다시 실재적 사물로 복귀하는 것이 될 수 없다(이 점에서 우리는 한정선 교수의 저항방식을 재고해야 한다). 시뮬라크르 문화는 이미 실재와 비실재, 자연과 인공의 이분법이 무효화되는 지점에서 형성되고 있기 때문이다. 시뮬라크르에 대한 싸움이 시뮬라크르 이전으로의 복귀를 말한다면, 그 '이전'은 고전적 의미의 실재와 자연이 아니라 시뮬라크르와 실재, 인공과 자연의 범주를 동시에 생산하고 조작하는 코드들이며, 이 코드들의 체계로서의 이데올로기이다.

시뮬라크르의 문화에 저항하는 대표적 이론가는 움베르토 에코인데, 주지하다시피 그는 코드의 독재와 테러에 대항하기 위해서 지배매체의 코드를 감시하는 저항적 독해코드의 개발을 역설하였다. 그러나 보드리야르는 매체와 코드의 '올바른 사용'이 불가능함을 지적하면서 에코 류의 제안을 비웃었다. 왜냐하면 코드는 본성상 발신자(코드기입자 : encodeur)와 수신자(코드해독자 : décodeur)간의 영원한 불평등을 전제하기 때문이다. 보드리야르는 한때 현대사회를 지배하는 기호학적 교환질서에 저항할 수 있는 가능성을 상징적 교환질서(선물의 교환에서 사례를 찾을 수 있는, 자본주의 시대 이전의 교환질서)로의 복귀에서 찾았다. 기호학적 교환은 일의적(univoque) 메시지를 내용으로 하는 반면, 상징적 교환은 일의적으로 규정불가능한 다의적 전언을 담고 있다. 또 기호학적 교환은 발신자에서 수신자로 이르는 일방향적이고 불평등한 교환이라면, 상징적 교환은 양면적이고 상호적이다. 또 상징적 교환은 기호학적 교환과 달리 어떤 코드에 의해서 매개되지 않는 직접적 교환이다. 보드리야르는 그러나 시뮬라크르 이론을 심화시키는 과정에서 기호학적 교환과 상징적 교환의 대립을 포기하는 한편, 기호학적 교환질서의 자기원인적 파괴현상에 주목한다. 이것이 보드리야르가 말하는 의미 혹은 시뮬라크르의 내파(implosion ; 함열)이다. 내파란 기호와 정보가 과잉으로 증식하는 가운데 발생하는 재난(암과 같은 병)이다.

보드리야르의 시뮬라크르 이론은 대중매체론, 내파론과 더불어 삼위일체를 이루면서 일단의 이론적 완성지점에 이른다. 그러나 이 삼위일체론은 다시 두 가지 사항에 대한 추가적인 반성 속에 일그러져 버린다. 먼저 추가되는 것은 내파의 범위가 단지 시뮬라크르의 자기함열에 그치는 것이 아니라 시뮬레이션의 기술적 근거인 매체를 소멸시키는 데까지 진행한다는 반성이다. 기호와 정보의 과잉은 코드를 교란시키고, 그것에 담기는 내용적 의미를 중성화시키며, 이런 '의미의 대재난' 속에서 매체는 매개의 기능을 상실하는 재난을 겪는다. 여기에 더 추가해야 할 것은 '대중의 침묵'이다. 보드리야르는 기호학적 교환질서 안에서 개인과 개인이 고립되고, 그래서 연대성을 상실한 대중이 무형의 덩어리(mass)로 변해 버리는 현상에 주목한다. 매체의 코드와 형식은 본성상 응답을 요구하지 않으며, 양면적 의사소통과 적대적이다. 따라서 매체(코드)의 지배력이 확산되고 심화될수록 대중은 침묵의 집합체가 되어 버린다. 그러나 문제는 이 대중의 침묵이 단지 매체와 코드가 강요한 것에 못지않게 대중이 이 매체의 지배력에 저항하는 능동적 전략인지 모른다는 데 있다. 대중은 소비의 이데올로기, 코드, 매체에 한없이 흡수되고 조작되면서 자신을 지배하는 이 코드와 매체가 자체 함열의 길로 이르게 한다. 그러므로 종국에 가서 매체는 대중을 조작한다는 점에서 권력의 편인지, 기호학적 질서와 의미를 중화시키거나 내파시킨다는 점에서 대중의 편인지 알 수 없다. (따라서 우리는 보드리야르에게서 대중을 단지 순응적이고 '문화를 죽이는 비극의 역할담당자'로서만 기술하는 한정선 교수의 설명을 보충해야 한다.)

『시뮬라크르와 시뮬레이션』에서 이미 짙은 그늘을 드리우고 있는 보드리야르의 허무주의적 직관은 그 이후의 저작들, 가령 『숙명적 전략』(1983)에서 더 심화되고 있다. 특히 이 작품에서 제시되는 '탈정치성'(le transpolitique)의 개념은 보드리야르의 허무주의적 기조를 최종적으로 요약하고 있는 것처럼 보인다. 이때 탈정치성이란 투명성과 외설성의 범람 속에서 사회, 구조, 역사, 정치, 상상, 신체 혹은 그 밖의 일체의 비밀(이론, 정보, 목적, 섹스)이 종언을 맞이하는 사건이다. 기호의 과잉 증식으로 특징지울 수 있는 정보화 사회에서, 존재하는 모든 것은 스펙터클화되고 전적인 전시상태에 놓이면서 그 내면성과 심층 혹은 역사적 '유일성'(Einzigkeit, 벤야민)을 상실한다. 정보화 사회에서 사물일반의 운명은 '백색의 외설성'(p. 83)이다. 이 백색의 외설성이 어떤 파국이라면,

이 파국은 기술복제 시대에 예술작품과 자연적 사물이 겪는 '아우라의 상실'(자품에게러 가치, 사물내새색 공산성, 역사적 유일성의 상실)을 언급한 벤야민의 직관이 이론적으로 도달하는 마지막 국면이라 할 수 있다. 이 기술복제 시대의 소외는 루카치적 의미의 사물화(Verdinglichung)에 있다기보다 '탈사물화'로서 이름붙일 수 있는 존재론적 대재난에 있다. 시뮬라크르에 대한 저항은 이 탈사물화의 기원에 대한 해석에서부터 시작할 수밖에 없을 것이다.

필자소개

강영계

서울대학교 철학과 졸업. 독일 뷔르츠부르크 대학 철학박사. 현재 건국대학교 철학과 교수. 저서로는 『니체, 해체의 모험』, 『기독교 신비주의 철학』, 『사회철학의 문제들』, 『철학에 이르는 길』, 『베르그송의 삶의 철학』 등이 있다.

고재식

한국신학대학 졸업. 미국 노스웨스턴(Northwestern) 대학 신학박사. 현재 한신대학 교수. 저서로는 『사회문제와 기독교 윤리』, 『해방신학의 재조명』 등이 있으며, 『성서윤리』, 『기독교 윤리학 방법론』, 『개발의 윤리』 등의 역서가 있음.

김교빈

성균관대학교 유학과 졸업. 동대학원 동양철학과에서 철학박사 학위취득. 현재 호서대학교 철학과 교수. 저서로는 『조선조 유학사상의 탐구』(공저), 『논쟁으로 보는 한국철학』(공저), 『중국 고대철학의 세계』(공역), 『중국 고대의 논리』(공역) 등이 있으며, 논문으로는 "서화담의 기철학에 대한 고찰", "본체론과 심성론을 통해 본 주자의 격물치지 이해", "남북 철학계의 시각차와 북한 철학계의 변화에 대한 검토" 등이 있다.

김도종

원광대학교에서 철학박사 학위를 받음. 현재 원광대학교 철학과 교수. 주요 저서로는 『현대 이데올로기론』(꿍지), 『역사적 세세의 구조에 관한 연구』, 『역사이해에 관한 기론적 고찰』 외 다수.

김상환

연세대학교 철학과와 동대학원 졸업. 파리 제4대학 철학박사. 현재 서울대학교 철학과 교수. 주요저서로는 『해체론 시대의 철학』이 있으며, "데카르트적 코기토와 비데카르트적 코기토", "데카르트의 '형이상학'", "시와 현명한 관념론의 길" 등이 있다.

김영한

서울대학교 문리대와 동대학원 졸업. 독일 하이델베르크 대학 철학박사 (1974), 신학박사(1984). 현재 숭실대학교 철학과 교수. 주요저서로는 『하이데거에서 리꾀르까지』, 『현대신학과 개혁신학』, 『한국 기독교 문화신학』 등이 있다.

김재현

서울대학교 철학박사. 현재 경남대학교 철학과 교수. 저서로는 『하버마스의 사상 : 주요주제와 쟁점들』(공저) 등이 있으며, 논문으로 "하버마스의 해방론 연구" 등이 있다.

김팔곤

고려대학교 철학과 졸업. 동대학원 철학과 문학석사. 원광대학교 철학박사. 현재 원광대학교 철학과 교수. 원광대학교 교학 부총장. 주요논문으로는 "윤리의 기본문제", "한국 정신문화의 기저", "막스셸라 가치관의 신불교적 수용", "막스셸라의 가치론 연구" 등이 있으며, 주요저서로는 『원불교』(공저), 『국민윤리』(공저), 『종교연합 운동의 어제, 오늘 그리고 내일』(편저) 등이 있음.

김혜련

연세대학교 철학과 졸업. 뉴욕 주립대(Buffalo) 연극과 석사, 철학과 박사. 저서로는 『예술과 사상』이 있으며, 역서로는 『예술의 원리』가 있다. 논문으로는 "과학과 예술에서의 창발", "미적 수반이론의 가능성", "페미니즘 시각에서 본 미적 쾌", "상호작용론과 은유" 등이 있다.

남경희

서울대학교 철학과 및 동대학원 졸업. 미국 텍사스 대학에서 철학박사 학위를 받았으며, 현재 이화여자대학교 철학과 교수. 주요저서로는『현대사회의 이념적 기초』(공저),『주체, 외세, 이념 : 한국 현대국가 건설기의 사상적 인식』등이 있다. 주요논문으로 "정치세계의 존재론", "자연계 내에서의 이성질서로서의 국가" 등이 있다.

박재순

서울대학교 철학과 졸업. 한신대학교 신학박사. 현재 한국신학연구소 번역실장, 한신대 신학대학원 강사. 저서로는『예수운동과 밥상공동체』(천지, 1988),『민중신학과 씨ᄋᆞᆯ사상』(천지, 1990),『하나님없이, 하나님 앞에』(디트리히 본회퍼의 그리스도론적 하나님 이해, 한울, 1933),『예수의 눈길』(나눔, 1994),『열린 사회를 위한 민중신학』(한울, 1995) 등이 있음.

박태원

현재 울산대학교 철학과 교수. 불교철학 전공. 고려대학교에서 "불교의 언어이해와 不立文字"(석사), "대승기신론 사상평가에 관한 연구"(박사)로 석·박사학위 취득.『대승기신론 사상연구』(저서), "원효의 기신론관 이해를 둘러싼 문제점 小考"(논문) 외 다수의 논고가 있음.

박희영

서울대학교 철학과 및 동대학원 졸업. 불란서 파리 제4대학 철학박사. 현재 한국외국어대학교 교수. 논문으로는 "〈소피스테스〉와 〈테아이테토스〉에서의 존재에 대한 정의", "제논의 역리에 대한 고찰", "데모크리토스의 원자론에 대한 고찰", "고대 원자론의 형이상학적 사고" 등이 있다.

성태용

서울대학교 철학과 졸업. 동대학원 박사과정 수료. 현재 건국대학교 철학과 교수. 주요논문으로 "맹자의 수양론", "다산 명선론에 대한 일 고찰".

송항룡

성균관대학교 대학원 동양철학과에서 철학박사 학위를 받음. 현재 성균관대학교 유교철학과 교수. 주요저서로는『동양철학의 문제들』,『한국 도교철학사』,『无何有之鄕의 사람들』,『동양인의 철학적 사고와 그 삶의 세계』등이 있다.

엄정식

미국 웨인 주립대학 석사, 미시간 주립대학에서 철학박사 학위를 받았으며, 현재 서강대학교 철학과 교수로 재직. 주요저서로는 『확실성의 추구』, 『분석과 신비』, 『철학으로 가는 길』, 『철학이란 무엇인가』 등이 있다.

윤찬원

서울대학교 철학과를 졸업하여, 동대학원 철학과에서 석사학위를 받고 1980년부터 1983년까지는 육군사관학교 철학과 교수로 재직하였으며, 이후 서울대 등에서 시간강사를 하다, 1987년 3월 이후 인천대학교 국민윤리학과에 재직중이며, 현재 부교수임. 전공은 中國道敎哲學으로, "『太平經』에 나타난 道敎思想 硏究"(서울대, 1992)는 박사학위 논문임.

윤평중

고려대학교 철학과 졸업. 미국 남일리노이 주립대학교에서 석사 및 철학박사 학위를 받았으며, 현재 한신대학교 철학과 교수. 저서로는 『푸코와 하버마스를 넘어서 : 합리성과 사회비판』, 『현대사회와 윤리』(공저), 『현대철학과 사회』(공저), 『포스트모더니즘 철학과 포스트마르크스주의』 등이 있다.

이종관

성균관대학교 철학과 및 동대학원 졸업. 독일 뷔르츠부르크 대학을 거쳐 트리어 대학에서 박사학위를 받음. 현재 성균관대학교 철학과 교수. 저서로는 『세계와 경험』(피터 랑), 『소피아를 사랑한 스파이』 등이 있으며, 논문으로는 "과학, 현상학, 그리고 세계" 등이 있다.

정인재

고려대학교 철학과와 동대학원 철학과 졸업. 중국 문화대학 대학원을 졸업하였다. 현재 서강대학교 철학과 교수. 역서로는 『중국철학사』(풍우란 지음)와 『중국철학사』(노사광 지음) 등이 있으며, "왕양명의 심학(心學)" 등이 있다.

조인래

서울대학교 문리학과와 동대학원 철학과 졸업. 현재 서울대학교 교수. 미국 존스 홉킨스(Johns Hopkins) 대학 철학박사. 주요논문으로는 "Quantum Mechanincs, Prepensities and Realism"(학위논문), "보어는 EPR 역설을 해결했는가" 등이 있다.

최유진

서울대학교 종교학과 졸업. 동대학원 철학과 졸업(철학박사). 현재 경남대학교 철학과 교수.

최일범

성균관대학교 동양철학과 졸업. 동대학원에서 철학박사 학위취득. 현재 성균관대학교 한국철학과 교수. 주요논문으로는 "유교의 중용사상과 불교의 중도사상에 관한 연구"(박사학위 논문), "고운 최치원 사상소고", "중용사상에 관한 연구", "효사상의 과거와 미래" 등이 있으며, 주요저서로는 『청대학술 개론』(공역), 『중국철학사』(공역), 『한국사상과 논리』(편저), 『한국불교 인물사상사』(저서) 등이 있음.

최정식

서울대학교 법대, 동대학원 졸업. 불란서 파리-소르본느 대학 철학박사. 현재 경희대학교 철학과 교수. 주요논문으로는 "Les genres supremems dans le Sophiste de Platon", "정신주의적 실재론의 연원", "지속과 순간" 등이 있다.

한정선

이화여자대학교 철학과 졸업. 독일 함부르크 대학에서 철학석사와 철학박사 학위를 받음. 저서로는 『Die Struktur des Wahrheitserlebnisse und die Wohrheitsauffassungen』(Hamburg,1989), 『현대와 후기현대의 철학적 논쟁』(공저) 등이 있으며, 논문으로는 "후설의 〈논리연구〉에서의 진리개념", "프레게의 산술철학 비평이 후설에게 미친 영향" 등이 있다.

허우성

서울대학교 철학과, 동대학원 졸업. 미국 하와이 대학 철학박사. 현재 경희대학교 철학과 교수. 역서로는 『인도인의 인생관』이 있으며, 주요논문으로는 "무아설 : 자아-해체와 세계지멸의 윤리설"(철학연구 29집), "만해의 불교이해", "佛이냐 돈이냐? -불교와 자본주의- 이해의 상충", "The philosophy of history in later Nishida: A philosophic Turn"(Philosophy East & West 40.3권) 능이 있다.

휴암스님

1967년 출가, 은해사 기기암 선방에 주석하고 있음. 주요논문으로 "한국불교의 새 얼굴"(1970), "승가의 양심과 불교탄압의 문제"가 있고, 저서로는 『한국불교의 새 얼굴』(대원정사, 1986), 『장군죽비』(명상, 1994) 등이 있다.

문명의 전환과 한국문화
한국철학회 편

1997년　5월 20일　1판 1쇄　인쇄
1997년　5월 25일　1판 1쇄　발행
편　자　한국철학회 편
발행인　전　춘　호
발행처　철학과현실사
　　　　서울시 서초구 양재동 338-10
　　　　☎ 579-5908, 5909
등　록　1987. 12. 15. 제1-583호

값 10,000원
ISBN 89-7775-197-7-03800